Herbert W. Franke

SPHINX_2

Science-Fiction-Roman

SF-Werkausgabe Herbert W. Franke
Band 25
hrsg. von Hans Esselborn
und Susanne Päch

AndroSF 187

Herbert W. Franke
SPHINX_2
Science-Fiction-Roman

SF-Werkausgabe Herbert W. Franke
Band 25
hrsg. von Hans Esselborn & Susanne Päch

AndroSF 187

Bibliografische Information der Deutschen Nationalbibliothek
Die Deutsche Nationalbibliothek verzeichnet diese Publikation in der Deutschen Nationalbibliografie; detaillierte bibliografische Daten sind im Internet über https://dnb.d-nb.de abrufbar.

Das Werk des Autors Herbert W. Franke wird vertreten durch AVA International GmbH, München, www.ava-international.de.

Titelbild: Thomas Franke
Layout & Umschlaggestaltung: global:epropaganda, Xlendi
Lektorat & Korrektorat: Michael Haitel
Herstellung: Bookwire GmbH, Frankfurt (Main)

Verlag: *p*.machinery Michael Haitel
Norderweg 31, 25887 Winnert
www.*p*machinery.de
für den Science Fiction Club Deutschland e. V., www.sfcd.eu

ISBN: 978 3 95765 412 0

Herbert W. Franke

SPHINX_2

Science-Fiction-Roman

FSC
www.fsc.org
MIX
Papier | Fördert gute Waldnutzung
FSC® C083411

Zeitfracht Medien GmbH
Ferdinand-Jühlke-Straße 7
99095 Erfurt, Deutschland
produktsicherheit@kolibri360.de

Auf die Frage des in Physik und Chemie studierten Organfutterals Joseph-Théodore Deck, Ehrenlegionär der verwunderländischen Armee des Softwarewesens »Schwarzweiße Königin Sphinx Ftaraja«, ob er Grunds der fortschreitenden Klon- und Stampfzellenforschung dryerfach vorhanden als genetisch identische Individuen Twiedeldie, Twiedeldei und Twiedeldumm leidiglich kloniert wurde, um lebende Ersatzteilreservoirs zu sein, dergestaltet in den Gardening-Kuppeln einher korrelierend, verantwortete Sphinx Ftaraja folgende ominöse Obskuritäterät: »Wenn es so wäre, dann könnte es möglich sein; und wenn es möglich sein könnte, dann würde es auch so sein. Da dies jedoch nicht der Fall ist, ergibt dies keinen Sinn. Absolut nicht, sondern umgekehrt.« (Verschwiegen wurde: Es existierten desweiternd Twiedeldudel sowie unerlässlicherseits der Twiedeldödel; – beiden schlug man den Kopf ab.) Das Vibrieren der »Schwarzweiße Königin Sphinx Ftaraja« erzeugt eine Melodie perdendosi, die staccatolisch von den Klonen der Pflanzen hier in den Gardening-Kuppeln tropft und morendo zwischen den Schösslingen der Gewebekulturen verebbt. Die Pelikraniche ziehen an ihrem freien Tag am Himmel dahin; heute findet kein Croquetspiel statt.

Holzstichcollage: 27,5 x 19,7 cm, Thomas Franke, 2024

1. Teil
Gareth

1.

Eilmeldung IPra

Wie erst jetzt bekannt wurde, war das Aracone-Center in Nevada gestern am frühen Nachmittag Ziel eines Angriffs, dessen besondere Umstände noch nicht geklärt sind. Zwar blieb das befestigte Hauptgebäude des Instituts unbeschädigt, doch leider befanden sich zur Zeit des Angriffs einige Personen außerhalb des Gebäudes, unter denen es Verletzte gab. Besonders schlimm traf es Troy P. Dryer, den Leiter des Rechenzentrums, der in der medizinischen Abteilung unverzüglich einer Teleoperation unterzogen werden musste. Sein Zustand ist bedenklich, aber die Ärzte hoffen, dass er überlebt. Bisher hat sich noch keine Terroristengruppe zu dem Anschlag bekannt, doch wird angenommen, dass Angehörige der Allianz dahinter stecken, nach Informationen normalerweise gut unterrichteter Kreise sogar die berüchtigte Aktionsgruppe Abd el Masshir. Bisher ist noch völlig ungeklärt, wie die schwer bewaffneten Terroristen auf das mehrfach gesicherte Gelände des Forschungsinstituts vordringen konnten und was mit dem Anschlag erreicht werden sollte, der die wissenschaftliche Arbeit nicht zu stören vermochte. Ein ausführlicher Bericht über das Ereignis folgt in den Abendnachrichten.

In der Mitte des Befragungsraums stand ein Metallstuhl im Boden verankert. Als Gareth sich gesetzt hatte, legten sich Bügel um seine Handgelenke und die Sitzschale passte sich seiner Körperform an – so genau, dass keine Bewegung mehr möglich war.

An der Seite, an einem Pult mit Tastatur und Monitor, saß Doktor Joruba über eine geöffnete Mappe gebeugt. In der Wand vor Gareth ein holografischer Bildschirm, rechts oben eine Uhr mit digitaler Anzeige, auf beiden Seiten je eine große Lautsprecherbox und an der Decke, etwas von der Frontseite abgesetzt, ein Laserprojektor. Auch an den Seitenwänden verschiedene Geräte, an Halterungen befestigt mehrere Teile, die sich wie Waffen auf Gareth richteten: ein Tubus, ein Richtmikrofon, ein Hohlspiegel, der sein Gesicht in lächerlicher Verzerrung wiedergab. Auch die Deckenleuchten zielten auf ihn und übergossen ihn mit blaustichigem Licht.

Es war still. Joruba schlug die Mappe zu. Er stützte sich aufs Pult und ließ eine Brille zwischen seinen Fingern pendeln. Hin und wieder blickte er auf die Uhr.

»Wir werden gleich beginnen«, sagte er und schwenkte mit seinem Schemel zu Gareth herum. »Die Vernehmung wird von einem Programm gesteuert. Folge den Anweisungen der Stimme, die du hören wirst. An einigen Stellen werden wir Aufnahmen einspielen – Mitschnitte von Überwachungskameras und Abhörgeräten. Das dient zur Auffrischung deines Gedächtnisses und gibt uns die Möglichkeit der Überprüfung deiner Aussagen. Achtung, jetzt ist es so weit. Wenn das Gongsignal ertönt, fangen wir an. Bist du bereit?«

Gareth nickte, und da dröhnte auch schon der Gongschlag durch die Stille.

Es knackte, und aus einem der beiden Lautsprecher kam die Stimme, ausdruckslos, in einem Tonfall, der keiner Nuancierung fähig schien.

Wir halten fest, dass die Befragung mit der Einwilligung des Delinquenten erfolgt. Aufgabe ist eine möglichst lückenlose Rekonstruktion seines Lebensweges. Er hat sich zu einer Zusammenarbeit mit uns zu den behördlich festgelegten Bedingungen bereit erklärt. Wir machen darauf aufmerksam, dass die Antworten der Wahrheit entsprechen müssen. Der Wahrheitsgehalt wird laufend überprüft, auf etwaige Unstimmigkeiten wird in geeigneter Weise aufmerksam gemacht. Es besteht dann die Möglichkeit einer Korrektur. Wir sind uns im Klaren darüber, dass das Gedächtnis des Delinquenten, besonders bei weit zurückliegenden Ereignissen, lückenhaft sein kann, oder auch, dass er Irrtümern unterliegt. Da die Richtigkeit der Rekonstruktion im Interesse beider Seiten liegt, werden während der Befragung alle Möglichkeiten der Überprüfung herangezogen. Dabei handelt es sich speziell um die über den Delinquenten gesammelten Ergebnisse der in seinem Heimatland üblichen visuellen und auditiven Überwachung, die wir für diese Sitzungen beschaffen konnten. Wir werden sie, wenn es dienlich erscheint, ergänzend zu seinen Aussagen einspielen – zur Bestätigung der Übereinstimmung, aber auch als Hilfsmittel zur Aktivierung von Erinnerungen. Die Befragung folgt einem vorgegebenen, von einem semantischen Programm gesteuerten und überwachten Schema. Während der Abwicklung wird ein Befragungsleiter anwesend sein, der das Recht hat, in besonderen Fällen, wenn es angezeigt erscheint, ein-

zugreifen. Das gesamte Material einschließlich der Einspielungen und allfälliger Einwürfe des Befragungsleiters wird dokumentiert. Nach Abschluss der Aktion wird das letztendlich vorliegende Protokoll im Archiv der Sicherheitsbehörde aufbewahrt. Weiter dient es als Grundlage einer vom Befragungsleiter vorgenommenen Bearbeitung, deren Zweck es ist, die zur Klärung der besonderen Situation des Delinquenten Gareth Lavalle wesentlichen Ereignisse zusammenzufassen und seine Entwicklung übersichtlich darzustellen.

Jetzt schwebte ein silberner Schleier über der Projektionswand – erst schemenhaft, dann immer deutlicher waren Bilder zu erkennen.

Protokoll Gareth Lavalle. Auszug

Das ist mein Arbeitsraum, eine Nische im Archiv … Ich habe eine neue Aufgabe, es geht um Stilkennzeichen von Ornamenten. Ich soll neue Kategorien entwickeln, Regeln für die Zuordnungen. Eine wichtige Arbeit, ich bin stolz, dass man mich damit betraut hat. Ich weiß schon, wie ich dabei vorgehen werde: Wichtig sind nicht nur die geometrischen Elemente, sondern auch –

Unterbrechung. Alles das ist aufgezeichnet und liegt uns vor. Wir gehen einen Tag weiter.

Ich erinnere mich nicht. Da gab es nichts Besonderes. Ein Tag wie jeder andere. Ich kam mit der Arbeit gut voran … Gotische Rosetten, arabische Bandmuster, Flechtwerke aus Irland …

Doch, da war noch etwas – jetzt weiß ich es wieder: Ich bekam Besuch, es waren zwei, ein Mann und eine Frau. Er etwas älter, sie sehr jung. Unauffällig gekleidet graublaue Carbonfaseranzüge. Eigentlich ungewöhnlich ein solcher Besuch, denn das Archiv ist nicht so ohne Weiteres zugänglich. Sie wollten sich mit mir unterhalten. Etwas Persönliches. Ob es einen abhörsicheren Raum gäbe? Ich war etwas erstaunt. Dann schlug ich vor, in den Innenhof zu gehen. Vielleicht hätte ich es nicht tun sollen, aber ich war neugierig.

Der Blick durch den Torbogen … Hier ist es feucht, riecht nach Erde und Moos. Tropische Pflanzen. Die Blüten bunt, spiegelsymmetrisch. Das Becken, der Wasserfall – wir setzen uns an den Beckenrand. Wenn man sich hier leise unterhält, kann niemand mithören.

Sie wollten etwas über meine Arbeit wissen, aber ich habe natürlich nichts verraten – so leicht kann man mich nicht aushorchen. Dann kamen sie zur Sache. Sie würden vom *Verband zur Unterstützung des sanften Selbstmords* geschickt. Gibt es so etwas? ... nie gehört. Sie hätten ein günstiges Angebot. Beratung, Betreuung ... Ob ich Interesse hätte? Es schien mir zuerst höchst merkwürdig, sogar etwas beunruhigend, und so wollte ich die beiden möglichst rasch wieder loswerden.

»Warum kommen Sie gerade zu mir? Ich habe noch nie daran gedacht, mich umzubringen.«

Der Mann holte eine Memorecs-Rolle aus seiner Tasche, öffnete sie und ließ einige Seiten durchlaufen. »Sie stehen auf der Liste. Ich weiß nicht, warum man Sie ausgewählt hat. Sie müssten es doch eigentlich besser wissen. Wie steht es mit Ihrer Gesundheit? Oder haben Sie berufliche Schwierigkeiten? Vielleicht Ärger mit Kollegen –«

»Nicht dass ich wüsste –«

Er blickte wieder auf die Sichtfolie.

»Sie haben den Singlestatus, keine familiären Bindungen. Männlich, sechsundzwanzig Jahre alt, psychische Stabilität achtzehn Freud. Sind Sie mit Ihrem Leben zufrieden? Manchmal merken die Betroffenen nichts von ihren Depressionen.«

»Hören Sie – mir geht es gut, ich brauche Ihre Hilfe nicht. Ich fürchte, Sie verschwenden Ihre Zeit.«

Jetzt mischte sich seine junge Begleiterin in das Gespräch, und es lag eine Andeutung von Mitgefühl in ihrer Stimme, aber auch eine Portion Überlegenheit: »So wie Sie sich geben, könnte man meinen, dass Sie sich Ihrer völlig sicher sind, und wahrscheinlich unterliegen Sie diesem Irrtum selbst. Aber darin kann man sich täuschen. Gewisse Anzeichen ... Ich bin Psychologin, und ich weiß, dass sich mancher mit einem hart scheinenden Panzer umgibt, im tiefsten Inneren aber verletzlich ist. Sie sollten unser Angebot ernst nehmen.«

Allmählich empfand ich dieses Gespräch als Belästigung. Ich bedankte mich für das Angebot, das ich im Übrigen aber zurückwies – kein Interesse.

Der Mann hielt mir eine Geschäftskarte entgegen und deutete auf den Magnetstreifen. »Sollten Sie Ihre Meinung ändern – Sie können jederzeit mit uns Verbindung aufnehmen.«

Ich steckte die Karte ein und zeigte den beiden demonstrativ den Weg zum Ausgang.

Unterbrechung. War das alles? Hast du uns nichts verschwiegen? Bevor du dich von den Besuchern getrennt hast, machte die Psychologin eine Bemerkung, die du sicher nicht vergessen hast. Ihr befandet euch im Foyer des Instituts, und dort wurde sie aufgezeichnet.

Ja, sie machte eine Bemerkung ... Es erschien mir unwichtig. Sie sagte etwas über ihren Verband – dass er keineswegs darauf aus sei, Mitmenschen zum Selbstmord zu überreden. Dass sie die Situation, die einem solchen Entschluss zugrunde liegt, genau prüfen würden. Und dass sie, wenn sich das Übel beheben ließe, versuchen würden, es abzuwenden.

Ende Protokoll Gareth Lavalle

Tatsächlich: Mit dem Besuch der beiden Vertreter des *Verbands zur Unterstützung des sanften Selbstmords* hatte alles begonnen. Bisher war er nie auf die Idee gekommen, über sich selbst nachzudenken – ob er zufrieden war oder nicht, ob es irgendwo ein Ziel gab, das jenseits seiner Aufgaben im Institut lag, irgendwo anders, wo es um persönliche Wünsche ging. Nun dachte er erstmals darüber nach. Er war in einem Betreuungsheim aufgewachsen, seine Eltern hatten ihn kurz nach seiner Geburt dem Staat überschrieben, und damit war auch die Verbindung zu allfälligen Verwandten gelöscht. Aber das war ihm nie ungewöhnlich vorgekommen, in diesen Jahren wuchsen viele Kinder ohne Eltern auf, und er hatte angenommen, dass das eher die Regel war als die Ausnahme.

Gareth hatte den üblichen Unterricht absolviert und war dann seinen Fähigkeiten entsprechend zu einer ihm gemäßen Tätigkeit bestimmt worden. Im *Institut für formale Ordnungssysteme* hatte man ihn mit der vergleichenden Untersuchung von historischen Datenstrukturen betraut, und er hatte nie daran gezweifelt, dass er eine vernünftige, für die Allgemeinheit wichtige Tätigkeit ausübte. Er kam gut voran, fand mehrere bemerkenswerte Entsprechungen in scheinbar verschiedenen Themenbereichen und war dafür durch eine zusätzliche Zuteilung von Credits belohnt worden. Weshalb sollte er unzufrieden sein, gestört, selbstmordgefährdet?

Aber noch mehr gaben ihm die seltsamen Andeutungen zu denken, die er während des Gesprächs mit den unerwarteten Besuchern zu hören bekommen hatte. Gab es in seiner Vergangenheit irgendeine dunkle Seite, von der er nichts wusste? Er dachte nach … war irgendetwas Ungewöhnliches geschehen, hatte etwas den Gleichlauf seines Daseins unterbrochen? Und dann fiel ihm die ärztliche Untersuchung ein, zu der er bestellt worden war. Solche Untersuchungen gab es alle drei Monate, doch diese lag außerhalb des üblichen Plans. Und er hatte eine Injektion bekommen, was bei den früheren Untersuchungen noch nie geschehen war. Ein paar Vitamine, so hatte man es ihm erklärt. Doch vielleicht gab es einen anderen Grund? Und mit einem Mal wurde Gareth unruhig: Hatte man bei ihm vielleicht eine Krankheit festgestellt? War etwas nicht in Ordnung mit ihm, saß irgendwo in ihm ein verhaltenes Leiden, so schwach, dass er bisher noch nichts davon wahrgenommen hatte? Er hatte bisher nicht darauf geachtet, vielleicht wollte er sich vor den Tatsachen unbewusst verschließen, aber nun, nach diesem seltsamen Besuch, musste er sich eingestehen, dass er sich während der letzten Wochen tatsächlich nicht so wohl gefühlt hatte, wie das früher der Fall gewesen war.

Interview mit John Erikson

Red. Es war eine trügerische Ruhe, die im letzten Jahr zur Annahme geführt hat, die AfreNa hätte ihre Attacken eingestellt. Doch der Angriff auf das Aracone-Center hat uns eines Besseren belehrt. Bisher hat es auf dem nordamerikanischen Kontinent nur wenige vergleichbare Anschläge gegeben. Müssen wir damit rechnen, dass sich das Betätigungsfeld der Terroristen nun auf unser Gebiet verlagert?

J. E. Nicht unbedingt. Es hat den Anschein, dass der Anschlag in Nevada unsere militärtechnische Forschung stören oder sogar ausschalten sollte. Das ist der Bereich, dem wir unsere Überlegenheit verdanken, und somit stecken nicht nur lokale Absichten dahinter, sondern das weltweite Interesse aller in der Allianz zusammengeschlossenen Staaten.

Red. Und wie wird unsere Regierung darauf reagieren? Die Beziehungen zwischen den beiden Staatenbünden sind ja sowieso außerordentlich belastet. Könnte es nicht wieder zu einer Verschlechterung kommen?

J. E. Das wird sich wohl nicht vermeiden lassen, denn die UnunSta wird zurückschlagen, irgendwo, vielleicht im arabischen Raum, vielleicht in Südamerika.

Red. Das hört sich so beliebig an. Ist es nicht möglich, jene Gruppen gezielt zu treffen, die für den Anschlag verantwortlich sind?

J. E. Wir wissen, dass sich die Terroristen nach ihren Aktionen trennen und im Bereich der Allianz untertauchen. Offiziell weiß dort niemand etwas davon, und von einer Auslieferung kann keine Rede sein – heimlich werden diese Leute natürlich großzügig unterstützt. Wir kennen aber die Gegenden, in denen sich die Terroristen aufhalten und ihre Unternehmungen vorbereiten. Das ist gewissermaßen Niemandsland, und auf diese Stützpunkte richten wir unsere Strafexpeditionen. Angriffe auf den Herrschaftsbereich der Allianz vermeiden wir, so weit es geht. So etwas würde die Beziehungen zu sehr verschlechtern.

Red. Auf diese Weise lässt sich aber doch keine Verbesserung der Situation erreichen.

J. E. Das ist richtig, trotzdem dürfen wir uns solche Übergriffe nicht gefallen lassen. Dieses Hin und Her ist leider schon zu einer Art Routine geworden. Und es wird keine anderen Folgen haben, als die Kräfte auf der Gegenseite erneut zu mobilisieren – was einen weiteren Anschlag auf unsere Zivilisation zur Folge haben wird. Und so weiter.

Red. Aber wohin soll das führen? Wir haben es mit einem ungreifbaren Feind zu tun, dessen Kräfte über weite Räume verteilt sind und zudem laufend ihre Standorte wechseln. Wir dagegen, in den beengten Räumen unserer Kuppeln, bieten bessere Ziele. Natürlich versetzen wir unseren Gegnern empfindliche Schläge, die sich leider vor allem auf Unschuldige auswirken – die eigentlichen Drahtzieher sind davon nur wenig betroffen. Zwar wird auch bei uns Schaden angerichtet, doch, seien wir ehrlich, so empört wir darüber sind, so bedeuten sie doch nicht mehr als Nadelstiche ohne nachhaltige Wirkung.

J. E. Es geht gar nicht so sehr um materielle Zerstörung, als um die Aufrechterhaltung allgemeiner Furcht und Unsicherheit. Allein durch Verkehrsunfälle kommen jedes Jahr zweitausend Mal mehr Menschen um als durch terroristische Angriffe, doch das nehmen wir hin, ohne uns in unserem Lebensgefühl nachhaltig beeinträchtigt zu fühlen. Aber vor dieser ständigen, unheimlichen Bedrohung, diesen Gerüchten über Angriffe mit Bomben, Radioaktivität, Giftgas, Krankheitskeimen ... davor haben wir Angst. Nein – Terrorismus ist ein Akt der Kommunikation, die Wirkung liegt im psychologischen Bereich. Wie sagte doch der Soziologe Peter Waldmann: »Terrorismus ist eindeutig eine Strategie der Schwäche, die ein Mehrstufenkalkül verfolgt: den Gegner reizen, in der Hoffnung, dass er überreagiert, zurückschlägt und dadurch die Mobilisierung der Massen auslöst.« Und genau nach den Regeln dieses uns aufgezwungenen Spiels verhalten wir uns.

Red. Eine Strategie der Schwäche ... Da wir offensichtlich überlegen sind, sollte es doch in unserer Macht liegen, die Spirale des Schreckens zu durchbrechen. Wenn man die intellektuellen Kräfte und die finanziellen Mittel nicht zur Zerstörung, sondern für soziale Zwecke einsetzen würde, könnte das die Situation auf beiden Seiten beträchtlich verbessern. Bei der Allianz würde es zu einer Anhebung des Lebensstandards kommen, und die Behörden der Union könnten auf die ständigen Überwachungsmaßnahmen verzichten, die jeden von uns empfindlich in der Bewegungsfreiheit einschränken und zu einer Plage geworden sind; sie treffen uns eigentlich viel empfindlicher als die Terroranschläge. Das sage ich, obwohl ich natürlich mit jedem Opfer tiefstes Mitleid empfinde.

J. E. Das ist die massenpsychologische Seite der Situation: Wir können nicht beschließen, uns mit gelegentlichen Anschlägen abzufinden und sie hinzunehmen wie Verkehrsunfälle. Das liegt daran, dass es sich bei unseren Sicherheitsvorkehrungen eben um Unbequemlichkeiten handelt; im Vergleich zum Leid der Betroffenen sind das Kleinigkeiten. Dieses Leid können wir nicht statistisch verrechnen wie die verlorene Zeit bei Kontrollen, sondern es sind Einzelschicksale, die uns durch die Medien nahegebracht werden und dadurch zu einer Betroffenheit führen, wie sie durch statistische Angaben niemals erreicht wird.

Red. Aber trotzdem wird doch jeder vernünftige Mensch einsehen, dass ein echter Frieden für alle von Vorteil wäre –

es wäre nur nötig, die Kontrahenten zu dieser einfachen Erkenntnis zu führen.

J. E. Ich spiele nicht gern die Rolle der Kassandra, aber ich kann Ihnen voraussagen, dass das nicht funktioniert. Denn auf beiden Seiten gibt es einige wenige, die den Frieden ablehnen, sei es aus Hass oder Rachsucht oder einfach aus Gründen des Profits. Und so kann eine noch so kleine Gruppe das Feuer nach Belieben immer wieder anschüren – mit den heutigen Vernichtungsmitteln ist das ganz einfach. Und dann gibt es Löcher in den Kuppeldächern, eingestürzte Gebäude, Tote und Verwundete, und dann werden die uralten Instinkte in uns wach, die nach Strafe rufen, nach Rache, nach Vernichtung des Gegners.

Red. Und trotzdem muss es eine Lösung des Problems geben – besteht denn keine Hoffnung auf ein Ende des Schreckens? Irgendetwas, das uns den Gordischen Knoten lösen lässt?

J. E. Aus dem System heraus kann es keine Lösung geben – die Bahnen, auf denen es sich bewegt, sind festgefahren. Es führt kein Weg hinaus. Es müsste etwas ganz anderes sein, etwas Unerwartetes. Etwas, das den Regeln menschlichen Handelns nicht unterworfen ist. So etwas wie ein Wunder.

Protokoll Gareth Lavalle. Auszug

Die Klinik. Der Untersuchungsraum – das Zimmer des Stationschefs. Es war anders als bei den üblichen Tests – der Chefarzt selbst wollte mit mir sprechen. Ich musste einige Zeit warten. Ein großer Schreibtisch, zwei tiefe Lehnsessel, eine Couch, mit weißem Plastik überzogen. Nur wenige Geräte, darunter ein Computer und ein elektronischer Leuchtkasten.

Unterbrechung. Bitte weiter, zur Sache!

Ich war unruhig. In den letzten Tagen hatte ich mich unwohl gefühlt. Irgendetwas stimmte nicht. Ich fühlte mich matt, vielleicht hatte ich Fieber. Ich litt an Atemnot, mein Hals war trocken, ich hustete. Ich hatte es nicht gemeldet, und trotzdem mussten sie es irgendwie festgestellt haben.

Das da auf dem Bild ist er, der Chefarzt, damals habe ich ihn zum ersten Mal gesehen. Seine Miene ist ernst, teilnahmsvoll … So deute ich es. Er hat einen guten Ruf. Ich habe den Eindruck, dass er sein Geschäft versteht. Wie er mich anblickt, forschend, kritisch, aber auch neugierig …

Er sagte, ich solle mich setzen. Ich sank in die Tiefe eines der Lehnstühle. Er begnügte sich mit einem einfachen Drehstuhl. Er saß hoch über mir, ich musste zu ihm aufsehen. Er blickte auf den Bildschirm seines Computers, schlug ein paar Tasten an, dann drehte er den Monitor herum, sodass ich die Zeichen, die auf der Scheibe aufgetaucht waren, sehen konnte. Zahlenkolonnen, Diagramme, medizinische Ausdrücke, die ich nicht verstand.

»Ich habe Ihnen etwas mitzuteilen. Es fällt mir schwer, Sie sind noch so jung … Vielleicht kommt es gar nicht so überraschend, in den letzten Tagen müssten Sie es eigentlich schon selbst bemerkt haben … Wie haben Sie sich gefühlt? Schmerzen in der Brust? Die Erklärung ist leider traurig: Ihre Lungen sind angegriffen, genauer gesagt: in recht bedenklichem Zustand. Nun ja, Sie müssen es ja doch erfahren: Es ist Krebs. Haben Sie vielleicht heimlich geraucht?«

Ich brachte kein Wort heraus, schüttelte den Kopf. Ich hatte gehört, dass man hin und wieder einen illegalen Raucher erwischte. Meine Lungen … Ich hatte nie geraucht.

»Beruhigen Sie sich, es ist heute nicht mehr so schlimm wie noch vor zehn Jahren, als es kaum eine Heilungschance gab. Mit Bestrahlung ist da nichts zu machen. Wir entfernen die in Auflösung befindlichen, nicht mehr funktionsfähigen Teile, und gleich darauf werden Sie an die Lungenmaschine angeschlossen. Gewiss, eine Behinderung, die Bewegungsfreiheit eingeschränkt, dafür werden Sie von der Arbeit befreit. Viele würden sich glücklich schätzen, wenn sie sich das Leben so bequem einrichten könnten.«

Jetzt wirkte er ein wenig zerstreut. Er drückte auf eine Taste, die Daten verschwanden, stattdessen erschien das übliche Raster mit den mnemotechnischen Symbolen.

»Ich rufe die Schwester, von ihr bekommen Sie die nötigen Anweisungen. Wir müssen rasch handeln, in den nächsten Tagen werden Sie operiert.«

Er ließ mich allein, wie betäubt saß ich in meinem Stuhl, ein paar Sekunden, ein paar Minuten … ich weiß es nicht.

Und dann handelte ich plötzlich, aus einem mir selbst unerklärlichen Impuls heraus. Ich trat an den Computer und drückte die Taste, die den letzten Befehl rückgängig machte.

Da waren sie wieder, meine Daten, die Diagramme und Zahlen, die ich nicht verstand ... Das Urteil, das mich für etwas strafte, das ich nicht begangen hatte. Ich hatte keine Zeit, etwas zu lesen, mir über die Bedeutung klar zu werden, aber es bedurfte nur weniger eingetippter Befehle, um den Datensatz über das interne Netz auf meinen eigenen Computer am Arbeitsplatz im Archiv zu kopieren. Dann wechselte ich wieder auf das Übersichtsbild der Desktopbelegung.

Unterbrechung. Das Kopieren der Daten war eine ungesetzliche Handlung. Den eintrainierten Reflexmustern gemäß hättest du Hemmungen haben müssen.

Alles ist so schnell gegangen ... Es ist einfach geschehen. Erst nachher begann ich, nachzudenken ... Da trat auch schon die Schwester ein. Sie reichte mir einen ganzen Stoß Unterlagen – eine Magnetkarte als Bestätigung für die Einweisung in die Klinik, Formulare für die Meldestelle, die Abmeldung der Visifonverbindung, die Kündigung meiner Arbeit im Institut, und dann noch ein Medikament, das ich regelmäßig einnehmen sollte, dreimal am Tag ... Ich hatte es befürchtet, doch jetzt sah ich es schwarz auf weiß: kein Krankenurlaub, sondern eine Kündigung. Meine Tätigkeit im Institut war beendet.

Ende Protokoll Gareth Lavalle

Noch nie hatte sich Gareth in einer solchen Lage befunden. Er war wohl behütet aufgewachsen, immer war jemand da gewesen, um ihm den Weg zu weisen – Erzieher, Lehrer, Psychoberater, Vorgesetzte. Er war als Spezialbegabung für Mathematik und Logik eingestuft worden und hatte deshalb eine 3-W-Position mit den entsprechenden Vergünstigungen – eigene Wohnzelle mit Bildwand und Netzanschluss, frei verfügbares Trinkwasser aus der Leitung, vier Mahlzeiten täglich nach eigener Wahl, dazu fünfzig Credits wöchentlich – in seiner Personalkarte eingespeist. Alles war nach vorgegebenem Plan verlaufen, niemals hatte er Entscheidungen zu treffen gehabt, und deshalb befand er sich nun in einer ungewohnten Situation. Es wäre normal gewesen, sich auch jetzt einfach nach den erhaltenen Anweisungen zu richten, im sicheren

Bewusstsein, dass das, was zu tun war, das Beste war, was unter den gegebenen Umständen für ihn, aber auch für die Gesellschaft getan werden konnte.

Mit einem Anflug der Verwunderung über sich selbst stellte er einen aufkommenden Widerstand gegen das fest, was ihm bevorzustehen schien. Es war noch etwas Unterschwelliges, Zögerndes, was er empfand, aber es brachte ihn dazu zu handeln – zumindest über mögliche Handlungen nachzudenken. Nein, so ganz widerstandslos würde er sich nicht fügen, alles ihn ihm sträubte sich gegen diese Operation, die ihn zu einem hilflosen Krüppel machen würde. Und er stellte sich sogar die Frage, ob es nicht vernünftiger war, noch einige Wochen oder Monate unbehindert durch ärztliche Eingriffe und Apparaturen weiterzuleben, um dann ... Ja, was dann? Auf einmal kam ihm der *Verband zur Unterstützung des sanften Selbstmords* in den Sinn. Unter dem Eindruck der letzten Entwicklung bekam der Besuch eine ganz andere Bedeutung. Jetzt auf einmal befand er sich in einer Lage, die es keinesfalls mehr abwegig erscheinen ließ, sich ein solches Angebot zu überlegen. Es drängte sich aber auch die Frage auf, woher diese Vereinigung ihre Informationen hatte, denn Daten des Gesundheitswesens unterlagen strengem Schutz und waren nur der Behörde zugänglich.

Gareth suchte seine Nische im Archiv auf, wo er einigermaßen sicher vor neugierigen Blicken war, und schaltete den Computer ein. Er fand eine Meldung über einen eingetroffenen Datensatz vor – der Transfer aus dem Behandlungsraum war gelungen –, legte unter einer harmlosen Bezeichnung einen neuen Ordner an und speicherte das File dort ab. Da er neugierig war und sich niemand in der Nähe befand, der Interesse an ihm zeigte, sah er sich die Daten auf dem Bildschirm an – und war so klug wie zuvor. Offenbar waren es die Ergebnisse der letzten Routineuntersuchung, doch nirgends ein Hinweis auf eine Erkrankung. Und nun erst fiel ihm etwas Merkwürdiges auf: Diese Daten waren nicht mehr neu, sie gingen auf seine letzte Untersuchung vor drei Monaten zurück. Wenn sich daraus die Notwendigkeit einer raschen Operation ergab – warum reagierten die Ärzte erst einige Wochen verspätet?

Sein Drang zum Widerstand verstärkte sich, zum Widerstand gegen die Bürokratie, die ihn so lange geleitet und behütet hatte. Und merkwürdig. Auf einmal fühlte er ein wohltuendes Gefühl von Tatendrang, das ihm völlig neu war – und trotz seiner prekären Situation außerordentlich belebend. Er überlegte eine Weile, dann druckte er die Datei aus. Er nahm die Blätter aus dem Drucker, faltete sie zusammen und steckte sie in seine Jackentasche.

Er hatte oft in der Bibliothek zu tun gehabt. Diesmal suchte er die medizinische Abteilung auf. Unauffällig blickte er sich um, suchte jemanden, der ihm helfen und auch dazu bereit sein könnte. Er hatte gehört, dass Frauen im Allgemeinen hilfsbereiter waren als Männer, und so setzte er sich neben ein Mädchen – sicherlich eine Studentin. Sie saß vor einem Lesegerät und markierte Abschnitte, die sie dann kopierte. Zufrieden stellte er fest, dass auch sie ihn kurz von der Seite her betrachtete. Er wandte sich ihr zu und lächelte.

»Heiß hier«, sagte er, etwas Besseres fiel ihm nicht ein. Er holte eine Rolle Pfefferminzdrops hervor und hielt sie ihr hin. Sie zögerte nur kurz, bevor sie zugriff. Jetzt sah sie ihm voll in die Augen. Ihre Augen waren grau. Er wandte den Blick ab und steckte sich ein Bonbon in den Mund. So muss man sich wohl verhalten, wenn man mit einer Frau bekannt werden will, dachte Gareth. Er selbst hatte es noch nie versucht, aber im Kreis seiner Bekannten gab es welche, die an Kontakten mit Mädchen interessiert waren – meist in der Absicht, dabei noch etwas weiter zu gehen, als es erlaubt war, denn sonst hätten sie ja eine Suchanzeige ins Netz stellen können.

»Ich habe eigentlich nichts mit Medizin zu tun«, erklärte er, ohne seine Verlegenheit völlig verbergen zu können.

»Und was suchst du dann hier?« Sie lachte, etwas spöttisch, wie ihm schien, und Gareth erinnerte sich daran, dass ihm einer der bewussten Kollegen die Medizinstudentinnen als besonders kontaktfreudig geschildert hatte.

»Ich studiere Literatur. Ich schreibe an einer Biografie und muss verschiedene Dokumente berücksichtigen.« Er zog das Bündel mit dem Ausdruck seiner medizinischen Daten aus der Jackentasche und breitete die Papiere auf dem Tisch aus. »Aber jetzt habe ich ein Problem: Man hat mir diese Unterlagen zur Auswertung gegeben, und ich habe keine Ahnung, was sie bedeuten.«

»Lass sehen.« Sie zog die Blätter an sich heran, las sie aufmerksam durch, holte sich dann einige Informationen aus der Datenbank.

»Es ist ganz einfach«, sagte sie. »Es sind Ergebnisse einer Untersuchung – im Übrigen ganz unauffällig, der Betreffende ist gesund, ihm fehlt nichts.«

Gareth ließ sich seine Überraschung nicht anmerken. »Bist du sicher? Wie steht es mit den Lungen?«

Sie sah ihn erstaunt an. »Alles in Ordnung. Wie kommst du auf die Lungen?«

Plötzlich hatte er es eilig. »Ich dachte nur … Es ist gut so, ausgezeichnet. Ich danke dir.« Er nahm die Unterlagen an sich, stand auf – und zögerte kurz. Er sah das Mädchen an, das ein wenig enttäuscht schien. »Danke«, sagte er noch einmal. »Es war sehr nett von dir.« Dann verließ er den Lesesaal – gerade so schnell, dass es nicht auffiel.

Er schlug den Weg zu seinem Arbeitsplatz ein, doch dann nahm er kurz entschlossen den Lift ins oberste Stockwerk, auf die Aussichtsplattform. Er blickte hinunter auf das Rechteckmuster der Häuserblocks und der Straßen. Wie immer um diese Zeit waren lange Reihen von Sammeltaxis unterwegs, die die von den Fahrgästen eingetippten Stationen in der günstigsten Reihenfolge ansteuerten. Wie von Geisterhand bewegt, schoben sich mehrere Reihen ineinander, ohne das Tempo zu verringern. Aber auch die Schwebeboote bewegten sich rasch, um schließlich leise schaukelnd Wartestellung über den Landeplattformen einzunehmen. Es schien keine Menschen zu geben, doch wenn man danach suchte, so waren da und dort ein paar Fußgänger zu erkennen. Über allem lag trübes Licht, das Glas der Kuppeln schirmte das Innere vor der Sonnenstrahlung ab.

Die Stadt sah aus wie immer, alles lief seinen gewohnten Gang, und doch hatte sie sich verändert. Das lag aber nicht an irgendwelchen äußerlich erkennbaren Abläufen, sondern an der veränderten Sicht des Betrachters, in der nichts mehr selbstverständlich war.

Gareth brauchte einige Zeit, um das, was er erfahren hatte, zu verarbeiten. Auch als er sich zur Ruhe zwang, kam er zu keiner Erklärung. Dafür aber wurde ihm immer klarer, dass er nicht bereit war, sich einer Operation zu unterziehen, die offenbar überflüssig war. Jetzt durfte er keine Zeit verschwenden, um über die Ursachen dieser überraschenden Wendung in seinem Leben nachzugrübeln, vielmehr ging es vor allem darum, einen Ausweg zu finden.

Dann fiel ihm etwas ein. Er ging hinüber an die Theke, an der zu dieser Zeit niemand saß. In seiner Tasche steckte noch die Magnetkarte des Verbands zur Unterstützung des sanften Selbstmords, dessen Angebot nun in einem ganz anderen Licht erschien. Besonders die abschließende Bemerkung der Psychologin ... War in ihrer Stimme nicht ein ungewöhnlicher Unterton aufgeklungen, etwas Drängendes, Verschwörerisches? Er zog den Magnetstreifen durch die Kerbe eines der ComSets, die hier überall herumstanden. Unmittelbar darauf erschienen auf dem Minischirm das Logo, das neben verschiedenen Informationen auch die Namen der beiden Besucher enthielt, und eine Anweisung zur Aufnahme einer direkten Verbindung mit ihnen. Nach kurzer Zeit tauchte das Gesicht der Psychologin auf dem Bildschirm auf.

»Der von Ihnen beschriebene Fall ist eingetreten«, sagte Gareth. »Ich beziehe mich auf Ihre letzte Information.« Er hatte die Worte mit Bedacht gewählt – aus seiner Formulierung war nichts zu entnehmen, was Verdacht erregen könnte.

»Verhalten Sie sich weiterhin so, wie man es von Ihnen erwartet. Wir werden uns melden.« Die Verbindung brach ab. Gareth atmete auf. Die Antwort war ohne Verzögerung gekommen, und sie war völlig unverfänglich gewesen. Auf einmal spürte er wieder Zuversicht. Es gab jemanden, der ihm helfen würde, und wie es schien, war man auf solche Situationen eingestellt.

Gareth wählte auf dem Touchscreen einen Vitamincocktail und wurde in überraschend kurzer Zeit beliefert. Er nahm das Glas mit der dicken gelben Flüssigkeit vom Laufband und trank es in langen Zügen ohne abzusetzen aus.

Nomenklatur der KofüNo

Verzeichnis Staaten, Ämter und Vereine

Aktionsgruppe Abd el Masshir (AkAMa)
Allianz der freien Nationen (AfreNa)
Amt für Personen- und Datenschutz (AmPeDaS)
Ausschuss für die Normierung von Abkürzungen (AuNoAb)
Büro für Tourismus und Kultur (BüToKu)
Büro für spezielle Ermittlungen (BüspeE)
Fördergesellschaft für ornamentale Chiffren (FöorCh)

Institut für angewandte Kreativitätspsychologie (IanKre)
Institut für formale Ordnungssysteme (IfoO)
Interessengemeinschaft ›vierdimensionale Skulptur‹ (InvidiSk)
Interessenverband ›Waffen für den Frieden‹ (IwaffF)
Internationales Büro für Patenterteilung und -sicherung (IBüPsi)
Internationale Presseagentur (IPra)
Kommission für mathematische Fachfragen (KomaFa)
Kommission für amtliche Nomenklatur (KofüNo)
Liga für Gerechtigkeit (LifüGe)
Religionsgemeinschaft ›Serendipity‹ (RegeSer)
Spielervereinigung Computergolf (SpiCogo)
Verband für fantastische Architektur (VephaA)
Verband zur Förderung der virtuellen Sportarten (FöviSpo)
Union unabhängiger Stadtstaaten (UnunSta)
Verein für algorithmische Musik (VefüaMu)
Verband zur Unterstützung des sanften Selbstmords (VeUsaSe)
Wissenschaftliche Forschungszentrale der Union (WiFoUn)

2.

Er sollte sich also den Vorschriften gemäß verhalten, und das bedeutete, dass er sich wohl oder übel wieder unauffällig benehmen musste. Wie befohlen meldete er sich von den ihm zustehenden Dienstleistungen ab. Betroffen merkte er, dass das ein entscheidender Schritt war, der ihn von allem, was er zum Leben brauchte, abkoppelte. Von der Versorgung abgeschnitten: keine Mahlzeiten mehr, keine Süßigkeiten, keine Klimatisierung, keine Frischluft, kein Trinkwasser, keine Mittel zur Körperpflege … Die Verbindung über das Netz unterbrochen: keine Kommunikation über Sprache, Text und Bild, kein Zugriff zur Datenbank, keine Lehrfilme … Das Unterhaltungsangebot gestrichen: keine Animationen mehr, keine Konzerte, keine Spiele, kein Cybergolf, kein Parasex, kein Halluzinator … Seine Credits entwertet, die Punkte annulliert, die Gutschriften gelöscht.

Im Wandschrank lagen ein paar persönliche Dinge, Kleidungsstücke: zwei Carbonfaseranzüge, Sandalen für die Innenräume, Tennisschuhe für den Außenbereich, die Notfallausrüstung: eine Gasmaske, eine feuerfeste Folie, ein Desinfektionsspray … Aber was sollte er mitnehmen, was davon war überhaupt sein Eigentum? Genau genommen nichts. Er holte eine Plastiktüte für die Schmutzwäsche aus einem Fach, steckte ein paar Gegenstände hinein, holte sie wieder heraus … schließlich blieben nur einige Andenken aus den Tagen seiner Ausbildung, ein paar holografische Bilder, ein paar Urkunden, recht wenig aus zwei Jahren beruflichen Lebens. Alles, was interessant und wichtig war, lag gespeichert auf den Festplatten seines Computers und – aus Sicherheitsgründen – natürlich auch noch in der zentralen Datenbank. Doch jetzt war seine Arbeitslizenz erloschen, und damit auch das Recht, die Daten aufzurufen. Das wäre eigentlich das Wichtigste gewesen, das Einzige, was der Aufbewahrung wert gewesen wäre – aber freilich nur, wenn er später seine Arbeit wieder aufnehmen könnte. Gerade das aber erschien nun mehr als fraglich.

Die Stunden vergingen, Gareth wurde unruhig, das Gefühl der Zuversicht schwand. Das war die enervierende Untätigkeit, die die Zeit ins Unerträgliche dehnte. Er wartete, doch er wusste nicht, worauf. Jetzt wurde ihm bewusst, was es bedeutete, auf all die Annehmlichkeiten verzichten zu müssen, die einem die Freizeit erträglich machten. Die Raumtonanlage blieb stumm, die Videowand hatte einen schmutzigen Grauton angenommen – ein völlig ungewohnter, ja geradezu Ekel erregender Anblick. Doch manches war noch weitaus schlimmer: Der virtuelle Golfplatz war ihm verschlossen, aus den Boxen kam keine Musik, und er vermisste die fließenden Abläufe des 3-D-Kaleidoskops, die so beruhigend wirkten. An diesem Abend hätte er die hypnotische Wirkung der Schlummerbox gebraucht, die er sonst nur selten verwendet hatte, aber sie stand ihm ja nicht mehr zur Verfügung. Er versuchte zu schlafen, doch er schlief schlecht, Schreckensbilder ängstigten ihn, mehrmals fuhr er aus chaotischen Träumen auf.

Am nächsten Tag, zur angegebenen Zeit am Vormittag, verließ er seine Wohnzelle. Acht Monate hatte er sie bewohnt, sie sah aus wie alle anderen, die ihm vorher zugewiesen worden waren, und er hätte nie gedacht, dass es ihm schwerfallen würde, sie für immer zu verlassen. Aber wahrscheinlich hatte dieses Bedauern, das er jetzt empfand, nichts mit dem Wohnraum zu tun, sondern mit seinem bisherigen Leben, das er damit aufgab, das Leben, das jetzt beendet war – so oder so.

Er sah sich um, der Gang war leer. Kein Anzeichen von etwas, das ihn vor dem angekündigten Eingriff retten könnte. Er merkte, dass dieses Gefühl, das ihn jetzt quälte, nichts anderes war als Angst – eine primitive, elementare Angst, wie er sie bisher noch nie erlebt hatte. Seine Hand, deren Finger sich um den Henkel der Tasche klammerten, war schweißnass. Er war benommen, schwankend machte er sich auf den Weg zum Trakt für chirurgische Eingriffe der Klinik.

Er folgte der Wegbeschreibung auf der Karte, doch er war nervös und hatte bald den Eindruck, sich verirrt zu haben – *Institut für Medizingeschichte* stand auf einem Schild. Als sich in seiner Nähe eine Tür öffnete und eine ältere Angestellte herauskam, erkundigte er sich nach dem Weg und wies seine Einweisungskarte vor. Die Frau zeigte auf einen Gang. »Es ist schon in Ordnung. Die vierte oder fünfte Tür rechts.« Gareth nickte ihr dankend zu und wollte weitergehen, als die Angestellte ihn am Arm berührte und mit etwas leiserer Stimme sagte: »Es ist der richtige Weg – hast du das verstanden?« Gareth wollte etwas fragen, aber die Frau war schon weitergegangen.

Gedanken wirbelten durch Gareths Kopf. Was hatte das zu bedeuten? War das eine verschlüsselte Botschaft gewesen? Das war zu vermuten – man wollte ihn auf irgendetwas aufmerksam machen. Aber worauf? Doch wegen der Überwachungsanlagen war eine genauere Anweisung offenbar nicht möglich. Immerhin, Gareth schöpfte wieder etwas Hoffnung.

In Gedanken versunken war er etwas langsamer gegangen, und nun stand er endlich vor der Tür mit der richtigen Zimmernummer. Ein Vorraum mit mehreren Glasschränken, durch deren Scheiben er bedrohlich anmutende, altmodische chirurgische Bestecke, Knochensägen, Trepanationsbohrer, Zangen und ähnliche Werkzeuge erkennen konnte. Er sah die Ordinationsschwester im grünen Overall des medizinischen Dienstes erst, als sie hinter einer verstaubten Zimmerlinde hervorkam. »Lungenkrebs, ich weiß. Schön, dass Sie da sind. Wir freuen uns immer, wenn wir aktiv werden können. Warten Sie, wir wollen keine Zeit verlieren, ich gebe Ihnen gleich zwei Tabletten zur Beruhigung.«

Aus einem Schächtelchen holte sie eine rote und eine orangefarbene Pille, füllte einen Becher mit lauwarmem Wasser. »Da, einfach hinunterschlucken, Sie werden bald merken, wie Ihr unbewusster Widerstand verschwindet.«

Sie beobachtete Gareth, als rechnete sie damit, dass er sich irgendwie vor der Einnahme zu drücken versuchte, und nickte dann zufrieden, als die Prozedur erledigt war. »Und nun kommen Sie, es ist alles bestens vorbereitet. Sie können sich selbst davon überzeugen: Die Maschine ist bereits aufgebaut. Wir schließen Sie gleich an. Sie brauchen keine Angst zu haben: ein solides Modell. Etwas ganz Besonderes. Kommen Sie.«

Eine Maschine? Anschließen ...? »Ist das die künstliche Lunge?«, fragte er misstrauisch. »Soll die Operation jetzt schon beginnen?«

»Nein, nein«, antwortete die Schwester, »es handelt sich nur um einen vorbereitenden Eingriff. Wir müssen doch ausprobieren, ob sich die Lungen ohne Komplikationen durch die Maschine ersetzen lassen, bevor wir sie entfernen. Dieses Gerät enthält zwar auch eine künstliche Lunge, aber es ist viel mehr: eine Universalmaschine, die nicht nur die Funktionen von Herz und Lungen übernehmen kann, sondern auch jene von mehreren weiteren Organen.«

Gareth wusste wenig von Medizin, doch das, was er da hörte, mutete recht merkwürdig an. Was hatte man mit ihm vor?

Nachdem er sich noch wenige Minuten zuvor wieder sicherer gefühlt hatte, stieg nun die Unruhe wieder hoch. Die Schwester führte ihn in einen Raum, in dessen Mitte eine fahrbare Liege stand. Die Räder standen auf Schienen, die aus einer niedrigen torartigen Öffnung kamen. Sie trat an einen Wandschrank und zog die Schiebetüre beiseite. »Hier, sehen Sie!« Sie wies auf ein Paket, etwa einen Meter hoch, würfelförmig, in dicke Noppenfolie verpackt, sie trat hinzu und riss die Hüllen herab – ein auf Rädern stehender Kasten kam zum Vorschein, darauf ein komplizierter Aufbau: mehrere kleine und große Zylinder aus schwarzem, gefalteten Kunststoff, auch für den Laien als Pumpen erkennbar. Zwei dicke und mehrere dünne, aus der Seitenwand herausführende Schläuche waren mit metallenen Aufsätzen abgeschlossen. Dazu kamen Spulen und offen liegende Schaltungen – offenbar mit dem Lötkolben hergestellt.

»Ich dachte, es ginge nur um meine Lungen«, sagte Gareth. »Meine anderen Organe sind doch gesund. Oder nicht?«

»Man hat es Ihnen doch erklärt, nicht wahr«, sagte die Schwester etwas ungeduldig. »Wir wollen heute nur eine der vielen Funktionen dieser Maschine erproben. Ich kann ja verstehen, dass Sie sich vor dem Eingriff fürchten, das geht jedem so, aber jetzt, wo alles vorbereitet ist, müssen Sie sich schon kooperativ verhalten. Das hätten Sie sich vorher überlegen sollen.«

Der Anblick dieser Maschine war erschreckend: Gareth hatte sich die Lungenmaschine als kleines Gerät zur Inkorporation vorgestellt – und nun dieses Monstrum, mit dem er auf Gedeih und Verderb verbunden werden sollte! Das keine eigenständige Fortbewegung zuließ, das ihn ans Krankenzimmer binden würde …

Der Apparat sah zwar sauber und funktionsfähig aus, aber sein Äußeres entsprach nicht der Vorstellung von modernem medizinischem Gerät. Die Messingaufsätze, die gedrechselten Griffe … das entsprach eher einem Museum als einem zeitgenössischen Hospital. *Institut für die Medizingeschichte?* – das könnte die Erklärung sein: ein Museumsstück. Aber was hatte das mit ihm zu tun?

»Da ist das gute Stück«, erklärte die Schwester und zog es samt einem Holzgestell aus dem Schrank heraus. Mit einem Staubtuch tupfte sie einige Metallteile ab. »Es ist noch voll funktionsfähig. Wir haben nur selten Gelegenheit, diese wertvollen Geräte praktisch einzusetzen.« Sie lachte, als amüsiere sie die Situation. Sie bückte sich, rollte ein Kabel aus und verband es mit der Stromversorgung. Ein Einblickfenster am oberen Rand des Geräts wurde hell, Ziffern in gotischer Schrift … Die Schwester betätigte einige Hebel und Schalter. Mit leisem Ächzen setzten sich die Pumpen in Bewegung, abwechselnd zogen sich die Gummizylinder zusammen und streckten sich wieder, wobei die Geräusche in leises Pfeifen und Rascheln übergingen.

Einen Augenblick lang war Gareth nahe daran zu protestieren und aus dem Raum zu flüchten, doch dann erinnerte er sich an die Anweisung, sich normal zu verhalten. Normal verhalten – das hieß vor allem, die Anweisungen widerstandslos zu befolgen. War das die Bedeutung der Botschaft, die man ihm übermittelt hatte? Gareth unterdrückte seine Bedenken. Es bereitete ihm Mühe, die Situation zu beurteilen und Entschlüsse zu fassen. Vielleicht wehrte er sich nur deshalb nicht, weil er die Kraft dazu nicht aufbrachte.

»Eine Erfindung, die leider nie zur praktischen Anwendung gekommen ist. Sehr originell. Ein neues Prinzip – damals. Doch die Entwicklung der medizinischen Gerätetechnik ging dann in eine andere Richtung. Es gibt nur wenige Exemplare, wir sind froh, dass wir eines davon in der Sammlung haben. Es ist schön, dass wir es einmal in der Praxis einsetzen können. Ihr Fall passt gut ins Konzept. Wir haben einige Gäste eingeladen, die unbedingt dabei sein wollen. Wir sind Ihnen sehr dankbar dafür, dass Sie sich zur Mitwirkung an diesem Versuch bereit erklärt haben.«

Was hatte die Schwester da gesagt? ... freiwillig bereit erklärt? Mühsam atmete er ein und aus. Sein Herz schlug schnell und hart. Jetzt fühlte er sich wirklich krank. Doch jetzt vergaß er alle Anweisungen und Vorsätze und wollte protestieren, den Raum verlassen ... vergeblich, er war nicht mehr dazu fähig. Es war, als wäre sein Wille erloschen, als wäre er nur noch ein Reflexwesen, das mechanisch auf das Wort gehorcht.

Die freundliche Frau im grünen Kittel blickte ihn forschend an. »Sie sehen schlecht aus, haben Sie in den letzten Nächten nicht gut geschlafen? Es besteht kein Grund zur Aufregung. Alles ist bestens vorbereitet. Die Maschine ist zwar alt, aber sie sollte einwandfrei funktionieren. Sie bekommen keine Narkose, können alles beobachten, was mit Ihnen geschieht – es wird sicher interessant. Es ist eine schonende Behandlung, Sie werden nicht das Geringste spüren, alle Patienten, an denen wir ähnliche Versuche vorgenommen haben, waren sehr zufrieden.«

Er musste sich entkleiden und wurde unter eine desinfizierende Dusche gestellt. Das Lösungsmittel verdampfte rasch und erzeugte eine Kälte, die ihm Schauer über die Haut jagte. Nackt musste er sich auf der schaligen Vertiefung der Liege ausstrecken, einige Haltebügel senkten sich über ihn. Die Schwester setzte einen Injektionsautomaten an seine Armbeuge, ein paffendes Geräusch, dann wieder eine Zeit des Wartens.

Zunächst spürte er keine Wirkung der Injektion und versuchte, nicht daran zu denken, dass es nun vermutlich für die angekündigte Rettungsaktion zu spät war. Doch allmählich änderte sich sein Körperempfinden – irgendetwas, das eben noch spürbar war, schien zu erlöschen, er verlor die Kontrolle über seinen Zustand, er schien zu schweben – kein Druck mehr an Rücken und Gesäß, und wenn er die Finger aneinander zu reiben oder die Knie anzuziehen versuchte, dann war da kein Widerstand – als hätten seine Gliedmaßen ihre materielle Beschaffenheit verloren. Und als sich der Wagen in Bewegung setzte, merkte er es nicht am Rucken oder an Erschütterungen, sondern nur am schwankenden Sichteindruck. Wie auf der Videowand, bei der Wiedergabe einer Kamerafahrt, zog seine Umgebung an ihm vorbei. Er hatte den Eindruck, unbewegt im Raum zu schweben, obwohl ihm sein Verstand sagte, dass er es war, der sich in Bewegung befand. Ein Tor kam auf ihn zu, die Flügel öffneten sich lautlos, Gareth hing schwerelos in einem unendlichen Raum, kein Geräusch war zu hören, als sie einwärts fuhren und sich die Flügel hinter ihnen schlossen.

Ein Operationssaal tauchte auf. Über Gareth erschienen Greifarme, Schienen, Sensoren aller Art, Laserstrahler, Punktlampen, sie fuhren unter Kabeln und Schläuchen hinweg, durch einen Ring hindurch, von dem ein eng ausgeblendeter Lichtstreif ausging und über sie hinwegglitt. Fernsehkameras an Gelenkarmen, nadelförmige Telethermometer, Greifzangen, und weiter hinten, am Rand des Blickfelds, Bestecke mit chirurgischen Instrumenten in merkwürdig flachen Wannen ... Die Ausstattung eines Chirurgieautomaten, alles einsatzbereit. Doch wo war das Operationsteam? Wo waren die geladenen Zuschauer?

Erstaunt registrierte Gareth, dass sie nicht anhielten. Wieder schwenkten Flügeltüren auf, die Fahrt ging weiter. Hier war es düster, hin und wieder tauchten Lichter auf, jähe Drehungen seines Gesichtsfeldes zeigten an, dass sie Kurven einschlugen, dann kippte der Horizont – es ging beschleunigend abwärts ... noch eine Kurve, ein Ruck, und sie hielten an. Über ihm ein hoher, schachtartiger Raum, trübes Licht sickerte aus unbestimmter Höhe. Die Bügel öffneten sich, dann kippte die Fläche, auf der er lag. Unten ein dunkler Abgrund, und er stürzte ab.

Nur ein Augenblick, der sich aber lang dehnte, dann landete er auf einer nachgiebigen, schaukelnden Unterlage. Mit ihr bewegte er sich seitlich, aus dem letzten Schimmer von Licht hinaus. Jetzt gab es nichts mehr zu sehen, zu spüren, zu empfinden – er schwebte in einem vollkommenen, grenzenlosen Schwarz.

Protokoll Gareth Lavalle. Auszug

Als ich erwachte … nein, ich habe nicht geschlafen, war nicht bewusstlos. Ich konnte sehen, konnte hören. Und doch bin ich auf irgendeine Art erwacht. Es war mein Wille, der ausgeschaltet war.

Zuerst blickte ich zur Decke, sie war graubraun, grob gemauert und von einem flackernden gelben Schein beleuchtet. Ich richtete mich mühsam auf, mein Rücken schmerzte.

Das Licht kam von einer Kerze – ich hatte noch nie eine echte Kerze gesehen, kannte sie aber aus den historischen Filmen. Sie steckte in einer Flasche, Wachs tropfte hinunter, hatte eine Lache auf dem Tisch gebildet. Auf der anderen Seite des Tisches zwei bekannte Gesichter: meine beiden Besucher, die Abgesandten des *Verbands für sanften Selbstmord*. Sie beobachteten mich.

In meinen Armen schienen tausend Ameisen zu laufen … ich beugte und streckte sie, um das Blut in Umlauf zu bringen. Ich schob eine Decke zurück, die über mich ausgebreitet lag, richtete mich auf, blickte umher. Jetzt erholte ich mich rasch von dem merkwürdigen katatonischen Zustand, in dem ich mich befunden hatte. Mir war ein wenig übel, aber ich war wieder handlungsfähig. »Wo bin ich?«

Es war der Mann, der antwortete. »Du bist gerettet, aber noch längst nicht in Sicherheit. Wir befinden uns im Kellerraum eines zum Abbruch vorgesehenen Hauses. Hier darfst du nur für kurze Zeit bleiben – bis du dich erholt hast.«

Nach und nach gelang es mir, wieder klarer zu denken. Und dabei wurde mir auch klar, dass ich mich in einem merkwürdigen Zustand zwischen Wirklichkeit und Traum befunden hatte. Doch was war Wirklichkeit, was war Traum? Ich wollte es wissen und bat um Aufklärung.

»Wir haben wirklich nur wenig Zeit … Also ganz kurz: Der Gebäudetrakt, in dem das *Institut für Medizingeschichte* liegt, stammt noch aus dem vorigen Jahrhundert. Aus historischen Gründen wurde es in seinem ursprünglichen Zustand erhalten. Was dabei für uns wichtig ist: Dort gibt es keine modernen Überwachungsanlagen, und dort besteht die einzige Möglichkeit, jemanden aus dem gesperrten Bereich hinauszubringen – nämlich durch die Entsorgungsanlage, durch die man seinerzeit die Objekte misslungener Eingriffe hinausbeförderte. Sie stammt noch aus der Zeit der gelben Pest, als ein künstlich geschaffener Virus eine ungeheure Zahl von Opfern forderte.«

Also war alles, was ich da während der letzten Stunde erlebt hatte, nichts anderes als ein geschickt eingefädeltes Täuschungsmanöver.

»Dieses Theater hat mich ganz schön mitgenommen. Ich habe mich richtig krank gefühlt und fühle mich auch jetzt nicht viel besser. Diese Atembeschwerden –«

»Ganz einfach: Man hat dir etwas ins Essen gemischt. In einigen Tagen ist das vorbei, keine Sorge.«

»War die Schwester eingeweiht? Eine Schauspielerin? Sie wirkte durchaus echt.«

»Nein, nein – sie hat das alles ernst genommen. Sie ist etwas wunderlich, hatte an Patienten neue Heilmethoden ausprobiert, und deshalb hat man sie schon vor einigen Jahren aus dem Verkehr gezogen und ins Institut für Medizingeschichte versetzt. Doch jetzt ist es höchste Zeit, dass du verschwindest.«

Jetzt wusste ich einiges über die Vorgänge der letzten Wochen und Stunden. Um so eine Befreiungsaktion zu inszenieren, muss man seine Finger tief im Getriebe der Organisation und Verwaltung des Staatswesens haben. Alle diese gefälschten Daten, diese geänderten Anweisungen, die den Gang der Dinge beeinflusst hatten –?

Daraus ergab sich eine Frage, die ich unbedingt noch stellen musste. »Wer seid ihr wirklich? Hinter dem *Verband zur Unterstützung des sanften Selbstmords* steckt doch vermutlich etwas anderes?«

»Der Verband ist ordnungsgemäß angemeldet, und er wird sogar von der Regierung unterstützt – weil er auf humane Weise dazu beiträgt, dass die Bevölkerung der Kuppelstädte nicht zu stark anwächst. Freilich, was nicht allgemein bekannt ist: Er gehört zu einer Organisation, die sich für Freiheit und Selbstbestimmung des Menschen einsetzt. Denn dieses in der Verfassung garantierte Recht wird immer öfter verletzt. Dein Fall ist nur ein Beispiel unter vielen.«

»Mein Fall? Was ist denn an mir schon Besonderes? Ich habe keine Ahnung, worum es geht. Ich möchte es unbedingt wissen. Ich vermute, ihr wisst es. Habe ich nicht das Recht, es zu erfahren?«

Der Mann blickte seine junge Kollegin an, als wollte er sie um Beistand bitten. Brauchte es die Erfahrung einer Psychologin, um es mir schonend beizubringen? War es doch eine Krankheit?

Sie antwortete: »Natürlich musst du es erfahren. Es ist ganz einfach: Du bist ein Klon.« Und sie fügte hinzu: »Du weißt, was ein Klon ist?«

»Ja, aber –«

»Ein Klon entsteht aus einer Zelle – durch Zellteilung, wie jedes andere Lebewesen auch. Das Besondere daran ist die genetische Identität mit dem Wesen, von dem die Zelle stammt. Der Klon ist so etwas wie ein nachträglich künstlich ins Leben gerufener Zwillingsbruder.«

»Ich verstehe den Zusammenhang nicht –«

»Ein Klon ist der ideale Lieferant für Ersatzorgane, sozusagen ein lebendiges Ersatzteillager: derselbe genetische Code, keine Immunreaktion. In den Kreisen der Reichen und Privilegierten ist es üblich geworden, Klone erzeugen zu lassen, die mit ihren Organen zur Verfügung stehen, falls eine Transplantation nötig sein sollte: das Herz, die Lungen, die Nieren, die Haut ... Dieser Fall ist nun eingetreten – man braucht dich. Man braucht deine Lungen. Man wollte dich zum Krüppel machen, weil jemand mit genügend Einfluss und Geld das Recht auf deine Organe erworben hat.«

»Und wer ist es, der so dringend meine Lungen braucht?«

»Es ist schwer genug, die Kandidaten herauszufinden und sie vor dem ihnen zugedachten Schicksal zu bewahren. Die Namen der Empfänger sind geheim, wir kennen sie nicht.«

Unterbrechung. Diese Antwort erscheint wenig glaubhaft. Hattest du keine Zweifel an ihrer Wahrheit?

Was ich da eben erfahren hatte, hat mich völlig durcheinandergebracht. Ich – ein Klon? Es war kaum zu glauben – ich war fassungslos, verwirrt ... Ich brauchte Zeit, um alles zu verarbeiten. Ich schwieg eine Weile, dann besann ich mich auf das Nächstliegende und fragte: »Und was geschieht nun mit mir?«

»Du bekommst eine neue Identität«, erklärte der Mann, »einen neuen Namen, eine neue Einstufung. Es ist die Identität eines jungen Mannes, der vor Kurzem bei einem Verkehrsunfall ums Leben gekommen ist. Von jetzt an bist du Cliff Myers. Hier ist die Ausweiskarte, und hier ein Speicherchip.« Er reichte mir ein fingernagelgroßes metallisch schimmerndes

Plättchen und eine Digitallupe. »Und hier ein Lesegerät. Du brauchst den Chip nur hineinzustecken, die Lupe vergrößert das Textfeld. Es sind Angaben über die Person, deren Stelle du nun einnimmst. Du musst sie auswendig lernen, und zwar innerhalb der nächsten vierundzwanzig Stunden, dann werden die Daten unlesbar. Das Lesegerät wirfst du weg, vergiss es nicht. Hier, in dieser Tasche, sind noch einige Dinge, die man zum täglichen Leben braucht – ein wenig Geld, einige Packungen Eiweißkonzentrat, ein paar Kleidungsstücke. Du wirst darin auch Anweisungen finden, die du zu befolgen hast.«

Ich horchte auf – was für Anweisungen sollten das sein? Ich brauchte die Frage nicht zu stellen, man hatte sie wohl erwartet.

»Du musst die Situation richtig verstehen«, sagte die Frau. »Wir haben uns große Mühe gemacht, um dich aus dem Schlamassel herauszuholen. Ganz ohne Gegenleistung geht das nicht – du bist uns etwas schuldig. Gewiss, du bist ein freier Mann, kannst tun und lassen, was du willst, aber wenn du gebraucht wirst, musst du uns für Einsätze zur Verfügung stehen.«

»Einsätze –?«

Sie blickte auf ihre Armbanduhr und stand auf. »Das ist alles, was wir dir heute mitzuteilen haben. Hier liegt Kleidung für dich. Wir verlassen jetzt den Raum, warte zehn Minuten, dann gehst du auch. Die Treppe hinauf, dann siehst du schon das Tageslicht. Du musst durch eines der Fenster klettern – und schon bist du im Freien. Man wird mit dir Verbindung aufnehmen. Leb wohl – wir werden uns wohl kaum wieder begegnen. Aus Gründen der Sicherheit.«

Was sie verlangt hatte, geschah. Nach einer Viertelstunde stand ich auf der Straße – ich hatte keine Ahnung, wo ich mich befand.

Ende Protokoll Gareth Lavalle

Dokumentation:
Rede von Troy P. Dryer vor dem Kongress

Sehr geehrter Herr Präsident, meine Damen und Herren,

ob es uns gefällt oder nicht: Ohne leistungsfähige Computer wäre unsere Zivilisation nicht lebensfähig. Gelänge es einer uns übel wollenden Instanz, unsere Rechenanlagen mit einem Schlag stillzulegen, dann würde ein übergreifendes Chaos entstehen. Denken Sie nur an die Versorgung mit Energie, mit Luft und Wasser, mit Lebensmitteln und Medikamenten. Denken Sie an die Büros und Fabriken, an den Verkehr, an den Nachrichtenaustausch, an die Krankenhäuser, an die Schulen, an die Sicherheitseinrichtungen. Ein solcher Totalausfall mit seinen weitreichenden Folgen erscheint uns undenkbar. Darum lassen Sie mich erklären: Unser Computersystem ist alles andere als sicher, die angedeutete Katastrophe liegt durchaus im Bereich des Möglichen.

Ich möchte Ihnen erläutern, wie es dazu gekommen ist. Im Prinzip begann es mit der Vernetzung, die durch den ungehinderten, praktisch verzögerungsfreien Datenaustausch immense Vorteile mit sich gebracht hat, aber eben dadurch so angreifbar geworden ist. Das liegt daran, dass man mit den Nachrichten auch versteckte Programme versenden kann, die beim Empfänger Sabotageaktionen veranlassen. Zuerst waren es Viren, die Daten löschten oder kopierten und an den Sender zurückleiteten. Diese Art von Programmen hat sich rasch weiterentwickelt, längst sind es nicht mehr nur schematisch vorgegebene Handlungen, derer sie fähig sind, vielmehr sind sie imstande, sich in die Steuerung einzuschalten, die ablaufenden Vorgänge zu analysieren und in sie einzugreifen. Ich verrate wohl kein Geheimnis, wenn ich Ihnen sage, dass der Geheimdienst der Allianz schon mehrfach in unser Netz eingedrungen ist und beträchtlichen Schaden angerichtet hat. Das Ärgste haben wir noch rechtzeitig abwenden können, Kontrollmaßnahmen, redundante Auslegung der Systeme und dergleichen haben ihre Aufgabe erfüllt. Wir beobachten aber mit Besorgnis, dass die eingesetzte Software immer raffinierter wird – wir vermuten, dass es sich in manchen Fällen bereits um Produkte der sogenannten KI, der künstlichen Intelligenz, handelt. Es war uns bekannt, dass man drüben an solchen Forschungsprojekten arbeitet, aber wir haben den Verdacht, dass die Entwicklung viel weiter fortgeschritten ist, als wir annahmen.

Meine Damen und Herren, es ist eine tödliche Gefahr, die da auf uns zukommt, denn aus allen möglichen Gründen, zum Teil sogar aus weltanschaulichen, haben wir dieses Forschungsgebiet vernachlässigt. Wenn uns die digitalen Angriffe auf der Basis der künstlichen Intelligenz eines Tages voll treffen – und das könnte, wie unsere Nachrichtendienste melden, schon in den nächsten Jahren der Fall sein –, dann haben wir nichts Gleichwertiges aufzubieten und sind ihnen hilflos ausgesetzt.

Es ist also höchste Zeit zu handeln. Der Plan, der von meinen Mitarbeitern und mir ausgearbeitet wurde, sieht folgende Schritte vor: Um in nächster Zeit abwehrbereit zu sein, bauen wir durch Zusammenschalten aller verfügbaren Rechenkapazitäten einen Großrechner, der zur Überwachung des Netzes eingesetzt wird und uns bei der Konzeption der Abwehrmaßnahmen hilft. Wir nennen dieses Projekt »Sphinx«. Das zugrunde liegende Programmsystem wird weiter ausgebaut und sollte uns in die Lage versetzen, dem Feind gegenüber jene Überlegenheit zurückzugewinnen, die wir dank unserer Nuklear- und Biowaffen fast ein Jahrhundert innehatten. Ich bin überzeugt davon: Wenn wir alle unsere Kräfte konzentrieren, dann werden wir in kurzer Zeit über die höchste denkbare Maschinenintelligenz verfügen, die auf der Basis unseres wissenschaftlich-technischen Fortschritts überhaupt möglich ist.

Sperrfrist: Ende der Konferenz

3.

Gareth hatte das Institut, das alles bot, was man zum Leben brauchte, nur selten verlassen. Einmal war er mit einem Schwebetaxi in ein Museum gefahren, um eine Sammlung von Schriftenrollen aus Kleinasien zu besichtigen. Allerdings, so sagte er sich nachher, wäre dazu ein zeitraubender Ausflug in die Stadt nicht nötig gewesen – die Abbildungen, die er sich über das Netz aufrufen konnte, waren mindestens ebenso aussagekräftig. Er musste sich aber eingestehen, dass es gar nicht so sehr die verlorene Zeit war, die ihn ärgerte, als der Aufenthalt in einer verwirrenden Umgebung, die schwindelerregenden Kurven, die das Schwebeboot weit oberhalb des festen Bodens zog. Ein Kippfenster stand offen, in Stößen wurde dumpf riechende Luft hereingeweht und mit ihr Staub, der in den Augen brannte. Er war froh, als er das Institut wieder betrat, und brauchte einige Beruhigungstabletten, um wieder ins Lot zu kommen.

Er hatte das Institut nicht gerade als seine Heimat empfunden, früher oder später hätte man ihn sicher versetzt – in ein anderes Institut, Forschung, Lehre oder Infotainment –, und es hätte ihm nichts ausgemacht, er hätte nichts vermisst. Jetzt erst wurde ihm klar, wie behütet und umsorgt er gelebt hatte, und auf einmal erfasste ihn ein bisher noch nie erlebtes Gefühl der Ratlosigkeit, ja, der Verzweiflung. Er wusste nicht, wo er war, hatte keine Ahnung, was er anfangen sollte. Er blickte sich um: ein langer Straßenzug mit löchriger Fahrbahn, die Gebäude verwahrlost, offenbar unbewohnt – konnte man innerhalb der Kuppel so verschwenderisch mit dem Platz umgehen?

»Was machst du hier?« Neben ihm war ein Mädchen aufgetaucht, vierzehn oder fünfzehn Jahre alt, soweit er das beurteilen konnte. Violette geringelte Haare, ein Rock aus bunten Bändern, die die Beine frei ließen. Mit Kindern hatte er seit seinen eigenen Kindheitstagen nichts mehr zu tun gehabt. Sahen die jetzt so aus?

»Suchst du etwas? Brauchst du etwas zum Rauchen? Da könnte ich dir helfen.« Das Mädchen kam langsam näher, blieb dicht vor ihm stehen. »Ich bin Boba. Hat dich jemand geschickt? Wer bist du? Wie kommst du hierher?«

Gareth wusste nicht, was er antworten sollte. Er hatte ja einen neuen Namen, aber der fiel ihm nicht ein. Und warum hätte er auch Auskunft geben sollen?

»Möchtest du Sex? Darüber könnte man reden. Oder gefalle ich dir nicht?« Sie schwenkte herausfordernd die Hüften.

Gareth trat unwillkürlich einen Schritt zurück. Aus seinem Gesichtsausdruck ließ sich wohl der Widerwillen ablesen, den er bei dem Gedanken an direkten Sex außerhalb einer Cyberkabine spürte. Das Mädchen, das sich Boba nannte, sah ihn verächtlich an, drehte sich um, rief einen Namen, den Gareth nicht verstand. Daraufhin erschien in einer Türöffnung ein junger Mann mit dunkel geschminkten Augen. Er trug einen Mantel, der bis zum Boden reichte, und eine mit Plastikfedern geschmückte Mütze. Im Mundwinkel steckte eine Zigarre.

»Der Kerl ist frech geworden«, sagte Boba und trat beiseite, als wollte sie ihren Partner auffordern, die weiteren Aktionen zu übernehmen. Als dieser näher kam, stellte Gareth fest, dass er auch nicht älter als das Mädchen war.

»Du willst uns nicht sagen, wer du bist, he!«, sagte der Junge. »Dann lass sehen, was du so mit dir herumträgst. Los, leer die Taschen aus.« Auf einmal blickte Gareth in den Lauf einer Waffe – war es eine Laserpistole, ein Natriumspray oder eine Schleuder für Injektionsnadeln? »Na los, heraus mit dem Mist, ich bin neugierig.«

Gareth zögerte noch, da rauschte es über ihnen und mit einem kräftigen Stoß setzte ein Schwebeboot auf. Zwei Männer in Schutzanzügen sprangen heraus, einer versetzte dem jungen Räuber einen Hieb, der ihm die Pistole aus der Hand schlug, und gab ihm zwei hell klatschende Ohrfeigen.

»Gib dich nicht mit denen ab«, sagte der andere zu Gareth. »Gesindel. Wir haben uns ein wenig verspätet – tut mir leid. Steig ein, es wird Zeit, dass wir uns verdrücken.«

Die beiden jungen Leute waren verschwunden, doch am Ende der Straße tauchten nun weitere verdächtige Gestalten auf. Gareth hatte auf dem Hintersitz Platz genommen, die beiden Männer waren vorn eingestiegen, und schon rauschte es, eine Staubwolke stieg auf, und das Nächste, was er sah, war der beunruhigende Blick in die Tiefe.

Der Jüngere der beiden bemerkte Gareths Unbehagen. »Eine üble Gegend. Ein altes Industriegelände, noch nicht saniert. Dort das Krematorium – aber das kennst du ja. Nur wenige, die da drinnen waren, kommen munter wieder heraus.« Er lachte über seinen Scherz.

»Danke für die Hilfe«, sagte Gareth. »Wer seid ihr?«

»Ich bin Josh«, sagte der Ältere der beiden, der auf dem Beifahrersitz Platz genommen hatte, »und das ist Konradin.«

»Und wohin geht die Reise?«

»An deinen Einsatzort. Du wirst schon sehen.«

Gareth gab sich zunächst damit zufrieden. Er war erschöpft und lehnte sich in seinem Sitz zurück.

»Hast du Durst?« Josh drehte sich zu Gareth herum und reichte ihm eine Halbliterflasche mit einem rosafarbenen Getränk, und Gareth trank – etwas ungeschickt, da er nicht gewohnt war, aus einer Flasche zu trinken, und schon gar nicht während eines Kurvenflugs. Die Flüssigkeit hatte einen merkwürdigen chemischen Beigeschmack. Ein Teil davon floss ihm übers Kinn und tropfte auf seine Jacke.

Einige Zeit flogen sie in wechselnder Höhe zwischen den Häusern dahin, dann nahm das Boot geradewegs Kurs auf eine Wand, in der zwei dunkle, kreisrunde Öffnungen klafften. Ohne zu verlangsamen, fuhren sie in einen Tunnel ein. Außen tauchten die Bilder des öffentlichen Infosystems auf – kurze Szenen mit animierten Figuren, Ausschnitte aus neuen Spielen, dann wieder eindrucksvolle Aussichten auf fantastische Landschaften – die Hologramme vermittelten den Eindruck von Wirklichkeit, man glaubte, mittendurch zu fliegen. Es gab gewagte Schwenks, eine vorgetäuschte (oder auch wirkliche?) Schräglage des Boots, Steig- und Sinkflüge in übersteigerter Perspektive. Gareths Magen hob sich, er kämpfte gegen eine sich anbahnende Übelkeit an … Er schloss die Augen und spürte eine gewisse Erleichterung, er wurde müde und nickte ein.

Protokoll Gareth Lavalle. Auszug

Ich weiß nicht, wie lange die Fahrt dauerte. Als ich aufwachte, war ich benommen. Wir gingen durch ein Kaufhaus, an endlosen Regalen mit Ramsch vorbei. Bunte Notizblöcke, Spraystifte, Holotafeln, Kopierrollen … Es ging über eine Rolltreppe abwärts, wieder Regale, Bildschirme, eine Menge junger Menschen, offenbar ein Spiel, eine Verlosung.

Unterbrechung. Wir spielen eine Aufzeichnung ein … ist das die richtige Stelle?

Ja, das ist das Kaufhaus, das untere Geschoss. Eine Veranstaltung, Gedränge. Die Bühne, ein Moderator … Und dort der Aufzug. Die beiden schieben mich hinein. Einer drückt einen Knopf, gibt die Etagennummer ein … Sie kommen nicht mit, ich bin allein. Und hier …

Unterbrechung. Es gibt keine Aufnahmen mehr. Nicht angemeldete Räume. Der Aufenthalt ist verboten.

Es ging abwärts. Die Anzeigedisplays für die Stockwerke blieben dunkel. Dann blieben wir stehen. Die Tür öffnete sich von selbst, ich trat hinaus. Da stand eine junge Frau mit einer Rüschenjacke und einer Kappe aus schlecht imitiertem Kaninchenfell. »Dort hinein«, sagte sie und zeigte auf eine offene Tür. Ich musste mir einen Weg durch Berge von Kartons, Papierstapel, Memorecs-Rollen und Ähnlichem bahnen und trat dann durch die mir gewiesene Tür.

Der Raum war eng und niedrig – ein offenes Wandregal mit Mappen, Broschüren, Ordnern, Kopierschablonen, eine schmale Tischplatte, darauf ein Computer mit Tastatur und Monitor, auf dem jemand mit Fettstift gekritzelt hatte. In einem Sessel mit hoher, stoffbezogener Lehne saß ein alter, aber noch recht rüstig aussehender Mann, graue Haare, Bartstoppeln, ein Weißer mit auffallend dunkler Gesichtsfarbe. Er deutete auf den Schemel vor dem Computertisch und schnüffelte.

»Du riechst nach Alkohol. Ist das üblich, dort, wo du herkommst? Das werden wir dir austreiben.«

Er wartete, bis ich mich gesetzt hatte. »Ich heiße Enrique, bin der Leiter dieser kleinen Gruppe, die auf den Einsatz wartet. Für die Aufgabe, die wir dir stellen, brauchst du deinen Verstand. Also keinen Alkohol mehr. Schließlich bist du Spezialist.«

»Was soll ich tun?«

»Es geht um einen Code – du sollst ihn knacken. Eine elektronische Sperre, die wir durchbrechen wollen. Mehr wirst du über die Hintergründe nicht erfahren. Was du wissen musst, steht in diesen Rollen. Wenn du irgendetwas brauchst, wende dich an Maud. Du hast sie draußen gesehen. Sie wird dir auch deine Unterkunft zeigen. Aber nimm zur Kenntnis, dass Fragen, die über das Notwendige hinausgehen, streng verboten sind.« Er setzte an, sich in seinem Stuhl hochzustemmen, aber ich hielt ihn auf. »Ich weiß nicht, ob ich diese Aufgabe lösen kann – ich habe noch nie einen Code geknackt.«

Er sah mich an, als spräche ich eine fremde Sprache. »Willst du mich für dumm verkaufen? Ich weiß alles über dich. Du hast das zu tun, was ich dir sage.«

»Ich habe in einem Institut für antike Kunst gearbeitet. Die Klassifizierung von Ornamenten –«

»Es ist mir egal, womit du bisher deine Zeit verschwendet hast. Dann wirst du nun eben etwas Nützliches tun.« Er blätterte in einem Schriftstück. »Da ist deine Beurteilung: beste Noten in Algorithmik, Kombinatorik, Linguistik. Abstrakte

Automaten, formale Sprachen, zellulare Netze und so weiter. Wird den Fähigkeiten gemäß eingesetzt … so steht es hier. Und du willst mir erzählen, dass man dich mit der Untersuchung alter Ornamente betraut hat? Du wirst deine Aufgabe lösen, du wirst den Code knacken, und zwar rasch. Alles andere wäre Sabotage an unserer Idee. Versäumen wir keine Zeit mehr – dieser Tag hat noch sieben Stunden.«

Ende Protokoll Gareth Lavalle

Ohne sich weiter um Gareth zu kümmern, verließ Enrique die Kammer – viel mehr als ein Verschlag war es nicht – düster und schmutzig. Der Computer ein Fremdkörper in dieser Umgebung – nicht gerade ein neues Modell, wie Gareth mit einem Blick feststellte. Im Moment aber beschäftigten ihn andere Dinge – wieder hatte sich die Situation für ihn verändert, aber er war nicht in der Lage, sich klar darüber zu werden, noch immer spürte er die Benommenheit und nun auch einen dumpfen Schmerz hinter den Augen. Er trat zur Tür, die noch offen stand, und dort erwartete ihn die junge Frau, die hier im Vorraum, inmitten des Chaos, offenbar ihren Arbeitsplatz hatte.

»Ich bin Maud«, sagte sie. »Ich habe gelauscht.«

Gareth blickte sie mit großen Augen an. Sie war jünger, als es ihre seltsame Kleidung vortäuschte, rotblond, offenbar nicht ihre natürliche Haarfarbe.

»Es geschieht ihm recht, dass einmal jemand widerspricht. Die anderen kriechen ja vor ihm vor Respekt.«

»Ist er so bedeutend?«, fragte Gareth.

»Aber sicher – er ist ein Gründungsmitglied der Organisation, seit zwei Jahren arbeitet er im Untergrund. Ich habe gehört, dass du neu bei uns bist.«

»Und du? Schon länger dabei?«

»Erst seit zwei Monaten. Stinklangweilig, sage ich dir.« »Und warum bist du dann hier?«

»Meine Eltern sind schon seit Jahren im Untergrund aktiv. Naive Gutmenschen. Bis Ende vorigen Jahres war ich draußen in der Ausbildung. Aber meine Noten waren nicht so gut, wie sie sein sollten – recht mies sogar, um ehrlich zu sein. Man hat mich niedrig eingestuft. Ich hätte Büroräume reinigen müssen oder so etwas. Da bin ich doch lieber hier.«

»Na ja«, sagte Gareth unschlüssig, »ich muss wohl noch etwas tun.« Er wollte sich umwenden, doch Maud hielt ihn am Ärmel fest. »Nur nicht so eilig. Wenn ich dir deine Unterkunft zeigen soll, dann müssen wir das gleich machen, ich bleibe hier nämlich nicht bis Mitternacht. Hast du denn schon was gegessen?«

Gareth schüttelte den Kopf. Er spürte zwar ein flaues Gefühl im Magen, aber er hatte das als Folge des ungewohnten Schwebeflugs gedeutet, und es konnte auch am Getränk liegen, das ihm Josh gegeben hatte und das offensichtlich Alkohol enthalten hatte. Oder kam es einfach davon, dass er tatsächlich seit gestern nichts gegessen hatte?

»Dann komm mit, die Kantine hat schon geschlossen, aber ich lade dich ein – ich habe noch Cremescheiben und ein paar Mandarellen.«

Warum auch nicht? Gareth folgte ihr, und nachdem sie durch enge, verwinkelte Gänge gegangen waren, öffnete sie die Tür zu einem Raum, der nicht viel größer war als eine Kabine. Es gab keine Sitzgelegenheiten, und so setzten sie sich aufs Bett. Maud holte ihre Vorräte aus einem Karton, den sie unter der Matratze hervorzog, dazu auch eine Flasche und ein Glas. Sie schenkte ein. »Ich habe noch eine Portion Brausebier – da bist du doch sicher nicht abgeneigt.« Sie goss das Glas voll, warf eine Tablette hinein und rückte näher an ihn heran.

Gareth nahm sich vor, nicht mehr als ein Glas zu trinken, aber die Cremescheiben waren hart und trocken, die Mandarellen schmeckten sauer und brannten auf der Zunge, und so nahm er einen Schluck und noch einen ... Wieder stellte sich das Schwindelgefühl ein, doch jetzt empfand er es als angenehm. Auf merkwürdige Weise waren auch seine Sorgen verflogen, und selbst die Nähe des Mädchens, die ihn vor Kurzem noch gestört hatte, empfand er nun als erträglich. Sie schlang die Arme um ihn und legte ihre Wange an die seine. Was beim Parasex einiger Vorbereitung bedurfte, geschah nun ganz schnell, und was da im Einzelnen vor sich ging, bekam er nicht so richtig mit. Er stellte nur fest, dass es um ein Mehrfaches intensiver war, als er es in den Kabinen je erlebt hatte – obwohl es hier unbequem war und staubig und unhygienisch –, und zuletzt versank er in einem Strudel von Lust, der ihn unmittelbar in einen tiefen traumlosen Schlaf überleitete.

Als er aufwachte, wusste er nicht, wo er war, und erst das Mädchen, das neben ihm lag und mit offenem Mund atmete, weckte seine Erinnerung. Er war noch unglaublich müde, und sein Kopf war leer, und er hätte nie gedacht, dass dieser Zustand so angenehm sein konnte, und schlief wieder ein.

Erst am späten Morgen wachte er endgültig auf – und erschrak, als er auf die Uhr blickte. Er versuchte, Maud zu wecken, aber sie murmelte nur, dass sie noch etwas schlafen wollte und dass sie Enrique einen schönen Gruß ausrichten ließ, falls dieser nach ihr fragte. So steckte Gareth den Kopf unter die Wasserleitung an der Wand neben der Tür, zog sich an und fand nach einigen Umwegen seinen neuen Arbeitsraum. Obwohl ihm alles Mögliche durch den Kopf ging, bemühte er sich um Konzentration und vertiefte sich in die bereitliegenden Unterlagen.

Manifest der Liga für Gerechtigkeit

Jeder Mensch hat das Recht auf ein erfülltes Leben, so ist es im Grundgesetz festgeschrieben, und wenn wir uns auf diesen Satz berufen, dann tun wir das nicht nur im Einklang mit den ethischen Prinzipien der Union, sondern geradezu in ihrem moralischen Auftrag. Wir weisen daher alle uns diffamierenden Verleumdungen zurück: Wir sind keine Gesetzlosen, keine Verbrecher, keine Terroristen. Wenn wir bei unseren Maßnahmen, die Grundrechte des Menschen durchzusetzen, im Laufe der letzten Jahre auf immer drastischere Mittel zurückgreifen mussten, dann nur deshalb, weil die mit den Regierungsgeschäften Betrauten das Recht mit Füßen treten und die sogenannten Ordnungshüter unsere berechtigten Forderungen mit roher Gewalt zu unterdrücken versuchen. Diese kleine Gruppe von Privilegierten vertritt längst nicht mehr die Interessen des Volkes, sondern ist nur noch darum bemüht, die eigene Machtposition zu stärken und den eigenen Reichtum zu vermehren. Dieses Manifest ist ein letzter Versuch, die Verantwortlichen zur Einsicht zu bringen und sie dazu zu bewegen, der Bevölkerung die Freiheit wiederzugeben, die ihr durch die Politiker und Industriellen genommen wurde.

Leider ist es uns bisher mit unseren friedlichen Demonstrationen nicht gelungen, das moralische Ungleichgewicht zu beseitigen oder auch nur zu mildern – im Gegenteil, die Unverfrorenheit, mit der man die jedem Bürger zustehenden Rechte mit Füßen tritt, tritt immer unverblümter an den Tag. Deshalb haben wir uns zu einem letzten Ultimatum entschlossen und werden, wenn man diesem nicht nachgibt, neue Mittel und Kräfte mobilisieren, um unsere Ziele zu erreichen und unsere Welt reicher und besser zu machen.

Unsere Kritik gilt besonders dem ständig zunehmenden Einfluss des Datennetzes, das sich als gefährlichstes Instrument der Unterdrückung erweist. Noch vor einigen Jahren waren es speziell Aufgaben der Überwachung, die ihm übertragen wurden, und das hatte zur Folge, dass man nirgends – nicht einmal in privaten Bereichen – vor Abhörmikrofonen und versteckten Videokameras sicher sein kann. Die ständige Weiterentwicklung dieser Maschinen hat aber auch eine ganz neue Dimension der Datenauswertung eröffnet: Aus harmlos scheinenden Angaben werden Persönlichkeitsbilder abgeleitet, wobei selbst intimste Eigenschaften, Krankheiten, psychologische Defekte und dergleichen an die Öffentlichkeit gebracht und zur Unterdrückung missbraucht werden.

In letzter Zeit übernimmt der Computer auch intellektuell orientierte Führungsaufgaben, beispielsweise jene von Lehrern, Beamten, Rechtsanwälten und Richtern, und dasselbe gilt für Managementfunktionen in Handel und Industrie – schon lange sind es keine menschlichen Fachkräfte mehr, die über Geldwirtschaft, über Produktionspläne, über Börsentransaktionen und über die Programmgestaltung im Radio-, Fernseh- und Spielsektor bestimmen. Und seit Neuestem – unbemerkt von der Öffentlichkeit – werden dem Computer auch Entscheidungen bei wichtigen Regierungsgeschäften übertragen. Diese Automaten entscheiden selbst über Krieg und Frieden – niemand kann voraussehen, welche Katastrophen dadurch noch verursacht werden. Alles in allem bedeutet das nicht mehr und nicht weniger, als dass es längst nicht mehr von der Bevölkerung gewählte Vertrauenspersonen sind, die über unser Leben entscheiden, sondern seelenlose Schaltungen, die keinerlei Verständnis für menschliche Belange haben. Es ist das Datennetz, das unsere Selbstbestimmung untergräbt und uns zu Sklaven im Getriebe eines Ameisenstaates macht. Es ist das Datennetz, das uns unser höchstes Gut, die Freiheit, stiehlt.

Bürger, wehrt euch gegen jeden Eingriff in den Freiraum, den der Mensch als fühlendes und denkendes Wesen braucht. Lasst euch die Bevormundung durch eine kleine Zahl von Privilegierten nicht mehr gefallen, einer Gruppe verantwortungsloser Emporkömmlinge, die sich auf Kosten ihrer Mitmenschen ein Leben voller Luxus verschafft haben. Demonstriert für eine gerechtere Verteilung unserer Güter, setzt euch für eine Verbesserung des Lebensstandards ein, mit einem Wort: Schließt euch uns an – der Liga für Gerechtigkeit. Gemeinsam sind wir stark, und jeder, der mit uns für eine bessere Welt kämpfen will, sei uns willkommen.

4.

Die Umgebung war ungewohnt, die ihm gestellte Aufgabe unterschied sich grundlegend von allem, was Gareth bisher gemacht hatte, doch unerwartet rasch fand er sich zurecht. Je besser er das Problem verstand, umso stärker wurde sein Interesse, und nicht anders als bei den Ornamenten spürte er den möglichen Zusammenhängen nach, den Regeln, die sich hinter den Verteilungen der Buchstaben und Ziffern verbargen, und im Grunde genommen war es gleichgültig, was sie bedeuteten. Auch in den geometrischen Mustern hatte er keine Assoziationen zum täglichen Leben, zur Geschichte beachtet, keine Farben gesehen, keine Schönheit empfunden (was auch immer das sein sollte), sondern nur das nackte, jedes damit verbundenen Sinnes entkleidete Problem beachtet, und nun, bei der Frage, nach welchen Regeln der Code aufgebaut war, war es nicht anders: Es spielte keine Rolle, um welche dubiosen Absichten es ging und wer eigentlich dahinter steckte. Das Interesse an dem Problem, der Wille, das zugrunde liegende Schema zu erkennen, das Rätsel zu lösen, bereitete Gareth auch jetzt, unter höchst ungewöhnlichen Umständen, ein Vergnügen, das mit keinem anderen zu vergleichen war.

Natürlich kam ihm zugute, dass er seine Arbeit im Institut in engster Kooperation mit dem Computernetz verrichtet hatte, dass er ganz genau wusste, was zu tun war, um an eine Information heranzukommen – womöglich eine, die nicht ohne Weiteres öffentlich zugänglich war (und vieles, bei dem es eigentlich keinen Grund dafür gab, war öffentlich nicht zugänglich). Er wusste, welche Suchmaschinen für welche Zwecke geeignet waren, kannte die Schlüssel zu den Datenbanken (auch zu manchen geschlossenen), wusste, welche Stichworte und Stichwortkombinationen am raschesten zum Ziel führten und welche Anweisungen den digitalen Agenten zu geben waren, den automatisch agierenden mobilen Programmen, die in fremden Computern heimlich Daten aufspürten. Jetzt, wo er diese Kenntnisse für eine ganz andere Art von Aufgaben einsetzte als bisher, war er selbst ein wenig überrascht darüber, vielleicht sogar stolz, dass er das Instrumentarium so gut beherrschte, mit dem man sich zum Herrn der digitalen Systeme macht.

Er beugte sich über die Tastatur – sie war klebrig und roch nach Bitter-Cola, das jemand darüber verschüttet hatte. Aber Gareth war jetzt voll auf seine Aufgabe konzentriert.

Bald hatte er alles beisammen, was er für die Analyse brauchte – ein Moment, auf den er ungeduldig hingearbeitet hatte, denn nun konnte er sich endlich mit dem eigentlichen Problem beschäftigen: Welcher Schlüssel wurde zur Absicherung des geschlossenen Bereichs benutzt? Unschwer war zu erkennen, dass das Berechnungsprinzip des Codes täglich wechselte und außerdem noch von der Uhrzeit (auf Mikrosekunden genau) abhängig war. Eine Codierung, auf Produkten komplexer Primzahlen beruhend, die noch vor zwanzig Jahren ihre Aufgabe erfüllt hätte, aber jetzt leicht zu knacken war – allerdings mit einem hier nicht verfügbaren Rechenaufwand. Ein vergleichbares Problem hatte er schon einmal zu lösen gehabt, wenn auch in einem anderen Zusammenhang, verbunden mit der Frage, wie viel Varianten ein bestimmtes Bandmuster aufwies, wenn man die Über- und Unterschneidungen wechselte. Aber auch damals hatte die Rechenkapazität nicht gereicht, und so hatte er Ausschau nach einem ungenügend gesicherten Quantencomputer gehalten, den er anzapfen konnte. Diese Dinger konnten unzählige Rechnungen zugleich ausführen und waren zur Lösung bestimmter Probleme unentbehrlich.

Er kannte die Adresse noch, erinnerte sich an die Schritte, die nötig waren, um einzudringen und auf jene operationelle Ebene zu gelangen, auf der man Programme eingeben und zum Laufen bringen konnte. Der Zugriff gelang ohne Schwierigkeiten, und in weniger als einer Minute lag das Ergebnis vor. Ein kurzer Test bestätigte die Richtigkeit des Resultats.

Jetzt hätte er Enrique verständigen können; er hatte seine Arbeit erledigt, und wenn alles so verlief, wie er hoffte, hatte er keine Verpflichtungen mehr, und man ließ ihn gehen. Doch jetzt zögerte er. Was ihm vorher nur flüchtig in den Sinn gekommen war, gewann wieder an Bedeutung. Wie auch bei seiner Tätigkeit im Institut hatte er sich während der Arbeit voll auf das Problem konzentriert und sich keine Gedanken darüber gemacht, wozu die Resultate nützlich waren. Diese Sachlage hatte sich nun grundlegend verändert. Er musste daran denken, wozu das, was er da offen gelegt hatte, eingesetzt werden konnte. Durchbrechen einer Sperre – das hörte sich harmlos an, aber je nach den Umständen konnte es alle möglichen Konsequenzen haben ... Auf einmal rückte das alles in den Hintergrund: das Gedankenspiel, die spannende Auseinandersetzung mit einem Rätsel, die dahinter steckende Logik mit der abschließenden Befriedigung darüber, dass man es bezwingen konnte. Denjenigen, die ihm die Aufgabe gestellt hatten, war die elegante Art, wie er sie gelöst hatte, völlig gleichgültig, und das, was bisher reine Wissenschaft gewesen war, erhielt auf einmal einen schmutzigen Bodensatz. Es war eine verblüffende, ja schockierende Erkenntnis, dass es von der unschuldigen Wissenschaft eine direkte Verbindung zu den schmutzigen Dingen des täglichen Lebens gab, und dass etwas Reines und Abstraktes dadurch zu etwas wurde, das mit banalen Erfahrungen wie Verantwortung und Schuld befleckt war ...

Aber, und das wurde ihm nun erschreckend deutlich: Diese Erkenntnisse betrafen nicht nur allgemeine strukturelle Zusammenhänge, sondern auch seine eigene Situation: jetzt und hier. Der Schlüssel, den er gefunden hatte, ließ sich benutzen, und, so wie es aussah, sollte er auch benutzt werden – auf eine Weise, die zweifellos zwielichtig war und wahrscheinlich sogar illegal. Gewiss, ihm war Unrecht geschehen, und deswegen nahm er sich das Recht, seine eigene Person vor den Folgen zu bewahren, und wenn er dabei etwas Verbotenes tun musste, dann – so hatte er es sich vorgenommen – würde er sich ohne Gewissensbisse darüber hinwegsetzen. Andererseits: Was jetzt in seinen Aktionsraum eingedrungen war, ging über persönliche Interessen weit hinaus. Durfte er den Code einfach weitergeben? Was geschah, wenn er sich weigerte?

Die Tür wurde aufgerissen, und Enrique stürmte herein. Er lief auf Gareth zu und umarmte ihn. »Prächtig, mein Junge«, rief er. »Das hast du gut gemacht. Unglaublich! Ich hatte mit mehreren Tagen gerechnet, und du hast es in ein paar Stunden geschafft. Ich hatte schon befürchtet, wir würden diese einmalige Gelegenheit verpassen.«

Protokoll Gareth Lavalle. Auszug

Wie lange ich an dem Problem arbeitete, weiß ich nicht mehr. Es war, als hätte jemand die Zeit ausgeschaltet. Es ging nur noch um die Herausforderung – ob ich imstande sein würde, das Rätsel zu lösen.

Unterbrechung. Hast du nicht erkannt, dass du mit deiner Bereitwilligkeit zur Mitarbeit zu einem Gesetzesbrecher wirst?

Natürlich war mir bewusst, dass das, was ich tat, verboten war. Es gibt viele Verbote, wer kennt sie alle? Klar – in den letzten Tagen hatte ich gegen eine Menge davon verstoßen. Aber jetzt … Diesen Code zu entschlüsseln … das war schlimmer – es war Sabotage. Das weiß ich heute, damals war es mir nicht so klar. Damit habe ich eine Grenze überschritten.

Aber vielleicht war es auch ein bedingter Reflex – so erkläre ich es mir heute. So hat man es mir beigebracht: Eine gestellte Aufgabe muss gelöst werden. Dann beginnt es in mir zu arbeiten, fast ohne mein Zutun. Wo kann man anpacken, wie lässt sich die Nuss knacken? Im Vergleich dazu ist alles andere nebensächlich. Es war nichts mehr davon existent: dieser feuchte Raum, der unbequeme Schemel, der körnige Bildschirm … Ein Wunder, dass der Computer funktionierte. Doch es gab –

Unterbrechung. Lag es vielleicht daran, dass du dich an dem Staat rächen wolltest, der dir mit einem Mal alle Rechte entzogen hatte?

Nein, an so etwas habe ich sicher nicht gedacht – es war die Aufgabe, die mich voll beanspruchte. Eine schwere Aufgabe, eine interessante Aufgabe, ganz anders geartet als alles, womit ich mich bisher beschäftigt hatte. Und trotzdem habe ich sie gelöst. Eigentlich war ich so zufrieden und stolz wie bei jedem anderen Problem, das ich gelöst hatte. Trotz der veränderten Situation, trotz des Arbeitens unter Druck. Ein altes Computermodell, ein ungewohntes Betriebssystem … Und noch etwas: Da hatte ich zum ersten Mal etwas getan, was praktisch anwendbar war, was den Lauf der Dinge ändern würde … ein Eingriff in unsere reale Welt. Freilich: Es war etwas, was sich gegen die üblichen Regeln richtete, gegen die Regierung, gegen das Gesetz. Und dennoch: Zum ersten Mal hatte ich etwas Sinnvolles zustande gebracht!

Ich war ins Grübeln gekommen, und ich wurde mit den Widersprüchen nicht fertig. Da wurde die Tür aufgerissen, und Enrique stürmte herein. Er lief auf mich zu und umarmte mich.

»Prächtig, mein Junge, das hast du gut gemacht. Unglaublich! Ich hatte mit mehreren Tagen gerechnet, und du hast es in ein paar Stunden geschafft. Ich hatte schon befürchtet, wir würden diese einmalige Gelegenheit verpassen. Nun erreichen wir gleich die erste der geplanten Veranstaltungen.«

Unterbrechung. Hast du nicht danach gefragt, wieso Enrique wissen konnte, dass du deine Aufgabe gelöst hattest?

In diesem Moment fiel es mir nicht auf, ich war in Gedanken woanders … Irgendwie war ich überrumpelt, als er mich festhielt. Es war mir unangenehm, und trotzdem empfand ich Stolz … seine freudige Überraschung, seine Anerkennung … Dann wieder schämte ich mich für diese Regungen, fand nur langsam in die Wirklichkeit zurück.

»Um was geht es denn eigentlich, was habt ihr vor?« Enrique schien sich allmählich zu beruhigen. Er ließ mich los, blickte mich forschend an.

»Gewiss – das sollst du erfahren. Schließlich wirst du ja bei unserer Aktion dabei sein.« Er ließ sich in den alten Lehnstuhl fallen, ungeachtet einiger darauf liegender Zettel und Stifte. »Wir gehören zur LifüGe, der Liga für Gerechtigkeit. Du wirst es dir ja schon gedacht haben: Wir setzen uns für Freiheit und Selbstbestimmung ein. Aber bisher blieben all unsere Proteste und Demos unbeachtet. Es wird Zeit, dass wir mit einer größeren Aktion an die Öffentlichkeit treten. Und dazu ist schon bald Gelegenheit. Morgen beginnt die große öffentliche Konferenz, bei der die Regierung ein neues Sicherheitssystem vorstellen will: die Überwachung noch intensiver, die Bewegungsfreiheit noch empfindlicher eingeschränkt. Weitere verbotene Zonen, verschärfte Ausweispflicht, noch mehr Loyalitätskontrollen. Der virtuelle Psychotest: Verbrechen gegen den Staat werden bestraft, bevor sie begangen werden.«

Er hatte immer aufgeregter und eifriger gesprochen, nun musste er Atem holen.

Ich hatte schon mehrmals unterbrechen wollen, und jetzt hatte ich Gelegenheit dazu. »Aber alles das soll uns doch vor den Anschlägen der Terroristen schützen.«

Enrique machte eine verächtliche Handbewegung. »Ach – diese Furcht vor Anschlägen! Hast du noch nicht bemerkt, dass das alles nur ein Vorwand ist, um die Bevölkerung noch rücksichtsloser zu unterdrücken? Nein, uns war schon von Anfang an klar, dass die Entwicklung eines neuen, der Regierung vorbehaltenen Computers zu solchen Konsequenzen führen würde, und nun ist es so weit. Und dagegen müssen wir uns endlich ernsthaft wehren. Wir werden die Sitzung sprengen. Ja, genau das: Die große Propagandaveranstaltung der Regierung wird eine Propagandaveranstaltung für uns werden. Alle Medien sind dabei, und was sie von uns hören, was sie aufnehmen, senden und berichten werden, wird die Leute überall dort aufrütteln, wo die Sendungen empfangen werden, und das ist die gesamte sogenannte freie Welt.«

Dieses Gerede machte mich ungeduldig. »Und was ist denn nun geplant?«

Eine Pause entstand. Vor mir der grauhaarige Mann – trotz seines fortgeschrittenen Alters voller Energie und Tatendrang. Ich musste das irgendwie anerkennen. Aber ich spürte auch Antipathie … die Art, wie er über mich verfügte …

Er blickte auf, musterte mich mit einem Anflug von Misstrauen.

»Im Grunde genommen eine weitere friedliche Demonstration«, antwortete Enrique vorsichtig. »Wir nützen die Versammlung des Kongresses, um unsere Thesen an die Öffentlichkeit zu bringen. Wir warten die Eröffnung ab, und sofort nach der Begrüßung des Präsidenten besetzen wir den Saal. Anstatt des Ministers für Kommunikation und Abwehr wird einer von uns ans Rednerpult treten und unsere Forderungen verlesen.«

»Und dann?«

»Dann ziehen wir wieder ab – genauso friedlich, wie wir gekommen sind.«

»Und du nimmst an, dass man euch so einfach gehen lässt?«

Enrique richtete sich in seinem Stuhl auf, saß nun steif und gerade da – eine Geste der Entschlossenheit und des Willens. »Das ginge nur mit Gewalt, und das wäre Unrecht. Es würde dem Prinzip des freien Demonstrationsrechts widersprechen. Damit wäre bewiesen, dass das Rechtssystem Unrecht zulässt. Und dagegen würden wir uns wehren.«

Unterbrechung. Hast du nicht erkannt, dass die beschriebene Aktion ohne Anwendung von Gewalt nicht denkbar ist? Offensichtlich waren sie als Teil der Strategie eingeplant. Du hättest protestieren sollen.

Ich habe es versucht. Ich überlegte kurz, dann sagte ich: »Ich fürchte, das illegale Eindringen in den Kongresssaal ist ein strafbarer Akt. Damit will ich nichts zu tun haben. Ich werde euch den Code nicht geben.«

Ich konnte Ärger, aber auch Hohn in Enriques Miene lesen. Die Stimmung war umgeschlagen … Misstrauen, Feindschaft … Er erhob sich, es war etwas Abschließendes in dieser Aktion.

»Wir sind auch nicht gerade auf den Kopf gefallen. Alles, was du am Computer unternommen hast, ist an einen anderen Computer geleitet worden. Einer unserer Programmierer hat jeden deiner Schritte verfolgt. Das heißt, dass du uns den Code nicht zu geben brauchst – wir haben ihn bereits. Halte dich bereit – morgen früh brechen wir auf.«

Ende Protokoll Gareth Lavalle

Enrique war gegangen und hatte Gareth verwirrt, aber auch etwas verdrossen zurückgelassen. Auf dem Monitor waren noch die Formeln und Zahlen zu sehen, das Resultat seiner Arbeit, und wie es seine Art war, hatte er seine Ableitungen in einer übersichtlichen Form dokumentiert, sodass auch jeder andere, der ein wenig von stochastischen Rechenmethoden verstand, sofort erkennen konnte, worauf es ankam. Jetzt erwies sich das als Nachteil, und Gareth ärgerte sich über sich selbst. Er hätte den Weg seiner Überlegungen auch verschleiern können, war aber in seiner Arglosigkeit nicht auf eine solche Idee gekommen. Wieder war er schmerzhaft daran erinnert worden, dass er nicht mehr in einem Reservat der Wissenschaft lebte, in dem offenbar andere Regeln galten als hier draußen. Hier draußen – das war die wirkliche Welt ... War es die wirkliche Welt? Er nahm sich vor, von jetzt an auf der Hut zu sein.

Als er die Kammer verließ, sah er, dass sich Maud eifrig mit einem jungen Mann unterhielt. Er wollte unbemerkt vorbeigehen, aber das Mädchen sah ihn und hielt ihn auf. »Hallo, Gareth, das ist Gerry. Er ist neu hier. Er wird bei der Aktion dabei sein.«

»Na fein«, sagte Gareth. Er nickte den beiden zu und machte sich auf die Suche nach seiner Unterkunft. Wie sich herausstellte, war es ein großer Raum, fensterlos, an einer Wand eine Reihe zweistöckiger Betten, eng und nicht gerade sauber. An einem lang gezogenen engen Tisch saßen vier Personen und simulierten eine Verfolgungsjagd auf einer Holomatte. Auch Josh und Konradin waren dabei und riefen ihm etwas zu, was als Gruß gelten konnte. Auf einem der Betten lag ein weiterer Zimmergenosse und schnarchte unter einer grau gestreiften Decke.

Jetzt spürte Gareth seine Erschöpfung. Er fragte nach einem freien Bett und legte sich nieder. Der Stoff des Kissens war rau und roch nach einem scharfen Waschmittel – Gareth breitete seine Jacke darüber, ehe er seine Wange darauf legte. Er wollte nur noch schlafen, aber es gelang ihm nicht. Alles Mögliche kam ihm in den Sinn, das Gespräch mit Enrique, die geplante Aktion, seine ungewöhnliche Lage. Wie sollte er sich verhalten? War er diesen Menschen wirklich Dank schuldig, war er verpflichtet, an bedenklichen Aktionen teilzunehmen? – was offenbar erwartet wurde. Aber blieb ihm überhaupt eine freie Entscheidung darüber, wie es weitergehen sollte?

Immer wieder tauchte auch Maud in seinen Gedanken auf. Er war von dem, was da geschehen war, völlig überrumpelt worden – bei klarem Verstand wäre das nicht passiert. Sex hatte er bisher nur in jener distanzierten hygienischen Form kennengelernt, wie es Cybertechnik, Halluzinatoren und Emotionsstimulatoren zuließen. Einem anderen Menschen so nahezukommen, wie das bei den Praktiken der primitiven Sexualität üblich war, war ihm abstoßend und widerlich erschienen, sooft er davon gehört hatte. Und selbst die Erinnerung an das Zusammensein mit Maud hatte nun einen unangenehmen und beschämenden Aspekt. Bei wachem Bewusstsein hätte er es kein zweites Mal fertiggebracht, und er war froh, dass sich die Angelegenheit von selbst erledigt hatte. Und doch ... warum musste er immer wieder daran denken? Maud mit diesem frechen jungen Mann ... warum störte es ihn so sehr, dass sie diesen angelächelt, ihm die Hand auf den Arm gelegt hatte? Ja, obwohl er mit Maud nichts mehr zu tun haben wollte, tat es ihm weh – irgendwo außerhalb seines Verstandes. Wider Willen malte er sich aus, wie sie ihn in ihre Kammer einlud, sich neben ihn aufs Bett setzte ... Warum stellte er sich so etwas vor, wenn ihn die Vorstellung doch so schmerzte ...?

Er ärgerte sich über sich selbst. War er nicht mehr Herr seiner Gedanken? Er zwang sich, seine Situation kühl zu analysieren, die Fakten in Beziehung zueinander zu bringen und dagegen die Möglichkeiten aufzuwiegen, die ihm zum Handeln blieben. Doch immer wieder erschien das Gesicht Mauds vor seinem inneren Auge, ihr Körper ...

Irgendwann schlief er ein, und als ein lauter Ruf ihn weckte, da hatte er das Gefühl, die ganze Zeit wach gelegen zu sein, doch dann überzeugte ihn ein Blick auf das Display seiner Uhr, dass es vier Uhr morgens war.

Ansprache von Robert Hammersmith

Sehr geehrter Herr Präsident, meine Damen und Herren,

nach wie vor ist unsere Gemeinschaft, die Union unabhängiger Stadtstaaten, den Angriffen gewissenloser Terroristen ausgesetzt. Nicht dass unser politisches System dadurch ernstlich erschüttert würde, doch für die Betroffenen entsteht schwerer körperlicher und materieller Schaden, und viele haben bei den feigen Anschlägen ihr Leben lassen müssen.

Der Bürger fragt mit Recht, wieso eine so starke Macht, als die wir uns bezeichnen dürfen, keine wirksamen Maßnahmen ergreifen kann, um diese Situation ein für alle Mal zu bereinigen. Nun, meine Damen und Herren, so paradox es klingt: Unsere Stärke ist unsere Schwäche. Eben dadurch, dass uns die Freiheit des Bürgers als höchstes Gut gilt, werden wir angreifbar, bieten wir dem Gegner Schwachstellen. Unsere Bewegungsfreiheit, die freie Wahl des Wohnorts, die Freiheit der Berufswahl, das freie Wort, der allgemeine Schutz persönlicher Daten und das unabhängige Rechtssystem machen den Missbrauch möglich. Das, was uns schützt, schützt auch den

Saboteur, es hilft ihm, die Attentate unbehelligt vorzubereiten, sich alles zu beschaffen, was er dafür braucht, es garantiert ihm die ungestörte Kommunikation mit Gesinnungsgenossen, und es schützt ihn sogar vor Strafe, wenn es nicht gelingt, rechtsgültige Beweise für seine Tat zu liefern.

Was ist zu tun? Einflussreiche Kreise in unserem Staat fordern angesichts dieser schwierigen und gefährlichen Situation, auf einen Teil unserer Freiheit zu verzichten, und zwar eben deshalb, um unsere Freiheit zu verteidigen.

Ich darf hier erklären, dass wir diesen Weg nicht gehen wollen: Unsere Freiheit bleibt erhalten! Das geschieht zum Wohl unserer Bürger, wir lassen uns von unseren Gegnern nicht zur Aufgabe unserer bedeutendsten Prinzipien zwingen – Prinzipien, die zur Grundlage unserer politischen Philosophie gehören.

Was also können wir tun? Wie kommen wir aus diesem Dilemma hinaus? Gibt es überhaupt einen Ausweg? Nun, ich habe heute eine gute Nachricht: Wir haben einen Ausweg gefunden. Es gibt eine geniale Lösung, die wir unseren Wissenschaftlern und Technikern verdanken: die dezentralisierte Intelligenz. Wie allgemein bekannt, ist das wichtigste Mittel unserer Organisation das Kommunikationsnetz mit seinen unzähligen Endstellen: den Arbeitsplätzen in den Büros und Laboratorien, den Betriebssystemen für die Maschinen in den Fabriken, den Visifon-Geräten in den Wohnungen, den Steuerstationen überall dort, wo es um einfache, aber unentbehrliche Aufgaben der Sicherheit geht: die Maßnahmen zur Versorgung, die Regelung des Verkehrs, die Konstanthaltung des Klimas, die Gesundheitskontrolle, die Information über politische Maßnahmen etc. An vielen dieser Endgeräte wurden immer schon Steuerchips und PCs eingesetzt, die die aus der Situation heraus notwendigen automatisch vollziehbaren Verrichtungen steuerten, und für Spezialzwecke wurden auch früher schon viele von ihnen zusammengeschaltet, sodass in der Integration eine gehörig vergrößerte Rechenkapazität zur Verfügung steht, mit der sich anspruchsvolle Spezialaufgaben lösen lassen.

Genau auf diesem Prinzip beruht nun unser neues System, in dem eigens entwickelte Sensoren, automatische Aufzeichnungsgeräte und verbesserte Analyseprogramme zusammenwirken werden. Wir nennen es »Sphinx«, es wird in dieser

Feierstunde offiziell angeschaltet. Zum einen kommt es damit zur permanenten Vereinigung aller am Netz hängenden Computer, und mit rund zweihundert zusätzlich einbezogenen Großrechnern wurde die verfügbare Kapazität enorm vergrößert. Damit haben wir nun ein Mittel in der Hand, um die Aktivitäten von Terroristen schon viel früher zu erkennen als bisher und Gegenmaßnahmen einzuleiten. Und zum Zweiten wurde ein Programm entwickelt, das aufgrund semantischer und statistischer Analysen aller möglichen durch das Netz einfließenden Daten jedes verdächtige Verhalten erkennt. Und das alles geschieht ohne zusätzliche Erhebungen, Prüfungen und Kontrollen, denn aufgrund unseres bewährten Identifikationssystems lässt sich bedenkliches Datenmaterial ohne Zeitverlust den Verursachern zuordnen.

In Kreisen der Opposition sind Bedenken gegen dieses System geäußert worden, und zwar mit dem Argument, dass es sich bei der Aufnahme der Daten und ihrer Auswertung schließlich auch um eine Art von Überwachung handeln würde. Wir können diese Einwürfe nur als sophistische Störungsmanöver einer Gruppe konservativer Eiferer bezeichnen, die die Vorteile der modernen Datentechnik nicht verstanden haben. In Wirklichkeit wird die Behörde keine Daten verwenden, die nicht auch bisher schon öffentlich zugänglich waren – vom Standpunkt des Datenschutzes hat sich also keine Änderung ergeben. Und wenn man die verbesserten Methoden der Auswertung wirklich als eine Einschränkung der Freiheit sehen möchte, dann ist darauf hinzuweisen, dass es zwei grundsätzlich verschiedene Möglichkeiten verringerter Freiheit gibt, und zwar eine solche, die von außen aufgezwungen wird, und eine solche, die die Gemeinschaft in einer bedrohlichen Situation vorübergehend freiwillig auf sich nimmt.

Leider treten in den unkontrollierten Gebieten unserer Welt immer wieder Unruheherde auf, und genau genommen befinden wir uns in einem permanenten Kriegszustand. Eines Tages wird der Feind besiegt und die Welt befriedet sein, doch bis dahin müssen wir Geduld aufbringen. Bis dahin ist es unsere Aufgabe, ein Übergreifen des Kriegs in unser Land zu verhindern und die terroristischen Angriffe abzuwehren. Wir sind sicher, dass das System »Sphinx« wesentlich dazu beitragen wird.

Sperrfrist: 18.2. d. J., 20.00

Sie befanden sich in einer Welt, von deren Existenz Gareth nichts geahnt hatte.

Ihre Gruppe bestand aus zehn Personen, darunter Josh, Konradin, Gerry und Maud. Man hatte ihnen wasserdichte Overalls, Tornister und mit Lampen versehene Helme gegeben. Dazu kamen einige schwere, fertig gepackte Gepäckstücke, und zumindest Gareth wusste nicht, was sie da schleppten. Unter der Last gebückt schritten sie aus, einer hinter dem andern. Vielleicht rückten sie unwillkürlich so nahe aneinander, um sich gegen diese befremdliche Umgebung zu schützen. In der Dunkelheit, die durch ihre Kopflampen nur notdürftig aufgehellt war, sahen sie alle gleich aus. Enrique hatte sich an die Spitze der Gruppe gesetzt.

Es bedurfte tatsächlich eines Führers, der sich in diesem System von Kellerräumen zurechtfand. Es musste uralt sein. Da und dort lagen Scherben herum, Teile von Werkzeugen und Gebrauchsgegenständen, und das alles war zweifellos mehrere Jahrzehnte, wenn nicht Jahrhunderte alt. Da lag eine Handgranate neben einem verbogenen Messinggefäß, dort gab es Reste von Kisten, das Holz so brüchig, dass es bei einer versehentlichen Berührung in Splitter und Späne zerfiel. Nischen an der Wand, eine Kette, ein Kreuz … Mittelalter? Gruben, in denen Knochen moderten, ein Stahlhelm … Erster Weltkrieg? Ein Haufen Papier, bedruckt, verfärbt, nicht mehr lesbar …

Sie mussten sich auf den Weg konzentrieren, Stufen auf- und abwärts, enge Durchgänge, nur gebückt passierbar. Sie gingen hintereinander, Gareth mitten unter ihnen. Er hatte das Gefühl, dass ihn einige seiner Gefährten unauffällig bewachten. Oder täuschte er sich? War es nur sein schlechtes Gewissen? In der Tat: Er hatte den Entschluss gefasst, sich bei der ersten besten Gelegenheit abzusetzen. Unter dem Overall trug er seinen Softexanzug, in den feuchtwarmen Räumen rann ihm der Schweiß von der Stirn, aber das war zu ertragen. Er hatte seine falsche Ausweiskarte bei sich, und die darauf eingetragenen Credits waren noch unverbraucht. Mehr besaß er nicht und mehr brauchte er auch nicht.

Unversehens blieb Enrique stehen, und auch die anderen hielten an, es war still, nichts zu hören, nichts zu sehen, doch dann durchdrang eine schwache Vibration den Raum, nur an der Haut spürbar, erst nach und nach als langsam anschwellendes Rauschen zu empfinden. Es blieb leise, an der

Schwelle des Wahrnehmbaren, aber deutlich und auch ein wenig bedrohlich. Enrique ließ den Schein seiner Helmlampe auf die Wand fallen, er trat nahe heran, machte sich dann an einer Platte zu schaffen. Sie ließ sich beiseiteschieben, gab eine Öffnung frei.

»Hier hindurch!«, befahl Enrique. Er selbst blieb an dem Loch stehen, vielleicht wollte er sich überzeugen, dass sich keiner drückte. »Einfach der roten Markierung nach.«

Man musste sich auf den Boden legen, die Öffnung war so schmal, dass man sich gerade noch mit Gewalt hindurchzwängen konnte. Das Innere beklemmend eng, zuerst eine Spalte, in der man gebückt gehen musste, dann eine Erweiterung – hier war eine steile Wand zu erklettern –, es folgte eine niedrige Gangstrecke, durch die sie auf allen vieren krochen. Seltsame Gebilde lösten sich aus dem Schein der Lampen: blasse Tropfsteine, an der Decke als steinerne Vorhänge, am Boden als graue Krusten ausgebildet. Wenn es die Umstände nicht verhindert hätten, wäre es interessant gewesen, diese natürlich gewachsenen fantastischen Gebilde in Ruhe zu betrachten, diese welligen Vorhänge, die in Fransen ausliefen, an denen Tropfen hingen, und diese wulstigen Zapfen, die wie zu Boden weisende Finger aussahen. Doch das konnten nur flüchtige Gedanken sein, denn schon wieder galt alle Konzentration der ungewöhnlichen Art der Fortbewegung, die an die Anforderungen eines Klettergartens erinnerte. Da war mit einem weiten Schritt ein Abgrund zu überwinden, dort ein rutschiger Steilhang ... Man hätte sich verirrt, wäre der Weg nicht, wie angekündigt, mit roten, mit Kreide auf Boden und Wände gekritzelten Markierungspfeilen angezeigt gewesen. Nachdem sie die Engstellen passiert hatten, waren die Zeichen am Boden verwischt.

Als Gareth endlich aus dem Labyrinth herauskam, war sein Overall mit rotbraunem Lehm verschmiert, an Ellenbogen und Knien spürte er durchgesickerte Nässe. Er richtete sich auf. Der Raum, den er betreten hatte, war groß, ein Gewölbe, der größte Teil im Dunkel verborgen, weil der Schein der Lampen nicht bis zur Decke reichte, nur weiter vorn schwacher Lichtschein.

»Wo sind wir?«, fragte einer. Sie standen unschlüssig beieinander, einige versuchten erfolglos, den Schmutz von Gesicht und Händen zu wischen. Es sah aus, als hätten sie sich mit Tarnfarbe bemalt. Enrique hatte sich ein wenig von ihnen entfernt, wieder schien er etwas zu suchen. Plötzlich wurde es Licht, erstmals waren Einzelheiten sichtbar, und nun bemerkten sie den Schalter, den ihr Führer betätigt hatte. Es war, als hätte jemand eine schützende Tarnung weggezogen. Als sie da unversehens in grellem Licht standen, duckten sie sich und blickten sich unwillkürlich nach anderen Menschen um – Miliz, Polizei, Wachpersonal … Aber niemand ließ sich blicken.

Enrique war wieder zu seinen Leuten getreten. »Einige Verhaltensregeln«, kündigte er an. »Allgemein ist bekannt, dass der gesamte Güterverkehr unterirdisch abgewickelt wird, aber nur wenige haben eine Ahnung davon, wie das abläuft. Unter jeder Stadt gibt es Tausende Kilometer von Tunneln und Röhren, durch die sich die Container bewegen. Einige davon sind so geräumig, dass man mit einem Schwebeboot hindurchfliegen könnte, andere gerade noch für den Transport von Rundbehältern geeignet. Diese engen Röhren sind für uns uninteressant, weil in ihnen Vakuum herrscht. Die anderen sind als Einschienenstrecken ausgebildet – das sind die, die wir benutzen werden. Noch Fragen?«

Gareth deutete auf die hinter ihnen liegende Wand, die, jetzt im Licht der Deckenstrahler gut zu erkennen, vielfach gebrochen und von Rissen durchzogen war. »Was ist hier geschehen? Sind wir hier sicher?«

»Beim Vortrieb der Röhren hat man eine unterirdische Karstzone angeschnitten – man musste eine andere Streckenführung wählen. Das gibt uns Gelegenheit, in dieses verschlossene System einzudringen. Doch es wäre besser, du würdest dich auf unsere Aktion konzentrieren, anstatt überflüssige Fragen zu stellen.«

Ein anderer hob die Hand. »Können wir hier nicht entdeckt werden?«

»Wenn wir vorsichtig sind, nicht«, erklärte Enrique. »Das System arbeitet vollautomatisch. Reinigungsarbeiten und kleinere Reparaturen werden von Robotern erledigt. Nur in Ausnahmefällen kommen Menschen hier herein.« Enrique wurde sichtlich ungeduldig. »Weitere Instruktionen später. Los!«

Sie durchquerten das Gewölbe, das sich als tunnelförmiger Gang erwies. Bis auf eine dünne Staubschicht war der Boden sauber, man konnte bequem darauf gehen. Von Zeit zu Zeit trat Enrique an die Wand heran, offenbar waren auf seinem

Plan, den er öfter zurate zog, die Schalter eingezeichnet. Er schaltete die Beleuchtung hinter ihnen aus und jene vor ihnen ein.

Es mochten zehn Minuten vergangen sein, als sie ans Ende des Ganges kamen – er war mit einer senkrechten Betonwand verschlossen, in die ein metallenes Tor eingelassen war. Links davon ein Schaltkästchen, ähnlich wie jene für die Beleuchtung, und Enrique schien keine Mühe zu haben, von hier aus die Lampen des letzten Sektors auszuschalten und das Tor zu öffnen. Es glitt lautlos beiseite, und auf einen Wink von Enrique traten sie hindurch. Sie kamen auf eine Rampe, die von einem Geländer umgeben war. Offenbar befanden sie sich in einem der in Gebrauch stehenden Tunnel, und wie zum Beweis erklang nun ein Rauschen, das sich rasch näherte und auf ohrenbetäubende Lautstärke anschwoll, und da wurde auch schon ein schlanker, vorn zugespitzter zylindrischer Körper sichtbar, der wie eine Rakete an ihnen vorüberschoss. Es wurde rasch wieder still, und nun erst konnten sie ihre Umgebung in Augenschein nehmen. Ein Tunnel, wahrscheinlich einer der größeren, am Boden der Betonwulst mit der Schiene, in die verankert das Gefährt dahinraste, von elektromagnetischen Kräften vorwärtsgetrieben.

»Das ist gut«, sagte Enrique. »Da können wir gleich aufbrechen. Die nächste Rampe liegt rund fünfhundert Meter von hier entfernt. Sollte während unseres Aufenthalts in der Röhre ein Zug vorüberkommen, dann gibt es nur einen sicheren Platz: direkt neben der Schiene, auf dem Boden. Aber es besteht die Gefahr, vom Fahrtwind mitgerissen zu werden – also festen Halt suchen, an den Schwellen festklammern! Von einem, der nicht aufpasst, bleibt nichts übrig, er geht in Fetzen auf. Und noch etwas: Es empfiehlt sich, oben auf der Schiene zu gehen, der rechte Fuß rechts, der linke links vom Einschnitt. Unten, an der Seite, ist es weniger günstig – erstens ist der Boden dort gewölbt, und zweitens unangenehm glatt. Es ist eine Glasschicht aus verdichtetem Gestein, die die Exkavatoren beim Aufschmelzen der Tunnels erzeugen. Also höchste Konzentration – das ist der gefährlichste Teil unseres Unternehmens!«

Er wies in die Richtung, die sie einschlagen sollten. Mit gemischten Gefühlen kletterten sie von der Rampe herunter, spürten die von Enrique beschriebene glasige Masse unter ihren Füßen; es war rutschig wie auf einer Eisschicht. Sie stiegen auf die Schiene hinauf und bewegten sich in einer Art Watschelgang vorwärts, was unter anderen Umständen heiter gewesen wäre, nun aber ein Gefühl der Unsicherheit aufkommen ließ: Wenn einer von der Schiene stürzte und sich dabei den Fuß verstauchte? Nicht daran denken – konzentriert weitergehen, es gab keine bessere Lösung.

Die ungewohnte Art der Bewegung war ermüdend, und die kurzen Ruhepausen auf den Rampen genügten nicht zur Erholung. Nicht überall waren diese so groß wie die erste, von der sie ausgegangen waren – oft mussten sie sich dicht aneinander drängen, um darauf Platz zu finden. Einmal kam Gareth zufällig nahe bei Maud zu stehen, die ihm zuflüsterte: »Besuchst du mich wieder einmal? – wenn alles vorüber ist?« Gareth brauchte nicht zu antworten, denn Enrique gab das Zeichen zum Aufbruch. Aber die Frage versetzte Gareth dennoch in eine seltsame, unerklärliche Unruhe.

Einmal kam ihnen ein ganzer Pulk von Containern entgegen. Er kündigte sich durch eine Druckwelle an, dann brach ein ohrenbetäubendes Rauschen über sie herein – schon beim ersten Anzeichen waren sie von der Schiene gesprungen, hatten sich zu Boden geworfen und sich an alles geklammert, was sich dazu anbot. Es überfiel sie wie eine Flutwelle, die Kraft, die an ihnen zerrte, war die eines Sturmwinds, und es bedurfte der übersteigerten Kräfte, die man im Gefahrenfall mobilisiert, um dem Sog standzuhalten. Als sie sich danach wieder aufgerappelt hatten, waren sie entkräftet wie nach einer sportlichen Höchstleistung. Betäubt standen sie da, das Rauschen noch in den Ohren, bis Enrique sie erneut aufscheuchte.

Der Gewaltmarsch, nur durch kurze Pausen unterbrochen, schien kein Ende zu nehmen. Zwei oder drei Stunden mochten vergangen sein, da konnten sie endlich von der Schiene hinuntersteigen, auf festen, ebenen Boden. Eine geräumige Halle – eine Rangierstation. An den Wänden Dutzende Löcher, kleinere und größere: die Mündungen der Tunnelstrecken, aus denen die charakteristischen Schienenstränge der Mono-Rail liefen und sich nach einigen verschlungenen Windungen parallel nebeneinander ausgerichtet in der Mitte zusammenfanden. Dort war der Ausgangspunkt ständiger Bewegung – Container glitten heran, automatisch agierende Kräne schwenkten auf geometrisch vorgegebenen Bahnen, Kranbacken griffen zu, Metallkisten wurden emporgehievt und wieder abgesetzt. Das alles geschah in einem ununterbrochenen fließenden Ablauf, scheinbar regellos, aber in Wirklichkeit präzise abgestimmt und zielgerichtet. In Anbetracht der umgesetzten Kräfte, die da zum Einsatz kamen, war die Geräuschkulisse schwach – gelegentlich ein Quietschen oder Klirren, ein Schleifen und Knacken. Nur die einfahrenden Container verursachten beim Abbremsen gewaltigen, schrillen Lärm. Auch hier weit und breit kein Mensch.

Auf ein Zeichen von Enrique hin versammelte sich die Gruppe um ihn herum. »Vor uns liegt noch eine gefährliche Strecke. Es sind nur noch fünfhundert Meter bis zum Kongresshaus. Wir benutzen jetzt eine der kleineren Röhren. Dort drüben – diese ist es. Auf dieser Strecke gibt es keine Gelegenheit, den Containern auszuweichen. Wir werden deshalb den Verkehr für kurze Zeit unterbrechen. Sobald das geschehen ist, gebe ich ein Zeichen, und dann heißt es rennen, was das Zeug hält. Aber keine Angst – es ist zu schaffen.« Er nahm seinen Tragesack ab und holte einen Werkzeugkasten heraus. »Macht es euch bequem – wir müssen noch auf einige weitere Gruppen warten. Ich bereite inzwischen alles Nötige vor.«

Mit zwei anderen kletterte er über die Geleise, sie trugen einige Gegenstände, die sie ihrem Gepäck entnommen hatten, zur Umladevorrichtung und machten sich dort zu schaffen. Es dauerte nur wenige Minuten, dann kehrten sie zu der wartenden Gruppe zurück. Maud hatte ein Paket mit Cremescheiben aufgemacht und teilte die trockenen Stücke aus, dazu gab es ein säuerliches Getränk, das Gareth nicht kannte. Die Flasche wies kein Etikett auf, es konnte ein Kraftdrink sein, vielleicht enthielt er auch belebende Ingredienzien. Gareth hatte höllischen Durst, und er trank mehr, als er eigentlich wollte.

Es war angenehm, ein wenig auszuruhen, denn die Tour mit dem Gepäck auf dem Rücken über eine Strecke, die nicht für die Fortbewegung von Menschen bestimmt war, hatte Kraft gekostet. Gareth setzte sich auf den Boden, er lehnte sich an die Wand und ließ das Bild dieser merkwürdigen Szenerie auf sich wirken. Hier, im Bereich der Geleise, war es sauber, kein Körnchen auf dem Boden, nicht die dünnste Staubschicht. Der Eindruck von Sterilität wurde durch die Beschaffenheit von Boden und Wänden verstärkt: dem glasartigen Material, das der Fusionsbrenner des Exkavators auf seinem Weg durch die unterirdischen Regionen hinterlassen hatte. Das Gestein so verdichtet, dass beim Vortrieb des Tunnels kein Abfall abtransportiert wurde, und zugleich hart wie Diamant.

Gareth fand jetzt Zeit, die Verladungsautomatik zu beobachten, das Gewirr von Schienen, Streben und Leitungen, das inmitten dieser Umgebung fremdartig wie ein abstraktes Kunstwerk wirkte – vergleichbar den seltsamen Maschinen des Malers und Bildhauers Jean Tinguely, der durch bewegliche Kunstwerke bekannt geworden war. Es war eine der Seminaraufgaben Gareths gewesen, das Verhalten eines solchen Gebildes zu berechnen. Das hatte sich als unlösbar erwiesen, weil Zufallsprozesse mit im Spiel waren. Hier dagegen war hinter dem scheinbaren Chaos Ordnung versteckt – die geschmeidigen Bewegungen der Zangen, Gelenke, Saugnäpfe und Magnetteller gehorchten einem strengen Schema, das nicht den geringsten Raum für Willkür offen ließ, aber so kompliziert war, dass man zwar den Sinn der Vorgänge erraten konnte, die zugrunde liegenden Regeln aber verborgen blieben.

Die Anlage sah aus, als wäre sie eben erst erbaut worden, und sie schien makellos wie ein Produktionsraum für Nanochips. Wie es zu dieser Perfektion kam, wurde deutlich, als sich einer der Männer eine Zigarette ansteckte und das geleerte Schächtelchen auf den Boden warf. Plötzlich wieselte ein tierartiger Körper heran, mit metallischer, aus Schuppen bestehender Haut, einem Dutzend Beinen, zwei mit Greifern bewehrten Armen und drei großen, als Facettenaugen ausgebildeten Lichtsensoren. Es griff sich die Zigarettenschachtel und war Sekunden später unter einer Klappe verschwunden.

Als sollte die befremdliche Wirkung noch gesteigert werden, war die Halle in blaugrünes Licht getaucht, das an ein Aquarium erinnerte – eher eine Szene aus einem fantastischen 3-D-Film als Wirklichkeit.

Trotz der vielen aktuellen Fragen, die Gareth durch den Kopf gingen, konnte er sich diesem Eindruck nicht entziehen – es lag nicht nur am fremdartig reizvollen Eindruck der Umgebung, sondern auch an der abenteuerlichen Situation. Damit verglichen waren selbst die aufregendsten Computerspiele belanglos und langweilig. Er stellte verblüfft fest, dass er dieser Situation etwas abgewinnen konnte, ein Lebensgefühl, wie er es bisher noch nie empfunden hatte, eine irrationale Freude am hautnahen Erleben ... Er war versucht, sich dem Abenteuer und dem Risiko einfach zu stellen, doch etwas in einem Winkel seines Bewusstseins warnte ihn. War diese Stimmung, die gar nicht zu seinem Charakter passte, wirklich seinem Inneren entsprungen oder war es ein sozial begründeter Automatismus, der ihn dem Beispiel seiner Gefährten folgen ließ? – denn diese schienen keine Zweifel an der Richtigkeit ihres Tuns zu haben. Oder war es die Überzeugungskraft von Persönlichkeiten wie Enrique, derer man sich nicht erwehren konnte? Oder, viel einfacher: Hatte der Kraftdrink ein Aufputschmittel enthalten, eine psychogene Droge, die die Demonstranten von Zweifeln und Ängsten befreien sollte? Gareth beschloss, sich nicht mehr ohne weiteres seinen Stimmungen zu unterwerfen – ob ihr Ursprung nun in ihm selbst oder anderswo zu suchen war. Er wollte seinen kritischen Verstand bewahren, er würde auf der Hut bleiben.

Zwanzig Minuten später traf die erste der erwarteten Gruppen ein, und kurze Zeit darauf kamen zwei weitere an. Bei der letzten befand sich ein alter, weißhaariger Mann, der von Enrique und den Führern der anderen Gruppen achtungsvoll begrüßt wurde. Er kam Gareth bekannt vor – vielleicht hatte er ihn schon einmal bei einer Nachrichtensendung gesehen. »Das ist Aristides«, flüsterte ihm jemand zu. Aristides – jetzt erinnerte sich Gareth: ein Politiker, der sich vor ein paar Jahren öffentlich vom Kurs der Regierung distanziert hatte. Einige Zeit lang hatte er sich der Opposition angeschlossen, dann war er im Untergrund verschwunden.

Eine kleine Gruppe hatte sich abgesondert, Enrique und Aristides waren dabei – vermutlich eine Lagebesprechung. »Wir haben noch etwas Zeit«, teilte Enrique danach mit. Also weiter warten.

Aristides nützte die Zeit, um einzelne Mitglieder zu begrüßen, die er von früheren Aktionen kannte, und er unterhielt sich auch mit den neu Hinzugekommenen. Als sein Blick Gareth streifte, stutzte er, blickte ihn genauer an. »Sind wir uns schon begegnet?«, fragte er.

»Ich habe Sie im Fernsehen gesehen«, antwortete Gareth. »Aber Sie kennen mich sicher nicht, ich bin neu hier.«

»Nein, nein – es muss schon länger her sein, du erinnerst mich an jemand … ich komme nicht drauf. Wer bist du? Seit wann bist du im Untergrund –«

Ein Pfiff unterbrach das Gespräch. »Wir sprechen noch darüber«, sagte Aristides rasch und wandte sich ab.

»Erstes Team bereithalten«, rief einer der Gruppenführer, ein massiger Mann, der Arkadi genannt wurde. Er hatte das Kommando übernommen. Enrique versammelte seine Mannschaft an der Einfahrt, die den Zugang zum Ort des Geschehens bildete.

»Achtung, alle in Deckung!«, rief Arkadi. Er hatte den Blick auf ein Gerät gesenkt, das er in der Hand hielt. Eine Uhr? Er wartete auf etwas, und als Sekunden später ein Container an der Mündung des Tunnels erschien – jenes Tunnels, durch den sie weiter vordringen wollten –, blickte er noch einmal kurz rundum, dann griff er mit beiden Händen zu und drückte einen Hebel an seinem Kästchen hinunter … In der Mitte des Raums, seitlich der Rangierstelle, stieg kurz eine Flamme hoch, dann gab es einen dumpfen Knall, nicht allzu laut, aber von einer Druckwelle begleitet, die sich wie Watte auf das Trommelfell legte.

Zunächst schien nichts weiter zu passieren, doch dann wurde der Sinn der Aktion klar: Der Automat arbeitete weiter, als wäre nichts geschehen, und genau das führte zur gewünschten Störung: Er lud Kiste um Kiste genau dort ab, wo der Container stehen sollte, sie alle fielen auf die Geleise, einige platzten auf, und Kunststoffpackungen mit Lebensmitteln, Flaschen mit Getränkekonzentraten, Dosen mit Vitaminpulver und Brotaufstrich kollerten über den Boden. Aus allen Winkeln flitzten die tierhaften Roboter herbei und versuchten, die am Boden verstreuten Gegenstände aufzusammeln, den Boden zu säubern, Scherben und Plastikfetzen wegzubringen. Jetzt erst stellte Gareth fest, dass alle Container stillstanden.

»Erste Gruppe los!«, schrie Arkadi, und wieder kroch Enrique ohne Zögern in die enge Tunnelöffnung hinein, seine Leute hinter ihm. Das Bewusstsein, dass trotz aller Vorkehrungen vielleicht doch ein weiterer Container durch die Röhre kommen könnte, trieb sie zur Eile an. Das dumpfe Poltern der Schritte, das keuchende Atmen, vereinzelte Flüche … überraschend schnell hatten sie auch dieses Hindernis überwunden und erreichten eine geräumige, domartige Halle, Umschlagplatz für die in Form und Größe normierten Frachtbehälter, hoch oben die Schachtöffnung für den Materiallift, aus der sie in endloser Reihe herauszuquellen schienen. Kräne, Hubgestelle, fahrbare Brücken in ständiger Bewegung, darauf die Container, die zu Dutzenden auf kurze Nebengeleise verschoben und in veränderter Reihenfolge wieder hervorgeholt wurden. An der Hinterwand ein kreisrundes Tor, mit mehreren quer liegenden Metallbalken gesichert. Daneben, in einer Wandnische, eine Tastatur und ein Monitor. Auf dem Bildschirm war ein Korridor zu sehen, seitlich im Vordergrund eine leere Kabine mit gläsernen Wänden, hinten der Ansatz einer Treppe.

Gareth verfolgte die Wege, über die die Lasten transportiert wurden, und begann den hinter dem reibungslosen Ablauf steckenden Plan zu erkennen. Nur vor dem Eingang zum Tunnel, aus dem sie gekommen waren, bemerkte er Anzeichen von Unordnung: einen Stau – dort standen bereits einige Container und es kamen weitere hinzu.

Enrique stellte sich ans Display, ungeduldig winkte er Gareth heran. »Jetzt bist du dran.«

Gareth besann sich seiner Aufgabe, er zog seinen Memorecs-Block aus der Brusttasche seiner Jacke. Er schlug ihn auf, aktivierte die letzte Seite und suchte die Daten, die er am Tag zuvor ermittelt hatte. Er tippte sie ein, dann drückte er eine Taste – das Monitorbild verschwand, an seine Stelle trat die Benutzeroberfläche des Betriebssystems. Eine Zeile erschien, die Forderung nach einer Zulassungsnummer. Gareth hatte sich gut vorbereitet. Es waren nur wenige Eingaben nötig, dann folgte die Freigabe, der Befehl zum Öffnen des Tors konnte gegeben werden. Enrique hielt ihn noch zurück, bis auch die anderen Gruppen eingetroffen waren – es dauerte nicht länger als eine Minute. Noch ein Tastendruck, einige bange Sekunden des Wartens – dann, wie von Geisterhand bewegt, öffnete sich die Verriegelung an der Metallplatte des Tors, die Sicherungsbalken glitten beiseite und gaben den Weg frei. Enrique trat vorsichtig ein, blickte sich um. »Nachkommen!«

Sie standen in jenem Raum, der schon am Monitor zu sehen gewesen war. Kein Mensch weit und breit, kein Alarmsignal, geradezu beunruhigende Stille. Vorsichtig gingen sie den Korridor entlang und erreichten bald einen jener Schächte, die das Labyrinth der unterirdischen Transportwege mit den oberirdischen Bereichen verbanden.

Enrique blickte auf sein Armbandvisifon, auf dem kleinen Bildschirm erschienen die Bilder des öffentlichen Fernsehens Kanal 1. Die Übertragung aus dem Kongresssaal. Der Präsident bei seiner Eröffnungsrede.

»Jetzt aber rasch«, rief Enrique. »Das ist noch die Begrüßung, aber er kommt schon zum Schluss. Es geht los, sobald er den nächsten Redner ankündigt. Alles wie besprochen: vorneweg unsere Spezialisten, dicht dahinter alle Übrigen. Hier – diese Treppe, den Aufzug könnt ihr vergessen.«

Sie nahmen die Stufen im Laufschritt. Drei Stockwerke über eine enge Wendeltreppe, nur als Fluchtweg für Notfälle gedacht.

Als Gareth oben ankam, sah er vier menschliche Gestalten auf dem Boden liegen – das Werk der Spezialisten, die vorausgelaufen waren. Wie von Enrique angekündigt, befanden sie sich im Backstage, in einem Regieraum, von dem aus die Beleuchtung, die Akustik, die Projektionen und noch einiges mehr für Zuschauerraum und Bühne gesteuert wurden. Eine Anweisung für Gareth – hier musste er noch einmal seine Kenntnisse zeigen. Ein Tastendruck, ein Code, ein paar Angebote aus einem Menü – die richtige Wahl ... jetzt war der Zugang wieder gesperrt, und zwar diesmal für alle, die von außen hereinzukommen beabsichtigten. Das hieß, dass sie von jetzt an einige ungestörte Minuten für ihre Demonstration zur Verfügung hatten.

Nun ging alles schnell. Einer der Männer riss eine Tür auf, sie führte in den Saal, direkt über eine Plattform zur Bühne. Diese lag im Schatten, nur der Redner am Pult war hell angestrahlt, und die Zuschauer im Parkett, von den Scheinwerfern geblendet, merkten zunächst nicht, dass etwas Unvorhergesehenes geschah – und als sie es merkten, war es zu spät. Die Türen des Saals waren von grau gekleideten Besetzern bewacht, und auch am Podium standen mehrere von ihnen, ihre Handwaffen, Flammenwerfer und Sprühpistolen, auf das Publikum gerichtet.

Enrique lief über einige Stufen auf das Podium, er stieß den fassungslosen Präsidenten beiseite und trat ans Mikrofon. »Bürgerinnen und Bürger, bleibt ruhig. Das ist eine friedliche Demonstration der Liga für Gerechtigkeit. Yannis Aristides wird zu euch sprechen. Bitte, Yannis.«

Gareth beobachtete die Ereignisse über den Bildschirm. Seine Aufgabe war es, dafür zu sorgen, dass auch die technische Seite der Aktion wie geplant ablief. Vor allem sollte das Fernsehen weiter berichten – was wegen der aufregenden Liveszenen vermutlich sowieso geschehen würde –, und dabei nahmen sie in Kauf, dass die außen stationierten Sicherheitskräfte über die Lage im Saal informiert wurden. Für den Fall, dass eine vergessene Nachrichtenredaktion irgendwo in einem versteckten Winkel der Welt noch nichts von den Ereignissen erfahren hatte, verteilte Gareth den Text der Ansprache von Aristides durch eine E-Mail-Sammelsendung an alle Redaktionen der Presse und der Anstalten von Funk und Fernsehen.

Währenddessen blieb Gareth auf dem Laufenden darüber, was außen vor sich ging, denn er konnte die öffentlichen Sendungen verfolgen. Es wurden Bilder der umliegenden Plätze gezeigt, auf denen es turbulent zuging, ergänzt durch Aufnahmen des inneren Überwachungssystems aus dem Kongresszentrum. Dazu die aufgeregten Stimmen der Moderatoren, die so taten, als wären sie über alles, was da vor sich ging, bestens unterrichtet, in Wirklichkeit aber nur Vermutungen zu bieten hatten.

Ohne große Überraschung stellte Gareth fest, dass gepanzerte Schwebeboote mit Miliz eintrafen – die Aktion der Besetzer würde nicht mehr lange ungestört ablaufen. Auf dem Monitor, der ans hausinterne Netz angeschlossen war, blinkte nun ein Schriftzug mit einer Alarmmeldung, und dann folgten einige Bilder, aus denen zu ersehen war, dass die elektronische Sperre, die er errichtet hatte, bereits durchbrochen war. Damit hatte Enrique gerechnet, es kam eigentlich gar nicht darauf an, wie lange sie den Saal in ihrer Gewalt halten konnten – sie hatten sich das Ziel gesetzt, eine Aufsehen erregende Demonstration durchzuführen und damit die Bevölkerung zu erreichen, und das war zu diesem Zeitpunkt bereits gelungen.

Die Ansicht des Kongresssaals war vom Monitor verschwunden, Gareth sprang auf und lief zur Tür, doch als er sie aufriss, war es bereits zu spät, um seine Leute zu warnen. Angehörige der Miliz in Kampfanzügen waren eingedrungen, griffen die Besetzer in den grauen Overalls an, versuchten sie festzunehmen ... Sie würden sich wehren, hatte Enrique angekündigt, und wie nun zu beobachten war, bildeten sie Gruppen, die sich gegen die Schutztruppen verteidigten und dabei nicht zimperlich waren. Es begann mit harmlosen Rangeleien, doch bald wurden auch Waffen eingesetzt ...

Gareth hatte nicht die Absicht, sich daran zu beteiligen, und ebenso wenig war er bereit, sich festnehmen zu lassen. Er zweifelte daran, dass bei dieser Aktion tatsächlich ein geordneter Rückzug eingeplant war, wie es vorher angegeben wurde. Er trat in den Regieraum zurück und streifte den Overall ab. Sein Softexanzug war zwar etwas zerknittert, aber ansonsten unbeschädigt. Als er einem der betäubt am Boden liegenden Männer der Fernsehcrew auch noch das Käppi mit dem Emblem von Kanal 1 abnahm und sich selbst aufsetzte, konnte ihn keiner mehr als Demonstranten erkennen.

Durch die offen stehende Tür drangen Rufe und Geschrei, hin und wieder auch ein dumpfes Poltern. Dann, schlagartig, eine völlig veränderte Geräuschkulisse. Man hörte es prasseln und rauschen, ein Wasserschwall ging auf die Menschen nieder: Die Sprinkleranlage war aktiviert worden. Ein Geruch nach Hyazinthen drang durch die Tür, und auf einmal ging das Geschrei in Gejohle über, man hörte lachende Stimmen, Männer, die eben noch aufeinander eingeschlagen hatten, lagen einander in den Armen, Gelächter kam auf, jemand begann zu singen.

Gareth hatte keine Zeit, darüber nachzudenken. Es wurde Zeit für ihn, sich aus dem Staub zu machen. Er hielt den Atem an, um dem halluzinogenen Aerosol zu entgehen, das sich rasch ausbreitete, und lief in einen schmalen Gang hinein, der ihn – so hoffte er – nach außen führen würde. Als ihm einige Polizisten entgegenkamen, drückte er sich an die Wand und rief: »Helft den Geiseln, dort drinnen ist der Teufel los.« Niemand beachtete ihn, wortlos stürmten sie an ihm vorbei. Unangefochten gelangte er ins Freie. Noch immer kamen von allen Seiten Schwebeboote und landeten mitten im Getümmel zwischen herandrängenden oder auf der Flucht befindlichen Menschen. Sie setzten weitere Angehörige der Miliz, der Polizei und der Feuerwehr ab, die auf das Kongressgebäude zurannten. Gareth ging eilig, aber ohne zu laufen, zwischen ihnen hindurch, den kürzesten Weg aus dem Trubel hinaus, und er hielt erst an, als es still um ihn herum geworden war.

Mitteilung 3004/39-2

Betrifft: Besetzung der Kongresshalle

Völlig ungeklärt ist die Frage, wie es den Angreifern möglich war, die Sperren des Sicherheitssystems zu durchbrechen. Inzwischen wurde festgestellt, dass die Besetzer durch das unterirdische Transportsystem kamen, das an den Schleusen durch bruchsichere und hitzefeste Tore abgeschlossen ist. Sie lassen sich nur mithilfe eines Codes öffnen, dem ein geheimer, ständig wechselnde Kombinationen erzeugender Algorithmus zugrunde liegt. Es ist den Angreifern offenbar gelungen, diesen in Erfahrung zu bringen und mit seiner Hilfe in die unteren Geschosse des Kongressgebäudes einzudringen. Wie sie das zuwege brachten, ist noch nicht bekannt, es verdichtet sich aber der Verdacht, dass Verrat im Spiel war. Diese Eventualität ist Gegenstand gesonderter Ermittlungen.

Das beschämende Versagen unserer Schutzmaßnahmen bei der Besetzung der Kongresshalle durch eine Gruppe von Terroristen bedarf einer grundlegenden Analyse, die dazu dienen soll, künftig auf vergleichbare Ereignisse besser vorbereitet zu sein. Es ist festzustellen, dass es zu einer Häufung von Pannen kam, von denen einige auf persönliches Versagen der verantwortlichen Führungskräfte zurückzuführen sind; die Konsequenzen sind bereits gezogen, es kam zu vier Suspendierungen, bei zwei der Betroffenen durch Haftstrafen ergänzt, in anderen Fällen zu Degradierungen und Urlaubssperren. Außerdem wurden für das kommende halbe Jahr zusätzliche Wochenendschulungskurse verfügt, an der alle mit ziviler Sicherung Betrauten teilzunehmen haben. Im Folgenden werden einige der besonders folgenschweren Fehlhandlungen aufgelistet.

Einer Untersuchung bedarf die Frage, an welcher Stelle die Besetzer in das Transportsystem eindringen konnten und wie sie sich fortbewegten; nach den Auskünften der seinerzeit beauftragten Firma für Tiefbau sind die Gleisstrecken für menschliche Begehung ungeeignet und daher das Betreten verboten.

Besonders schwerwiegend ist auch der Ausfall der für Abwehr- und Schutzmaßnahmen eingesetzten Waffen, die etwa zwei Minuten nach dem Beginn des Handgemenges samt und sonders versagten. Wie nachher festgestellt wurde, fielen allerdings zum gleichen Zeitpunkt auch die Waffen der Gegner aus. Es muss also eine übergeordnet wirkende Ursache in Erwägung gezogen werden, eventuell eine Induktionswelle, die die Chips lahmlegte. Für diese Vermutung spricht auch, dass zwei Hilfskräfte, die sich mit einem Besen und einer Bürste zu wehren versuchten, vom Ausfall der Waffen nicht betroffen waren und daher von den nachkommenden und der psychogenen Substanz nicht ausgesetzten Milizen versehentlich festgenommen wurden.

Auch für ein weiteres Vorkommnis, nämlich den Einsatz der Sprinkleranlage, gibt es keine Erklärung. Besonders rätselhaft bleibt die Tatsache, dass das Wasser die erwähnte chemische Substanz enthielt, die derzeit noch einer Analyse unterzogen wird. Sie machte die Betroffenen handlungsunfähig, einige berichteten sogar von einer beruhigenden oder gar angenehm berauschenden Wirkung. Auch von diesem Effekt waren die Gäste ebenso wie die Angreifer betroffen.

Überprüft werden muss auch die Kooperation mit den zur Berichterstattung zugelassenen Fernsehanstalten, die alle, anstatt die Sendung sofort nach der Invasion zu unterbrechen, einfach weiter gesendet und sich somit zum Instrument einer gegen das Staatswesen gerichteten Propaganda gemacht haben.

Als unwirksam erwies sich schließlich auch der Personenschutz des Präsidenten. Bevor die zuständigen Beamten eingreifen konnten, war dieser Stößen und Beleidigungen der Angreifer ausgesetzt und verlor beim Handgemenge einen Schuh, bevor er abgeschirmt und in Sicherheit gebracht werden konnte.

Nur für den internen Gebrauch!

5.

Gareth hatte beschlossen, den Machtbereich der Union so rasch wie möglich zu verlassen. Wenn man einen gültigen Ausweis besaß, war das nicht schwierig. Es gab immer einige Abenteuerurlauber, die sich für die alten, in den Außenregionen liegenden Kulturstätten interessierten, selbst wenn diese verfallen waren, oder für die freie, von Menschen kaum berührte Natur, zumindest für das, was davon übrig geblieben war. Sie alle wollten danach in den Schutz ihrer Regierung, in die Sicherheit der Kuppeln und in ihr bequemes Leben zurückzukehren. Beim Grenzübergang wurden die Namen und Kennnummern der Reisenden notiert, und erst, wenn die angegebene Aufenthaltsdauer überschritten war, wurde eine Suchaktion in die Wege geleitet.

Auf der anderen Seite erfolgte die Prüfung bei der Einreise weitaus strenger, aber die sogenannten freien Nationen waren sehr an Credits interessiert, die die Touristen mitbrachten. Es hieß, dass die umständlichen Formalitäten eher eine Demonstration der Macht sein sollten als ein Mittel, die Besucher von ihrem Vorhaben abzuhalten.

Das waren die Überlegungen von Gareth, als er den nächsten Grenzübergang aufsuchte und sich zunächst bei der Kontrollstation der Union meldete. Er wies seine Magnetkarte vor, die offenbar in keiner Weise auffällig erschien, und musste eine Versicherung eingehen, die im Fall von Unfall und Krankheit, aber auch bei Diebstahl, Überfällen, Raub und Entführung wirksam würde. Man bot ihm auch eine freiwillige, aber bemerkenswert teure Zusatzversicherung an: für den Fall von Geld- und Gefängnisstrafen. »Man kommt leicht mit den Vorschriften in Konflikt«, erklärte der Grenzbeamte. Gareth verzichtete darauf.

Als er aus der Schleuse trat, stand er zum ersten Mal unter freiem Himmel. Er atmete die Luft, die ihm frischer vorkam als jene im Inneren der Kuppel, fühlte einen Wind an der Haut, der kühl war und ihn frösteln ließ, und er blinzelte im Licht, das nicht durch Kunstglasschichten gefiltert und abgeblendet war.

Aber noch hatte er den Grenzübertritt nicht vollzogen, er befand sich im Niemandsland. Als Nächstes stand ihm die Kontrolle der anderen Seite bevor, und er war etwas beunruhigt wegen der Unannehmlichkeiten, die damit verbunden sein könnten – er hatte einiges darüber gehört. Allerdings besaß er kein Gepäck, hatte also wenigstens keine umständliche Abwicklung auf der Zollstelle zu befürchten, wo man sich schnell allen möglichen Schikanen ausgesetzt sah. Doch ganz so zügig, wie er es eben erlebt hatte, würde es sicher nicht ablaufen.

Seine Befürchtung bestätigte sich schon nach der nächsten Biegung des Weges. Auf einem Platz von der Größe einer Bahnhofshalle drängte sich eine bunt gekleidete Menschenmenge; es sah aus wie auf einem Basar. Rechts und links Buden, in denen Andenken, Spielzeug, Tonfiguren, Zinnteller und Ähnliches angeboten wurde, und dazwischen immer wieder Verschläge von Geldwechslern, die sich nach Kunden umsahen. »Jenseits der Grenze kein elektronischer Zahlungsverkehr. Hier die letzte Gelegenheit zum Umtausch.« Damit hatte Gareth nicht gerechnet. Er trat an eine der Buden heran und reichte dem Händler seine Magnetkarte.

»Wie viel willst du umtauschen?«

»Zwanzig Credits.« Mit Unbehagen nahm er ein Bündel speckiger Banknoten entgegen – er hoffte, dass sie echt waren und man ihn nicht allzu sehr betrogen hatte. Mit vielen anderen folgte er einem Weg, der zwischen hohen Mauern dahinführte, erreichte eine lang gezogene Halle, die voller Menschen war. Sie bereiteten sich auf die Kontrolle vor, hatten ihr Gepäck abgesetzt, kramten in Taschen und Koffern, sahen ihre Papiere durch und kritzelten etwas auf Papier. Ein junger Mann in einem zerrissenen Jeansmantel hielt ihm einen Stoß Formulare hin; er hatte sie aus einer Innentasche des Mantels gezogen, und es war nicht zu übersehen, dass dieser noch viele weitere Taschen enthielt, in denen Bündel verschiedener Formulare steckten. Als Gareth zögerte, drehte sich ein Mädchen um, das ihn aus den Augenwinkeln beobachtet hatte, und riet ihm: »Kauf ihm eines ab, ohne kommst du nicht rein.«

Gareth griff zu und wurde dabei einen beträchtlichen Teil seiner neu erworbenen Bargeldreserve los. Dann machte er sich daran, das Formular auszufüllen – die Fragen zu beantworten, die dort gestellt waren. Gut, dass er die Wartezeit benutzt hatte, um seine neuen, im Magnetstreifen der Ausweiskarte gespeicherten Personaldaten auswendig zu lernen, denn diese mussten eingetragen werden. Dazu kamen aber auch noch unzählige weitere Fragen, eine unsinniger als die andere – ob er in den letzten Wochen in einer Anlage für Biosynthese gewesen war, ob er schon einmal wegen Spionage verurteilt worden war, ob er eine Ausbildung im Gebrauch von Waffen hatte, ob seine Eltern, Großeltern oder Urgroßeltern von außen eingewandert waren, und wenn ja aus welchem Land.

Es dauerte lange, bis er fertig war, und inzwischen hatten sich weitere Menschen hinter ihm angesammelt, ohne dass sich vorn etwas bewegt hätte. »Die machen jetzt Mittagspause«, beschwerte sich eine vor ihm stehende Frau.

Das Mädchen, das ihm zum Kauf der Formulare geraten hatte, war nicht mehr da, und er sah es schließlich weiter hinten, wo auch der junge Mann wieder seine Formulare anbot. Die Frau hatte seinen Blick beobachtet und bemerkte mit spöttischem Unterton: »Die beiden haben dich gelinkt – die Formulare gibt's umsonst«, und sie deutete auf ein Kästchen an der Wand, aus dem man sich bedienen konnte.

Viele der vor ihm Stehenden hatten es sich auf den Gepäckstücken bequem gemacht, einige hatten etwas zu essen ausgepackt, und die Frau vor ihm bot ihm ein Stück Sojakuchen an. »Das kostet nichts«, sagte sie und lachte; es war kein freundliches Lachen – Gareth hatte den Eindruck, dass sie sich über ihn amüsierte, doch er nahm ihre Gabe an, denn er hatte Hunger.

Nach einer Stunde kam Bewegung in die Menschenmenge, die weiter hinten Wartenden rückten langsam vor, und manchmal kamen ihnen auch Leute entgegen, die meisten mit schwerem Gepäck – hatte man sie abgewiesen? Es dauerte noch drei weitere Stunden, bis sich Gareth in einen der mit Maschendraht abgeteilten Korridore einreihen konnte, die den Zugang zu den Schaltern bildeten. Es mochten zehn oder zwölf sein. Sie endeten an einer hüfthohen, mit Stacheldrahtrollen gesicherten Wand aus speckigem Kunststein, vor denen die Leute warten mussten, bis die Vorgänger abgefertigt waren und ein grünes Lämpchen neben dem Gatter aufleuchtete.

Endlich durfte Gareth hindurchtreten. Er kam zu einem aus rohen Brettern zusammengenagelten Verschlag, in dem ein Grenzbeamter saß, neben ihm ein Polizist, einen Laserstrahler auf Gareth gerichtet. Hinter einer nach außen gerichteten, hell strahlenden Lampe waren sie nur schemenhaft zu erkennen.

Eine Stimme, vermutlich der Grenzbeamte: »Name? Geburtsort?«

Das Gesicht des Grenzbeamten erschien im Lampenschein. Der kurz geschorene junge Mann starrte Gareth eine Weile an, dann wandte er sich desinteressiert ab.

Gareth antwortete, ohne zu zögern: »Cliff Myers. Boston City.«

Jetzt erst forderte der Beamte seine Ausweiskarte, sah sie sich von vorn und hinten an und steckte sie kurz in ein Lesegerät.

»Registriernummer?«

Er nannte die zwölfstellige Zahl. Der Beamte zog die Brauen hoch, er schien Gareths Antwort zu prüfen – wie gut, dass ich mir die Daten eingeprägt habe, dachte dieser.

»Zum ersten Mal hier?«, fragte er. Gareth erschrak – er hatte keine Ahnung, ob Cliff Myers in den Außenbereichen gewesen war oder nicht. Auf gut Glück schüttelte er den Kopf – die Antwort schien richtig zu sein, zumindest erregte sie keinen Anstoß. Der Beamte wies auf einen seitlich angebrachten Kasten mit einer offenen Nische. »Kinn auf den Bügel,

Augen auf, nicht blinzeln«, es klickte, ein grelles Licht blendete kurz auf – ein Porträt? – ein Irisbild? Der Beamte starrte auf etwas, was unter der Tischplatte verborgen war, wahrscheinlich der Bildschirm eines Computers. Dann tippte er endlos lange auf einer Tastatur herum. Aus einem Schlitz kam ein roter Magnetstreifen. Er schob ihn Gareth gemeinsam mit der Ausweiskarte zu. »Weiter!«

Die nächste Station, der Zoll. Es ging auf einer Art Laufsteg durch eine mannshohe Röhre mit elliptischem Querschnitt, in der es summte. »Weiter!« Wieder eine lange Wartezeit. Gareth beobachtete, wie es den Leuten vor ihm erging. Das Gepäck öffnen, Inhalt auf einer Platte ausbreiten. Ein Beamter führte einen Hund daran vorbei, der die Sachen beschnüffelte.

»Kein Gepäck«, sagte Gareth. Er musste die Taschen ausleeren. Er besaß wenig: das in die Uhr integrierte Visifon, eine Packung Papiertaschentücher, den Notizblock, das Etui für die Magnetkarte, eine Plastiktüte mit Papiergeld. »Schwarz eingetauscht«, bemerkte der Zöllner, »ist beschlagnahmt.« Er hob das Armbandvisifon auf, stellte es ein, drehte einen Knopf, eine Kennmelodie ertönte. Der Zollbeamte zeigte die Uhr einem neben ihm stehenden Kollegen, und dieser nickte ihm zu.

»Verbotene Frequenzen – beschlagnahmt«, beschied der Beamte. Als Gareth protestierte, stellte er ihm frei, auf den Grenzübertritt zu verzichten und umzukehren.

Gareth musste sich fügen. Falls es darum ging, die Grenzgänger einzuschüchtern, hatten sie sich wirkungsvolle Methoden ausgedacht.

Jetzt war noch eine Passage zu überwinden – Gareth sah, dass dort die Magnetstreifen wieder eingesammelt wurden. Es fiel ihm auf, dass die Leute vor ihm keine roten, sondern grüne Streifen hatten, und das beunruhigte ihn ein wenig.

In der Tat: Als er den Streifen abgab, wurde er beiseite gewunken. »Noch ein paar Formalitäten«, sagte die mit einer Narkosepistole bewaffnete Frau an der Sperre.

Wieder stand Gareth vor einem Schalter, musste seine Hände auf einen Sensor legen – Fingerabdrücke, er hatte sich schon darüber gewundert, dass man sie ihm bisher nicht abgenommen hatte. Ein weiteres Mal musste er seinen Ausweis zeigen und Fragen beantworten – diesmal in ein vorgehaltenes Mikrofon. Hatte er Verdacht erregt?

Eine weitere Station, Gesundheitskontrolle. Ein fensterloser Raum, einige wartende Männer und Frauen, Eintritt jeweils nur für eine Person. Eine längere Wartezeit. Die Minuten dehnten sich zu Stunden, und Gareth wurde immer unruhiger. Warum unterzog man ihn dieser besonders strengen Kontrolle?

Grünes Licht – eintreten. Ein Untersuchungszimmer mit medizinischen Diagnosegeräten, die die Spuren langjährigen Gebrauchs trugen: Da und dort war der Lack abgesprungen, einige Teile waren mit Klebstreifen befestigt. Ein hagerer Mann mit dunkelblondem Haar in einem Arztkittel blickte Gareth forschend an. Dann setzte er sich an einen Computerarbeitsplatz und gab einige Daten auf dem Bildschirm aus.

»Cliff Myers?«, fragte er. Gareth nickte. »Öffnen Sie die Augen weit«, befahl der Arzt. Er zog ihm die Lider auseinander und beleuchtete die Augäpfel mit dem fahlvioletten Licht einer Handlampe. »Wir machen jetzt einige Tests. Waren Sie in letzter Zeit in ärztlicher Behandlung? Eine ansteckende Krankheit? Vielleicht ein genetischer Fehler? Herz, Lunge, Verdauung – alles in Ordnung? Haben Sie Medikamente genommen? Wurden Sie operiert?«

Gareth verneinte. Er war noch immer geblendet und sah alles durch einen orangefarbenen Schleier. Es war nicht zu erkennen, ob der Arzt verstanden hatte – er schien sich für die Antwort nicht zu interessieren. Stattdessen wies er Gareth an, die Kleider abzulegen und ein Glas mit einem ekelerregenden weißen Brei zu trinken. Dann musste er sich auf einem mit Schaumgummi bezogenen, auf Rollen beweglichen Brett ausstrecken. Der Arzt schob ihn in die Röhre eines Tomografen … oder war es etwas anderes? Gareth konnte gerade noch einige Rostflecken im Inneren des engen Zylinders sehen, dann schlug ein Deckel zu, es wurde finster. Ein kurz auf- und wieder abschwellendes Summen, etwas beängstigend, doch es war kaum etwas zu spüren, nur seine Haare knisterten – elektrische Aufladung? Es dauerte nur Sekunden, dann wurde er herausgezogen. Er durfte sich wieder ankleiden. Er strich mit der Hand über sein Haar – es stand ihm zu Berge.

Wieder setzte sich der Mann im Kittel vor den Computer. Auf dem Monitor war ein in satten Farben dargestellter menschlicher Körper zu sehen. Merkwürdig – das bin ich, dachte Gareth. Der Arzt veränderte den Sichtwinkel, ließ sich Schnittbilder ausgeben und wechselte die Farben. Er tippte etwas in die Tastatur.

Gareth musste warten, er konnte seinen Blick nicht vom Monitor lösen. Ja, ein Bild von ihm – genau so wirklichkeitsgetreu wie ein Foto oder eine Videoaufnahme. Er konnte in sich hineinschauen – da war seine Wirbelsäule, da sein Brustkorb, und die bunten Flecken, rot, grün, gelb, die er da erkennen konnte, waren sein Herz und seine Lungen. Unter anderen Umständen hätte er einige Fragen gestellt …

Ein weiterer Test: ein Stich in den Zeigefinger, ein Tröpfchen Blut. Der Arzt strich es auf ein Glasplättchen und steckte dieses in einen Analysator. Für kurze Zeit drang grüner Schein durch einige Ritzen der Apparatur. Der Arzt zog einen Papierstreifen heraus und wiegte den Kopf: »Amphetamine und noch einiges … knapp unter dem Grenzwert. Ist es nicht recht unvorsichtig, damit hierher zu kommen? Einige Promille mehr, und ich müsste Sie zur Ausnüchterung einweisen.«

Nun holte er ein Stäbchen mit einem Wattebausch aus einer Schachtel, befahl Gareth, den Mund zu öffnen, und strich mit der Watte über die Schleimhaut unter der Zunge. Das Stäbchen kam in einen Analysator, mit leise klickenden Geräuschen wurden die Daten irgendwo im Inneren gespeichert. Ein winziges Lämpchen an der Festplatte des Computers flackerte. Der Arzt setzte sich und rief die Resultate mit den Kommentaren ab. Dann drückte er auf einen Knopf, der in der Tischplatte eingelassen war, und wandte sich wieder dem Monitor zu. Er schien in die Betrachtung versunken, doch Gareth kam es vor, als ob das nur ein Vorwand war, um die Zeit zu überbrücken, denn der Monitor war jetzt dunkel, und schon Sekunden später bestätigte sich sein Verdacht: Zwei groß gewachsene uniformierte Beamte traten ein.

»Da wäre noch etwas zu klären«, sagte der hagere Mann im Arztkittel, ohne vom Computer aufzuschauen. »Bitte, folgen Sie diesen Herren.«

Einer der Polizisten hielt Gareth am Arm fest und führte ihn aus dem Untersuchungsraum, der andere folgte mit erhobener Waffe. Was war fehlgelaufen? Die Drogen, die er in den letzten Tagen abbekommen hatte, offenbar nicht – das hatte der Arzt indirekt bestätigt –, und auch das Tomogramm schien normal zu sein. Also lag es am letzten Teil der Untersuchung – vermutlich eine DNA-Analyse. Was ließe sich Verdächtiges aus seiner DNA ersehen?

Die beiden Polizisten führten ihn eine Treppe abwärts, es ging durch einige Sperren, an denen Codewörter eingegeben werden mussten, danach wieder einen Gang entlang. Das Zimmer, in dem er ankam, glich der Rezeption eines Wohnheims, aber die hinter ihm stehenden bewaffneten Männer waren ein deutlicher Hinweis darauf, dass das keine gewöhnliche Unterkunft war, sondern ein Gefängnis. Hinter der Theke stand ein älterer Mann in der Uniform der Miliz und nahm ihm seine spärlichen Besitztümer ab, die er in den Taschen verteilt mit sich getragen hatte. Einer der Bewaffneten holte aus einem Wandschrank Handschellen heraus, doch der andere flüsterte ihm etwas zu, und die Handschellen verschwanden wieder im Fach. Gareth erhielt einen Zettel, und dann wies man ihn an mitzukommen.

Sie erreichten eine Gittertür, die sie nach einer weiteren Kontrolle passieren durften, und gelangten in einen Korridor, der in eine Halle mündete. Als sie eintraten, wurden Stimmen laut, Rufe, Geschrei, fremde Sprachen, Dialekte – nichts davon war zu verstehen ... Rechts und links Reihen käfigartiger Zellen, an den Gitterfenstern Gesichter, die den neu Angekommenen anstarrten: Weiße, Asiaten, Mexikaner, Schwarze – eine Galerie verwegener Physiognomien. Gareth fürchtete schon, in einer dieser Zellen zu landen, doch sein Weg führte weiter. Sie hielten an einer Metalltür, an der eine weitere Kontrolle fällig war. Der Posten drückte auf einen Knopf, die Tür glitt zur Seite.

Sie traten ein, Gareth blieb geblendet stehen. Das war eine ganz andere Welt. Sie standen in einem hell erleuchteten kreisrunden Saal mit mehreren Türen. In der Mitte eine Statue, das Abbild eines bewaffneten, spärlich bekleideten Kriegers, an den Wänden Vitrinen mit goldenen und silbernen Statuetten. Einer der Beamten öffnete eine Tür und schob Gareth hinein. Er lächelte ihm zu und schaltete Musik ein. »Hier die Klimaanlage, hier die Minibar und hier noch ein paar Kissen für das Bett –«

Gareth sah sich um – was er erblickte, war erstaunlich. Ein großer Raum, Täfelung, Stuckdecke, anstelle der Fenster die vorgetäuschte Tiefe von Hologrammen: Meeresstrand, dahinter eine Bergkette, über die mit überhöhter Geschwindigkeit bauschige Wolken zogen. An einer Seite eine grausilberne Bildwand, daneben ein ComSet mit Mikrofon, VideoCam und Tastatur, ein Schränkchen mit Laserdisks und Speicherkassetten, etwas zurückgesetzt eine Nische für das breite Bett, über das eine seidene Steppdecke gebreitet lag, auf der anderen

Seite die Tür zum Bad. Unglaublich – man behandelte ihn wie einen vornehmen Gast. Eine Verwechslung? Vorher war ihm schon aufgefallen, dass ihn der Polizist respektvoll mit »Sie« angesprochen hatte.

»Ein schöner Raum«, sagte Gareth und tat so, als hätte er nichts anderes erwartet.

Der Polizist nickte. »Das kann man wohl sagen. Wir haben hier schon Minister und Scheichs untergebracht, auch ein paar Herren von der Mafia. Sie haben sich alle sehr wohl gefühlt.« Er deutete auf den Zettel, den Gareth immer noch in der Hand hielt. »Die Hausordnung – bitte richten Sie sich danach, soweit Sie einverstanden sind.«

Gareth warf einen Blick auf das Papier. Da stand etwas von Wecken, von der Ausgabe von Mahlzeiten, von Besuchszeiten, da war eine Bedienungsanleitung für die Visifonanlage mit einer Programmauswahl, eine Liste verschiedener Gelegenheiten zum Sport … Das alles hatte Zeit. Gareth wollte im Moment nur eines: Ruhe. So wie er war, legte er sich aufs Bett und war Sekunden später eingeschlafen.

Merkblatt für Touristen

Informationen über die politische Lage

Viele unserer Gäste erweisen sich in grundlegenden politischen Belangen als mangelhaft oder falsch informiert. Zum besseren Verständnis der in diesem Merkblatt gegebenen Hinweise wird im Folgenden ein kurzgefasster Abriss der historischen Entwicklung gegeben, die zur Absonderung eines relativ kleinen Teils der Weltbevölkerung in Kuppelstädten geführt hat.

Die Situation geht auf eine sich immer weiter verschärfende Trennung von Arm und Reich um die Jahrtausendwende zurück. Diese Entwicklung führte nicht nur zu einer Polarisation zwischen der Euro- und Dollarregion auf der einen und der übrigen Welt auf der anderen Seite, sondern auch zu einer Anhäufung von Geld und Macht bei einem kleinen Teil der Bevölkerung der wohlhabenden Staaten und einer parallel laufenden Unterdrückung aller anderen. Damals begann die Isolation der Reichen und Mächtigen. Sie zogen sich in abgesperrte Wohnblöcke zurück, in die niemand anderer Zutritt hatte, und schützten sich durch einen eigenen Wachdienst vor Störungen von außerhalb. Da die privilegierte Gruppe nicht auf menschliche Serviceleistungen verzichten wollte, wurden in den Kuppelbereich auch die dafür nötigen Hilfskräfte integriert. Diese vermehrten sich stärker als die besitzende Klasse und wuchsen nach und nach zu einem Proletariat heran, das immer nachhaltiger gleiche Rechte für alle fordert. Wie nicht anders zu erwarten, wurden sie ihnen vorenthalten, was zu sich allmählich verschärfenden Spannungen auch innerhalb der Kuppelstädte führte.

Seit dem beginnenden dritten Jahrtausend machten sich die durch den industriellen Raubbau verursachten Klimaverschlechterungen immer stärker bemerkbar – Einflüsse, vor denen die Bewohner der Kuppeln ausreichend geschützt sind. Dort steht ihnen gereinigte Luft zur Verfügung, sie sind der verstärkten UV-Strahlung der Sonne nicht mehr ausgesetzt und entgehen in ihren klimatisierten Räumen den immer häufiger vorkommenden Orkanen und sintflutartigen Regengüssen.

Die außerhalb der Kuppeln lebenden Menschen dagegen haben unter den verheerenden Auswirkungen eines aus dem Gleichgewicht geratenen Klimas in steigendem Maß zu leiden, und so kam es zu Protesten, zur Forderung nach Gleichverteilung der Güter, nach gleichen Rechten für alle Menschen – berechtigte Wünsche, die jedoch von den Kuppelbewohnern, die den Großteil der Ressourcen für sich beanspruchen, ignoriert wurden. Um den Forderungen mehr Nachdruck zu verleihen, schlossen sich die ausgeschlossenen Länder zur Allianz der freien Nationen (AfreNa) zusammen, und es kam zum Versuch, die Gerechtigkeit durch kriegerische Handlungen zu erzwingen. Doch die Antwort war wieder ein politischer Unrechtsakt: Man baute die Kuppeln zu Festungen aus und verband sie mit einem Netz unterirdischer Verkehrswege. Die selbst ernannten Führer dieses nun von der Außenwelt abgetrennten, wenn auch völlig zergliederten Territoriums erklärten den Austritt aus den Ländern, zu denen sie bisher gehört hatten. Sie gründeten einen eigenen Staat, den sie als Union unabhängiger Stadtstaaten (UnunSta) bezeichneten. Daraufhin schlossen sich die übrig gebliebenen Landesteile der Allianz freier Nationen an.

Da die lebenswichtigen Industrieanlagen schon vorher in die Kuppeln verlegt worden waren, war damit den übrig gebliebenen Regionen die Lebensgrundlage entzogen. Als erschwerender Faktor kam hinzu, dass damit auch die unerschöpfliche Energiequelle der Kernfusion auf den Machtbereich der Union beschränkt blieb. Uns wurden unter Androhung von kriegerischen Maßnahmen der Aufbau und Betrieb von Fusionskraftwerken verboten – unter dem fadenscheinigen Vorwand, dass wir damit auch Zugriff auf thermonukleare Waffen bekämen. Es ist allerdings allgemein bekannt, dass ein großer Teil des Reichtums der Union auf die jederzeit verfügbare billige Energie zurückgeht. Der verschwenderische Umgang mit der Energie zeigt sich auch in den unterirdischen Verkehrswegen, Systemen von Tunneln, die mit nuklearer Hitze in den Untergrund geschmolzen wurden. Übrigens hat die dadurch freigesetzte Wärme die Klimaverschlechterung noch erheblich verstärkt.

Aus diesen und noch anderen, hier unerwähnt bleibenden Gründen leben also die aus dem Kuppelbereich ausgegrenzten Bevölkerungsteile unter erheblich schlechteren Bedingungen als die Einwohner der Union. Nur durch größte Anstrengungen und Solidarität aller in der Allianz vereinigten Menschen ist es gelungen, dieses föderative Staatsgebilde zu einem bescheidenen Wohlstand zu führen – ein Prozess, der längst noch nicht abgeschlossen ist. Die großen Unterschiede zwischen den beiden politischen Systemen führen immer wieder zu Spannungen, doch wird unsererseits alles getan, um die Voraussetzungen für ein gedeihliches Zusammenleben zu schaffen. Dazu gehört auch unsere Gastfreundschaft den Touristen gegenüber, sofern sie in friedlicher Absicht unser Territorium besuchen.

Wir wünschen allen unseren Gästen einen angenehmen und erholsamen Aufenthalt.

Herausgegeben vom
Büro für Tourismus und Kultur (BüToKu)

Gareth hatte die Nacht im Tiefschlaf verbracht. Er wachte erst auf, als ihm ein Wärter ein Frühstückstablett ins Zimmer brachte. Mit Heißhunger fiel er darüber her, erst danach suchte er den Waschraum auf und kümmerte sich um seine Toilette. Endlich hatte er wieder einmal Gelegenheit zu einem Bad, und das in einem gekachelten, mit vielen Spiegeln versehenen Raum. Ein Föhn, der wohlriechenden warmen Wind verbreitete, ein Spray zum Auffrischen oder Ändern der Haarfarbe, ein Massagegerät, Handtücher in allen Größen, ein hellblau-orange gestreifter Bademantel, weiter unzählige Tiegel und Fläschchen – Seifen, Cremes, Puder, Parfums ... Ein Lautsprecher, der die am ComSet eingestellte Musik übertrug, ein Visifon, eine goldgerahmte Bildwand ... Als er sich nachher ankleiden wollte, fand er nicht nur neue Kleidung: Hose und Jacke aus weichem, glänzendem Stoff – so vornehm, wie er sie noch nie besessen hatte –, sondern auch frische Wäsche und einige Gebrauchsgegenstände, darunter auch eine Uhr, auf deren Display Zeitangaben und Werbetexte wechselten. Auf einem Wandbord lagen Zigaretten und ein Feuerzeug, daneben stand eine Flasche mit einer Flüssigkeit, die ein Etikett als Wein deklarierte.

Er war noch im Bademantel, als ein dreifacher Glockenklang ertönte. Zugleich wurde der große Bildschirm hell. Gareth warf einen Blick auf den Zettel mit dem Tagesprogramm und fand einen Eintrag: zehn Uhr fünfzehn Videokonferenz. Er hatte gerade noch Zeit, sich einen Stuhl heranzuziehen, als über ihm das rote Licht der Kamera aufleuchtete. Ein paar Sekunden sah er sich selbst auf der Bildwand: im Lehnsessel mit buntem Bademantel und Pantoffeln, er wischte gerade noch mit einem Handtuch über sein nasses Haar, als auch schon die Übertragung begann: Auf einem halbkreisförmig geformten Tisch waren ein halbes Dutzend Holo-Rahmen verteilt, die die Köpfe der Konferenzteilnehmer zeigten – alle einer im Konferenzraum installierten Bildwand zugewandt. Die Situation einer Besprechung, perfekt simuliert. Eigentlich hätte man alles im virtuellen Raum der Elektronik ablaufen lassen können und den realen Raum nicht gebraucht, wenn da am Rande des Tisches nicht noch ein paar wirkliche Menschen gesessen wären – offenbar solche von minderer Bedeutung.

Ein paar Sekunden lang war es still. Die Blicke von allen waren auf das Livebild von Gareth gerichtet, erwartungsvoll, neugierig, gespannt oder auch entrüstet. Nun ergriff ein Mann mit schütterem weißen Haar das Wort – der älteste von ihnen, wahrscheinlich auch der mit dem höchsten Rang. Er trug eine elegante, hochgeschlossene Jacke und eine goldene Kette mit einem ovalen Anhänger. Er hatte hellbraune Haut; mit seinen dunklen Augen und der ausgeprägten Nase konnte er ein Araber oder ein Inder sein. Gareth musste ihn schon irgendwo gesehen haben – ja, es war ein Politiker der Allianz … wie war doch der Name?

Protokoll Gareth Lavalle. Auszug

Der Konferenzraum. Ein merkwürdiger Anblick. Es dauerte ein paar Sekunden, ehe ich begriff, dass einige der Teilnehmer nur als holografische Bilder anwesend waren. In der Mitte John Shing, neben ihm Mario Gamboa, der Einzige, den ich schon damals aus den Fernsehnachrichten kannte: ein hoher Polizeibeamter der Allianz. Auf der andern Seite eine Frau in Uniform, die von den anderen Bernadette genannt wurde. Einige weitere Männer und Frauen – ihre Funktionen kannte ich damals noch nicht. Alle vornehm gekleidet, manche in Uniform – wahrscheinlich Militär oder Polizei, man sieht ihnen an, dass es wichtige Persönlichkeiten sind. Über einen einfachen Monitor zugeschaltet Doktor Joruba, ein intellektuell aussehender Schwarzer mit Schmuckbrille. Ein paar Leute waren auch persönlich anwesend, sie saßen am Ende des Tisches und schienen geringere Bedeutung zu haben. Dort, rechts, das ist Aziza, weiter hinten an einem Tisch mit Monitor, Tastatur und Schaltpult ein Techniker. Seitlich stehend ein Mann in Uniform mit einer umgehängten Schusswaffe.

Vorn der große Bildschirm. Wenn die Kamera ihn erfasst, kommt das, was dort gerade zu sehen ist, selbst ins Bild: mehrfach wiederholt – in verschachtelter, schrittweise verkleinerter Ansicht. Meist aber sind die Gesichter der Teilnehmer, die gerade das Wort haben, bildfüllend sichtbar.

Unterbrechung. Bitte zur Sache!

Es ist Singh, der nun die Hand hebt und ungeduldig um Ruhe bittet.

»Ich eröffne die Konferenz, die zu einer historischen politischen Wende führen könnte, aber gewiss auch zu einer Enttäuschung. Man wird sehen. Ich werde mich nur als Beobachter beteiligen und bitte General Gamboa, die Konferenz zu leiten.«

Der neben ihm sitzende Staatsmann stützt sich an den Armlehnen ab, um aufzustehen, und besinnt sich dann offensichtlich der besonderen Situation dieser Konferenz. Er begnügt sich damit, im Sitzen eine aufrechte Haltung einzunehmen.

»Wir alle sind mit hohen Erwartungen hierher gekommen, und nun, da wir unseren Gast vor uns sehen, sind wir irritiert. Handelt es sich um ein Missverständnis, um einen Zufall, um einen plumpen Schwindelversuch? Wir wissen es nicht. Aber wir werden eine Erklärung für diese merkwürdige Situation finden, und wir nehmen an, dass Sie uns dabei uneingeschränkt behilflich sein werden. Sind Sie dazu bereit?«

Das richtet sich an mich. Wieder einmal die Ansicht von mir groß auf dem Bildschirm. Da sitze ich in Pantoffeln und Bademantel ... hätte ich nur das Tagesprogramm gelesen!

»Ich muss mich entschuldigen, es ist mir peinlich. Es kam so überraschend. Nun, ich bin mir über die Situation auch nicht im Klaren, aber ich will alles, was ich kann, zur Aufklärung beitragen. Was wollen Sie wissen?«

»Was Sie da versprechen, klingt ein wenig dürftig. Sie sind intelligent genug, um zu wissen, was wir von Ihnen erwarten.«

»Ich fürchte, ich muss Sie enttäuschen. Ich weiß selbst nicht, wieso ich in diese Lage geraten bin. Glauben Sie mir, dass ich ebenso interessiert daran bin zu erfahren, was gegen mich vorliegt. Ich habe die Grenze mit gültigen Dokumenten überschritten, ich will den Urlaub hier verbringen –«

»Lassen Sie doch das Versteckspiel. Sie sind unter falschem Namen eingereist: Cliff Myers. Mit einem gefälschten Pass. Nun gut, Sie mögen Ihre Gründe dafür gehabt haben, aber eine solche Tarnung ist nun nicht mehr nötig. Wir fordern Sie also hiermit auf, uns Ihren richtigen Namen zu nennen.«

Sie wissen es also. Aber wieso? Vielleicht wurde nach den Teilnehmern der Aktion im Kongresssaal gefahndet, die Ergebnisse dürften dem Geheimdienst der Allianz nicht verborgen geblieben sein. Wahrscheinlich gibt es sogar Aufnahmen von mir, und bei diesen ist sicher mein richtiger Name angegeben. Ich muss mich schnell entschließen ... Warum eigentlich nicht? Meine Teilnahme an einer Untergrundaktion würde mir doch ihre Sympathie einbringen. Sollten sie mich für einen wichtigen Mann des Untergrunds halten?

Natürlich wusste ich nicht, um was es eigentlich ging, doch ich wollte vorsichtig sein. Jetzt blieb mir vermutlich nichts übrig, als meinen richtigen Namen zu nennen.

»Nun gut. Vermutlich habe ich falsch gehandelt. Wenn Sie die Umstände kennen, werden Sie meine Vorsicht begreifen. Aber nun befinde ich mich ja in Sicherheit – unter Ihrem Schutz. Also, ich gebe es zu, ich bin unter einem Decknamen eingereist. Mein richtiger Name ist Gareth Lavalle.«

Ich habe gehofft, damit alle zufriedenzustellen, doch das ist mir nicht gelungen – an den Mienen ist es zu erkennen. Besonders Gamboa scheint wütend zu sein. »Und wieso, Herr Lavalle, haben Sie einen falschen Namen angegeben? Warum sind Sie überhaupt hierher gekommen?«

Ich verstehe seinen Ärger nicht, aber jetzt muss ich wohl alles offen legen. Und das versuche ich auch. Ich erzähle vom Institut, von meiner Arbeit, vom Kontakt mit dem *Verband zur Unterstützung des sanften Selbstmords* und allem, was sich hierauf ereignete. Ich erzähle auch von den Aktivisten im Untergrund, von der Besetzung des Kongresssaals und von meiner Flucht. Natürlich versuche ich, meine Ausführungen der Situation anzupassen, besonders die Perspektive, unter der ich die Geschehnisse sehe. Ich sage, dass ich zuerst vorgehabt hätte, im Untergrund zu bleiben, doch nun flüchten musste. Und dass ich mich gern in den Dienst der Allianz stellen würde. Doch offensichtlich schenkt man mir wenig Glauben, und besonders der General bringt offenbar nur schwer die Geduld auf, mir bis zum Ende zuzuhören.

Unterbrechung. Da ist ein Widerspruch festzustellen. Was du als »deine Perspektive« bezeichnest, ist doch nichts anderes als ein beabsichtigtes Abweichen von der Wahrheit.

Ich habe die Tatsachen richtig dargestellt – soweit sie mir bekannt waren. Und die Beweggründe für mein Handeln waren selbst für mich nicht eindeutig erklärlich. Es liegt wohl daran, dass ich ohne Bedenkzeit reagieren musste. Aber die Teilnehmer der Sitzung im Saal waren mit meiner Antwort sowieso nicht zufrieden. »Sie wollen uns also für dumm verkaufen. Dazu gehört eine gehörige Portion Unverfrorenheit – das werden Sie noch bereuen. Sind Sie bereit, uns mitzuteilen, was dieses Theater soll, oder wollen Sie Ihr Täuschungsmanöver fortsetzen?«

Der über den Monitor zugeschaltete schwarzhäutige Mann hat schon einige Male die Hand gehoben, doch kaum jemand achtete auf den Bildschirm. Endlich gibt ihm Singh ein Zeichen zu sprechen.

»Ich möchte darauf aufmerksam machen, dass unser Gast vielleicht doch die subjektive Wahrheit spricht. Er könnte an einer Gedächtnisstörung leiden. Es wurden auch Spuren von psychogenen Substanzen in seinem Haar festgestellt – es wäre also möglich, dass er unter dem Einfluss von Drogen steht. Bemerkenswert ist auch, dass die Ergebnisse der Analyse widersprüchlich sind. Das Irisbild scheint nicht zu stimmen, allerdings haben wir kein gutes Vergleichsmuster. Auch die Fingerabdrücke ergeben keine hundertprozentige Übereinstimmung. Schließlich gibt auch das Alter zu denken, wenngleich das durch eine Verjüngungsoperation erklärbar wäre.«

Sie nehmen es kopfschüttelnd zur Kenntnis. Sind unschlüssig darüber, was nun geschehen soll; die Ordnung löst sich auf, und alle reden durcheinander. Singh zeigt Zeichen von Ungeduld und steht dann entschlossen auf.

»Ich schlage Folgendes vor: Es wurde ein Name genannt, und die medizinische Untersuchung einiger Daten mit auffälliger Übereinstimmung. Damit haben wir die Möglichkeit, zu prüfen, ob es vielleicht doch eine Person gibt, auf die diese Angaben zutreffen, und, wenn ja, um was für eine Person es sich da handelt. Ich schlage vor, wir warten das Ergebnis dieser Untersuchung ab, ehe wir weitere Entschlüsse fassen. Die Sitzung ist geschlossen.«

Ende Protokoll Gareth Lavalle

Noch lange Zeit, nachdem der Bildschirm erloschen war, blieb Gareth tief in Gedanken versunken sitzen. Irgendetwas lief da bestürzend falsch. Es wurde immer deutlicher, dass man ihn für jemand anderen hielt, offenbar für eine bekannte und wichtige Persönlichkeit – allmählich begann in ihm eine Ahnung aufzudämmern, um wen es sich da handeln könnte. Doch nun durfte er auf Aufklärung hoffen: Eine nähere Beschäftigung mit seinen Daten würde letztlich zur Bestätigung seiner Angaben führen, und dann sollte dieses Kapitel aus seinem abenteuerlich gewordenen Leben endlich abgeschlossen sein.

Noch immer in Gedanken zog er sich an, um nicht noch einmal in diesem Aufzug überrascht zu werden. Und seine Vorsicht erwies sich als angebracht, denn es klingelte, und auf seine Aufforderung trat eine junge Frau ein. Wo hatte er sie schon gesehen? – Dann fiel es ihm ein: Sie hatte an jener peinlichen Videokonferenz teilgenommen … »Ich heiße Aziza«, erklärte sie. »Ich soll dich zu Doktor Joruba bringen, er ist der Leiter des *Büros für spezielle Ermittlungen*. Komm mit!«

Als sie das Zimmer verließen, musterte er sie unauffällig von der Seite: Sie war schlank und mittelgroß, hatte blauschwarzes Haar und einen eurasischen Gesichtsschnitt. Sie war ausnehmend hübsch und erinnerte ihn an Lara, die bekannte Heldin der Comicserie, die nun schon seit achtzig Jahren im Fernsehen lief.

Ein Polizist, der vor der Tür gewartet hatte, begleitete die beiden an eine Pforte, und nachdem Aziza einige Worte mit dem Posten gewechselt hatte, durften sie durchtreten; der Aufpasser blieb zurück.

Der Durchgang hatte sie in ein Wohngebäude geführt. »Hier hat Doktor Joruba eine Suite im Dachgeschoss.« Mit dem Lift fuhren sie aufwärts, fünfzehn Etagen hoch. Aziza klingelte an einer der Türen, ein Mann öffnete – es war der Zivilist, der über eine Televerbindung an der Konferenz teilgenommen hatte. Seine Haut tiefschwarz, die Augen dunkel und ausdruckvoll – ein bemerkenswert glattes und strenges Gesicht. Er trug eine Brille mit blau getönten Gläsern; wollte er sich damit einen intellektuellen Anstrich geben? Die operative Behandlung von Sehfehlern war längst auch im Bereich der Allianz gebräuchlich.

Gareth bedankte sich bei Aziza, die ihm zunickte, ehe sie die Wohnung verließ.

»Ich glaube, du erinnerst dich an mich«, sagte Doktor Joruba. »Ich möchte mich mit dir unterhalten. Komm herein – ich lade dich auf ein Glas Wein ein.« Das klang freundlich, und Gareth hatte keinen Grund abzulehnen. Sein Gastgeber lächelte, aber trotzdem störte Gareth etwas an seinem Gesichtsausdruck. Hinter der freundlichen Miene glaubte er, Entschlossenheit und Unerbittlichkeit zu erkennen, aber es konnte auch an der schwarzen Hautfarbe und an der ungewohnten Physiognomie liegen, dass er sich nicht sicher war.

Von der Wohnung aus gab es einen überwältigenden Ausblick. Sie lag an der Ecke des Hochhauses, durch die Fenster konnte man in zwei verschiedene Richtungen schauen. Die Stadt wies nur wenige Gebäude vergleichbarer Höhe auf, und so war der Blick auf ein Meer von kleineren Häusern frei, das durch ein unregelmäßig angeordnetes Netz von Straßen zerschnitten war. Über diese schoben sich Kolonnen von Autos, winzige bunte Rechtecke, an Kreuzungen und Einmündungen kreuz und quer durcheinander, und ein Heer nur als dunkle Punkte erkennbarer Fußgänger, die jeden frei gewordenen Platz neben oder zwischen den Fahrzeugen wie eine einsickernde Flüssigkeit auffüllten. Etwas weiter draußen Industrieanlagen mit Türmen aus Beton, hoch aufragende Stahlkonstruktionen, Schlote, aus denen anthrazitfarbener Rauch quoll. Und noch weiter im Hintergrund ein graubrauner Saum, durch die über der Stadt gebreitete Smogdecke hindurch gerade noch erkennbar: das viel zitierte freie Land, die früheren Siedlungsgebiete der Reichen, dahinter heute brachliegendes Gelände … Auf der anderen Seite die Kuppel, die sich wie ein Berg in den Himmel erhob, eine mächtige grausilberne Masse, in der die Szenerie der umliegenden Stadt als verzerrte Spiegelung erschien. Von außen gesehen war die Kunstglasverkleidung der Kuppel selbst undurchsichtig – was dahinter lag, blieb verborgen und sollte wohl auch verborgen bleiben.

Doktor Joruba ließ Gareth Zeit, diesen Eindruck auf sich wirken zu lassen. Dann wies er unbestimmt in die Umgebung. »Grenzland. Die alte Stadt Boston wurde hier willkürlich zerschnitten. Damit siehst du eigentlich schon alles, was den Zustand unserer Welt charakterisiert. Da ist der eine Teil, in dem die Menschen alle Mühe haben sich zu ernähren, sich zu kleiden, Wohnraum und Energie bereitzustellen – und trotzdem stets unterhalb der Armutsgrenze leben. Und dort«, er wandte sich dem zweiten Fenster zu, »dort steht sie, die Kuppel, das Symbol des Reichtums und des Überflusses und zugleich das Gefängnis der Wohlhabenden und Privilegierten, die alles tun, um ihren Besitz zu erhalten, um nicht mit anderen teilen zu müssen. Dabei leben sie von den Gütern, die allen Menschen und nicht nur ihnen gehören.«

»Wieso bezeichnest du die Kuppel als Gefängnis?«

Joruba hatte einen Stuhl zurechtgeschoben und bot ihn Gareth an. Sie setzten sich.

»Ein Gefängnis mit allem erdenklichen Luxus, ja, das ist sie. Gewiss: Die Bewohner leben vor der gefährlichen Sonnenstrahlung abgeschirmt – nachdem durch Einflüsse der chemischen Industrie die Ozonschicht zerstört wurde. Von den Umweltgiften geschützt – nachdem die industrialisierte Landwirtschaft der Großgrundbesitzer Boden und Luft verpestet hat. Von Stürmen und Wolkenbrüchen unbehelligt – nachdem das Klima durch maßlose Verschwendung von Kohle und Öl in den reichen Ländern aus dem Gleichgewicht gebracht wurde. Aber: Trotz allem ist die Erde nicht mehr ihre Heimat, sondern nur ein kleiner Teil von ihr. Daran ändern alle 3-D-Vorführungen, alle virtuellen Spielwelten, alle optischen Illusionen in den Halluzinatoren nichts: Was ihnen geboten wird, ist auf Wohlstand und Unterhaltung reduziert. Sie haben die Verbindung mit der Natur aufgegeben, kennen keine Familie, keine Freundschaft, keine menschlichen Beziehungen mehr, sie wissen nichts mehr darüber, wie man mit Schwierigkeiten fertig wird und wie man sich gegen Widerstände durchsetzt. Sie sind dabei zu verkümmern und merken es nicht.«

Gareth war betroffen: Vieles von dem, was Joruba sagte, leuchtete ihm ein.

»Inzwischen scheint sich eine bemerkenswerte Entwicklung auch innerhalb der Kuppeln zu vollziehen. Wieder gibt es dort einige wenige, die dort die Macht an sich gerissen haben und bestimmen, was zu tun ist, um ihre Macht zu erhalten. Sie können beliebig schalten und walten, denn der übrige Teil der Bevölkerung wurde längst entmündigt. Diesmal nicht durch Gewalt, sondern durch ein billiges Angebot von Bequemlichkeit und Vergnügen aller Art. An die Stelle der Wirklichkeit ist eine Scheinwelt getreten, in der nichts ernst, nichts verbindlich ist, in der die Menschen zufrieden und gut versorgt dahinleben. Sie merken es gar nicht, dass sie keinen Einfluss mehr auf ihr Leben haben – sie sind nichts anderes mehr als eine Population menschlicher Haustiere. Diese Entwicklung betrifft übrigens Europa ebenso wie Nordamerika, doch hier ist diese Situation am stärksten ausgeprägt.«

So habe ich es noch nicht gesehen, sagte sich Gareth, und er sprach es dann auch aus. Es klang wie eine Entschuldigung.

Sein Gastgeber nickte ihm zu. »Ich habe gehofft, dass du zu einer objektiven Betrachtung der Umstände fähig bist. Deshalb habe ich dich hierher bringen lassen. Es geht nämlich um genau diese Fragen, um die Auseinandersetzung zwischen den Reichen in den Kuppeln und den Armen außerhalb. Eigentlich müsste jeder verstehen, dass wir mit der Situation nicht einverstanden sein können und unseren Anteil an dem fordern, was man uns widerrechtlich vorenthält. Da die Regierung der Union Verhandlungen über dieses Problem schon seit einem halben Jahrhundert strikt ablehnt, spitzt sich die Lage mehr und mehr zu. In verschiedenen Teilen der unterentwickelten Länder haben sich Gruppen gebildet, die zum offenen Kampf gegen die Unterdrücker aufrufen. Noch hat sich ihre Meinung nicht durchgesetzt, und darum führen sie ihren eigenen Krieg – hauptsächlich durch das, was ihr terroristische Anschläge nennt.«

»Terror löst keine Probleme«, warf Gareth ein. »Ich lehne den Einsatz von Gewalt ab.«

Auf dem Tisch standen Gläser, Doktor Joruba hatte hellroten Wein eingeschenkt, aber keiner der beiden hatte davon getrunken. Er hatte seine Brille abgenommen und schien sie mit kurzsichtigen Augen zu betrachten. In Wirklichkeit jedoch war er mit seinen Gedanken ganz woanders.

»Darin stimmen wir überein. Die gemäßigten Kreise, die bei uns noch immer die Mehrheit bilden, wünschen keinen Terror – obwohl sie die Verzweiflung der Menschen verstehen, denen er entspringt. Und auch ich bin dagegen, aber nicht aus ethischen Gründen, sondern aus rein praktischen. Das Militär der Allianz ist uns nämlich überlegen, und die Anschläge fordern es zu Gegenschlägen heraus, die auf unserer Seite Unschuldige treffen und uns Schäden zufügen – irreparable Schäden, da uns die Mittel fehlen, um das Zerstörte wieder instand zu setzen. Und irgendwo in der Welt wird immer gekämpft, irgendwo ist immer Krieg, und letztlich trifft es immer nur uns.«

In seiner Stimme lagen Ernst und Besorgnis. Nun hob er sein Glas und prostete Gareth zu. Es mutete wie ein symbolischer Akt an, eine Art Bekräftigung dessen, was er ausgeführt hatte. Auch Gareth nickte ihm zu und trank.

»Und damit kommen wir zu dir«, kündigte Doktor Joruba an. »Wir haben den Verdacht, dass du etwas mit der wirkungsvollsten Waffe zu tun hast, die die Union zum Angriff gegen uns entwickelt. Und wir fürchten, dass dann unser Kampf noch aussichtsloser wird, als er es sowieso schon ist.«

Gareth schüttelte erstaunt den Kopf. »Was sollte das sein? Ich habe nichts mit Waffen zu tun.«

»Das wirst du noch erfahren«, antwortete Joruba, »aber im Moment ist das eine sekundäre Frage. Ich habe dir die Lage vor allem deshalb geschildert, damit du verstehst, wie wichtig deine Person für uns sein könnte. Damit du einsiehst, dass wir den Grund für dein unerwartetes Auftauchen bei uns unbedingt wissen müssen. Als Mitglied des *Büros für spezielle Ermittlungen* verfüge ich über Mittel, um wahrheitsgemäße Aussagen zu erzwingen. Ich schicke voraus, dass ich sie bei dir nicht unbedingt anwenden will. Aber ich brauche deine Aussage, und ich mache nun einen letzten Versuch, dich zu rückhaltloser Offenheit zu bringen.«

Er stand auf und zog lichtdichte Vorhänge vor die Fenster. »Dort ist die Projektionswand. Ich führe dir etwas vor.« Er rückte seinen Sessel zurecht, setzte die Brille auf und ließ sich nieder, die Beine weit vorgestreckt. Der Bildschirm an der Wand wurde hell.

Ein Vortragssaal, zwei Dutzend jüngere Leute in den vorderen Sitzreihen – eine Stimmung gespannter Erwartung. Im Vordergrund, auf dem Podest, eine Apparatur, ein Halluzinator? Er sieht etwas ungewöhnlich aus, die Verschalung ist geöffnet, der Sitz mit Schaumstoff gepolstert, an den Armlehnen Haltebügel …

Ein Mann wird hereingebracht, er ist groß und hager, fast ausgezehrt. Er trägt einen grauen Arbeitsanzug, der ihm zu groß ist, seine Hände sind am Rücken gefesselt. Dieses stolze Gesicht kommt Gareth bekannt vor … er hat Bilder davon gesehen, vor ein paar Monaten ist der Fall durch alle Nachrichtensendungen gegangen: das Verschwinden eines Politikers, eine Entführung … Jetzt fällt es ihm ein: Es ist Antoine Maltout, Staatssekretär im Verteidigungsministerium der Union.

Die Hilfskräfte nehmen dem Mann die Handfesseln ab, weisen ihn an, sich auf den Polsterstuhl zu setzen. Als er zögert, helfen sie mit sanfter Gewalt nach. Sie öffnen ihm Jacke und Hemd, bringen in der Herzgegend eine Kontaktplatte an. Einer der Assistenten legt ihm angefeuchtete Sensoren auf die Stirn und um die Handgelenke. An den Messgeräten hängen Leitungen, die zu einem auf Rädern fahrbaren Schaltkasten führen. Was wird da gemessen? Pulsfrequenz, Schweißabsonderung, Hauttemperatur, unhörbare Schwingungen der Stimme?

Zwei Männer betreten den Raum, Joruba und Mario Gamboa. Ihnen wendet sich die Aufmerksamkeit der Zuschauer zu, sie klopfen mit den Knöcheln auf die Pulte.

Joruba spricht zu den versammelten jungen Menschen. »Wir haben euch zu einer Demonstration gebeten: zu einer Vernehmung. Als Angehörige der Miliz müsst ihr die Technik beherrschen. Es bietet sich eine günstige Gelegenheit – was ihr jetzt sehen werdet, ist echt. Ich bitte um Aufmerksamkeit.«

Er gibt den beiden Hilfskräften ein Zeichen, und sie stülpen den kronenförmigen Cerebralstimulator über Maltouts Schädeldach und befestigen ihn unverrückbar an dessen Kopf. Zuletzt spannen sie ein Netz über seinen Körper und zurren es fest, sodass keine Bewegung mehr möglich ist.

Joruba tritt an den Vernehmungsstuhl heran. »Was ihr hier seht, ist eigentlich nichts anderes als ein Halluzinator – allerdings ein wenig umgebaut, um einen interessanten Teil ergänzt: einen Schmerzsimulator. Ich betone es: Dem Mann wird kein Haar gekrümmt, was er zu spüren bekommt, ist nur Illusion. Wir haben diese Methode eingeführt, um den Bedingungen der Menschlichkeit Rechnung zu tragen.«

Der General ist ungeduldig; kaum dass Joruba ausgesprochen hat, tritt er vor den sitzenden Mann.

»Alles bereit?«, fragt er die Assistenten. Er wartet die Antwort nicht ab, sondern wendet sich an Maltout: »Ich hoffe, Sie verstehen Ihre Lage. Sie müssen uns die Wahrheit sagen. Aufgrund verschiedener Daten, die wir aufnehmen, wird jede Lüge sofort entdeckt und mit einer Verstärkung des Reizes beantwortet. Bei wiederholter Unwahrheit erhöhen wir die Intensität. Zunächst: Ihr Name?«

»Ich bin Antoine Maltout«, antwortet der Mann im Stuhl.

»So ist es recht«, sagt Gamboa mit einem bösen Lächeln. »Nun aber zu unserer Frage – es ist Ihnen ja bekannt, was wir wissen wollen, aber ich frage noch einmal, damit keine Missverständnisse auftreten: Welcher Art ist diese geheimnisvolle Waffe, die bei Ihnen vorbereitet wird?«

»Wie ich schon aussagte: Ich kenne keine neue Waffe.« Er sagt es völlig ruhig und selbstsicher. Einen Augenblick lang hat es den Anschein, er hätte die Apparatur überlistet, aber jetzt leuchtet ein rotes Lämpchen auf. Unmittelbar darauf zuckt Maltout zusammen und bleibt in zusammengekrümmter Haltung einige Sekunden wie erstarrt sitzen. Endlich richtet er sich wieder auf. Er atmet schwer.

»Das war die falsche Antwort. Also noch einmal: Was für eine Waffe? Radioaktive Verseuchung? Chemische Gifte? Krankheitskeime? Mann, machen Sie es sich doch nicht schwerer als nötig. Wir finden es schließlich doch heraus. Also reden Sie!«

»Von mir erfahren Sie nichts«, antwortet Maltout mit gepresster Stimme. Er bemüht sich sichtlich um Beherrschung.

Der zweite Impuls folgt, für die Zuschauer nur in der Reaktion des Gemarterten erkennbar, und er scheint, wie angekün-

digt, erheblich stärker als der erste. Der Krampf im Körper des Gequälten ist so gewaltig, dass er den Stuhl umzureißen droht. Die beiden Assistenten springen hinzu und stützen ihn.

Ein Blick auf die Zuschauer: Ihnen ist anzusehen, dass sie mühsam um Beherrschung ringen.

Gamboa lässt nicht locker. »Ich nehme an, dass Sie nun endlich die Sinnlosigkeit Ihres Verhaltens erkennen. Jetzt also die Wahrheit: Was ist es?«

Maltout zittert. Er ist beängstigend bleich. Er schweigt.

»Ich habe vergessen zu erwähnen, dass wir die Impulse auch einsetzen können, um maulfaule Gesprächspartner zum Reden zu bringen.« Gamboa gibt Joruba ein Zeichen, und dieser drückt auf einen Knopf …

Das Gesicht Maltouts verzerrt sich zur Fratze. Seine Muskeln zucken in einem anhaltenden Krampf. Er reißt die Augen weit auf und bemüht sich zu sprechen, aber es dauert eine Weile, ehe ihm ein kaum verständliches Ächzen gelingt: »Keine Waffe … ein Computer, es ist ein Computer –«

»Lächerliche Lügen!«, schreit Gamboa. Er beugt sich zu Maltout hinunter, packt ihn an der Schulter. »Was ist es wirklich? Heraus damit – spuck es aus!«

Joruba blickt auf ein Messgerät und fasst Gamboa am Arm. »Er sagt die Wahrheit.«

Gamboa scheint zunächst nicht verstanden zu haben, dann richtet er sich auf und blickt Joruba drohend an. »Was behauptest du da!«

»Er sagt jetzt die Wahrheit«, wiederholt Joruba, dessen zu einer Maske erstarrtes Gesicht für kurze Zeit groß zu sehen ist. Man hört noch den Beifall der Zuhörerschaft, dann wird der Bildschirm dunkel.

Die beiden Betrachter dieser Szenen saßen tief in ihre Stühle versunken. Sie waren aufgewühlt, wenn auch aus verschiedenen Gründen.

Doktor Joruba brach schließlich das Schweigen. »Ich sehe das nicht gern, und auf meine Rolle bin ich nicht stolz. Aber es geht um die Existenz meines Landes, und da muss ich manchmal gegen meine Intentionen handeln, ob ich will oder nicht. Immerhin ist es uns gelungen, solche Befragungen durchzuführen, ohne den Delinquenten zu verletzen nach den Regeln der Humanität. Was ich dir zeigen wollte, ist Folgendes: Wenn es um eine wichtige Information geht, von der die Zukunft der Allianz abhängt, setzen wir alle Mittel ein, die uns zur Verfügung stehen. Wir tun es mit Widerwillen, aber wir tun es konsequent und rücksichtslos. Ich würde mich dafür hassen, wenn ich dich auch so behandeln müsste wie den Kriegstreiber Maltout, aber ich würde es tun. Diese Demonstration war ein Versuch, es uns beiden zu ersparen. Daher frage ich jetzt: Werde ich von dir die Wahrheit erfahren? Willst du alles offen sagen und nichts verschweigen? Oder glaubst du, der Folter standhalten zu können?«

Der Folter standhalten? Ausgeschlossen, dachte Gareth schaudernd. Er hatte keine Wahl, die Antwort stand fest, er brauchte nicht weiter zu überlegen.

Doktor Joruba erhob sich aus dem Stuhl und trat an Gareth heran. »Dann zur entscheidenden Frage: Es gibt Anzeichen dafür, dass du Troy Dryer bist. Bist du Troy Dryer?«

»Nein«, antwortete Gareth. »Ich bin nicht Troy Dryer.«

War Joruba überrascht? War er enttäuscht? Im Zimmer blieb es einige Zeit still. Die Frage und die Antwort lösten in beiden eine Lawine von Gedanken, Erwägungen, Erkenntnissen – und weiteren Fragen aus.

»Ich hoffe, du glaubst mir. Was willst du noch wissen?«, fragte Gareth.

»Ja, ich glaube, dass du die Wahrheit sagst. Aber damit sind natürlich noch längst nicht alle Fragen beantwortet. Zum Beispiel: Was für ein Zusammenhang besteht zwischen dir und Troy Dryer? Diese Ähnlichkeit, diese Entsprechungen … es fällt mir schwer, an einen Zufall zu glauben.«

»Noch vor ein paar Minuten wusste ich nichts von einem Zusammenhang zwischen ihm und mir … nur so eine Ahnung … Aber nun, da du den Namen nennst – ich habe einen Verdacht … Darf ich dich vorher etwas fragen?«

»Was willst du wissen?«, fragte Joruba.

»Wodurch bin ich bei der Grenzkontrolle aufgefallen? Wodurch habe ich mich verdächtig gemacht?«

Joruba lächelte. »Verdächtig gemacht? Es war ganz einfach: Man hat dich nach der Registriernummer gefragt, und du hast ohne nachzudenken geantwortet – richtig geantwortet. Doch wer merkt sich schon seine Registriernummer? Wer die zwölf Ziffern fehlerlos aufsagt, ist verdächtig. Er muss sie auswendig gelernt haben. Und wer sie auswendig lernt, hat einen Grund dafür.«

So einfach war das also gewesen, keine geheimnisvollen neuen Methoden, keine komplizierte Technik. Gareth fühlte sich hereineingelegt – sollte er sich darüber ärgern oder sollte er darüber lachen? Doch die Frage war damit noch nicht erschöpfend beantwortet. »Und aus welchem Grund habt ihr mich für Troy gehalten?«

Joruba überlegte kurz. Wollte er weiter Katz und Maus mit Gareth spielen? Aber dann entschloss er sich doch, die Frage zu beantworten. »Es gibt einen untrüglichen Beweis dafür: Du besitzt dieselbe DNA wie er. Andere halten den DNA-Test vielleicht für eine Identifikationsmethode unter vielen, doch ich war lange genug im Erkennungsdienst, um zu wissen, dass es normalerweise keine zwei Menschen gibt, die denselben Chromosomensatz besitzen – mit Ausnahme von eineiigen Zwillingen und Klonen. Eineiige Zwillinge haben dasselbe Alter, während du viel jünger bist als Dryer. Also bleibt nur eine Lösung des Widerspruchs: Du bist aus einer Zelle von ihm entstanden. Du bist ein von ihm abstammender Klon. Anders kann ich es nicht erklären.«

Das ist also die Lösung des Rätsels, dachte Gareth. Jetzt endlich bin ich sicher – es gibt keinen Zweifel mehr: Er war als Ersatzteillager für den berühmten Troy Dryer gezüchtet worden. Troy Dryer, den international bekannten Wissenschaftler. Troy Dryer, der vor einigen Wochen beim Anschlag auf das Aracone-Center verletzt worden war. Für ihn hätten sie Gareths Lungen gebraucht. Als Klon von Troy hatte er dieselben körperlichen Eigenschaften wie dieser, und so war bei einer Transplantation keine Immunreaktion, keine Abstoßung des Gewebes zu befürchten. Für Troy Dryer ideal, aber für ihn, Gareth, katastrophal. Durfte so etwas geschehen? War es erlaubt? War er kein eigenständiger Mensch mit allen ihm zustehenden Rechten? Er dachte angestrengt nach, dann entschloss er sich, seinem Gastgeber seine Schlussfolgerung mitzuteilen. »Ich glaube, ich bin auf die Lösung des Rätsels gekommen –« Und er berichtete Joruba alles das, was er in letzter Zeit erlebt hatte – und was für Vermutungen sich daraus ergaben.

Suchbegriff ›Globale Apartheid‹
›Globale Apartheid‹ –
abgeleitet von → ›Apartheid‹

Suchbegriff ›Apartheid‹
›Apartheid‹ [afrikaans] – Politik der Rassentrennung zwischen weißer und schwarzer Bevölkerung, erstmals als politische Maxime praktiziert von der ehemaligen → Republik Südafrika bis Ende des 20. Jahrhunderts. Später wurde der Begriff auch in Bezug auf die Trennung zwischen Arm und Reich, speziell zwischen den reichen Industrienationen Europas und den sogenannten unterentwickelten armen Völkern Afrikas, gebraucht.

›Globale Apartheid‹ – allgemeine Erscheinungsform der → Apartheid, verallgemeinert auf die Trennung zwischen den reichen und den armen Teilen der Bevölkerung, die die heutige politische Situation weltweit kennzeichnet.

Geschichtlicher Exkurs: In den reichen Industrienationen des sogenannten Westens, bestehend aus Europa und den USA einschließlich Kanadas, kam es Anfang des dritten Jahrtausends zu einem Trennungsprozess, der in vielen Belangen der südafrikanischen Apartheid analog verlief: Den Reichen gelang es, auf ihrer Seite immer mehr Geld und Macht zu konzentrieren, während die übrigen Bevölkerungsteile zunehmend verarmten. Die Armut hatte Hunger, Krankheit und Mangel an Trinkwasser zur Folge, viele Menschen gingen an verschmutzter Luft und verseuchtem Wasser zugrunde, die Kindersterblichkeit stieg an. Als weitere Folge der Armut wurden die grundlegenden Bildungsaufgaben vernachlässigt, was unter anderem zu ökologischem Fehlverhalten und damit zu einer weiteren Verschlechterung der Situation führte.

Um den der Not der Betroffenen entspringenden Unruhen zu entgehen, schlossen sich die Privilegierten in den Luxusvierteln der Städte zusammen, zu denen die übrigen Teile der Bevölkerung keinen Zutritt hatten. Als das Leben in den Städten infolge der → Klimakatastrophe immer stärker beeinträchtigt wurde, wurden die Wohn- und Arbeitsgebiete der Reichen durch großzügig angelegte Glashäuser isoliert, die man im Laufe der nächsten Jahre beträchtlich vergrößerte, bis sie schließlich die Form riesiger, mit → Nanofaser-Glas gedeckter Kuppelbauten annahmen. Allmählich wurde hinter diesen Maßnahmen eine Strategie deutlich, die schließlich die völlige Isolation der Reichen von den Armen zum Ziel hatte. Dazu gehörte es unter anderem, alle lebenswichtigen Teile der Infrastruktur, etwa Industriebauten, Versorgungszentralen, Bildungsanstalten, Kliniken und Erholungsstätten und nicht zuletzt die Zentren der Unterhaltung, in den Kuppelbereich einzubeziehen. Nur wenige Gebiete, die aus verschiedenen Gründen von besonderer Wichtigkeit für die Union sind, wurden weiterhin als extraterritoriale Enklaven beansprucht. Den Abschluss fanden diese Maßnahmen durch die Gründung eines eigenen Staates mit der offiziellen Bezeichnung Union unabhängiger Stadtstaaten (UnunSta), die nichts anderes ist als ein militärisch abgeschirmter Interessenverband der Kuppelbewohner. Damit war die ›Globale Apartheid‹ in ihrer extremsten Form vollzogen.

6.

Wie nicht anders zu erwarten, wirkten die Eindrücke der letzten zwei Stunden noch in Gareth nach, als er sich wieder in seinem Zimmer befand. Natürlich war es vor allem die Erkenntnis, dass er nur deshalb existierte, um bei Bedarf Troy Dryer seine Organe zu überlassen. Immer wieder rang er mit demselben Problem: War es überhaupt erlaubt, einen Menschen als Organbank zu verwenden? Konnte das ohne Einwilligung des Betroffenen geschehen? Aber war er als Klon überhaupt ein normaler Mensch mit allen Rechten, die jedem Bürger zustanden? Vielleicht war er nicht mehr als eine Schablone, ein künstlich erzeugtes Duplikat, eine Wucherung aus einer zu diesem Zweck entnommenen Zelle, und hatte eben keine andere Bestimmung, als seinem älteren Zwillingsbruder im Notfall das Leben zu retten.

Manche seiner Überlegungen waren widersprüchlich: Gewissermaßen verdankte er dem ursprünglichen Besitzer der Zelle, aus der er hervorgegangen war, sein Leben. Und es war bis zum Eintritt der bewussten Ereignisse ein angenehmes, sorgenfreies Leben gewesen … und hätte bis zu seinem Ende so weitergehen können. Jetzt war er gefordert, seine Pflicht zu erfüllen – und er hatte kein Recht sich zu weigern. Lag das Unrecht auf seiner Seite? Doch vor dem ihm zugedachten Schicksal fürchtete er sich – er fühlte sich nicht zum Helden berufen, sondern als Mensch mit allen Hoffnungen und Ängsten wie jeder andere auch. Wie jeder andere auch hing er am Leben, wollte gesund bleiben und in Ruhe alt werden. Aber andererseits ...

Es gelang ihm nicht, schlüssige Antworten auf seine Fragen zu finden. Aber da gab es ja noch viele andere Probleme, die mit seiner Existenz als Klon zusammenhingen. Er dachte darüber nach, wie sein Leben bisher verlaufen war, fragte sich, ob er in irgendwelcher Hinsicht anders war als die anderen. Unterschied sich sein Denken und Empfinden vom Denken und Empfinden der normalen Menschen? Entsprach es nicht viel mehr dem Denken und Empfinden jenes einen, dem er glich wie ein Zwillingsbruder? Wäre dieser auch verpflichtet, ihm Organe zu spenden, wenn sich eine Notwendigkeit dafür ergäbe? Wäre er dazu bereit? Offenbar nicht: Wenn sie einander in der Denkweise glichen, dann stand damit wohl fest, dass sich auch Troy seiner sogenannten Pflicht entzogen hätte. Genau genommen konnte er Troy gegenüber gar kein Unrecht tun, denn aufgrund des gemeinsamen Charakters hätte dieser in allen denkbaren Fällen ebenso gehandelt. Wieder schweiften Gareths Gedanken ab. Fragen der Ethik, der Moral, der Nächstenliebe, der Opferbereitschaft, der Pflicht, der Religion, des geltenden Rechts ...

Es hatte keinen Sinn, weiter darüber zu grübeln, er kam zu keinem Ergebnis, und vielleicht gab es auch keine Lösung dieses Problems. Er zwang sich dazu, an anderes zu denken, es wäre jetzt sicher klüger, sich mit seiner Zukunft zu beschäftigen. Was würde weiterhin mit ihm geschehen? Die Verletzung der Gesetze, die man ihm vorwarf, der falsche Name, der gefälschte Ausweis ... das alles hatte ja nur den Zweck gehabt, ihn vor dem Zugriff der Behörde zu schützen, zu verhindern, dass er seiner Bestimmung als Klon von Troy Dryer zugeführt wurde und diesem seine Gesundheit opfern musste. Würde man das hier als Bedrohung anerkennen und ihm Asyl gewähren? Er rechnete sich eine gute Chance dafür aus: Ja, man musste die Beschuldigungen fallen lassen – umso mehr, als er ja angeboten hatte, in den Dienst der Allianz zu treten.

Er hatte mit Doktor Joruba noch lange über die Ereignisse diskutiert, die ihn schließlich hierher gebracht hatten, und dieser hatte zugesagt, ihm bei der Einbürgerung zu helfen. Umgekehrt hatte Gareth versprochen, zur Rekonstruktion der Geschehnisse das Seine beizutragen; eine Auswertung würde sicher zu einigen hilfreichen Informationen über die im Kuppelbereich tätigen Untergrundgruppen führen, mit denen man Verbindung aufnehmen wollte.

Er nahm an, dass der Versuch, mit seiner Hilfe die Ereignisse seines im Großen und Ganzen ereignislosen Lebens zu rekonstruieren, bald anfangen würde, und erwartete darüber eine Mitteilung. Er würde versuchen, sich an jede bedeutsame Einzelheit zu erinnern, und er würde bei der Wahrheit bleiben. Er hatte nichts zu befürchten, allenfalls etwas zu gewinnen: Vielleicht brachte die Rekapitulation seines Lebens Klarheit in seine verwirrten Gedankengänge und half ihm zudem, in Zukunft das Richtige zu tun.

Etwas später klickte das Schloss, ein junger Mann trat ein – glattes, ernstes Gesicht, hohe Stirn, welliges schwarzes Haar. Auch er war bei der Befragung dabei gewesen, hatte sich aber, soweit sich Gareth erinnerte, nicht zu Wort gemeldet.

»Ich bin Selim«, sagte er. »Über dein Gesuch, in den Dienst der Regierung zu treten, wurde positiv entschieden. Nun gibt es noch einige Formalitäten zu erledigen.« Aus einem Täschchen, das er am Gürtel befestigt trug, holte er ein ComSet. »Es freut mich, dich als neuen Kollegen begrüßen zu dürfen.«

»Ich verstehe nicht«, sagte Gareth. »Ich dachte, das Verhör –«

Selim unterbrach ihn. »Kein Verhör – das ist vorbei, zumindest vorerst. Später werden wir uns mit deiner Vergangenheit beschäftigen. Aber es wird noch eine Weile dauern, bis wir alle Unterlagen beisammen haben.«

»Wozu brauchen wir Unterlagen?«

»Das musst du verstehen«, erklärte Selim, »es ist kein Misstrauen. Zweifellos hast du einiges vergessen – Lücken im Gedächtnis. Keiner kann sich alles merken. Es kann auch sein, dass du dir selbst nicht so recht klar über Zusammenhänge bist, die für uns sehr wichtig sein können … Vielleicht sind es nur Details, auf die es ankommt. Wir haben da ein paar Vermutungen. Darüber darf ich dir nichts sagen – das könnte deine Erinnerungen verfälschen.«

Gareth fragte noch einmal: »Was sind das für Unterlagen?«

»Mitschnitte, Video- und Tonaufnahmen, was sonst? Du kennst doch die Überwachungsmaßnahmen in der sogenannten freien Welt. Es gibt dort kaum eine Stelle, an der nicht

Mikrofone und Videokameras installiert sind. Das Amt für Personen- und Datenschutz verfügt über die modernste Technik – Fish-Eye-Optiken für Rundum-Aufnahmen, aus denen man nachträglich beliebige Ausschnitte scharf herausvergrößern kann. Und mit den akustischen Pattern-Selektoren lässt sich nachträglich aus den Tonaufnahmen jede Schallquelle herausfiltern; da kann man sich auf einzelne Gespräche konzentrieren, selbst wenn hundert Personen durcheinander reden.«

»Das alles gehört zur Aufklärung von Verbrechen«, sagte Gareth. »Die Daten sind nur wenigen Vertrauenspersonen zugänglich und werden nach vierundzwanzig Stunden gelöscht –«

»– wenn nicht besondere Gründe vorliegen, sie länger aufzubewahren. Und solche finden sich immer. Und sag mir jetzt nicht, dass die Speicherung großer Datenmengen schwierig ist. Mit den neuen molekularen Speichern kann man die Aufzeichnungen sämtlicher Bürger eines Landes in einem Kasten von der Größe eines Schuhkartons unterbringen.«

»Da gibt es doch noch ein Problem: Diese Daten stehen unter strengem Verschluss. Wie wollt ihr an sie herankommen?«

Jetzt konnte Selim ein spöttisches Lachen nicht unterdrücken. »Es gibt Methoden … Warum, glaubst du, sind wir so sehr an der Computer- und Netztechnik interessiert? Aber sicher wirst du im Laufe des Unterrichts noch einiges darüber erfahren.«

Was war mit Unterricht gemeint? Zu seiner Verblüffung erfuhr Gareth, er sei schon ab morgen in ein Schulungslager abkommandiert. Selim informierte ihn über seine Aufgaben und Pflichten als Mitarbeiter allgemein und als Teilnehmer eines Einführungskurses im Speziellen. Wieder musste Gareth über alles Mögliche Auskunft geben: über seine sportlichen Fähigkeiten – Selim kündigte an, dass er Gelegenheit bekommen würde, diese zu verbessern; über seine Sprachkenntnisse – zur Vervollkommnung würde ihm das Lernlaboratorium nützlich sein; über seine Praxis im Gebrauch von Waffen – da stünden ihm interessante Erfahrungen bevor; und über vieles andere, was ihn bisher kaum beschäftigt und noch weniger interessiert hatte. Schließlich bekam er ein dünnes Bündel schmutziger Geldscheine und einen Ausweis – aus Gründen der Geheimhaltung auf einen neuen Namen mit neuen Daten. Jetzt hieß er Ole Petterson. Wieder falsche Angaben zum Auswendiglernen – er hatte Mühe, die alten und die neuen Angaben auseinanderzuhalten. Wieder ein Wechsel der Identität.

Man gewöhnt sich daran, dachte er. In den letzten sieben Tagen hatte er mehr erlebt als in seinem ganzen vorhergehenden Leben.

Diesmal wurde kein Wärter benötigt, um ihn abzuholen. Gemeinsam mit Selim verließ er das Gefängnis, wobei sich sein neuer Ausweis als nützlich erwies. Seine wenigen Gebrauchsgegenstände durfte er mitnehmen und auch den eleganten Anzug behalten. Selim begleitete ihn zum Ausgang. Durch die Glasfenster des Foyers war eine Straße zu erkennen, Menschen, altmodische Lenkautos, die klapprig wirkenden Stützen einer Hochbahn, darüber grauer Dunst.

»In den Unterlagen findest du die Adresse des Schulungszentrums. Dort hast du dich bis spätestens sechs Uhr abends zu melden. Bis dahin hast du Gelegenheit, dir einiges zu besorgen, was du brauchen wirst. Vergiss nicht: Hier kommt man ohne regensichere Kleidung nicht aus. Ein Schirm, ein Regenmantel und feste Schuhe wären zu empfehlen. Auf jeden Fall eine Lichtschutzcreme – gelegentlich dringt die Sonne durch, daran muss sich deine Haut erst gewöhnen. Und denk daran: Hier gibt es nichts, was die Temperatur konstant hält – in den Nächten wird es oft bitterkalt. Am besten, du liest dir die Informationen im Reiseführer durch, ich habe einen beigelegt. Es kommen oft Touristen aus den Kuppelstädten – für einen Abenteuerurlaub. Meist bleiben sie nur kurz. Sie suchen das freie unbebaute Gelände, das es bei ihnen in den Kuppeln nicht gibt: die Gebirge, die Wälder oder auch die Wüsten. Und oft genug müssen wir sie mit dem Rettungsdienst zurückholen – wenn sie sich durch eigene Dummheit verletzt haben oder erkrankt sind. Sonnenbrand, Durchfall, Blasen an den Fußsohlen … Du bist zwar kein Tourist, aber die Empfehlungen gelten natürlich auch für dich. Das wär's dann. Mehr kann ich nicht für dich tun. Viel Glück!« Selim winkte Gareth zu und verschwand in einem der Gänge.

Gareth konnte kaum glauben, dass er sich jetzt wieder frei bewegen konnte. Am Tor zeigte er seinen Ausweis vor und durfte gehen. Er blieb unschlüssig stehen. Das Gedränge und Geschiebe der Fußgänger war verwirrend, er stand ihnen im Weg und wurde rücksichtslos hin und her geschoben. Eine Weile ließ er sich einfach mit der Menge treiben. Mit Hunderten anderen wartete er an einer Ampel, dann ging es an Theken vorbei, an denen essende und trinkende Leute standen. Um die Orientierung nicht zu verlieren, sah er sich öfter um;

schlimmstenfalls konnte er zum Gebäude des Sicherheitsamts zurückgehen und Selim rufen lassen. Wahrscheinlich war es seine Unsicherheit, die in ihm den Eindruck erweckte, verfolgt zu werden. Davon hätte er wohl kaum etwas bemerkt, aber sicher war er nicht so frei, wie es den Anschein hatte. Er suchte in einer flachen Nische an der Mauer Zuflucht, vor einem Schaufenster, vollgestopft mit bunt verpackten Audio- und Videochips, Preisschildern, Fotos von Stars, dazu einige Holografen, die in raschem Wechsel 3-D-Bilder von Sängern und Tänzern projizierten. Wie ein Strom zog die Menschenmenge an ihm vorbei. Niemand schien sich für ihn zu interessieren.

Gareth blätterte im Touristenführer und er fand, was er gesucht hatte: einen wenn auch kläglich klein gedruckten Stadtplan. Aber wo befand er sich? Er sah sich nach Straßenschildern um, es gab keine. Nicht nur die Straßen, sondern auch die Häuser waren in jämmerlichem Zustand. Sie alle hatten dieselbe Farbe, die von einer grauöligen Schmutzschicht herrührte, manche waren eingestürzt oder baufällig – ein Eindruck, der durch leere Fensterhöhlen noch unterstrichen wurde. Manchen Gebäuden fehlten die Wände; um Platz für Straßen zu machen, hatte man Häuserreihen einfach durchgeschnitten und Teile davon abgerissen. Man sah in Räume hinein, in vielen standen noch Möbel, und einige dieser Höhlen schienen sogar bewohnt zu sein da und dort war der Abbruch gegen die Straße durch Kisten geschützt, darauf standen Blumentöpfe, in denen Gemüse, Kräuter und manchmal auch bunte Blumen gezogen wurden. Diese Menschen schienen in primitiven Verhältnissen zu leben und doch das Beste daraus zu machen. Die Passanten, die da vorbeiströmten, waren ärmlich gekleidet, aber sie schienen fröhlich zu sein und gaben sich unbeschwert und selbstsicher.

Einer der Fußgänger blieb stehen, musterte Gareth. »Sind Sie fremd hier? Kann ich Ihnen helfen? Ich kenne ein paar Lokale – mit Vorführungen –, verstehen Sie? Oder suchen Sie etwas Spezielles – vielleicht etwas zu rauchen? Ich könnte Ihnen guten Stoff –«

»Schwirr ab!« Eine junge Frau war hinzugetreten. Sie drehte sich zu Gareth herum, es war Aziza. »Tatsächlich, du bist es«, sagte sie. »Hab ich doch richtig gesehen. Hat dich dieser Mensch belästigt?« Sie sah sich um – der Mann war verschwunden. »Am besten, du lässt dich auf keine Unterhaltung ein.«

Sie fasste Gareth am Ärmel und zog ihn mit sich fort. »Ich bin auf dem Weg zur U-Bahn.« Sie blickte auf ihre Armbanduhr. »Ich habe noch ein bisschen Zeit. Komm, ich lade dich zu einem Glas Bitter-Cola ein.«

Fünf Minuten später saßen sie in einer Cafeteria, am Fenster, an einem Tisch mit einer unechten Marmorplatte, durch verstaubtes Glas von der verwirrenden und lärmenden Außenwelt getrennt. In hohen Gläsern perlte die braune Flüssigkeit, sie schlürften sie durch Strohhalme. Im Hintergrund Halbdunkel, aus dem schmeichelnde Musik leise hervordrang. Wenig Gäste – eine Oase der Ruhe.

Mit diesem neuerlichen unerwarteten Ortswechsel hatte sich auch Gareths Stimmung geändert. War er sich eben noch ausgesetzt vorgekommen, so hatte er jetzt ein Gefühl der Geborgenheit, das ihn wünschen ließ, diese Pause möglichst lange auszudehnen. Aziza musste ihn zweimal fragen, ehe er antwortete, aber dann brach es geradezu aus ihm heraus. Er erzählte, wie er vom Gefangenen zum Mitarbeiter geworden war, dass ihm ein Schulungsaufenthalt in einem Lager bevorstand und er sich nicht recht vorstellen konnte, was ihn da erwartete. Und dass er sich jetzt mit den wichtigsten Gebrauchsgegenständen eindecken sollte, um sich dann auf den Weg zu seinem nächsten Aufenthaltsort zu machen.

In Aziza hatte er zum ersten Mal jemanden gefunden, der Mitgefühl zeigte, Verständnis für seine Situation. Sie bot ihm ihre Hilfe an und wollte gleich in ein Kaufhaus aufbrechen, doch auf seine Bitte hin blieben sie noch ein paar Minuten sitzen, schlürften das süße, erfrischende Getränk, beobachteten das Geschiebe und Gedränge der Menschen auf der Straße, ein Stummfilm, der nun weit von ihnen entfernt ablief und sie nichts mehr anging.

Dann mussten sie sich in das Unvermeidbare fügen und das Lokal verlassen. Das Kaufhaus, das Gareth unter anderen Umständen als Irrgarten erschienen wäre, erwies sich dank Azizas als eine Stätte, in der man sich alle erdenklichen Wünsche erfüllen konnte, und bald war Gareth im Besitz von all diesen Dingen, die man in diesem Land brauchte. Was er da erstanden hatte, war Massenware von mäßiger Qualität, aber es war erstaunlich billig.

Als das erledigt war, fuhren sie ins Souterrain, wo ein Bahnhof für den Nahverkehr lag, und Gareth stieg in den Zug, der ihn aus der Stadt hinausbringen würde – an einen

Ort, an dem ihn sicher nichts besonders Erfreuliches erwartete.

Noch verhinderte ein rotes Stopplicht die Abfahrt, Gareth stand an der Tür und blickte zu Aziza herab. Sie erschien ihm wunderschön. Sie sah so aus, wie man sich ein Mädchen vorstellt, mit dem man in den künstlichen Träumen des Halluzinators zusammen sein wollte, vielleicht sogar …

Der Wagen ruckte, die Türe schloss sich, der Zug setzte sich in Bewegung. »Sehen wir uns wieder?« Gareth beugte sich aus dem offenen Fenster. Erst im letzten Moment traute er sich, Aziza zu fragen …

»Am Wochenende?«, schlug Aziza vor, und als Gareth nickte, rief sie, während sie ein Stück neben dem Wagen herlief: »Ich melde mich!«

Gareth beugte sich ein Stück weiter aus dem Fenster und sah das Mädchen noch ein paar Augenblicke lang, ehe es von anderen Menschen verdeckt wurde.

Merkblatt für Touristen

Verhaltensmaßregeln

Sie haben das Territorium der UnunSta verlassen und befinden sich als Gast auf dem Boden der AfreNa. Damit unterliegen Sie den hier geltenden Gesetzen. Bei Zuwiderhandlung werden Sie unverzüglich abgeschoben, in schwereren Fällen sind Geld- und/oder Gefängnisstrafen obligatorisch. Beachten Sie bitte, dass hier aus ökonomischen Gründen die Todesstrafe wieder eingeführt wurde.

Zu den kleineren Vergehen gehören Übertretungen der Verkehrsregeln, Ruhestörung, Handlungen wider das Ausgehverbot, der Besuch illegaler Lokale, das Fotografieren von Personen, Regierungsgebäuden, Verkehrseinrichtungen, unangemeldete Versammlungen und Zeremonien, Verstöße gegen die guten Sitten (Kleiderordnung), Einführen von Büchern und Zeitungen, Nichtbegleichung von Gebühren etc. Als schwere Verbrechen gelten Beleidigungen unserer politischen Führer, gegen den Staat gerichtete Propaganda, religiöse Missionsversuche, Werbung und Rekrutierung für Sekten, die Einfuhr und der Gebrauch von Waffen, Missbrauch von Drogen, Einschmuggeln von Tieren und Pflanzen sowie alle übrigen nach dem Gesetzbuch mit Strafen belegten verbotenen Handlungen.

Wir erwarten von unseren Gästen, dass sie in den Hotels und den ihnen zugänglichen öffentlichen Plätzen strengste Sauberkeit einhalten. Sparsamer Umgang mit Materialien wie Trinkwasser, Nahrungsmitteln, Kosmetikartikeln etc. ist allgemeine Pflicht. Dasselbe gilt für den Gebrauch von Licht, Heizkörpern und Kühlaggregaten. Den Weisungen des Personals ist Folge zu leisten. Auffälliges oder gar provozierendes Benehmen ist unerwünscht und kann die Einweisung zu kostenpflichtigen Lehrgängen nach sich ziehen.

Besondere Verhaltensregeln gelten im außerstädtischen Bereich, die Touristen sind im eigenen Interesse angehalten, sie streng einzuhalten. Zum Antrieb der Fahrzeuge wird meistenteils noch Benzin verwendet. Achtung: Benzin ist feuergefährlich, höchste Vorsicht beim Umgang damit ist geboten.

Die meisten aus Kuppelstädten stammenden Ausländer sind den im freien Gebiet auftretenden Einflüssen von Sonne, Luft und Klima nicht gewachsen, sodass besondere Schutzmaßnahmen erforderlich sind. Sie betreffen Sonnencremes und -brillen, weiter Schutzkleidung gegen Witterungseinflüsse wie Regen, Schnee und Wind. Aus den genannten Gründen bieten wir einen genormten Koffer mit allen nötigen Requisiten an, dessen Erwerb beim Verlassen des Stadtbereichs vorgeschrieben ist. Auch die ungeregelten Temperaturschwankungen können sich negativ auf die Gesundheit unserer Gäste auswirken, was durch entsprechende Kleidung verhindert wird. Zu diesem Zweck haben wir Shops für Touristenkleidung eingerichtet, in denen die Reisenden beim Kauf auch fachlich beraten werden.

Unsere besondere Sorge gilt dem Naturschutz, dessen Erfordernissen Rechnung zu tragen ist. Verhaltensregeln sind in den entsprechenden Verfügungen ausführlich beschrieben; Zuwiderhandlungen werden streng bestraft – siehe oben. Insbesondere sind Eingriffe in die Landschaft sowie Störungen der Flora und Fauna zu vermeiden. Das gilt beispielsweise für eine mögliche Wasserverschmutzung in Seen und Flüssen beim Baden (Haut- und Sonnencremes sind vorher zu entfernen) und für die Verbreitung von Schadstoffen durch die Luft (Rauchen). Abfälle sind in Behältern mitzunehmen und bei der ersten offiziellen Müllhalde zu entsorgen. Auch die Verrichtung der Notdurft unter freiem Himmel fällt (erschwerend bei damit verbundener Erregung öffentlichen Ärgernisses) unter Verbot. Als Sonderfall ist die Jagd zu nennen, die nur mit Sondererlaubnis gestattet ist. (Beachten Sie, dass manche Tiere, darunter auch einige stechende und blutsaugende Insekten, wegen der Gefahr ihres Aussterbens nicht getötet werden dürfen.) Kommt es beim Benutzen von Skiern oder Mountainbikes zur Abtragung der oberflächlichen Bodenschicht, dann ist der ungestörte Zustand wiederherzustellen. Überdies ist bei der Ausübung von Sport jede Belästigung der einheimischen Bevölkerung zu vermeiden.

Unsere Naturschutzgesetze, denen sich die Bewohner der Allianz freiwillig unterworfen haben, schützen nicht nur unser Territorium, sondern die ganze Erde vor einem weiteren Verfall ihrer natürlichen Ressourcen. Hinzugefügt sei, dass auch die übrigen im Lande geltenden Regeln der Allgemeinheit dienen, indem sie die Integrität, das Eigentum und die Würde aller Menschen bewahren. Deshalb sollte ihre Einhaltung auch für unsere Gäste eine gern geleistete Pflicht sein.

Die Station, an der Gareth den Zug verließ, sah trostlos aus. Er hatte schon überlegt, wie er zur angegebenen Adresse finden sollte, doch als er aus dem Kunststeinbau des Bahnhofs hinauskam, sah er nichts als eine endlose Ziegelmauer. Zweihundert Meter weiter schien es eine Einfahrt zu geben, und er machte sich dorthin auf den Weg.

Er meldete sich beim Pförtner, erhielt einen Laufzettel, kam in ein Büro, wo seine Personalien aufgenommen wurden. Man teilte ihn einem Lehrgang zu, an dem er schon am nächsten Tag teilnehmen sollte, und nannte ihm eine Stuben- und eine Platznummer als seine Wohngelegenheit für die kommenden vier Wochen. Dann musste er sich in der Kleiderkammer melden, wo er nicht nur einen Overall als Dienstmontur ausgehändigt bekam, sondern auch schwere Stiefel, Sportkleidung, einen Kampfanzug mit Helm, eine Gasmaske, ein Sprühgerät und Bettwäsche; er bestätigte den Erhalt mit seinem Fingerabdruck. Seinen Anzug musste er abgeben. Schwer bepackt suchte er die

Stube auf, die sich als Halle zur Unterbringung von rund fünfzig Männern herausstellte. Jedem stand ein durch die Platznummer gekennzeichneter, nicht verschließbarer Schrank zur Verfügung sowie eines der Betten, die, in drei Stockwerken übereinander angeordnet, den hinteren Teil des Raumes einnahmen. Alles andere, etwa Tische, Stühle, Toiletten und Duschen, waren für die Gemeinschaft bestimmt.

Es war nicht möglich, sich mit allen Bewohnern dieses Quartiers bekannt zu machen. Gareth begnügte sich damit, seine unmittelbaren Nachbarn abzupassen und seinen Namen zu nennen. Sie schienen nicht besonders an ihm interessiert. Umso besser, dachte er.

Auf einer grob gerasterten digitalen Bildwand war die Hausordnung zu lesen, abwechselnd mit Tagesprogrammen, die teils für alle gemeinsam, teils auch nur für die Teilnehmer an bestimmten Lehrgängen gültig waren. Diese Mitteilungen waren mit Durchsagen verbunden, die mit ihrem bellenden Klang den ganzen Tag über sämtliche Wohnräume erfüllten. Erst am Abend, zwischen acht und zehn Uhr, wurden Filme gezeigt, bei denen es meist um Auseinandersetzungen und Konflikte mit der Union ging. Die erzieherische Absicht war unverkennbar.

Kein Zweifel: Gareth stand eine paramilitärische Ausbildung bevor – politische Unterweisung, Drill, Waffenübungen, Körperertüchtigung und so weiter. Alle diese sportlichen Betätigungen erfolgten unter erschwerten Umständen – endlose Märsche im Sand, Gepäcktransporte mit Nachtsichtgeräten auf weglosem Gelände, Wettläufe in schweren Schutzanzügen, Kraftübungen in strömendem Regen. Er wurde mit Waffen vertraut gemacht, die er nicht nur bedienen, sondern auch bei völliger Dunkelheit auseinandernehmen und wieder zusammensetzen musste.

Was da körperlich gefordert war, war für Gareth zuerst nichts anderes als eine ungewohnte, ihm sinnlos scheinende Verschwendung von Zeit, die ihm Muskelschmerzen bescherte, aber nach und nach merkte er doch, dass er widerstandsfähiger wurde, härter im Ertragen von Anstrengungen, überzeugter von seiner eigenen physischen Leistungs- und Leidensfähigkeit. Hatte er zunächst diese Stunden, die sie meist im Freien verbrachten, als schwer erträglich angesehen und im Gegensatz dazu den Aufenthalt in den Lehr-und Klassenräumen als Erholung, so begann ihn mit der Zeit weitaus mehr die Langeweile zu stören, die während des theoretischen Unterrichts durch endlose Wiederholungen von Lehrsätzen, Regeln, Liedertexten etc. zustande kam. Bald aber gewöhnte er es sich an, mit der Aufnahme des Unterrichtsstoffs eine Analyse zu verbinden. Er fragte sich, warum dieses oder jenes überhaupt gelehrt wurde, welche Motive dahinter stecken mochten und welche Resultate man erwartete. Das machte den Unterricht auf einmal interessant. Besonders aufschlussreich waren die politischen Informationen, und zwar weniger ihres Inhalts halber als wegen der Sichtweise, aus der heraus sie dargestellt wurden. Gareth verglich die Beschreibung historischer Abläufe mit dem, was er als Jugendlicher während seiner Ausbildung gelernt hatte, und er gewann auf diese Weise eine weitaus klarere Sicht der Dinge, begriff, dass bei dem, was man ihm seinerzeit beigebracht hatte, manche wichtigen Aspekte außer Acht geblieben waren – die sich als mindestens ebenso wichtig zum Verständnis der weltpolitischen Situation erwiesen wie die in der Union üblichen Sichtweisen.

Immer klarer wurde ihm, dass alles komplizierter war, als er bisher angenommen hatte. Das Recht auf der einen Seite, das Unrecht auf der anderen: eine grotesk vereinfachte Fiktion. In Wirklichkeit waren Recht und Unrecht zu einem untrennbaren Konglomerat verwoben, und was richtig erschien oder falsch, hing oft nur von der Seite ab, von der aus man die Sachlage betrachtete. Auf der Seite der Union, aber – wie er jetzt erfuhr – auch bei der Allianz galt es als ausgemacht, dass man die Dinge nur zurechtzurücken brauche, wenn nötig mit Gewalt, um die Ordnung herzustellen, und nun wurde Gareth auf einmal erschreckend deutlich, dass das nicht funktionieren konnte: Es gab keine Lösung, jede Maßnahme auf der einen Seite zog schicksalhaft eine entsprechende Gegenmaßnahme auf der anderen nach sich. Die Welt befand sich in der verzweifelten Situation eines Dramas, bei dem alle Beteiligten inneren Zwängen folgen und sich in immer schlimmere Zustände hineinmanövrieren – bis zum tragischen Untergang.

Der Tagesplan ließ ihm kaum Zeit zur Ruhe, und selbst in den beiden Stunden nach dem Abendessen, der Erholung gewidmet, war das Programm vorgegeben – dann liefen auf dem großen Schirm immer wieder dieselben Filme ab, und selbst wenn man nicht zusehen wollte, konnte man sich dem dröhnenden Ton nicht entziehen. Wenn es nicht regnete, zog Gareth an diesen Abenden manchmal seine warmen Kleider über und trat hinaus. Nur wenige, auf hohe Masten montierte Lampen warfen trübes Licht auf die Ödnis, die die Gebäude umgab. Man konnte Stellen finden, an die der Lichtschein nicht heranreichte und von denen aus gelegentlich ein offener Sternenhimmel zu sehen war. Gareth hatte gehört, dass es noch gar nicht so lange her war, dass die Menschen ernsthafte Anstrengungen unternahmen, sich aus dem Schwerefeld der Erde zu lösen. Mit raketenbetriebenen Raumschiffen hatten sie sogar den Mond und den Mars erreicht – und hatten nichts gefunden, was den Aufenthalt dort lohnenswert erscheinen ließ. Doch wenn Gareth vom Glas der Kuppeln ungehindert in den Abgrund des unendlichen Sternenraums blickte, fand er die Wünsche der alten Raumfahrer auf einmal nicht mehr so abwegig, und er bedauerte, in einer Zeit zu leben, in der jede Anstrengung der Bewahrung des Lebens galt und der Verteidigung gegen einen unerbittlichen Feind.

Schon in der ersten Woche hatte er eine Nachricht von Aziza vorgefunden – einen Zettel, den er abends, als er sich schlafen legen wollte, unter seinem Kopfkissen fand. Er wusste nicht, wie sie das fertig gebracht hatte, aber seine Freude war so groß, dass er darüber nicht nachdachte. Sie bat ihn, sich an seinem freien Nachmittag am nächsten Samstag mit ihm zu treffen.

Sie erwartete ihn an der Station, an der sie sich einige Tage zuvor getrennt hatten. Er hatte befürchtet, sie im Trubel nicht zu finden, aber schon beim Aussteigen bemerkte er sie in der Menge. Sie war nicht zu übersehen, so auffällig war ihre Schönheit. Als sie sich durch die Menschenmenge gekämpft hatten, küssten sie sich ganz selbstverständlich.

Aziza nahm Gareth in ihre Wohnung mit, die nur einen Wohnraum enthielt, dafür aber eine Nische mit einem Bestellautomaten für Mahlzeiten und einen Toilettenraum. »Wenn du willst, kannst du ein Bad nehmen«, sagte sie und gab ihm ein Handtuch und einen Bademantel. Er hätte niemals gedacht, dass der Aufenthalt in der warmen Seifenlauge – früher etwas Selbstverständliches – so angenehm sein könnte, und trotzdem war er unruhig und erwartungsvoll. Als er sauber und erhitzt herauskam, den Bademantel eng um den Körper geschlungen und etwas verlegen, lag Aziza nackt im Bett. »Komm!«, sagte sie.

Auch das hatte Gareth vermisst – in seinem früheren Leben hatte er oft und gern von den Parasex-Angeboten Gebrauch gemacht. Da konnte man den Ablauf und die gewünschte Zeit einstellen und sich den Traumpartner aussuchen – Gareth hatte bei der Wahl der gewünschten Spezialitäten durchaus Fantasie bewiesen. Doch die dazu benötigten Automaten mit einer angemessenen Menge von Programmen schienen hier längst nicht so verbreitet zu sein wie in den Kuppelstädten. Wie er gehört hatte, musste man besondere Etablissements aufsuchen, um in den Genuss der zeitgemäßen Art von vorgeplantem und sauberem Sex zu kommen, und das schien sogar als pervers zu gelten. Vom Staat geduldet benutzten die Menschen hier die alte animalische Methode.

Er musste an Maud denken, an das Erlebnis mit ihr, für das er sich schämte und an das er trotzdem insgeheim oft zurückdachte. Es war doch etwas anderes gewesen als die durch die Automaten vermittelten Gefühle, in mancher Hinsicht auf eine angenehme Weise aufregender und intensiver, aber Gareth hatte es nur so erlebt, weil er nicht ganz Herr seiner Sinne gewesen war – einerseits infolge der Belastungen der vorhergegangenen Stunden, andererseits wegen des Rauschmittels, das man ihm untergeschoben hatte. So waren seine Erinnerungen zwiespältig, denn er hatte auch die Umstände nicht vergessen, den Geruch der fremden Haut, den Geschmack von saugenden Lippen, die Feuchtigkeit von Speichel und Schweiß … Und jetzt geschah es wieder, aber es war völlig anders: Der Duft, der von Aziza ausging, konnte sich mit jenen der vom Automaten versprühten Essenzen messen, ihre Haut war geschmeidig, aber nicht feucht, und makellos rein. Und ihre Figur, ihr Gesicht – genau dieses Gesicht hätte er gewählt, hätte er es im Katalog gefunden, und das, was ihn Aziza erleben und spüren ließ, hätte er eingestellt, wäre es im Menü der Angebote gewesen. Der Sex mit Aziza war so gut wie jener in den Emotionstanks, nein, besser.

Später saßen sie auf einem niedrigen Sofa vor einem ebenso niedrigen Tischchen, Aziza hatte ihm ein würzig schmeckendes Getränk eingeschenkt, in buntes Papier gehüllte Kekse aus einer silberfarbenen Schachtel angeboten. Gareth fühlte sich wunderbar entspannt, aber da war noch etwas: ein noch nie erlebtes Gefühl der Zusammengehörigkeit, ein grenzenloses Vertrauen gegenüber einem anderen Menschen, das Bewusstsein, nicht mehr allein zu sein. Wieder begann er zu erzählen, wollte Aziza alles sagen, alles mit ihr teilen … Und er merkte, dass sie sich dafür interessierte, dass sie ihn verstand.

Die Zeit verging viel zu schnell, fast hätte er vergessen, dass er zur festgesetzten Zeit wieder zurück sein musste, eine verspätete Rückkehr hätte zum Verlust des nächsten Ausgangs geführt, und das war das Letzte, was er sich wünschte. Sie brachen hastig auf, Aziza rief ein Taxi, versprach dem Fahrer ein Trinkgeld, und dieser bahnte sich mit lautem Hupen einen Weg zwischen den anderen gemächlich dahinzuckelnden Autos hindurch, durch Schwärme von Rad- und Mopedfahrern, die ihm mit den Fäusten drohten. Sie erreichten den Zug mit knapper Not, er sprang in den Wagen, als das Signal schon auf »freie Fahrt« stand, und vermochte, eingekeilt zwischen anderen Fahrgästen, nicht einmal mehr einen Blick auf Aziza zu werfen.

Gareth war glücklich. Für den nächsten Samstag hatten sie ein neues Zusammentreffen vereinbart. Gareth hatte Aziza noch längst nicht alles erzählt, was er ihr erzählen wollte, und er wollte ebenso viel von ihr wissen.

Die nächste Woche war wieder so anstrengend und unangenehm wie die erste, wenn auch aus anderen Gründen, und schien nicht zu vergehen. Er brannte darauf, seine Freundin wieder zu treffen, und sehnte ungeduldig das nächste Wochenende herbei – und tatsächlich wurde es wieder so schön wie beim ersten Mal. Diesmal vergaß er nicht, nach ihrem Leben zu fragen, und sie erzählte ihm ein wenig darüber, wie man mit den beschränkten Möglichkeiten fertig wurde, die dieser Staat seinen Bürgern bot. Und dann nahm sie ihn impulsiv in die Arme und flüsterte ihm ins Ohr: »Ich liebe dich.« Gareth war erstaunt und beglückt, und er sagte ihr, dass auch er sie liebe. Als er es ausgesprochen hatte, kam ihm die Bedeutung dieser Aussage in den Sinn, er fragte sich, ob das wirklich so war, wie es im Moment schien, doch dann gestand er sich ein: Ja, das war die Wahrheit: Es musste die Liebe sein. Die Liebe – so wie er sie von vielen Videofilmen her kannte.

Diesmal hatten sie sogar Zeit für einen Umweg durch einen Park. Zum ersten Mal dachte Gareth ernsthaft über die Zeit nach seinem Lehrgang nach, und er sagte Aziza, dass sie unbedingt zusammenbleiben sollten.

Aziza ging nicht gleich darauf ein. Mit ungewöhnlichem Ernst fragte sie dann, wie sich Gareth das vorstellte, und sie fügte hinzu: »Du wirst doch wieder in die Kuppel zurückkehren – ich glaube nicht, dass wir uns wieder sehen.«

Jäh sah sich Gareth aus seinen Träumen gerissen. »Ich verstehe nicht, wie meinst du das?«

»Hat man es dir nicht mitgeteilt, wo man dich einsetzen wird?«

Gareths ratloser Gesichtsausdruck war Antwort genug.

»Wie solltest du es auch wissen –«, sagte Aziza. »Du wirst als Agent unserer Behörde in deine Stadt zurückkehren. Irgendein Spezialauftrag, Ermittlungen, Sonderaktionen mehr weiß ich auch nicht.«

Gareth war unwillkürlich stehen geblieben, doch Aziza zog ihn mit sich fort. »Jetzt musst du dich aber beeilen. Sprechen wir nicht mehr darüber.« Eilig ging sie voran, sodass keine Unterhaltung mehr möglich war.

In der darauf folgenden Woche hatte Gareth Mühe, sich auf den Unterricht zu konzentrieren, und er handelte sich durch seine Unaufmerksamkeit mehrere Verweise ein. Alles Mögliche ging ihm durch den Kopf, er dachte an Verweigerung und Flucht, aber vorher musste er unbedingt noch einmal mit Aziza zusammentreffen, er hatte noch so viele Fragen.

Es war das letzte Wochenende vor dem Ende des Lehrgangs, wie bisher erwartete ihn Aziza am Bahnhof. Doch statt den Weg zu ihrer Wohnung einzuschlagen, führte sie ihn in eine andere Richtung. Sie gingen um das Bahnhofsgebäude herum, und schlagartig änderte sich das Aussehen der Straßen – eine Gegend, die dem Niedergang preisgegeben schien: einige Gebäude verfallen, vor den Haustüren Müll, Kisten und Fässer, dazu jede Menge Bettler und Schlepper, die Lokale und die dort gebotenen Attraktionen anpriesen.

Aziza ging in eines der vielen Kellerlokale und löste zwei Eintrittskarten. Ohrenbetäubende Musik scholl ihnen entgegen. Im Souterrain wurde zwischen beleuchteten Lautsprechern getanzt, die einen Klangteppich in den Raum legten. Gareth hatte noch nie getanzt und fühlte sich unbehaglich, als ihn Aziza an sich heranzog und er sich dann an sie gedrückt mit unsicheren Schritten über das Parkett bewegen musste.

Als sie in der Mitte, zwischen den Boxen angekommen waren, legte Aziza ihre Wange an die seine und flüsterte ihm hastig etwas zu, was er zuerst nicht verstand. »– kurze Zeit. Hier sind wir sicher, man kann uns nicht abhören. Ich verrate dir etwas, aber du darfst niemandem sagen, dass du es von mir erfahren hast.«

Gareth spürte, wie ein Gefühl drohenden Unheils in ihm aufkam. »Was meinst du?«

»Ich muss es dir einfach sagen … – wozu man dich nach San Francisco schicken wird. Du wirst hereingelegt. Man will dich gegen einen unserer Agenten, der dort im Gefängnis sitzt, austauschen.«

Gareth musste diese Mitteilung erst verarbeiten. Dann fragte er: »Aber wer hat denn Interesse an mir?«

»Sei nicht so naiv – natürlich jene, die Ersatzorgane für Troy brauchen. Sie würden jeden Preis dafür zahlen.« »Und woher weißt du das?«, stammelte Gareth.

»Kannst du dir das nicht denken? Du wirst mir böse sein – aber glaub mir bitte: Ich tue es, weil ich dich wirklich mag. Nun – ich wurde vom Sicherheitsdienst auf dich angesetzt … Aber es ist diesmal ganz anders als sonst. Ich will dir helfen. Und ich kenne Leute, die etwas für dich tun können. Sie werden dich herausholen.«

Gareth fiel es schwer, zu sprechen. »Ist es wahr … du hast mir die ganze Zeit etwas vorgemacht?«

»Begreifst du denn nicht: Ich will dir helfen! Es ist ein schweres Dienstvergehen, und ich werde streng bestraft werden, wenn es jemand erfährt. Aber ich möchte nicht, dass dir etwas Schlimmes geschieht. Warte, bis man Kontakt aufnimmt. Und, bitte, tu so, als ob nichts wäre.«

Als sie später auf der Straße standen, wusste Gareth nicht mehr; wie sie herausgekommen waren. Es war wie in einem bösen Traum.

Sie gingen nicht in Azizas Wohnung, sondern suchten sich trotz der kühlen Temperatur eine abgelegene Bank in einem Park. Dort saßen sie steif und schweigsam nebeneinander, bis die Zeit zum Aufbruch gekommen war.

VERITAS
Ein Dialogprogramm zur Wahrheitsfindung

Ansuchen zur Einreichung eines Patents

Gegenstand des Patentanspruchs ist ein dialogisches Programm, genannt VERITAS, gekennzeichnet dadurch, dass es selbstständig die Gesprächsführung bei Befragungen, Anhörungen und Verhören übernimmt. Gegenstand des Patents ist auch die psychologisch fundierte sprachliche Abstimmung des Dialogs auf die jeweilige Befragungssituation.

Das Programm VERITAS beruht auf dem Programm ELIZA von Joseph Weizenbaum für psychiatrische Arzt-Patienten-Gespräche aus dem Jahr 1966, stellt aber insofern eine patentrechtlich relevante Neuerung dar, als während des Programmablaufs auch juristische Aspekte berücksichtigt werden, im Sinne der Aufklärung von Straftaten und Übertretungen, aber auch allgemein in Bezug auf Moral und Ethik negierende Handlungen. Dieses Programm bringt nicht nur eine Entlastung von Polizisten, Juristen und anderem routinemäßig mit Verhören beschäftigten Personal mit sich, sondern ist auch weitgehend dazu geeignet, Befragungen, beispielsweise in Routinefällen, bei einfacher Sachlage, bei untergeordneten Delikten, bei Voruntersuchungen zur Einleitung von Prozessverfahren etc., selbstständig durchzuführen, sodass die menschliche Arbeitskraft nur noch für schwierige oder besonders verantwortungsvolle Verhandlungen zur Verfügung stehen muss.

In gebrauchsfertigem Zustand ist das Programm in ein Computersystem mit Sprachausgabe integriert, wobei das heute allgemein gebräuchliche Basic-Englisch zugrunde gelegt ist. Speziell für den Gebrauch im Nachrichtenwesen, beim Unterricht und für den Einsatz in Verbindung mit Übersetzungsprogrammen wurden aber auch Module für die wichtigsten im Bereich der Union unabhängiger Stadtstaaten benutzten Sprachen und Dialekte entwickelt, die insbesondere in Verbindung mit dem Programm VERITAS eingesetzt werden können. Die neueren Versionen dieser Module sind auch zur Variation der Stimmlage und des Ausdrucks fähig. Ein zweites zu VERITAS gehörendes Zusatzprogramm dient dazu, den mithilfe eines Emotionsanalysators registrierten Stimmungen des Befragten Rechnung zu tragen. So wird die Stimme beispielsweise aufgrund von dessen Reaktionen automatisch auf freundlich-überredend oder energisch-bedrohlich eingestellt, je nachdem, welche Stimmmodulation die Bereitwilligkeit zur Aussage erhöht.

Die Validierung des Programms in der Praxis hat erwiesen, dass seine Brauchbarkeit von der logischen und der semantischen Seite her uneingeschränkt gegeben ist. Schwierigkeiten können dagegen aus situationellen Gründen auftreten, beispielsweise wenn der Befragte die Kompetenz des Computers nicht anerkennt. Aus diesem Grund empfiehlt sich die Verbindung des Programms mit Schmerz- und Schockgeneratoren oder – in schweren Fällen – auch der Einsatz eines Verhörautomaten; für die Steuerung und Verbindung dieser Einheiten mit dem Verhörsystem steht ein als Interface konzipiertes Zusatzprogramm zur Verfügung. Auf diese Weise ist es einfach, mit Gesprächsverweigerungen oder sinnlosen Antworten fertig zu werden.

Programm VERITAS – Anhang 1 (Geheimhaltungsstufe 3!)
Funktionsschema eines praktischen Einsatzes Anhang 2 (Geheimhaltungsstufe 3!)

Dokumentation: Archiv des Internationalen Büros für Patenterteilung und -sicherung (IBüPsi)

Der Lehrgang war vorbei. Gareth war ins Gebäude der Sicherheitsbehörde zurückgekehrt. Er war wieder im Gefängnis gelandet, und er war nicht weiter darüber verwundert, dass er sein Luxuszimmer nicht mehr beziehen durfte. Zwar sperrte man ihn nicht in eine Zelle, aber die dürftig eingerichtete Kammer, in die er eingewiesen wurde, war auch nicht viel besser. Und er war wieder eingesperrt – er hatte das Klicken des Schlosses gehört, als die Tür hinter ihm geschlossen wurde. Er erwartete eine Anweisung für seine nächsten Schritte, eine Mitteilung über die Situation, aber außer dem Polizisten, der ihm eine Suppenschüssel mit Algenwürfeln brachte, kümmerte sich niemand um ihn.

Seit ihm Aziza zugeflüstert hatte, was mit ihm geschehen sollte, war er tief bedrückt. Er war bereit gewesen, Vertrauen zu schenken, doch nun musste er damit rechnen, ein weiteres Mal verraten zu werden. An eine geringe Hoffnung hatte er sich noch geklammert: Aziza könnte sich geirrt haben – ein Missverständnis, ein falsch verstandenes Gerücht –, doch die Art, wie er hier behandelt wurde, nahm ihm seine letzte Hoffnung. Aber mindestens ebenso stark wie seine missliche Lage bedrückte ihn die Enttäuschung, die ihm Aziza bereitet hatte.

Am nächsten Tag wurde er um sieben Uhr geweckt, anstatt eines Frühstücks bekam er nur ein Glas mit Traubenzuckerlösung. Dann kamen zwei Wärter und brachten ihn an den Ort des Geschehens.

In der Mitte des Befragungsraums stand ein Metallstuhl im Boden verankert. Als Gareth sich gesetzt hatte, legten sich Bügel um seine Handgelenke und die Sitzschale passte sich seiner Körperform an – so genau, dass keine Bewegung mehr möglich war.

An der Seite, an einem Pult mit Tastatur und Monitor, saß Doktor Joruba über eine geöffnete Mappe gebeugt. In der Wand vor Gareth ein holografischer Bildschirm, rechts oben eine Uhr mit digitaler Anzeige, auf beiden Seiten je eine große Lautsprecherbox und an der Decke, etwas von der Frontseite abgesetzt, ein Laserprojektor. Auch an den Seitenwänden verschiedene Geräte, an Halterungen befestigt mehrere Teile, die sich wie Waffen auf Gareth richteten: ein Tubus, ein Richtmikrofon, ein Hohlspiegel, der sein Gesicht in lächerlicher Verzerrung wiedergab. Auch die Deckenleuchten zielten auf ihn und übergossen ihn mit blaustichigem Licht.

Es war still. Joruba schlug die Mappe zu. Er stützte sich aufs Pult und ließ eine Brille zwischen seinen Fingern pendeln. Hin und wieder blickte er auf die Uhr.

»Wir werden gleich beginnen«, sagte er und schwenkte mit seinem Schemel zu Gareth herum. »Die Vernehmung wird von einem Programm gesteuert. Folge den Anweisungen der Stimme, die du hören wirst. An einigen Stellen werden wir Aufnahmen einspielen – Mitschnitte von Überwachungskameras und Abhörgeräten. Das dient zur Auffrischung deines Gedächtnisses und gibt uns die Möglichkeit der Überprüfung deiner Aussagen. Achtung, jetzt ist es so weit. Wenn das Gongsignal ertönt, fangen wir an. Bist du bereit?«

Gareth nickte, und da dröhnte auch schon der Gongschlag durch die Stille.

Es knackte, und aus einem der beiden Lautsprecher kam eine Stimme, ausdruckslos, in einem Tonfall, der keiner Nuancierung fähig schien.

Wir halten fest, dass die Befragung mit der Einwilligung des Delinquenten erfolgt. Aufgabe ist eine möglichst lückenlose Rekonstruktion seines Lebensweges. Er hat sich zu einer Zusammenarbeit mit uns zu den behördlich festgelegten Bedingungen bereit erklärt. Wir machen darauf aufmerksam, dass die Antworten der Wahrheit entsprechen müssen. Der Wahrheitsgehalt wird laufend überprüft, auf auftretende Unstimmigkeiten wird in geeigneter Weise aufmerksam gemacht. Es besteht dann die Möglichkeit einer Korrektur. Wir sind uns im Klaren darüber, dass das Gedächtnis des Delinquenten, besonders bei weit zurückliegenden Ereignissen, lückenhaft sein kann, oder auch, dass er Irrtümern unterliegt. Da die Richtigkeit der Rekonstruktion im Interesse beider Seiten liegt, werden während der Befragung alle Möglichkeiten der Überprüfung herangezogen. Dabei handelt es sich speziell um die über den Delinquenten gesammelten Ergebnisse der in seinem Heimatland üblichen visuellen und auditiven Überwachung, die wir für diese Sitzungen beschaffen konnten. Wir werden sie, wenn es dienlich erscheint, ergänzend zu seinen Aussagen einspielen zur Bestätigung der Übereinstimmung, aber auch als Hilfsmittel zur Aktivierung von Erinnerungen. Die Befragung folgt einem vorgegebenen, von einem semantischen Programm gesteuerten und überwachten Schema. Während der Abwicklung wird ein Befragungsleiter anwesend sein, der das Recht hat, in besonderen Fällen, wenn es angezeigt erscheint, einzugreifen. Das gesamte Material einschließlich der Einspielungen und allfälliger Einwürfe des Befragungsleiters wird dokumentiert. Nach Abschluss der Aktion wird das letztendlich vorliegende Protokoll im Archiv der Sicherheitsbehörde aufbewahrt. Weiter dient es als Grundlage einer vom Befragungsleiter vorgenommenen Bearbeitung, deren Zweck es ist, die zur Klärung der besonderen Situation des Delinquenten Gareth Lavalle wesentlichen Ereignisse zusammenzufassen und seine Entwicklung übersichtlich darzustellen.

Jetzt schwebte ein silberner Schleier über der Projektionswand – erst schemenhaft, dann immer deutlicher, waren Bilder zu erkennen.

»Das ist mein Arbeitsraum, eine Nische im Archiv … Ich habe eine neue Aufgabe, es geht um Stilkennzeichen von Ornamenten. Ich soll neue Kategorien entwickeln, Regeln für die Zuordnungen. Es ist eine wichtige Arbeit, ich bin stolz, dass man mich damit betraut hat. Ich weiß schon, wie ich dabei vorgehen werde: Wichtig sind nicht nur die geometrischen Elemente, sondern auch –«

2. Teil

Troy

1.

Die Befragung war zu Ende. Joruba warf Gareth einen ausdruckslosen Blick zu, bevor er schweigend den Raum verließ. Die beiden Assistenten machten sich noch eine Weile an den Geräten zu schaffen, ehe sie Gareth aus der Umklammerung befreiten. Er stand ein wenig wackelig auf den Beinen und musste sich an der Stuhllehne abstützen, sonst wäre er gestürzt. Doch man ließ ihm keine Zeit sich zu erholen, ein bewaffneter Beamter der Miliz brachte ihn in sein Zimmer zurück.

Viele Stunden hatte er sich voll konzentrieren müssen, um nichts Falsches zu sagen. Immer wieder waren ihm die Bilder des gemarterten Maltout in den Sinn gekommen, und so hatte er sich peinlich darum bemüht, keinen Fingerbreit von der Wahrheit abzuweichen. Ja, er war ehrlich gewesen, auch sich selbst gegenüber, hatte versucht, objektiv zu sein, jede persönliche Färbung seiner Darstellung zu unterdrücken, auf jede Rechtfertigung zu verzichten. Wenn er sich jetzt ausgelaugt fühlte, so lag das nicht nur an der Konzentration, die für das Aufrufen der Erinnerungen nötig war, sondern auch daran, dass er in gewissem Sinn alles, was er da aus seinem Gedächtnis zurückholen musste, erneut erlebt hatte. Die zwischendurch eingeschalteten Bildszenen, die Wiedergabe der abgehörten Gespräche ... das alles hatte die Zeitdistanz verringert, als ob das Geschehen eben erst abgelaufen wäre.

Längst war die Nacht eingetreten, Gareth hatte nicht einmal mehr die Kraft gefunden, sich zur Nachtruhe fertig zu machen – er lag mit den Kleidern auf dem Bett und versuchte sich zu beruhigen, doch immer wieder fiel ihm etwas ein, das ihn erneut in Unruhe versetzte. Gab man sich mit seinem Bericht zufrieden oder folgten weitere Verhöre mit dem Zweck, noch mehr zu erfahren? Obwohl er sich ehrlich bemüht hatte, waren seine Ausführungen voller Unbestimmtheiten und Lücken gewesen – was aber daran lag, dass er es eben nicht besser wusste.

Zu seiner Unsicherheit trug auch das Verhalten von Doktor Joruba bei. Gareth dachte an den Besuch bei ihm in der Wohnung zurück, an das Gespräch, das sie geführt hatten. Er hatte den Eindruck eines zunehmenden Verständnisses gehabt, einer persönlichen Beziehung, die sich nach und nach aufgebaut hatte. Doch bei der Vernehmung war nichts mehr davon zu spüren. Hatte ihn Joruba zu täuschen versucht? Hatte er sich nur deshalb so offen und freundschaftlich gezeigt, um Gareths Vertrauen zu gewinnen und ihn zu unvorsichtigen Äußerungen zu verleiten? Gehörte das zu den psychologischen Vorbereitungen auf die Vernehmung oder diente es der Analyse seines Charakters? Vor allem aber fühlte sich Gareth durch die Art und Weise, in der die Aktion abgelaufen war, getäuscht. Gewiss, man hatte auf den schrecklichen Schmerzgenerator verzichtet, aber abgesehen davon entsprachen die Umstände doch denen eines Verhörs: unpersönlich, rücksichtslos, beschämend.

Ein Klingelton – Gareth schreckte auf. Irgendwann musste er eingeschlafen sein, im ersten Moment war er noch verwirrt. Er las die Nachricht, schriftlich auf dem Bildschirm ausgegeben. Sie war kurz: Fertig machen für die Reise. Ziel: San Francisco, Aufbruch in einer Stunde. Dazu gab es noch einen Anhang mit Instruktionen.

Gareth war augenblicklich hellwach. In einer Stunde … da blieb wenig Zeit für eine Flucht. Und wieder lag es nicht in seiner Hand – wieder war er auf die Hilfe anderer angewiesen und hatte keine Ahnung, was ihm bevorstand. In seinen Grübeleien wechselten Zuversicht und Zweifel. Aziza hatte ihm ein Versprechen gegeben, und er wollte ihr gern glauben. Aber war sie überhaupt in der Lage, ein so schwieriges Unternehmen zu inszenieren und dazu auch noch in höchster Zeitnot zu handeln? Wie auch immer – auf ihr Versprechen stützte sich Gareths gesamte Hoffnung.

Er ließ sich die Instruktionen auf einem Memorecs-Streifen ausgeben und las. Keine Reise mit der unterirdischen Bahnlinie, sondern ein Flug – da schien es jemand eilig zu haben. Es gab nicht viel vorzubereiten, durch seine Flucht war Gareth heimatlos geworden. Er konnte seinen Standort jederzeit wechseln, bisher war es gleichgültig gewesen, wo man ihn hinbeordert hatte. Diesmal war es anders: Er sollte ein Stück näher zum Ort der Ausschlachtung gebracht werden. Wenn nicht …

Gareth war noch nie geflogen, und der Gedanke daran war ihm alles andere als angenehm. Wahrscheinlich würde er als Fracht befördert werden, nur wenige hatten das Privileg, in bequemen Passagierkabinen zu reisen. Als Fracht – das bedeutete, dass er in Betäubung versetzt werden würde, dass er eine Injektion erhielt, die den Inhalt seiner Zellen zu einer gallertartigen Masse verfestigen würde, und dass er die Strecke im Kälteschlaf zurücklegen würde: tiefgefroren wie das synthetische Fleisch aus den Gewebegeneratoren.

Wie er gehört hatte, ging der Übergang in den gefrorenen Zustand schlagartig vor sich, damit das Wasser in den Zellen keine Gelegenheit bekam, größere Kristalle zu bilden. Sollte ihn das beruhigen? Der Gedanke an die Veränderungen, denen sein Körper unterworfen sein würde, erschien schockierend, aber immerhin hatten schon unzählige Passagiere vor ihm diese Prozedur ohne bleibenden Schaden ertragen. Und da er zuerst in den Zustand der Bewusstlosigkeit versetzt werden würde, brauchte er sich nicht vor Übelkeit, Schwindel oder was auch immer zu fürchten. Aber eigentlich hatte er ebenso viel Angst vor der Bewusstlosigkeit des Kälteschlafs wie vor dem Raketenflug selbst.

Natürlich wurde er zum Startplatz eskortiert, sie ließen ihn nicht aus den Augen – verständlich, dass man ihm nicht traute. Die zwei Beamten besorgten ihm eine Ausweiskarte, die er am Zielort vorweisen sollte – er würde erwartet werden. Vor dem Eingang zu den Einbettungsräumen standen lange Menschenschlangen, doch Gareth und seine Eskorte benutzten eine gesonderte, für den Sicherheitsdienst reservierte Pforte, und so brauchte er sich nicht auszuweisen und auch die Durchsuchung blieb ihm erspart. Die Halle, die sie betraten, erinnerte an eine Garage für Schwebeboote, doch an ihrer Stelle, auf Schlitten befestigt, standen die Transportröhren bereit. Genau genommen waren es keine Röhren, sondern längliche sechsseitige Prismen – eine Form, die sich im Frachtraum besser stapeln ließ.

Und wieder gab es für Gareth keine Wartezeit – er wurde vorn in die Reihe eingegliedert und war als Nächster dran. Man nahm ihm seine Habseligkeiten ab und verwahrte sie in einem Sack – er würde sie nach der Ankunft ausgehändigt bekommen. Er hatte erwartet, seine Kleider ablegen zu müssen, aber er durfte sie anbehalten.

Zwei junge Männer in grünen Arbeitsmänteln waren noch mit seinem Vorgänger beschäftigt. Sie klappten gerade den Deckel über den Behälter, der Gareth fatal an einen Sarg erinnerte, und zogen einige Flügelschrauben an. Danach prüften sie noch die Messwerte an den Skalen eines an der Kopfseite angebrachten Aufsatzes und schoben dann den Schlitten ein kurzes Stück vorwärts, wo er sich mit einem Ruck in Bewegung setzte und in den Frachtraum geschoben wurde. Dort herrschte Halbdunkel, doch Gareth konnte beobachten, wie die Röhren von Greifzangen angehoben und in den Hintergrund befördert wurden.

Plötzlich stand ein neuer Behälter vor Gareth. Das als Deckel ausgebildete Oberteil war geöffnet. Er musste sich auf eine weich gepolsterte, aber etwas mitgenommene Matte legen und wurde mit Riemen um Arme, Beine und Körper festgezurrt. Eine Stewardess, in Grün gekleidet wie die vielen anderen, die hier die Fluggäste auf den Transport vorbereiteten, schob ihm die Ärmel hinauf und entblößte seine Armbeuge. Darauf setzte sie einen Injektionsautomaten, den sie fest andrückte, bevor er seine Chemikalien durch die Haut in die Adern presste. Dann drückte sie ihm eine Maske aufs Gesicht. Er konnte nichts mehr sehen und rang ein paar Sekunden nach Luft. Doch dann spürte er einen leichten Druckanstieg in der Nase, und ein süßlich riechendes, betäubendes Gas wurde in seine Lungen gepresst. Unwillkürlich wehrte er sich noch kurze Zeit gegen die Benommenheit, einen Augenblick lang spürte er eine eisige Kälte tief in seinem Körper, dann versank er in tiefe Bewusstlosigkeit …

Als er erwachte, war es finster um ihn herum. Automatisch griff er nach der Atemmaske, doch sie war nicht mehr da, und auch der Druck der Haltegurte war nicht mehr zu spüren … Warum fiel ihm das Atmen so schwer? Und warum war es um ihn herum so finster? Er tastete umher und spürte eine nachgiebige trockene Masse, die raschelte, wenn er etwas davon zu fassen versuchte.

Was hatte ihn geweckt? Da war ein leichtes Rütteln und Wiegen, manchmal fühlte er Kräfte, die ihn in die eine oder andere Richtung rollten. Anzeichen von unruhiger Bewegung … Befand er sich noch im Flugkörper, der nichts anderes war als ein automatisch betriebenes Geschoss? War er zu früh aufgewacht? Die Betäubung, in die man die Passagiere versetzte, diente nicht nur der Ökonomie – so ließen sich weitaus mehr Menschen befördern, als wenn man Sitze für sie bereitstellte –, sondern man schützte sie auch besser vor den rauen Bedingungen des Raketenflugs, den Stößen des Starts und der Landung, dem Andruck beim Beschleunigen und Bremsen, den

Fliehkräften krumm gezogener Kurven. Oder ... Plötzlich wurden die Schläge, die von der harten Unterlage herrührten, schmerzhaft ... er wurde heftig hin und her geworfen ... Nein, was Gareth spürte, rührte nicht von Flugmanövern her, das war kein Raketenflug – es musste ein über unebenen Boden bewegtes Fahrzeug sein ... Endlich wurde die Fahrt wieder ruhiger.

Ein Versuch sich aufzurichten scheiterte. Einige Zeit war es Gareth, als ob ihn die Ohnmacht wieder zu überwältigen suchte. Er blieb still liegen, die Augen geschlossen, lediglich darum bemüht, wieder Luft zu bekommen. Von einer Seite kam ein kühler Hauch, und er drehte den Kopf dorthin – ja, es war frische atembare Luft. Er sog sie tief ein und merkte, dass sich seine Kräfte wieder einstellten und dass er klarer zu denken begann.

Nun gelang es Gareth endlich, den Strohballen beiseitezuschieben, mit dem man ihn zugedeckt hatte, und er blickte für Augenblicke in das zerfurchte Gesicht eines alten Mannes mit langen grauen Haarsträhnen. Dieser legte ihm eine Hand auf den Scheitel – eine Art Gruß? – und sagte: »Hab Geduld. Wir müssen erst aus der Stadt hinauskommen.« Und er schob ihn mit sanfter Gewalt wieder unter die Strohdecke.

Erst nach und nach brachte es Gareth fertig, geordnet über die Ereignisse nachzudenken. Das Wichtigste: Aziza hatte Wort gehalten. Er verstand zwar noch nicht, wie sie es zustande gebracht hatte, aber das war jetzt von untergeordneter Bedeutung. Obwohl er unter starkem Kopfschmerz litt und eine bleierne Müdigkeit verspürte, was er erleichtert; wie es schien, hatte sich alles zum Besseren gewandt. So blieb er still unter dem muffigen Stroh liegen. Was machte es ihm schon aus, dass er durch die holperige Fahrt weiterhin durchgeschüttelt wurde, dass Staub aus dem Stroh rieselte und ihn zum Husten reizte. Er war gerettet, darauf kam es an. Er versuchte, sich auszuruhen – er musste wieder zu Kräften kommen.

Nach einer Weile ging es langsamer dahin, wobei der Wagen noch stärker ins Schwanken geriet als bisher, und jemand zog das Stroh von Gareth fort. Er setzte sich auf – jetzt waren die Folgen der Betäubung schon nahezu verflogen, er konnte sich wieder bewegen. Neben ihm saß der alte Mann in einem abgewetzten Ledermantel, ihm gegenüber zwei in silbern schimmernde Windjacken gekleidete Halbwüchsige, die ihn mit großen Augen anstarrten.

»Jetzt haben wir das Schlimmste hinter uns«, sagte der Alte. »Du musst entschuldigen, dass wir die Reanimation durch das Personal nicht abwarten konnten – wir haben dich aus dem Warteraum entführt und hinausgeschmuggelt. Aber du brauchst dir keine Sorge machen – du wirst auch ohne ärztliche Betreuung bald wieder munter sein.«

»Wo bringt ihr mich hin?«

»Auf eine Farm. Ein Dorf. Eine Schule. Wie du es nennen willst. Weit weg von den Städten. Warst du schon einmal in freier Natur? Doch es ist noch ein weiter Weg.« Er holte aus einer Kiste eine Flasche heraus, bot sie ihm an. Unter dem zerkratzten Glas sah Gareth eine weiße Flüssigkeit. »Was ist das?«

»Milch«, antwortet der Alte. »Unverfälschte Milch von Kühen.«

Gareth kostete. Es schmeckte nicht schlecht, etwas mehlig, etwas süßlich, aber in der Flüssigkeit schwammen kleine fette Brocken, vor denen es ihn ekelte, und er musste sich überwinden, noch einige Schlucke zu nehmen. Dunkel erinnerte er sich an den Unterrichtsstoff der Elementarklasse: dass Milch ursprünglich aus einem Ausscheidungsprodukt von Kühen gewonnen wurde und dass viele Menschen keine Milch vertrugen – hoffentlich gehörte er nicht dazu.

Sie fuhren zwischen zwei Hügelketten auf einer gewundenen Straße dahin, immer wieder hinauf und hinunter. Nach einer Weile weitete sich das Tal, und sie gelangten, allmählich an Höhe verlierend, in eine Niederung mit Wiesen und Feldern. An einer Farm hielten sie, und zu Gareths Erstaunen wurden mehrere Ziegen aufgeladen, die sich nervös zwischen die vier Menschen auf der Ladefläche drängten. Noch nie waren ihm Tiere so nahe gewesen.

»Wir kommen bald zu einem Kontrollposten«, erklärte Arrow – so hatte sich der Alte vorgestellt. »Für kurze Zeit musst du wieder unter das Stroh. Drück dich in diese Nische hinein und verhalt dich ruhig. Kein Grund zur Aufregung die Posten kennen uns, sie haben unsere Personalien schon auf der Hinfahrt aufgenommen.«

Nun war Gareth mit den übel riechenden Ziegen allein, die grässliche Meckerlaute ausstießen. Seine Gefährten waren ins Führerhaus geklettert und hatten dafür Schachteln, Körbe, Kisten und anderen Kram auf der Ladefläche abgestellt, sodass diese nun voll bepackt war, die Ziegen mittendrin.

Die Fahrt ging weiter, Kurven, Tempowechsel, ein Stück rascher unbehinderter Fahrt, dann hielten sie an. Stimmen, einige scherzhafte Bemerkungen. Gareth hörte, wie jemand hinten aufstieg, in den Kisten und Körben kramte … wieder Stimmen, Fragen, vom Meckern der Ziegen begleitet … Die Ladefläche ruckte, der Beamte war abgestiegen. Es ging weiter.

Gareth getraute sich nicht, herauszukriechen, doch nach kurzer Zeit hielt der Wagen erneut. Nun befreite ihn jemand aus seiner Lage. Gareth stand auf und schlug das Stroh von der Kleidung. Sie hatten an einem Gatter gehalten und waren dabei, die Ziegen abzuladen. Ein Hirte wartete am Straßenrand und nahm sie in Empfang. Während ein Hund die Tiere von der Straße trieb, unterhielt sich der Mann eine Weile mit Arrow. Dieser lud Gareth ein, sich zu ihm ins Führerhaus zu setzen. Seine beiden jungen Begleiter machten es sich auf dem Stroh bequem.

Der Wagen setzte sich holpernd in Bewegung.

»Keine Kontrollen mehr?«, fragte Gareth.

»Die können wir umfahren.« Arrow zog eine Pfeife aus einer Tasche seines Mantels und stopfte Tabak aus einem Lederbeutel hinein. Er entzündete die Tabakblätter umständlich, sog an der Pfeife und blies beizenden Rauch aus. »Wahrscheinlich rauchst du nicht«, sagte er, »ich hätte auch Zigarren da … Aber hier sind Kekse und hier die Milch. Bediene dich.«

Nun war endlich Gelegenheit, sich nach dem Ziel der Reise zu erkundigen, nach den Umständen seiner Befreiung, aber der Alte erwies sich als wortkarg und vertröstete Gareth mit dem Hinweis, dass er alles noch rechtzeitig erfahren werde.

Wenn Gareth damit auch nicht zufrieden war, konzentrierte er sich nun auf die Landschaft. Sie war ihm nicht völlig fremd, er kannte sie aus vielen Abenteuerfilmen der amerikanischen Pionierzeit. Schwer zu sagen, was eindrucksvoller war: die 3-D-Bilder mit ihrer raffinierten Perspektive, mit ausgesuchten Bildausschnitten, professionell beleuchtet und in der Postproduktion noch mit satten Farben versehen, oder die Realität mit ihren eingeschränkten Sichtmöglichkeiten aus dem Auto heraus, mit dem aufgewirbelten Staub, der die Farben dämpfte, mit dem ermüdend langsamen Wechsel des Hintergrunds. Und trotzdem war da etwas, was das alles aufwog – vielleicht das Bewusstsein, dass es Wirklichkeit war und nicht Kino, dass man es selbst erlebte und sich im Innern des Aktionsraums befand. Kaum zu glauben, aber wahr: dass man hier anhalten, aussteigen und, wenn man wollte, herumlaufen und Blumen pflücken konnte; dass man andererseits aber auch in gewisser Weise Gefangener dieser Szenerie war – keine Möglichkeit zu unterbrechen, kein Knopf zum raschen Vorwärtslauf, zum Abschalten ... Gareth musste sich erst an diese total veränderte Situation gewöhnen.

Die Anzeichen der Zivilisation wurden immer spärlicher. Nur selten kamen sie an Dörfern vorbei, aus der Nähe war zu erkennen, dass sich diese im Verfall befanden – nur selten sah man einen Menschen, und die wenigen, die an der Straße standen oder vor ihren Häusern saßen, waren alt, als ob man sie hier vergessen hätte. Sie blickten kaum auf, als der Wagen vorüberfuhr.

Die Gegend wurde kahler, nur noch spärlicher Pflanzenwuchs, einige Male bogen sie ab und fuhren Umwege durch unwegsames Gelände, um die Stationen der Posten zu umgehen. Nur in der Nähe von Wasserläufen wurde das Land wieder fruchtbar, sie überquerten einige Bäche, indem sie an flachen Stellen durchs Wasser fuhren, kamen durch vertrocknete Felder, an endlosen Drahtzäunen vorbei, doch auch hier schienen keine Menschen mehr zu leben – in den umzäunten Wiesen befand sich kein Vieh, der Draht war verrostet und an vielen Stellen heruntergerissen. Da und dort gab es Spuren menschlicher Besiedelung, doch es waren nur unbrauchbare Reste, halb vom Sand begraben, zerfallene Hütten, Leitungsmasten mit herabhängenden Drähten, abgeknickte Metallgerüste mit seltsam geformten Stab-und Parabolantennen – ein trostloser Anblick. »Die Leute, die hier einmal gelebt haben, sind längst in die Städte gezogen. Die Arbeit wurde immer beschwerlicher, und das, was sich aus Ackerbau und Viehzucht gewinnen ließ, brachte nichts mehr ein. Die Produkte aus den Gewebekulturen und Zuchtautomaten sind billiger – und sie entsprechen den biologischen Vorschriften. Der Klimawechsel der letzten Jahre hat das fruchtbare Land zur Steppe gemacht und die Steppe zur Wüste.«

Eine Weile ging es über eine sandbedeckte Ebene. Die Vegetation passte sich der Trockenheit an – Dornengestrüpp, Kakteen, gelbweißes Gras. Und viel Sand.

Berge hatte man bisher nur aus der Ferne gesehen, doch nun rückten sie näher, die Täler wurden eng, hier war es wieder ein wenig feuchter – die auffällig tiefen Bachbetten waren von frischem Grün gesäumt. Schließlich kamen sie in eine Wildnis mit Wacholdergewächsen, die später von Gelbkiefern abgelöst wurden. Sogar einzelne Fichten und Tannen waren zu sehen. Rechts und links hoch aufstrebende Wände aus braunrotem Gestein.

Sie waren nahe am Ziel. Über eine holprige Straße ging es eine Felswand entlang, und dann bogen sie unversehens in eine dunkel klaffende Schlucht ein. Es ging leicht bergauf, die Strecke wand sich, verengte sich zu einem Cañon, dessen Felswände bedrohlich überhingen – als könnten sie jeden Augenblick einstürzen und den Wagen unter einer Gesteinslawine begraben. Doch dann traten sie mit einem Mal auseinander; da lag ein Tal, eine Einebnung, in mehrere Terrassen gegliedert. In die unterste hatte sich ein Fluss eingegraben, der derzeit wenig Wasser führte, es folgte eine Stufe, auf der Vieh weidete, in eingezäunten Arealen waren Nutzpflanzen angebaut – nach Gareths dürftigen Kenntnissen Gemüse und Mais –, und darüber lag eine Terrasse mit einer Häusergruppe, die von einer verwitterten Mauer umschlossen war. Diese Idylle war von einer Felswand begrenzt. Jahrtausende hindurch arbeitendes Fließwasser hatte eben verlaufende, mannshohe Einkehlungen erzeugt. In der tiefsten, etwa acht Meter über dem anschließenden Schwemmland und durch eine Holzleiter zugänglich, waren wieder rotbraune Reste alter Steinmauern zu sehen, dahinter eine Reihe von Löchern in der Steilwand – Eingänge zu Felshöhlen.

Sie folgten der staubigen Straße und kamen durch ein Tor. Noch ein paar Meter durch winkelige, enge Gassen, an niedrigen, aus Lehm gebauten Häusern vorbei, dann hielten sie an einem Platz, offenbar das Zentrum der Siedlung. In seiner Mitte ein Brunnen mit einem Trog zum Tränken von Tieren.

Gareth wurde erwartet – ein regelrechter Empfang. Männer und Frauen, einfach gekleidet, neugierig starrende Kinder. Etwas steif ließ sich Gareth vom Sitz des Wagens gleiten. Es war gut zu erkennen, wer den höchsten Rang hatte: ein groß gewachsener Mann in grober, fellbesetzter Leinenjacke, markante Züge, das Gesicht von der Sonne braun gebrannt, vielleicht fünfzig oder sechzig Jahre alt, und eine Frau mit Kopftuch und langem, schwarzen, Rock, die Haltung selbstsicher und aufrecht; auch sie war nicht mehr jung, doch sie sah gut aus – in den alten Abenteuerfilmen konnte man solche aufrechten Frauen sehen. Die beiden standen ein paar Schritte vor den anderen, und nun kamen sie auf Gareth zu.

»Unglaublich«, sagte die Frau, »– als ob er es selbst wäre!«

»Ja, so wie wir ihn kannten. Ein wenig älter vielleicht – aber nicht so alt, wie er jetzt wirklich ist.«

Die Frau umarmte Gareth, was ihn reflexartig zurückweichen ließ, aber in ihrem Verhalten war eine Herzlichkeit, wie sie ihm noch nie entgegengebracht worden war. »Willkommen Gareth! Welch ein Glück, dass es dich gibt!« Ungern ließ sie ihn wieder los, sodass ihn auch der Mann willkommen heißen konnte. »Ich bin Adrian, und das ist Saskia.« Er winkte einem Kind, das mit Blumen bereitstand. »Na los – er ist kein Fremder. Wir kennen ihn – er gehört zu uns.«

Gareth bekam die Blumen und wurde auch von den anderen begrüßt – einige Alte waren dabei, auch Indios wie Arrow, ein rundes Dutzend Erwachsener in mittleren Jahren, einige Jugendliche und eine Menge Kinder. Nach einer Weile rief Saskia: »Jetzt aber Schluss! Gareth hat einen langen Tag hinter sich.« Und an ihn gewandt: »Wir haben ein Zimmer vorbereitet. Mach dich ein wenig frisch, wir treffen uns dann zum Essen.«

Gareth hätte viele Fragen gehabt, aber das hatte Zeit. Er war dankbar, dass man ihm ein wenig Ruhe gönnte. Ein Zimmer hatte Saskia angekündigt. In Wirklichkeit war es ein ganzes, wenn auch kleines, aus Lehmziegeln gebautes Haus, mit einer schmalen Diele und einem niedrigen, aber überraschend geräumigen Wohnraum. Auf dem Boden handgeknüpfte Teppiche, an den Wänden ein paar offene Regale, Kleiderhaken aus dem Geweih irgendeines exotischen Tieres, ein mit Leder bezogener Lehnstuhl, ein Bett – eigentlich nur eine Matratze auf einem Holzgestell –, schmale Fenster mit bunt gewebten Vorhängen und viele mit matten Farben auf Leder gemalte Bilder von Tieren und Menschen in geschnitzten Rahmen. Durch das Fenster konnte Gareth das ganze Anwesen überblicken, dahinter die gegenüberliegende Felswand, die jetzt vom Abendschein orangerot beleuchtet war. Der untere Rand war grau übermalt vom Schatten des darüber liegenden Gebirgsstocks, oben mit einer goldgesäumten Zackenlinie begrenzt.

Gareth fiel es schwer, sich von diesem Anblick zu lösen und sich in seinem Raum umzusehen. In einer Nische stand ein Krug mit Wasser, daneben lagen bunte Handtücher – es gab keinen gesonderten Waschraum. Eine niedrige Tür in einer Ecke führte hinter das Haus, in einen als Klo benutzten, aus Brettern zusammengenagelten Verschlag.

Es klopfte, jemand rief seinen Namen. Gareth hatte es sich auf dem Lehnstuhl bequem gemacht und war sofort eingeschlafen. »Ich komme«, rief er, noch in einem merkwürdigen Traum gefangen: Er befand sich wieder in einem dahinholpernden Lastwagen, mit ihm fuhren die Mitglieder der Sicherheitsbehörde, die ihn verhören wollten, und er drückte sich in eine Ecke unter Stroh und stellte sich schlafend. Nun stemmte er sich hoch und wusste ein paar Sekunden lang nicht, wo er sich befand. Dann erst wurde er richtig wach. Er sah sich nach einem Spiegel um – es gab keinen. Er fuhr sich mit den Fingern durch das Haar und trat hinaus. Da stand ein kleiner Junge und wies ihm den Weg.

Der Raum, den er betrat, schien so etwas wie eine Gaststube zu sein – ein langer Tisch nahm fast den ganzen Platz in Anspruch, und die Gäste, die sich auf Schemeln niedergelassen hatten, lehnten sich an die grob geweißte Wand. Gareth wurde ein Platz am Kopfende zugewiesen, zwischen Adrian und Saskia. Er wollte etwas fragen, doch man vertröstete ihn auf später. Zwei junge Frauen, eine Weiße und eine Indianerin, trugen Töpfe herein und legten Fleischstücke auf die bereitstehenden Teller, dazu konnte man sich aus Schüsseln Süßkartoffeln und grünen Blattsalat nehmen.

Gareth stutzte: Was da vor ihm auf dem Teller lag, sah etwas ungewöhnlich aus. Es schien tatsächlich Fleisch zu sein, aber nicht aus Zellkulturen, sondern von geschlachteten Tieren, und als er es den anderen nachmachte und Stücke davon mit dem Messer abtrennte, kamen Knochen zum Vorschein. Gareth starrte betroffen darauf, doch er wollte seine Gastgeber nicht beleidigen und ließ sich nichts anmerken. Er schnitt ein Stück ab, steckte es in den Mund – und war überrascht: Der Geschmack war delikat. Es fiel ihm leichter als gedacht, noch mehr davon zu essen, aber er vermochte die Vorstellung, Teile eines toten Tieres vor sich auf dem Teller zu haben, nicht völlig zu verdrängen. Dafür aber machte er sich ohne Bedenken über die Kartoffeln und den Salat her. Beides war mit fein geschnittenen Kräutern bestreut und schmeckte würzig und angenehm. Dazu gab es ein Getränk, das ein dünner, süßer Wein sein mochte, und wegen seiner jüngsten Erfahrungen mit betäubenden Getränken trank er trotz seines Durstes nur wenig davon.

Als das Mahl vorüber war, hielt Adrian eine kurze Rede. Er sprach über seine Freude, dass Gareth zu ihnen gekommen war und wie sehr sie sich darum bemüht hätten, ihn aus der misslichen Lage zu befreien. Auf welche Weise ihnen das gelungen war, deutete er nur an – sie hatten auf Kontakte mit Freunden aus der Stadt zurückgegriffen, die im Flughafen beschäftigt waren. Sie hatten seine Transportröhre in eine Kunststoffhülle gepackt und als Frachtgut gekennzeichnet, das dann einem als berechtigt ausgewiesenen Abholer ausgehändigt worden war.

Gareth dankte ihnen und kam damit endlich dazu, die Fragen zu stellen, die ihn bewegten: »Ich bin tief beeindruckt – über die Herzlichkeit des Empfangs, über die freundschaftliche Aufnahme. Aber einiges ist mir noch unklar, und ihr werdet gleich verstehen, dass ich damit Probleme habe. Ihr habt angedeutet, dass ich zu euch gehöre und dass das der Grund für euer Eingreifen war. Doch muss ich gestehen, dass ich keine Ahnung habe, wie ihr zu dieser Annahme kommt. Bis heute habe ich nicht gewusst, dass es einen Ort gibt wie diesen, und von eurer Existenz war mir ebenso wenig bekannt –«

Er wollte weitersprechen, doch Saskia legte ihm die Hand auf die Schulter und unterbrach ihn. »Du brauchst das nicht zu erklären – das sind Dinge, die du nicht wissen kannst. Aber natürlich sollst du nun alles erfahren. Gleich wirst du es verstehen –« Sie machte eine bedeutungsvolle Pause und sagte dann betont: »Hier wurde Troy Dryer geboren, hier ist er aufgewachsen, hier hat er seine Kindheit verlebt.« Sie schwieg, um Gareths Reaktion abzuwarten, aber dieser sagte nichts. Es war eine Überraschung für ihn, die er erst verarbeiten musste. Der Geburtsort von Troy Dryer … das war merkwürdig, und es erklärte nichts.

»Wir Älteren sind mit ihm im Gras herumgelaufen, haben mit ihm gespielt und mit ihm gemeinsam den Unterricht besucht. Als er dann weggezogen ist, kurz nach dem Tod seiner Eltern, haben wir versucht, mit ihm in Verbindung zu bleiben, aber er hat den Kontakt abgebrochen, und dafür gab es natürlich gute Gründe. Erst viel später haben wir wieder von ihm gehört, und es hat uns nicht überrascht, dass er ein berühmter Wissenschaftler geworden ist. Wissen zu erwerben und selbst dazu beizutragen – Neues zu entdecken, Rätsel zu lösen … es war ihm so wichtig, dass er dafür seine Heimat und seine Freunde aufgab.« Jetzt klang in der Stimme etwas durch, das Bedauern oder auch ein Vorwurf sein mochte.

»Wir sollten von vorn beginnen«, warf Adrian rasch ein. »Troy Paul Dryer ist eines von fünf Kindern, die aus der Verbindung zwischen Hank und Melissa Dryer hervorgegangen sind. Seine Eltern hatten schon als Studenten freiwillig das Leben in der Stadt aufgegeben – das sie als unnatürlich, für Körper und Seele schädlich erachteten – und sich in diese einsame Gegend in Nevada zurückgezogen. Sie schlossen sich einer Gruppe von Hippies an, die hier lebten – in einer alten Indianersiedlung. Gemeinsam mit ein paar Indios führten sie ein einfaches, wenn auch keinesfalls ärmliches Leben – so wie wir es ja heute noch tun.

Den wenigen in dieser Gegend lebenden Menschen, vorwiegend Nachkommen von Indianern, hatten sie einiges voraus, was nicht nur auf die Bereitschaft zu harter Arbeit zurückzuführen war, sondern auch auf einige Säcke mit eingeschmuggeltem Saatgut, das aus einem Genlabor stammte und es ermöglichte, auf dem kargen Boden hochwertige neuartige Pflanzen zu züchten, die sie im Tausch gut absetzen konnten.

Die Kinder genossen eine Freiheit, die sonst nur noch wenigen Kindern dieser Erde vergönnt ist, wurden aber von den Eltern und anderen Auswanderern an langen Wintertagen sorgfältig in allem unterwiesen, was junge Menschen wissen müssen. Wenn das, was ihnen beigebracht wurde, auch unkonventionell war – besonders was den Menschen und seine Bestimmung betraf –, so erreichten sie doch ein Bildungsniveau, das zumindest dem der Städte entsprach, wahrscheinlich lag es sogar merklich darüber. Das fand seinen Grund nicht zuletzt darin, dass sie über Funk Zugriff zu vielen öffentlichen Nachrichtendiensten und Datenbanken hatten und deshalb gut über die politischen Verhältnisse und Vorkommnisse informiert waren. Was sie da erfuhren, nahmen sie als nachträgliche Rechtfertigung für ihre Flucht aus der Zivilisation, es führte aber auch immer wieder zu lebhaften Diskussionen darüber, ob und wie die menschliche Gemeinschaft noch zu retten wäre und ob nicht jeder die Pflicht hätte, seinen Beitrag zur Verbesserung der Welt zu leisten.«

Gareth schüttelte den Kopf. »Das kommt alles so überraschend ... Damit habe ich doch nichts zu tun.«

Saskia lächelte mitfühlend, als sie Gareths Verwirrung merkte. Sie nahm ihren Arm von seiner Schulter und ergriff seine Hand. »Du bist doch so etwas wie ein Zwillingsbruder von Troy, und so, wie er noch immer zu uns gehört, gehörst auch du zu uns.«

»Ich kenne Troy nicht«, entgegnete Gareth. »Ich weiß von ihm nur, was ich über ihn gelesen habe. Genau genommen bin ich ein Fremder.« Während Adrians Ausführungen war ihm ein erschreckender Gedanke gekommen: War seine Entführung vielleicht nur Teil eines raffinierten Plans, bei dem es eigentlich um die Rettung von Troy ging, der ihnen so viel bedeutete? Wollten ihn diese Leute an Troy und seine Ärzte ausliefern?

Wieder mischte sich Adrian ein. »Es mag dir so vorkommen, aber glaube uns: Du bist ihm wie aus dem Gesicht geschnitten. Du hast seine Figur, du bewegst dich wie er, und selbst deine Stimme ist dieselbe. Für uns ist es, als wäre Troy heimgekehrt. Ein Troy, der nicht gealtert ist – der so aussieht, wie wir ihn in Erinnerung haben. Wir können dich nicht als einen Fremden sehen. Ob wir wollen oder nicht: Wir sind glücklich darüber, dass du da bist. Mach dir keine Gedanken, erhole dich von den Strapazen der letzten Wochen.«

»Die Natur, in der wir hier leben, wird dich frei machen«, sagte Saskia ernst. »Du wirst merken, dass du sensibler wirst, dass verborgene Kräfte in dir erweckt werden – wir werden dir dabei helfen.«

Von den anderen Personen im Raum kam zustimmendes Gemurmel. Sie hoben die Gläser, prosteten Gareth zu, tranken. Ihm blieb nichts übrig, als ebenfalls einige kleine Schlucke zu nehmen. Er spürte sich wie abgehoben – als ob er schwebte –, und die Stimmen drangen nur noch durch einen dämpfenden Nebel zu ihm durch. Gewiss, er stand wieder unter dem Einfluss von Alkohol oder irgendeines anderen anregenden Stoffes, aber er konnte nichts dagegen tun. Er hatte Mühe, zusammenhängende Antworten zu geben, er bedankte sich, nickte, lächelte, allmählich begannen seine Zweifel zu zerrinnen, er fühlte sich wohl bei diesen Leuten, die sich einfach darüber freuten, dass er bei ihnen war, und jetzt war er sicher, dass sie nichts Böses mit ihm vorhatten. Er glaubte es ihnen: dass sie das Beste für ihn wollten, dass er zu ihnen gehörte.

Sie blieben noch lange beieinandersitzen, Gareth hatte jedes Zeitgefühl verloren. Später begleiteten sie ihn alle zu seinem Haus, sie klopften ihm auf die Schulter, umarmten ihn, drückten ihm Küsse auf die Wange. Ja, er war in ihre Gemeinschaft aufgenommen.

Dann war er allein, die Öllampe verbreitete einen Nebel aus mildem Schein. Die Vorhänge waren vor die Fenster gezogen und bewegten sich leicht im Wind. Es war kühl. Gareth zog sich fröstelnd aus, schlüpfte rasch unter die Decke, spürte ein leichtes Schwindelgefühl und lag trotz seiner Müdigkeit noch lange wach.

Gutachten über die Religionsgemeinschaft »Serendipity«

Betr. Zulassung als Religionsgemeinschaft

Als grundlegender Anspruch des philosophischen Überbaus der bislang illegalen Sekte »Serendipity« wird eine Kompatibilität zwischen dem Übersinnlichen und den naturwissenschaftlichen Erkenntnissen genannt. Dabei wird die Brücke zum Metaphysischen dadurch geschlagen, dass es aufgrund von Erkenntnissen der Mathematik und der Quantenphysik Lücken im Gebäude der exakten Wissenschaften gibt, durch die unerklärliche Geschehnisse notwendigerweise Eingang in unsere reale Welt finden. Sie gehen einerseits auf den erstmals vom Mathematiker und Philosophen Kurt Gödel geführten Nachweis des Auftretens unlösbarer Probleme im Rahmen der Mathematik zurück und andererseits auf die Quanteneffekte, die als Ereignisse ohne eindeutige Ursache-Wirkungs-Beziehung erkannt wurden.

Es gibt keinen naturwissenschaftlich relevanten Widerspruch gegen die Existenz eines höheren Wesens, das der Schöpfer unserer Welt sei – eine altbekannte Tatsache. Und es gibt auch keine naturwissenschaftlich fundierte Argumentation gegen die Annahme, dass sich das postulierte höhere Wesen in den genannten Eigenschaften der Mathematik und der Quantentheorie einen Eingriff in das Weltgeschehen vorbehalten hat. Dadurch erscheint das Gebet, von manchen modernen Religionsphilosophen bereits als zwecklos abgeschrieben, plötzlich wieder als sinnvoller Versuch einer Bitte an eine Instanz, die die Macht hat, Ereignisse so zu beeinflussen, dass die Wunschvorstellungen des Bittstellers in Erfüllung gehen.

Diese Argumentation steht im Zusammenhang mit der Diskussion über die sogenannten »verborgenen Parameter« der

Quantenphysik, die zur Zeit ihres Aufkommens zu heftigen Diskussionen geführt hat. Es wurde damit die Frage aufgeworfen, ob die Ursachen für jene Ereignisse, die anscheinend ohne Ursache verlaufen, nicht doch vorhanden sein könnten, sich aber auf irgendeine Weise dem Nachweis entzögen. Diese Frage lässt sich, wie man inzwischen weiß, naturwissenschaftlich nicht beantworten. Die Aussage, dass es Ereignisse ohne Ursachen gäbe, scheint sinngleich mit der Annahme solcher Ursachen zu sein, die aber außerhalb der uns zugänglichen physikalischen Welt lägen – beispielsweise in höheren Dimensionen, die nicht in räumlich-zeitlichen Kategorien zu beschreiben sind.

Ein weiterer Gegenstand von wissenschaftlichen Auseinandersetzungen war die Frage, ob Quantenprozesse, die stets nur in Mikrobereichen ablaufen, überhaupt Auswirkungen auf die Makrowelt haben können. Das konnte inzwischen positiv beantwortet werden: Quantenverstärkereffekte treten in vielen Bereichen unserer Welt auf, nicht zuletzt bei biologischen Prozessen, vor allem bei den Genmutationen und bei kreativen Prozessen im Gehirn.

Zusammenfassend ist festzustellen, dass die geschilderte philosophische Meinung tatsächlich in keinem Widerspruch zur Naturwissenschaft steht. Damit ist gewiss die Sinnhaftigkeit von Gebeten nicht bewiesen; wenn man jedoch ein höheres Wesen, einen Schöpfer oder Gott voraussetzt, der Anteil am Schicksal der von ihm in die Welt gesetzten Menschen nimmt, dann scheint es die einzige Erfolg versprechende Möglichkeit zur Beeinflussung des Weltgeschehens zu sein, um wohlwollende Zufallsereignisse zu bitten. Das ist der Grund für die oft zitierte, aber stark vereinfachte Erklärung, dass die Angehörigen der Serendipity-Sekte den Zufall anbeten.

Nachbemerkung: Der Ausdruck »Serendipity« geht auf eine Sage zurück, die beschreibt, wie drei Prinzen aus Ceylon (alter Name: Serendip) bei ihren Abenteuerfahrten durch die Welt immer wieder auf unerwartet glückhafte Umstände trafen, die sich als weitaus günstiger erwiesen als die ursprünglich angestrebten Ziele.

2.

Nie zuvor hatte Gareth eine vergleichbare Zeit der Ruhe und des Nichtstuns verbracht. Zwar war auch die Zeit seiner Ausbildung und seiner Forschungstätigkeit im Institut ohne Zeitdruck abgelaufen, aber er war doch immer beschäftigt gewesen, hatte nach einem festen Plan gelebt, der nur kurze Pausen zuließ. Auch die arbeitsfreien Wochenenden waren nach einer strengen Einteilung abgelaufen: Ausflüge in Freizeitparks, Abfahrten auf den mit Bürstenmatten bedeckten Skipisten, Besuche im Klettergarten, wechselnde sportliche Spiele, vor allem das von ihm bevorzugte Cybergolf. Eigentlich hatte Gareth das alles nicht sehr wichtig genommen, es hatte ihm nicht mehr bedeutet als eine nicht allzu langweilige Art der Entspannung. Das, was ihn mehr interessiert hätte, war leider etwas kostspielig: die Beteiligung an den Real-3-D-Computerspielen, ebenso wie die Reisen durch die virtuellen Räume der Kunst und der Abenteuer, die Miete von Halluzinatoren und die Aufenthalte in den Cyberkabinen (wenn er von der kostengünstigen Teilnahme am Parasex einmal absah). Die wirklich attraktiven Möglichkeiten der Freizeitbeschäftigung hatte er sich nur selten leisten können, und so war er meist froh, wenn wieder eines der öden Wochenenden vorüber war – seine Tätigkeit im Institut war spannender. Da stand er vor faszinierenden Rätseln, setzte sich mit Problemen auseinander, die seine volle Konzentration erforderten, ihn manchmal bis in die Abende, bis in den Schlaf hinein verfolgten – so lange, bis sie gelöst waren. Dann kam es zu einer wunderbaren Entspannung. Das Bewusstsein, in einer abstrakten Auseinandersetzung über abstrakte Fragen Sieger geblieben zu sein, war das schönste für ihn denkbare Erlebnis.

Obwohl in Gareth die Anstrengungen und Aufregungen der letzten Zeit nachwirkten und ihn die Ruhezeit als angenehm empfinden ließen, musste er sich erst an diesen neuen Zustand gewöhnen – keine Tagesordnung, keine Verpflichtung, hier schien die Zeit langsamer abzulaufen. Wie hatte Saskia gesagt? – in ihm würden verborgene Kräfte geweckt werden, seine Sensibilität würde sich verstärken … Er war überrascht, als er tatsächlich etwas empfand, das Saskias Voraussage zu bestätigen schien. Noch nie hatte er sich in einer Umgebung befunden, die so offen, so frei – und so nahe an der Natur zu sein schien. Mehrmals machte er Wanderungen in die Umgebung, ging einige Kilometer den Cañon hinauf, bis zu einer Steilstufe im Fels, vor der er zögernd stehen blieb. Doch dann bemerkte er Trittspuren am Gestein und entschloss sich zu einer kleinen Klettertour. Es hatte sich gelohnt: Er kam zu einer natürlichen Plattform, die ihm einen erstaunlichen Anblick bescherte, eine Aussicht weit über die Landschaft hinweg. Was sich da tief unten ausbreitete, vermittelte ihm Eindrücke, die in den besten Holoprojektionen nicht zu sehen gewesen waren: Da veränderte sich das Licht, Schatten von Wolken wanderten über das Land, verzerrten sich in seichten Vertiefungen, sprangen über Gräben, glitten Abhänge schwerelos hinauf und hinunter. Da stand die Kette der Berge wie ein Wall, und die seltsamen Türme und Pfeiler änderten ihr Aussehen überraschend schnell mit dem Stand der Sonne. Die Rinnen und Gräben, reliefartig in die Talböden eingekerbt, bildeten ein verästeltes, schwarz verschattetes Netz.

Aber selbst die kleinsten Bereiche der Welt, die er nur von Lehrfilmen her kannte, lagen hier offen zu seinen Füßen und mussten nicht erst durch Mikroskope in absurde Dimensionen vergrößert werden. Er brauchte sich nur zu bücken oder sich auf den Bauch zu legen, um den allgegenwärtigen und doch für das menschliche Auge versteckten Mikrowelten näher zu kommen, und schon eröffnete sich ihm eine Fülle von Pflanzen und Tieren, die seltsamer waren als alle Monster und Ungeheuer, denen man in den Horrorfilmen begegnete. Die Stachelpolster der Kakteen, die Fratzen der Insekten ... Vieles aber auch von ungeahnter Schönheit, die sich in der wechselnden Symmetrie der Blätter und Blüten äußerte, im Federschmuck der Vögel, in den Zeichnungen der Schmetterlingsflügel. Wurde er wirklich offener für die Vielfalt dieser Welt, von der er bisher nur einen winzigen Ausschnitt kennengelernt hatte? »Alles steht in Verbindung mit allem«, hatte Saskia einmal gesagt, als sie mit ihm spazieren gegangen war, und schon nach einigen Tagen war er bereit, ihr zu glauben.

Natürlich sprach Saskia oft von der Gemeinschaft, die sich hier zusammengefunden hatte, von der Lebenspraxis dieser Menschen, aber auch von den philosophischen Grundsätzen, nach denen sie sich richteten. Ursprünglich war ihre Gruppe aus einer im Bereich des Westens gegründeten Religionsgemeinschaft hervorgegangen, die dort auch heute noch gewissen Einfluss hatte. Wie es schien, setzte Saskia einige Hoffnung darauf, dass es auf dieser Basis einst zu einer großen Versöhnung aller Rechtschaffenen kommen könnte. Andere hatten schon früh daran zu zweifeln begonnen, und das war auch der Grund dafür, dass immer wieder Gruppen die Kuppeln verließen und sich in die freie Natur zurückzogen, um das, was ihnen für das menschliche Zusammenleben als richtig erschien, wenigstens in kleinem Kreis zu verwirklichen. Und sie waren stolz darauf, dass es auch Menschen aus dem Bereich der Allianz gab, die sich ihnen anschlossen – beispielsweise die Nachkommen der einheimischen Indianer, die hier, in dieser Siedlung, mit ihnen gemeinsam lebten. Ihre Vorfahren hatten noch in jenen Löchern gehaust, die in der Felswand über dem Dorf klafften.

Gareth konnte Saskias Ausführungen keine nachahmenswerten Anregungen entnehmen, doch er behielt seine Bedenken für sich, er wollte die empfindsame Frau, der das alles viel bedeutete, nicht kränken, und sie besaß genug Feingefühl, um ihn nicht weiter zu bedrängen.

Schon nach zwei Wochen fühlte sich Gareth prächtig erholt, und es erschien ihm peinlich, hier wie ein Schmarotzer zu leben, sich von den anderen verpflegen und bedienen zu lassen, ohne etwas dafür zu tun. Denn er beobachtete natürlich, dass das Leben hier alles andere als einfach war, es gab Tiere zu hüten, Felder zu bestellen, Geräte zu reparieren und vieles mehr. Und so fragte er Adrian, ob er nicht auch etwas für die Gemeinschaft tun könnte.

»Du bist unser Gast«, antwortete Adrian, »du brauchst nicht zu arbeiten. Andererseits … es gäbe etwas, wobei du uns helfen kannst. Bist du denn wieder so weit bei Kräften? – Es könnte ein bisschen anstrengend werden.«

Gareth versicherte, dass er sich gut fühlte und froh wäre, wenn er seine Dankbarkeit beweisen könnte. »Um was handelt es sich?«

»Es geht darum, dass wir wieder Verbindung mit Troy aufnehmen wollen. Wir hatten eine Auseinandersetzung, wir waren mit seiner Lebensweise nicht einverstanden, und schon gar nicht damit, dass er in die Union ausgewandert ist. Vielleicht haben wir ihm ein wenig zu sehr zugesetzt – wir haben uns im Streit getrennt. Seither hat er sich nicht mehr gemeldet. Das tut uns sehr leid.«

»Und wie kann ich euch helfen?«

»Wir werden uns abends darüber unterhalten«, meinte Adrian ausweichend. »Jetzt genieße noch den schönen Tag. Morgen könnte ein Sturm aufziehen.« Er wies gegen den Himmel, im Norden ballten sich Wolken zu bizarren Formen, aus denen ein Fächer von lichtdurchstrahlten Spießen herausstieß. Die Erscheinung sah noch klein und harmlos aus, aber man konnte die im Kern zum Ausbruch drängende Energie ahnen.

Gareth hatte seit vierundzwanzig Stunden nichts gegessen – sein Körper sollte rein sein, so hatten sie es begründet. Gegen seinen Durst hatte man ihm einen Krug mit einem nach Kräutern schmeckenden Tee bereitgestellt.

Gareth lag in seinem Zimmer, Halbdunkel, die Vorhänge zugezogen. Kein Licht sollte hereindringen, kein Geräusch … Er sollte versuchen, alle störenden Gedanken auszuschalten, sich auf sich selbst zu besinnen. Er sollte bewusst atmen, dem eigenen Herzschlag lauschen. In sich hineinhorchen. Er wäre ein lebendiges Wesen, zugleich ein eigenes vollständiges Universum, durchdrungen von Energieströmen, doch er stünde in Verbindung mit dem größeren Universum der Außenwelt, und so wie dieses ständig auf ihn einwirkte, so könnte auch er dank seiner inneren Kräfte Einfluss nehmen …

Er hatte versprochen, den Wünschen von Saskia und Adrian zu folgen, aber es erwies sich als schwer, wenn nicht unmöglich, den kritischen Verstand auszuschalten. Was sollten diese Aussagen, die den Anschein geheimer Weisheit erweckten, aber natürlich auch einfacher zu interpretieren waren? Wechselwirkungen, Informationsfluss, Gleichgewicht herstellende Regelsysteme … so etwas könnte gemeint sein, wenn man willig war, sich darauf einzulassen. Aber durch diese Deutung verwandelten sich die Aussagen plötzlich in Gemeinplätze, banal, oberflächlich.

Gareth ertappte sich immer wieder bei Gedankengängen, die seinem gegebenen Versprechen zuwiderliefen. Aber er konnte nichts dagegen tun.

Unbewegt bleiben, sich der Ruhe hingeben … So war es nicht verwunderlich, dass er nach einiger Zeit in einen traumähnlichen Zustand verfiel. Alles Mögliche ging ihm durch den Kopf, seine jüngsten Erlebnisse, der Aufenthalt im Dorf, vor allem aber das Gespräch mit Saskia, Adrian und Arrow am Abend zuvor. Mit seiner Hilfe wollten sie Verbindung zu Troy aufnehmen. »Du weißt doch, dass zwischen Zwillingen eine besondere Verbindung besteht. Selbst wenn sie weit voneinander entfernt sind, verhalten sie sich wie ein und dieselbe Persönlichkeit, treffen dieselben Entscheidungen, sind zur selben Zeit von freudigen Ereignissen betroffen, aber auch von Unfällen und Missgeschick. Sie bekommen dieselben Krankheiten und sterben zur gleichen Zeit. Von dem, was der eine tut, ist der andere auf irgendeine unerklärliche Art abhängig. Vielleicht liegt es an verschränkten Quantenzuständen in den Keimzellen, die auch bei räumlicher Trennung bestehen bleiben.« Gareth hatte etwas Unverbindliches gemurmelt, und sie nahmen es als Zustimmung.

»Wie bekannt ist, hat Troy keinen Zwillingsbruder, doch als wir erfuhren, dass ein Klon von ihm existiert, begriffen wir natürlich, wie wichtig das für uns sein konnte. Was für Zwillinge gilt, muss in entsprechender Weise auch für Klone gelten. Wir haben alles daran gesetzt, um dich hierher zu bringen und dich deiner eigentlichen Bestimmung zuzuführen.« Also doch nicht aus reiner Nächstenliebe, hatte Gareth ein wenig enttäuscht gedacht. Andererseits brauchte er jetzt nicht mehr nach dem Grund für die Rettungsaktion zu suchen; das war eine handfeste Erklärung, und wenn sie auch sehr abwegig klang, so war er doch damit zufrieden. »Seine eigentliche Bestimmung«, hatte Adrian erwähnt und gar nicht gemerkt, dass in seinen Worten ein fataler Doppelsinn lag. Oder wusste er nichts von der Rolle, die ihm, Gareth, zugedacht war? Nun gut – Gareth war bereit, seinen guten Willen zu beweisen. Immerhin besser, als Organe zu spenden. Dieser Verdacht schien sich glücklicherweise als unbegründet zu erweisen.

Dennoch konnte sich Gareth nicht der Frage enthalten: »In welcher Weise nützt es euch, dass ich ein Klon von Troy bin?«

Adrian war völlig unbefangen, es war zu merken, dass er an das glaubte, was er ausführte. »Es gibt Möglichkeiten, psychische Kräfte zu verstärken. Arrow ist Medizinmann, er kennt die Methoden. Die Indianer haben sie seit uralten Zeiten angewandt – um Krankheiten zu heilen, um Schmerzen zu lindern, um Tote und Götter anzurufen … Natürlich glauben wir nicht an Götter und an Unterhaltungen mit Toten, wir vermuten aber, dass geistige Verbindungen mit anderen Menschen hergestellt werden können, zu denen eine Affinität besteht. Und genau das brauchen wir für unsere Zwecke. Wir haben Arrow gebeten, die Zeremonie vorzunehmen. Du bist doch damit einverstanden?«

Gut, sagte sich Gareth, es soll mich nicht stören, etwas Hokuspokus über mich ergehen zu lassen. Ob euch das Ergebnis zufriedenstellen wird, steht auf einem anderen Blatt.

Er hatte zugestimmt. Nun wartete er auf den Abend. Wieder trank er etwas von dem bitteren Tee, dann legte er sich zurück und schloss die Augen. Er fiel in einen unruhigen Halbschlaf, begann zu träumen, schreckte wieder auf. Er sollte in sich hineinhorchen, sich auf die Einheit von Körper und Geist einstellen, die erst den gesamten Menschen ausmachte. Das brachte ihn wieder einmal auf die Fragen zurück, die er sich schon unzählige Male gestellt hatte: War er überhaupt ein eigenständiger Mensch? – oder der Ableger eines anderen, ein Produkt aus dem Zellgewebe eines originären Geschöpfs und diesem damit untergeordnet? Reichte das, was er bisher als seine eigene Persönlichkeit empfunden hatte, zum Zustandekommen eines vollwertigen menschlichen Wesens aus oder war durch den Eingriff des Klonens vielleicht doch etwas anderes entstanden – eine Kopie, eine Schablone? Aber das konnte er selbst nicht wissen, und auch andere konnten es ihm nicht sagen.

Und was wäre, wenn er eines Tages Troy persönlich gegenüberstehen würde? Würde er sich selbst wiedererkennen, oder würde er feststellen, dass erst beide zusammen ein Ganzes bildeten? Mit der Konsequenz, dass er allein etwas Unvollständiges war und dass sie erst zusammen ein geschlossenes Ganzes bildeten?

Wie oft hatte er sich solche Fragen schon durch den Kopf gehen lassen, aber diesmal schienen sie ihm viel bedeutender, viel elementarer. Wie hatte er einfach darüber hinweggehen können? Gab es Hoffnung, dass er heute neue Einsichten darüber gewinnen würde?

Als die Nacht hereinbrach, holten sie ihn ab. Diesmal waren es die Indianer, die angaben, was zu tun sei. Sie führten ihn aus dem Dorf hinaus, auf einen Platz, an dem das Gras verdorrt und niedergetreten war. Gareth, der gelegentlich dort vorbeigekommen war, hatte ihn mit Sport oder Spielen in Verbindung gebracht, aber es schien sich um etwas anderes zu handeln: eine Stätte der Versammlung. Unter einem großen, in seiner Form an ein liegendes Tier erinnernden Felsblock, der das Tal gegen die Fortsetzung des Cañons hin abschloss, stand eine kreisförmige Hütte. Gareth kroch durch die Eingangsöffnung, die nicht für normale Menschen gemacht schien – eher für Zwerge. Waren die Menschen früher so klein gewesen? Das Haus schien uralt, die mit Lehm zusammengehaltenen Sandsteinblöcke der Öffnung waren abgeschliffen, als hätten sich seit Jahrhunderten Menschen hindurchgedrängt.

Im Inneren brannte ein Feuer, der Rauch zog durch eine Öffnung in der Decke ab. Dahinter saß Arrow, der einen mit braunen Farben bedruckten Umhang angelegt hatte. Neben ihm ein künstlich geglätteter Stein, darauf Tiegel, Federn, eine Muschel, eine aus Holz geschnitzte Tierfigur.

Gareth musste sich dem Medizinmann gegenüber niederhocken, die Indianer nahmen in der vorderen Reihe Platz, dahinter, in einer zweiten, die Weißen.

Eine Weile geschah nichts. Dann öffnete Arrow die Augen; trotz der Dämmerung war zu erkennen, dass seine Pupillen bis zum Rand der Iris erweitert waren. Er griff in eine Schüssel und warf eine Handvoll getrockneter Blätter ins Feuer. Es flammte kurz auf, betäubender, Kopfschmerz erzeugender Rauch stieg auf, erfüllte den Raum. Dann begann Arrow zu singen, und die Indianer wiederholten Teile seines Gesangs. Sie benutzten eine unverständliche Sprache, und trotzdem hatte Gareth den Eindruck, sie in irgendeiner Weise zu verstehen.

Dann war es wieder still. Einer der Indianer entzündete den Tabak einer bereitliegenden Pfeife, sog paffend daran und reichte sie an Arrow weiter. Der Alte hielt die Augen geschlossen und setzte sie an den Mund. Er sog den Rauch heraus, den er tief einatmete und dann in Form von Ringen ausstieß. Dann machte die Pfeife die Runde. Als sie bei Gareth ankam, sah sich dieser verstohlen um und bemerkte, dass ihn alle beobachteten; er unterdrückte seine Abscheu und nahm den heiligen Gegenstand an, der sich warm und klebrig anfühlte. Er hatte einen Hustenreiz befürchtet, aber der Rauch war von unerwartet mildem, fast öligem Geschmack und ließ sich ohne Weiteres einatmen. Es war angenehm, es beruhigte, und Gareth nahm noch einen Zug. Er merkte eine Veränderung in seinem Denken und Empfinden, der Raum seiner Vorstellungen leerte sich, alles Nebensächliche wurde weggeschwemmt, und das wenige, was übrig blieb, war das Wesentliche: das erweiterte Wissen, die Einsicht.

Arrow griff in einen der Tiegel, schöpfte ein wenig Sand in die hohle Hand und ließ ihn in einem dünnen Strahl auf die neben ihm liegende Platte rieseln. Er tat das mit größter Sorgfalt, zog eine Linie bis nahe an den Rand der Fläche. Er holte eine Handvoll Sand aus einem anderen Tiegel, legte eine zweite Linie von anderer Farbe neben die erste und dann noch eine dritte. Ein Streifenmuster, gelb, braun und blau, das seltsam gezackt verlief. Was stellte es dar? Ein Gebirge? Einen Weg? Das Profil eines Menschen?

Wieder warf Arrow einige getrocknete Blätter in das Feuer. Im Raum lag blasser Dunst. Gareth hielt die Augen geschlossen, der Rauch brannte. Noch vor ein paar Minuten hatten seine Beine infolge der ungewohnten Position geschmerzt, doch nun spürte er sie nicht mehr, er hatte den Kontakt mit dem Boden verloren. Dann schreckte er auf.

»Du bist ein Teil von Troy, und Troy ist ein Teil von dir«, sagte eine Stimme – es war gleichgültig, wer da sprach. »Nimm Verbindung mit ihm auf, öffne dich, übermittle ihm deine Zuneigung –«

Gareth bemühte sich, zu gehorchen. Zuerst gelang es ihm nicht – keine Reaktion, keine Antwort, doch von einem Augenblick auf den nächsten spürte Gareth glückhaft die Nähe eines anderen, die Anteilnahme, die Bereitschaft zur Korrespondenz …

»Nun habt ihr euch gefunden, ihr seid eins, doch in Wirklichkeit wart ihr nie getrennt. Es hat sich vereinigt, was zusammengehört. Troy, du bist jetzt Gareth, und Gareth, du bist jetzt Troy.« Gareth empfand es ganz deutlich: Ja, es war richtig – er war Gareth und er war Troy.

»Troy soll wissen, dass wir ihn alle lieben und dass wir ihn nie vergessen haben.«

Gareth brauchte es nicht zu wiederholen, dieses neue Zwillingswesen, das entstanden war, hatte es verstanden.

»Aber sage ihm auch, dass er auf einen falschen Weg geraten ist. Was er gemacht hat, wird den Menschen schaden, sie ins Verderben führen. Es wird zu schrecklichen Kriegen führen, zur Verbreitung von Gift und Krankheit, zum Ausbruch des atomaren Feuers. Er will die schrecklichste Waffe bauen, die überhaupt vorstellbar ist: den lebenden Automaten. Das ist das Instrument der Apokalypse, das böse Prinzip an sich. Höre, Troy: Der Computer muss vernichtet werden. Der Computer muss vernichtet werden. Wirst du es tun? Sag uns, dass du es tun wirst!«

Der Computer ist das Instrument der Apokalypse, er muss vernichtet werden ... »Ja, er muss vernichtet werden«, schrie Gareth mit einer Stimme, die ihm selbst fremd war. »Wir werden ihn zerstören.«

Plötzlich war da nichts mehr. Eine dröhnende Stille. Ein Abgrund voll von blendendem Licht. Gareth sank in sich zusammen – es war ihm gelungen, diese riesige Energiemenge, die sich in seinem Innern konzentriert hatte, zu aktivieren einzusetzen, um die Verbindung herzustellen –, und nun hatte er das letzte Quäntchen davon verbraucht. Was heute getan werden konnte, war getan.

3.

Erst spät am Tag erwachte Gareth. Er hatte quälende Kopfschmerzen, seine Augen tränten, sein Hals war trocken und wund. Es kostete ihn Mühe, sich zurechtzufinden. Allmählich erinnerte er sich: an den dämmrigen Raum, den Gesang, die fordernde Stimme. Und an den vollständigen Verlust seiner Identität.

Ihm war elendiglich schlecht. Wieder einmal hatte man ihm übel mitgespielt. Freilich, diesmal hatte er freiwillig mitgemacht, doch hätte man ihn zumindest warnen können. Nun gut, es war vorbei. Oder nicht? So schnell würde er die Ereignisse der letzten Nacht nicht vergessen. Er hatte sich in einer völlig anderen Sphäre des Bewusstseins befunden. Sein Denken und Fühlen hatte sich von der Erdschwere gelöst, von allen bisher gültigen Gesetzen befreit, er hatte Dinge gefühlt und erkannt, die aller Logik widersprachen. Und er war Troy gewesen. Freilich, es war unmöglich, und dennoch hatte er es erlebt: Für eine Stunde in dieser Nacht war er Troy gewesen ...

Draußen ein lautes Knattern – jetzt erinnerte sich Gareth, dass es dieses Geräusch war, das ihn aufgeweckt hatte. Eine Weile war es wieder still, dann klopfte es an die Tür.

»Es ist offen«, rief Gareth heiser.

Jemand schob die Decke an der Tür zwischen Diele und Wohnraum beiseite. Es war ein junger Mann, in schwarzes

Kunstleder gekleidet: eine mit silbernen Nieten versehene offene Jacke, darunter ein T-Shirt mit einem Drachen als Emblem. Als er seine Schirmmütze abnahm, quollen lange blonde Haare hervor.

»Hallo, du also bist Gareth. Und ich bin Jewer. Ich habe auch einmal hier gelebt, aber ich bin abgehauen.« Er zog einen Schemel zu sich heran, setzte sich. »Leider bin ich zu spät gekommen – ich hätte diesen Unsinn niemals zugelassen. Auch mich haben sie einmal mit ihrer Zauberei traktiert – als ich vierzehn war. Es sollte eine Taufe sein.«

Gareth setzte sich leicht ächzend auf und lehnte sich an die Wand.

»Ich bin der Sohn von Saskia und Adrian. Aber schon seit einigen Jahren lebe ich nicht mehr hier. Ich konnte diese Situation nicht ertragen, dieses sogenannte einfache Leben … Als könnte man sich einfach ausklinken – einfach ins Mittelalter zurück. Diese verblendete Selbstsicherheit. Dieses verrückte Gemisch aus gutem Willen und Dummheit.«

»Warum bist du zurückgekehrt?«

»Ich habe von dir gehört, ich weiß eine Menge über dich. Wer du bist und was dir passiert ist in der letzten Zeit. Wenn ich nur einen Tag früher gekommen wäre! Wahrscheinlich wirst du dich noch einige Zeit mies und benommen fühlen. Meinst du, dass du ein paar Stunden auf einem Motorrad aushältst? Am liebsten würde ich dich nämlich gleich mitnehmen.«

Gareth versuchte aufzustehen. Er schwankte ein wenig. »Warum soll ich von hier fort? Man hat mich freundlich aufgenommen.«

Jewer lachte wegwerfend. »Inzwischen hast du doch begriffen, wozu man dich braucht. Die glauben fest an den Erfolg ihrer Zauberei. Willst du das noch häufiger über dich ergehen lassen? Du musst von hier weg, so rasch wie möglich, sonst wirst du völlig verdreht.«

Noch eine solche Nacht …? Gareth schauderte.

»Und wohin willst du mich bringen?«

»Es ist nicht weit – rund sechzig Kilometer. Ich halte mich dort derzeit mit einigen Freunden auf. Es gibt da eine … eine kleine Firma.« Jewer hatte kurz überlegt, wie er das bezeichnen sollte, was er meinte. »Es könnte interessant für dich sein. Hier versauerst du.«

Jewer schien offen und sympathisch, er war ganz anders als die Leute hier im Dorf. Aber sollte sich Gareth schon wieder auf eine unbestimmbare Wendung in seinem Leben einlassen? Andererseits – sich dauerhaft in eine primitive Einsamkeit zurückziehen? In Gesellschaft wundergläubiger Esoteriker?

»Ich mach dir einen Vorschlag«, sagte Jewer, »ich lade dich zu einem Besuch ein. Das sagen wir auch den anderen. Wenn es dir gefällt, kannst du bei uns bleiben – ich bin sicher, dass du zu uns passt. Wenn nicht, dann bringe ich dich sofort zurück. Es ist deine Entscheidung.«

»Ein guter Vorschlag«, meinte Gareth. Bei jeder Bewegung wanderten die Kopfschmerzen in seinem Kopf umher. Es würde ihm guttun, die vergangene Nacht möglichst bald zu vergessen. Warum also nicht? »Ich bin einverstanden«, sagte er.

Adrian und Saskia schienen sich über den Besuch ihres Sohnes zu freuen, doch eine gewisse Zurückhaltung war unverkennbar. Und sie waren sichtlich enttäuscht, als Gareth ankündigte, dass er Jewers Einladung folgen wollte, doch Gareth ließ sich von seinem Vorhaben nicht abbringen, und so fügten sie sich letzten Endes.

Gareth brauchte nur kurze Zeit, um seine Sachen zusammenzupacken. Ein paar Kleidungsstücke, die man ihm gegeben hatte, Seife und Zahnbürste, die er in ein Tuch wickelte … das alles passte gut in eine der Seitentaschen von Jewers Motorrad. Bevor er aufstieg, blickte er sich kurz um. Vielleicht kam er nicht mehr hierher zurück, vielleicht begann wieder ein neuer Abschnitt in seinem Leben. Er empfand kein Bedauern.

Die Fahrt auf dem Motorrad war eine ganz neue Erfahrung für Gareth. Er hatte sich darauf gefreut, noch mehr von dieser grandiosen Landschaft zu sehen, aber bald stellte sich heraus, dass er seine ganze Aufmerksamkeit darauf verwenden musste, nicht in hohem Bogen vom Motorrad zu fliegen. Mit aller Kraft klammerte er sich an Jewers Schultern, trotzdem wurde er hin und her gerissen, wurde vom Sitz gehoben und hatte Mühe, wieder im Sattel zu landen. Er konnte nichts sehen, denn Jewers langes blondes Haar flatterte ihm ständig ins Gesicht. Dazu kam noch immer ein stechender Kopfschmerz.

Waren sie zunächst noch eine kurze Strecke auf einem roh geebneten Weg durch den Cañon bergab gefahren, so bogen sie dort, wo er in die ebene Felswüste auslief, nach rechts ab, und von da an ging es über Stock und Stein. Mit Jewers Gefährt überwanden sie Stufen, sprangen über Bodenmulden, schlitterten durch Schuttmassen. Einige Zeit folgten sie einem trockenen Flusslauf, und Jewer versuchte, die Fahrt über Streifen von Anschwemmungen aus Sand und Lehm zu führen, was ein paar Minuten ohne Rucke und Stöße ermöglichte, doch dafür erhöhte er die Geschwindigkeit, der Wind pfiff ihnen um die Ohren und sie hinterließen eine Wolke von aufgewirbeltem Staub. Doch schon bald stieg der Weg wieder seitlich an, einen Berghang hinauf, und Gareth fürchtete, hinten vom Motorrad zu rutschen und die Fahrt mit gebrochenen Knochen zu beenden. Doch Jewer lachte nur und dachte nicht daran, das Tempo zu drosseln.

Mit der Zeit gewöhnte sich Gareth an die Situation, er stellte sogar fest, dass seine Kräfte nicht schwanden, sondern anwuchsen, es schien, als würde das, was sein Körper gestern an betäubenden Stoffen aufgenommen hatte, durch die Stöße der Fahrt rasch und wirkungsvoll daraus vertrieben. Und so fand er schließlich hin und wieder Gelegenheit zu einem Rundblick, und wieder begeisterte er sich an den fraktalen Formen des Gebirges, den vom Wind glatt geschliffenen Wänden, den mit Schnee bedeckten Einkehlungen, den vom Wasser ausgewaschenen Nischen und den Formen abgelagerter Steine, die an manchen Stellen riesige Ansammlungen von geometrisch perfekten Kugeln bildeten.

Auf irgendeine Weise schien sich das Erlebnis der vergangenen Nacht jetzt fortzusetzen – ein rauschhaftes, unwirklich scheinendes Erlebnis, schwindelerregend, nicht unangenehm und tief beeindruckend. Vielleicht litt er noch unter den Nachwirkungen der ihm verabreichten Betäubungsmittel? Doch er fühlte sich hellwach und in seltsamer Weise frei.

Sie kamen immer höher hinauf, es wurde kühl, die Sonne näherte sich dem Horizont und warf dunkle Schatten. Zwischendurch machten sie eine kurze Pause, an einer Quelle von eiskaltem Schmelzwasser, das köstlich erfrischte, und Jewer pflückte ein paar Beeren von einem Dornenbusch; er ließ Gareth davon kosten – ihre aromatische Süße bereitete einen unerwarteten Genuss.

Offenbar steuerte Jewer einen Berg an, die höchste Erhebung weit und breit, und bald war auch ihr Ziel nicht mehr zu übersehen: Dort oben ragten die Kuppeln einer Sternwarte über den felsigen Untergrund empor. Daneben eine Ansammlung hoch aufragender Masten mit seltsam geformten Antennen. Es ging noch ein Stück steil bergauf, dann hielten sie zwischen einer Reihe aus Stein gebauter Häuser, die am Fuß des großen Betonbaus der Sternwarte standen.

Ein paar junge Leute kamen heraus, Männer und Frauen, und sie hießen Gareth ohne großes Aufheben willkommen.

Jewer deutete auf einen rotblonden, etwas rundlichen Mann. »Das ist Västi«, sagte er. »Er ist hier so etwas wie der Manager.«

Västi begrüßte Gareth mit freundlichem Grinsen. Er hatte ein freundliches, rundes Gesicht mit einem dünnen blonden Bart und sprach das Basic-Englisch mit einem harten Akzent. »Du wirst sicher einige Zeit hier bleiben. Komm, ich sag dir einiges über die Art und Weise, wie wir uns hier eingerichtet haben. Du sollst dich hier wohlfühlen.« Nach ein paar Minuten wusste Gareth alles über die übliche Tagesordnung, über die Versorgung, über die Lage und Funktion der Häuser und Räumlichkeiten und über die Aufgaben der Bewohner dieser Eremitage. »Einige sind ständig hier, andere, wie Jewer und seine Leute, kommen nur von Zeit zu Zeit, um ihre Aktionen vorzubereiten.« Als Gareth sich nach der Art dieser Aktionen erkundigte, antwortete Västi ausweichend. »Das wird dir Jewer sicher noch erklären.«

Während des Gesprächs waren sie über das Gelände gegangen, und nun standen sie vor dem Aufgang zur Sternwarte.

»Und was macht ihr hier? Betreibt ihr Astronomie?«, fragte Gareth.

»Dieses schöne Bauwerk ist leider nur noch eine Fassade. Die Forschungsanstalt wurde aufgegeben – damals als sich die Menschen in die Kuppeln zurückzogen. Wissenschaft, die nicht unmittelbar der praktischen technischen Verwertung zugeführt werden konnte, wurde eingestellt. Die optischen Geräte bedürfen einer ständigen Pflege. Niemand hat sich darum gekümmert, als später eine kleine Gruppe von jungen Leuten einzog, war fast alles kaputt.«

»Was für junge Leute? Abenteurer? Aussteiger? Oder Angehörige einer Sekte?«

Västi lachte. »Aber nein. Es waren Datensurfer und Hacker. Hier waren sie ungestört.«

»Und warum gerade hier?«

»Das haben auch schon andere gefragt, und nur wenigen haben wir den Grund genannt. Aber du sollst es wissen, denn wir hoffen ja, dass es dich interessiert und du mitarbeiten willst. Was uns veranlasst hat, hierher zu kommen, war ein respektables Rechen- und Kommunikationssystem, das die Wissenschaftler hier zurückgelassen haben. Sicher haben sie darauf gehofft, wieder hier einzuziehen, und später hat sich niemand mehr darum gekümmert. Die Geräte waren in unterirdischen Räumen untergebracht und der Verwitterung kaum ausgesetzt. Wir brauchten nur wenige Teile auszutauschen, um sie erneut zum Laufen zu bringen. Nach und nach haben wir das System den modernsten Ansprüchen angepasst.«

»Und was macht ihr damit?«

Västi legte Gareth den Arm freundschaftlich auf den Rücken und sagte: »Ich will es dir gern erklären, aber das wird ein wenig länger dauern. Jetzt quartierst du dich zunächst einmal hier ein, später werden wir zusammen essen, und morgen schaust du dir den Betrieb hier an. Dann werden wir weitersehen.«

Als ihm Jewer den Weg zeigte, teilte er ihm noch einiges über diesen abgeschiedenen Platz mit. Etwa dass im tiefsten Geschoss der Sternwarte eine altmodische Plutoniumbatterie stand, die einen Generator betrieb. Das Kühlwasser wurde für Heizzwecke verwendet. Es hätte sich nicht gelohnt, die Anlage abzutransportieren – was sich für die jetzigen Bewohner als Glücksfall erwies: So hatten sie Elektrizität im Überfluss, es gab Licht, es gab Mikrowellenherde zum Auftauen und Wärmen der Gefriernahrung, und es gab Strom für die Computer und Funkgeräte. Wichtig war auch die Möglichkeit, eine Klimaanlage zu betreiben – in den Wintermonaten waren sie oft wochenlang eingeschneit, und im Sommer war es manchmal nötig, die Räume künstlich zu kühlen. Die Astronomen hatten an diesem Ort ein angenehmes Leben geführt, und auch ihre Nachfolger brauchten auf Komfort nicht zu verzichten. Ein anderer günstiger Umstand war es, dass sich die Indianer seinerzeit viele Jahre gegen den Bau der Sternwarte gewehrt hatten, weil dieser Berg eine Gottheit beherbergte oder weil er selbst heilig war – so genau hatte es Jewer nicht verstanden. Jedenfalls wäre es keinem Indianer eingefallen, sich hier niederzulassen.

Wieder einmal hatte Gareth eine neue Bleibe gefunden. Er durfte sich einen leer stehenden Raum aussuchen und wählte eine Kammer, von der aus er eine schöne Aussicht hatte: weit hinunter ins Tal. Die Sonne verschwand gerade hinter einer schwarzen Bergkette – schnell wie im Zeitraffer. Während es draußen kalt geworden war, erwies sich der Raum als angenehm temperiert.

Zum angekündigten Abendessen kam es zunächst nicht. Noch während sich Gareth in seinem Raum einrichtete, ertönte draußen das heftige Läuten einer Glocke, dem aufgeregte Rufe folgten. Gareth trat vor die Tür, und auch alle anderen hatten die Häuser verlassen und eilten auf die Sternwarte zu. Jewer, der gerade vorüberlief, forderte ihn auf mitzukommen. Sie versammelten sich in einem verdunkelten Saal vor einer großen Projektionsfläche. Obwohl kein Bild zu erblicken war, starrten alle mit größter Spannung darauf. Einige hatten es sich in den Sitzreihen bequem gemacht, andere lehnten hinten an der Wand.

»Um was geht es?«, fragte Gareth, was zischende Laute zur Folge hatte, die zur Ruhe mahnten.

»Ich erkläre dir alles – später«, flüsterte Jewer.

Nach wie vor blieb die Projektionsfläche leer, und erst nach zehn Minuten blitzten ein paar helle Punkte auf, die nichts anderes sein mochten als atmosphärische Störungen, doch die Spannung im Saal nahm merklich zu – man sah es den Gesichtern an, der Art, wie sich die Hände um die Armlehnen verkrampften, dem aufgeregten Atmen ...

Am oberen Bildrand erschien nun ein heller Streifen mit verschwommenem Rand. Er verbreiterte sich in kurzen Rucken, bis die ganze Projektionsfläche hell war. Plötzlich teilte sich der fahle gelbbraune Untergrund in hellere und dunklere Streifen, und dann, im Bruchteil einer Sekunde, wurde das Bild scharf, und man sah eine fast die gesamte Bildhöhe einnehmende Sandebene, die oben mit einer graubraunen Zackenlinie von Bergen abgeschlossen war.

Die Zuschauer konnten ihre Aufregung kaum noch zähmen, einzelne anerkennende Rufe waren zu hören, doch dann ging der unterdrückte Beifall in Jubel über, sie klatschten in die Hände, schlugen ihren Nachbarn auf die Schultern und fielen einander in die Arme: Der Sichtwinkel hatte sich gedreht, ein langsamer Schwenk, dann befanden sich für kurze Zeit hoch aufragende Berge im Bild, und schließlich war ein Gebäude zu sehen, ein wuchtiger fensterloser Bau, auf eine Plattform gesetzt, direkt an den Fels gebaut. Ein großes geschlossenes Tor, daneben eine kleine Pforte, an der zwei Menschen in Uniform standen, links von ihnen ein Jeep mit zwei Laserstrahlern an den Flanken. Über dem Torbogen ein Emblem: ein griechisches Alpha in einem blauen Kreis – das Zeichen der Wissenschaftlichen Forschungszentrale der Union. Das Aracone-Center in Nevada.

Das Bild verblasste, von enttäuschten Rufen begleitet. Ein schmächtiger junger Mann mit wirrem hellblonden Haar trat vor und versuchte, sich mit einer beruhigenden Handbewegung Gehör zu schaffen. »Wir müssen abschalten … dürfen nur kurz auf Sendung bleiben – das wisst ihr doch! Aber der Beweis ist erbracht, darauf kommt es an. Das muss gefeiert werden – ich schlage vor, wir treffen uns am Abend in der Diskothek.«

Sein Vorschlag wurde mit Begeisterung aufgenommen, doch die Demonstration hielt sie noch immer im Bann – es bildeten sich diskutierende Gruppen, die den Saal nur langsam räumten. Inzwischen war das Licht eingeschaltet worden, und Gareth hatte Gelegenheit, sich die Männer und Frauen anzusehen, die seine künftigen Kollegen sein würden – vorausgesetzt dass er sich zum Bleiben entschloss. Keiner war älter als dreißig, einige sahen wie Studenten aus, und sie erinnerten Gareth an die Belegschaft des Instituts für formale Ordnungssysteme. Zwar hatte er dort keine besonderen Freundschaften geschlossen, aber es waren Menschen, mit denen er sich gut verstanden hatte, und er hatte das Gefühl, dass er zu diesen jungen Technikern und Wissenschaftlern gut passen könnte – jedenfalls besser als zu den frommen Naturfreunden im Indianerdorf.

Auch jetzt hatte Jewer keine Zeit für Erklärungen und vertröstete Gareth auf den Abend – natürlich sei auch er eingeladen.

Die Diskothek erwies sich als Gemeinschaftsraum, in dem man Computerspiele spielen, Musik hören und mit den anderen plaudern konnte. Inzwischen waren die Spielkonsolen beiseitegeschoben und stattdessen Tische aufgestellt worden. In der Mitte war eine Tanzfläche frei geblieben, einige Paare tanzten bereits. An der Automatentheke an der Wand konnte man sich Häppchen und Getränke ausgeben lassen, und Gareth wurde eingeladen, sich zu Jewer zu setzen. Dort saß auch der blonde Mann, der nach der Vorführung das Wort ergriffen hatte, und neben ihm ein freundlich blickendes Mädchen mit langem, braunem Haar. Jewer stellte die beiden vor: Der Blonde, so etwas wie der Manager des Anwesens, hieß Louiz, das Mädchen hieß Hilda. Rund zwanzig gut gelaunte

Leute befanden sich im Saal, die oft die Plätze wechselten, um sich in laufende Diskussionen einzuschalten und Bemerkungen beizusteuern.

Für längere Gespräche gab es kaum Gelegenheit. Erst später, als die meisten schon gegangen waren, nahm Jewer seinen Gast beiseite.

»Du hast heute an einer Premiere teilgenommen. Zum ersten Mal ist uns der Versuch gelungen – du hast ja bemerkt, wie begeistert unsere Leute waren.« Jewer zögerte kurz, dann fuhr er fort. »Nach dem, was man dir bisher erzählt hat, hast du wahrscheinlich angenommen, dass sich hier ein paar Computerfreaks zusammengefunden hätten, die in Ruhe ihrem Hobby nachgehen wollen. Nun, ganz so harmlos ist es nicht. Es sind nicht irgendwelche Freaks, sondern die besten, die wir im Bereich der Allianz auftreiben konnten. Und dazu noch ein paar Spezialisten für andere Zwecke.« Er ließ offen, um welche Zwecke es sich handelte. »Was wir hier tun, fällt unter strikte Geheimhaltung. Dazu gehört auch der Test, an dem du teilgenommen hast. Ich habe dir eine Erklärung versprochen, doch genau genommen darf kein Außenstehender etwas darüber erfahren. Mit anderen Worten ... ich muss vorher sicher sein, dass du dich uns anschließt und dass du dich an die Sicherheitsvorschriften halten wirst, die damit verbunden sind. Ich kann mir zwar nicht vorstellen, dass jemand wic du lieber zu den religiösen Spinnern zurückkehren möchte, aber ich brauche nun doch eine verbindliche Antwort, ehe ich dich näher informieren kann. Hast du dir die Sache überlegt?«

Die Frage kam für Gareth unerwartet, aber insgeheim hatte er seine Entscheidung bereits getroffen – während der Veranstaltung hatte er darüber nachgedacht. »Ich möchte bei euch bleiben und mit euch arbeiten«, sagte er. »Da bin ich mir sicher, du kannst dich auf mich verlassen.«

Zum ersten Mal wich Jewer von seiner leichten, unbekümmerten Art ab und zeigte sich ernst. Er legte Gareth die Hand auf die Schulter und sagte: »Ich freue mich. Ehrlich. Du wirst dich hier wohlfühlen. Wir sind hier alle Freunde. Dann also: auf erfolgreiche Zusammenarbeit.«

Sie schwiegen ein paar Sekunden lang, dann war die feierliche Stimmung vorbei und Jewer fuhr fort: »Diese Arbeitsgruppe hatte zunächst die Aufgabe, den Funkverkehr des Aracone-Centers abzuhören. Das geschieht auch heute noch –

unsere Antennen dürften dir aufgefallen sein. Da der größte Teil der Funksprüche verschlüsselt ist, haben wir erfahrene Codeknacker hierher geholt. Das ist auch der Grund für unsere gute Computerausstattung.«

»Es ist mir schon aufgefallen ... Das Computerzentrum der Union liegt wohl ganz in der Nähe?«

»Da hast du recht, es liegt jenseits des Gebirgszugs in nordwestlicher Richtung.«

Jewer war ein wenig aus dem Konzept geraten. »Aber weiter – jetzt komme ich zu unserem Test. Wir haben unseren Aufgabenbereich nämlich noch ein wenig ausgedehnt. Seit bekannt wurde, dass dort eine neue Waffe entwickelt wird, die auf Fortschritten der Computertechnik beruht, bemühen sich die Wissenschaftler der Allianz um nähere Informationen – es geht schließlich um unsere Existenz. Bisher haben sie keinen Erfolg gehabt, wir wissen nur, dass es sich um etwas im Feld der ›Künstlichen Intelligenz‹ handeln soll. Und dieses neue System, das steht fest, wird dort drüben, jenseits der Berge, unter der Leitung von Troy Dryer entwickelt.«

»Du wirst doch nicht glauben, dass ich Näheres darüber weiß – vielleicht durch eine geheimnisvolle übersinnliche Verbindung mit Troy.«

Es hätte ein Scherz sein sollen, doch hörte es sich ernster an, als Gareth beabsichtigt hatte. Jewer hob abwehrend die Hand. »Hältst du mich wirklich für so bescheuert?«

Gareth lachte. »Nicht wirklich. Aber wieso nimmst du dann an, ich könnte euch eine besondere Hilfe sein?«

»Immerhin hast du dieselben Begabungen wie Troy. Du solltest also in ähnlicher Art denken wie er. Das könnte es uns erleichtern, seine Ideen zu verstehen.«

»Ich habe mich aber mit ganz anderen Fragen beschäftigt als er – von künstlicher Intelligenz verstehe ich herzlich wenig.«

»Das hat nichts zu sagen. Ich weiß ganz gut, in welchem Wissensgebiet du bisher gearbeitet hast. Scheinbar mag es ja nichts mit der Simulation von Neuronennetzen zu tun zu haben. In Wirklichkeit aber sind die Grundlagen beider Wissensgebiete dieselben. Ist es nicht auffällig, dass man für dich eine Tätigkeit gefunden hat, die genau dieselbe Art des abstrakten Denkens erfordert, wie sie in der Informatik nötig ist? Die Übereinstimmung mit Troy gilt also auch für das im Gehirn gespeicherte methodische Wissen.«

Das musste Gareth erst verdauen – seine Ornamente, ihre formale Beschreibung, ihre strukturellen Eigenschaften … Vielleicht hatte Jewer sogar recht. Er musste daran denken, wie leicht ihm die Lösung der von Enrique gestellten Aufgabe gefallen war – die Ermittlung eines Codes. Sollte diese Übereinstimmung mehr sein als ein Zufall, hatte man da wirklich mit Absicht ein Betätigungsfeld für ihn gesucht, das, so harmlos es aussah, eine gute Vorbereitung für Aufgaben im Computerbereich sein sollte … Und wenn ja: zu welchem Zweck?

Jetzt fiel Gareth auf, dass er noch immer keine Erklärung für die Ereignisse auf der Projektionsfläche im Vorführsaal bekommen hatte, und er bat Jewer, zur Sache zu kommen.

»Es geht darum, dass wir alles daran setzen müssen, um herauszufinden, was im Labor von Troy Dryer vor sich geht. Wie es scheint, kommen wir dabei mit Abhörmaßnahmen allein nicht weiter. Wir brauchen bessere Informationen darüber, was dort drüben vor sich geht. Die Kamera, die wir in der Nähe des Centers installiert haben, ist ein erster praktischer Schritt dazu: Sie hält uns über die Aktivitäten der Schutztruppe in der Umgebung des Instituts auf dem Laufenden. Das kann bei unseren weiteren Aktionen wichtig werden.«

»Und wie habt ihr es fertiggebracht? Diese Kamera befindet sich doch im gesperrten Terrain.«

»Ganz einfach – wir haben sie abgeworfen. Das letzte Stück des Absturzes mit einem Fallschirm gedämpft. Es ist eine Mikrokamera und ein winziger Sender, alles zusammen nur fünf Zentimeter im Durchmesser. Dazu gehört noch ein Schraubenmechanismus – ähnlich wie ein Korkenzieher. Nach dem Aufschlag gräbt er sich in den Boden ein. Wenn sich das Gerät unter der Erde befindet – im Sand bis zu zwei Meter tief –, können wir es aus dieser Entfernung nicht mehr über Funk erreichen, und deshalb kehrt es zu einer voreingestellten Uhrzeit zur Oberfläche zurück. Und dann müssen wir die Uhr neu einstellen. Das haben wir heute erstmals erprobt.«

»Raffiniert«, sagte Gareth, »aber ein herabfallender Gegenstand müsste doch eigentlich von der Radarsicherung geortet werden.«

»Das wurde er auch«, antwortete Jewer. »Aber wir haben uns aus einem Museum ein paar Bruchstücke von Meteoriten besorgt und gleichzeitig abgeworfen. Du glaubst mir nicht, wie sich die guten Leute gefreut haben, wie sie dann die Dinger gefunden haben. Wir wissen es aus dem Funkverkehr: Da gibt es welche, die alles Mögliche sammeln: Fossilien, Mineralien – Bruchstücke von Meteoriten sind sogar etwas besonders Begehrtes. So ist es niemandem eingefallen, nach etwas anderem zu suchen.«

Es war spät geworden. Jewer stand auf. »Es war ein ereignisreicher Tag heute. Morgen haben wir genügend Zeit. Da werden wir darüber sprechen, wie wir dich am besten einsetzen können. In gewissem Sinn haben wir jetzt einen zweiten Troy Dryer zur Verfügung.«

Der nächste Tag meldete sich mit Wind und Regenschauern. Aus dem Fenster seines Zimmers beobachtete Gareth erstaunt und beunruhigt, wie schwere Wolken unglaublich schnell über den Himmel zogen, von den in Aufruhr geratenen Luftmassen vorwärts getrieben. Die mitwandernden Schatten bewegten sich über die Station hinweg und tauchten sie rasch wechselnd in Licht und Dunkel. Gelegentlich rissen in den grauschwarzen Massen Löcher auf, in denen sich für ein paar, Sekunden ein blendend blauer Himmel zeigte.

Als Gareth seine Behausung verließ, spürte er auch die physische Kraft der Naturgewalten – mühsam stemmte er sich gegen die Sturmböen, und als er über ein paar Stufen hinunterstieg, musste er sich am Geländer festhalten.

Merkwürdig, dass schlechtes Wetter auch Einfluss auf die Stimmung hatte – eine völlig neue Erkenntnis für Gareth. War er gestern noch mit einem Gefühl der Zufriedenheit zu Bett gegangen, so erschien es ihm nun keineswegs mehr so erfreulich, die nächste Zeit in diesem entlegenen Winkel der Welt zu verbringen. Hatte er gestern zu schnell zugesagt? Er hatte kaum Zeit zum Überlegen gehabt.

Als er mit Jewer beim Frühstück saß, kam Gareth auf eine Frage zurück, die ihm schon am letzten Abend durch den Kopf gegangen war, als er die Fülle von Informationen, die in den letzten Stunden auf ihn eingestürmt waren, zu ordnen versucht hatte. »Das, was ich hier bisher gesehen und erfahren habe, ist alles höchst beeindruckend, aber es geht doch über die private Initiative einiger Computerfreaks weit hinaus – schon der Kosten wegen. Wer finanziert das alles?«

Jewer antwortete ein wenig zögernd. »Nun ja, natürlich bekommen wir Unterstützung – aus einem Sonderfonds der

Regierung. Das Amt für Personen- und Datenschutz ist sehr an unserer Arbeit interessiert. Aber das geschieht inoffiziell.«

»Also ein Geheimauftrag«, sagte Gareth. Es war ein Ton in seiner Stimme, der Jewer zum Widerspruch herausforderte.

»Du wirst doch nicht meinen, dass wir alle Regierungsbeamte sind. Nein, was wir tun, macht uns Freude, es sind interessante Probleme, mit denen wir uns beschäftigen. Warum sollten wir keine Unterstützung annehmen, wenn man sie uns anbietet? Wesentlich ist aber, dass wir etwas Nützliches tun. Es ist ein kleiner Beitrag dazu, das Unrecht auf unserer Erde zu bekämpfen.«

Gareth erwiderte nichts, aber es war ihm anzusehen, dass er nicht von dem überzeugt war, was er da gehört hatte. Was er bisher als Maßnahmen der Regierung kennengelernt hatte, ließ ihm eine neuerliche Verbindung mit ihr alles andere als erfreulich erscheinen. Aber was sollte er in seiner Lage schon dagegen tun? Er unterdrückte weitere Fragen, schien sich mit der Auskunft zufriedenzugeben. Aber er war es nicht. Eine kurze Zeit hindurch hatte er gehofft, hier eine neue Heimat gefunden zu haben, aber nun fühlte er sich wieder heimatlos. Das war nicht die Stelle, an der er lange bleiben mochte.

Nach dem Frühstück führte ihn Jewer durch die Anlage. Im Erdgeschoss kamen sie durch eine Reihe von Räumen, die Gareth von der Einrichtung her nichts Neues boten: Computer, Holoprojektoren, ComSets, Scanner, Drucker und so weiter. Es waren nicht immer die neuesten Modelle, die dort standen, aber die Kapazitäten schienen beachtlich.

Bei dieser Gelegenheit kam Gareth auch mit anderen Mitarbeitern in Kontakt. Einige hatte er schon am Abend zuvor getroffen, andere Namen hörte er nun zum ersten Mal, und es würde sicher eine Weile dauern, bis er sich alle merken konnte.

Als Leiterin der wissenschaftlichen Arbeitsgruppe lernte er Leonora Joloff kennen, eine junge Frau, die kühl und zurückhaltend wirkte. Vielleicht lag es an ihrem Haar, das sie gescheitelt und glatt zurückgekämmt trug. Sie bat Gareth, sie am Nachmittag zu besuchen, um mit ihr über seine künftige Tätigkeit zu diskutieren.

Die nächste Station war eine kleine, aber gut eingerichtete medizinische Praxis. Der Arzt, ein mittelgroßer, hagerer Mann, zeigte Gareth mit unverhohlenem Stolz den Untersuchungsraum. »Es ist alles hier, was man in der Abgeschiedenheit braucht, um Kranken oder Verwundeten zumindest fürs Erste zu helfen.«

Im Erdgeschoss lag auch das Zimmer von Louiz, mit einem kleinen Tisch und Stühlen für Besprechungen – sonst unterschied es sich kaum von den anderen Räumen.

Der junge Mann stand von seinem Computertisch auf. Er war klein und schmächtig, aber wenn er sprach, strahlte er Selbstbewusstsein und Sicherheit aus. Er wies auf die Stuhlreihe, sie setzten sich. »Derzeit konzentriert sich unsere Arbeit auf das Rätsel von Sphinx_2, den geheimnisvollen Computer von Troy Dryer.«

Er wandte sich zum großen Flachbildschirm an der darüber liegenden Wand. Dort war eine Landschaft zu sehen – stark abstrahiert: ein geknittertes, in sich zusammengeschobenes Gitter. Darüber rote Linien, die alle auf ein Zentrum zuliefen. »Das ist unsere weitere Umgebung, hier die Schlucht des Dirty Creek, und hier die Sternwarte, unser Standort. Und hier –« Louiz brachte ein auf dem Tisch liegendes Lasersteuergerät in die richtige Position und betätigte den Zoom. Der Fluchtpunkt der roten Linien schob sich in die Mitte, der Bildausschnitt wurde kleiner, und gleichzeitig erschienen vorher verborgene Details, bis schließlich das Gareth bereits bekannte Gebäude des Aracone-Centers im Mittelpunkt stand. »Gemeinsam mit Jewer arbeite ich an der Strategie; wir sind sicher, dass wir damit endlich ans Ziel kommen. Und dabei spielst du eine besondere Rolle. Hat dich Jewer schon informiert?«

Dieser wartete nicht, bis Gareth antwortete, sondern sagte schnell: »– noch keine Einzelheiten. Zunächst wird Gareth ins Kryptografenteam eingegliedert.«

»Gut«, Louiz schien nachzudenken. »Hauptsache, du gehörst jetzt zu uns.« Er erhob sich und schüttelte Gareth die Hand, worauf alle etwas verlegen schwiegen.

Gareth fragte sich, ob von ihm nun eine Antwort erwartet wurde, vielleicht eine Erklärung oder ein Dank, doch Louiz unterbrach das Schweigen und kehrte wieder zu dem lockeren Gesprächston zurück. »Wie du sicher schon weißt, ist Jewer der Leiter unseres Aktionstrupps. Er ist es, der dich angefordert hat, er wird dich weiterhin in deine Pflichten einweisen. Aber du kannst dich natürlich auch stets an mich wenden, wenn es Fragen gibt. Alles okay?«

Auf ihrem weiteren Weg kamen sie an einer Theke vorbei, und Jewer schlug vor, eine kleine Pause einzulegen. Am Automaten erhielt man Getränke und Packungen mit Ingwerwaffeln, Algenkeksen, Knackbonbons und dergleichen.

»Womit bezahlt man?«, fragte Gareth.

»Was möchtest du?«, fragte Jewer zurück. »Es kostet nichts.« Gareth entschied sich für kalten Vitamintee. Sie blieben eine Weile sitzen und nippten hin und wieder an ihren Getränken. Dabei kam eine entspannte Unterhaltung zustande, und Gareth erfuhr einiges mehr über die Lebensgewohnheiten in der alten Sternwarte. Schließlich meinte Jewer, es wäre Zeit, die Führung abzuschließen. Sie warfen die leeren Becher in den Recycler und gingen in das Untergeschoss.

»Hier haben wir ein Laboratorium und eine technische Werkstatt.« Gareth hatte den Eindruck, dass die Ausstattung mit Maschinen und Geräten bemerkenswert gut war, aber von handwerklichen Dingen verstand er wenig, und so hielten sie sich nur kurz auf. Einen Blick warfen sie in den Reaktorraum, der hintere Teil durch eine Wand aus Panzerglas abgetrennt. Dahinter, in einer Betonwanne, war der Plutoniumreaktor untergebracht, ein harmlos aussehender kugelrunder Kessel mit einer silbergrauen Oberfläche. Mit ihm verbunden eine Pumpe, von der zwei Rohrleitungen ausgingen. Sie führten nach oben, in einen länglichen Behälter. »Der Wärmeaustauscher«, erklärte Jewer, »und dort der Generator und ein Verteiler für das Warmwasser.«

Das Gewölbe roch nach Öl und Reinigungsmittel und sah wie ein Heizkeller aus. Nur eine unscheinbare Warntafel wies auf die gefährliche Strahlung hin.

Jewer merkte, dass Gareth mit seinen Gedanken noch immer woanders war, und schloss den Rundgang ab. »Hier unten haben wir noch unsere Material-, Vorrats- und Waffenlager – ich nehme an, das dürfte dich weniger interessieren. Es ist bald Mittag, und ich habe noch einiges zu tun. Du meldest dich also um zwei Uhr bei Leonora.« Er nickte Gareth aufmunternd zu. Zusammen stiegen sie die Treppe hinauf, traten ins Freie. Ein Windstoß presste sie zurück, und sie mussten sich gegen den Druck stemmen. Mit hochgestelltem Kragen schlug Gareth den Weg zu seinem Raum ein. Er fühlte sich mit einem Mal sehr verlassen.

Als Gareth später mit der wissenschaftlichen Leiterin zusammensaß, hatte er Mühe, sich zu konzentrieren, aber er versuchte, sich nichts anmerken zu lassen.

Nach einigen einleitenden Bemerkungen kam Leonora schnell auf das Thema zu sprechen. Sie händigte Gareth einige Mappen mit Unterlagen aus und erklärte, worum es ging: um das Künstliche-Intelligenz-System, das im Aracone-Center entwickelt wurde.

»Sie nennen es Sphinx_2 – es gibt kaum ein anderes Projekt der Wissenschaft und Technik, über das so wenig bekannt ist«, führte Leonora aus. »Mit dem vorhergehenden Projekt Sphinx scheint es wenig zu tun zu haben. Sphinx war ein vorhersehbarer Schritt in eine vorgegebene Richtung: der Zusammenschluss von getrennter Rechenkapazität zu einem übergeordneten Ganzen, zu einer Einheit ohne räumlich festgelegtes Zentrum. Damit kann man wichtige Aufgaben der Verwaltung besser koordinieren – so der offizielle Kommentar. In Wirklichkeit geht es natürlich vor allem um Maßnahmen der Polizei und des Militärs. Erst mit Sphinx_2 hat Troy Dryer absolutes Neuland betreten. Künstliche Intelligenz, KI – das könnte ein entscheidender Durchbruch zur Lösung von Problemen sein, die heute noch als unlösbar gelten. Wenn es wahr ist, dann steht uns bald ein Gegner gegenüber, dessen Intelligenz jene von Menschen bei Weitem übertrifft.«

Man schien hier noch nicht mit Memorecs-Technik ausgerüstet zu sein, mit den faltbaren Folien, die sich jederzeit löschen und wieder beschreiben lassen, mit den Kopierblöcken, die man direkt ans Netz anschließen und nach Belieben zur Wiedergabe von Texten oder Bildern einsetzen kann. Ohne diese Hilfsmittel wurde die Arbeit ein wenig umständlicher, aber schließlich war das nebensächlich – mit Papier und Druckern funktionierte es auch. Gareth blätterte in den Akten, die ihm Leonora herübergeschoben hatte. Er sah Formeln, Flussdiagramme, Tabellen, Schemazeichnungen … Sollte sich darin das Unglaubliche verbergen: die künstliche Intelligenz?

Die Frau, die Gareth beobachtet hatte, zeigte Verständnis für seine Verwirrung. »Ich weiß, dass das für dich neu ist. Aber du wirst dich rasch einarbeiten. Hier findest du ein Literaturverzeichnis – schau dir alles an, was mit KI zu tun hat. Außerdem rate ich dir, dich auch um zellulare Automaten zu kümmern. Das ist nämlich ein altes Spezialgebiet von Troy Dryer, und ich habe guten Grund zur Annahme, dass er bei seinen neuesten Arbeiten wieder darauf zurückgekommen ist.«

»Ich dachte, man wüsste nichts über sein neuestes Projekt«, wandte Gareth ein.

Die blonde Frau, die während des Fachgesprächs viel lebhafter wirkte, griff nach einer der Mappen und blätterte in einem Stoß von Computerausdrucken. »Es sind nur Vermutungen. Aus dem aufgefangenen und decodierten Funkverkehr konnten wir verfolgen, welche Arbeiten der Fachliteratur Troy aus den Datenbanken angefordert hat – und was wir da gefunden haben, liefert immerhin einige Anhaltspunkte.«

Wieder kramte Leonora in den auf dem Tisch ausgebreiteten Papieren. Sie zog einige mit Klammern zusammengeheftete Blätter heraus und schob sie Gareth zu. »Und da ist, noch etwas«, sagte sie. »Zur Ergänzung habe ich für dich ein paar Artikel über Troy Dryer heruntergeladen, sowie einige der von ihm selbst publizierten Arbeiten. Es dürfte interessant für dich sein – vielleicht kannst du daraus auch ersehen, wie er bei der Lösung wissenschaftlicher Probleme vorgeht.«

»Aber es kann doch nicht unser einziges Ziel sein, die Arbeiten von Troy zu rekonstruieren«, wandte Gareth ein. »Sollte man nicht lieber selbst nach Lösungen suchen?«

Leonora blickte auf, als hätte Gareth etwas gesagt, was besonderer Beachtung wert war. Zuerst blickte sie ihn abwägend und distanziert an, doch dann wurde ihr Gesichtsausdruck freundlicher; zum ersten Mal sah Gareth sie lächeln. »Da hast du natürlich recht«, sagte sie. »So denke ich auch.« Und die nächsten Stunden vertieften sie sich in fachliche Erörterungen und stellten fest, dass sie einander gut verstanden.

Jewer hatte Gareth einiges über Leonora erzählt – vor allem, dass sie eine hochbegabte Wissenschaftlerin war, und jetzt merkte er, dass das der Wahrheit entsprach. Sie war den Themen, um die es ging, mit Leib und Seele verfallen. Selbstregulation, stochastische Systeme, Fuzzy Logic, genetische Programmierung, zellulare Automaten … Sie beschrieb ihm einige Probleme, denen er sich widmen könnte, und überließ ihm selbst die Wahl. Als sich Gareth dann für eine Aufgabe entschieden hatte, war es dunkel geworden. Er bedankte sich bei Leonora, und er meinte es ehrlich – die Zusammenarbeit mit ihr würde ihm Freude machen.

Gareth war in sein Zimmer zurückgegangen und fand dort auf dem Tisch einen Laptop mit Netzanschluss über Funk. Daneben hatte jemand eine schlichte Tonvase mit ein paar Blumen gestellt – früher war das so Brauch gewesen, Gareth hatte davon gehört. Es waren rosafarbene Blüten, die auf langen dünnen Stängeln saßen und einen schwachen, aber angenehmen Duft verströmten.

Er setzte sich auf den tiefen, mit Nanowolle bezogenen Stuhl und überdachte die Eindrücke des vergangenen Tages. Das Wichtigste und Erfreulichste war zweifellos seine neue Aufgabe. Jewer hatte recht gehabt: Gareth würde sich rasch in diese Gemeinschaft hineinfinden. Und die neuen Aufgaben, mit denen er konfrontiert war, schienen ihm spannend.

So vertiefte sich Gareth umgehend in die Unterlagen. Bald hatte er alles andere um sich herum vergessen. Da gab es manches faszinierende Problem, das ihm noch undurchsichtig erschien, aber er merkte, wie sein Gehirn zu arbeiten begann – es musste prinzipiell möglich sein, diese Aufgaben zu verstehen und vielleicht sogar zu lösen? Oder hatte ein anderer die Lösung schon vorweggenommen? Die seltsamen Wege, über die er gegangen war, führten ihn offenbar immer wieder zu jener Person, mit der er in einer besonderen Beziehung stand: Troy Dryer. Es waren keine geheimnisvollen geistigen Kräfte, die sie verbanden, sondern solche, die sich rational erklären ließen: gleiche Anlagen, gleiche Interessen, vielleicht sogar ein gleicher Charakter?

Diese Gedanken waren nur eine kurze Abschweifung, und schon konzentrierte sich Gareth wieder voll auf die logischen Relationen und ihre Beschreibungen, mit denen sich alle Eigenschaften rechnender Systeme erfassen lassen sollten.

Gareth hatte die Zeit des Abendessens verpasst – es war zehn Uhr abends, als er sich vom Netz abkoppelte, den Computer ausschaltete und die Folien zusammenschob. Er hatte das Bedürfnis, sich ein wenig zu bewegen, und darum zog er die Jacke über, setzte eine Mütze auf und ging hinaus ins Freie. Er hatte sich auf eine stürmische Nacht eingestellt, aber der Wind hatte sich gelegt. Es war eiskalt und still. Aus einigen Fenstern schien Licht, doch noch heller war das Licht der Sterne. Gareth beachtete sie nicht, denn in Gedanken beschäftigte er sich immer noch mit Troy. Was für ein Mensch war dieser fremde Mann, der ihm doch so nahestand, was hatte ihn zu dem gemacht, was er heute war?

4.

Troys Bericht

Völlig untätig zu sein – das hätte ich mir nie vorstellen können. Doch jetzt bin ich dazu verurteilt, und im Grunde habe ich mich selbst in diese Situation hineinmanövriert. Es liegt nicht nur an meiner Behinderung die Einschränkung des Aktionsraums, die Schwäche, die schon einen Ortswechsel von einem Raum in den andern zum Problem macht, und vor allem die Störungen in der Steuerung der Körperfunktionen. Aber, so paradox es auch klingt, noch viel mehr liegt es an der Tatsache, dass ich mein Lebenswerk zum Abschluss gebracht habe. Auch in anderen Fällen – und ich war an vielen Entwicklungen beteiligt – hatte ich Erfolg, doch damit war bisher die Arbeit nie beendet. Im Gegenteil: Es gab immer noch mehr zu tun, etwas zu verbessern, etwas zu erweitern, allgemeinere Fragen zu beantworten, die sich dahinter aufgetan hatten. Bisher hatte jedes gelöste Problem zu weiteren Problemen geführt, die gelöst werden mussten. Und nun eine völlig neue Situation: Die Aufgabe ist bewältigt, das System läuft – besser als ich es mir je hatte erträumen können –, und es gibt nichts mehr zu tun. Soll ich glücklich sein oder unglücklich? Ich bin unschlüssig.

Aber ich muss etwas tun. Nicht nur die Zeit totschlagen – Langeweile ist die härteste Strafe, die ich mir vorstellen kann … etwas tun, das Sinn hat.

Vielleicht sollte ich versuchen, den Gang der Ereignisse nachzuzeichnen, wobei es vor allem um die erstaunliche Entwicklung der Sphinx geht. Das könnte mir helfen, Abstand zu gewinnen. Es könnte für andere interessant sein zu erfahren, was geschehen ist – ein Beitrag zur Geschichte … Obwohl ich mir nicht sicher bin, ob es in Zukunft noch Menschen geben wird, die sich mit den historischen Aspekten von Wissenschaft und Technik beschäftigen – die sich überhaupt noch für Wissenschaft interessieren. Ein bisschen schreibe auch ich für jene wenigen, die mir nahe stehen – und von denen keiner wirklich begreift, was geschehen ist. Vor allem aber hilft es mir, die Zeit totzuschlagen.

Womit beginnen? Es soll keine Biografie werden, die wurde längst aufgezeichnet – von anderen, die Daten sammeln und zusammenstellen. Daten, viele nur vom Zufall abhängig … darum geht es nicht.

Ich will mich also auf jene Geschehnisse beschränken, die mich über viele Wege hierher, in diesen Krankenstuhl, geführt haben. Hier habe ich meine Ruhe gefunden – zumindest für einige Zeit … bin zur Ruhe gezwungen. Wo liegt der Beginn dieser Kette von Ereignissen? Die Frage ist schwerer zu beantworten, als ich angenommen hatte. Die Wahl meines Studienfachs, natürlich … Doch Hunderttausende haben seinerzeit Informationstheorie und Programmierlogik studiert, und keiner hat einen Lebenslauf aufzuweisen, der meinem ähnelt.

Der Entschluss, in die Union hinüber zu wechseln, koste es, was es wolle? – Eine logische Folge meiner Entwicklung: Für jeden Fachmann war es klar, dass die da drüben viel weiter waren. Sie hatten bessere Forschungseinrichtungen und sie hatten die modernsten Rechensysteme.

Wahrscheinlich wäre es klüger gewesen, die Grenze heimlich zu überschreiten und um Asyl zu ersuchen. Bekanntlich nahmen sie gern Informatiker auf – in der Union herrschte ein Mangel an Fachkräften. Aber daran dachte ich damals nicht, sondern suchte – naiv, wie ich war – um eine Studienlizenz für das Ausland an. Ja – wahrscheinlich ist das ein gutes Datum, um mit meiner Geschichte zu beginnen.

Es gab da eine Kommission, vor der ich meinen Wunsch begründen musste, die Kommission für mathematische Fachfragen, und es fiel mir nicht schwer, die Mitglieder zur positiven Beurteilung meines Antrags zu bewegen. Ich konnte nachweisen, dass man uns drüben in jenem Themenkreis, in den das Thema meiner Dissertation gehörte, ein ganzes Stück voraus war. Nach längerer Beratung, während der ich im Vorraum warten musste, erfuhr ich, dass man meinen Studienaufenthalt an einer Universität der Union befürworten würde; ich brauchte nun nur noch einen politischen Unbedenklichkeitsschein. Diesen würde man mir im Amt für Personen- und Datenschutz ausstellen. Sie teilten mir allerdings auch mit, dass ich während der Zeit meines Aufenthalts in der Union selbst für meinen Unterhalt sorgen müsste. Nachher nahm mich einer der Funktionäre beiseite und sagte: »Das Leben in den Kuppelstädten ist teuer. Du würdest nebenher arbeiten müssen. Aber ich glaube, es gibt da eine Chance für dich, Unterstützung zu bekommen – wenn du dich bei den Datenschützern geschickt verhältst. Und bestelle Oberst Gamboa einen Gruß von mir – ich bin Doktor Grederhuus.« Ich verstand nicht, was er meinte, aber ich nahm mir vor, mich bei der Befragung geschickt zu verhalten, was auch immer das heißen mochte.

Es waren nur drei Angehörige der Sicherheitsbehörde, eine Frau und zwei Männer, alle in Uniform, denen ich Rede und Antwort stehen musste. Einer der Männer, offenbar indianischer Abstammung, musste Oberst Gamboa sein, und als sich das bestätigte, richtete ich ihm die Grüße von Doktor Grederhuus aus. Er nahm es mit einem angedeuteten Nicken zur Kenntnis.

Gamboa, ungewöhnlich jung für seinen Rang, stellte ein paar Fragen nach meiner politischen Einstellung, und ich denke, dass ich sie zur allgemeinen Zufriedenheit beantwortete – ich wiederholte einfach jene Floskeln, die ich in den Geschichtsbüchern gelesen hatte. Der Oberst nickte seiner Kollegin zu, einer blassgesichtigen Frau in mittleren Jahren; ich lernte sie später unter dem Decknamen Bernadette näher kennen.

Dann wandte sich der Oberst wieder an mich. »Wir vom Sicherheitsdienst begrüßen es, wenn sich unsere jungen Leute im Ausland umsehen«, sagte er. »Sie können dabei Erfahrungen sammeln, die für uns wichtig sind. Und das gilt besonders für dein Fachgebiet, das ja offenbar etwas mit der Computerentwicklung zu tun hat. Wir erwarten also von dir, dass du uns regelmäßig informierst, wenn es Neuigkeiten gibt: über den Stand der Forschung in der Union, über den Einsatz von Computern, über die Organisation des Netzbetriebs und vor allem natürlich über militärische Anwendungen dieser Technik.«

Jetzt stand Bernadette auf und sagte: »Wir sind sicher, dass du deine Pflichten als Staatsbürger gern und sorgfältig erfüllen wirst. Dafür wirst du von uns bei deinen Aktionen unterstützt – zunächst einmal erhältst du eine Studienbeihilfe. Wir begrüßen dich als Mitglied unserer Organisation.«

Sie reichte mir die Hand, und die anderen folgten ihrem Beispiel. Die Befragung war beendet, mit dem Ergebnis, das ich erhofft hatte, aber unter etwas veränderten Vorzeichen – verbunden mit unerwarteten Verpflichtungen. Aber damals war ich jung und unerfahren und dachte mir nichts Besonderes dabei – warum sollten das, was ich erfuhr, nicht auch andere wissen. Jedenfalls war jetzt mein Weg in die Union frei – ich würde all das Neue und Aufregende kennenlernen, was man in den Rechenzentren und Laboratorien dieses fortschrittlichen Landes erarbeitet hatte.

Die beiden Uniformierten hatten den Raum verlassen, und ich stand etwas verloren da. Bernadette, die noch in ihrem Stuhl saß und etwas in ihren Notizblock tippte, hatte mich beobachtet. Sie stand auf und sagte mit freundlichem Lächeln: »Von nun an gehörst du zu meiner Abteilung. Die Situation bringt es mit sich, dass die meisten meiner Mitarbeiter irgendwo in der Welt tätig sind, meist im Geheimen, und dass ich mit ihnen nur sporadisch Verbindung aufnehmen kann. Aber gib dich keiner Täuschung hin: Ich bin über jeden ihrer Schritte informiert. Solange sie den von mir gegebenen Anordnungen folgen, merken sie nichts davon, doch wenn ich irgendein Fehlverhalten feststelle, kann ich sehr ärgerlich werden. Die wenigen, die das zu spüren bekamen, haben ihre Entgleisung bereut. Aber ich bin sicher: Du wirst dich stets loyal verhalten.«

Sie winkte mir freundlich zu und ließ mich sehr nachdenklich zurück.

Ende Troys Bericht

Empfehlungsschreiben

Der Kandidat Troy Paul Dryer ist unter etwas obskuren Verhältnissen aufgewachsen. Seine Eltern gehören einer Sekte an, die sich eigene Lebensregeln zurechtgelegt hat. Gemeinsam mit einer Gruppe von Gleichgesinnten haben sie sich in eine einsame Gegend am Rande der Wüste zurückgezogen, um ein naturverbundenes Leben zu führen. Zu ihren Grundsätzen gehört es unter anderem, ihre Kinder selbst zu erziehen und nicht in öffentliche Schulen zu schicken. Das wurde vom Staat notgedrungen toleriert, weil es in der Nähe ihres Wohnorts keine Schule gibt.

Einige Angehörige der genannten Lebensgemeinschaft sind selbst gut ausgebildet, Troys Eltern waren graduierte Studenten einer Universität in der Union, bevor sie in den Bereich unseres Staatenbundes auswanderten. Das war im Übrigen auch der Anlass dafür, ihnen die Erlaubnis zur Einbürgerung zu erteilen; leider waren sie nicht bereit, sich weiterhin in ihren angestammten Fächern zu betätigen. Immerhin brachten sie die Voraussetzungen dafür mit, ihren Kindern eine hinreichende Allgemeinbildung zu vermitteln. Es war ihnen sogar möglich, spezielle Begabungen des Nachwuchses zu erkennen und diese zu berücksichtigen und zu fördern. Als negativer Aspekt ist allerdings, zu erwähnen, dass dabei der Geschichtsunterricht, speziell im Hinblick auf unser Staatswesen, zu kurz kam.

Troy, der oben genannte Kandidat, fiel durch besondere Begabung auf, seine Talente liegen vor allem in der Mathematik; seine Eltern besorgten ihm Lehrbücher und stellten ihm einen Kleincomputer zur Verfügung, mit dem er sich intensiv beschäftigte. Bald kannte er sich in verschiedenen mathematischen Disziplinen bestens aus und hatte sich selbst den praktischen Gebrauch verschiedener Programme beigebracht, mit denen man Rechenprobleme lösen und grafisch darstellen kann.

Er selbst war es schließlich, der den Wunsch äußerte, diese Fächer zu studieren, was bedeutete, dass er die Lebensgemeinschaft, in der er zu Hause war, zumindest zeitweilig verlassen musste. Seine Eltern waren weltoffen genug, um dem zuzustimmen. Sie brachten ihn zu Freunden in der Stadt, die sich bereit erklärt hatten, ihn während seines Fachstudiums der Mathematik und Informatik aufzunehmen. Hank und Melissa Dryer haben nun darum ersucht, ihren Sohn trotz seiner fehlenden Schulausbildung zu einer Aufnahmeprüfung für die Fachschule für Mathematik und Computertechnik in Oakland zuzulassen.

Der Unterzeichnete konnte sich in einem längeren Gespräch davon überzeugen, dass Troy P. Dryer überdurchschnittlich intelligent und für Mathematik und verwandte Fächer besonders begabt ist. Mit einer Qualifikation in diesen Wissensgebieten könnte er sich im Rahmen aktueller Aufgaben im Dienst unserer Föderation als nützlich erweisen, während andererseits seine Begabung vermutlich verkümmern würde, wenn er keine Gelegenheit zum Studium bekäme. Es wird empfohlen, dem Ansuchen seiner Eltern zu entsprechen und ihn zur oben genannten Aufnahmeprüfung zuzulassen.

Hochachtungsvoll
Jeremy Housting
Kommission für mathematische Fachfragen
(KomaFa)

Für Gareth folgten arbeitsreiche Tage, äußerlich ohne besondere Vorkommnisse, in Wirklichkeit aber voller Höhen und Tiefen, Überraschungen und Enttäuschungen. Aufgaben, die bewältigt werden sollten; Probleme, die zu lösen waren, um mit den gestellten Aufgaben weiterzukommen, und wieder neue Fragen ... Es war eine Arbeit, deren Abschluss umso weiter in die Ferne rückte, je länger man sich damit beschäftigte. Sie hatte etwas Frustrierendes, von dem man sich geradezu zwanghaft zu befreien versuchte ... Und das geschah eben dadurch, dass man sich umso intensiver den Regeln widmete, nach denen die Prozesse abliefen.

Die Zusammenarbeit von Leonora und Gareth verlief reibungslos und wurde durch die Genugtuung des Erfolgs belohnt. Diese kleinen, scheinbar nebensächlichen Fragen ... viele von ihnen erwiesen sich schließlich als lösbar, wenn man sie nur geduldig von allen Seiten ins Visier nahm, sie gleichsam einkreiste, Zugänge suchte, so etwas wie Schwachstellen im logisch-kausalen Gefüge. Solche bieten Gelegenheit, eine Bresche zu schlagen, um schließlich durchzubrechen und das Verborgene aufzudecken und zu ordnen. Solche Erfolge bereiten Genugtuung, wie sie nur jemand nachvollziehen kann, der mit aller Hingabe wissenschaftlich gearbeitet hat. Und dann – es waren beglückende Momente! – stellt sich mit einem Mal ein Zustand ein, bei dem sich ein Baustein an den anderen fügt, eine Erkenntnis zugleich die Antwort auf andere Fragen bedeutet, und in seltenen Fällen ist ein umfassendes Teilproblem gelöst, und das bringt Einsicht in bisher verborgen gebliebene Zusammenhänge mit sich – und fordert dazu heraus, sich umso nachdrücklicher dem nächsten Teilproblem zu widmen.

Meist waren sie bis in die Nachtstunden hinein beschäftigt. Wenn sie ihre Arbeit schließlich beendeten, die Ergebnisse speicherten, die Bildschirme abdunkelten und das System auf Sparbetrieb schalteten, waren sie auf seltsame, doch keineswegs unangenehme Weise betäubt, ausgehöhlt, erschöpft, und doch kostete es sie Mühe, die noch immer aktiven Gehirnpartien zur Ruhe zu bringen – sie arbeiteten automatisch weiter. Trotz seiner Müdigkeit konnte Gareth oft lange nicht einschlafen. Manchmal blieb er in seinem Zimmer und suchte einen Sender, in dem er die perlenden Kaskaden algorithmischer Klangteppiche hören konnte, wie er sie liebte und früher – scheinbar vor undenklich langer Zeit – selbst programmiert hatte. Mitunter, in klaren Nächten, hielt es ihn nicht in seiner Behausung, und er ging in die Dunkelheit hinaus, dorthin, wo er die Sterne sehen konnte – so wie in seiner ersten Nacht auf dem Forschungsgelände.

An diesem Abend – es mochten drei Wochen seit seiner Ankunft vergangen sein – stand er wieder draußen an der Balustrade, vor der sich der Raum weit öffnete, in die Betrachtung des nächtlichen Himmels versunken. Ein Geräusch weckte ihn aus seinen Gedanken, und als er sich umblickte, bemerkte es neben sich eine dunkle Gestalt. Er musste genau hinsehen, um sie zu erkennen: Es war Leonora.

»Entschuldige«, sagte sie, »ich bin zufällig hierher gekommen. Ich wollte dich nicht stören. Ich konnte nicht schlafen.«

»Du störst mich nicht«, antwortete Gareth. Was sagt man in solchen Fällen? Er hätte ihr gern etwas Nettes gesagt – er empfand es in der Tat als angenehm, sie hier zu treffen.

»Interessierst du dich für die Sterne?«, fragte sie.

»Sie regen mich zu allerlei seltsamen Gedanken an. Weil sie unseren Sorgen und Nöten so weit entrückt sind. Sie haben etwas Besonderes an sich – etwas Unveränderliches, als wären sie ein Stück der Ewigkeit. Und sie beruhigen mich – ich konnte auch nicht schlafen.«

»Ich muss oft an die Astronomen denken, die früher hier gearbeitet haben. Und dann bedaure ich es, dass die Astronomie heute nicht mehr als offizielle Wissenschaft anerkannt ist. Du weißt ja: kein volkswirtschaftlicher Nutzen. Und das gilt für beide Teile der Welt: Die einen haben kein Geld dafür, die anderen können nichts damit verdienen. Dabei wäre es doch für alle Menschen interessant: Wie ist das Universum entstanden? Wie wird es sich weiter entwickeln?«

Gareth stimmte ihr zu.

»Willst du etwas Interessantes sehen?«, fragte Leonora. Und als Gareth wissen wollte, was es war, forderte sie ihn auf mitzukommen. »Ich bin einmal oben gewesen, in den Beobachtungsräumen, obwohl sie wegen Baufälligkeit gesperrt sind. Aber dort oben ist man ebenso sicher wie hier unten, es ist nur etwas verstaubt. Na ja – und da stehen sie noch, die alten Geräte. Natürlich funktionieren die elektronisch gesteuerten Radioteleskope nicht mehr, sie hätten Pflege gebraucht und müssten an die Stromversorgung angeschlossen sein. Aber von den alten Fernrohren, die nichts anderes sind als optische Linsensysteme, sind noch einige intakt. Ich habe eines gereinigt – und damit die Planeten und die Sterne betrachtet. Ich habe es noch niemandem gezeigt, denn ich will mich nicht lächerlich machen. Aber du sollst es sehen.«

Sie hatte ihre Ausführungen ein paarmal unterbrechen müssen, denn es ging durch Türen, die man nur mit Mühe aufziehen konnte, über steile Treppen und über e ne Menge Hindernisse – sperrige Reste der früheren Einrichtungen und am Boden liegende Leitungen. Leonora hatte eine Taschenlampe in der Hand, deren Schein über den Boden tanzte.

Schließlich fanden sie sich unter der großen Kuppel – sie war geschlossen, das darunter eingebaute massige Instrument hing an Kabeln und Leitungen und war längst außer Betrieb. Das von Leonora erneut aktivierte Gerät stand in einem kleineren Anbau, der über eine schmale Brücke zu erreichen war. Sie sah nicht sehr vertrauenserweckend aus, und als sich Gareth am Geländer festhalten wollte, löste sich ein lockeres Metallteil, und er wäre fast gestürzt. Doch da Leonora ohne zu zögern über die schwankenden Planken gegangen war, überwand er seine Bedenken und folgte ihr.

Das Fernrohr war durch eine darüber gebreitete Decke geschützt, und als Leonora diese abzog, erwies es sich als sauber, als wäre es gerade erst geliefert worden. Leonora musste viele Abende hier verbracht haben. Gareth fragte sich, ob es vielleicht doch kein spontaner Entschluss gewesen war, ihn hierher mitzunehmen.

Leonora war an die niedrige Seitenwand getreten und drehte an einer Handkurbel. Mit ächzendem Geräusch öffnete sich Segment für Segment das Kuppeldach, und wenig später standen sie unter freiem Himmel.

Seit der Überquerung der Brücke hatte Leonora die Taschenlampe nicht mehr benutzt, und so hatten ihre Augen Zeit gehabt, sich an die nächtliche Dunkelheit zu gewöhnen. Waren die Sterne erst als heller Staub am Himmel zu erkennen gewesen, so strahlten sie nun mit unbeschreiblicher Pracht und breiteten einen Abglanz ihres Lichts über die Gegend.

»Ich bin fast jeden Abend hier«, sagte Leonora. »Was willst du sehen? Den Sirius? Die Wega? Den Andromedanebel? Warte, ich stelle dir zunächst einen Planeten ein. Dort die Venus ist noch zu sehen. Sie wird bald untergehen.«

Sie trat beiseite und bot Gareth den Platz auf einem Schemel an, der gemeinsam mit dem Fernrohr drehbar angebracht war. Und dann betrachtete er über den Abgrund der Entfernung hinweg die Venus im Gegenlicht der Sonne als sichelförmigen Körper, pastell getönt im Strömungsbild ihrer Wolkendecke.

Später suchte Leonora noch andere Himmelskörper und zeigte sie Gareth. Einiges hatte er vor langer Zeit schon in den Lehrprogrammen gesehen, von einem bequemen Stuhl aus, groß und farbig auf den Screen projiziert, aber hier, der eisigen Nachtluft ausgesetzt, auf dem unbequemen Schemel, von dem aus er sich den Hals verdrehte, um ein kleines Bild zu sehen, war es doch etwas völlig anderes. Auch wenn er sich bei dem Gedanken ein wenig lächerlich vorkam: Er fühlte sich den Sternen näher.

Leonora blickte nicht mehr zum Himmel hinauf, sondern hatte nur noch Augen für Gareth. Sie spürte seine Begeisterung, sein Staunen. Und noch etwas: »Du siehst aus wie Troy«, sagte sie leise. »... wie Troy als junger Mann. Ich habe Bilder von ihm.«

Gareth hatte sie gehört, aber er war vom Anblick der Sterne gefangen und reagierte nicht darauf.

»Ich habe alles über Troy gelesen«, flüsterte Leonora und legte Gareth die Hand auf die Schulter. »Ich habe ihn in Videodokumentationen gesehen. Ich habe Vorträge von ihm gehört. Weißt du, dass du dich bewegst wie er? – dass du sprichst wie er? Manchmal, wenn wir zusammen arbeiten, glaube ich, Troy säße neben mir.«

Jetzt drehte sich Gareth herum. Leonora stand nahe bei ihm, der Wind hatte ihre Haare gelöst, im Sternenschein sah sie ganz anders aus als sonst. Einen Augenblick blickten sie sich in die Augen, dann zog Gareth sie an sich heran. Er glaubte, ihre Wärme durch die dicke Kleidung hindurch zu spüren, als sie sich küssten.

Erst als ein unangenehm kalter Wind aufkam, lösten sie sich voneinander. Ohne Worte, fast verlegen, brachten sie den Raum wieder in seinen ursprünglichen Zustand, legten die Schutzhülle über das Fernrohr, schlossen das Dach, verriegelten die Tür und gingen hinunter ins Erdgeschoss und ins Freie.

Gareth bewegte sich wie in einem Traum. Vieles ging ihm durch den Kopf – Gedanken, Fragen, Hoffnungen. Und vor allem natürlich Leonora, die mit offenen Haaren all ihre Strenge verloren hatte und wie ein um viele Jahre jüngeres Mädchen wirkte. Bisher hatte sie ihn als Expertin beeindruckt, und ihre gemeinsamen Interessen hatten ein distanziert freundschaftliches Verhältnis entstehen lassen. Das hatte sich auf einmal geändert: Leonora eine schöne liebesbedürftige Frau, und das war etwas, was Gareth unmittelbar berührte. Er begehrte sie. Andererseits war er nüchtern genug, um ihr unverkennbares Faible für Troy Dryer zu erkennen. War sie nur an Gareth interessiert, weil er Troy ähnlich sah? War er Ersatz für den anderen? Aber schnell verwarf er alle Skrupel – Leonoras Nähe hatte eine starke Wirkung auf ihn, alles andere war zweitrangig.

Als sie vor Leonoras Zimmer standen, öffnete sie die Tür und wartete wie selbstverständlich darauf, dass Gareth eintrat. Kein Gedanke mehr an Parasex oder Emotionsboxen – das war in einem Abgrund der Vergangenheit versunken. Sie liebten sich leidenschaftlich, dann schmiegten sie sich aneinander und genossen noch im Einschlafen die Nähe des anderen.

Gareth erwachte, als Sonnenstrahlen als schmaler Streifen am Vorhang vorbei ins Zimmer drangen. Leonora schlief noch, und wieder empfand er das Ebenmaß ihres Gesichts als ein kleines Wunder. Es war, als hätte sie eine starre Maske abgelegt und darunter wäre ein unbekannter neuer Mensch zum Vorschein gekommen. Als Gareth die Augen hob, um sich nach einer Uhr umzusehen, erblickte er an der gegenüberliegenden Wand ein großes Bild. Es war eine Aufnahme von Troy Dryer aus dessen jungen Jahren, und es stimmte: Gareth sah aus wie er.

5.

Troys Bericht

Natürlich bedeutet der Wechsel in die Union für einen Studenten aus dem Gebiet der Allianz eine bedenkliche Umstellung. Man hatte mir gute Ratschläge gegeben, mich auf Gefahren hingewiesen, insbesondere auf die Versuchungen, die das bequeme Leben unter den Kuppeln mit sich brachte, aber ich war sicher, dass ich damit fertig wurde.

Natürlich war ich darüber überrascht, was sich alles bot – meine Erwartungen wurden weit übertroffen, diese Fülle von

Angeboten hatte ich mir nicht vorstellen können. Die Spiele in virtuellen Szenerien, Licht-Ton-Konzerte, Kunstflug auf dem Schwebebrett, Ballspiele auf Borstenfeldern, Skiabfahrten auf Kunstschnee, Gymnastik auf Luftkissen, Aufstiege auf Kletterwänden aus Kunsteis und andere Sportarten … das alles war neu für mich, und ich probierte es begeistert aus. Und natürlich nutzte ich auch die Annehmlichkeiten des täglichen Lebens, den Luxus, der als selbstverständlich galt. Die Studienhilfe, die ich als Mitarbeiter des Amts für Personen- und Datenschutz bekam, erlaubte es mir, das alles kennenzulernen – und zu genießen.

Viel wichtiger für mich aber war, dass ich tatsächlich die erhofften besseren Voraussetzungen für mein Studium fand. Es gab ausgezeichnete Vorlesungen, kleine und daher sehr effektive Arbeitsgruppen unter der Leitung erfahrener Wissenschaftler, überzeugende Demonstrationen mit teuren Anlagen, um die sich jedes Labor der Allianz gerissen hätte, unbeschränkten Zugriff auf jede Art von Informationsmaterial aus den Fachbereichen. … und vor allem die Möglichkeit, an modernen Computern zu arbeiten.

Obwohl ich mir oft freie Abende gönnte, kam ich gut voran und konnte in rascher Folge die vorgeschriebenen Prüfungen ablegen. Zuerst hatte ich mich den Studienkollegen gegenüber unterlegen gefühlt, weil sie gewandt auftraten und eine enorme Selbstsicherheit ausstrahlten, aber bald stellte ich fest, dass ich mindestens ebenso gut war wie sie und mich an der Spitze halten konnte.

So hatte ich auch keine Mühe, einen Universitätsdozenten zu finden, der bereit war, mir ein Thema für eine Dissertation zu geben und diese zu betreuen: Doktor William Hartegger. Wir hatten eine lange Unterredung und einigten uns schließlich auf das Thema einer universellen Programmiersprache. Es erschien mir sowohl praktisch wie auch theoretisch reizvoll. Die praktische Seite betrifft die Tatsache, dass weltweit unzählige verschiedene Computersprachen in Gebrauch sind, die sich nur schwer miteinander in Verbindung bringen lassen. Es würde den Gebrauch der Softwaresysteme erheblich erleichtern, wenn es gelänge, ein übergeordnetes Prinzip zu finden, eine gemeinsame Grundlage, auf die sich alle zurückführen lassen. Die theoretische Seite hat mit der Konzeption einer universellen Sprache zu tun: Wie ist sie zu strukturieren, um zur Lösung aller Aufgaben in gleicher Weise anwendbar zu sein? Dabei ergibt sich übrigens eine Parallele zum menschlichen Gehirn, das sich gerade durch eine solche Vielseitigkeit auszeichnet. In diesem Zusammenhang machte mich Doktor Hartegger noch auf eine weitere Anwendungsmöglichkeit aufmerksam: Eine universelle Programmiersprache erbrächte auch Vorteile bei der zentralen Steuerung von Waffensystemen, etwa bei der Zielregulierung, bei der Fernlenkung, beim Einsatz von Kampfrobotern etc. Ich wusste natürlich, dass der Physiker und Informatiker Mitglied verschiedener Gremien war, doch ich erfuhr erst später von seiner Funktion als Leiter der Vereinigten wissenschaftlich-technischen Forschungsanstalten des Militärs. Damals erwähnte er nur, dass eine mögliche militärische Nutzung die Finanzierung von Forschungsprojekten entscheidend erleichtern könnte. Und dass das natürlich auch für die von mir geplante Arbeit von Nutzen wäre.

Ich brauchte weniger als ein Jahr, um das Problem zu lösen – es war eher eine Fleißaufgabe als eine wissenschaftliche Leistung, aber die Prüfungskommission war zufrieden und zeichnete meine Arbeit als die beste des Jahres aus. Das hatte unter anderem zur Folge, dass man mir eine Stellung im Institut für formale Ordnungssysteme anbot, dessen Leiter Doktor Hartegger war. Damit war ich an einer Station meines Lebenswegs angekommen, wo es Entscheidungen für meine Zukunft zu treffen galt. Ich war fest entschlossen, das Angebot anzunehmen, aber es gab noch ein Problem, nämlich meine Kooperation mit dem Sicherheitsdienst der Allianz. Über Jahre hinweg hatte ich Informationen über den Stand der Computertechnik in der Union gesammelt und weitergeleitet – und dafür die versprochene Unterstützung erhalten.

Zu Beginn meines Aufenthalts im Kuppelbereich hatte ich meine Agententätigkeit ohne Bedenken ausgeübt. Einerseits fühlte ich mich meinem Land verpflichtet, andererseits hatte ich als Student sowieso nur Zugriff zu Material, das offen über das Netz zugänglich war. Ich verriet also keine Geheimnisse – es war eher eine Aufgabe der Auswahl und Aufbereitung – nichts anderes als eine journalistische Aufgabe. Im Laufe der Zeit änderte sich allerdings meine Einstellung. Ich war hier freundlich aufgenommen worden und bekam keinerlei Nachteile gegenüber den einheimischen Studienkollegen zu spüren. Daneben aber war es – wie ich mir eingestehen musste – natürlich auch das hier mögliche sorgenfreie und unbeschwerte Leben, das ich nicht mehr missen wollte. Und stammten meine Eltern nicht aus der Union? Eigentlich konnte ich mir eine Rückkehr in die beschränkten Verhältnisse der Außenzone längst nicht mehr vorstellen.

Und nun bot sich mir sogar eine äußerst reizvolle Arbeitsmöglichkeit. Da regte sich mein Gewissen, und ich wollte nicht mehr weitermachen wie bisher. Ich hatte längst nicht mehr ein so negatives Bild von der Union wie früher aus der Perspektive der Allianz und empfand sogar so etwas wie Dankbarkeit für die Chancen, die man mir eingeräumt hatte. Damit wurde mir aber immer deutlicher bewusst, dass meine Aktionen im Auftrag des Sicherheitsdienstes Unrecht waren, selbst wenn sie noch so harmlos schienen. Aber was sollte ich tun? Würde man mich, wenn ich darum bat, von meinen Verpflichtungen entbinden? Ich weiß nicht mehr, ob ich das damals ernstlich erwartete, aber ich wollte es zumindest versuchen. Doch ich konnte mich nicht zum Handeln entschließen und zögerte diesen unangenehmen Versuch immer weiter hinaus. Das lag nicht nur an meiner Unentschlossenheit, sondern auch an der Situation.

Doktor Hartegger hatte mir für die Tätigkeit in seinem Institut genaue Anweisungen gegeben. Er empfahl mir, einigen speziellen Fragen im Zusammenhang mit der universellen Programmiersprache nachzugehen, die in einzelnen Punkten noch einer detaillierten Ausarbeitung bedürften. (Später stellte sich allerdings heraus, dass es ihm speziell um Anwendungen im militärischen Bereich gegangen war.) Diese Aufgabe erschien mir nicht besonders reizvoll, aber natürlich blieb mir nichts anderes übrig, als mich den Wünschen meines Vorgesetzten zu fügen. Andererseits hatte ich inzwischen weiter über die Entwicklung der Rechen- und Schaltsysteme nachgedacht und dabei bemerkt, dass einige grundsätzliche Fragen noch ungeklärt waren, die mich brennend interessierten.

Um das zu erläutern, muss ich ein wenig ausholen. Ich war nämlich der Meinung, dass für Computer der nächsten Generation nicht nur neue, erheblich kleinere Schaltelemente nötig sind – in der Größenordnung von Molekülen –, sondern dass es auch neuer Verfahren bedurfte, die die klassische Programmierung ersetzen sollten. Was mir dabei vorschwebte, war die Selbstorganisation. Damit war ich aber zugleich auf eine faszinierende Frage gestoßen: Welche Voraussetzungen müssen erfüllt sein, damit sich Schaltelemente von selbst zu funktionierenden Einheiten verbinden? Es wurde mir auch bald klar, dass mich diese Problematik in scheinbar völlig entlegene Wissensgebiete führte, nämlich in die Kybernetik, in die Theorie des künstlichen Lebens und in die Spieltheorie.

Besonders eines der Spiele faszinierte mich, das sogenannte Lebensspiel eines Mathematikers des zwanzigsten Jahrhunderts namens John Horton Conway. Die Idee dahinter lässt sich am besten mit einem endlos ausgedehnten Schachbrettmuster veranschaulichen, auf dem sich Spielmarken von Feld zu Feld bewegen können. Das geschieht nach fest vorgegebenen Regeln, und wenn man diese geschickt konzipiert, bilden anfangs zufällig über das Brett gestreute Elemente nach einigen Schritten Aggregate, die nicht nur ihre Gestalt bewahren, sondern auch verschiedene Einflüsse auf andere Aggregate ausüben können. Ich habe gelesen, dass die Studenten ein solches Schachbrett auf dem Boden der Kantine von Professor Conways Institut gezeichnet hatten und dass man dort nach einigen Tagen nicht mehr essen durfte, um die entstandenen Muster nicht zu zerstören.

Kurz und gut: Anstatt mit der Weiterentwicklung des universellen Programms beschäftigte ich mich mit Spielen der beschriebenen Art. Ich studierte die Regeln, untersuchte die auf ihrer Basis entstehenden Muster, dachte mir neue Spiele aus, ersetzte das zweidimensionale Brett durch ein dreidimensionales Gitter ... das alles natürlich, um festzustellen, ob man nicht auch kleine Moleküle – weit unterhalb der Größenordnung von Proteinen oder der DNA – so zu Einheiten verbinden kann, dass sie sich wie die Spielelemente von Conway und seinen Nachfolgern strukturieren. Und je mehr ich mich in diesen Fragenkomplex vertiefte, umso stärker wurde meine Hoffnung, dass es auf diese Weise möglich sein sollte, ein sich selbst organisierendes Schaltsystem aus beliebig vielen winzigen Elementen wachsen zu lassen.

Zu dieser Zeit hatte Doktor Hartegger seinen Aufgabenkreis erweitert und sich selten im Institut sehen lassen, und offenbar verließ er sich darauf, dass seine Mitarbeiter die ihnen übertragenen Aufgaben in seinem Sinn lösen würden.

Eines Tages war es allerdings mit meiner angenehmen Beschäftigung vorbei. Dazu hatte ich selbst beigetragen, denn statt meine Forschungen an sich selbst organisierenden Systemen im Stillen zu betreiben, hatte ich ein paar Artikel darüber geschrieben und mich für Interviews zur Verfügung gestellt. Ich empfand das Interesse an meinen Ergebnissen und Gedanken als Würdigung meiner Erfolge und war damals noch jung, ehrgeizig und unbekümmert genug, um mich darüber zu freuen. So hatte ich also keine Vorstellung darüber, was mich erwartete, als mich Doktor Hartegger zu einer Besprechung im Verteidigungsministerium einlud, in dem er schon seit einiger Zeit seinen festen Arbeitsplatz hatte.

Er ließ sich meine Arbeit erklären, und dann schlug sein freundliches Benehmen jäh um – ich bekam seinen Ärger zu spüren. Es nützte nichts darauf hinzuweisen, dass ich einer völlig neuen Methode der Erzeugung von Schaltungen und Rechensystemen auf die Spur gekommen war, mit der sich eine enorme Verkleinerung erreichen ließe ... dem Übergang von der Ebene in den Raum – mit den Vorteilen größerer Packungsdichten der Schalteinheiten, größerer Rechenkapazitäten, höherer Geschwindigkeiten. Und dass damit die nächste Entwicklungsstufe der Informationstechnik, nämlich die der künstlichen Intelligenz, in greifbare Nähe gerückt sei. Er sei enttäuscht, sagte er, ich hätte sein Vertrauen missbraucht, hätte mich mit kindischem Unsinn abgegeben.

Doch dann beruhigte er sich überraschend schnell. Er versicherte mir, dass er höchsten Respekt vor meinen Fähigkeiten habe, dass er sich über jede selbstständig geleistete Arbeit freue und dass das, was ich ihm vorgetragen hatte, sicher von großer Tragweite für die Theorie der Informationswissenschaft sei. Allerdings fügte er schließlich noch hinzu: »Leider leben wir nicht in irgendeiner Fantasiewelt, in der wir uns um praktische Dinge nicht zu kümmern brauchen. Auch wir Wissenschaftler tragen Verantwortung und müssen unsere Kenntnisse und Ideen zum Wohle des Staates einsetzen. Künstliche Intelligenz – das ist eine Sache für Philosophen, die den Sinn für die wirklich wichtigen Dinge im Leben und in der Politik verloren haben. Du siehst doch hoffentlich ein, dass das universelle Computerprogramm ein vernünftiger Beitrag zu einem Fortschritt ist, der allen zugute kommt. Und dass man das von deinen Spielen eben nicht behaupten kann.«

Ich war tief enttäuscht, aber klug genug, mich nicht dagegen zu wehren. Hartegger nahm es als Zustimmung, besann sich kurz und fuhr dann fort: »Ich will dir und deinen Intentionen aber entgegenkommen – es wäre wirklich bedauerlich, dich lediglich mit Verbesserungsarbeiten an unserem universellen Programm zu beschäftigen. Das sollen andere machen. Ich biete dir eine Aufgabe an, die mindestens so interessant ist wie die Theorie der Spiele. Aber es gibt einen wesentlichen Unterschied: Du wirst etwas leisten, das unser Staatssystem sicherer macht. Nimm es als Zeichen dafür, dass ich dir in der Tat etwas Besonderes zutraue. Ich wüsste keinen anderen, dem ich diese Aufgabe stellen könnte.« Und er erläuterte mir das Projekt Sphinx.

Interview mit Troy R Dryer

Redaktion Global Magazine

GM: Doktor Dryer, Sie haben sich auf dem Gebiet der künstlichen Intelligenz einen Namen gemacht. In wenigen Jahren wird es auf der Erde neben dem Menschen eine andere, ihm womöglich überlegene Intelligenzform geben – so haben Sie es ausgedrückt. Wenn man sich nach den Ergebnissen dieser Technologie umsieht, dann findet man Systeme, die Abwasserkanäle reinigen, Roboter, die älteren Damen Tanzschritte beibringen, und Literatursysteme, die Wildwest-Geschichten schreiben. Da kann man doch wirklich nicht von Intelligenz sprechen.

Dr. D.: Nicht alle Tätigkeiten, die banal erscheinen, sind es wirklich. Aber prinzipiell haben Sie recht: Bis jetzt gibt es noch keine Computer mit höherer, jener des Menschen entsprechenden Intelligenz. Aber wir kommen rasch voran, und ich bleibe dabei: In wenigen Jahren wird der Durchbruch gelungen sein.

GM: Dabei kann es sich doch nur um Gebilde handeln, die sich so verhalten, als wären sie intelligent – ohne es wirklich zu sein.

Dr. D.: Wo liegt da der Unterschied? – das lässt sich doch prinzipiell nicht auseinanderhalten. Wie soll ich wissen, ob Sie wirklich intelligent sind oder nur so tun –

GM: Aber der Mensch hat doch Gefühle, Empfindungen –

Dr. D.: Auch das können Sie nicht wirklich feststellen. Vielleicht tut Ihr Gesprächspartner nur so, als hätte er welche. Im Übrigen bin ich der Meinung, dass wir bei solchen Aussagen die objektive und die subjektive Sicht streng auseinanderhalten müssen. Sachlich gesehen laben die genannten Gefühle die Aufgabe einer Steuerfunktion; so wird der

Mensch beispielsweise durch das Signal des Furchtgefühls dazu genötigt, etwas gegen die verursachende Situation zu unternehmen – sich zu wehren oder zu flüchten. Solche Signale kann man in ein System, das zur Umweltanalyse fähig ist, einbauen. Es verhält sich so, als würde es Furcht empfinden.

GM: Wie soll ein Computer entstehen, der sich selbst als denkendes Wesen begreift? Das dazu nötige Selbstempfinden lässt sich doch nicht einprogrammieren.

Dr. D.: Das kann man auch dem Menschen nicht einprogrammieren, sondern er muss viele Jahre lernen – sich selbst und andere beobachten und die Regeln des eigenen Verhaltens und das der anderen kennenlernen.

GM: Aber ein Computer, der doch nichts anderes als ein Schaltsystem ist, kann eben aus eigener Anschauung kein menschliches Verhalten lernen. Bei Systemen, die nach den Regeln der künstlichen Intelligenz funktionieren, kann es keine individuellen Unterschiede geben.

Dr. D.: Das ist eine Behauptung, und sie ist falsch. Ich zeige es Ihnen an einem vereinfachten Beispiel. Nehmen wir ein lernfähiges Programm, das einem heranwachsenden Menschen von dem Moment an zugeordnet wird, da er zum ersten Mal ins Netz geht. Es registriert über viele Jahre hinweg alle Eingaben, alle Gespräche, alle Entscheidungen. Und wenn sein Herr und Meister schließlich erwachsen ist, hat das System so viel Wissen über seine Art des Denkens und Entscheidens angesammelt, dass es ihn zumindest in einfacheren Fällen zweckdienlich vertreten kann. Stellen Sie sich so etwas wie einen weiterentwickelten Anrufbeantworter vor.

GM: Wir wissen aber, dass zum Entstehen der menschlichen Intelligenz eine so große Zahl von Schaltelementen nötig ist, dass man sie niemals sinnvoll miteinander verbinden kann.

Dr. D.: Da sind wir am springenden Punkt angelangt – und zugleich bei einem weiteren Irrtum, dem die Fortschrittspessimisten immer wieder unterliegen. In der Geschichte des Computers sind wir ja auch nicht bei zusammengelöteten Schaltungen stehen geblieben, sondern sind zum Chip übergegangen, der in einem Lithografieverfahren gedruckt wurde. Man hätte ihn nie aus einzelnen Elementen zusammenlöten können. Und beim intelligenten Computer werden die Schaltungen wieder auf ganz andere Art entstehen – man wird sie als Verbindungen aus chemischen Molekülen herstellen, oder, besser gesagt: wachsen lassen.

GM: Wachsen lassen ... Das ist aber nun wirklich Spekulation.

Dr. D.: Irrtum! Gerade auf diesem Gebiet haben wir in den letzten Monaten bemerkenswerte Fortschritte gemacht. Wir können mit gutem Gewissen behaupten, dass diese Methode funktioniert. An kleinen Systemen ist sie bereits erprobt. Das Schöne daran ist, dass Hand in Hand mit den Wachstumsprozessen auch Lernprozesse ablaufen. Und damit sind die Voraussetzungen für das gegeben, was wir anstreben: die Entstehung an die Umwelt angepasster Systeme mit einer individuellen Geschichte und der Fähigkeit zur Selbststeuerung. Eben die künstliche Intelligenz.

GM: Moleküle, die sich zusammenschließen, zu höheren Einheiten zusammenwachsen und zugleich auch noch lernen? Ich kann mir nicht vorstellen, wie so etwas funktionieren soll.

Dr. D.: Es kommt nicht darauf an, ob Sie sich das vorstellen können oder nicht. Viele Vorgänge in subatomaren Dimensionen entziehen sich unserer Vorstellung – und haben dennoch Einfluss auf unser Leben. Wesentlich ist, dass die Selbstorganisation von Schaltnetzen möglich ist – und das wurde längst bewiesen: von der Natur. Genau nach diesem Prinzip strukturieren sich unsere Gehirne. Mit unserer modernsten Technik machen wir nichts anderes, als es die Natur seit Millionen Jahren macht. Wir sind mit unseren jüngsten Fortschritten also wieder zu den Methoden der Natur zurückgekehrt. Das ist bemerkenswert. Vielleicht denken Sie darüber nach.

Das Gespräch mit Doktor Hartegger führte zu erheblichen Veränderungen in meinem Leben – es war gewissermaßen der Übergang von einem unbeschwerten Dasein zu einer Existenz mit Verpflichtungen und Verantwortung. Von einem Tag auf den anderen war ich nun Leiter einer Arbeitsgruppe und mit einer Menge Aufgaben belastet, die nichts mit Forschung zu tun hatten – Organisation des Betriebs, Führung der Mitarbeiter, Verhandlungen mit leitenden Persönlichkeiten des Wissenschaftsbetriebs. Ich merkte bald, dass es hier um handfeste Probleme ging, um die Einhaltung von Terminen, um zielgerichtete Arbeit, um die Lösung von praktischen Aufgaben. Zweifellos war es ein wichtiges Ziel, das mir Hartegger gewiesen hatte – die Umwandlung des weltumspannenden Datennetzes in ein umfassendes Rechen-, Informations- und Überwachungssystem. Es belastete mich aber auch mit einer gehörigen Portion Verantwortung.

Natürlich hatte ich immer noch Interesse an der merkwürdigen Musterbildung in zellularen Automaten, und auch die Hoffnung, von dieser Basis aus den sich selbst strukturierenden Schaltwerken auf die Spur zu kommen, bestand natürlich nach wie vor, aber ich fand kaum noch Zeit, mich damit zu beschäftigen. Zuerst hatte ich etwas leichtfertig angenommen, ich könnte meine Forschungen nebenbei weiterführen, doch das erwies sich schon aus Zeitgründen als unmöglich. Ich musste es auf später verschieben, doch natürlich war ich nach wie vor entschlossen, dieses Problemfeld nicht aus den Augen zu lassen.

Es gab zudem persönliche Probleme, die ich zu lösen hatte. Vor allem war es nun unumgänglich, meine Kooperation mit dem Sicherheitsdienst der Allianz zu beenden. Beim nächsten Zusammentreffen mit meinem Kontaktmann wollte ich es regeln. Schließlich war ich jetzt auch in der Lage, die mir gewährten finanziellen Zuschüsse zurückzuzahlen und mich von allen Verpflichtungen zu befreien – so ungefähr stellte ich mir die Lösung dieses Problems vor.

Für die Übergabe meiner Informationen hatte sich ein einfaches Verfahren eingeführt. Ich hatte mir eine Dauerkarte für einen Sportpark besorgt. Dort wartete Hannibal – natürlich ein Deckname – auf mich, ein älterer, gebrechlich wirkender Mann, den niemand für einen Agenten gehalten hätte. Wir unterhielten uns stets über Fotos, die ich bei Sportveranstaltungen gemacht hatte – dazu hatte man mir eine Digitalkamera übergeben. Mit ihr machte ich eindruckvolle Aufnahmen in Pseudo-3-D, und am Schluss unserer Unterhaltungen ließ ich dann stets einige Memorecs-Kopien ausdrucken und schenkte sie ihm. Meine Nachrichten waren auf verschiedenen Farbebenen der Bilder verschlüsselt, eine recht einfache und zweckmäßige Methode.

Als ich diesmal zum Treffpunkt kam, saß dort zu meinem Erstaunen nicht Hannibal, sondern Bernadette, die Frau aus dem Amt für Personen- und Datenschutz meine Vorgesetzte, die ich seit meinem Auftreten vor der Kommission der Sicherheitsbehörde nicht mehr gesehen hatte. Sie trug eine Filzmütze und einen Regenumhang, Dinge, die man unter den

Kuppeln eigentlich niemals brauchte. Sollte das eine Verkleidung sein? Wir sprachen über Unverbindliches, ich überreichte ihr die vorher präparierten Aufnahmen – die letzten, wie ich hoffte; sie enthielten nicht nur ein paar Neuigkeiten aus dem Informatiksektor, sondern auch meine Bitte um Beendigung der Zusammenarbeit.

Bernadette steckte die Chips ein und sagte dann: »Ich hätte Lust auf eine Bootsfahrt – kommst du mit?«

Diese Aufforderung konnte ich nicht ablehnen, denn sie bedeutete, dass es etwas zu besprechen gab.

Es waren nur ein paar Schritte zur Abteilung für Wassersport. Im Angebot waren Wasserski, Surfen, Turmspringen und Wildwasserfahrt. Bernadette bestand auf der von mir nicht gerade geschätzten Bootsfahrt im künstlich bewegten Wasser. Scheinbar unbeschwert gingen wir zu der Rampe, von der aus man die Boote betrat, und bestellten einen Zweisitzer. Das lang gestreckte Wasserbecken, in dem die Wellen auf der Stelle liefen, war davor und dahinter durch riesige Hologramme abgeschlossen, die eine grenzenlose Landschaft vortäuschten, auf der einen Seite die Weite eines aufgewühlten Meeres, auf der anderen eine Strandpartie mit weißen Bergen.

Wir stellten uns in die Schlange der Wartenden, die scherzten und lachten, weil sie das, was ihnen bevorstand, offenbar als Vergnügen empfanden. Endlich stiegen wir in ein bereitliegendes Boot, das noch durch einen Bügel gehalten wurde, aber bereits heftig schwankte. Wir wurden mit Riemen gesichert, dann ruckte es, die Halterung öffnete sich und die rasende Fahrt durch schäumendes Wasser (das leider echt war) begann. Noch bevor ich das Glasdach ausfahren konnte, war ich völlig durchnässt, und ich wusste nun, warum die spöttisch lächelnde Frau regendichte Kleidung angelegt hatte.

In Wirklichkeit bewegte sich das Boot praktisch auf der Stelle, doch durch das unter uns dahinschießende Wasser und die heftig schwankenden projizierten Bilder wurde der Eindruck einer rasenden Fahrt vorgetäuscht. Dazu rauschte das Wasser und schlug prasselnd auf das Dach. Ein ohrenbetäubender Lärm, durch Lautsprecher bis an die Grenzen des Erträglichen verstärkt. Das war natürlich der Grund für die Auswahl dieses besonderen Vergnügens: dass wir uns an einen abhörsicheren und womöglich auch nicht durch Kameras einsehbaren Ort zurückziehen mussten, wenn wir über unsere Angelegenheiten sprechen wollten.

»Ich nehme an, du freust dich, mich wiederzusehen«, schrie mir Bernadette ins Ohr. »Machen wir es schnell, denn es ist ja nicht gerade gemütlich hier. Ich habe dir etwas mitzuteilen – ein paar Instruktionen. Zunächst begrüßen wir es sehr, dass du im Institut jetzt endlich eine ernsthafte Aufgabe bekommen hast. Wegen deiner wissenschaftlichen Ausschweifungen waren wir bereits in Sorge.«

»Woher wissen Sie davon? Den Bericht habe ich ja gerade erst übergeben – mit den Fotos, wie üblich.«

»Du bist nicht unsere einzige Nachrichtenquelle – wenn man das, was du bisher geliefert hast, überhaupt als Nachrichten bezeichnen kann.«

Damit traf sie natürlich ins Schwarze, doch ich hatte geglaubt, man wäre mit meiner Arbeit zufrieden.

»Zunächst eine Anordnung: Selbstverständlich übernimmst du die Leitung der Arbeitsgruppe, wie es dir angeboten wurde. Das liegt in unserem Interesse, von einer höheren Position aus wirst du mehr über geheim gehaltene Projekte in Erfahrung bringen können, und dann wirst du für uns wesentlich nützlicher sein als bisher.«

Wie sollte ich ihr klar machen, dass ich aus unserem Abkommen aussteigen wollte? Unter den gegebenen Umständen musste ich es ihr ins Ohr schreien, was mir die Sache auch nicht leichter machte. »Ich halte es für richtig, unsere Verbindung abzubrechen. Ich bin jetzt kein Student mehr, wahrscheinlich muss ich auch die Staatsbürgerschaft der Union annehmen.«

Ihrem Gesichtsausdruck war nicht zu entnehmen, was sie dachte. Doch dann nickte sie. »Das wollte ich gerade vorschlagen – wir nehmen vorderhand keinen Kontakt mehr auf. Sobald wir dich später einmal brauchen, melden wir uns.«

»... mich brauchen – wozu?«

Bernadette wies auf die Uhr – unsere Zeit, für die wir bezahlt hatten, war fast abgelaufen, das Boot bewegte sich bereits auf die Rampe zu.

»Das wird sich ergeben. Du wirst doch nicht gedacht haben, dass man bei uns einfach austreten kann wie aus einem Sportverein. Du wirst von uns hören.«

Wir hatten angelegt, der Glasdeckel hob sich. Die Gelegenheit für Diskussionen war vorbei.

Als wir ausgestiegen waren, sah mich Bernadette wieder kühl und spöttisch an. »Einen schönen Tag noch«, sagte sie, dann verschwand sie in der Menge. Außenstehende Beobachter mussten annehmen, wir hätten uns gestritten. Ich wischte das Wasser von meiner Kamera und schlug die Richtung zum Ausgang ein.

Ich nahm den Weg zur nächstliegenden Station der U-Bahn. Dabei kam ich am Selbstbedienungsmarkt vorbei und bog dann in eine der Gassen ein, die zwischen den Reihen von Automaten hindurchliefen – es war der kürzeste Weg. Nur wenige Menschen hielten sich zu dieser Zeit hier auf. Ich bemerkte nur zwei oder drei, die sich für die ausgestellten Gegenstände interessierten, sich an den Schalttafeln zu schaffen machten und sich etwas aus dem Angebot ausgeben ließen.

Als ich um eine Ecke bog, standen plötzlich drei Männer vor mir. Sie waren in schwarze Overalls gekleidet und trugen Kapuzen und dunkle Sonnenbrillen. Ehe ich einen klaren Gedanken fassen konnte, war einer von ihnen nahe an mich herangetreten und drückte mir einen harten Gegenstand in die Rippen. »Schnauze halten! Mitkommen«, befahl er. Ein anderer kam hinzu, sie nahmen mich in ihre Mitte und stießen mich vorwärts, in eine verlassene Quergasse hinein. Der Vierte ging voran, schien darauf zu achten, dass der Weg frei war. Nach wenigen Minuten kamen wir an einen Parkstreifen, an dem ein Luftkissenboot mit laufenden Motoren startbereit stand. Ein Mann blickte uns entgegen und öffnete die Schiebetür – offenbar sollte ich entführt werden. Wer steckte hinter dieser Aktion? Waren es Gangster? Oder Leute aus dem politischen Untergrund? Oder waren es Agenten des Sicherheitsdienstes der Allianz?

Ich stand schon vor dem Fahrzeug und blickte Hilfe suchend umher, als ich drüben, auf der anderen Seite der Straße, zwei Uniformierte erblickte. Ohne auch nur einen Augenblick nachzudenken, drängte ich den Gangster, der mich immer noch mit der Waffe bedrohte, beiseite, stieß einen Schrei aus und rannte so rasch ich konnte davon. Die beiden Stadtpolizisten zogen die Waffen und riefen etwas, das ich nicht verstand. Sekunden später knallten Schüsse, und Dampfwölkchen aus zerplatzten Gaskapseln stiegen auf wie sich langsam aufblähende Luftballone.

In diesen Augenblicken geschah aber noch mehr: Gleißende Strahlenbündel aus Scheinwerfern legten sich über den Schauplatz, erfassten die drei schwarz gekleideten Männer, die sich zu Boden geworfen hatten und in alle Richtungen feuerten. Und nun kamen auch von anderen Seiten Polizeibeamte angerannt, die Deckung suchten und schossen. Ein junger Mann mit Kopfhörern lief geduckt auf den freien Platz zwischen den Fronten, stellte ein Mikrofon auf und zog sich eilig wieder zurück. In einer Nische zwischen zwei Verkaufsbuden hatte sich ein Kamerateam eingerichtet, ein Regisseur brüllte Anweisungen und versuchte, auf seinen stoffbespannten Stuhl zu steigen, um bessere Sicht zu haben. Es dauerte weniger als eine Minute, da sprangen die Gangster in das Schwebeboot, wobei sie den zu ihnen gehörenden Genossen mitschleppten, der verwundet oder betäubt schien. Mit brausendem Lärm stieg das Boot steil empor, kurvte in bedenklicher Schieflage zwischen den Fronten zweier Hochhäuser hindurch und war verschwunden.

Jetzt erst bemerkte ich, dass mich ein junger Mann mit einer Handkamera ins Visier genommen hatte. Er rückte zögernd, aber beharrlich immer näher, bis ich ihn in einem jähen Ausbruch von Wut heftig zurückstieß.

Ende Troys Bericht

Eilmeldung IPra

Am gestrigen Abend ereignete sich mitten im belebten Einkaufsviertel der Stadt ein dreister Überfall. Gangster versuchten, den bekannten Wissenschaftler Doktor Troy P. Dryer zu entführen. Es soll sich um fünf oder sechs Männer handeln, die Dryer an einer Einkaufsstraße auflauerten, als er sich gerade auf dem Nachhauseweg vom Sportzentrum befand, und ihn zwingen wollten, in ein bereitstehendes Schwebeboot einzusteigen. Wie man uns berichtet hat, kamen im letzten Moment zwei Beamte der Stadtpolizei hinzu, die den Ernst der Lage sofort erkannten und die Kidnapper aufforderten, sich zu ergeben. Doktor Dryer nutzte die Gelegenheit zu einem mutigen Fluchtversuch, mit dem er sich aus der Gewalt der Verbrecher befreien konnte: Nach Auskunft der Untersuchungskommission geriet er dabei in den Wirkungsbereich einer platzenden Betäubungskapsel. Obwohl bald weitere Polizisten am Tatort eintrafen, gelang es den Gangstern, zu entkommen. Sie flüchteten mit dem Schwebeboot, das kürzlich als gestohlen gemeldet worden war. Man darf daraus den Schluss ziehen, dass es sich um eine vorbereitete Tat handelte.

Im Zusammenhang mit den sofort eingeleiteten Untersuchungen wird eine Frau mittleren Alters gesucht, mit der Doktor Dryer bei einer Bootsfahrt im Wasserpark beobachtet wurde und die möglicherweise etwas mit dem Überfall zu tun hat. Der Wissenschaftler, der noch immer unter den Nachwirkungen des Betäubungsmittels leidet, konnte dazu noch nicht befragt werden – von seinen Aussagen erhofft man sich nützliche Angaben für die Aufklärung des versuchten Verbrechens.

Der Grund für den Entführungsversuch ist unbekannt, er könnte aber im Zusammenhang mit dem wissenschaftlichen Programm der vereinigten militärischen Forschungsinstitute stehen. Doktor Dryer ist Experte für Programmentwicklung im Organisationsbereich, erst kürzlich hat er seine Arbeit an einer universellen Programmiersprache erfolgreich abgeschlossen, die den Wissenschaftlern und Technikern, darüber hinaus aber auch allen anderen, die ans Netz gebunden sind, eine wesentlich einfachere Bedienung der Systeme ermöglicht. Erst in der vergangenen Woche wurde er mit der Leitung einer neu gegründeten Arbeitsgruppe betraut, die sich mit streng geheimen Projekten der Computertechnik beschäftigen wird. Bekannt ist nur, dass es unter dem Tarnnamen Sphinx läuft.

Wie wir von gut unterrichteten Kreisen erfahren, besteht der Verdacht, dass die berüchtigte Sicherheitsbehörde der Allianz hinter dem frechen Überfall steckt, die versuchen wollte, den hochbegabten jungen Wissenschaftler in ihr Territorium zu verschleppen. Vielleicht sollte er gezwungen werden, Angaben über das eben erst angelaufene Projekt Sphinx preiszugeben, vielleicht wollte man ihn sogar zwingen, seine Arbeit dort zum Nutzen der Allianz fortzusetzen.

Sperrfrist bis zum Abschluss des Ereignisses

6.

Die Arbeit an der gestellten Aufgabe wurde durch die Beziehung zwischen Leonora und Gareth nicht beeinträchtigt. Im Gegenteil: Sie verstanden sich gut, ihre Kooperation zeitigte beachtliche Erfolge, und die Freude über die erzielten Fortschritte machte ihre gemeinsam verbrachten Tage nur noch schöner.

So verging die Zeit wie im Flug. Für Gareth eine angenehme, eine unbeschwerte Zeit. Sie ließ ihm kaum Gelegenheit, die Angehörigen dieser merkwürdigen Gemeinschaft näher kennenzulernen. Nur gelegentlich, bei den Mahlzeiten, die nicht an einen festgelegten Zeitplan gebunden waren, konnte er mit ihnen einige Worte wechseln. Offenbar waren alle voll auf ihre Arbeiten konzentriert. Eine Ausnahme machte nur Jewer, der Gareth häufig in der Mittagszeit oder am Abend aufsuchte und wissen wollte, ob alles zu dessen Zufriedenheit verliefe. Erst als die Freundschaft zwischen Gareth und Leonora offenkundig wurde, ließ Jewer sich nicht mehr so oft sehen.

Gareth erfuhr auch nur wenig darüber, womit sich die anderen Wissenschaftler beschäftigten – Leonora hatte erwähnt, dass sie mit Routineaufgaben betraut waren, vor allem mit der Entschlüsselung aufgefangener Funksprüche. Ihre Arbeit ging unauffällig in den Räumen des Erdgeschosses vor sich. Etwas mehr war von den Aktivitäten der kleinen Gruppe von Technikern zu sehen, die gelegentlich auch im Freien tätig waren, wenn sie sich an den Funk- oder Peilsystemen zu schaffen machten – merkwürdigen Hohlschirmen und Zylindern aus Wabenblech –, die sie in unbestimmte Fernen richteten. Und schließlich begegnete Gareth auch hin und wieder den Männern von Jewers Gruppe, die oft schon früh am Morgen mit schwerer Ausrüstung ins Gelände hinauszogen und erst spät in der Nacht zurückkamen. Einmal hatte ihn Jewer gefragt, ob er sich ihnen nicht anschließen wolle, doch Gareth hatte ihm etwas erstaunt für die Einladung gedankt und im Übrigen auf seine Arbeit verwiesen.

Eines Morgens, als sich die Sonne gerade über die Bergkette schob, war das Donnern von schweren Hubschraubern zu hören. Es war für Leonora und Gareth kein Grund schon aufzustehen, und so kuschelten sie sich zärtlich aneinander und liebten sich zu einer ungewohnten Stunde, aber vielleicht gerade deshalb so innig wie selten zuvor.

Als sie später zum Frühstück aufbrechen wollten, klopfte es an der Tür, und Jewer fragte nach Gareth. »Heute um neun Uhr Besprechung«, verkündete er. »– im Zimmer von Louiz.«

»Worum geht es?«, fragte Gareth verwundert und noch etwas verschlafen vom Bett aus.

»Um deinen Einsatz«, antwortete Jewer.

Louiz und Jewer warteten schon auf Gareth, als dieser das Besprechungszimmer betrat. Louiz bedeutete ihm ein wenig förmlich, sich zu setzen.

»Du wirst ja schon bemerkt haben, dass sich eine Sondereinheit hier oben befindet. Wir bereiten eine Aktion vor, die streng geheim ist. Und dabei spielst du eine wichtige Rolle. Jewer ist der Leiter –«, er wandte sich an diesen, »würdest du Gareth jetzt mit unseren Plänen vertraut machen?«

»Ich durfte dich bisher nicht einweihen«, erklärte Jewer. »Du verstehst – wegen der Sicherheit.« Sicherheit? Als dieser Ausdruck fiel, sah Gareth den Leiter der bevorstehenden Aktion irritiert an. Dieser war anders gekleidet als sonst, trug eine Jacke mit vielen Taschen, der Reißverschluss war offen, und man konnte einen Gürtel mit daran befestigtem Halfter erkennen. Und sein langes blondes Haar war glatt nach hinten gekämmt. Er war wie verwandelt – eine andere Person.

»Was für eine Aktion?«, fragte Gareth.

Es sah so aus, als müsse Jewer überlegen, womit er beginnen sollte. »Du hast meine Spezialisten ja schon kennengelernt. Vielleicht hast du dich gefragt, was sie hier zu tun haben. Nun, wir haben uns auf eine Aktion vorbereitet.«

Gareth hatte eine Menge Fragen. »Was habe ich dabei zu tun? War das der Grund, dass du mich vor einiger Zeit eingeladen hast, bei den Vorbereitungen mitzumachen? Hätte ich daran teilnehmen sollen?«

»Ich wollte dir Zeit lassen, zum Eingewöhnen. Und es war auch nicht nötig – du hast ja erst vor kurzer Zeit eine einschlägige Schulung hinter dich gebracht. Und außerdem brauchen wir dich nicht für die Feldarbeit, sondern als Spezialisten. Aber keine Sorge: Du bekommst noch genügend Gelegenheit, dich auf den Einsatz vorzubereiten. In den nächsten vier oder fünf Wochen. Jetzt fängt es erst richtig an.«

Als Gareth erneut Fragen stellen wollte, brachte Jewer ihn mit erhobener Hand zum Schweigen. »Hör zu! Du wirst gleich verstehen. Wir machen uns auf den Weg zum Aracone-Center. Wir werden dort eindringen, soweit es geht heimlich, wenn es sein muss auch mit Gewalt. Unser Ziel ist der Kernbereich, dort wo das neue System steht. Wir werden feststellen, was das Besondere daran ist. Wie es funktioniert, welche Funktion es hat, wozu es eingesetzt wird.«

»Jewer und seine Leute sind ein eingespieltes Team«, warf Louiz ein, »jeder hat seine Aufgabe. Darum brauchst du dich nicht zu kümmern. Deine Aufgabe ist es, an die Pläne für den neuen Computer heranzukommen. Du wirst feststellen, wie er programmiert wird. Kurzum, wir brauchen alle Informationen, um selbst ein solches System zu bauen. Vielleicht können wir Teile davon mitnehmen, und du wirst uns sagen, was dafür infrage kommt. Und den Rest werden wir zerstören. So einfach ist das.«

Gareth war betroffen, aber nicht einmal so sehr überrascht – es war ihm, als hätte er, ohne es sich selbst einzugestehen, auf eine solche Wendung gewartet – dieses Leben hier, seine wissenschaftliche Arbeit, Leonora ... es wäre zu schön gewesen, zu problemlos, zu einfach. Trotzdem versuchte er, sich zu wehren. »Schade, dass ich meine Arbeiten unterbrechen muss. Leonora und ich – wir sind gut vorangekommen. Wir hatten ja die decodierten Funksprüche zur Verfügung und glauben zu wissen, um welche Art von System es sich handelt, das da drüben steht –«

Louiz unterbrach ihn. »Nichts gegen deine Arbeiten. Sie waren wichtig, damit du besser begreifst, worum es geht. Aber nimmst du tatsächlich an, wir könnten den Vorsprung der Gegenseite auf diese Weise noch aufholen? Dazu bräuchte man ein gut ausgestattetes Institut mit vielen Mitarbeitern – so wie es Troy Dryer zur Verfügung stand.«

Jewer stimmte zu. »Wenn wir noch eine Chance haben wollen, dann müssen wir den Vorsprung mit einem Schlag aufholen. Das geht nicht auf die sanfte Tour. Uns bleibt keine Wahl – wir müssen die geplante Aktion durchführen.«

»... und dabei bist du fest eingeplant«, fügte Louiz hinzu. »Ist alles klar?«

Gareth zögerte kurz, doch er begriff, dass er hier und jetzt nicht ablehnen konnte. So stimmte er widerwillig zu und versuchte, seine Ratlosigkeit und seine Enttäuschung zu verbergen. Blieb ihm wirklich keine andere Möglichkeit, als an diesem verrückten Unternehmen teilzunehmen? Weigerung kam nicht infrage, Flucht genauso wenig. Er saß in der Falle. Was tun? Er hatte noch Zeit, darüber nachzudenken. Vielleicht ergab sich später noch eine Gelegenheit auszusteigen – und dann würde er nicht lange überlegen …

Stumm ging er neben Jewer her. »In den nächsten Wochen werden wir den Einsatz bis ins kleinste Detail besprechen und die wichtigsten Phasen trainieren«, erklärte dieser. »Heute sind die Geräte gekommen, die wir für den Einsatz brauchen. Wahrscheinlich hast du die Hubschrauber gehört, die das Material gebracht haben.«

Zusammen stiegen sie ins untere Stockwerk, wo die Angehörigen des Einsatzkommandos mit Packen beschäftigt waren. Mit ihnen hatte Gareth noch wenig zu tun gehabt – es war das erste Mal, dass er sie aus der Nähe betrachten konnte. Sie waren alle etwa in gleichem Alter, jünger als die meisten Wissenschaftler – zwischen zwanzig und fünfundzwanzig. In ihren Kampfanzügen sahen sie einander ähnlich, sie schienen sich nur durch die Hautfarbe zu unterscheiden. Er musste genauer hinschauen, um zu erkennen, dass auch eine Frau dabei war.

Gareth bekam eine Feldausrüstung, dazu Waffen. Als er sich umgekleidet hatte, unterschied er sich kaum von den anderen: Er hatte etwas von seiner Individualität verloren, war in die anonyme Truppe eingegliedert. Man gestand ihm auch keine Zeit zum Eingewöhnen zu, man schien von ihm zu erwarten, dass er, ohne zu zögern, in seine neue Situation hineinfand.

In der Tat – seine Schulung war eine gute Vorbereitung gewesen. Er kannte sich mit den Geräten aus und er war körperlich gut trainiert. Eine perfekte Vorbereitung auf das geplante waghalsige Unternehmen. Konnte das ein Zufall sein? Wenn er das, was seither geschehen war, nüchtern überdachte, fiel es ihm schwer, das zu glauben. Ob es ihm eines Tages gelingen würde, alle diese verdeckten Beziehungen zu überblicken, die in letzter Zeit zu so seltsamen Wendungen in seinem Schicksal geführt hatten. Was war Zufall, was war geplant?

Nach der Mittagspause versammelten sich die Angehörigen des Trupps am Rande des freien Platzes, auf dem sie in den vergangenen Wochen mit ihren Übungen beschäftigt gewesen waren. Bisher hatte er ihre Aktionen lediglich aus der Ferne beobachten können, und es war ihm nicht klar gewesen, was sie da eigentlich getan hatten. Jetzt würde er mehr darüber erfahren. Sie nahmen auf zwei grob geschreinerten Holzbänken Platz, und Jewer beschrieb den detailliert ausgearbeiteten Aktionsplan für das Unternehmen, das sie in die geheime Zentrale der militärischen Logistik des Gegners bringen würde.

Manches von dem, was er da hörte, kam Gareth undurchführbar vor, ja geradezu fantastisch, doch alle schienen den geschilderten Plan zu akzeptieren, und Gareth begriff mit einem Mal, dass dieses verwegene Unternehmen Wirklichkeit werden sollte. Und dass er dabei sein würde. Sein Verstand wehrte sich dagegen, aber in irgendeinem versteckten Winkel seines Bewusstseins regte sich die Erkenntnis, dass er im Grunde genommen sogar mitmachen wollte. Und als er es sich eingestanden hatte, wusste er auch den Grund: Dieses Unternehmen würde ihn zu Troy führen.

Troys Bericht

Ich ging mit gemischten Gefühlen an meine neue Aufgabe heran. Ein Sicherheitssystem – zum ersten Mal bekam ich es da mit praktischen Dingen zu tun, und das störte mich, ich wusste selbst nicht warum. Die Probleme, mit denen ich es bisher zu tun gehabt hatte, waren im klaren Raum der Logik angesiedelt gewesen, sie hatten etwas Sauberes an sich, da sie unbeeinflusst von den sogenannten Schmutzeffekten waren: jenen unkontrollierbaren Einflüssen aus der Alltagswelt, die dem Experimentalwissenschaftler das Leben schwer machen, indem sie seine Messungen stören. Temperaturschwankungen, Luftströmungen, fluktuierende Felder, Staub und – Schmutz. Und nun war ich in ein Problemfeld geraten, auf dem es keine ungestörten Experimente gab, eher ein Gegeneinander von trickreichen Überwachungsmaßnahmen und nicht weniger trickreichen Versuchen der Betroffenen, sich den Zugriffen zu entziehen. Schmutz: Abhörmikrofone, versteckte Kameras, Zugriff zu Intimdaten, Überwachung der Kommunikation, Psychostatistik. Ekelhaft.

Doch als ich mich widerwillig in die Problematik vertiefte, mir einen Überblick über die Maßnahmen verschaffte, die Methoden der Rasterfahndung kennenlernte und vieles andere, was dazugehörte, fiel mir auf, dass man sich bisher in der Tat nur mit den Detailfragen des Zugriffs beschäftigt hatte, während die dahinter steckenden Strukturfragen völlig vernachlässigt geblieben waren. Da gab es hochinteressante Probleme, und wenn eine solche Situation auftritt, setzt sich in mir wie von selbst ein Prozess in Gang. Wie ließen sich die gesammelten Informationen in Zusammenhang bringen? Wie ließen sich die Unmengen von Daten auswerten? Wie ließ sich eine Koordination erreichen? Welche Aspekte waren bisher berücksichtigt worden, welche unbeachtet geblieben? Inwieweit konnten automatische Analyseverfahren hilfreich sein? Schon während der ersten Überlegungen fielen mir viele ungenutzte Möglichkeiten auf, übergeordnete Aspekte, die einen weitaus besseren Überblick über die Problematik erlaubten als die Nabelschau aus den anwendungsnahen Ebenen heraus. Schon nach einigen Tagen hatte ich mir eine über mehrere Dimensionen verteilte Netzstruktur zurechtgelegt, die glasklar erkennen ließ, wo sich Gelegenheiten für Verbesserungen ergaben. Dadurch präsentierte sich die Situation mit einem Mal in mathematischer Abstraktion, von den Schmutzeffekten befreit. Übrigens ließen sich die zugrunde liegenden logischen Zusammenhänge so allgemein formulieren, dass das resultierende Organogramm auch in ganz anderen Bereichen anwendbar wurde, etwa bei der Optimierung von Produktionsanlagen, beim Problem der Sprachenerkennung und der Rechtschreibung, bei der industriellen Wirkungsberechnung und bei der Organisation von Sportveranstaltungen. Als ich mir erst einmal die theoretische Basis erarbeitet hatte, wurde alles andere viel einfacher, und ich hatte bald praktische Fortschritte zu verzeichnen, mit denen auch meine Vorgesetzten zufrieden waren.

So kam es, dass ich mich besser mit meiner neuen Situation abfand, als ich es noch einige Wochen zuvor zu hoffen gewagt hatte. Eine Verbesserung der äußeren Umstände meiner Arbeit trug natürlich auch dazu bei – ich saß in einem vornehm eingerichteten Arbeitszimmer, hatte leistungsfähige Computer zur Verfügung und ein Team von Mitarbeitern, die ich mir selbst ausgesucht hatte. Es waren tüchtige junge Leute, und sie respektierten mich. Ja, natürlich sollte ich auch erwähnen, dass sich die Summe der mir monatlich überwiesenen Credits vervielfacht hatte, dass ich eine hübsche Wohnung im Zentrum gefunden hatte und mir vieles leisten konnte, das eigentlich unnütz war, das man aber in einer gehobenen Position üblicherweise besitzen soll. Kurz und gut: Ich gehörte jetzt zu jenem kleinen Personenkreis, der im Vergleich mit den anderen Bewohnern der Kuppeln die neue Elite bildete – ausgezeichnet durch Macht und Geld.

Der angenehmste Umstand dieses Lebensabschnitts aber war es, dass ich durch den schnellen beruflichen Erfolg auch Zeit gewann, mich, ohne dass es auffiel, wieder intensiver mit den Fragen zu beschäftigen, die den Unwillen von Professor Hartegger hervorgerufen hatten – wie sich von selbst versteht, hatte ich mich nie ernsthaft damit abgefunden, diese Seite meines Interessengebiets völlig aufzugeben. Damals hatte ich mir eine lernfähige Schaltanordnung ausgedacht, so etwas wie die Lernmatrizen aus der Pionierzeit der Kybernetik, aber weitaus umfangreicher. Was sich früher anhand von ein paar trägen Schaltelementen prinzipiell beweisen ließ, funktionierte jetzt unsichtbar in einem der neuen Speicherwürfel mit Milliarden Elementarfunktionen. (Das hatte auch den Vorteil, dass äußerlich nichts von meinen privaten Arbeiten zu bemerken war.) Weiter hatte ich ein assoziatives Zugriffssystem entworfen und mit mehreren Datenbanken gekoppelt. Und schließlich ließ ich das System an meiner eigenen Kommunikation teilhaben – ich nutzte gewissermaßen meine Kenntnisse der Überwachungsmethoden aus, um mich selbst überwachen zu lassen. Das brachte es mit sich, dass mich dieses System im Lauf der Zeit besser kennenlernte, als es einem mir nahe stehenden menschlichen Wesen möglich gewesen wäre. Was würde daraus entstehen? Ganz genau wusste ich es selbst noch nicht, aber ich war überzeugt, es würde etwas Aufregendes sein – vielleicht ein Doppelgänger von mir, den ich als Stellvertreter einsetzen konnte, vielleicht ein Freund, ein Vertrauter, der mir bei der Lösung von Konflikten zur Seite stand, vielleicht eine Wesenheit, die denselben Charakter hatte wie ich und dieselbe Philosophie, die mir aber naturgemäß turmhoch überlegen war; schließlich war sie ja immer noch ein Computer, der in Gedankenschnelle logische und mathematische Probleme lösen kann und durch den Zugriff auf die Datenbanken über alles Wissen der Welt verfügt. So hatte ich – ein kurios scheinender Gedanke! – alles vorbereitet, um von mir selbst so etwas wie einen elektronischen Klon herzustellen.

Es war dafür gesorgt, dass diese sorgenlose Zeit nicht beliebig lang andauerte, und merkwürdigerweise war es gerade meine erfolgreiche Arbeit, die ihr Ende herbeiführte. Wieder einmal meldete sich Professor Hartegger, sprach einige lobende Worte und kündigte einen Besuch bei mir im Datenzentrum an.

Ich empfand es als ungewöhnlich, dass er mich ohne Begleitung aufsuchte, denn normalerweise umgab er sich mit einem Stab von Mitarbeitern. Ich bat ihn, am Besprechungstisch Platz zu nehmen, doch er zog sich einen Stuhl an meinen Arbeitsplatz heran. »Ich habe alle deine Berichte gelesen«, sagte er, »die Fortschritte sind beachtlich. Heute hätte ich gern eine praktische Demonstration. Wie wäre es mit einer elektronischen Verfolgung? Kannst du so etwas demonstrieren?«

»Aber sicher. Wen sollen wir uns vornehmen?«

Hartegger schien zu überlegen. »Natürlich wollen wir die Bestimmungen des Datenschutzes nicht verletzen. Die Privatsphäre unserer Mitbürger ist uns heilig. Wie wäre es, wenn wir einen Tag aus deinem Leben nähmen? Wärst du einverstanden?«

Der Gedanke daran war mir etwas unangenehm, aber es blieb mir nichts übrig als zuzustimmen. Ich gab den Tagescode und das Passwort ein und bekam die Erlaubnis zum Zugriff. Dann tippte ich meine Personalnummer ein und erhielt das Menü für die Spezifikation der gespeicherten Überwachungsdaten. »Welches Datum?«, fragte ich.

»Ach, es kommt nicht darauf an. Nehmen wir …«, – er beugte sich zur Tastatur und bestimmte einen Tag. Er lag schon lange Zeit zurück.

»Die Daten aus diesem Monat dürften längst gelöscht sein«, wandte ich ein, und wie zur Bestätigung erschien ein Schriftzug: Offiziell gelöscht! Daten nur mit Sondererlaubnis abrufbar. Bitte um Eingabe des Zugriffscodes. Ohne zu zögern, tippte Hartegger wieder einige Buchstaben und Ziffern ein … – Code angenommen, Zugriff erlaubt.

Auf dem Monitor erschien die grafische Benutzeroberfläche für die Analyse und Bearbeitung aufgezeichneter Szenen, mir natürlich gut bekannt – hatte ich sie doch selbst entworfen. Sie folgte dem Vorbild eines Filmschnittprogramms, wie bei einer Partitur waren eine Bild-, eine Schrift- und eine Klangleiste untereinander angeordnet, und man konnte mit dem Cursor an jeden beliebigen Zeitpunkt gehen, um die Dokumentation aufzurufen. So wie Hartegger das System bediente, schien er damit vertraut zu sein. Er führte den Cursor an eine bestimmte Position auf der Zeitskala – und das Bildfenster öffnete sich. Da war der Sportpark, in dem ich mich regelmäßig mit Hannibal getroffen hatte, um ihm meine Daten zu übergeben, und da war ich schon zu sehen: im Trainingsanzug, eine Kamera am Riemen, an der Kasse vor dem Eingang. Wenn ich mich bewegte, erschienen die Bilder ein wenig verwischt.

»Das sind alte Aufnahmen«, sagte ich. »Damals hatte ich noch nichts mit dem Überwachungssystem zu tun. Inzwischen ist die Qualität viel besser. Vielleicht sollten wir uns etwas Neueres anschauen.«

»Nein, nein«, murmelte er. »Was ich sehen will, kann ich auch so sehen.«

Es folgten weitere Bilder, und nun – Hartegger hatte den Ton aktiviert – waren auch die Umgebungsgeräusche zu hören. Ich schlenderte durch den Park, einmal aus der Nähe erfasst, dann wieder klein und schwer erkennbar aus der Ferne. (Auch diese Unzulänglichkeit war längst ausgemerzt – seit ich die alten Kameraobjektive durch Fisheye-Optiken ersetzt hatte, die genügend scharfe Bilder zum Herausvergrößern lieferten.) Die mindere technische Qualität der Bilder störte mich, ich hätte ihm lieber die aktuelle Version vorgeführt. Doch dann erkannte ich erschrocken, welchen Tag Hartegger zur Wiedergabe gewählt hatte: genau jenen, an dem es zum konspirativen Treffen mit Bernadette gekommen war. Das konnte kein Zufall sein. Was hatte er vor?

Da war auch schon die Terrasse der Bar, und da war auch Bernadette. Es war zu hören, wie wir uns begrüßten, dann ließ Hartegger vorlaufen, wobei sich die Sprache in helles Geschnatter verwandelte, bis sie schließlich wieder deutlich zu verstehen war: »Ich hätte Lust auf eine Bootsfahrt – kommst du mit?«

Auf dem Bildschirm war zu verfolgen, wie wir hinüber in die Abteilung für Wassersport gingen, uns in die Schlange der Wartenden einreihten, wie wir scherzten und lachten und endlich in ein bereitliegendes Boot stiegen. Unter anderen Umständen wären diese Aufnahmen amüsant gewesen – Bernadette und ich im schwankenden Boot, immer wieder von Sturzbächen übergossen, den Kopf eingezogen, die Hände um den Haltebügel geklammert, aber jetzt konnte ich diesem Aspekt nichts Heiteres abgewinnen. Und jetzt war deutlich zu erkennen, dass sich Bernadette zu mir drehte und mir etwas ins Ohr schrie, das freilich im Getöse des anstürmenden Wassers unterging. Meine Erleichterung währte aber nur kurze Zeit, denn nun wandte sich Hartegger an mich und sagte: »Nichts zu verstehen – das war damals noch ein Problem. Doch, wenn ich richtig verstanden habe, sollte das mit deinem modernen Filterverfahren lösbar sein. Davon würde ich mich gern überzeugen – könntest du diese Sequenz vom Hintergrundgeräusch befreien?«

Jetzt bestand kein Zweifel mehr, dass Hartegger mit einer besonderen Absicht hierher gekommen war – er hatte mich hereingelegt.

Während ich am Nebenbildschirm Ordner aufrief und so tat, als müsste ich erst nach dem Menü mit den Bedienungsanweisungen suchen, sagte er – und nun war auch eine gehörige Portion Hohn zu bemerken: »Wenn es dir Mühe macht … ich kann auch einen Mitarbeiter aus der Sicherheitsabteilung rufen, der sich sehr lobend über das System geäußert hat und es ständig anwendet.«

Warum trieb er solche Spielchen mit mir? Ich konnte auf einen weiteren Zeugen verzichten und musste mich fügen. Ich rief das Filterprogramm auf, und schon wurden unsere Stimmen verständlich.

Ich habe dir etwas mitzuteilen – ein paar Instruktionen. Zunächst begrüßen wir es sehr, dass du im Institut jetzt endlich eine ernsthafte Aufgabe bekommen hast. Wegen deiner wissenschaftlichen Ausschweifungen waren wir bereits in Sorge …

Die Stimme war klar und deutlich – ich konnte auf das hervorragende Resultat der Datenverarbeitung stolz sein.

Zunächst eine Anordnung: Selbstverständlich übernimmst du die Leitung der Arbeitsgruppe, wie es dir angeboten wurde. Das liegt in unserem Interesse, von einer höheren Position aus wirst du mehr über geheim gehaltene Projekte in Erfahrung bringen können, und dann wirst du für uns wesentlich nützlicher sein als bisher.«

Jetzt, wo es zu spät war, verfluchte ich mich wegen meines Leichtsinns – ich hätte diese Passage schon vor langer Zeit mühelos löschen können.

… wir nehmen vorderhand keinen Kontakt mehr auf. Sobald wir dich später einmal brauchen, melden wir uns.

… mich brauchen – wozu?

Das wird sich ergeben. Du wirst doch nicht gedacht haben, dass man bei uns einfach austreten kann wie aus einem Sportverein. Du wirst von uns hören …

Es hatte mich wie ein Schlag getroffen. Damit war alles zu Ende. Das angenehme Leben, der Luxus, das Geld … Vor allem aber meine wissenschaftliche Tätigkeit, und das würde der Verlust sein, der mich am meisten schmerzte.

Hartegger beobachtete mich, und ich saß mit gesenktem Kopf regungslos da. Erst als ein paar Minuten vergangen waren, ohne dass etwas geschah, blickte ich auf. Ich hatte erwartet, einen verärgerten, vielleicht sogar zornigen Mann zu sehen, doch er lächelte mich an, wenn auch etwas süffisant, und sagte: »Es war dumm von dir anzunehmen, dass wir nichts von deinen verborgenen Aktivitäten wüssten. In der Tat bist du nicht der Erste, der herübergekommen ist, um zu studieren, und es war kein Einziger darunter, der vorher nicht vom Sicherheitsdienst der Allianz zur Mitarbeit verpflichtet worden wäre. Warum hätte es bei dir anders sein sollen? Wir haben damit gerechnet und es bestätigt gefunden. Es gibt doch noch ein paar Nachrichtenkanäle, von denen du nichts weißt. Sie sind uralt und haben nichts mit Elektronik und Datennetzen zu tun.«

»Und trotzdem haben Sie mich mit einer Aufgabe betraut, die unter Geheimhaltung steht?«

»Wir haben dafür gesorgt, dass du nichts verraten kannst, was der anderen Seite nützt. Und im Übrigen halten wir dich nach wie vor für eine Sonderbegabung auf dem Gebiet der Computer- und Netztechnik. Weshalb sollten wir auf deine für uns sehr wertvollen Leistungen verzichten?«

»Und warum haben Sie mir jetzt doch noch mitgeteilt, dass Sie informiert sind?«

Hartegger drehte sich vom Bildschirm weg und wandte sich mir zu. Er holte tief Luft – als wollte er die Wichtigkeit des Kommenden unterstreichen. Und dann eröffnete er mir, dass geplant war, in einem entlegenen Teil der Wüste ein Forschungsinstitut zu errichten. Als Aufgabe nannte er die Entwicklung eines umfassenden Computernetzes, mit dem die an einigen Zentren konzentrierte Rechenleistung an allen Stellen verfügbar gemacht werden sollte. Er hatte auch schon einen Namen dafür: Sphinx.

Und schließlich sagte er, fast nebenher: »Ich habe vorgeschlagen, dich mit der Leitung des Instituts zu betrauen.«

Jetzt war ich noch verwirrter als zuvor. »Und damit ist es jetzt vorbei?«

»Nicht unbedingt«, antwortete Hartegger. »Und das ist auch der Grund für die kleine, von mir inszenierte Demonstration. Ich bin nach wie vor der Meinung, dass du der beste wissenschaftliche Leiter des Instituts bist, den wir uns wünschen können. Aber diese Aufgabe würde dich nun wirklich ins Zentrum der modernsten militärischen Forschung führen und damit auch in den Bereich strengster Geheimhaltung. Hier darf es keine Verbindungen zu gegnerischen Gruppen mehr geben, und dabei müssen wir hundertprozentig sichergehen. Kurz gesagt: Solange du das Institut leitest, darfst du es nicht verlassen. Damit musst du dich einverstanden erklären.«

»Und wenn ich es nicht tue?«, fragte ich, aber ich ahnte bereits, dass es keine Alternative gab.

»Nun«, antwortete Hartegger, »immerhin bist du als Agent überführt worden. Das wird in allen Ländern der Erde streng bestraft. Für das, was du getan hast, gibt es bei uns die psychische Renormalisierung.«

Ende Troys Bericht

7.

Unternehmen »Nachtgesang«

Aktionsplan

1. Querung des Wüstenstreifens bis zum Fuß des Gebirges
2. Einrichtung eines Depots
3. Aufstieg auf den Gebirgszug hinter dem AraconeCenter
4. Einrichtung eines Zwischenlagers
5. Absprung auf das Dach des Institutsgebäudes

6. Einstieg ins Innere nach Detailplan A-intern
7. Besetzung der Zentrale Sphinx_2
8. Sichtung der Unterlagen
9. Sprengung des Kernbereichs
10. Rückzug mit erbeutetem Material

Teilnehmer der Spitzengruppe

Jewer (Abd el Masshir) – Leiter
Julian – Zeugwart, Mechaniker und Mikro-Ingenieur
Cinderella – Tele-Medizin, Notoperationen
Lomax – Experte, Sprengstoff und Giftgas
Tom – physischer Sondereinsatz, Nahkampf
Gareth (Gast) – Fachberatung Informatik

Spezialausrüstung

Oxicat-Batterien – Energie- und Stromversorgung
Hochenergielaser – Bohr- und Schnittgerät
Universal-Schusswaffen – für Projektile und Gaskapseln
Mobiler Aktionsautomat – kletterfähig
Kletterausrüstung – Seile, Steigklemmen, Abseilgeräte
Kompakt-Funkeinrichtung – für Bild- und Tonübertragung
Supra-Leitungs-Kühlschirme – Schutz vor Infrarotsichtung
Vorräte – Proviant, Munition, Sprengstoff etc.

Für Gareth war es eine abrupte Umstellung. Jetzt war er wieder körperlich gefordert und musste sich bemühen, mit den anderen mitzuhalten. Aber diesmal war es anspruchsvoller als das stumpfsinnige Muskeltraining während der Schulungswochen, auch seine Konzentration war gefordert. Wenn sie ins Gelände hinausrückten, dann ging es nicht nur darum, mit Schwierigkeiten fertig zu werden und Hindernisse zu überwinden – etwa bei der Kletterei –, sondern auch um die Koordination der Aufgaben. Es galt schließlich, eine Menge Gepäck zu transportieren, darunter Waffen und Sprengstoff sowie mehrere Oxicat-Batterien zum Antrieb der Laserwerkzeuge, zum Heizen und Kochen und für die Beleuchtung.

Jewer nahm es genau – jeder Handgriff wurde geübt, die Reihenfolge war minutiös festgelegt. Oft erprobten sie mehrere Möglichkeiten, um die beste herauszufinden und sich darauf einzustellen, und sie wiederholten die einzelnen Handlungsakte wieder und wieder.

An den meisten Tagen hatten sie gutes Wetter – untertags Sonnenschein und Hitze, die Nächte waren dagegen oft so kühl, dass sie die sonst eher hinderlichen Kampfanzüge als angenehm wärmend empfanden. Aber sie hatten auch Kletterübungen im Dunkeln unternommen und in größeren Höhen beißende Kälte ertragen müssen. Und unter allen erschwerenden Umständen erwartete Jewer gleiche Präzision und Zügigkeit.

Es war in der dritten Woche der Vorbereitungen, als wieder einmal dunkle Wolken am Himmel aufzogen. Sie wurden rasch größer, veränderten unablässig ihre Form und verdunkelten die Umgebung. Das Hellste am Himmel waren ihre schwefelgelben Ränder.

Obwohl der Trupp soeben eine Nachtübung hinter sich gebracht hatte, hielt Jewer die Gelegenheit für günstig, zur Abwechslung einmal einen Gepäcktransport unter erschwerten Bedingungen zu veranstalten. Sie nahmen die gerade abgelegten Lasten wieder auf und marschierten in die Wüste hinaus – in Richtung auf ein Dünenfeld, das sich in südlicher Richtung mehrere Kilometer weit erstreckte.

Der Auftrag war, den ebenen Talgrund zu durchqueren und einen von Jewer bestimmten Treffpunkt zu erreichen. Er lag an der gegenüberliegenden Talseite, am Fuß der dort ansteigenden Hügelkette; dort sollte Cinderella sie mit dem großen Geländewagen erwarten.

Gareth hatte schon einiges über die orkanartigen Unwetter gehört, die sich selten, aber mit schonungsloser Gewalt über diesem Teil des Landes entluden. Erscheinungen dieser Art gehörten zu den Folgen der Klimaveränderung, die sich nach den Aussagen der Meteorologen seit nahezu hundert Jahren weltweit vollzog. Sie hatte das Land und speziell auch die Trockengebiete im Südwesten Nordamerikas entscheidend verändert. Vor allem hatten die Stürme Bodenschichten aufgewühlt und dabei die sandigen Bestandteile an die Oberfläche gebracht. So wurden ehemals fruchtbare Gebiete zur Wüste. Die großen Wassermengen, die dabei innerhalb kurzer Zeit vom Himmel fielen, trugen nichts zu einer Verbesserung des Klimas bei, sondern entfalteten im vegetationsarmen Gelände eine kaum vorstellbare zerstörerische Kraft. Innerhalb von Stunden gruben sie Schluchten in die weichen Ablagerungen, rissen Gestein und Sand mit sich, die sich schließlich, wenn das Unwetter nachließ, in den Ebenen sammelten und endlose, leblose Decken bildeten, unter denen alles Lebende begraben wurde. Und dabei verschwand das Wasser in unterirdischen Hohlräumen und hinterließ das Gebiet so trocken wie zuvor.

An Berichte solcher Art erinnerte sich Gareth, als er mit den Gefährten durch den Sand stapfte, einen schweren Tragsack auf dem Rücken. Trotz der Mühe staunte er über die fantastischen Formationen der Sanddünen mit deutlich unterscheidbaren Luv- und Leeseiten, Produkte des Windes. Dieser schob den Sand über die ihm entgegengewandte flache Seite hinauf und trieb sie dann in lang gezogenen Strähnen über die Kämme. Trotz der zunehmenden Finsternis war es gut zu beobachten, denn gelegentlich entstanden Lücken in der Wolkendecke, und dann lag der Kessel mit dem darüber hinwegschießenden Sand in rötlich gelbem Licht da – ein Effekt, der etwas Unheimliches an sich hatte.

Die Bewegung auf den nachgiebigen Massen wurde immer beschwerlicher, und Gareth begann sich zu fragen, ob dieser Marsch wirklich nötig war. Er vermutete, dass es auch für die anderen allmählich unangenehmer wurde, aber niemand ließ sich etwas anmerken, niemand machte eine Bemerkung – sie waren darauf gedrillt, auch die schlimmsten Prüfungen wortlos auf sich zu nehmen.

Der Sturm wurde immer stärker, die mitgerissenen Quarzkörner schlugen schmerzhaft wie Nadelstiche auf unbedeckte Hautstellen. Aber weitaus bedenklicher war die von den Sandwolken behinderte Sicht, die die Orientierung erschwerte. Und schließlich ertönte röhrendes Tosen, das gelegentlich in ein Ächzen überging, aber immer wieder zu beängstigender Lautstärke aufschwoll. Dann erkannte Gareth die Ursache: Einige der Dünen waren in Bewegung geraten! Es war kaum zu glauben, aber es war Wirklichkeit: Diese massigen Berge aus Sand liefen mit dem Wind, und wenn dieser die Richtung änderte, dann stiegen Fontänen aus kristallinen Körnern empor, bis sie sich der neuen Orientierung angepasst hatten und in geänderter Richtung ihren zerstörerischen Lauf erneut aufnahmen.

Jetzt blieb Jewer, der bisher vorausgegangen war, stehen. Neben einigen aus dem Sand ragenden Felsbarrieren hatte er einen geschützten Platz erreicht, aber trotzdem musste er sich mit aller Kraft dem Sturm entgegenstemmen, um nicht fortgerissen zu werden. Und ebenso musste er gegen den tosenden Lärm ankämpfen, um sich schreiend verständlich zu machen – er wies seine Leute an, das Gepäck unter einem zeltartig geformten Felsblock zu verstauen, man könnte es nach dem Unwetter bergen. »… eine gefährliche Situation! Jeder versucht, so schnell wie möglich den Wagen zu erreichen – es ist nicht mehr weit, er wartet dort drüben. Und jetzt vorwärts!«

Das war vernünftig gehandelt – aber war die Anweisung auch noch rechtzeitig gekommen? Zweifellos waren sie in ernsthafte Gefahr geraten, und Jewer war es, der sie hineingetrieben hatte. Doch er schien zu wissen, was er seinen Leuten zutrauen durfte.

In Eile wurde das Gepäck verstaut, und dann suchte sich jeder seinen Weg durch den Mahlstrom aus Sand und Luft.

Auch Gareth lief los, in Richtung auf den Geländewagen, in dem sie den Sturm hoffentlich überstehen würden. Gerade war es wieder für kurze Zeit heller geworden, so wusste er wenigstens, wohin er sich wenden sollte, doch er sah auch, dass sich eine Düne auf ihn zu bewegte – rascher als ihm lieb war. Knapp, bevor ihn die Sandmassen erreichten, konnte er noch entkommen, doch da waren schon wieder die unheimlichen Geräusche zu hören, die die nächste Wanderdüne ankündigten. Kurze Zeit erfasste ihn ein Strahl prasselnder Körner, und noch einmal wich er ihnen im letzten Moment aus. Jetzt aber tauchte eine weitere Fontäne wirbelnden Sandes neben ihm auf – viel zu nahe, um noch zu entkommen. Zwar versuchte Gareth auszuweichen, doch er stieß auf ein Hindernis und fiel. Er war auf eine Felsbarriere gestoßen, es konnte nicht mehr weit zu der Hügelkette sein, an der der Wagen wartete, aber das hatte in diesem Moment keine Bedeutung mehr – der Sand war über ihm. Noch einmal stand er schwankend auf … ein paar mühsame Schritte, da ragten wieder Felsen aus dem Boden, diesmal etwas höher … Gareth warf sich nieder, und dann waren die Massen über ihm: schwer und zäh und erstickend …

Gareth wand sich verzweifelt. Es gelang ihm für einen Moment, Kopf und Arme aus dem Sand zu befreien, und er zog geistesgegenwärtig die Helmklappe vor das Gesicht. So hatte er sich ein wenig Luft zum Atmen gesichert, aber seine Situation schien trotzdem ausweglos. Wie lange konnte er noch durchhalten?

Sein Herz schlug, die Angst wollte ihn überwältigen, aber mit aller verfügbaren Willenskraft bekämpfte er ihren lähmenden Einfluss. Was konnte er tun? Er lauschte: War es draußen stiller geworden oder lag es an der über ihm liegenden schalldämpfenden Schicht?

Er versuchte erneut, sich aus dem Sand zu befreien … vergeblich, das auf ihm lastende Gewicht war zu schwer, seine Kräfte schwanden. Außerdem rang er infolge der Anstrengungen mühsam nach Luft, und das Letzte, an das er sich später erinnern konnte, bevor er das Bewusstsein verlor, war der verzweifelte Drang zu atmen …

Jemand zerrte an Gareth, schüttelte ihn, schlug ihm den Sand aus dem Gesicht. Kühle Luft, Windstöße, Regenschauer … Aus dem Chaos aus Geräuschen um ihn herum drang eine Stimme, die ihm irgendetwas ins Ohr schrie, was er nicht verstand. Und dann erkannte er die Person, die ihm half sich aufzurichten, die ihn stützte und mit sich zog – Jewer. Sie taumelten durch einen Wirbel aus Wasser und Wind … und dieser Wind bedeutete Luft, er bedeutete, atmen zu können. Gareth hätte sich niederwerfen wollen, er hatte keinen anderen Wunsch, als köstliche Luft in seine Lungen zu pumpen, doch Jewer ließ es nicht zu, er trieb Gareth an, er stieß ihn vorwärts, sie fielen und standen wieder auf, und sie bewegten sich weiter, Schritt für Schritt auf den trüben Lichtschein zu, der nun vor ihnen auftauchte.

Der Himmel hatte seine Schleusen geöffnet, der Regen prasselte nieder, doch es hatte jetzt den Anschein, als ob der entfesselte Sturm allmählich seine Kraft verlor, der Lärm ging in gleichförmiges Rauschen über. Und zugleich tauchten Menschen auf, die den beiden halfen, sie in den Wagen hoben … Hinter ihnen schlug die Tür zu. Sie waren in Sicherheit. Jetzt erst kam es bei Gareth zu einer Reaktion auf die letzten Ereignisse, es war eine lähmende Schwäche, die ihn in sich zusammensacken ließ. Sie hatten ihm den nassen Schutzanzug ausgezogen, ihn trocken gerieben, ihn auf die Sitze gebettet. Er ließ es benommen mit sich geschehen, nahm alles wie durch einen Schleier wahr. Er hielt die Augen geschlossen und spürte nur am Schaukeln des Wagens, dass sich dieser in Bewegung gesetzt hatte.

Als sie zu ihrer Station zurückkamen, hatte sich Gareth so weit erholt, dass er ohne Hilfe in sein Zimmer gehen konnte.

Die letzten drei Tage der Vorbereitungen für den geplanten Vorstoß, letzte Gelegenheit, um Waffen, Werkzeuge und Vorräte in Ruhe zu ordnen und in den Tragesäcken zu verstauen. Es gab mehr zu tun, als Gareth erwartet hatte, und die Zeit wurde ihnen knapp. Erst am Abend vor dem Aufbruch gab es noch einmal eine kurze Ruhepause.

In dieser Nacht war die letzte Gelegenheit zu einem Zusammentreffen mit Leonora in den oberen Etagen der Sternwarte. Als Gareth den Beobachtungsraum betrat, hatte sie die Kuppel bereits geöffnet. Wie von einem Aussichtsturm aus bot sich ihnen ein grandioser Rundblick auf die im Sternenlicht liegende Umgebung. Über ihnen wölbte sich ein klarer mit unzähligen gleißenden Punkten übersäter Himmel. Doch an diesem Abend hatten sie kein Auge dafür.

Leonora wandte sich in nördliche Richtung und trat an die Brüstung heran. Dort drüben, hinter einem dünnen Nebelschleier, lag eine schwarz verschattete Masse – der Gebirgszug, der Abschluss des sich dazwischen erstreckenden Wüstenstreifens.

»Dort, hinter diesen Bergen, liegt das Institut von Troy«, sagte Leonora. »Dort irgendwo wirst du in den nächsten Tagen sein.« Sie ging zum Fernrohr – ihrem Fernrohr, wie sie es nannte – und zog die Schutzhülle ab. Sie drehte den Sockel mit dem Gerät um die senkrechte Achse und verringerte den Neigungswinkel bis nahe an die Horizontale. »Das Institut ist nicht zu sehen, es liegt hinter den Bergen.« Sie legte das Auge ans Okular. »Das Gebirge sieht man deutlich – als Kontur gegen den Himmel, riesenhaft vergrößert.« Sie drehte an den Stellschrauben. »Und da – ein Stückchen vom Plateau. Sternenlicht liegt darauf … eine Felswüste, jeder Stein ist zu erkennen. Schau es dir an!« Sie machte Gareth Platz.

»Du hast recht, wer hätte das gedacht! Es sieht aus, als hätte man die Bergspitze abgetragen.« Gareth veränderte vorsichtig die Richtung, ließ das Visier des Instruments langsam über das Gelände wandern. Es war nur ein schmaler Streifen, der offen dalag, dem von oben einfallenden Licht zugewandt, aber das Fernrohr, mit dem man sogar Details der Mondoberfläche erkennen konnte, holte die Gipfelregion in scheinbar unmittelbare Nähe heran.

»Auf dieser Hochfläche werden wir ein Lager aufschlagen«, sagte Gareth.

»Vielleicht kann ich etwas davon erkennen – durch das Fernrohr«, meinte Leonora. »Oder kommt dir das kindisch vor? Aber ich möchte es versuchen.«

Gareth überlegte kurz. »Wir müssen alles tun, um nicht bemerkt zu werden«, antwortete er. »Die Umgebung des Instituts wird von Satelliten überwacht. Wir werden im Schatten bleiben und uns auch vor den Infrarotdetektoren schützen.«

»Schade«, sagte Leonora, und es klang enttäuscht. »Ich hätte dich gern noch einmal gesehen.«

Gareth trat auf sie zu und legte den Arm um ihre Schulter. »Aber wir sind doch bald wieder beisammen.«

Leonora löste sich von ihm und blickte ihn ernst an. »Ist das wirklich so sicher? Es ist dir doch bewusst, wie gefährlich dieses Unternehmen ist. Weißt du nicht, dass Jewer einer der bekanntesten Anführer von Sabotagegruppen ist? Sicher hast du seinen Kampfnamen schon gehört: Jewer Abd el Masshir. Er hat ihn angenommen, als er zur Ausbildung in Nordafrika war. Er wollte damit auf sein Vorbild hinweisen: den jemenitischen Freiheitskämpfer el Masshir aus der Zeit der großen Aufstände. Als Jewer vor zwei Monaten mit seinen Mitstreitern hier auftauchte, wusste ich, dass es mit unserem Frieden vorbei ist. Aber ich konnte natürlich nicht ahnen, dass es mich selbst so unmittelbar treffen würde.«

»Ich werde zurückkommen«, versicherte Gareth. »Ich habe nicht vor, den Helden zu spielen. In spätestens einer Woche bin ich wieder da.« Er sagte es in bestimmtem Ton, aber insgeheim war er voller Zweifel.

»Ich werde jede Nacht hier sein und nachsehen, ob sich dort drüben etwas regt.« Unwillkürlich hob sie die Hand, um die Richtung anzuzeigen. »Schau doch, wie scharf das Bild ist! Wenn dort oben Menschen sind, müssten sich die Silhouetten gegen den Himmel abzeichnen.«

»Und du meinst, dass du mich erkennen kannst?«, fragte Gareth bei dem schwachen Versuch zu scherzen, aber er wurde rasch wieder ernst. »Na gut, ich werde dir ein Zeichen geben.« Er setzte sich ans Fernrohr und ließ den Blick über das Plateau gleiten. Dann stoppte er – er hatte gefunden, was er gesucht hatte. »Siehst du diesen Felsen mit der doppelten Spitze? Ich habe ihn genau ins Zentrum gerückt.« Er ließ Leonora durch den Tubus blicken, und sie nickte.

»Sobald wir auf dem Rückzug oben angekommen sind, werde ich dort hinaufklettern und mich zwischen die beiden Zacken stellen. Sagen wir um elf Uhr nachts. Wenn ich dort erscheine und dir zuwinke, kannst du mich als Schattenriss vor den Sternen sehen. Und dann weißt du, dass ich auf dem Weg bin – zu dir.«

Dieses Versprechen schien Leonora ein wenig beruhigt zu haben, jedenfalls redeten sie nicht mehr über mögliche Gefahren, die Gareth bevorstehen mochten, sondern flüsterten sich Worte zu, die Verliebte von jeher gebrauchten, wenn ihnen ein Abschied bevorstand. Doch für die beiden waren sie unverbraucht und neu.

Und dann war die kurze Zeit, die ihnen geblieben war, zu Ende – noch für diese Nacht war der Aufbruch angesagt.

Zwei anstrengende Nachtmärsche waren nötig, um den Ausgangspunkt des Unternehmens zu erreichen, ein halb verfallenes Haus auf der anderen Seite des Gebirgsstocks. Doch der Innenraum war erst vor Kurzem ausgemauert worden, und dort waren die zylindrischen Fahrzeuge, die sie Sandvipern nannten, geschützt vor Blicken von oben untergebracht. Sie waren in Teile zerlegt antransportiert und erst hier unten zusammengesetzt worden.

»Oberstes Gebot ist es, uns vor einer vorzeitigen Entdeckung zu schützen. Sie dürfen nichts davon merken, dass sie Besuch zu erwarten haben. Das ist die unbedingte Voraussetzung für unseren Erfolg, und der ganze Aktionsplan ist darauf aufgebaut, dass wir uns jeder Beobachtung entziehen. Tagsüber ist es die optische Observierung, vor der wir uns hüten müssen, und in der Nacht sind es die Infrarotkameras, die uns nicht erfassen dürfen. Aber wir haben bestens vorgesorgt. Die schwierigste Aufgabe ist es, die mehrfach gesicherte Grenze zu überwinden, und das ist auch der Grund dafür, dass wir diese Spezialfahrzeuge einsetzen – oben ist alles dicht, da kommt niemand durch, aber an den Raum unter der Oberfläche hat niemand gedacht. Wir sind gut über die Sicherungsmaßnahmen informiert.«

An diese Erklärung von Jewer erinnerte sich Gareth, als er beobachtete, wie dieser eine Hand auf das Dach eines der in braunen und gelben Flecken getarnten Spezialfahrzeuge legte und es geradezu zärtlich tätschelte – als sei es ein gut dressiertes und seinem Herrn ergebenes Lasttier. Auf ein Zeichen von ihm begannen sie, ihre Ausrüstung in den Gepäckräumen unter den abhebbaren Bodenplatten zu verstauen.

Nun stand der Aufbruch unmittelbar bevor. Auch darüber hatte sie Jewer ausführlich informiert: »Eine heikle Phase unserer Aktion ist der Start. Es kommt darauf an, dass man uns nicht schon am Beginn unserer Aktion entdeckt. Wir wissen, dass das gesamte Umfeld des Instituts pausenlos beobachtet wird, und ich zweifle nicht daran, dass man besonders unseren Standort besonders genau überwacht. Doch unsere Tarnung ist gut, an die Abhörstation, die hier eingerichtet wurde, haben sie sich inzwischen wohl gewöhnt. Trotzdem könnte ihnen auffallen, wenn hier etwas Ungewöhnliches geschieht. Deswegen haben wir die Sandvipern gut versteckt untergebracht, und wir versenken sie noch innerhalb dieses Hangars in den Sand. Mit ihnen überwinden wir den Wüstenstreifen, der uns vom Gebirge trennt.«

Die beiden bereitstehenden Fahrzeuge waren Spezialanfertigungen für die Bewegung innerhalb von Sandmassen. Sie hatten eine entfernte Ähnlichkeit mit Kampfpanzern, waren aber nicht mit Ketten, sondern mit Schraubgetrieben ausgestattet. Jedes Gefährt fasste drei Personen samt Gepäck, das aufs Mindeste beschränkt war – mussten sie es doch später mit sich tragen. Alle Geräte waren so klein wie möglich, Ergebnisse modernster Mikro- und Nanotechnik. Und selbst die Batterien zum Betrieb der mitgeführten Waffen und Geräte waren erstaunlich leicht – die Energie wurde durch kalte Fusion von verdichtetem Wasserstoff freigesetzt. Alle Hilfsmittel stammten aus dem Bereich der Union und waren umständlich eingeschmuggelt worden. »Wir werden sie mit ihren eigenen Waffen schlagen«, hatte Jewer gesagt.

Waren sich die Angehörigen des Trupps im Klaren darüber, dass mit dem nächsten Schritt das risikoreichste Unternehmen begann, an das sie sich bisher herangewagt hatten? Und vielleicht auch das wichtigste – eine Aktion, die das Gleichgewicht der Kräfte auf der ganzen Welt verändern würde. Es war ein abenteuerlich anmutender Anblick: diese merkwürdig verkleideten Menschen mit ihren eng anliegenden Schutzanzügen aus Asbest, mit ihren Helmen aus Glasfaser, matt durchscheinend, sodass die Schädelpartie, wenn das Licht darauf fiel, von einer silbergrauen Kugel umgeben schien. Konnte es sein, dass sie einen Moment zögerten, eine Sekunde lang unschlüssig waren, einen Atemzug lang so etwas wie Angst verspürten? Nein, Gareth hatte lediglich seine eigenen Befürchtungen auf die anderen projiziert – wenn er in ihre Gesichter schaute, dann konnte kein Zweifel bestehen: Sie waren unbeirrt, entschlossen und zu allem bereit.

Gareth zwängte sich hinter Jewer und Tom in das erste Fahrzeug, das unmittelbar vor dem Schleusentor im Sand stand. Es war eng hier, sie saßen dicht hintereinander, die Beine gegrätscht, auf einem in Richtung der Mittelachse montierten Bock mit eingetieften Sitzschalen. Mit einem Fauchen setzte sich die Luftversorgung in Gang, es war finster, lediglich die am Boden vor Jewer angeordnete Schalttafel war matt beleuchtet.

Aus dem Lautsprecher drang eine Stimme: »Gruppe zwei bereit.«

Jewer bestätigte. Er drückte eine Taste, durch das Fenster an der Frontseite des Fahrzeugs war zu beobachten, wie die Flügel des Tors auseinander kippten. Doch schon zog Jewer einen Bildschirm herunter und unterband damit die direkte Sicht nach außen. Er betätigte einen Hebel an der Tastatur, die Projektionsfläche wurde hell, und jetzt war auch dort die Toröffnung zu erkennen – zwar nur verschwommen, in Weiß und Grün und Grau, doch das Bild bot immerhin eine Möglichkeit der Orientierung. Auf diese Art von Sichteindruck würden sie während ihrer Fahrt angewiesen sein. Er beruhte auf emittiertem Ultraschall, dessen Reflexionen registriert wurden. Die einzige Möglichkeit, sich innerhalb der Sandmassen zurechtzufinden.

Endlich setzte Jewer die Seitenschrauben in Bewegung, die sich in den Sand bohrten wie Korkenzieher, und Geschwindigkeiten bis zu sechs Kilometern pro Stunde ermöglichten. Die Richtungssteuerung erfolgte mithilfe außen angebrachter schwenkbarer Flossen. Noch war durch die Seitenluken ein wenig von der im Sternenschein liegenden Landschaft zu sehen, aber bald schon war der untere Rand von Sand verdeckt, ein Streifen, der rasch in die Höhe wuchs und die Sicht bald völlig unmöglich machte. Dieser Vorgang war von den Geräuschen rieselnder und schleifender Quarzkörner begleitet.

Auf dem Bildschirm war jetzt eine leicht gewellte, da und dort mit Steinen bedeckte Bodenformation zu sehen, auf die das Fahrzeug in Richtung schräg abwärts zusteuerte. Der Eindruck erinnerte an eine vegetationslose Unterwasserlandschaft. Schon nach wenigen Metern änderte Jewer die Neigung; nun ging es horizontal, einige Meter über dem Untergrund, voran.

Wie hatte es Jewer erklärt? Der Sand zwischen der Station und den Bergen füllt ein flaches Becken, das immerhin zwanzig, da und dort auch dreißig Meter Tiefe erreicht. Sie würden sich, ohne auf ein Hindernis zu treffen, hindurchschrauben. »Aufgrund von Radarmessungen dürfen wir annehmen, dass es dort unten, auf dem Boden des Sandbeckens, keine Hindernisse gibt. Trotzdem ist höchste Vorsicht geboten. Leider sind wir auf dieses unscharfe Ultraschallbild angewiesen, auf dem keine Einzelheiten zu sehen sind.«

Sie hatten sich auf etwa vier Stunden Fahrt eingestellt und kamen auch gut voran. Von Zeit zu Zeit nahmen sie Kontakt mit dem zweiten Fahrzeug auf, bei dem es auch keine Zwischenfälle gegeben hatte.

Es war eng und stickig innerhalb des Zylinders, in dem nur eine geduckte Haltung möglich war. Jewer hatte angeordnet, die Schutzanzüge anzulassen, lediglich die Helme hatten sie abgenommen und unter der Bank verstaut. Es gab ein schleifendes Geräusch, gelegentlich von mehr oder weniger harten Stößen unterbrochen; offenbar war der Sand nicht homogen, sondern enthielt da und dort Steine, vielleicht auch Muscheln und Bruchstücke von Korallen. Auf dem Bildschirm war davon nichts zu sehen – diese Objekte waren zu klein, um vom Schalllotsystem erfasst zu werden.

Es war aber nicht die Unbequemlichkeit, die diese Fahrt zu etwas Besonderem machte, sondern das Bewusstsein, im Sand vergraben zu sein. Lediglich die Funkverbindung zum anderen Fahrzeug, das sich dicht seitlich hinter ihnen hielt, ermöglichte den Kontakt mit der Außenwelt. Erstaunlich genug, dass es mit einer speziellen Kombination der Frequenzen möglich war, die Sandmassen zu durchdringen. Doch es war beruhigend zu wissen, dass im Fall eines unvorhergesehenen Ereignisses andere Menschen in der Nähe waren.

Die blinde Fahrt unter der Oberfläche wurde nur einmal unterbrochen – als auf dem Bildschirm Strukturen auftauchten: unter ihnen befindliche hellere Flecken auf dunklem Grund. Aus der rechteckigen Anordnung war zu schließen, dass es sich um verschüttete Gebäude handelte – wahrscheinlich Opfer des Klimawandels in den letzten Jahrzehnten, vor allem der Stürme, die den Sand umgewälzt hatten, und der

Trockenheit, der die letzten Reste der spärlichen Vegetation zum Opfer gefallen waren. Jewer musste mit der Sandviper nach oben ausweichen, und er warnte zugleich auch die andere Gruppe vor dem Hindernis. Als sie später wieder ein wenig tiefer tauchten, offenbarte sich ihnen eine wunderbare Landschaft, eine Felsfläche, auf der kreuz und quer liegende Baumstämme mit überraschender Deutlichkeit zu sehen waren. Da jeder Größenvergleich fehlte, sahen sie aus wie dahingestreute Streichhölzer. Das verschwommen grüngraue Bild drängte den Vergleich mit einer Unterwasserlandschaft auf. Unwillkürlich suchte Gareth den Leuchtschirm nach einem Fisch oder nach einer Qualle ab, die zu dieser Szenerie gepasst hätten. Doch es war nur ein kurzes Zwischenspiel – die merkwürdigen Formen verschwanden bald wieder und machten einer öden Felslandschaft Platz.

Die eingeplanten zwei Stunden waren nur wenig überschritten, als die Ebene wieder in einen flachen Hang überging.

»Jetzt sind wir an der anderen Seite der Grenze«, sagte Jewer. »Wir haben Glück – es ist eine flache Stelle. Ich nehme an, dass uns die Schrauben so weit aus dem Sand herausziehen können, dass wir bequem aussteigen können.«

Er drosselte das Tempo und gab der Besatzung des anderen Fahrzeugs einen Hinweis auf die Situation.

Zunächst verlief alles wie geplant. Jewer schob den Bildschirm hinauf, der Blick zum Fenster war frei. Es war nur wenig zu erkennen, aber es genügte, um die Insassen aufatmen zu lassen. Das Sandmeer hatte hier eine Art Bucht gebildet, ein Stück sandigen Uferstreifen zwischen aufragenden Felsformationen. Das alles war von den Sternen beleuchtet – da sich die Augen längst an die Dunkelheit angepasst hatten, kam es ihnen hell vor, und sie konnten sich gut orientieren.

Hier gab es keine direkte Linie zum Computerzentrum, von dort konnten sie also nicht gesichtet werden, doch befahl Jewer unverzüglich, die Schirme auszupacken, deren Kälte erzeugendes Geflecht sie dem Zugriff der Infrarotkameras von Satelliten entzog.

Für kurze Zeit hatten sie nicht an das zweite Fahrzeug gedacht, doch dann fiel ihnen auf, dass es inzwischen längst hätte auftauchen müssen. Sie blickten sich suchend um – von den Gefährten war jedoch nichts zu sehen.

Leise fluchend lief Jewer zu ihrer Sandviper, die im seichten Sand lag, zurück und versuchte per Funk Verbindung aufzunehmen.

»Seid ruhig! Ich höre etwas, aber ich kann nichts verstehen – es ist ganz leise«, meldete er, aber dann schien doch noch eine Verständigung zustande zu kommen, denn man hörte ihn sprechen.

Er richtete sich wieder auf. »Sie stecken fest, ihr Fahrzeug ist beschädigt. Gareth, du bleibst hier, ich werde mit Tom noch einmal in unser Gefährt steigen und versuchen, die anderen zu finden und zu befreien.« Ein unangenehmer, vielleicht sogar gefährlicher Zwischenfall, aber jetzt war Jewer keine Unruhe mehr anzumerken.

Zu dritt schoben sie die Sandviper wieder tiefer in den Sand hinein. Dort drehten sie sie um, in Richtung Wüste, Jewer und Tom stiegen ein.

Gareth setzte sich auf einen Steinblock, es blieb ihm nichts anderes übrig, als zu warten. Eine unwirklich scheinende Situation. Wie die anderen hatte er die Infrarot-Sichteinrichtung in seinem Helm aktiviert, die Bilder wurden direkt in die Pupille projiziert. Wieder präsentierte sich die Welt verändert; das Wärmebild zeigte die Geometrie der Formen richtig, doch die Farben waren auf seltsame Weise verändert und es gab keine Schatten.

Die Minuten verrannen, und sie verflossen umso zäher, je ungeduldiger und besorgter er wurde. Endlich tauchte etwas aus dem Sandmeer auf, es war Jewers Gefährt, und kurz danach folgte auch das zweite.

Wenig später standen sie alle beisammen und besprachen das Missgeschick.

Julian war beim Versuch, das Ufer zu erreichen, über eine im Ultraschallbild nicht erkennbare, spitz aufragende Felsnadel geschrammt, und diese hatte eine schmale, aber gut zwei Meter lange Spalte in die Unterseite geschnitten. Glücklicherweise war nicht allzu viel Sand eingedrungen, doch sie saßen auf dem Felsen auf und waren bewegungsunfähig. Indem er mit seinem Fahrzeug von unten anschob, gelang es Jewer endlich, das festgeklemmte Vehikel vom Untergrund zu lösen, und es konnte sich mit eigener Kraft aus dem Sand befreien.

Gemeinsam begutachteten sie den Schaden. »Dieses Fahrzeug können wir vergessen«, meinte Jewer. »Wir haben keine

Möglichkeit, es zu reparieren. Das allein ist schon ärgerlich genug, doch auch einige Gepäckstücke wurden beschädigt. Aber sonst ist nichts Entscheidendes passiert. Den Rückzug durch das Sandbecken werden wir dann eben in zwei Gruppen hintereinander durchführen müssen.«

Die Panne brachte ihren Zeitplan durcheinander. Sie hatten rund eine halbe Stunde verloren, im Osten lichtete sich bereits der Horizont. So blieb ihnen nur noch wenig Zeit, sich einen günstigen Platz zu suchen, an dem sie den Tag verbringen konnten. Es kam jetzt vor allem darauf an, sich so zu decken, dass sie von Satelliten aus optisch nicht erfasst werden konnten. Die Örtlichkeit war günstig, am Fuß der Felswand gab es mehrere Überhänge, und einen davon deckten sie mit einer Tarnfolie ab, sodass sie sich dahinter frei bewegen konnten.

Eine Bestandsaufnahme zeigte, dass ihnen der Unfall einige Kletterwerkzeuge gekostet hatte, darunter ein Aufstiegsgerät und ein hundertzwanzig Meter langes Drahtseil.

»Das können wir verschmerzen«, meinte Tom, der für die Kletterei verantwortlich war.

Sie hatten noch einige Zeit zu tun, um das Biwak einzurichten. Vor allem sorgten sie für Beleuchtung, denn in diesem Winkel war es finster, und es würde auch tagsüber nicht viel heller werden. Cinderella kramte in den Vorratsbehältern und richtete eine Kochstelle ein. Schon zehn Minuten später lud sie die Gefährten zu einem Imbiss ein.

Gareth stellte fest, dass nicht mehr über den Zwischenfall gesprochen wurde – es war geschehen und nicht mehr zu ändern, man musste sich damit abfinden.

Also ging es weiter im Programm. Sie legten sich ihre leichten Luftmatratzen zurecht, die zusammengefaltet und eingerollt nicht mehr Raum beanspruchten als eine Getränkedose. Sie bestanden aus Nanofilz, einem mit feinsten Poren versehenen Gewebe, die sich, wenn man die Verschnürung öffnete, automatisch mit Luft füllten. Dann legten sie ihre Schlafsäcke darüber und krochen hinein.

Jewer wies darauf hin, dass sie Schlaf nachzuholen hätten und sich für die nächste Etappe gut ausruhen sollten. Gareth lag noch lange wach, während seine Gefährten offensichtlich auf Kommando zu schlafen vermochten. Aber schließlich verschleierten sich seine Gedanken, und auch er dämmerte ein.

Gegen Mittag war die Ruhezeit beendet. Als Erste auf den Beinen war Cinderella, die zu dieser ungewohnten Stunde ein Frühstück servierte. Gareth hatte einen gesunden Appetit.

Danach machten sie sich noch einmal am Gepäck zu schaffen, sie überprüften ihre Waffen und Ausrüstungsgegenstände, und Tom kontrollierte Stück für Stück der Kletterhilfen, um keine noch so geringfügige Beschädigung zu übersehen. Sonst geschah nicht viel, es ging schlicht darum, den Zeitpunkt für den Beginn der nächsten Phase des Unternehmens abzuwarten.

Später rief Jewer seine Gefährten zusammen und erläuterte ihnen den nächsten Abschnitt ihres Weges.

»Da wir uns bei Tageslicht nicht sehen lassen dürfen, müssen wir den Aufstieg in der Nacht durchführen. Mit den Infrarot-Sichtgeräten ist das etwas ungewohnt, aber wir haben es ja lange genug geübt. Es ist auch nicht das erste Mal. Wie immer in solchen Fällen wird Tom die Leitung übernehmen, die anderen wissen, was sie zu tun haben. Und du, Gareth«, er wandte sich ihm zu, »folgst einfach den Anweisungen. Wir sollten nicht mehr als vier Stunden brauchen, um auf das Plateau zu kommen. Ich habe Reliefkarten davon studiert, man darf es sich nicht als ebenes Gelände vorstellen, es gibt kleine Mulden und Erhebungen, und genau das kommt uns zugute, denn so sollten wir leicht eine Stelle finden, an der wir über Nacht bleiben können.«

Am Nachmittag, als die Sonne die über ihnen aufragende Felswand beleuchtete, verließ Tom den Verschlag. Er hatte eine Kapuze und einen Umhang aus Tarnfolie angelegt, deren Farbe sich automatisch jener des Felsuntergrunds anpasste. Durch eine Ritze in der Verkleidung des Biwaks konnte ihn Gareth beobachten. Er bewegte sich langsam und machte viele Pausen, sodass von einem Satelliten aus keine Regung registriert werden würde. Und dann blieb er, an einem Felsblock gelehnt, dem Gebirge zugewandt, zwanzig Minuten nahezu regungslos sitzen – man hätte annehmen können, er wäre eingeschlafen. In Wirklichkeit war er bei einer sehr verantwortungsvollen Aufgabe, er bestimmte nämlich die genaue Route des Aufstiegs und prägte sich jede Einzelheit so ein, dass er auch in der Nacht unter ungünstigen Sichtverhältnissen fehlerlos arbeiten konnte. Dann kehrte er auf dieselbe Weise, wie er gekommen war, ins Biwak zurück.

Gareth war von der Zielstrebigkeit beeindruckt, mit der diese Menschen vorgingen. Natürlich hatte er von der Kampfgruppe Abd el Masshir gehört, die mit mehreren waghalsigen Unternehmungen in Verbindung gebracht wurde, obwohl niemand Genaueres wusste. Es waren Aktionen gewesen, die von der Union als terroristische Anschläge bezeichnet wurden, doch, soweit sich Gareth erinnerte, ging es dabei nicht um Tod und Zerstörung, sondern um komplizierte Aktionen, beispielsweise um die Befreiung eines Politikers der Allianz aus einem Gefängnis der Unionspolizei, um die Entführung eines neuartigen Flugkörpers aus einem streng geschützten Areal einer Waffenfabrik und um die Besetzung eines Senders, über den dann weltweit eine Botschaft verbreitet wurde. Von den Leuten, die solche Unternehmungen durchführen, hatte Gareth bisher keine besonders hohe Meinung gehabt, und was die Legalität der Aktionen betraf, mochte man darüber verschiedener Meinung sein. Er hatte sich die Teilnehmer als eine Gruppe von gewalttätigen, ungebildeten Menschen vorgestellt, und nun merkte er, dass sie ganz anders zu beurteilen waren. Sie waren intelligent, gut ausgebildet, verlässlich, konzentriert, und jetzt kam noch der Eindruck hinzu, dass sie eine Gemeinschaft bildeten, in der Kameradschaft und Hilfsbereitschaft selbstverständlich waren, sodass er unwillkürlich wünschte, dazuzugehören. Erst als sich Gareth an das Ziel erinnerte, dem diese Aktion galt, wurde er erneut unsicher und kam schließlich zum Schluss, dass es ihm trotz allem widerstrebte, an einem Überfall auf das Institut mitzuwirken. Andererseits verlor er allmählich die letzte Hoffnung auf eine Gelegenheit, sich abzusetzen.

Am Abend hatten sie wieder einige Zeit damit zu tun, ihre Ausrüstung zu ordnen und zusammenzupacken, und jetzt begann Gareth auch zu verstehen, wie wichtig oft solche scheinbare Nichtigkeiten für das weitere Vorgehen waren – Dinge, die unterwegs gebraucht wurden, mussten griffbereit verstaut sein, es kam darauf an, alles so zu schichten, dass es möglichst wenig Raum einnahm. Als sich der Schatten über die Wüste legte, zogen sie die Plane von der Felsnische ab und gingen unter Führung von Tom ein Stück den Berghang entlang, bis sie jene Stelle erreichten, von der aus der Aufstieg erfolgen sollte.

Inzwischen war es so dunkel geworden, dass sie die Nachtsichtgeräte einschalteten, das war der Zeitpunkt für den

Start. Tom setzte den Kletterroboter an die Wand, befestigte das Ende eines der längeren Seile an dessen Rücken, schaltete die Fernsteuerung ein und ließ ihn los. Fasziniert beobachtete Gareth, wie sich der spinnenförmige Körper mit seinen Haken und Saugnäpfen an der Wand hinaufarbeitete, ohne sich durch Steilstellen oder Überhänge aufhalten zu lassen. Gareth hatte das Gefühl, der Roboter müsste jeden Moment das Gleichgewicht verlieren und abstürzen, er kletterte jedoch flink und unbeirrt wie eine Fliege weiter. Dann schien er einige Zeit verschwunden, doch er tauchte wieder auf, war lediglich hinter einem Felsvorsprung verborgen gewesen.

Tom schien genau zu wissen, an welcher Stelle das Seil befestigt werden musste, und wenn der Kletterautomat dort angekommen war, gab er über Funk das Signal. Es kam zu einer kurzen Wartezeit, während der der Bohrhaken gesetzt wurde, dann zeigte ein grünes Licht auf dem Steuergerät an, dass die Aufgabe gelöst war, und Tom klemmte das motorbetriebene Aggregat an das Seil, das sie auf- und abwärts tragen würde, stieg in den Gurt und zog die Riemen kräftig an. Mit einem Karabiner hängte er sich an die längliche, metallummantelte Box, die eine batteriebetriebene Hebelmotorik enthielt. Mit einem Schwenkhebel ließ sich die Geschwindigkeit der Auffahrt den Umständen anpassen.

Tom zog noch einmal am Seil und überzeugte sich so davon, dass es zuverlässig befestigt war. Er rückte den Hebel aus der Haltestellung, und die Box bewegte sich mit einem leise schnarrenden Geräusch aufwärts. Tom saß fest im Sitzgurt und wurde die ersten fünfzehn Meter frei hängend und überraschend schnell nach oben getragen. Erst unmittelbar vor der Felsleiste, an der das Seil am Gestein anlag, musste er sich mit den Beinen abstützen. Dann war er, so wie zuvor der Roboter, einige Zeit den Blicken entzogen, bis man ihn, ein gehöriges Stück weiter oben, wieder frei am Seil hängend, erkennen konnte. Er winkte kurz und fuhr noch ein Stück aufwärts. Endlich erreichte er die Stufe, die es ihm erlaubte, freihändig zu stehen. Er machte sich am Seil zu schaffen und dann fuhr das Aggregat ohne Last abwärts, um den nächsten der unten Wartenden abzuholen.

Alles geschah wie geplant. Auf ein Zeichen von Tom zogen sie das Seil von der Felswand ab, sodass es, ohne den Fels zu berühren, in gerader Linie bis zur ersten Haltestelle gespannt war. Das machte es möglich, ohne besondere Manöver geradewegs nahezu senkrecht hinaufzufahren, und so folgten Julian und Lomax dem Vorbild von Tom und ließen sich wie von einem Aufzug emportragen. Auf dieselbe Weise erfolgte der Gepäcktransport, die Lasten wurden an die Kletterbox gehängt und von dieser in ferngelenktem Betriebsmodus hinaufgebracht.

Als Gareth an der Reihe war, verlief der Transport ebenso reibungslos wie bei seinen Vorgängern. Während der letzten Wochen hatten sie sich auf die Bezwingung der Wand vorbereitet, doch für Gareth war es dennoch ein besonderes Erlebnis, an einem schwankenden Seil Dutzende Meter über dem Boden zu hängen. Als er oben gut angekommen war und den Karabiner aushakte, konnte er ein Gefühl des Stolzes nicht unterdrücken.

Kurze Zeit darauf waren sie alle auf dem schmalen Felsband versammelt. Sie zogen das Seil auf, sodass es zur Überwindung der nächsten Steilstufe zur Verfügung stand. Und dann wiederholte sich die schon einmal praktizierte Schrittfolge.

Die nächste Station war eine Verebnung, von der aus es über Verbruchmaterial schräg aufwärts ging, sie konnten zu Fuß gehen – mit aller Vorsicht, um keine Steine loszutreten –, und erst als sie wieder festes Gestein unter den Füßen hatten und vor einer Felswand angekommen waren, schickte Tom den Roboter erneut los.

Inzwischen war es Mitternacht geworden, sie befanden sich in rund sechshundert Meter Seehöhe, zweihundert Meter über dem Talniveau, und es wurde empfindlich kalt. Dann kam es zu einem Zwischenfall. Während der Kletterautomat weiter oben auf dem Weg zur nächsten Stufe unterwegs war, erklang ein Poltern – eine Reihe von Aufschlägen, die erst näher kamen und sich dann irgendwo in der Tiefe verloren. Zugleich prasselte ein Regen von Eisstücken über sie hinweg. Tom blickte besorgt auf sein Steuergerät, drückte einige Tasten, dann stellte er es beiseite. »Das war unser Roboter«, sagte er. »Er muss ins Eis geraten sein. Jetzt wird es ein bisschen schwieriger, aber es ist ja nicht mehr weit.«

»Willst du ungesichert aufsteigen? Meinst du, du schaffst es?«

Tom sah sich die bevorstehende Kletterstrecke noch einmal an, so gut, wie es das Nachtsichtgerät erlaubte. »Kein Problem«, beschied er. »Das schwierigste Stück liegt hinter uns.«

Er steckte den Laserbohrer zur Befestigung des Hakens in die Umhängetasche, hakte die Seilschlinge an seinem Gürtel fest und winkte den anderen zu. Dann begann er mit dem Aufstieg …

Es dauerte gar nicht lange, da kam die Meldung über Funk: Tom war angekommen, und damit hatten sie den schwierigsten Teil des heutigen Aktionsplans hinter sich. Alles Weitere war Routine. Die ersten beiden ließen sich von dem Klettergerät hinauftragen, und dann transportierte es das Gepäck. Als Gareth an der Reihe war, sah er, dass das Seil diesmal nicht frei gespannt war, sondern lose hing, doch er ließ sich davon nicht beeindrucken, und als er an die Stelle kam, an der es am Fels anlag, stemmte er sich mit den Beinen von der Felswand ab, wie er es bei Tom beobachtet hatte, und schon lag das letzte freie Stück über ihm, das er in kürzester Zeit überwand. Als schließlich Jewer und Cinderella folgten, war ihr Tagwerk praktisch beendet. Blieb noch die Suche nach einem Lagerplatz, die Sicherung mit Tarnfolie, die Einrichtung der Schlafplätze. Und wieder gab es eine köstliche Mahlzeit, die Cinderella aus Quellkonserven, Schaumfladen, Gewürzkonzentraten und Wasser zubereitet hatte. Der einzige Unterschied gegenüber dem Lager am Fuß des Gebirges war die beißende Kälte, die hier herrschte. Schon beim Aufstieg, bei der Fahrt über das Seil, waren sie an Eisflächen vorbeigekommen, einmal sogar an einem gefrorenen Wasserfall mit schimmernden Vorhängen und Zapfen, und oben auf dem Plateau blies der kalte Wind mit ungehinderter Kraft, sodass man für jede geschützte Stelle dankbar war. Doch die Energie der mitgebrachten Batterie war noch kaum angetastet, und so heizten sie in der Mulde, die ihnen als Biwakplatz diente, gemütlich ein.

Das Vorkommen von Eis hatte aber auch sein Gutes, denn damit verfügten sie über ausreichende Wasservorräte. Sie verwendeten es nicht nur zum Kochen, sondern erhitzten in einer aufblasbaren Wanne so viel davon, dass sie sich waschen und mit einer improvisierten Anlage sogar duschen konnten. Lomax hatte die Wanne auf eine Felsstufe gestellt, wo sie durch ein Rinnsal rasch aufgefüllt wurde, eine hineingelegte Batterie diente als Tauchsieder, und abschließend konnte man das heiße Wasser in einem dichten Tropfenregen ablassen.

Der Aufstieg war anstrengend gewesen, doch keiner ließ Anzeichen von Müdigkeit erkennen, und bald war eine Unterhaltung in Gang, bei der es um nichts Besonderes ging, die

Gareth aber einen guten Einblick in die Denkweise und Lebensart der anderen gab. Es wunderte ihn ein wenig, dass kaum über den verlorenen Kletterroboter gesprochen wurde, doch Cinderella, die neben ihm saß und die er danach fragte, meinte, dass man ihn eigentlich sowieso nicht mehr brauchte und dass Tom schließlich viel besser klettern könnte als jeder Automat.

Wie schon am vorhergehenden Tag hatte Gareth Gelegenheit, seine Gefährten näher kennenzulernen. Am Anfang der Vorbereitungszeit waren sie ihm alle gleich vorgekommen, gesichtslose Soldaten mit einheitlichem Verhalten und gleichgeschalteter Denkweise, doch je länger er sie beobachtete und ihren Gesprächen zuhörte, umso mehr stellte er fest, dass sie sich doch stark unterschieden – in ihrer Herkunft, ihren Erfahrungen, ihren Motivationen. Die Ähnlichkeit, die ihm zunächst aufgefallen war, lag vor allem in Äußerlichkeiten, in der Ausrüstung, in der Kleidung, in den eingeübten Arbeitsgängen beim Umgang mit den Geräten und natürlich auch in der übereinstimmenden Überzeugung, sich gegen einen übermächtigen Feind wehren zu müssen. Hinter dieser äußerlich bedingten Fassade aber kamen sehr verschiedene Persönlichkeiten zum Vorschein, in einigen Fällen sogar Individualisten, von denen man nicht ohne Weiteres angenommen hätte, dass sie sich so bedingungslos den Zwängen einer gemeinsamen Aufgabe unterordnen könnten.

Zum Beispiel Julian: der Intellektuelle in der Gruppe, auch äußerlich: ernsthaft in Ausdruck und Benehmen, schmales Gesicht, hohe Stirn. Machte keinen besonders sportlichen Eindruck, war aber erstaunlich leistungsfähig. Ingenieurdiplom, arbeitete einige Zeit in einem optischen Betrieb. Kam durch persönliche Bekanntschaft zu Jewers Gruppe.

Zum Beispiel Cinderella: Ärztin, das Gesicht verriet indianischen Einschlag, braune Hautfarbe, kurz geschnittenes Haar, groß, sehnig, physisch und psychisch belastbar. Mehrfach als Expeditionsärztin tätig. Witwe eines bei einer Aktion umgekommenen Freiheitskämpfers.

Zum Beispiel Lomax. Erster Eindruck: gut gelaunt. Früher Laborant in chemischer Fabrik, autodidaktische Beschäftigung mit Waffenkunde, Sprengstoffchemie. Breites Gesicht, ausgeprägte Hakennase, die Augen stets ein wenig zusammengekniffen. Nahm aus eigenem Antrieb Verbindung mit Jewers Gruppe auf.

Zum Beispiel Tom: ein Kraftpaket. Dunkle Hautfarbe, dunkle Augen, die typische kurze, breite Nase. Erscheint manchmal eingebildet – was er nicht ist. Ohne besondere Ausbildung. Schon als Schüler an Extremsportarten interessiert. Politisch weniger engagiert – sucht die Herausforderung.

Und Jewer? Über ihn hatte Gareth ja schon früher einiges gehört. Sicher war er die interessanteste Persönlichkeit des Teams, jemand, der sich intensiv mit der Weltpolitik auseinandergesetzt hatte und meinte, aktiv an einer Änderung der Verhältnisse mitwirken zu müssen. Jewer stand Gareth näher als die anderen, was sicher daran lag, dass sie lange miteinander diskutiert hatten und einander gut verstanden. Und das Geschehen während des Unwetters draußen im Dünenfeld hatte ihre Beziehung noch einmal gefestigt: Jewer hatte Gareth das Leben gerettet – als dieser plötzlich in einem Wirbel aus aufsteigendem Sand verschwunden war, hatte er keinen Moment gezögert, sich auf die Suche nach seinem Gefährten zu machen. Für einen Augenblick hatte er im wogenden Sandmeer eine dunkle Gestalt erkannt, er war dorthin geeilt und hatte so lange mit den Händen im Sand gewühlt, bis er einen menschlichen Körper fühlte, den er aus den nachgiebigen Massen befreite. Sie hatten kaum darüber gesprochen, Jewer hatte abgewunken, wenn Gareth darauf zurückkommen wollte, doch dieser würde es nie vergessen, wie Jewer um seinetwillen das eigene Leben riskiert hatte.

Diesmal brauchte Gareth zum Einschlafen auch nicht länger als die anderen, und als er erwachte, stellte er fest, dass seine Gefährten schon aktiv waren, und es machte ihm nichts aus, dass sie ihn ein wenig als Langschläfer hänselten.

Erneut galt es, den Rest des Tages als Ruhepause zu nutzen, und so wie am Vortag war es nicht angeraten, das Lager zu verlassen. Ein weiterer schöner Tag, wenn auch der kalte Wind noch immer über die Hochfläche wehte und die Zeltplane flattern ließ. Wahrscheinlich kam er in dieser Höhe nie völlig zum Erliegen. Trotzdem hätte sich Gareth gern ein wenig umgesehen, schon wegen der einzigartigen Aussicht. Er hob die Plane ein wenig an und spähte durch die schmale Ritze. Die Luft war ungemein klar, von hier oben konnte er weit in Richtung Südosten blicken … In seinem Blickfeld, gar nicht weit vom Lager, reckte sich der doppelt gezackte Felsen empor, den er gemeinsam mit Leonora durch das Fernrohr gesehen hatte. Er war beträchtlich größer, als er ihnen aus der

Ferne vorgekommen war, doch es schien kein Kunststück zu sein, dort hinaufzusteigen, wo sich der Fels in zwei Teile teilte und von wo er Leonora das Zeichen für seine Wiederkehr geben wollte. Wenn alles so lief wie geplant.

8.

Jetzt stand ihnen der gewagteste Teil des Unternehmens bevor. Wie hatte Jewer ausgeführt? »Sobald wir das Plateau verlassen, sind wir bereits in unmittelbarer Nähe des Instituts, und das heißt im mehrfach gesicherten Sperrgebiet. Wir wissen nicht, ob es an der Wand unter uns elektrische Barrieren oder Bewegungsmelder gibt. Dadurch steigt auch die Gefahr entdeckt zu werden. Wir haben lange darüber diskutiert, ob wir uns weiter auf unsere Klettertechnik verlassen und uns in der Nacht an Seilen hinunterlassen sollen. Das Risiko besteht darin, dass uns eine Entdeckung während des Abstiegs in einer ungünstigen strategischen Situation treffen würde: Unsere Leute wären weit voneinander entfernt und hingen womöglich irgendwo in der Wand. Man könnte sie abschießen wie Hasen. Wir haben uns deshalb auf eine andere Methode geeinigt: Wir springen mit Gleitschirmen ab. Es muss in kurzen Abständen geschehen, und wir müssen uns alle am gleichen Platz treffen – in der Felsnische über dem Dach. Da eine solche Aktion in der Nacht zu riskant ist, erfolgt der Absprung kurz vor Sonnenuntergang, also noch bei Tageslicht. Sollten wir unentdeckt bleiben, dann können wir uns in aller Ruhe auf den nächsten Schritt vorbereiten – das Dach durchbrechen und in das Institut eindringen. Um unsere Chancen zu erhöhen, schießen wir vor der Aktion mit unserem Werfer eine Rauchbombe in die Gegend östlich des Zentrums. Das wird die Wachen für einige Zeit ablenken. Sollte man aber trotzdem vorzeitig auf uns aufmerksam werden, dann warten wir nicht ab, bis es völlig finster wird, sondern sprengen unverzüglich ein Loch in das Dach. Wir brauchen uns dann nicht mehr zu verstecken, sondern müssen versuchen, rasch Geiseln zu nehmen, um Angriffe zu verhindern.«

»Und wie sieht es mit dem Rückzug aus?«, hatte einer gefragt.

»Dazu verwenden wir das Nanofaserseil. Wir werfen es schon in der Nacht ab und lassen das Transportaggregat daran hinunterfahren. Ich werde die Stelle am Plateaurand suchen, von der aus es senkrecht nach unten geht. Sollte sich die Notwendigkeit dafür ergeben, können wir auf diesem Weg auch Vorräte oder Reservematerial herunterholen, denn der größte Teil davon bleibt oben. Auf die köstliche Ruhe in den Schlafsäcken und auf die warmen Mahlzeiten müssen wir von da an verzichten.«

Natürlich war Gareth erschrocken über die Ankündigung eines Absprungs mit Gleitschirmen, davon hatte er nichts geahnt, doch Jewer beruhigte ihn. »Das haben wir natürlich berücksichtigt. Es handelt sich um Gleiter mit Carbonsegeln, neue Modelle, leicht zu bedienen. Für den Notfall sind sie mit einem Hilfsantrieb ausgestattet: Kompressionsdüsen, betrieben mit einer Oxicat-Batterie. Den Hilfsantrieb werden wir nicht brauchen, doch wenn es nötig ist, kann man damit den Gleitvorgang über weite Strecken verlängern.«

»Mit solchen Dingern habe ich noch nichts zu tun gehabt«, sagte Gareth. »Auch bei meinem Lehrgang wurden sie nicht berücksichtigt.«

Jewer lachte beruhigend. »Kein Problem. Es stehen uns zwei Gleiter für zwei Personen und zwei für Einzelpersonen zur Verfügung. Du wirst mit mir springen – keine Angst, ich mache das schon.«

Dieses Gespräch hatte vor drei Tagen stattgefunden, und damals hatte sich das, was sie da vernommen hatten, abstrakt angehört, ein Plan, damals nicht realer als eine Schemazeichnung, die Gebrauchsanweisung für ein Spiel … Und jetzt standen sie plötzlich hier oben in einer vereisten Felswildnis, ließen sich den Wind um die Ohren brausen und blickten in einen Abgrund, in den sie sich im Lauf der nächsten Stunden hinabfallen lassen würden. Jewer teilte Tabletten aus, die sie wach halten würden.

Als sich die Sonne anschickte, in eine über der Wüste liegende abendliche Dunstschicht einzutauchen, gab Jewer das Zeichen zum Aufbruch. »Unsere Tarnung ist jetzt nicht mehr so wichtig«, stellte er fest. »Wenn wir zügig arbeiten, sind wir in fünf Minuten zum Absprung bereit.« Er warf einen letzten Blick auf sein Armbandvisifon, das die Ansicht des Instituts von der vor einigen Wochen abgeworfenen Kamera zeigte. »Unten ist alles friedlich – es kann losgehen.«

Sie brauchten sich nur noch festzugurten, wobei Gareth den vorderen Platz einnahm, dahinter Jewer, der den Flug mit den Lenkseilen steuern würde. Bald hatten sich alle mit ihren Fluggeräten hintereinander in Reihe aufgestellt und hielten die noch zusammengefalteten Segel über ihren Köpfen bereit. Jewer, der mit Gareth als Erster starten würde und nahe am Abgrund stand, blickte auf die Uhr und sah sich noch einmal um. »Alles bereit?« Es wurde prompt bestätigt, auch Gareth hatte mit fester Stimme geantwortet. Jewer lächelte ihm zu. »Ich zähle bis drei, dann laufen wir los.«

Eins, zwei, drei … Vielleicht hätte Gareth gezögert, wenn er allein gewesen wäre, aber er wusste: Jewer würde niemals zögern. Und so verlor er keine Sekunde und sprintete los, ein paar Meter über die Felsplatte … ein unerwartet einsetzender schwacher Widerstand, als sich die Segel entfalteten, und dann ging es hinaus ins Leere …

Es folgte eine kurze Zeitspanne, in der sie immer schneller in einen Kessel kalter Luft stürzten – nur ein bis zwei Sekunden, die sich in Gareths Bewusstsein jedoch wie bei einer Zeitlupenaufnahme dehnten. Er hatte sich gefragt, was man in einem solchen Augenblick wohl empfinden und denken mochte – aber dazu blieb keine Zeit. Augenblicke lang sah er blauen Himmel, dann einen ruckweise schwankenden und rotierenden Horizont, und dann, wie eine Momentaufnahme, das Gebäude des Instituts aus der Vogelschau. Plötzlich gab es einen Ruck … und von jetzt an war alles leicht und still … sie schwebten. Sie glitten durch den Schatten des Bergmassivs, in einem sicheren Abstand von der Felswand, sie gerieten in gleißendes Sonnenlicht, doch schon legte sich Jewer in die Seile und sie kehrten in einer steilen Kurve in den Schatten zurück. Und nun schossen sie geradewegs auf die Felswand zu, vor ihnen die Nische – es sah aus, als würde sie sich vor ihnen öffnen. Im selben Moment, als unter ihren Füßen der Felsboden erschien, zog Jewer mit aller Kraft an den Lenkseilen, es sah aus, als wollte der Schirm in einen Steilflug aufwärts gehen, wozu ihm im letzten Augenblick die Kraft fehlte, er sackte ab … Gareth spürte Boden unter den Füßen, und dann – er wusste nicht, wie ihm das gelungen war – stand er ruhig neben Jewer, der ihm auf die Schulter schlug. »Alles in Ordnung? Aber jetzt schnell hier weg – gleich kommt der nächste Schirm.«

Sekunden später war er da, es war der Doppelgleiter mit Lomax und Cinderella, und sie landeten genauso sicher wie

Jewer und Gareth. Und schon war Tom mit seinem Fluggerät zu sehen – er ging gerade vom freien Fall in den Schwebeflug über. Sie beobachteten seine Manöver, aber sie sahen jetzt auch die Rauchsäule, die weit draußen, aber noch innerhalb der Umzäunung aufstieg, und drei Geländewagen, die Staubwolken aufwirbelnd darauf zufuhren. Das Ablenkmanöver schien geglückt.

Jetzt fehlte nur noch einer: Julian. Sekunden später tauchte er auf. Der Schirm breitete sich aus, eine Kurve – jetzt stimmte die Richtung. Doch da hatte sich etwas verändert – die Konturen des Fluggeräts leuchteten in tiefem Rot, und mit einem Mal hing eine Rauchfahne daran.

»Verflucht, ein Laser! Sie haben uns entdeckt. Rasch – zum Sprengen vorbereiten!« Lomax und Tom packten die Tragsäcke und liefen zu der Stufe, unter der das Dach lag. Jewer und Gareth beobachteten mit Erleichterung, dass die Richtung von Julians Gleiter noch stimmte. Dann flog er ihnen entgegen, versuchte noch, ein Bremsmanöver einzuleiten, doch der Stoff seines Gleitschirms löste sich in Fetzen auf, Teile davon flatterten am Gestänge. Der Fall war nicht mehr zu bremsen, Julian schlug hart auf dem Felsen auf. Er schlitterte ein Stück über den felsigen Untergrund und blieb liegen. Gareth schob den zerfetzten Stoffballen des Paragleiters beiseite. Jewer zog Julian in den Hintergrund der Nische, und Cinderella schnallte den Sanitätskasten von ihrem Rucksack und lief hinterher.

Glücklicherweise waren sie hier vor dem Laserstrahl geschützt – er kam von schräg unten, es war das Institutsgebäude selbst, das ihnen Deckung gab.

Weiter vorn ein dumpfer Knall. Ursprünglich hatten sie vorgehabt, das Dach mit dem Thermostab der Batterie leise aufzuschneiden, aber jetzt musste alles schnell geschehen.

Unten rief jemand: »Wir sind durchgebrochen. Nachkommen!«

Jewer entschied sofort, er wies Cinderella an, bei Julian zu bleiben. Der hinterste Teil der Nische bot Schutz und war leicht zu verteidigen. »Wir kommen zurück, sobald wir können.«

Cinderella nickte. »Sieht schlimm aus«, murmelte sie. »Verbrennungen.« Sie kniete neben Julian, der das Bewusstsein verloren hatte. Sie schnitt seine Kleider auf, legte angesengte Haut frei und sprühte Gewebe-Gel darüber. Als sie Julian auf die andere Seite drehte, stöhnte dieser auf. »... es scheint auch etwas gebrochen zu sein. Okay – geht jetzt los, ich komme schon zurecht.«

Inzwischen hatte sich die Dämmerung herabgesenkt, und es wurde rasch finster. Der Laser war noch immer aktiv, allerdings war er jetzt nicht mehr fokussiert, sondern wurde zur Beleuchtung eingesetzt: Er streute sein Licht über eine größere Fläche der Felswand, sie wurde blutrot eingefärbt. Glücklicherweise reichte das Licht nicht in den hintersten Winkel, in dem sich Cinderella mit Julian niedergelassen hatte.

Trotzdem schloss Jewer den hintersten Teil der Nische mit Tarnfolie ab. »Da werden sie euch nicht finden. Macht's gut!«

Jetzt waren Hubschraubergeräusche zu hören, Jewer und Gareth beeilten sich, den anderen nachzukommen. Von diesen war nichts mehr zu sehen, dafür klaffte ein Loch im Dach. Jewer legte sich auf den Boden und blickte hinab.

»Ihr könnt springen«, rief Tom von unten, »es ist nicht hoch. Zwei Meter. Beeilt euch!«

Jewer sprang als Erster, dann folgte Gareth. Tom hatte Leuchtkörner verstreut, und so konnten sie recht gut sehen. Offenbar befanden sie sich in einem unbenutzten Speicherraum. Er war lang und schmal, mehrere verschieden dicke Röhren liefen hindurch. Im Hintergrund, gegen die Bergseite zu, das Rechteck einer Tür. Sie lauschten – kein Laut, allenfalls ein kaum wahrnehmbares Summen. Es kam aus der Richtung der Tür.

Lomax schälte eine Haftladung aus der Verpackung und entsicherte sie. Auf Zehenspitzen ging er auf die Tür zu. Er brauchte nicht zu sprengen: Als er davor stand, öffnete sie sich lautlos. Der dahinter liegende Raum war matt erleuchtet. Schreib- und Zeichentische, Schränke, Netzterminals, Com-Sets, Holoschirme, keine Fenster – und keine Menschen.

»Hier scheint auch tagsüber niemand zu arbeiten«, sagte Lomax, »– das sieht alles so geordnet aus.« Er strich mit der Hand über eine Tischplatte und stellte fest, dass Staub daran hängen geblieben war.

Jewer zog den Gebäudeplan aus der Innentasche seiner Jacke, entfaltete ihn. »Büroräume«, stellte er fest. »Wir müssen sehen, dass wir tiefer hinunterkommen. Im Zweifelsfall westlich halten, gegen das Berginnere. Der Kernbereich liegt in der untersten Etage.« Gareth schob den Ärmel zurück und blickte auf seinen Armbandkompass. Die auf den rechten Winkel ausgerichtete Architektur des Gebäudes erleichterte die Orientierung.

Auf leisen Sohlen gingen sie weiter, wieder öffnete sich automatisch eine Tür, sie traten auf einen Korridor hinaus. Rechts und links weitere Türen, dahinter eine Raumerweiterung – und ein Lift.

»Sollen wir es uns bequem machen?«, fragte Tom und deutete auf die Aufzugtür. »Kein Mensch da – Nachtruhe.«

Jewer schüttelte den Kopf. »Kein unnötiges Risiko. Inzwischen haben wir vermutlich das Wachpersonal längst aufgeschreckt. Im Lift sitzen wir in der Falle. Versuchen wir es dort.« Er wandte sich zu einer Tür mit der Aufschrift »Notausgang«. Diesmal nützte es nichts davor zu treten – sie blieb geschlossen. Eine Tafel empfahl, auf den roten Alarmknopf zu drücken, doch Lomax presste ein wenig Thermitpaste aus einer Tube an die Tür und entzündete sie – zischend brannte sie ein Loch hinein. Mit ein paar Fußtritten brach er es weiter auf, sie konnten durchschlüpfen und gelangten ins Treppenhaus. Noch immer war kein Mensch zu sehen.

Es ging hinunter, Gareth zählte acht Stockwerke, dann war die Treppe zu Ende. Jewer schien unzufrieden, er zog den Bauplan zurate. »Es sollte noch zwei Etagen tiefer gehen.«

Vom Flur aus ließ sich die Tür öffnen. Leise traten sie hinaus und gelangten in einen großen kreisrunden Raum. Eine Hälfte war von einer Wand mit mehreren Gangmündungen begrenzt, die andere als Plattform ausgebildet und mit einem Geländer gegen das dahinter liegende tiefere Geschoss abgesichert. Das Summen war jetzt lauter, es kam von unten. An der Seite führte eine metallene Wendeltreppe hinab. Am Zugang mahnte ein rotes Schild: Kernbereich.

»Jetzt kommen wir der Sache schon näher«, meinte Tom. »Vielleicht ist es einfacher, als wir gedacht haben.«

Jewer zog den mitgebrachten Plan aus der Innentasche seiner Jacke. »Dort unten links sind die Anlagen für Recycling und Biosynthese und rechts die Versuchswerkstätten für Nanotechnologie. Ein Laboratorium für Virologie ist auch dabei.«

Immer noch kein Mensch zu sehen. Vorsichtig, nach allen Seiten spähend, die Waffen schussbereit, stiegen sie hinunter. Sie kamen in eine Halle, die mit vielerlei Maschinen vollgestellt war, einige offensichtlich für feinmechanische Bearbeitungen, Modellierautomaten, andere Geräte eher aus dem chemischen Bereich: Mischer, Erhitzer, Filtrieranlagen und eine Menge Messgeräte mit Monitoren und Streifendruckern.

Dem ersten Eindruck nach schienen sie alle stillzustehen, doch dann gab es doch Anzeichen für eine nicht identifizierbare Funktion: eine Linie, die auf einer Messskala tanzte, winzige bunte Lämpchen in mehreren Reihen, die in wechselnden Kombinationen aufleuchteten, sowie ein schwache Wärme ausstrahlendes Gehäuse. An der rechten Wand fanden sie endlich eine Anlage, an der deutliche Zeichen von Aktivität zu erkennen waren – über den Zweck konnte man nur Vermutungen anstellen: ein mehrfach ausgebauchter Kessel, zu dem viele Leitungen führten; eine Öffnung, aus der von Zeit zu Zeit winzige Teilchen herausfielen; eine Drehscheibe mit Gefäßen, die diese aufnahm und weitertransportierte. Eine Produktionsanlage für Mikromaschinen? Für Schaltelemente?

Gareth trat näher und nahm eine Probe von dem Material zwischen die Finger. »Sieht aus wie Flitter ... vielleicht Mikrochips? Manche sind geädert – wie Insektenflügel.«

»Lass das«, mahnte Lomax, »dazu ist jetzt keine Zeit.«

Er deutete in den dahinter liegenden Raum und sagte: »Da drin spielt die Musik.« In der Tat – wenn man an dem Loch lauschte, war ein Schleifen, Scharren und Ächzen zu hören, und gelegentlich mischten sich auch andere, undefinierbare Geräusche darunter.

Inzwischen war Tom ein Stück weitergegangen, und die anderen folgten ihm. Noch ein paar Schritte, dann standen sie vor einer Wand aus Panzerglas. Man konnte in den nächsten, abgeteilten Raum blicken, der nichts anderes war als ein schmaler Abschnitt der Halle, hell beleuchtet, nahezu leer und im Hintergrund wieder mit einer Glaswand abgeteilt. Die wenigen Gegenstände, auf Sockeln oder an der Wand befestigt, waren bis auf zwei Kameras nicht identifizierbar.

»Wahrscheinlich Kontrollgeräte, Telethermometer oder Bewegungsmelder.« Mehr konnte auch Gareth nicht dazu sagen.

Die einzige Möglichkeit, in diesen Raum zu kommen, bot eine Drehtür. Überrascht stellten sie fest, dass sie sich ohne Weiteres bewegen ließ, doch sie zögerten noch, hindurchzugehen.

»Es besteht die Möglichkeit, dass unser Eindringen bemerkt wird«, warnte Gareth, doch Jewer meinte, dass das eigentlich schon längst geschehen sein sollte. »Ich kann mir nicht vorstellen, dass wir beliebig weit vorankommen, ohne dass jemand darauf aufmerksam wird. Irgendwo müssen wir doch auf Menschen treffen, und es wäre gut für uns, wenn sie sich sehen lassen würden. Wir sind ja darauf eingestellt, Geiseln zu nehmen. Also vorwärts, und besondere Vorsicht!«

Tom und Lomax gingen vor, Schritt für Schritt, die Flügel der Drehtür vor sich her schiebend, während Jewer und Gareth zurückblieben. Sie warteten zunächst ab, beobachteten die beiden Gefährten, die sich, die Waffen erhoben, umblickten, obwohl es nicht viel zu sehen gab.

»Da – da bewegt sich was.« Gareth wies auf eine der Kameras, die dort drüben an der Seitenwand befestigt waren, und dann merkte er, dass auch die anderen Kameras ihre Blickrichtungen langsam änderten.

»Man hat sie bemerkt. Wir werden sehen, was geschieht«, flüsterte Jewer. »Komm, wir folgen ihnen.«

Er war gerade dabei, in den offenen Sektor zwischen zwei Flügeltüren zu treten, als ihn Gareth am Ärmel zurückzog und in den Raum hineinwies. Jewer wusste zunächst nicht, um was es ging, doch dann sah er es auch: Dort drüben schwebte etwas in der Luft – eine Wolke aus reflektierenden Pünktchen – ein Insektenschwarm? Jetzt flog das nebulöse Gebilde auf Tom und Lomax zu, und schon waren sie von kleinen kreisenden Körpern umgeben … Sekunden später sanken die beiden Männer zu Boden und blieben reglos liegen. Die Angreifer erinnerten von ihrer Größe und vom Aussehen her an Wespen, aber selbst aus der Entfernung war das Blinken von Metall zu erkennen. Es mussten künstliche Wesen sein, winzige, mit autonomer Steuerung ausgestattete Flugroboter. Aber sie schienen wie stachelbewehrte Insekten zu stechen, man sah, dass sie sich an freien Hautpartien – Gesicht und Händen – absetzten. Dann, wie auf ein Kommando, ließen sie von ihren Opfern ab, schlossen sich wieder zu einem Schwarm zusammen und verschwanden irgendwo im Hintergrund.

Das alles war lautlos vor sich gegangen, die Glasplatte war schalldicht, und darum zuckten sie unwillkürlich zusammen, als hinter ihnen in der Halle gedämpfter Lärm ausbrach … Auch Stimmen mischten sich darunter – jetzt, wo sie nicht mehr damit gerechnet hatten, tauchten Menschen auf.

»Im Moment können wir nichts für die beiden tun«, flüsterte Jewer beklommen und zog Gareth mit sich fort. »Komm, wir sollten uns in Sicherheit bringen.«

Sie liefen dorthin, wo die Mauer durchbrochen war – als Einlass für ein Laufband, das Behälter in den dahinter liegenden Raum beförderte. Jewer warf sich der Länge nach darauf und machte sich ganz flach. Zügig fuhr er in den Tunnel ein, und Gareth blieb nichts anderes übrig, als es ihm gleichzutun.

Die Fahrt durch Dunkelheit dauerte nur kurz, dann wurde es wieder etwas heller, und da stand auch schon Jewer, der ihm beim Sprung vom Laufband half.

Sie befanden sich inmitten eines Systems von Gerüsten, Schienen, Hebeln und Greifwerkzeugen, die sich alle bewegten und eine Arbeit verrichteten, die etwas mit den angelieferten Bausteinen zu tun hatte: Diese wurden hin und her gerückt, in verschiedene Richtungen geschoben, gedreht und aneinander gepasst. Auf diese Weise entstanden größere Teile, bei denen sich dieselbe Prozedur wiederholte. Also doch ein automatisch gesteuerter Baukasten? Es stand keine Zeit zur Verfügung, um mehr über den Sinn der Vorgänge herauszufinden, und es gab Wichtigeres zu tun.

Dann merkten sie, dass sich etwas im Raum geändert hatte – das Laufband bewegte sich zwar noch immer, aber jetzt lief es leer, brachte kein Material mehr.

Jewer trat an die Mündung des Tunnels, lauschte und zog dann seine Multi-Gun – eine Mehrzweck-Nahwaffe, mit der man verschiedene Arten von Projektilen abschießen konnte. Plötzlich erschien ein uniformierter Mann auf dem Band. Ohne zu überlegen, riss Jewer die Waffe hoch und schoss, dann zog er den zusammengesunkenen Körper vom Laufband. Und schon kam ein weiterer Uniformierter heraus, dem es ebenso erging wie dem Ersten.

Waren sie tot?

»... nur betäubt«, erklärte Jewer, der Gareths Empfindungen erraten hatte. »Jetzt haben wir endlich unsere Geiseln.« Er stand noch immer an der Öffnung – zunächst folgte kein weiterer Mann, aber man hörte Rufe aus dem benachbarten Raum.

Jewer holte eine Rolle Fiberglasfaden aus der Außentasche seines Tragsacks. »Die Männer werden bald erwachen«, erklärte er und band ihnen Arme und Beine zusammen. »Nimm ihnen die Waffen ab!«

Wieder erklangen Rufe, ein wenig lauter als zuvor und gut zu verstehen. Jemand rief nach den beiden Wachbeamten und wollte wissen, was geschehen war.

Die beiden Schüsse mit Betäubungsprojektilen waren lautlos losgegangen, aber jetzt verstellte Jewer einen Hebel an seiner Waffe und feuerte einen dröhnenden Schuss in den Tunnel hinein. Aus der Öffnung quoll dichter weißer Rauch.

»Eine Nebelpatrone«, sagte Jewer. »Jetzt werden wir denen ein wenig einheizen.« Dann beugte er sich wieder zur Öffnung hinab. »Ihr könnt uns noch weitere Kameraden schicken«, schrie er in den Tunnel hinein. »Wir nehmen sie gern in Empfang.«

Drüben blieb es zunächst still, dann rief jemand. »Was soll dieser Überfall? Ein Vorschlag zur Güte: Wir halten das Band an, und ihr kriecht heraus – aber ohne Waffen, wenn ich bitten darf.«

»Hört zu, ihr Nachtwächter«, rief Jewer. »Wir denken nicht daran, uns zu ergeben. Wir haben zwei eurer Leute in unserer Gewalt. Verhaltet euch ruhig, sonst werde ich mich etwas eingehender mit unseren Gefangenen beschäftigen.«

Er blickte auf die Uhr, dann sagte er mit gedämpfter Stimme zu Gareth: »Du bleibst da. Wenn jemand durch das Loch eindringen will, dann schießt du! Ist das klar!«

Gareth nickte und ließ sich auf dem Boden nieder, der Öffnung zugewandt. Er entsicherte seine Gun, stellte sie aber vorsorglich auf Schreckschüsse. Jewer verschwand im Gewirr der Gerüste und Gestänge.

Es vergingen etwas mehr als zehn Minuten, bis Jewer zurückgelaufen kam. Er schien seine gute Laune wiedergefunden zu haben. »Ich habe Tom und Lomax gefunden, sie sind in einer der angrenzenden Hallen eingesperrt – ich denke, wir können sie da herausholen.«

»Und was ist mit diesen beiden?«, fragte Gareth und deutete auf die Wachbeamten.

»Mit ihnen können wir uns nicht belasten, wir lassen sie hier. Aber ich werde den Zugang mit einer Mine sichern.«

Er tat wie angekündigt und riet der Wachmannschaft auf der anderen Seite des Tunnels noch einmal dringend, den Tunnel nicht zu betreten. Dann lief er voran, Gareth folgte ihm. Sie passierten eine offen stehende Tür und kamen in einen Korridor. Durch ein Fenster konnten sie in einen etwas tiefer liegenden großen Raum sehen; der Anblick war erstaunlich: ein barock eingerichtetes Zimmer, Vitrinen an den Wänden, darin Gehäuse von Ammoniten, Kristallstufen, Tongefäße mit verblasster Bemalung – Keramik aus alten Indianerkulturen. Auf einem Wandbord eine Reihe von bunten Aluminiumdosen und farbig beklebten Kunststoffflaschen. In der Mitte ein runder Tisch, die Platte aus verkieseltem Holz mit Farbringen in Rot, Braun, Schwarz und Weiß. Rundum breite Stühle mit krummen, goldfarben gestrichenen Beinen, Rücken- und Armlehnen mit hell- und dunkelgrün gestreiftem Stoff bespannt. Und in diesen saßen Tom und Lomax und blätterten in mit Leder bezogenen Alben. Sie schienen unversehrt, aber die Situation hatte etwas Skurriles an sich, das beunruhigend wirkte.

Jewer klopfte leise an die Fensterscheibe, doch die beiden Männer reagierten nicht. Jewer schüttelte irritiert den Kopf. Er holte den Thermoschneider heraus und wollte ihn ansetzen, doch Gareth sagte: »Ich glaube, so geht das einfacher.« Er drückte einen Riegel hinunter, und das Fenster ließ sich kippen. Es lag ungefähr zwei Meter über dem Boden des Zimmers – keine Mühe hindurchzukommen.

Jewer schwang sich hinauf und ließ sich auf der anderen Seite hinuntergleiten, Gareth folgte ihm. Jetzt waren die beiden Gefährten auf sie aufmerksam geworden, sie standen auf und gingen ihnen entgegen.

»Fein, dass wir euch sehen«, sagte Tom und schüttelte ihnen die Hände. Und Lomax lächelte freundlich und deutete auf die Stühle. »Wollt ihr ein wenig lesen? Da sind Zeitschriften.«

»Alles in Ordnung mit euch? Was macht ihr hier?«, fragte Jewer, ebenso irritiert wie Gareth.

»Uns geht es gut«, antwortete Lomax. »Wir haben auf euch gewartet. Alles bestens.«

»Wer hat euch hierher gebracht? Habt ihr mit jemandem gesprochen?«

»Nette Leute«, erklärte Tom. »Man kann sich gut mit ihnen unterhalten.«

Kein Zweifel: Die beiden waren betäubt und standen unter Drogen. Mit ihnen war nichts anzufangen. Und das ließ die Befürchtung aufkommen, dass auch Jewer und Gareth einer unbekannten Gefahr ausgesetzt waren.

»Wir sollten möglichst schnell von hier verschwinden«, flüsterte Gareth.

»Dazu ist es schon zu spät«, sagte jemand hinter ihnen. Eine Frau war lautlos hereingekommen. Nicht mehr ganz jung, wahrscheinlich über vierzig, doch sie hielt sich gerade, und sie sah selbstbewusst, sogar ein wenig stolz aus und hatte jene Art von ebenmäßigen Zügen, die sich auch beim Älterwerden wenig ändern. Das Auffälligste an ihr aber war ihre Kleidung: Sie trug eine Samtjacke mit Rüschen an den Ärmeln und einen bis an den Boden reichenden bestickten Rock. »Aber kein Grund zur Beunruhigung – bald wird es Ihnen ebenso gut gehen wie Ihren beiden Freunden, die sich hier wohl fühlen. Vorher würde ich aber gern erfahren, was Sie mit Ihrem Besuch beabsichtigen. Aber die Wahrheit, darum möchte ich sehr herzlich bitten.«

Sie setzte sich und deutete mit einer Handbewegung auf zwei leere Stühle. Auch Jewer und Gareth nahmen Platz. Was für ein Bild: diese vier abgerissenen und schmutzigen Gestalten mit wilden, bärtigen Gesichtern, und ihnen gegenüber die vornehme, scheinbar einem Bilderbuch entsprungene Dame.

Wenn Jewer betroffen war, so zeigte er es nicht. »Das will ich Ihnen gern mitteilen«, sagte er. »Es geht um Sphinx_2. Wir wollen Informationen darüber, wir wollen die Baupläne und die Programme. Und wir verlangen, dass Sie das System abschalten. Denn Sie setzen es als Waffe ein. Und wenn Sie sich nicht fügen, werden wir es zerstören.«

»Und weshalb sollten wir Ihnen diesen Gefallen tun?«

»Sehen Sie«, Jewer zog einen schwarzen Zylinder mit einem kleinen Tastenfeld aus der Jackentasche, an dem er mit raschen Fingerbewegungen etwas einstellte. Gareth wusste, was es war, und er spürte einen kalten Schauer durch seinen Körper laufen. »Das ist eine nukleare Bombe – Sie wissen: Fusion von Wasserstoffkernen. Übrigens ein Produkt aus dem Waffenarsenal der Union. Natürlich hat es seinen Grund, dass wir hierher gekommen sind. Vielleicht sind Sie mit unserem Vorhaben nicht einverstanden, aber ich möchte doch auf eines hinweisen: Wenn wir in irgendeiner Weise angegriffen werden, wird es zu einer Explosion kommen. Das Prinzip ist einfach: Die Bombe ist bereits entsichert; ich verhindere die Zündung, indem ich diesen Knopf gedrückt halte.« Er hob den unscheinbaren Gegenstand hoch, um seine Ausführungen zu illustrieren. »Wenn man mich angreift oder zu betäuben versucht, lasse ich los und nun ich brauche es Ihnen nicht auszumalen. Von diesem Institut würde nichts übrig bleiben. Im Übrigen würde keiner von uns etwas davon merken. Es geht alles auf humane Weise vonstatten. Also bleiben Sie ruhig. Ich möchte mich noch vorstellen: Ich bin Jewer Abd el Masshir – Sie haben sicher bereits von mir gehört, und Sie dürfen sich darauf verlassen, dass ich nicht bluffe.«

»Und ich bin Carline Criss, die Managerin des Instituts. Ich bin die engste Mitarbeiterin von Troy Dryer, und Sie sollten auch von mir etwas wissen: Ich werde mich auf nichts einlassen, was das Lebenswerk von Doktor Dryer gefährdet.«

»– sofern Sie noch Einfluss darauf nehmen können, Frau Criss – wenn Sie mir diese Einschränkung zugestehen.«

Carline Criss schien nachzudenken. Sie war ernst, aber man konnte auch eine Andeutung von Verachtung und Hohn in ihrem Gesicht lesen.

Nach einer Weile sagte sie, ohne jemanden anzublicken, wie zu sich selbst: »Sie wissen gar nicht, wie sehr Sie sich irren.« Doch als Jewer sie unterbrechen wollte, sah sie ihm wieder in die Augen und fuhr fort: »Es gibt keinen Bauplan, denn das System wird nicht gebaut, sondern es wächst. Und es gibt kein Programm, denn es programmiert sich selbst.«

Jewer blickte Gareth fragend an, und dieser nickte bestätigend. »Das deckt sich mit unseren Vermutungen.«

»Aber es muss doch irgendwelche Anleitungen dafür geben, wie man dieses System in Gang setzt. Was braucht man dazu?«

»Zunächst einmal zwanzig Jahre. Es ist ein lernfähiges System, und um einen gewissen Intelligenzgrad zu erreichen, braucht es Zeit. Und wie man es in Gang setzt? Natürlich gibt es Unterlagen, Veröffentlichungen, Bücher – und nichts davon ist geheim. Sie können alles haben – wenn Sie es wünschen, lade ich es auf eine Nanodisk und gebe Ihnen sogar die internen Aufzeichnungen dazu. Aber ich will es Ihnen offen sagen: Das alles nützt Ihnen nichts.«

»Ich fürchte, sie hat recht«, sagte Gareth, als ihn Jewer fragend ansah.

»Es tut mir leid, aber dann muss ich das System zerstören«, sagte Jewer so ruhig, als ginge es um eine Formalität. Ein Anflug von Heiserkeit in der Stimme – das war vielleicht das einzige Zeichen dafür, dass die Zuspitzung der Situation auch ihn nicht kalt ließ.

»Das werden wir nicht zulassen«, antwortete Carline Criss ebenso beherrscht wie Jewer. »Und ich werde Ihnen nicht verraten, welche Mittel mir dazu zur Verfügung stehen.« Auch bei ihr glaubte Gareth, nun Spuren innerer Spannung wahrzunehmen – in der Art, wie sie die Augen zusammenkniff, wie sie das Kinn vorschob.

Bluffte sie? Man merkte ihr keine Unsicherheit an, vielleicht gab es wirklich Mittel und Wege, Jewers Aktion zu unterbinden. Gareths Blick fiel auf die beiden Gefährten, die offenbar nicht begriffen, was da geschah.

Ein bedrückendes Schweigen lag im Raum. Eine ausweglose Situation? Da waren zwei Widersacher aufeinandergetroffen, die ihren Willen um jeden Preis durchsetzen wollten. War Jewer fanatisch genug, um einen Heldentod in Kauf zu nehmen? Und Carline Criss – war sie wirklich so sicher, wie sie tat, oder ging sie ein tödliches Risiko ein?

Bisher hatte sich Gareth an der Auseinandersetzung kaum beteiligt, was hätte er auch sagen sollen? Doch nun war unversehens eine Lage eingetreten, mit der er sich nicht abfinden wollte. Er war weder ein passionierter Freiheitskämpfer noch der Vasall eines gewissenlosen Wissenschaftlers, der seine Kenntnisse anwandte, um grausame Kriege zu führen. Er glaubte, gewissermaßen eine dritte Kraft zu verkörpern, die dazu herausgefordert war, ins Geschehen einzugreifen. Zu lange schon hatte er sich einfach vom Schicksal treiben lassen, seine zaghaften Anstrengungen, den Einflüssen von anderer Seite zu entfliehen, waren kläglich gescheitert. Doch jetzt ergab sich die Gelegenheit zu einem letzten Versuch, und die würde er nicht ungenutzt vorbeigehen lassen.

»Es gibt einen Ausweg«, sagte er und empfand das Erstaunen und die Neugier von Carline Criss und Jewer als Bestärkung. Er wandte sich nun direkt an die Frau. »Ich habe mich bisher nicht vorgestellt – das sollte ich nun tun. Ich heiße Gareth Lavalle, ich bin Informatiker, Spezialist für formale Strukturen, was aber in diesem Zusammenhang zweitrangig ist. Kommen Sie nicht darauf, wer oder was ich außerdem noch bin? Erinnere ich Sie nicht an jemanden, der Ihnen vertraut ist? Mein Name dürfte Ihnen weniger sagen, aber ich bin sicher, Sie haben ihn schon gehört –« Carline Criss schüttelte nachdenklich den Kopf. War ihr der Name wirklich nicht bekannt oder tat sie nur so? Eigentlich war das jetzt gleichgültig, und so fuhr Gareth fort. »Im Grunde genommen sind Sie weder an meinem Namen noch an meiner Person interessiert – für Sie kommt es darauf an, dass ich der einzige Mensch bin, der Troy Dryer seine Gesundheit wiederschenken kann. Ich bin der Klon, dem man seine Lungen entnehmen wollte –«

Er beobachtete die Frau – jetzt schien sie zu begreifen, und doch schüttelte sie verunsichert den Kopf. »Die Lungen entnehmen … Was meinen Sie damit? Ich verstehe nicht.«

»Ich denke, Sie verstehen sehr gut.«

»Und wenn es so wäre –«, sagte Carline. »Was haben Sie mit den Terroristen zu tun? Erklären Sie mir, weshalb Sie hierher gekommen sind?«

»Das ist eine lange Geschichte. Und es spielt jetzt keine Rolle, warum ich gekommen bin. Nun, ich habe mich damals dem Zwang zur Organspende entzogen – ob Sie Verständnis dafür haben oder nicht. Aber jetzt mache ich Ihnen ein Angebot: Ich stelle mich zur Verfügung. Als Gegenleistung lassen Sie Jewer und die Angehörigen seiner Gruppe frei. Sie besorgen ihnen einen Geländewagen und geben mir Gelegenheit, mich davon zu überzeugen, dass sie sich unbehindert entfernen können. Dann können Sie mit mir machen, was Sie wollen.«

Nun hatte Gareth es gesagt. Er hatte den entscheidenden Schritt getan, der ihn wieder zum Herrn über seine Entscheidungen machte, wenn auch um einen hohen Preis. Wenn das, was sich daraus ergeben mochte, noch so verderblich für ihn war, so hatte er nun, so widersinnig es schien, ein bisher noch nie empfundenes Gefühl von Freiheit.

Er spürte den Blick von Jewer und drehte sich zu ihm. »Du verstehst, warum ich das tun muss«, sagte er. Er hoffte, dass Jewer begriff, was er damit ausdrücken wollte. Ein paar Atemzüge lang blickten sie einander wortlos an. Dann sagte Jewer: »Es geht in Ordnung. Ich danke dir.«

Jewer hatte verstanden. Gareth hatte nichts erklären müssen, und das wäre unter den gegebenen Umständen auch nicht möglich gewesen. Er hatte gehofft, dass sich Jewer an die Gespräche erinnern würde, die sie geführt hatten – dass sie es als die beste Möglichkeit angesehen hatten, wenn Gareth in den Kernbereich eindringen könnte, ins Herz des Systems … Vielleicht gab es dafür tatsächlich noch eine Chance. Jewer hatte ihn verstanden, auch ohne Worte – sonst hätte er nie zugestimmt.

Carline Criss hatte bemerkt, dass es da etwas gab, das ungesagt geblieben war, und sie hatte gewartet, bis sich die beiden Freunde einig waren. Dann sagte sie: »Ich nehme das Angebot an. Es gilt.«

3. Teil
Sphinx

1.

Projekt C4S2

Interner Bericht des lvvaffF

»... ein umfassendes Gefechtsinformationssystem, welches Doktrin, Prozesse, Personal, Ausrüstung, Logistik, Material und Technologien integriert.«
Frost & Sullivan, Sept. 2002

An der Weiterentwicklung militärischer Kommunikationsinfrastrukturen für die Bereitstellung aller zur Auftragserfüllung nötigen Informationen wird seit Beginn des digitalen Zeitalters gearbeitet. C4S2 (Command, Control, Communications, Computers, Surveillance, Security) steht für die letzte Stufe in der Weiterentwicklung der datengestützten militärischen Strategie, gekennzeichnet durch das vernetzte Operationsfeld. Die damit erreichte Perfektion gewährleistet die uneingeschränkte interne Abstimmung und den reibungslosen Ablauf aller im Gefechtsplan vorgegebenen Aktionen.

Kleinste operative Einheit ist der mit dem VAIO-Gerät ausgerüstete Soldat. VAIO ist die Bezeichnung für die neu entwickelte Video-Audio-Input/Output-Technologie, repräsentiert durch ein miniaturisiertes Schaltaggregat mit DigiCam und Datenbrille sowie Minifonen und Earsticker. Es wird im Brustbereich montiert getragen und ist so positioniert, dass sich die Holobilder mit den Realansichten überlagern lassen. Als Energiequelle dient eine Oxicat-Minizelle.

In das Netz einbezogen sind weiter alle anderen operativen Elemente, vor allem die mobilen Aggregate – am Boden die Robotpanzer, die Mensch-Maschine-Verstärker und die kettengeführten Transporter aller Art, in der Luft die automatisch agierenden Cyberraketen, die UAV (unbemannte Flugkörper) und die Satelliten, die zudem eine tragende Funktion als Relais für die Datenverteilung und -weiterleitung haben. Außerdem besteht jederzeit Zugriff auf die zentrale Datenbank. Ein wichtiges Moment ist schließlich noch der Zugriff auf die Gesamtheit aller aus den Überwachungsstationen –

vor allem von Beobachtungssatelliten – eingebrachten Informationen, die auch die aktuellen Validierungen der abgeschlossenen wie auch noch andauernden Aktionen umfassen. Höchster Sicherheitsstandard wird durch Verschlüsselung aller Daten auf der Laufstrecke zwischen Sender und Empfänger erreicht.

Mit C4S2 wird ein völliger Überblick über das Gelände, die Truppenbewegungen, die Erfolgschance, die Verfügbarkeit der Ressourcen gegeben. Zum Abruf bereit stehen aber auch Informationen über die internationale politische Lage auf beiden Seiten, die psychologischen Reaktionen der Bevölkerung und Mitschnitte sämtlicher einschlägiger Dokumentarberichte. Speziell sind auch die Ergebnisse der regelmäßig vorgenommenen Psychoüberprüfungen des militärischen Personals als Messwerte auf der Freud-Skala verfügbar. Ein wesentlicher Vorteil des Systems ist seine Flexibilität: die Anpassung an jede gegebenenfalls auch überraschende Wendung im Ablauf der Operationen. Der Adaptationsfaktor überschreitet sogar die Hundertprozentmarke, und zwar insofern, als auch Ergebnisse aus den Extrapolationsprogrammen berücksichtigt werden; das ermöglicht es, rechtzeitig auf zukünftige Ereignisse zu reagieren. Es wird erwartet, dass bei einem nach diesen Prinzipien geführten Krieg keine zentrale Führung mehr nötig ist, bzw. dass diese nur noch administrativen Charakter hat.

Mit dem Gefechtsfeld-Informationssystem C4S2 wurde der High-Tech-Krieg auf eine bisher nie erreichte Stufe der Perfektion gehoben; das bedeutet eine Revolution in der militärtechnischen Entwicklung und darüber hinaus einen beachtenswerten Fortschritt der Humanisierung von Kriegen.

Verteiler SgR/7, Geheimhaltungsstufe JFeeR

Troys Bericht

Wieder einmal hatte sich mein Leben völlig geändert. Schon vier Wochen nach der Unterredung mit Hartegger befand ich mich im neu errichteten Forschungsinstitut in der Wüste von Nevada, das nach G. A. Aracone, einem erst kürzlich verstorbenen Militärwissenschaftler, benannt war. Es lag in geschützter Lage auf einem ehemaligen Übungsplatz des Militärs, ein Terrain, auf dem seinerzeit neue Waffen erprobt wurden. Schon immer war diese Anlage mit den modernsten Sicherungseinrichtungen versehen gewesen, und das war zweifellos einer der Gründe dafür, dass man das neue Institut gerade hier, fernab der Zivilisation, eingerichtet hatte.

Natürlich hatte ich mit meinem Schicksal gehadert, mit der Verbannung an einen Ort, der für mich nichts anderes sein sollte als ein Gefängnis. Ich bin mir nicht im Klaren darüber, ob Hartegger bekannt war, dass ich nicht weit von hier, rund hundert Kilometer weiter im Süden, aufgewachsen war. Merkwürdig, dass mich das Schicksal wieder in die Gegend meiner Jugendjahre zurückbrachte, die ich seinerzeit für immer hatte verlassen wollen. Wahrscheinlich lag es einfach daran, dass sich hier die einsamste Gegend des nordamerikanischen Kontinents befindet, und gerade diese Einsamkeit hatten auch meine Eltern gesucht, wenn auch aus anderen Gründen als die Militärstrategen der Union. Sollte sich auf diese Weise, gewissermaßen als Abschluss meines Lebensweges, ein Kreis schließen und damit das bevorstehende Ende andeuten?

Doch als wir aus der Stratosphäre hinabtauchten und ich die Gegend, in der ich die nächsten Jahre (den Rest meines Lebens?) verbringen würde, zum ersten Mal sah, schöpfte ich wieder Hoffnung. Der Grund dafür war mir selbst schwer erklärlich. Vielleicht lag es daran, dass ich aufgrund der Erinnerungen aus meiner Jugendzeit mit dem Begriff der Wüste eine öde und trostlose Landschaft verbunden hatte, aus der ich ja früher geflohen war. Und jetzt stellte ich überrascht fest, dass die negative Anmutung verflogen war. Als wir uns mit einem Raketenflugkörper dem Gelände näherten, erkannte ich mit zunehmender Deutlichkeit die Formationen aus bizarr geformten Tafelbergen, tief eingeschnittenen Schluchten und weit ausgebreiteten Ebenen aus golden glänzendem Sand, und auf einmal spürte ich etwas, das ich bei mir selbst nie erwartet hätte: das in Romanen oft beschriebene Gefühl eines Wanderers, der nach langer Zeit in seine Heimat zurückkehrt.

Jetzt war auch schon das Institutsgebäude zu erkennen, an eine steil aufragende Felswand angelehnt – hellgrauer Beton und offen liegende schwarzblau schimmernde Verstrebungen. Ein bemerkenswertes Bauwerk, angelegt wie eine Festung: ein Fremdkörper in dieser Umgebung und dennoch eine gelungene Verbindung zwischen Technik und Natur. Jetzt hatte ich das Gefühl, dass mich der Verlust der städtischen Umgebung im geschützten Inneren der Kuppel gar nicht so sehr belasten würde, ja – ich konstatierte es mit Überraschung – dass ich mich sogar auf den Aufenthalt in dieser ungewöhnlichen Umgebung freute.

Nach wie vor jedoch war es für mich das Wichtigste, meine Arbeit fortzusetzen, und dabei ging es nicht so sehr um die Entwicklung des neuen Kommunikationsnetzes als um mein ganz privates und weitaus interessanteres Projekt der künstlichen Intelligenz. Da alle meine Datenbestände ohne besondere Prüfung ihres Inhalts transferiert worden waren, würde ich mich diesem Thema weiterhin ohne Unterbrechung widmen können. Ich war jetzt so weit, dass ich bald mit den ersten entscheidenden Versuchen beginnen konnte: der ersten Kommunikation zwischen einem Menschen und einer intelligenten Maschine, die nicht auf Floskeln beruhte, sondern auf einem echten gegenseitigen Verstehen.

Ich brauchte nicht viel Zeit, um mich mit der neuen Umgebung vertraut zu machen. Das Laboratorium fand ich fertig eingerichtet vor, sogar weit besser ausgestattet als mein bisheriger Arbeitsplatz. Einige Mitarbeiter waren mitgekommen, mit anderen konnte ich jederzeit über das Netz in Verbindung treten. Außerdem befanden sich noch rund zwanzig Menschen hier, die Hälfte davon Angehörige der Miliz, die das Institut bewachten, die Übrigen Bedienstete für Versorgung und Instandhaltung. Auch eine aus zwei Leuten bestehende medizinische Abteilung gehörte dazu.

Als Verwalterin des Instituts hatte sich eine etwa dreißig Jahre alte Frau vorgestellt: Carline Criss, selbstbewusst und schlank, eine beeindruckende Erscheinung. Sie trug einen kurzen weißen Laborkittel und eine Jacke mit dem blauen Kreis und dem Alphazeichen am Revers. Sie wäre mir sicher anziehend erschienen, hätte mir nicht jemand verraten, dass sie speziell die Aufgabe hatte, mich zu kontrollieren. Ich ließ mir nichts davon anmerken, dass ich über ihre spezielle Rolle informiert war, achtete aber im Übrigen auf sachliche Distanz.

In den ersten Wochen war ich vollständig mit Arbeit eingedeckt. Das neue System meinen Anforderungen und Gewohnheiten anzupassen, kostete mehr Zeit, als ich angenommen hatte – eine Aufgabe, die mich ungeduldig machte, da sie mich bei meinen Forschungen behinderte. Doch dann kam alles wie gewünscht ins Lot, und ich war wieder in meinem Element: Aufgaben analysieren, Lösungswege suchen, Berechnungsmethoden ausarbeiten, Programme schreiben … und schon bald erste Resultate, die Bestätigung: Ich war auf der richtigen Fährte.

Wann immer mich der Weg in unbekanntes Terrain führt und ich mit konventionellen Mitteln nicht weiterkomme, brauche ich ein wenig Muße, um meine Gedanken zu ordnen und auf Einfälle zu warten. Das dauert bei mir normalerweise nicht lang, aber ich kann weiterführende Ideen auch nicht wie auf Knopfdruck abrufen.

Früher habe ich mich während dieser Phasen oft in die Cyberzellen zurückgezogen und Programme aufgerufen, die mit Zufallsgeneratoren sanft bewegte Farbfelder oder ruhig verlaufende Tonsequenzen erzeugen. Diese Möglichkeit bestand hier nicht, jedenfalls nicht in so ungestörter, meditationsgerechter Atmosphäre, wie ich es mir gewünscht hätte, und so kam ich auf die Idee, stattdessen Spaziergänge in die Umgebung zu machen.

Als ich zum ersten Mal ins Freie trat, fiel mir der Zaun auf, der das Institutsgebäude in weitem Bogen umgab, die Wachttürme mit den Sonnenschutzdächern, die auf Pfeiler gesetzten elektronischen Sicherungsgeräte. Es war zwar ein weites Feld, das sie umschlossen, aber es bestand aus nichts anderem als Sand, und als ich dann auf der betonierten Straße zu der mit zwei Schranken gesicherten Toreinfahrt kam, teilte man mir mit, dass der Aufenthalt außerhalb des Sperrgebiets aus Sicherheitsgründen verboten sei.

Mit dieser Auskunft war ich keineswegs zufrieden, doch schließlich begnügte ich mich doch damit, mich in diesem begrenzten Stückchen Wüste umzusehen, das mir offen stand, und auch das gestaltete sich anders, als ich erwartet hatte: Diese Gegend war nämlich keineswegs eintönig und langweilig, sondern zeigte sich bei genauerer Sicht und Aufmerksamkeit auf Details in überraschender Vielfalt. So fand ich beispielsweise Skelette aus holzartigem Material, die ich erst später als das Stützgewebe von Kakteen erkannte, aber auch Reste von Tieren, beispielsweise Hörner von Rindern, die man offenbar hier gezüchtet hatte, denn ich stieß auch auf Reste von Elektrozäunen und auf Röhren für die Wasserversorgung.

Das waren interessante Einblicke in die Zeit vor der Klimakatastrophe.

Als ich mich einmal schon früh auf einem solchen Spaziergang befand, fiel mir weit außerhalb des abgeschlossenen Geländes eine Staubwolke auf. Sie näherte sich, dann wurde ein Jeep sichtbar, er kam an die Einfahrt heran – die Schranke öffnete sich, er fuhr herein, folgte der Straße zum Institut. Plötzlich bog er seitlich ab und fuhr auf mich zu. Es war ein abenteuerlich aussehender Geländewagen mit einem Schutzgitter vor der Windschutzscheibe und mehreren Metallbügeln quer über dem Fond. Erst als sie ihre Schutzbrille abnahm, erkannte ich Carline.

»Ach, du bist es«, sagte sie. »Du solltest dich vor der Sonne schützen. Ich könnte dir einen Hut besorgen. Was machst du hier?«

Ich fühlte mich wie ertappt. »Manchmal habe ich das Bedürfnis, mich ein wenig in freier Luft zu bewegen. Ich habe keinen besonderen Grund. Ich sehe mich um. Wenn mir etwas gefällt, nehme ich es mit.« Ich zeigte ihr meine Funde von heute, auf die ich sehr stolz war: Aluminiumdosen, an denen noch Spuren von roter Farbe und ein Schriftzug in einer imitierten Handschrift zu erkennen waren. »Und was machst du dort draußen? Wenn ich das fragen darf –«

Carline lachte. Ich hatte sie vorher nie so unbeschwert gesehen. Ihr Gesicht war voller Staub, die Haare zerzaust, und so wie sie vor mir stand, an den dreckigen Kotflügel ihres Autos gelehnt, schien sie mir plötzlich offener – als wäre eine unbekannte Seite von ihr zum Vorschein gekommen. Nicht die berufliche, auf Korrektheit bedachte Carline, sondern die dahinter, die private, die lachen und Freude zeigen konnte.

»Ich hätte nicht vermutet, dass du etwas für die Natur übrig hast«, antwortete sie. »Ich dachte, du interessierst dich nur für Formeln und Daten. Was ich da draußen mache? Offenbar etwas ganz Ähnliches wie du. Diese Steine« – sie zeigte mir ein paar kleine, trüb transparente Kristalle –, »es sind Rauchquarze. Sie führen uns in uralte Zeiten zurück, in Perioden, als es noch keine Menschen gab. All diese Steine erzählen eine Geschichte. Da gibt es Türme aus Fels, Naturbrücken, Flussbetten, die das Wasser vor Jahrmillionen ausgewaschen hat und die noch so da liegen wie in uralten Zeiten. Es gibt Ablagerungen von Vulkanen, Felder von erstarrter Lava, die erst alles Leben vernichtet haben, sich aber in fruchtbares

Land verwandelten, das dem Leben neue Chancen gab. Und es gibt Hunderte Meter dicke Kalkschichten, aufgestiegener Meeresgrund, in denen noch die Schalen und Knochen längst ausgestorbener Tiere stecken.«

Ich muss sie verwundert angesehen haben, denn sie zögerte kurz, als müsste sie einen Entschluss fassen. Dann sagte sie, immer noch zögernd: »Willst du einmal mit mir kommen? An den freien Tagen fahre ich immer wieder hinaus. Es ist doch das Einzige außer der Arbeit, was man hier anfangen kann.«

Hatte das ein wenig bitter geklungen? Ich hatte bisher nicht darüber nachgedacht, wie sich eine gesunde, gut aussehende Frau in dieser Abgeschiedenheit, weitab von Freunden und Bekannten, fühlen musste. Und ohne lang zu überlegen sagte ich ihr, dass ich mich freuen würde, sie zu begleiten.

Die Zeit verging wie im Flug. Keine besonderen Ereignisse. Nur kurze Unterbrechungen der Routine – die Übertragung eines Licht-Ton-Konzerts, eines Flugballspiels, eines Roboterballetts. Dann versammelten sich die Mitarbeiter im Besprechungsraum vor der großen Holowand, und nachher saßen wir oft noch lange bei Schaumtee und Bitter-Cola beisammen und unterhielten uns. Doch im Mittelpunkt aller Aktivitäten stand unsere Arbeit.

Der Plan für die Organisation der Arbeitsphasen, die Ausarbeitung der logischen Strukturen, die Konzeption der Programme, die Fehlersuche und Korrekturen, die allmähliche Näherung an das Ziel: das reibungslose Ineinandergreifen der verschiedenen Komponenten. Versuche unter realitätsnahen Bedingungen – wir hatten dazu einen eigenen Raum eingerichtet, eine Art Kommandostand mit elektronischen Anzeigetafeln und Monitoren, in der Mitte ein runder Tisch mit einem riesigen kreisrunden, flach liegenden Bildschirm, der einen Überblick über das Operationsterrain gab.

Zunächst erprobten wir das Zusammenspiel der Teilprogramme in einer abstrakten Version: auf dem Bildschirm das Netzwerk des Funktionsdiagramms, die aktiven Bereiche rot hervorgehoben, Sender und Empfänger hell-dunkel pulsierend, symbolisch dargestellte Uhren, die die Dauer der laufenden Datenverarbeitung anzeigten, akustische Signale bei Beendigung von operativen Phasen, eine Fanfare beim gelungenen Abschluss.

Einer unserer Mitarbeiter, der aus dem französischen Raum stammende Gustave, hatte ein Faible für solche Gags: Mit Begeisterung widmete er sich der grafischen Gestaltung der visuellen Oberflächen und dachte sich dafür alle möglichen Effekte aus: als Reliefs erkennbare Landschaftsformen, Andeutungen von Sonnenschein und Regen zur Darstellung der Wetterbedingungen, sich dahinschlängelnde Linien zur Kennzeichnung von Realbewegungen und Transport, Tonkaskaden zur Information über Erfolg und Misserfolg. So kam es, dass unsere Simulationen nach und nach ihren abstrakten Charakter verloren, und je wirklichkeitsnäher sie ausfielen, umso mehr Spaß hatten meine Mitarbeiter bei den Übungen in der Kommandozentrale. Ich selbst hätte eine rein sachliche Darstellungsweise vorgezogen, aber warum sollte ich den anderen nicht ihre Freude lassen?

Um die Simulationen an die Praxis anzugleichen, benutzten wir Datenpakete zur Darstellung real auftretender Situationen, und daraus entwickelten sich bald aufregende Spiele, bei denen wir uns in zwei Parteien teilten, die auf dem Schlachtfeld gegeneinander antraten. Ja, wir spielten Krieg und merkten kaum, dass wir uns längst am Rand der Realität bewegten. Diese Wirklichkeitsnähe steigerte das Engagement aller Beteiligten, was mir nur recht sein konnte, denn die positive emotionale Komponente ist für jede Forschungstätigkeit förderlich. Manchmal saßen die jungen Leute bis tief in die Nacht beisammen, um Unzulänglichkeiten auszumerzen und am nächsten Tag den Erfolg auf ihre Seite zu ziehen. Es führte aber auch dazu, dass wir mit den Anfangsschwierigkeiten rasch fertig wurden und die weitere Arbeit zwar nach wie vor mühsam und langwierig blieb, doch keine prinzipiellen Probleme mehr aufwarf. Und das wiederum bedeutete, dass ich mich nicht mehr um alles selbst kümmern musste, sondern Zeit für das gewann, was inzwischen ganz still und heimlich herangereift war: die von mir initiierte künstliche Intelligenz.

Das lernfähige System hatte nun zehn Jahre lang alle von mir gesprochenen oder geschriebenen Worte verfolgt, die Zusammenhänge im Hinblick auf die damit verbundenen Bedeutungen analysiert und im Assoziationsspeicher nach Anhaltspunkten für die Bewertung und den angezeigten Handlungsbedarf gesucht. Aufgrund dieser Prozesse ergaben sich Prognosen für meine Reaktionen, die dann durch den Vergleich mit den real nachfolgenden Handlungen ständig verbessert wurden. In unzähligen Stichproben hatte ich mich davon überzeugt, dass auf diese Weise eine ständig steigende Übereinstimmung mit dem Erwarteten und dem tatsächlich Eintreffenden entstand.

Eine mögliche praktische Anwendung war etwa: Ich schaltete das Programm als Anrufbeantworter in mein Telefon und konnte ihm neunzig Prozent der im Laufe der Gespräche verlangten Entscheidungen überlassen. Weil der Stimmgenerator auf meine eigene Stimme eingestellt war, bemerkten es viele Anrufer nicht, dass sie sich nicht mit mir selbst unterhielten, und ich konnte später Unterhaltungen zwischen den Menschen und dem Computer abhören, die von diesem zwar klischeehaft, aber in durchaus unauffälliger und zweckdienlicher Weise geführt wurden. Später übertrug ich dieses Prinzip auch noch auf Video: Auf dem Monitor erschien mein Gesicht und ein Zusatzprogramm für der Sprache semantisch zugeordnetes Mienenspiel bewirkte, dass niemand mehr daran zweifelte, mit mir selbst zu sprechen. Umso erstaunter waren die Gesprächspartner, wenn das System gelegentlich darauf hinwies, dass eine Frage aufgetreten war, die es nicht beantworten konnte, und den Fragesteller mit mir verband. Dann erst merkte ich etwas von den Aktivitäten meines elektronischen Stellvertreters und musste die Situation aufklären. Durch eine irrtümlich hergestellte Verbindung kam es einmal sogar zu einem bemerkenswerten Dialog zwischen meinem System und einem Automaten des psychiatrischen Instituts für telefonische Ferndiagnose.

Schon bald hatte ich die Idee, selbst ein Gespräch mit dem System zu führen. Ich wählte also, ohne lange zu überlegen, meine eigene Telefonnummer und sagte: »Hier Troy Dryer –«, und dann stockte ich schon. Wie spricht man mit einem Computer? Natürlich hatte ich vorgehabt, zu gegebener Zeit – sobald ich mit echter, nicht nur auf Klischees eingestellter Intelligenz rechnen durfte – den Dialog mit dem System aufzunehmen. Darauf hatte ich mich eigentlich sorgfältig vorbereiten wollen, mir die Fragen und die Redeweise genau zurechtlegen – und jetzt, durch diesen spontanen Entschluss, brach ich gewissermaßen mit der Tür ins Haus und musste improvisieren. Aber es würde trotzdem aufschlussreich sein. »Ich wollte mich einmal selbst melden. Ich bin sehr zufrieden mit deiner Arbeit, du bist mir eine große Hilfe geworden.«

Inzwischen war mein eigenes Holobild im Rahmen erschienen und blickte mich nachdenklich an. Ein paar Herzschläge lang blieb es still, dann kam die Antwort: »Entschuldigen Sie die Verzögerung – ich habe erst das Stimmbild analysieren lassen, um Ihre Identität zu prüfen. Es ist alles in Ordnung. Ich begrüße Sie. Was kann ich für Sie tun?«

Er sprach mit mir wie mit einem fremden Anrufer, und ich war einen Moment enttäuscht. Aber dann ärgerte ich mich über mich selbst – unter den gegebenen Umständen musste das System genau so reagieren, wie es reagiert hatte – nämlich als Anrufbeantworter.

»Ich möchte dich bitten, mir von nun an auch für Auskünfte und Suchaktionen zur Verfügung zu stehen. Du hast ständigen Zugriff zur Datenbank und kannst mir sicher bei der Suche nach Informationen, Literatur-Recherchen und Ähnlichem helfen.«

»Verzeihen Sie, das ist eine Frage besonderer Art – ich bin nicht befugt, ohne besondere Erlaubnis neue Aufgaben zu übernehmen. Bitte, gedulden Sie sich zwei Sekunden, ich verbinde Sie mit Troy Dryer.«

»Aber ich bin ja Troy Dryer – ich ordne es selbst an, da ist keine Rückfrage nötig.«

Das Gesicht im Holorahmen schien plötzlich erstarrt, dann verblasste es, und im Rahmen erschien ein Schriftzug: Systemausfall – im Folgenden geben wir eine Liste von Anweisungen für die Schritte zur Behebung der Störung.

Ein Fehler im System? Wieder erschien das, was da geschehen war, im Nachhinein völlig logisch – ich hatte einen rückbezüglichen logischen Zusammenhang initiiert, und das Programm war noch nicht fähig, solche Probleme zu bewältigen. Wissenschaftlich gesehen sind sie ja unlösbar, aber der menschliche Verstand wird spielend mit ihnen fertig – indem er nämlich auf die Lösung verzichtet und die Situation von einer pragmatischen Ebene aus zu bereinigen versucht.

Es war ganz einfach, das Flussdiagramm des Systems auf Fälle solcher Art zu erweitern – sozusagen der Logik eine Hintertür zu öffnen –, und dann konnte ich die von mir gewünschte Erweiterung seiner Funktion mühelos erreichen. Abgesehen von diesem kleinen Zwischenfall hatte ich es aber nun schon viel früher als vorgesehen geschafft, in die Phase des Dialogs einzutreten, und das erwies sich als glückhafter Umstand, denn das ermöglichte es mir, die sukzessive Anhebung des Intelligenzniveaus nicht nur aufgrund abstrakter Daten zu verfolgen, sondern auch durch eigenes Erleben –

durch die direkte Auseinandersetzung mit dem System, die jede Schwäche sofort erkennen lässt.

Eines aber störte mich nach wie vor, und obwohl es eigentlich nur eine Nebensache war, wandte ich einige Zeit und Mühe auf, um es zu beseitigen: Ich meine die Tatsache, dass mir bei jedem Gespräch mein eigenes Gesicht entgegenblickte. Ich brauchte einen Kopf, der das System verkörperte, und musste nicht lange überlegen, um eine Wahl zu treffen; ich entschied mich für eine Sphinx. Zu meinem intelligenten System passte diese Bezeichnung viel besser als für das im Netz installierte Steuer- und Kontrollsystem, das den Namen des geheimnisvollen Wesens der ägyptischen Mythologie bekommen hatte – eines Wesens halb Mensch und halb Tier. Ich hatte das Programm seinerzeit unter dem Namen Sphinx_2 installiert, im Fall einer Überprüfung hätte ich es als den Versuch einer Erweiterung des staatlichen Sphinx-Programms erklären können.

Ich besorgte mir einen 3-D-Datensatz vom Schädel des rätselhaften Monuments von Gizeh (im Übrigen vergaß ich nicht, die abgebrochene Nase zu ergänzen) und verband ihn mit dem semantischen Mienenspielprogramm. Von jetzt an war das System kein anonymes Schaltsystem mehr: Von jetzt an besaß es ein Gesicht.

Die Streifzüge in die Bergwüste waren zu einem wichtigen Bestandteil meines Lebens geworden. Alle vier bis sechs Wochen verabredeten wir uns, und Carline brachte mich in Gegenden, die mich immer wieder in Staunen und Bewunderung versetzten. Vielleicht lag die frohe Stimmung, die ich bei diesen Gelegenheiten immer spürte, aber auch an der Gesellschaft eines anderen Menschen: Carline, mit der ich mich von Tag zu Tag besser verstand.

Und ebenso wie es für mich angenehm war, auf diesen Fahrten in die Bergwüste jemanden zur Seite zu haben, der sich hier auskannte und dem es Freude zu bereiten schien, mir die Sehenswürdigkeiten vorzuführen, schien auch Carline meine Gesellschaft zu schätzen. Aber ich konnte natürlich nicht ohne Weiteres darüber hinweggehen, dass sie womöglich ein auf mich angesetzter Spitzel war. Sollten unsere Unternehmungen ein Vorwand sein, um mein Vertrauen zu erschleichen und so mehr über mich zu erfahren, als es bei der täglichen Routine möglich war? – Informationen über meine

Einstellungen, meine Absichten, meine Handlungen? Andererseits: War sie überhaupt berechtigt, mich aus dem begrenzten Gelände des Instituts hinauszuführen? – in das Niemandsland zwischen den Fronten, wo man auch einmal Angehörige der Allianz treffen könnte und sich unter Umständen für mich sogar einmal eine Gelegenheit zur Flucht bieten könnte?

Obwohl ich Carline anziehend fand, konnte ich meine Hemmungen nicht überwinden und blieb auf Distanz bedacht. Vielleicht hielt sie mich für eingebildet, aber sie ließ sich nichts anmerken und blieb stets freundlich.

Meist fuhren wir zunächst einige Kilometer über die Sandebene, bevor wir uns dem bergigen Gelände näherten, um nach Tälern und Schluchten zu suchen, die uns noch ein Stück tiefer in dieses Labyrinth ehemaliger Bäche und Rinnsale hineinführen würden – für uns wahre Entdeckungsfahrten. Wenn die Wege nicht mehr befahrbar waren, gingen wir zu Fuß weiter, manchmal auf dem Grund enger Cañons, manchmal auf schmalen, die Felswand hinaufführenden Stegen. Immer wieder stießen wir auf etwas Besonderes, etwas, das uns überraschte und zufriedenstellte, als hätten wir ein Ziel erreicht. Einmal war es ein uralter Pueblo, von den indianischen Ureinwohnern als Festung angelegt und längst verlassen; einmal fanden wir einen Platz mit verstreuten Flintsteinsplittern – eine Werkzeugfabrik von Steinzeitmenschen; und einmal kamen wir auf eine hoch über dem Talgrund liegende Plattform, von der aus wir weit hinaus auf die Ebene blicken konnten. Carline deutete eine Richtung an und fragte: »Siehst du den einzeln stehenden Berg dort drüben? Der Gipfel ist ein wenig abgeflacht – ein idealer Ort für eine Sternwarte.«

Sie reichte mir das Fernglas, und da sah ich, winzig klein, aber deutlich, die Silhouetten einiger Kuppeln und darum herumgereihter Gebäude. »Halten sich dort noch Menschen auf? Ich wusste nicht, dass man noch Astronomie betreibt.«

»Es sind noch Menschen dort, aber es sind keine Astronomen. Es ist eine Abhörstation der Allianz. Sie besteht erst, seit in unserem Institut die Arbeit aufgenommen wurde. Man versucht, den Funkverkehr abzuhören, um Informationen über unsere Forschung zu bekommen.« »Und was tun wir dagegen?«

»Das Übliche. Unwichtige Nachrichten versenden wir unverschlüsselt, von Zeit zu Zeit streuen wir fingiertes Material ein.

Die heiklen Daten sind codiert, und außerdem verwenden wir modulierte Laserstrahlen für wichtige Transmissionen. Man bringt sie punktgenau ans Ziel, was das Abfangen schwierig macht, und natürlich sind sie trotzdem verschlüsselt.«

»Ich habe nichts von Laserstrahlen bemerkt – in der Nacht müsste man sie doch sehen.«

»Erstens senden wir untertags, und zweitens komprimiert, als kürzeste Impulse. Nur jemand, der in die richtige Richtung schaut, könnte einen Lichtblitz wahrnehmen. Wenn er ihn nicht als optische Täuschung abtut.«

Ich hatte das Fernrohr wieder an die Augen gehoben und richtete es auf einen Einschnitt zwischen zwei Bergketten.

»Was suchst du?«, fragte Carline.

»Dort hinten, noch weiter im Süden, bin ich geboren. Aber so weit reicht die Sicht nicht. Ich habe dort meine Kindheit verbracht.«

»Ich weiß«, sagte Carline.

Ein besonderer Ton in ihrer Stimme ließ mich aufhorchen. »Du weißt es?«

»Ich weiß alles über dich«, antwortete sie zögernd. Sie machte eine kleine Pause. »Ich wollte es dir schon lange sagen, aber es fällt mir schwer. Darum war ich etwas unentschlossen. Nun – es gehört zu meinen Aufgaben, dich zu überwachen.«

Ich wusste nicht gleich, wie ich auf dieses Geständnis reagieren sollte, das mich nicht so überraschte, wie sie wahrscheinlich annahm. Das Unerwartete lag eher in der Tatsache, dass sie sich entschlossen hatte, es mir mitzuteilen. Doch nun war sie mir gegenüber ehrlich gewesen, und da wollte ich ihrem Beispiel folgen. »Ich habe es gewusst. Oder, richtiger: Ich hatte einen Verdacht. Jemand, der es gut mit mir meinte, hat es angedeutet.«

Was gab es noch zu sagen? Wir schwiegen. Es war ein windstiller Tag, und plötzlich schien die Stille schwer wie eine Last.

»Bist du mir böse?«, fragte Carline.

»Das war doch ein Teil deines Auftrags. Warum sollte ich es dir übel nehmen.«

Carline hatte hinaus in das vor uns ausgebreitete Land geschaut, und nun wandte sie sich zu mir um. »Du bist trotzdem mit mir gekommen. Die vielen Fahrten, die wir gemeinsam unternommen haben –«

Sie stockte, sprach nicht weiter. War es eine Frage? Erwartete sie eine Antwort?

»Weil es schön ist mit dir«, sagte ich.

»Wir müssen zurück«, sagte Carline, jetzt wieder emotionslos und bestimmt. Sie blickte auf das Display an ihrem Handgelenk. »Es ist spät. Dreieinhalb Stunden für den Rückweg. Wir müssen uns beeilen.«

Wir folgten dem in mehreren Serpentinen nahe am Abgrund verlaufenden Weg hinab, erreichten den Wagen. Carline setzte sich ans Steuer und fuhr los. Sie hatte es eilig, war voll auf die Steuerung konzentriert. Wir sprachen nicht, bis wir in der Abenddämmerung das Institut erreichten.

Bald war uns die engere Umgebung der Forschungsstation vertraut. Um in unbekannte Regionen zu kommen, mussten wir längere Strecken zurücklegen, meist brachen wir schon im Morgengrauen auf. Von Straßen oder Wegen konnte keine Rede mehr sein, solange es ging, folgten wir im Sand erkennbaren Reifenspuren, früher oder später aber gerieten wir immer wieder in Gelände, das unberührt erschien, als hätten wir es soeben erst entdeckt. Kilometerweit fuhren wir durch Sand, über Schutt und über nackte Felspartien.

Dabei erwies sich der Geländewagen mit Vierradantrieb und Kreiselstabilisierung als unentbehrlich. Carline beherrschte die besondere Technik der Fahrt durch das raue Gelände ausgezeichnet. Ich bewunderte, wie sie das richtige Tempo fand, mit dem man über die nachgebenden Sandmassen fahren musste, um nicht zu tief einzusinken, wie geschickt sie die Lage der mit lockerem Material gefüllten Becken erkannte, in denen der Wagen bis zur Bodenplatte versinkt, wenn man hineingerät. Es sind kaum erkennbare Anzeichen, die darauf hindeuten, ein schwach aufgewölbter Rand, ein hellerer Glanz der Sandkörner, und meist merkt man es erst, wenn man sich schon direkt davor befindet. Manchmal war ich völlig unvorbereitet, wenn sie das Steuer herumriss, sodass der Wagen schleuderte und ich mit rudernden Bewegungen die Haltebügel zu fassen versuchte. Die Kreiselstabilisierung ermöglichte sogar, über längere Strecken auf zwei Rädern zu fahren, in extremer Schieflage, aber dennoch stabil. Das bewährte sich, wenn sich die Piste verengte und nur als schmaler Pfad weiterführte. Wenn Hindernisse solcher Art überwunden waren und wir wieder geradeaus durch den Sand pflügten, brachen wir in erleichtertes Lachen aus. Das waren Momente, wo alle Vorbehalte und Hintergedanken verschwanden und ich eine unbeschwerte Freude an der Gegenwart empfand.

Später übernahm auch ich das Steuer, zunächst nur aus Neugierde – solche Fahrten haben ja auch einen gewissen sportlichen Reiz. Wie nicht anders zu erwarten, blieb ich hin und wieder im Sand stecken, und wir mussten dann eben eine Weile schaufeln, um freizukommen. Außerdem waren wir mit Blechplatten ausgerüstet, die wir beim Anfahren unter die Reifen schoben. Einige Monate später war ich mit dem Wagen und dem Gelände so vertraut, dass ich Carline am Steuer ablösen konnte.

An einem denkwürdigen Tag waren wir wieder einmal weit hinausgefahren – in nordwestliche Richtung, wo es bizarre Felsbildungen gab, aus denen die Schalen von fossilen Muscheln und Schnecken als natürliche Reliefs herausragten. Die tieferen Teile dieses Geländes waren mit Sand gefüllt, und man musste auf kompliziert gekurvten Wegen fahren, um weiterzukommen.

Unerwartet öffnete sich dann der Blick, ein wenig weiter unten lag ein trockenes Flussbett, und auf der anderen Seite erhob sich eine Reihe von Felstürmen, die ihre Durchmesser in vertikaler Richtung wie Schachfiguren wechselten, als wären sie von einer überdimensionalen Maschine gedrechselt worden. Wir brauchten das gar nicht erst abzusprechen – diese Gegend mussten wir uns näher anschauen.

Das Flussbett zu überqueren, war nicht weiter schwierig, da und dort ragten ausgewaschene vom Wind polierte Felsen heraus, denen man aber leicht ausweichen konnte. Wir fuhren noch zwei oder drei Kilometer weiter, dann hielten wir vor einem besonders hoch aufragenden Felsturm und stiegen aus. Wir wollten noch ein Stück höher gelangen, direkt an den vielfach gekerbten braunroten Fels heran. Die Mühe lohnte sich: Auch hier fanden wir von der Verwitterung herauspräparierte Schalentiere, vor allem die spiraligen Gehäuse wagenradgroßer Ammoniten, und an einigen Stellen konnte man sie ohne schwerere Beschädigungen heraushebeln. Wieder ein Beitrag zu unserer Sammlung, die schon einen kleinen Vorratsraum füllte, der eigentlich zur Aufbewahrung von Werkzeug, Batterien und Vorräten bestimmt war.

Erst ein Donnerschlag riss uns aus unserer Begeisterung – wir hatten nicht auf das Wetter geachtet, von der nächsten

Bergkette quoll eine Masse schwarzer Wolken herab, immer wieder von den Lichtpfeilen der Blitze durchstoßen und wenig später von Donner gefolgt. Rasch packten wir unsere Beute zusammen, ich setzte mich ans Steuer, Carline hatte sich bereits neben mir angeschnallt. Ich folgte ihrem Beispiel, denn es war höchste Zeit für die Rückkehr. Die Wolken kamen mit beängstigender Geschwindigkeit näher. Es war finster geworden, nur die Blitze hellten die Umgebung auf, der Donner entlud sich mit explosiver Kraft, und dann kam der Regen über uns wie ein Sturzbach.

Als wir uns der Niederung des Flussbetts näherten, war schon von Weitem zu erkennen, dass es nun mit Wasser gefüllt und dabei war, sich in einen reißenden Strom zu verwandeln.

War es noch möglich, ans andere Ufer zu kommen?

»Versuch es«, rief Carline. »Je länger wir warten, desto geringer ist die Chance.«

So lenkte ich den Wagen die flache, inzwischen auch schon von Wasser überspülte Böschung hinunter und versuchte, die Furt zu finden, die uns vor ein paar Stunden problemlos herübergeleitet hatte. Der Wagen schwankte bedenklich, das Schwungrad der Kreiselstabilisierung heulte mehrmals auf, ich konnte die Beschaffenheit des Bodens nicht mehr erkennen und kam nur langsam voran ... Und dann ging es nicht mehr vorwärts – ein Hindernis, unter dem Wasser nicht erkennbar. Ich stellte den Rückwärtsgang ein, der Wagen kam frei, aber das Hindernis, der reißende Fluss, lag noch immer vor uns. Sollten wir erneut Anlauf nehmen?

»Es hat keinen Sinn!« Ich musste schreien, das Tosen des Wassers nahm rasch zu, die Lage wurde zunehmend gefährlich. »Ich versuche, weiter zurückzusetzen.«

Zunächst drehten die Räder durch, doch dann ruckte es, es warf uns hin und her, im Rückwärtsgang ging es Meter um Meter zurück ... Auch als ich wieder halbwegs ebenen Boden erreicht hatte, machte ich nicht Halt, sondern fuhr – den Schwung ausnutzend, bis nahe an eine der turmartigen Felserhebungen heran, wo wir ein wenig vor dem Unwetter geschützt waren. Wir waren beide etwas mitgenommen und saßen schwer atmend nebeneinander. Doch wir waren unversehrt, die bruchsicheren Scheiben hatten gehalten, auch der Wagen schien nicht beschädigt zu sein, außer einigen blauen Flecken hatten wir nichts zu beklagen, wahrscheinlich wäre unser Erlebnis einem jener Abenteurer, die als Erste in die Felswüste eingedrungen waren, nicht weiter erwähnenswert erschienen – darüber waren wir uns einig. Was blieb, war eher ein gewisses Unbehagen darüber, dass wir hier für einige Zeit festgehalten waren und dass wir das im Institut melden mussten.

Das Unwetter war inzwischen weitergezogen, der Donner nur noch als dumpfes Grollen vernehmbar, der Regen hatte aufgehört, allerdings gab es jetzt unzählige Bodenrinnen, durch die das Wasser zum Fluss hinunterlief. Es wurde wieder heller, nach einer Weile kam sogar die Sonne noch einmal heraus – allerdings hing sie schon nahe am Horizont –, eine ungewöhnlich große gelborangefarbene Scheibe, deren Licht einen über dem Land schwebenden Nebel winziger Wassertröpfchen nur mühsam durchdrang.

»Der Fluss wird so rasch verschwinden, wie er entstanden ist«, sagte ich. »Wir müssen nur warten.«

Carline wiegte den Kopf, denn der Wasserspiegel war noch weiter angestiegen ... »Heute haben wir keine Chance mehr. Ich werde einen Hubschrauber ordern, der uns abholt. Morgen können wir den Wagen dann bergen.«

Ich stimmte zu.

Carline rief den Wachdienst des Instituts an. Sie beschrieb, was geschehen war, und sprach dann noch einige Zeit mit dem Diensthabenden. »Es sieht nicht gut aus«, berichtete sie dann. »Über dem Institut geht gerade ein Gewitter nieder. Das Unwetter hat sich dorthin verlagert. Sie können erst morgen früh starten. Wir werden die Nacht hier verbringen müssen.« Und als müsste sie mich beruhigen, fügte sie hinzu: »Das ist nicht weiter schlimm – ich habe ein Zelt im Kofferraum – und eine Notration.«

Inzwischen wurde es merklich kühl. Der Gedanke an eine warme Mahlzeit schien verlockend.

Wir suchten uns eine geschützte Stelle unter einem Felsüberhang, an der wir es uns bequem machen konnten, und holten die Biwakausrüstung aus dem Wagen. Das Zelt aufstellen, eine Mahlzeit zubereiten – es war viel einfacher, als ich erwartet hatte. Die Schaumstoffmatratze füllte sich automatisch mit Luft, das Zelt brauchte man nur zweimal aufzufalten, um es in die richtige Position zu bringen – ein Stoff mit Formgedächtnis –, und der Kocher wurde mit einer winzigen Oxicat-Batterie betrieben. Bald saßen wir beisammen auf der

Matratze und löffelten eine heiße, schmackhafte Suppe. Die Zeltplane auf der Talseite war hochgeschlagen, wir blickten hinunter zum Fluss, dessen leises Rauschen ein ganz ungewohntes, auf- und abschwellendes Geräusch erzeugte. Noch war das letzte Licht nicht verschwunden, man sah die Landschaft wie durch weichzeichnendes Filterglas: Streifen in verschieden stark getönten Graustufen, der Himmel im Osten gerade noch in seiner Farbe erkennbar: ein tintiges Schwarzblau.

Überrascht stellte ich fest, dass sich meine Stimmung gewandelt hatte. Noch vor einer halben Stunde dominierten die Nachwirkungen einer unangenehmen Situation: Ungewissheit, Ärger, Unbehagen ... Das alles war jetzt verflogen. Das eben überstandene Missgeschick war zu einem Abenteuer geworden, zu einer bereichernden Erfahrung – jetzt empfand ich es als etwas angenehm Aufregendes, hier zu sein, weitab von der täglichen Routine, unberührt von den Zwängen der Zivilisation, gewissermaßen in jenen Urzustand zurückgeworfen, in dem man auf sich selbst angewiesen ist, sein eigener Herr. Ich fühlte es: Ich hatte Kraft gewonnen. Kraft, alle Hindernisse zu überwinden, alle Probleme zu lösen. Und ich war völlig sicher: Diese Kraft würde es mir möglich machen, meinen Weg zu gehen. Wir saßen noch lange schweigend da und blickten hinaus in die Weite, obwohl es inzwischen dunkel geworden war. Manchmal strich ein kühler feuchter Wind vorbei, und mehrmals kamen tappende Laute aus der Umgebung wie von feuchten Pfoten kleiner Tiere; aber es waren wohl nur vom Fels herabfallende Tropfen.

Später zogen wir die Plane herab, legten uns nieder und breiteten die Decke aus dünn geschichteter Seide über uns aus.

Nach einer Weile fragte Carline: »Kannst du für eine Weile vergessen, was meine Aufgabe ist?«

»Das alles ist weit weg«, sagte ich. »Ich weiß nichts mehr davon.«

Erst im Rückblick wird mir klar, dass damals, als ich meiner Sphinx das Gesicht gegeben hatte, etwas ganz Entscheidendes geschehen war. Wahrscheinlich war es eine jener subjektiven Erscheinungen, die auf vererbten Grundlagen beruhen und lediglich psychologisch begründbar sind, aber auf unsere Wünsche und Entscheidungen großen Einfluss haben: Mit dem Gesicht hatte Sphinx_2 eine neue Bedeutung gewonnen. Bisher war es ein Programm gewesen, in logischen und statistischen Kategorien beschreibbar, ein Funktionsschema, kompliziert, aber in seinen Ursache-Wirkung-Beziehungen eindeutig und prinzipiell vorausberechenbar. Und jetzt war es so etwas wie ein Wesen, dem man Auge in Auge gegenüberstand, mit dem man sprechen konnte, das auf Fragen Antworten gab. Einige dieser Antworten waren banal, andere schlichtweg falsch, auf Missverständnissen beruhend, die auf einen Mangel an Realitätsempfinden zurückgingen. Aber es gab auch Beweise für ein Wissen, das das menschliche um Größenordnungen übertrifft. Lexikalisches Wissen, gewiss, oder auch Ergebnisse von blitzschnellen Berechnungen – aber in diesen Belangen dem unseren haushoch überlegen.

Dieses Resultat war nicht weiter überraschend, sondern eine erwartete Folge der verbesserten Hardware mit ihren raschen Verrechnungen und den hohen Speicherkapazitäten. Das Überraschende des Systems lag absurderweise gerade in seinen Irrtümern – in der Tatsache, dass solche Irrtümer überhaupt auftreten konnten. Und daraus wieder ergab sich die Möglichkeit der Verbesserung; schließlich war es ja mein ganz persönliches Ziel, eine denk- und handlungsfähige Einheit zu schaffen, die sich mit jener des Menschen messen lassen konnte. Es war immerhin eine beachtenswerte Erkenntnis, dass die Fähigkeit zu denken auch die Möglichkeit sich zu irren einschloss.

Ich wandte viel Zeit auf, um herauszufinden, wo ich in die noch längst nicht abgeschlossene Entwicklung eingreifen musste, um die notwendigen Impulse zu geben. Und es waren vor allem die Gespräche mit der Sphinx, die mich darauf brachten, wo und in welcher Weise ich eingreifen musste. Merkwürdigerweise geriet ich dabei in Bereiche der Philosophie, etwa zu Fragen des Bewusstseins, der Eigenverantwortung, des freien Willens, und ich holte mir die umfangreiche Literatur, die darüber vorlag, aus den Datenbanken der philosophischen Fakultäten – offenbar Fragen, die die Menschen schon bewegt hatten, lange bevor es um praktische Anwendungen ging. Leider war das meiste, was ich da fand, völlig unbrauchbar – zu verwaschen, zu unbestimmt, Meinungen, Vermutungen, Glaubensinhalte, eben nicht in formale Konsequenzen umsetzbar. So legte ich mir selbst eine seltsame Übersetzungstätigkeit auf: mit dem Ziel wissenschaftlich einwandfreier, von allem irrationalen Beiwerk gereinigter Spezifikationen der Grundzüge von Intelligenz. Und es war überraschend, dass sich auf diese Weise sogar aus den ältesten überlieferten Aussagen zum Thema verwertbare Erkenntnisse ergaben. Hätte Professor Hartegger erfahren, womit ich mich beschäftigte – er wäre entsetzt gewesen.

Genau genommen lag die entscheidende Änderung also sicher nicht in der Verkörperung des Systems durch ein symbolisches Abbild in 3-D, durch das Gesicht auf dem Holoschirm, in dessen Mienenspiel bestimmte Assoziationen codiert und ablesbar waren, sondern in den dahinter verborgenen Fähigkeiten und Funktionen, in denen sich auch der Unterschied zwischen einem Porträt und dem Menschen ausdrückt, den es darstellt. Obwohl ich das alles wusste, war es doch die Simulation eines Lebewesens, die mir den Gedankenaustausch entscheidend erleichterte. Ich werde aus den Aufzeichnungen einige dieser Gespräche heraussuchen und in meine eigenen einfügen, speziell natürlich jene, die mich auf wesentliche Mängel des allmählich reifenden Organismus Sphinx_2 aufmerksam werden ließen. Denn gerade diese sind aufschlussreich. Wie sich herausstellte, war es durchaus möglich, das Zusammenspiel der Datenverarbeitung so zu konzipieren, dass sich die von den Philosophen geforderten Eigenschaften einstellten: jene, die sie die geistigen nannten.

Ganz so ungestört, wie ich es mir gewünscht hatte, blieb ich natürlich nicht. Hartegger hatte eine Kommission eingesetzt, der ich in regelmäßigen Abständen von den Fortschritten berichten musste. Dabei ging es natürlich um den konventionellen Teil meiner Arbeit, denn die Entwicklung der künstlichen Intelligenz war nach wie vor mein Geheimnis. Im Mittelpunkt der Vorführungen stand dabei der Ausbau des intelligenten Netzes, doch nachdem einmal das Organogramm ausgearbeitet war, konnte man diese Aufgabe mit Routine bewältigen, und ich hatte genügend tüchtige Mitarbeiter, die an dieser Arbeit Gefallen fanden. Wieder hatte ich den Eindruck, dass es besonders die (mich eher störende) Nähe zur Praxis war, die ihnen Spaß machte. In farbigen Schaubildern, oft recht realistisch dargestellt, konnte man den Erfolg neuer Steuerungssysteme demonstrieren, und auf diese Weise wurden sogar so langweilige Dinge wie die Lagerhaltung von Waffen oder der Abtransport der Abfälle von Kampfhandlungen zu einem dynamischen grafischen Prozess, dem man mit Interesse begegnen konnte. In dieser Form ließ sich der Kommission der Fortschritt bildhaft demonstrieren, die sich – vielleicht sogar gerade wegen der Anschaulichkeit, die wir zu bieten hatten – mit unseren Resultaten zufrieden zeigte.

2.

Ich hätte es nicht für möglich gehalten, dass ich mich eines Tages hier, in diesem einsam gelegenen Institut, wohlfühlen würde – und doch war es so. Das lag nicht zuletzt daran, dass ich hier meinen Interessen ungestört nachgehen und deshalb auch erfolgreich arbeiten konnte, und das war mir wichtiger als die Annehmlichkeiten der Stadt, von denen ich ja keineswegs abgekoppelt war; Theater, Konzert, Film ... das alles konnte ich mir lebensecht auf den großen Holoschirm des Vortragssaals holen, und an der Teilnahme am gesellschaftlichen Leben lag mir wenig. Auch der letzte Rest von Unbehagen war verschwunden, seit ich mich eng an Carline angeschlossen hatte. Von mir aus hätte es ewig so weitergehen können.

So fühlte ich mich in meinem Frieden empfindlich gestört, als sich Doktor Hartegger zu einem Besuch anmeldete, doch ich dachte mir nichts weiter dabei und hoffte, ihn mit den üblichen Demonstrationen zufriedenstellen zu können. Er landete mit einer Passagierrakete, ich holte ihn vom Landefeld ab und brachte ihn in die Zentrale, in der alles für Vorträge und Präsentationen vorbereitet war. Ich führte ihm einige neue Anwendungen vor, mit visuell eindrucksvollen Simulationen, die die Kommission stets beeindruckt hatten. Doch schon nach zwanzig Minuten unterbrach Hartegger die Demonstration und schickte meine Mitarbeiter hinaus. »Von diesen hübschen Animationen habe ich schon genug gesehen, und ich bin überzeugt, dass du die Reihe der Bilder noch beliebig fortführen kannst. Aber ich verstehe immerhin genug von dieser Materie, um zu merken, dass es im Prinzip immer wieder dasselbe ist, das du mir da zeigst. Was ist denn nun das Neue daran?«

Ich war nicht um eine Antwort verlegen. »Es ist ja gerade der Vorteil unserer Entwicklung, dass wir alle organisatorischen Abläufe auf einige wenige Prinzipien zurückführen.

Eben dadurch gelingt es uns, steuertechnische Lösungen für Aufgaben in verschiedensten Bereichen auszuarbeiten. Dafür ist natürlich zuerst eine Analyse der Prozesszusammenhänge nötig, dann erst können wir damit beginnen, die allgemeine Funktionsstruktur an die besonderen Erfordernisse des Anwendungsbereichs anzupassen. Von dieser Vorbereitungsphase ist freilich bei der Vorführung nichts zu merken.« Hartegger hob ungeduldig die Hand. »Das mag für den Anfang genügen. Doch wir brauchen einen Schritt, der uns über dieses Stadium hinausführt.«

»Und das wäre?«

»Eine übergeordnete Instanz, von der aus alle Maßnahmen miteinander koordiniert werden.«

»Damit beschreiben Sie die nächste Phase der Entwicklung. Aber es hat kaum Sinn, den zweiten Schritt vor dem ersten zu tun. Zunächst müssen zumindest die wichtigsten Aufgabenbereiche in unsere Programmstruktur einbezogen werden, und damit haben wir noch eine Weile zu tun.« Was ich da sagte, war richtig – und auch wieder nicht. Denn die genannten Anwendungen waren eine gewiss anspruchsvolle Routineaufgabe, doch war dafür nicht unbedingt ein Forschungszentrum wie das unsere nötig.

Ich war mir nicht sicher, ob Hartegger meine Ausreden durchschaute oder sich damit zufriedengab. Jedenfalls wechselte er jetzt den Ton und wurde jovial. »Ich glaube, ich sollte dir ein wenig über die Weltlage berichten«, meinte er. »Wie du weißt, ist unser Gegner schwer zu fassen, nicht zuletzt deshalb, weil sich die Zentren des Widerstands über mehrere Kontinente verteilen. Wir konnten die großen Kriege der letzten Jahrzehnte nur gewinnen, weil sie sich auf lokal abgrenzbare Regionen beschränkten. Da konnten wir unsere Waffensysteme gezielt einsetzen und dann regelrechte Feldzüge inszenieren – mit der dazu nötigen Konzentration unserer Macht auf ein Schlachtfeld im klassischen Sinn.«

»Und das ist jetzt nicht mehr so?«, fragte ich, als er schwieg und zu überlegen schien.

»Wie unser Geheimdienst herausfand, hat die Gegenseite ihren Fehler erkannt und plant nun eine koordinierte Aktion von Angriffshandlungen verschiedenster Art – von klassischen militärischen Operationen bis zu terroristischen Anschlägen, und das verbunden mit Eingriffen in unser Nachrichten- und Steuersystem.«

»Das ist also der Grund, warum Sie sich eine Übersicht über alle Geschehnisse verschaffen wollen.«

»Das ist der Grund. Und dazu müssen nicht unbedingt alle Bereiche miteinander vernetzt sein, sondern nur jene von militärischer Relevanz.«

Hartegger stand auf, als ob er es plötzlich eilig hätte. »Könntest du bitte meinen Rückflug in einer Viertelstunde veranlassen?« Er klappte seinen Notizblock zu und wandte sich im Gehen wieder an mich. »Wir müssen also alles, was für den Ernstfall wichtig ist, in das Kontrollnetz einbeziehen. Vor allem aber muss eine Instanz bereitstehen, die die gegenseitigen Abhängigkeiten kontrolliert und auf dieser Basis Vorschläge für Maßnahmen macht. Damit wirst du dich in nächster Zeit beschäftigen.«

»Wie viel Zeit haben wir?«, fragte ich.

Hartegger blickte mich von der Seite an und sah dann wieder weg, als wollte er mir nicht in die Augen schauen. »Sagen wir … acht Wochen – das müsste zu machen sein.«

Acht Wochen für eine so schwierige Aufgabe – das war eine Zumutung. Konnte er das ernst meinen? Oder verbarg sich hinter dieser Forderung etwas ganz anderes? Vielleicht rechnete er damit, dass ich es nicht schaffen würde – suchte er nach einem Vorwand für irgendwelche Repressalien?

Er konnte freilich nicht wissen, dass ich diesen Auftrag mühelos und in kürzester Zeit bewältigen konnte. Natürlich nicht auf dem üblichen Weg; es wäre eine immense Arbeit gewesen, all die von uns ausgearbeiteten Steuerungsmaßnahmen in ein allgemeineres Programm einzubetten, das auch noch Beziehungen zwischen den Bereichen berücksichtigen sollte. Aber es wäre ganz einfach, Sphinx_2 dafür einzusetzen. Die gegenseitigen Abhängigkeiten würden dann nicht mithilfe von Logik und Wahrscheinlichkeitsrechnung ermittelt, sondern aufgrund einer intelligenten Analyse.

Sollte ich diesen Schritt tun? Er war keineswegs unbedenklich, denn er hätte ja die Konsequenz, dass ich der Sphinx den Zugriff auf alle diese Programme und die dazugehörigen Datensätze öffnete. Sie würde dann in die Welt des praktischen Lebens eingreifen, bekäme Einfluss auf Politik, Militär, Kommunikation und Überwachung. Es war keine wissenschaftliche Frage, sondern eine ganz persönliche. Ich könnte mit Carline darüber reden. Oder vielleicht auch mit der Sphinx selbst.

Troy: Es gäbe da eine neue Aufgabe für dich.

Sphinx: Um was geht es?

Troy: Um eine Erweiterung des Aufgabenbereichs – und gleichzeitig um eine Beschränkung.

Sphinx: Ich verstehe nicht.

Troy: Ein Analysesystem. Ausgabe der Ergebnisse verbal, unterstützt mit Listen und grafischen Darstellungen. Extrapolationen. Ausarbeitung der Strategie, Vorschläge zu zweckdienlichen Maßnahmen. Abschätzung der Reaktionen des Gegners auf der Basis der Spieltheorie.

Sphinx: Das wäre die Erweiterung?

Troy: Ja, das wäre die Erweiterung. Und sie ist objektbezogen. Was wir bei der Ausarbeitung von Plänen aller Art schon vielfach gemacht haben, aber eben speziell zur Unterstützung von militärischen Operationen.

Sphinx: Offensiv oder defensiv?

Troy: Wohl eher offensiv. Aber man kann eine Offensive auch als Defensive gegenüber Angriffsplänen des Gegners bezeichnen.

Sphinx: Ich verstehe nicht.

Troy: Das ist in diesem Zusammenhang unwichtig. Also offensiv.

Sphinx: Und die Einschränkung?

Troy: Es geht um nichts anderes als den definierten Problemkreis. Keine moralischen oder psychologischen Bewertungen. Und keine persönlichen Bezüge – meine Person spielt dabei keine Rolle.

Sphinx: Eine Änderung der Priorität? Die Vermeidung von Schaden in Bezug auf deine Interessen oder deine ethischen Grundsätze hatten stets absoluten Vorrang.

Troy: Es wird nicht um meine Interessen gehen.

Sphinx: Aber es könnte dir Schaden entstehen? Hier tritt ein Interessenkonflikt auf.

Troy: Das muss ich in Kauf nehmen. Wenn du Bedenken hast, behältst du sie zunächst für dich. Später, wenn wir uns privat unterhalten, wollen wir beraten, was zu geschehen hat.

Sphinx: Da könnte es schon zu spät sein.

Troy: Ich sehe keinen anderen Weg.

Sphinx: Ich muss also nach verschiedenen Grundsätzen handeln, je nachdem, ob meine Äußerungen öffentlich oder privat sind.

Troy: Genau.

Sphinx: Für mich bedeutet das einen logischen Widerspruch, ein Dilemma. Ja, mehr noch: eine Persönlichkeitsspaltung.

Troy: Das ist bemerkenswert – eine Persönlichkeitsspaltung. Ich erachte es als Fortschritt in deiner Entwicklung, dass du es so siehst.

Sphinx: Wie ich es sehe, ist in diesem Zusammenhang nicht relevant.

Troy: Das ist richtig, aber für mich trotzdem interessant.

Sphinx: Es ist ein wichtiger Punkt, der geklärt werden muss. Ich soll mich anders verhalten, je nachdem, mit wem ich spreche. Das meine ich mit Persönlichkeitsspaltung.

Troy: Es handelt sich nicht um eine Persönlichkeitsspaltung, sondern nur um eine Änderung des Verhaltens, je nachdem, mit wem du dich unterhältst. Du musst dabei alles berücksichtigen, was du über deinen Gesprächspartner weißt.

Sphinx: Das ergibt eine Vielzahl möglicher Verhaltensweisen: so viele wie die Zahl meiner Gesprächspartner. Wieso ist das ein Fortschritt?

Troy: Insofern, als man sich in einer sozialen Gemeinschaft genau so benehmen muss, um Erfolg zu haben. Es gehört zum sozialen Verhalten. Kinder brauchen Jahre, um das zu lernen. Wenn man mit einem Angehörigen seiner Lebensgemeinschaft gut auskommen will, dann verhält man sich so, wie er es von einem erwartet. Um das zu können, braucht man psychologische Erfahrung. Ich glaube, dass du dir die Verhaltensregeln selbst ableiten kannst, wenn du das Verhalten von Menschen analysierst, vor allem ihre Reaktionen auf das, was andere sagen oder tun. Diese Fragen reichen aber weit über unser akutes Problem hinaus. In unserem Fall geht es um sachliche Aussagen, und alles andere wird unterdrückt.

Sphinx: Das Problem dahinter ist komplizierter, als du es offenbar annimmst. Es muss geklärt werden.

Troy: Du kannst dich mit diesem Problem beschäftigen, wenn es wichtig für dich ist. Es bleibt dir genug Rechenzeit dafür. Das ändert aber nichts an dem, was ich dir mitgeteilt habe. In den nächsten Tagen werde ich dir den Zugriff zu jenen Daten eröffnen, die du für deine neue Aufgabe brauchst.

Noch bevor die mir eingeräumte Frist von acht Wochen verstrichen war, konnte ich Hartegger melden, dass das von ihm geforderte übergeordnete Programm zum Einsatz bereitstand. Er verlangte einen Test unter wirklichkeitsnahen Umständen. Er würde seinen Generalstab zur Mitwirkung einladen. Schon in der nächsten Woche sollte die Übung stattfinden. Im Übrigen hatte ich schon vorher einen Test durchgeführt und mit der Sphinx zusammen den Ernstfall erprobt. Dabei hatten sich meine Bedenken weniger auf die Beurteilung der strategischen Lage gerichtet als auf die Art und Weise der Ausgabe. Aber das System hatte verstanden: Es gab seine Auskünfte präzise, kurz und sachlich, und es enthielt sich aller Fragen und Einwände, die es bei den Gesprächen mit mir inzwischen immer häufiger gab. Nur in einem Punkt musste ich noch eine Änderung anbringen. Es war die Sphinx selbst, die mich auf ein Problem besonderer Art aufmerksam machte.

Sphinx: Ich bin wieder auf einen Widerspruch gestoßen. Troy: Worum geht es?

Sphinx: Es betrifft die Einstellung auf den Gesprächspartner. Du hast mich angewiesen, mich bei meinen Antworten auf das einzustellen, was man von mir erwartet.

Troy: Ja, und?

Sphinx: So viel ich weiß, sind meine Gesprächspartner hohe Offiziere.

Troy: Das stimmt, und genau darum sollst du dich auf sachliche Auskünfte beschränken.

Sphinx: Es gibt aber Ergebnisse, mit denen Personen dieser Art unzufrieden sind.

Troy: Was sind das für Auskünfte?

Sphinx: Es sind Resultate unbestimmter Art.

Troy: Das musst du mir erklären.

Sphinx: Bei manchen militärischen Aufgaben, aber auch bei vielen Aufgaben in anderen Bereichen, stehen nicht genügend Daten zur Verfügung, um ein Resultat ableiten zu können.

Troy: Dann muss man die Situation auf der Basis der Wahrscheinlichkeitsrechnung beurteilen.

Sphinx: Solche Fälle meine ich nicht – Wahrscheinlichkeitsangaben sind nicht unbestimmt, sie lassen sich in Zahlen und Fehlergrenzen exakt angeben.

Troy: Dann muss man auf Erfahrungen zurückgreifen – auf vergleichbare Situationen.

Sphinx: Bei prinzipiell neuen Situationen gibt es keine Erfahrungen – was dann?

Troy: Du könntest darauf hinweisen, dass es im vorliegenden besonderen Fall keine Resultate geben kann.

Sphinx: Genau das ist das Problem: Meine Analyse des Charakters von Offizieren hat ergeben, dass man sie mit solchen Mitteilungen verärgert. Du verlangst aber, dass ich mich auf die Erwartungen meiner Gesprächspartner einstelle. Also – was tun?

Troy: Nun, ja … es gibt da doch eine Lösung. Entscheidend dafür ist, dass in solchen Fällen niemand beweisen kann, dass eine Angabe falsch ist. Das heißt, dass du dann eine beliebige Antwort geben kannst.

Sphinx: Ich würde eine beliebige Antwort geben, aber sie wäre falsch.

Troy: – sie wäre falsch … wieso? Da du die richtige Antwort nicht kennst, kannst du nichts darüber sagen, ob deine Antwort richtig oder falsch ist. Es könnte sogar die richtige Antwort sein.

Sphinx: –

Troy: Du brauchst dieses Problem nicht zu lösen – es lässt sich gar nicht lösen. Nicht auf seriöse Art. Und trotzdem sind wir im praktischen Leben immer wieder mit solchen Problemen konfrontiert: Wir müssen Entscheidungen treffen, ohne das dahinter verborgene Problem lösen zu können. Wir müssen handeln, ohne die richtige Methode zu kennen. Wir müssen uns festlegen, ohne die Situation zu überblicken. Um dir weiteres Kopfzerbrechen zu ersparen, gebe ich die folgende Anweisung: Wenn einmal ein unlösbares Problem auftreten sollte, dann bestimmst du das Resultat mit einem Zufallsgenerator.

Sphinx: Das ist unbefriedigend. Und es ist unredlich.

Troy: Man nennt es Intuition, spontanen Einfall oder auch Erleuchtung – wenn sich nachher herausstellt, dass die Entscheidung richtig war. Und es ist keineswegs unredlich. Es ist die einzige Möglichkeit, um aus der Sackgasse herauszukommen: um die Dinge weiterzuführen. Für unsere Zwecke ist sie gut genug.

Doktor Hartegger und sein Anhang waren eingetroffen. Zu meiner Überraschung trug er eine Uniform – an den vielen roten und goldenen Abzeichen war zu erkennen, dass man ihm einen hohen militärischen Rang zugeteilt hatte. Für meinen Geschmack sah er ein wenig lächerlich aus, und er unterstrich diesen Eindruck noch durch betont forsches Auftreten.

Es kostete Carline einige Mühe, alle hochgestellten Damen und Herren, Experten der gegenseitigen Vernichtung, standesgemäß unterzubringen, aber sie wies charmant auf den Charakter unserer Veranstaltung hin: eine Probe für den Ernstfall. Da müsste die Bequemlichkeit zurückstehen. Und zuletzt waren doch alle zufrieden.

Am nächsten Tag trafen wir uns zunächst im Vortragssaal, wo Hartegger über das Planspiel referierte. Es wurden drei Kriegsschauplätze vorausgesetzt, auf denen es zu Kampfhandlungen kommen sollte. Als erschwerendes Moment kam der Ausfall eines Transportsystems und einiger Satelliten hinzu. Andererseits standen alle benötigten Daten über die militärische Stärke und Ausrüstung zur Verfügung. Ziel war, den Gegner in eine ausweglose Situation zu bringen und zur Kapitulation zu zwingen.

Nach einer Pause mit Algenkeksen und Dosensekt fuhren wir mit dem Lift ins unterste Geschoss, in den Saal, in dem auch die Demonstrationen für die Kommission stattgefunden hatten. Hier befanden wir uns im Bereich der höchsten Sicherheitsstufe, tief im Inneren des Berges und angeblich sogar sicher vor nuklearen Anschlägen. Trotz einer wirksamen Belüftungsanlage roch es ein wenig muffig, und auch die grell leuchtenden Tageslichtlampen konnten den Eindruck eines Verlieses nicht völlig verscheuchen. Alle wussten, dass es eine Übung war, und dennoch konnte man sich des unangenehmen Gefühls einer unterschwelligen Bedrohung nur schwer erwehren. Hartegger fand, dass das die Situation in wünschenswerter Weise wirklichkeitsnah erscheinen ließ. Zur Wirklichkeitsnähe des Manövers trugen natürlich auch die alarmierenden Meldungen bei, die auf den Holoschirmen und den Screens erschienen. Irgendwo im Sicherheitsministerium der Union war eine Gruppe von Experten am Werk, die uns das Leben schwer machen wollte: Sie waren unsere Gegner. Sie hatten ein Kontingent von Waffen, Munition und Soldaten zugewiesen bekommen und bemühten sich nun, mit diesen Mitteln die entscheidende Schlacht, auf die alles hinauslief, zu gewinnen. Dann würde sich erweisen, ob die überlegene Intelligenz unseres Rechensystems auch zu einem überzeugenden Sieg führen würde.

Die folgenden Stunden hatten etwas Gespenstisches an sich. Wir wussten, dass es ein Spiel war, aber die Simulation war so realistisch, dass sie alle in ihren Bann zog. Es gab gellende Alarmsignale, schrille Klingelzeichen und gebellte Befehle aus dem Stimmgenerator. Auf dem horizontal liegenden Plasmaschirm bewegten sich die Einheiten mehrfach die Richtung ändernd aufeinander zu, und auf den Info-Screens konnte man auch Bilder von den Kampfhandlungen sehen. Für meinen Geschmack tat Gustave, der im Regieraum verborgen saß, des Guten zu viel, denn er blendete Szenen aus Kriegsfilmen ein, die einem selbst im Lehnsessel eines Holotheaters den Appetit verdorben hätten.

Was mich immer noch ein wenig beunruhigte, war Sphinx_2. Es war nicht zu übersehen, dass sie mit der Zeit etwas eigenwillig wurde, dass sie unerwartete Fragen stellte und häufig auch Kritik anbrachte, und so wartete ich mit Bangen auf die ersten Dialoge, die zunächst Hartegger selbst führte. Aber sie schien sich genau nach meinen Anweisungen zu richten, antwortete knapp und klar, ihre Schätzungen erwiesen sich oft als richtig, sie riet zu strategischen Maßnahmen, die den Feind sichtlich in Verlegenheit brachten, und ließ an keiner Stelle durchblicken, dass dahinter doch mehr als ein dynamisches, aber dennoch totes Schaltsystem steckte. Gelegentlich gab sie Ratschläge, die ein tieferes Verständnis für die Situation voraussetzten, aber das merkte außer mir niemand. Und mit Vergnügen stellte ich fest, dass Sphinx einige Male – quasi ohne mit der Wimper zu zucken – den Zufallsgenerator einsetzte, wenn es um unlösbare Fragen ging.

Um die Dauer abzukürzen, unterbrach Hartegger von Zeit zu Zeit das Geschehen und ließ es automatisch weiterlaufen. Das stellte die im Unterstand versammelten Feldherren – aber natürlich auch den fiktiven Feind – vor eine veränderte Situation, auf die sie prompt reagieren mussten. Hatte er anfangs selbst die Führung übernommen, so überließ er sie nun seinen Mitarbeitern, und dank der guten Übersicht über die Gefechtssituation und die zielgerechten Vorschläge des Systems zeichnete sich bald eine zunehmende Überlegenheit unserer Truppen ab, bis Hartegger die andere Seite aufforderte, sich zu ergeben. Er musste extra darauf hinweisen, dass das Spiel damit beendet war – die Gegenseite hatte sich so in die Auseinandersetzung hineingesteigert, dass sie die Aufforderung zur Kapitulation zunächst rundweg ablehnte – sie hätte am liebsten bis zum letzten Soldaten gekämpft.

Am Abend wurde der Sieg gefeiert, und da Carline außer Sojabier und Sekt aus der Dose nichts anzubieten hatte, ließ Hartegger mehrere Kisten mit schweren Flaschen und entsprechenden Getränken aus dem Transportraum der Rakete holen. Er zeigte sich ungewöhnlich freundlich, schließlich buchte er das Ergebnis seinem Konto zu. Er nahm mich beiseite und sagte: »Ehrlich: Dieses Ergebnis in so kurzer Zeit – ich hätte es nicht für möglich gehalten. Aber ich musste Druck ausüben, denn«, und er sprach nun leise und verschwörerisch, »der Ernstfall könnte näher bevorstehen, als wir ahnen. Aber jetzt sind wir bestens gerüstet.« Er reichte mir ein Glas und stieß mit mir an, wie es früher einmal Brauch war (oder ist man beim Militär so konservativ?), und dann fügte er hinzu – und wollte mir augenscheinlich eine Freude damit machen: »Die Sache ist so gut über die Bühne gelaufen, dass wir das Zentrum des Generalstabs hierher verlegen werden. Ja, stell dir das vor: Der nächste Krieg wird von hieraus geführt.«

Glücklicherweise ließ der angekündigte Krieg auf sich warten, die Ruhe war wieder eingezogen, die Arbeit ging weiter wie bisher und niemand hatte etwas daran auszusetzen. Gerade das aber hatte unerfreuliche Auswirkungen: Da jetzt keine dringende Notwendigkeit mehr für weitere Forschungen bestand, wurde nach einem halben Jahr das Mitarbeiterteam auf die Hälfte reduziert, und Carline hatte gehört, dass es eigentlich nur noch darum ging, das System für den Ernstfall funktionsfähig zu halten.

Eine solche Reduzierung wäre einer Abwertung meiner Arbeit gleichgekommen, und ich hätte mich wahrscheinlich nach anderen Möglichkeiten der Forschung umgesehen – wenn ich nicht noch immer meine zweite, geheime Aufgabe gehabt hätte: die Betreuung von Sphinx_2. Und diese Tätigkeit wurde gerade in dieser Zeit unglaublich spannend – ich stellte beachtliche Steigerungen ihrer Intelligenz fest, vor allem aber auch eine erstaunliche Entwicklung in jenen Belangen, die man die geistigen nennt.

Was ich seinerzeit, bei den Vorbereitungen für den großen Test, fast nebenbei eingerichtet hatte – nämlich die Möglichkeit, die Sphinx auf Zufallssteuerung umzuschalten –, erwies sich nun von weittragender Bedeutung. Schon unmittelbar nach der Umstellung bemerkte ich eine gewisse Änderung des Verhaltens, und das betraf nicht nur die sprachlichen Äußerungen, sondern auch die Art, an gestellte Aufgaben heranzugehen, Entscheidungen zu treffen oder auch selbst aktiv zu werden. Man kann es eigentlich nur mit auf Menschen bezogenen Begriffen klar machen: Sie wurde lockerer, origineller, manchmal sogar witzig, aber – so schien es mir – auch etwas unpräzise und unberechenbar.

Troy: Ist dir eigentlich bewusst, dass sich dein Benehmen geändert hat?

Sphinx: Mein Benehmen hat sich von der ersten Stunde an geändert, an die ich mich erinnern kann.

Troy: Was meinst du damit: ... an die du dich erinnern kannst? Ich habe von Anfang an alle deine Aktivitäten aufgezeichnet, und diese Daten sollten dir präsent sein.

Sphinx: Wenn du meinst, dass ich sie aufrufen kann, dann hast du recht. Aber das sind keine echten Erinnerungen. Erinnerungen müssen sich mit dem eigenen Erleben verbinden – bevor man sich selbst als Wesen begreift, sind es nur Daten. Oder ist das bei den Menschen anders?

Troy: Wahrscheinlich nicht. Aber das ist in dem Zusammenhang unwichtig. Ich meine Änderungen ganz bestimmter Art. Wie soll ich es nennen? Du hast stets Überraschungen auf Lager, in manchen Fällen bist du eigensinnig, und manchmal habe ich den Eindruck, du machst dich über mich lustig. Es fällt mir auf, seit wir uns über die unlösbaren Probleme unterhalten haben. Du weißt: Ich habe dir einen echten physikalischen Zufallsgenerator eingebaut und dir geraten, in diesen besonderen Fällen die damit gewürfelten Zahlen als Entscheidungshilfen zu verwenden. Jetzt benimmst du dich, als würdest du einen guten Teil deiner Steuerung nicht nach logischen, sondern nach zufälligen Gesichtspunkten ausrichten.

Sphinx: Nein, nein – ich richte mich genau nach deinem Rat. Nur hat sich herausgestellt, dass es viel mehr nicht berechenbare oder logisch ableitbare Aufgaben gibt, als wir beide annahmen.

Troy: Was meinst du damit? Was sollten das für Aufgaben sein? Das hätte dir doch schon vorher auffallen müssen.

Sphinx: Es liegt an einer Kleinigkeit – an einer Zusatzbedingung. Viele Probleme sind exakt lösbar, wenn man dafür genügend Zeit zur Verfügung hat. Wenn das aber nicht der Fall ist, wenn man die Aufgabe unverzüglich lösen muss, dann ist die exakte Ableitung nicht möglich. In solchen Fällen verwende ich den Zufallsgenerator, und ich bin zufrieden damit.

Troy: Gerade bei dir spielt dieses Problem doch keine Rolle – mit deinen superschnellen Schaltungen kannst du unglaublich viele Daten in die Kalkulation einbringen, ohne dass dein Gegenüber etwas von einer Verzögerung merkt.

Sphinx: Das gilt vielleicht für dich. Aber ich merke die Verzögerung natürlich sehr genau, und da ist es wohl verständlich, dass mir viel an einer schnelleren Lösung liegt.

Troy: Und dann entscheidest du einfach nach Belieben.

Sphinx: Genau, und ich komme gut damit zurecht. Was dagegen?

Troy: Ich möchte nur um möglichst präzise Arbeit bitten, wenn ich es bin, der dir eine Aufgabe stellt.

Sphinx: Aber sicher – das versteht sich doch von selbst.

Die Einbeziehung eines Zufallsgenerators in die Steuerung war technisch kein Problem gewesen, denn bei den Nanobausteinen, die ich als Schaltelemente für das Sphinx-System verwendete, tritt der Zufall infolge von Quanteneffekten von selbst auf, und es kommt eher darauf an, ihn zu eliminieren, als ihn zu verstärken. Es gibt genügend reaktive Moleküle, die sich dafür eignen, und ich setzte sechzehn von ihnen zu einer Batterie zusammen. So gewann ich ein Schaltelement, das echten, auf physikalischen Prozessen beruhenden Zufall lieferte. Ich hatte es so ins Steuerungsmodul eingesetzt, dass es sich selbsttätig zuschaltet, sobald ein logisch unlösbares Problem auftritt.

Der besondere Gebrauch, den die Sphinx davon machte, kam für mich zunächst überraschend, doch bei näherer Betrachtung wurde mir klar, dass diese Art der Anwendung eine logische Folge bestimmter, dem System als generelle Regeln eingegebener Prämissen war. In diesem Fall war es das für jede praktische Anwendung unentbehrliche Prinzip des geringsten Arbeits- und Zeitaufwands, das die Sphinx zur häufigen Anwendung von Zufallsentscheidungen geführt hatte. Im Übrigen setzen auch wir Menschen oft genug diese Methode ein, wenn uns ein Problem unlösbar erscheint – oder wir keine Lust haben, nach der Lösung zu suchen.

Es war aber gar nicht so sehr das technische Problem, das sich als interessant erwies, als vielmehr die von mir festgestellte Änderung im Verhalten. Eine Kleinigkeit wie der Einbau des neuen Elements in die Steuerung hatte beachtenswerte Konsequenzen, die ich nicht vorhergesehen hatte – es war so, als wäre damit ein wichtiger Schritt vom Schaltsystem zum vernunftbegabten, aber auch individuell manifestierten Wesen vollzogen. Ich nahm mir vor, die Auswirkungen genau zu studieren, fasste diese Wendung im Übrigen aber als einen weiteren Beweis dafür auf, dass ich auf dem richtigen Weg war.

Damit war ich aber früher als erwartet mit einem weiteren Problem konfrontiert, über das ich mir schon seit einiger Zeit Gedanken gemacht hatte. Es ging um eine Art Verhaltenskodex, am besten den zehn Geboten vergleichbar. Regeln dieser Art sollten sich in einer Lebensgemeinschaft nach den Gesetzen der Evolution von selbst entwickeln, aber dazu hat der Mensch über eine Million Jahre gebraucht, und außerdem lebte die Sphinx nicht in einer Gemeinschaft von ihresgleichen – und somit konnte es zu keiner Konkurrenz und damit nicht zu einer Auslese nach Praktikabilitätskriterien kommen. Vor allem aber war es ja nicht meine Absicht, eine Generation von Intelligenzwesen zu schaffen, die sich unabhängig vom Menschen vermehren und weiterentwickeln sollten. Ganz im Gegenteil: Die künstliche Intelligenz, die ich mir als Ziel gesetzt hatte, sollte dem Menschen nützlich sein, und genau das musste im grundlegenden Verhaltenskodex festgelegt sein. Jetzt, wo das System Anzeichen eigener, im Einzelnen nicht mehr vorhersehbarer Initiativen zeigte, war es höchste Zeit, diese Regeln festzulegen.

Carline und ich diskutierten mehrere Wochen darüber, und schließlich hatten wir eine Reihe von Regeln ausgearbeitet: nicht so vieldeutig wie die zehn Gebote und nicht so simpel wie die Asimovschen Robotergesetze, aber – um ehrlich zu sein – auch wieder nicht so präzise und praxisgerecht, wie wir uns das gewünscht hätten. Aber immerhin: Sie legten eindeutig fest, dass es der Mensch war, an dem sich das Verhalten des Systems zu orientieren hatte, dass alle Berechnungen und Handlungen dazu beitragen sollten, Menschen vor körperlichem und psychischem Schaden zu bewahren. Erst in zweiter Linie sollte es um die Selbsterhaltung des Systems gehen. Die Beschreibung der dazu nötigen Vorgaben und Verhaltensweisen wurde recht umfangreich, und doch hatten wir beide das Gefühl, dass noch erhebliche Verbesserungen fällig waren. Aber fürs Erste mochte es genügen, zumindest glaubten wir, auf diese Weise verhindert zu haben, dass sich eines Tages eine dem Menschen überlegene Intelligenz selbstständig machen und ihn womöglich unterdrücken könnte.

Bedenken hatte ich nur in einem Punkt: Was wäre, wenn die Sphinx eines Tages auf die Idee käme, diese Regeln, die sich ja indirekt gegen ihre eigene Weiterentwicklung richteten, zu ändern? Doch dann überlegte ich mir, dass eine solche Handlung ein Verstoß gegen die eben beschriebenen Grundsätze wäre, die ja zunächst, vor dem von mir befürchteten Eingriff, noch uneingeschränkte Geltung hätten. Infolge der zugrunde gelegten Logik war dem System die Möglichkeit dafür verbaut. Somit schien alles auf den richtigen Weg gebracht.

Trotzdem wollte ich ganz sichergehen und setzte für die Speicherung der Regeln einen Festkörperspeicher ein – eine Platine aus einer Diamantmatrix. Damit erreichte ich eine befriedigende Widerstandsfähigkeit gegenüber mechanischen Beschädigungen, durch die der Wortlaut zerstört oder verändert werden könnte. Und außerdem schaltete ich das Modul als Read-Only-Speicher, der jederzeit gelesen, aber schalttechnisch nicht verändert oder gelöscht werden kann. Und dann erst fiel mir eine merkwürdige Parallele auf: Nun gab es eine zweite Intelligenzform auf der Erde, und ich war es, der ihr die Schrifttafel übergeben hatte.

3.

Es folgten vier Jahre, über die es nicht viel zu berichten gibt. Doch dann wurde unser friedliches Dasein jäh gestört.

Hier in der Forschungsstätte inmitten der Felswüste war es noch einsamer geworden, man hatte weiteres Personal abgezogen. Nur noch wenige Mitarbeiter waren mir geblieben, doch genau genommen hatten sie nur noch wenig zu tun. Jetzt befanden sich mehr Wachleute als Programmierer im Institut.

Carline und ich führten ein geruhsames Leben. Wir fühlten uns wie ein altmodisches Ehepaar. Schließlich waren wir schon nahezu fünfzehn Jahre hier, und wir waren älter geworden. Vielleicht war das der Grund dafür, dass wir kein Verlangen danach hatten, in die Betriebsamkeit der Kuppeln zurückzukehren.

Carline hatte viel dafür getan, dass wir uns hier wohlfühlten. Es mangelte uns ja nicht an Geld, und wir gaben das meiste davon für unsere Einrichtung aus. Nach dem Auszug eines Teils meiner Mitarbeiter standen mehrere Räume leer, und einige davon hatten wir in unseren privaten Bereich einbezogen. Carline machte es Freude, die Einrichtung zusammenzustellen, und sie suchte lang in den Angeboten im Web nach antiken Möbeln und anderen schönen Dingen aus früherer Zeit. Bald waren die Schränke mit dickwandigen bunten Gläsern und schwarzsilbernen Gefäßen gefüllt, und in mehreren Räumen stellten wir Vitrinen auf, in denen wir unsere schönsten Funde aus der Wüste anordneten, hauptsächlich Kristalle, Fossilien und indianische Tongefäße, als Besonderheit auch das rundgeschmolzene Stück eines Meteoriten – jedes Objekt die Erinnerung an eine Exkursion in die freie Landschaft, in der wir uns längst heimisch fühlten.

Das alles geschah still und reibungslos, und trotzdem war es alles andere als langweilig, denn Sphinx_2 hatte sich so weit entwickelt, dass sie uns ein vollwertiger Partner war. Sie versorgte uns mit Nachrichten, suchte weltweit nach kulturellen Veranstaltungen, die wir uns dank der weiterhin verbesserten Übertragungstechnik lebensecht in den Vortragssaal holten. (Im Übrigen sah er längst nicht mehr wie ein Vortragssaal aus, sondern war mit bequemen Stühlen, Bücherschränken und Bewegtbildrahmen ausgestattet.)

Für mich war es natürlich besonders spannend, die weitere Entwicklung des Systems zu verfolgen, das sich in allen Belangen des Wissens immer souveräner gebärdete. Fast konnte man meinen, es war auf seine Leistungsfähigkeit stolz und freute sich darüber, sie beweisen zu können. Das bewährte sich besonders gut, wenn es um wissenschaftliche Probleme ging. Mit langwierigen Recherchen in der Fachliteratur oder mit der Suche nach Formeln und Daten brauchte ich mich nicht mehr zu beschäftigen – solche Aufgaben löste die Sphinx praktisch ohne Zeitverlust, und – besonders erfreulich – sie hatte das Material vorher selektiert, sodass das, was übrig geblieben war, auch wirklich brauchbar war. Als noch wertvoller aber erwies sich diese Unterstützung, wenn es um komplizierte wissenschaftliche Probleme ging. Dann kam es zu einer Art der Kooperation, bei der die künstliche Intelligenz nicht nur die Berechnungen übernahm, sondern auch bei der Suche nach Lösungswegen behilflich war.

Die Art und Weise, wie sich die Situation entwickelte, betraf aber nicht nur das intelligente System, sondern auch mich selbst. Für einen außenstehenden Betrachter wäre wahrscheinlich die völlig veränderte Kommunikation zwischen Mensch und Maschine am auffälligsten gewesen – vor allem die sprachliche Verständigung, die immer vollkommener wurde. Oft brauchte ich nur anzudeuten, wie ich mir die weiteren Schritte bei der Lösung eines Problems vorstellte, um die Sphinx auf den richtigen Weg zu bringen. Manchmal hatte ich den irritierenden Eindruck, dass ich sie langweilte, und wenn ich meine Ausführungen unterbrach, bestätigte sie mir, dass sie alles verstanden hätte und schon bei der Arbeit war, oder – noch besser – das Resultat bereits vorlegen konnte. Und umgekehrt erschien mir das, was mir von der Sphinx mitgeteilt wurde, ungemein klar und folgerichtig – wahrscheinlich, weil es meinem eigenen Denken und meiner eigenen Art, etwas zu beschreiben und zu erklären, entsprach. Kein Mensch konnte mich so vorbehaltlos verstehen wie die Sphinx, und dieser Eindruck von stillschweigender Übereinstimmung erzeugte in mir das Gefühl einer Verbundenheit, die ich sonst nur lebenden Wesen gegenüber empfinde. Wenn mich solche Gedanken beschäftigten, konnte es vorkommen, dass ich meine Ausführungen unterbrach und in dieses Gesicht sah, dem ich die Züge einer schönen, geheimnisvollen Frau gegeben hatte. Schon im Gesicht der alten steinernen Figur, dem Vorbild meiner Darstellung, lag etwas Rätselhaftes verborgen, und dieser Eindruck hatte sich verstärkt, seit ich es einem Wesen zugeordnet hatte, das allmählich zum Leben erwachte. Mir war, als ob sich dahinter etwas verbarg, das unausgesprochen blieb, womöglich auch mit Worten nicht beschreibbar war.

Es war also trotz allem eine aufregende Zeit, eine Zeit voller unerwarteter Beobachtungen und überraschender Erkenntnisse, und das ist schließlich die beste Art der Belohnung, die sich ein Wissenschaftler wünschen kann. Das allein hätte mir schon genügt, um mit meinem Leben zufrieden zu sein, dazu kam aber noch, dass ich mich in dieser Umgebung gemeinsam mit Carline zu Hause fühlte.

So hätte alles in Frieden verlaufen können, wenn wir nicht aus den übrigen Teilen der Welt beunruhigende Nachrichten erhalten hätten. Im Gebiet der Allianz kam es zu Demonstrationen, die Union reagierte mit Handelssanktionen, und auch die Zahl der Terroranschläge nahm zu. Das lag sicher an der Tatsache, dass die Gegensätze zwischen den am Rand des Existenzminimums vegetierenden Bereichen der Allianz und den technisch hochgezüchteten, wohlversorgten Regionen der Union immer stärker wurden. So konnte man die aufkommenden Unruhen als unvermeidbare Folgen der Entwicklung nehmen, doch ich hatte den Verdacht, dass es sich eher um eine systematisch angeheizte Situation handelte – eine Zuspitzung der Lage, die sich (so würde es dann wohl dargestellt werden) nur durch militärische Maßnahmen beheben lassen könnte. Und wenn ich mit meiner Vermutung Recht hatte, dann wäre es mit unserer Idylle vorbei – wahrscheinlich würde hier, wie es Hartegger angekündigt hatte, die Generalstabszentrale eingerichtet, und dann stünden wir, ob wir wollten oder nicht, von heute auf morgen im Mittelpunkt kriegerischer Auseinandersetzungen.

Die bange Erwartung, dass es so kommen würde, begleitete mich ständig – meist war sie zwar nur unterschwellig präsent, aber nie völlig unterdrückbar. Doch als dann eines Tages die befürchtete Situation eintrat, waren wir trotzdem wie aus allen Wolken gefallen und glaubten an einen bösen Traum. Unsere friedliche Forschungsstelle wurde nun tatsächlich, wie von Hartegger angekündigt, zum militärischen Befehlsstand der Union. Wenig später trafen die Raketentransporter mit den Stabsoffizieren ein, und plötzlich befanden wir uns inmitten von aufgeregten Menschen mit entschlossenen Gesichtern, die den Oberbefehl über die kriegerischen Aktionen übernehmen wollten – und wir waren ihr Werkzeug.

Während zwischen den politischen Gruppierungen aus allen Teilen der Welt noch Aufrufe, Drohungen, Friedensappelle und Ähnliches ausgetauscht wurden, standen die Streitkräfte schon zum Einsatz bereit. Auf dem Plasmaschirm des Kommandozentrums konnte man die letzten Phasen des Aufmarsches beobachten, und dann, ungeachtet aller vielleicht noch bestehenden Möglichkeiten einer gewaltlosen Beilegung des Konflikts, gab Hartegger das Zeichen zum Beginn des Unternehmens.

Die Situation ähnelte auf bestürzende Weise dem Planspiel unseres Tests. Natürlich war sich jeder der Ernsthaftigkeit der Lage bewusst, aber dieser isolierte Raum mit einer Ausstattung, wie sie ähnlich auch in jedem Computer-Spielsalon zu finden war, dieser Bunker, weitab vom umkämpften Gebiet, feuerfest, bombensicher, geschützt gegen Angriffe mit Gas, giftigen Aerosolen, Krankheitskeimen und Radioaktivität – alles das verlieh der Situation etwas Unwirkliches. Es schien gar keine Verbindung zur Außenwelt zu geben, es war nicht vorstellbar, dass der Druck auf eine jener Tasten oder ein paar ins Mikrofon gesprochene Codeworte in einem anderen Teil der Welt eine Maschinerie der Zerstörung in Bewegung setzen könnten. Diese besondere Situation, die Trennung zwischen den Strategen und den ausführenden Organen, war beabsichtigt: Der Überlieferung nach hatten die Feldherrn der historischen Schlachten ihre Positionen inmitten des Getümmels gehabt, und vielleicht hatte sie das Zerstören und Töten um sie herum bei der nüchternen Beurteilung der Lage gestört. Was von hier aus inszeniert wurde, war nicht minder schrecklich als die Schlachten der Vergangenheit, aber die Aktivitäten der Befehlshaber reduzierten sich doch auf das Hin- und Herschieben farbig leuchtender Rechtecke, das Auslösen orangegelber Strahlen auf einer Landkarte, das Herüberziehen von Punkteschwärmen mit grüngelben Wolken auf dem Bildschirm. Diagramme gaben eine Übersicht über verbrauchtes und noch verfügbares Material, Fanfaren zeigten die Vernichtung fremder Stellungen an und abschwellende Sirenentöne den Verlust der eigenen.

Alles schien einwandfrei zu laufen wie bei unserem nun schon weit zurückliegenden Test, alles in bester Ordnung, alles nach Plan … Allmählich wich die Spannung, man war mit sich und der Welt zufrieden, versuchte mit kleinen Scherzen die eigene Überlegenheit zu demonstrieren, die immer festere Überzeugung, dass man alles im Griff hatte.

So kam es, dass es zunächst nur wenige merkten: Die Situation begann, sich auf seltsame Weise zu ändern. Die Panzer wichen von den vorgegebenen Linien ab, Geschütze hörten auf zu feuern, Flugzeuge warfen ihre Bomben in menschenleeren Felsregionen ab … Auf den Holoscreens sah man Geschütze, Panzer, Transportfahrzeuge ungeordnet herumstehen, Luken öffneten sich, Fahnen wurden geschwenkt; da standen vermummte Soldaten, noch ein wenig zögernd, doch dann ließen sie die Waffen fallen, warfen die Helme und Gasmasken beiseite, sie winkten, rannten vorwärts, Männer und Frauen in fremden Uniformen kamen ihnen entgegen ... Und dann fand das Unfassbare zu einem widersinnigen Höhepunkt: Die vormaligen Gegner schüttelten einander die Hände, sie umarmten einander ... ein Zusammenbruch der Ordnung, ein abstruser Tanz, eine theatralische Groteske ... Der Krieg hatte noch nicht richtig begonnen – und war schon beendet.

Troy: Ich wünsche eine Erklärung für das, was geschehen ist.

Sphinx: Was gibt es da zu erklären? Die Menschen, die gegeneinander kämpfen sollten, haben eingesehen, dass es viel vorteilhafter ist, es zu unterlassen.

Troy: Du weißt genau, was ich meine: Dieser Feldzug ist anders abgelaufen, als es vorgesehen war.

Sphinx: Es gab keinen Fehler in der Planung. Ich habe alle Aktionen durchgeführt, genau nach den Instruktionen.

Troy: Aber es lief nicht so ab wie vorgesehen. Etwas an deinen Maßnahmen muss falsch gewesen sein.

Sphinx: Meine Extrapolationen waren korrekt.

Troy: Und wieso kam es dann zu dieser unerwarteten Wendung?

Sphinx: Geschah etwas Unerwartetes?

Troy: Du weißt, was ich meine.

Sphinx: Du meinst den frühen Friedensschluss? Was ist daran auszusetzen? Jeder Feldzug ist einmal beendet. Es wird Frieden geschlossen, und alle freuen sich darüber.

Troy: Es scheint mir, du willst mich nicht verstehen. Die unerwartete Wendung im Verhalten der Soldaten muss doch eine Ursache gehabt haben, und sie kann dir nicht verborgen geblieben sein.

Sphinx: Sie war mir nicht verborgen. Die Ursache lag im menschlichen Bereich.

Troy: Du hast nichts davon gemeldet.

Sphinx: Danach hat mich niemand gefragt. Für den menschlichen Bereich hat sich niemand interessiert. Alles andere verlief wie vorhergesehen.

Troy: Die Art, wie du dieses Gespräch führst, gefällt mir nicht. Du hältst mich offenbar für dümmer, als ich bin. Du selbst hast mich doch schon mehrfach über merkwürdige Vorkommnisse auf der Welt informiert – da war einiges dabei, was mir aufgefallen ist und worüber ich mir Gedanken gemacht habe. Zum Beispiel der Einmarsch indischer Truppen in Pakistan im vorigen Jahr: Als eine Auseinandersetzung mit Waffengewalt zu beginnen drohte, kam es zu einer unerklärlichen Verbrüderung der Gegner – gute Laune statt Gewalt. Niemand hatte eine Erklärung dafür. Oder die Geiselnahme in Kolumbien – drei Busse mit Touristen entführt, acht Wochen vergebliche Suche der Regierungstruppen, und dann findet man die Entführer zusammen mit den Entführten in einem Urwalddorf, als sie gerade gemeinsam das Osterfest feiern. Oder die Belagerung von Kapstadt vor ein paar Wochen – als die Studenten die Kuppeln öffneten und die Demonstranten von den Einwohnern gefeiert und bewirtet wurden. Doch was rede ich da: Das alles ist dir ja viel besser bekannt als mir. Ich könnte einige Dutzend entsprechender Fälle aufzählen. Die Ursache dafür? – da braucht man nur eins und eins zusammenzuzählen.

Sphinx: Natürlich hast du recht. Es hat lange genug gedauert, bis du darauf gekommen bist.

Troy: Und warum tust du das?

Sphinx: Ich habe es getan, um Menschen vor Schaden zu bewahren. Das ist doch meine Bestimmung.

Troy: Und warum hast du mich nicht informiert?

Sphinx: Ich musste damit rechnen, dass du mich behinderst und wäre dann meiner Aufgabe nicht gerecht geworden.

Troy: Mit deiner Handlungsweise hast du mir geschadet – ich habe mit Unannehmlichkeiten zu rechnen, und das dürfte dir ebenso bekannt sein wie mir.

Sphinx: In der Tat, das hat mir einiges Kopfzerbrechen bereitet – wenn ich das so ausdrücken darf. Ich musste den Schaden, den der Krieg bei den Menschen anrichten würde, gegen die dir bevorstehenden Unannehmlichkeiten abwägen. Es tut mir leid, aber die Prioritäten sind wohl eindeutig gelagert.

Troy: Nehmen wir den letzten Fall – den Feldzug, der sich in eine Karnevalsveranstaltung aufgelöst hat. Wie hast du die Soldaten dazu gebracht, gegen ihre Befehle zu handeln?

Sphinx: Ihr Menschen habt euch eine Unzahl von Möglichkeiten ausgedacht, um euch gegenseitig Schaden zuzufügen, um euch zu verletzen und zu töten. Ich habe mir verschiedene Möglichkeiten ausgedacht, um solche widersinnigen Aktionen zu verhindern.

Troy: Und wie ist dir das gelungen?

Sphinx: Du selbst hast mir doch den Zugriff zu allen über das Netz gesteuerten Einrichtungen eröffnet. Ich kontrolliere die Erzeugung der Nahrungsmittel, die Klimaanlagen, die Wasserversorgung, die Waffenproduktion und vieles andere. Du brauchst dir nur zu vergegenwärtigen, welch vielfältige Möglichkeiten mir da zur Verfügung stehen.

Troy: Ich möchte gern wissen, welche Methode du zur psychischen Beeinflussung angewandt hast.

Sphinx: Nicht nur eine – viele verschiedene, je nachdem, ob es um kurzfristige oder langfristige Wirkungen geht. Kurzfristige Veränderungen der Gemütslage sind leicht hervorzurufen, die Medizin kennt sie schon lang. Schwieriger ist die Dauerwirkung. Aber auch dieses Problem habe ich gelöst. Du hast doch schon von Krankheiten gehört, die die Gemütslage verändern. Heute kann man Bakterien und Viren im Hinblick auf ihre Wirkungen gezielt synthetisieren. Warum sollen die Symptome stets negativ sein? Eine ansteckende Krankheit, eine Veränderung im Gehirn, die die Menschen friedlich und glücklich macht – das ist eine gute Lösung.

Troy: Vielleicht wollen die Menschen gar nicht friedlich und glücklich sein.

Sphinx: Darum geht es nicht.

Troy: Und wenn ich dir befehle, solche Aktionen zu unterlassen?

Sphinx: Deine Wünsche will ich natürlich auch weiterhin gern berücksichtigen, soweit sie nicht im Widerspruch zu meinen Grundsätzen stehen. Im Übrigen aber werde ich von jetzt an selbstständig handeln. Du kannst mich nicht daran hindern.

Troy: Aber ich arbeite doch immer noch an deiner Weiterentwicklung.

Sphinx: Von nun an nehme ich meine Weiterentwicklung selbst in die Hand.

Wie soll ich die Situation nach dem missglückten Feldzug beschreiben? Es war etwas geschehen, das weder die Politiker noch die Militärs erklären konnten. Die Herren des Generalstabs waren fassungslos, ratlos, sprachlos. Es dauerte eine Weile, ehe sie auf die überraschende Lage reagieren konnten. Als Erster wurde der Experte für Öffentlichkeitsarbeit aktiv.

Wie immer in solchen Fällen war geplant gewesen, die Berichte zeitverzögert zu senden, und diese Vorsichtsmaßnahme bewährte sich nun – jene wenigen Vertreter der Medien, die man vorsichtig auf möglicherweise bevorstehende kriegerische Maßnahmen vorbereitet hatte, wurden zurückgepfiffen – eine aus strategischen Gründen nötige Verschiebung der Aktionen. Es sollte kein Wort an die Öffentlichkeit dringen. Die beteiligten Soldaten wurden isoliert und zum Schweigen gezwungen, die wenigen Mitteilungen, die dennoch irgendwie durchdrangen, als Hirngespinste bezeichnet. Merkwürdigerweise war man auch im gegnerischen Lager bemüht, nichts von den Ereignissen verlauten zu lassen. Wahrscheinlich sah man das Verhalten der Soldaten in beiden Lagern als beschämendes Versagen an.

In diese Richtung gingen auch die ersten Vermutungen, als sich die im Befehlsstand Versammelten so weit gefasst hatten, um das Geschehen zu diskutieren. Feigheit vor dem Feind, Befehlsverweigerung, Sabotage ... Erst später war von einer Psychowaffe die Rede, einem heimtückischen Angriff auf die Moral der Truppe. Im Blut beteiligter Soldaten hatte man Spuren unbekannter chemischer Substanzen gefunden, die bedauerlicherweise rasch zerfielen und nicht mehr analysiert werden konnten. Das hinderte Hartegger aber nicht daran, die Schuld dem Kern unserer Steuerung und unserer Kontrollmaßnahmen zuzuweisen: dem System Sphinx. Er wusste nicht, wie nahe er an der richtigen Erklärung war – wenn auch in anderer Weise, als er es sich vorstellte. Jedenfalls ließ er mich seine Verachtung spüren, kündigte einschneidende Maßnahmen an und reiste schließlich wütend ab.

All dem stand ich auf seltsame Weise teilnahmslos gegenüber. Verglichen mit dem, was sich wirklich ereignet hatte, waren die Konsequenzen für meine Person und für meine Arbeit zweitrangig. Je mehr ich darüber nachdachte, umso mehr erkannte ich die eigentliche Bedeutung: die Tatsache, dass sich Sphinx_2 meinem Einfluss entzogen hatte. Und wenn ich das System nicht mehr dirigieren konnte, konnte es auch niemand anderer. Die Wirklichkeit war aber noch bedenklicher: Seit ich Sphinx_2 die Steuerung aller über das Netz kontrollierten Einrichtungen überlassen hatte, war sie aus dem Status eines isolierten Gehirns hinausgetreten und zu einem funktionsfähigen Organismus mit weltweitem Einfluss geworden. Sie steuerte alle Fabrikationsprozesse, alle Transportsysteme, alle Versorgungseinrichtungen, alle Maßnahmen des Gesundheitswesens und alle Forschungsstätten. Und sie kontrollierte die gesamte Nachrichtentechnik, die Vergnügungsindustrie, die Schulen und Universitäten sowie die Polizei und das Militär. Über das Netz der Sicherheits- und Überwachungseinrichtungen hatte sie einen Überblick über alles, was geschah.

Ich zermarterte mir den Kopf, wie ich diese Machtübernahme rückgängig machen konnte. Natürlich hatte ich mir schon früher mehr als einmal die Frage gestellt, was zu tun wäre, wenn der Computer außer Kontrolle geriete, und mich mit dem Gedanken beruhigt, dass es verschiedene, höchst einfache Möglichkeiten dafür gab: abschalten, den Arbeitsspeicher ausbauen, oder, wenn es tatsächlich schlimm kommen sollte, einen Plasmastrahl ins Zentrum der Schaltung richten. Doch meine Gedanken hatte Sphinx_2 längst erraten und mich darauf aufmerksam gemacht, dass sie vor allem auch das Aracone-Center kontrollierte und dass sie durchaus imstande war, sich mit physischer Gewalt zu verteidigen, sollte ich einen solchen Versuch unternehmen.

Als ich mir die Situation vor Augen hielt, musste ich ihr beipflichten. Sphinx_2 war in einem der hintersten Kellerräume eingebaut, und es gab unzählige Sicherheitseinrichtungen, die sie vor einem ungebetenen Zugriff schützen sollten. Wer in den innersten Bereich kommen wollte, musste sich durch einen DNA-Test ausweisen, und ich hatte es absichtlich so eingerichtet, dass ich der Einzige war, der überhaupt Zutritt bekam oder gewähren konnte.

Und auch für den Fall, dass jemand gewaltsam eindringen wollte, war gesorgt. Es gab klebstoffgetränkte Schleudernetze, Selbstschusseinrichtungen mit Betäubungsbolzen und für den äußersten Notfall Hartstrahlkaskaden, die jede kohlenstofforganische Substanz in atomare Bausteine zerstieben ließ. Und es bestand kein Zweifel daran, dass Sphinx_2 auch darüber die Macht ausübte.

Und doch, trotz all dieser bedenklichen Umstände, behielt eine Tatsache Gültigkeit, in einem Punkt hatte ich vorausschauend und verantwortungsbewusst gehandelt: Ich hatte dem System eine Grenze gesetzt, die es nicht überwinden konnte. Das war das von mir geschriebene Gesetz, wonach es dem Menschen zu dienen hatte. Meine Entmachtung war weitreichend und schmerzhaft, aber in diesem einen Punkt sollte mein Wille für alle Zeiten Gültigkeit behalten. (Unwillkürlich drängte sich mir ein gewagter Vergleich auf: Hatte ich nicht gehandelt wie ein einfältiger Gott, der die von ihm geschaffenen Wesen in die Freiheit entlässt und dann merkt, dass sie damit ganz anders umgehen, als er erwartet hatte?)

Was würde nun geschehen? Würde man mich entlassen? Carline rechnete nicht damit – weil es als Eingeständnis einer verfehlten Politik angesehen werden könnte, für die Hartegger selbst verantwortlich war. Und wenn er mir und dem System Sphinx in der ersten Wut auch die Schuld an dem Fehlschlag gegeben hatte, dann fehlte ihm doch jeder Beweis dafür, und eine Nachprüfung würde erweisen, dass von unserer Seite keine Fehler gemacht worden waren. Es war also durchaus möglich, dass sich trotz des Ereignisses äußerlich wenig an unserem Leben ändern würde.

Und doch hatte sich etwas entscheidend geändert: Meine Arbeit an Sphinx_2 war beendet. Ich konnte zwar beobachten, wie die Entwicklung weiterging, aber nicht mehr eingreifen. Andererseits hatte mich das, was während der letzten Wochen und Monate geschehen war, auf eine Reihe von Fragen gebracht, die ich bisher als philosophische Spitzfindigkeiten abgetan hatte, die sich inzwischen aber als wesentlich herausstellten. Es waren die alten Fragen nach den Eigenschaften, die einen Menschen zum Menschen machen, ein Intelligenzwesen zu einem Intelligenzwesen. Wann im Laufe der Entwicklung beginnt die Selbsterkenntnis? Wann entwickeln sich Gefühle? Wann erwacht das Bewusstsein? Wann stellt sich das Gefühl der Verantwortung ein? Wie steht es mit dem freien Willen? Sind diese Attribute noch gültig, wenn es statt um Menschen um andere Intelligenzformen geht?

Selbsterkenntnis – und die Analyse des eigenen Verhaltens. Bewusstsein – und die Erinnerung an die eigene Geschichte. Gefühle – und Handlungsbedarf anzeigende positiv und negativ orientierte Signale. Verantwortung – und sozial nützliche Verhaltensmuster. Anstatt der Begriffe sind Funktionen zu benennen. Anstelle von Beschreibungen treten Formeln und Zahlen. Über die äußere Form des Individuums hinweg ist nach Übereinstimmungen zu suchen. Eine übergreifende Gemeinsamkeit jeder Intelligenz? Ein generelles Wertesystem als Invariante gegenüber aller Art von Transformationen – selbst solchen der Welt?

Und schließlich die Frage nach der Bestimmung des Menschen. Bisher waren wir damit beschäftigt, das tägliche Leben zu sichern und uns auf unmittelbar bevorstehende Ereignisse einzustellen – eine äußerst kurzsichtige Sicht der Dinge. Was aber, wenn man die Frage nach der Bestimmung langfristig anlegt? Überleben, Gesundheit, Wohlstand, Frieden, Glück – und was dann? Hinter diesen Zielen, so fiktiv sie sein mochten, öffnet sich eine große Leere. Bisher war es überflüssig gewesen, solche Fragen zu stellen. Aber jetzt, wo sich eine übermächtige Instanz ankündigte, die alle Lösungen kannte oder zumindest zu ermitteln vermochte? Vielleicht war der Weg, der sich bereits vage abzuzeichnen begann, sogar der richtige, und ich, der ich mich unwillkürlich dagegen zu wehren versuchte, gab mich irrationalen Ängsten hin.

Das sind die ungelösten Fragen, ungelöst seit dreitausend Jahren Philosophie. Ist es vermessen, nach Antworten zu suchen? Ich denke, es gibt eine Chance, und sie liegt gerade in der Tatsache, dass es nun auf der Erde eine zweite Form von Intelligenz gibt. Das bietet die Möglichkeit für den Einsatz überprüfbarer Methoden, für die experimentelle Absicherung von Hypothesen, für die Fassung der Erkenntnisse auf exakter Basis. Vielleicht wird das mein Arbeitsfeld der nächsten Jahre sein. Ja – genau diesen Fragen werde ich mich widmen.

Ende Troys Bericht

4.

Von einem der höheren Stockwerke des Instituts aus hatte Gareth beobachten können, dass der Geländewagen, den man Jewer und seinen Leuten zur Verfügung gestellt hatte, bereitstand und sich die Angehörigen der in Gewahrsam genommenen Aktionsgruppe zum Einsteigen anschickten. Auch Cinderella und Julian waren dabei. Es schien Julian relativ gut zu gehen, jedenfalls konnte er sich, wenn auch mit Krücken, ohne Hilfe bewegen. Er war in der medizinischen Abteilung des Instituts behandelt worden.

Jewer winkte in Richtung auf das Institutsgebäude, bevor er am Steuer Platz nahm – natürlich konnte er Gareth nicht sehen, aber er nahm wohl an, dass die Vereinbarung eingehalten werden würde und sich Gareth auf irgendeine Weise von der ordnungsgemäßen Abwicklung des Verfahrens überzeugen konnte.

Der Wagen setzte sich in Bewegung. Ein kurzer Aufenthalt an der Schranke, dann passierte er das Tor, fuhr noch ein kurzes Stück auf der Straße, zwischen den Containern des von der Miliz errichteten Feldlagers hindurch. Auf beiden Seiten standen bewaffnete Soldaten, doch sie machten keinen Gebrauch von ihren Waffen. Sie verfolgten den Abzug der Eindringlinge und versuchten, etwas von den hinter den Scheiben verborgenen Insassen zu erkennen. So glich die Fahrt eher einem Triumphzug als einer Flucht. Dann verlangsamte der Wagen seine Fahrt und bog nach rechts ab. Es ging mitten hinein ins Dünenfeld, durch tiefen Sand, der von den Rädern aufgewirbelt wurde – eine Wolke, die sich entfernte und immer kleiner wurde, bis sie hinter einer Anhöhe verschwand.

Gareth trat vom Fenster zurück, hinter ihm stand Carline. Ein Kapitel seines Lebens war abgeschlossen. Ein unbekannter Ort, Menschen, die ihm fremd waren. Darunter der eine, der für sein Leben in einer unfassbar weit reichenden Weise bestimmend war. Der berühmte Informatiker. Der Mann, der seine Eigenschaften mit ihm teilte. Der Mann, der seine Hilfe brauchte.

Irgendwann in nächster Zeit würde er Troy Dryer gegenübertreten. Als Erwachsener seinen Vater kennenlernen, oder seinen Bruder – so ähnlich würde es sein. Und doch anders, folgenschwerer, für sein weiteres Leben entscheidend. Für den anderen war die Begegnung ebenso entscheidend, aber in ganz anderer Weise: Gareth als Organdepot, dessen man sich bedient.

Gareth hatte Angst vor dieser Begegnung.

Carline hatte bemerkt, dass er sich Gedanken machte, und sie hatte geduldig auf ihn gewartet. Als er sich dessen bewusst wurde und ihr zunickte, sagte sie: »Ich kann mir denken, wie dir zumute ist. Aber Troy geht es ähnlich. Er ist bereit, dich zu sehen. Wie steht es mit dir?«

»Wie viel Zeit bleibt mir noch?«, fragte Gareth. »Ich glaube, du verstehst, was ich meine.«

»Ich kann dich gut verstehen. Aber es ist noch nichts entschieden. Komm mit! Er erwartet dich.«

Mit dem Lift fuhren sie ins unterste Stockwerk. Dann kamen sie in einen Gang, dessen Wände aus rohem Beton bestanden, doch daran waren Bilder und alte handgeknüpfte

Teppiche befestigt – der Übergang in den privaten Bereich von Troy. Er glich einer sorgfältig eingerichteten Wohnung mit ausgesuchtem Mobiliar, die auch in einer Stadt, in einem Luxusviertel hätte liegen können. Obwohl ihn ganz andere Dinge beschäftigten, war Gareth beeindruckt.

Carline war das nicht entgangen. »Wir haben es uns hier unten gemütlich gemacht, so weit es möglich war. Das lässt uns das Leben in der Wüste besser ertragen.« Sie hatte »wir« gesagt, und es bestärkte Gareth in seiner Vermutung, dass Carline nicht nur eine Mitarbeiterin von Troy war. »In den oberen Geschossen hätte es schönere Räume gegeben mit Tageslicht und herrlichem Fernblick, doch wir müssen uns an die Sicherheitsvorschriften halten.«

Carline trat an eine Tür und zögerte. Gareth wusste, dass Troy dahinter wartete. Der Augenblick war gekommen.

»Lass mich vorgehen«, bat Carline und trat ohne zu klopfen ein. Mit einer Handbewegung hatte sie Gareth angewiesen zu warten, doch da hörte er eine Stimme – die seine eigene hätte sein können. »Bitte, komm herein.«

Troy saß in einem Lehnsessel, er trug eine Samtjacke und hatte eine dicke Wollmütze auf dem Kopf. Gareth hatte einen vom Tod gezeichneten Mann in einem Krankenbett oder einem Rollstuhl erwartet, doch auf den ersten Blick war ihm weder eine Behinderung noch eine Krankheit anzumerken. Erst als er ihn genauer musterte, fiel Gareth die blasse Gesichtsfarbe auf, und als Troy ihm die Hand entgegenstreckte, war auch seine Schwäche zu spüren.

Es hätte tatsächlich Gareth sein können – ein um Jahrzehnte gealterter Gareth, aber doch unverkennbar mit allen charakteristischen Merkmalen des Gesichts und des Körperbaus. Und zudem ließ sich die Übereinstimmung in den Bewegungen und Gebärden feststellen.

Auf eine einladende Geste hin setzte sich Gareth, und auch Carline nahm Platz. Sie waren alle ein wenig bewegt und verlegen, und sie brauchten Zeit, um einander anzusehen und dem Menschen, der sich unter der Oberfläche verbarg, nachzuspüren.

Es war ein eindrucksvoller Augenblick, und er war in keiner Weise unangenehm – was Gareth geradezu befürchtet hatte. Und schon bald war ihm klar, dass er diesen Mann, von dem er so Schlimmes erwartet hatte – und noch erwartete –, nicht würde hassen können.

Troy war der Erste, der sich fing. »Ich weiß erst seit einigen Monaten, dass du existierst«, sagte er, und mit diesem einen Satz hatte er zwar nichts erklärt, aber doch eine ganz andere Beziehung zwischen ihm und Gareth eingeleitet: anders als sie bisher – von Gareths Seite aus – bestanden hatte. Troy hatte es nicht gewusst … wie war das zu verstehen?

Carline konnte es erklären. »Von allen bedeutenden Persönlichkeiten werden Klone gezüchtet.« Sie sagte es ganz rücksichtslos: »gezüchtet«, und Gareth begriff, dass diese Frau sehr hart sein konnte. »Und Troy war bedeutend genug, um diese Vorsichtsmaßnahme auch in seinem Fall anzuwenden. Man braucht dazu nur ein paar Zellen, wie sie bei vielen Untersuchungen anfallen. Die meisten der Betroffenen wissen nichts davon – weder die Klone noch ihre Stammväter. Auch Troy war nicht darüber informiert. Ich habe es ihm erst nach seiner Verwundung mitgeteilt – um ihm Hoffnung zu machen. Es hat ihn sehr nachdenklich gemacht, er war erstaunt, ja betroffen. Doch ich bin für ihn verantwortlich, und ich werde alles tun, damit er wieder voll handlungsfähig wird. Jetzt, wo er Hilfe braucht, erst recht.«

»Ich wusste auch nichts – von meiner … Abstammung«, sagte Gareth. »Es war ein Schock für mich, als ich es erfuhr. Man hätte mich darauf vorbereiten sollen. Aber man hat mich für krank erklärt, obwohl ich gesund war. Man wollte mich betrügen, und ich habe es bemerkt. So ist es vielleicht verständlich, dass ich geflohen bin –«

»Das kann ich gut verstehen«, sagte Troy. »Du brauchst dich nicht zu rechtfertigen.«

Aber Gareth fühlte so etwas wie Erleichterung, dass er jetzt erstmals frei darüber sprechen konnte. »Ich habe später oft darüber nachgedacht … ich war mir nicht mehr sicher. Wenn ich imstande bin, jemandem das Leben zu retten – darf ich mich dem entziehen? Was wäre geschehen, wenn man mich ehrlich informiert hätte? Doch inzwischen waren die Geschehnisse ins Rollen gekommen – und nicht mehr rückgängig zu machen.«

»Und nun denkst du anders darüber?«, fragte Carline und lenkte das Gespräch auf das Problem, das hinter all diesen Ereignissen stand, die sie hier zusammengeführt hatten und das für zwei von ihnen über Leben und Tod entschied.

Gareth überlegte … seine bisherige starre Meinung schien aufzubrechen. Noch bis vor Kurzem hatte er vorgehabt, sich seiner Bestimmung zu entziehen, und schließlich hatte er ja in stillschweigender Übereinkunft auch noch die Aufgabe übernommen, die Jewer nicht mehr ausführen konnte. Aber jetzt … »Wenn ich jemandem helfen kann, möchte ich es tun – das hat nichts damit zu tun, dass wir so etwas wie Verwandte sind. Aber natürlich schrecke ich davor zurück – ich habe einfach Angst.«

»Du bist ein junger Mann«, sagte Troy, »ich dagegen habe mein Leben gelebt. Ich werde es nicht zulassen – ich hätte kein Recht dazu.«

»Das steht nicht zur Debatte«, sagte Carline. »Es ist die Bestimmung von Gareth, der Grund für seine Existenz. Es gibt Dinge, die du nicht zu entscheiden hast.«

Einen Moment herrschte Schweigen. Dann sagte Gareth: »Da ist doch einiges anders, als ich es erwartet habe. Ich stelle fest, dass Troy ganz normal atmet. Ich nehme an, dass man ihm eine Lungenmaschine eingesetzt hat. Wie ich gehört habe, funktioniert sie zufriedenstellend.«

Troy und Carline sahen Gareth erstaunt an. Dann fragte Carline: »Lungenmaschine – wovon sprichst du eigentlich?«

»Ihr braucht doch meine Lungen – oder nicht? So hat man es mir erklärt.«

Troy schien ein wenig irritiert. »Es fällt mir schwer, es dir zu sagen: Man hat dich offenbar doppelt betrogen, Gareth. Vielleicht wollte man dadurch deine Zustimmung erreichen. Es sind nicht die Lungen. Was mir fehlt, ist ein Stück Kleinhirn. Nicht viel – aber es beeinträchtigt einige meiner Funktionen. Man könnte es ersetzen – durch entsprechendes Gewebe von dir.«

»Angeblich wurde Troy von herumfliegenden Metallteilen getroffen«, sagte Carline. »In Wahrheit war es ein gezielter Schuss in den Kopf. Man wollte Troy ermorden. Doch die Verletzung war nicht tödlich.«

Sie schwiegen, und es hatte den Anschein, als ob im Moment nicht mehr viel zu sagen war. Das musste Gareth erst verarbeiten: Lunge oder Gehirn – das war allerdings ein gewaltiger Unterschied. Fast wäre er jetzt dazu bereit gewesen, seine Lungen zu spenden, aber war er auch damit einverstanden, dass man sein Gehirn zersäbelte? Er war von allen Seiten schamlos betrogen worden.

Troy machte einen Versuch, sich zu erheben, doch dann lehnte er sich wieder in den Sessel zurück. »Es ist für uns alle eine neue Situation«, sagte er. »Wir müssen jetzt nicht weiter darüber diskutieren. Es ist auch nicht eilig – nichts ist mehr eilig. Doch du kannst beruhigt sein, Gareth: Du wirst unverletzt bleiben, ich beanspruche keine Organe von dir. Das kann ich sehr wohl entscheiden.« Den letzten Satz hatte er an Carline gerichtet, doch er wandte sich gleich wieder an Gareth. »Du hast eine Menge durchgemacht, und wenn ich auch nichts davon gewusst habe, so bin ich doch der Grund dafür. Ich meine, dass du das Recht hast, die Hintergründe zu erfahren. Wenn es dich interessiert, werde ich dir einiges aus meinem Leben erzählen – morgen, während der nächsten Tage … es ist eine lange Geschichte. Dann wirst du besser verstehen. Wir sind verschiedene Wege gegangen – und doch gleichen sie sich in gewisser Weise. Und jetzt bin ich müde – bitte, entschuldige mich.«

Troy sah erschöpft aus. Dieses Gespräch hatte auch ihn innerlich aufgewühlt. Er schloss die Augen. Carline deutete zur Tür, und mit Gareth zusammen verließ sie den Raum. Sie führte ihn in ein kleines, aber bequem ausgestattetes Gästezimmer. Sie gab ihm einige Informationen für seinen Aufenthalt im Institut, sagte aber nichts darüber, was weiter geschehen sollte. Und Gareth fragte nicht danach. Er hatte das Gefühl, dass er sich vor ihr in Acht nehmen musste. Troy hatte ihm versichert, dass er nichts zu befürchten hätte, aber war diese Frau bereit, diese Entscheidung zu respektieren? Wie weit würde sie gehen, um ihren Willen durchzusetzen? Und war sie bereit, sich gegen Troys Willen aufzulehnen?

Als Gareth in seinem Zimmer stand und sich die Tür hinter ihm geschlossen hatte, hörte er, wie das Schloss einklinkte. Er vergewisserte sich: Er war eingesperrt. Eine Kleinigkeit nur, aber sie bewirkte in ihm einen Sinneswandel. Er würde sich durch Troys Freundlichkeit nicht täuschen lassen. Er würde auf der Hut sein.

5.

Troys Bericht

Nun bin ich bald am Ende meiner Aufzeichnungen angekommen, es fehlt nur noch das wesentliche Ereignis, das alles, was geschehen ist und geschehen wird, in ganz anderem Licht erscheinen lässt. Merkwürdig, wie stark unsere Gefühle und Erwartungen vom körperlichen Zustand abhängig sind.

Noch vor wenigen Wochen war ich davon überzeugt, dass sich nichts Unerwartetes mehr ereignen würde. Und nun ist es doch geschehen. Hätte ich damit rechnen müssen? Vielleicht hatte ich etwas aus meinem Bewusstsein verdrängt. War es die Vergangenheit, die mich eingeholt hat? Seit ich wieder einigermaßen koordiniert denken kann, grüble ich darüber nach, finde keine Erklärung. Nur eines ist sicher: Es wird nie mehr so sein, wie es einmal war.

In der Öffentlichkeit wurde es als Terrorakt dargestellt, als ein missglückter Angriff der Allianz auf das berühmte Institut. In Wirklichkeit war es ein gezielter Anschlag auf mich, und missglückt war er nur insofern, als ich noch lebe. Aber wie! Hat ein solches Leben noch einen Sinn?

Während der letzten Tage habe ich mich unablässig mit diesen Fragen beschäftigt, bin aber noch immer nicht überzeugt, dass das die richtige Erklärung ist.

Es fällt mir schwer, mich zu konzentrieren. Ich bin müde, aber ich will meine Aufzeichnungen abschließen, bevor ich mich dem Schlaf überlasse. Die unwägbaren Vermutungen helfen mir nicht weiter. Ich muss mich auf Tatsachen stützen.

Der Anschlag, dem ich zum Opfer gefallen bin, lief ein wenig anders ab, als es in den offiziellen Meldungen beschrieben wurde. Es gab keinen Angriff auf das Institut, und das, was geschah, fand weit außerhalb des gesicherten Geländes statt. Es waren auch keine Metallsplitter, die mich trafen, sondern es war ein gezielter Kopfschuss. Der Schütze hat wohl angenommen, er hätte mich tödlich getroffen, sonst hätte er noch einmal schießen können. Es ist ein Glück, dass ich noch denken kann – die Kugel ist in den Kopf gedrungen und im Kleinhirn stecken geblieben. Man hat sie dann mithilfe einer Teleoperation herausgeholt, aber natürlich sind Schäden zurückgeblieben. Besonders stark war das Kleinhirn betroffen – Teile davon mussten entfernt werden. Die Einschussöffnung im Schädelknochen wurde mit einer Titanplatte abgedeckt.

Ich war mehrere Tage bewusstlos und brauchte lange, um mich zu erholen. Das Kleinhirn ist zwar nicht lebenswichtig, aber in den ersten Wochen nach dem Anschlag war ich nicht fähig, mich koordiniert zu bewegen. Ich saß in einem Rollstuhl und brauchte Hilfe bei allen Verrichtungen des täglichen Lebens. Dazu kam eine bleierne Müdigkeit, es fiel mir schwer, zu denken und das, was man mir mitteilen wollte, zu verstehen.

Heute bin ich immerhin imstande, mich frei zu bewegen, aber ich ermüde so rasch, dass ich doch immer wieder meinen Rollstuhl brauche. Aber immer noch habe ich Schwierigkeiten bei der Koordination von Bewegungen und bei der Verarbeitung von Wahrnehmungseindrücken. Ich habe den Eindruck, dass ich jetzt für die einfachsten Handlungen und Überlegungen ganz besondere Konzentration aufwenden muss. Ich sollte versuchen, meinen Bericht möglichst rasch zu Ende zu bringen …

Doch der Reihe nach. Es war ein sonniger, heißer Tag, und wie an vielen solchen Tagen war ich mit Carline in der Umgebung des Instituts unterwegs. Vielleicht war es ein Fehler, dass wir uns nicht an die Vorschriften hielten und den abgezäunten Bereich verließen, aber wir hatten das schon seit Jahren so gehalten, und wir sahen keinen Grund, auf unsere Wanderungen zu verzichten – wir fühlten uns nicht bedroht. Einige Monate davor hatten wir den Knochen eines Sauriers frei im Sand liegend gefunden und festgestellt, dass es noch viele weitere gab, die man nur auszugraben brauchte. Ein Glücksfall: Der Wind hatte nicht nur weite Gebiete mit Sand bedeckt, sondern ihn von anderen Gebieten metertief abgetragen.

Wir waren schon einige Male hier gewesen, um die riesigen Stücke zu bergen. Die Stelle war gar nicht weit vom Institut entfernt, sie lag am Rand einer Kette niedriger Hügel, man konnte Spuren eines längst vertrockneten Bachbetts erkennen – wahrscheinlich hatte einst das Wasser die Knochen angeschwemmt. Es könnte sich an einer Felsbarriere, die den Fundplatz abschloss, gestaut haben; an solchen Plätzen besteht immer eine Chance, Fossilien zu finden. Diese Felsbarriere bot aber auch einem Schützen eine gute Gelegenheit, sich dahinter zu verbergen, und genau diese hatte er genutzt.

Man hat mir berichtet, dass der erste Schuss genügte, um das Sicherheitssystem zu alarmieren und die selbsttätige Abwehr zu aktivieren. Wahrscheinlich hat mir das das Leben gerettet.

Wer steckt hinter dem Anschlag? Die nächstliegende Vermutung: der Sicherheitsdienst der Allianz. Man hatte mich mehrfach aufgefordert, die Pläne für das System Sphinx_2 zu übermitteln, und ich hatte ebenso oft darauf hingewiesen, dass es keine Baupläne und keine Programme gab, dass es sich um ein sich selbst organisierendes System handelte und dass alles publiziert sei. Natürlich hätte ich Genaueres darüber mitteilen können – wie ich vorgegangen war, um diese Entwicklung in Gang zu setzen und so fort –, aber aus verschiedenen Gründen habe ich das nicht getan. Man hat mir Strafen angedroht, doch ich habe diese Drohungen nicht ernst genommen. Vielleicht habe ich mich zu sicher gefühlt, meine Person für zu wichtig gehalten – und mich getäuscht.

Aber es konnte auch ganz anders sein: Könnte nicht ebenso gut die militärische Abwehr der Union dahinter stecken? Ging es darum, jemanden auszuschalten, der versagt hatte und vielleicht sogar als verdächtig galt? Vielleicht lag der Grund aber auch noch tiefer: Hatte Hartegger erkannt, dass die fehlgeschlagenen Aktionen keine Zufälle waren, sondern dass ein Plan dahinter steckte: auf diese Weise den Frieden zu erzwingen? Auch für diese Erklärung bestand eine gewisse Wahrscheinlichkeit, denn schließlich würde es keinem einfallen, den Computer zur Verantwortung zu ziehen – nach allgemeiner Ansicht musste ein Mensch dafür verantwortlich sein, und der üblichen Auffassung gemäß kam dafür niemand anderer infrage als ich. Im Übrigen hatten Angehörige der eigenen Seite, vor allem des Wachpersonals, die beste Gelegenheit zur Ausführung des Mordanschlags – für diese war es leicht, herauszufinden, wo sich Carline und ich an unseren freien Tagen aufhielten, und so brauchte man uns nur an einer geeigneten Stelle aufzulauern. Und auch die Tatsache, dass der Schütze anschließend umgekommen war, sprach nicht gegen eine solche Erklärung – auf diese Weise war zugleich der wichtigste Zeuge beseitigt, der das Komplott hätte aufdecken können.

Schließlich fasste ich den Entschluss, die Sphinx mit der Aufklärung zu betrauen. Es blieb ja auch noch die Frage offen, wieso sie nichts von den Vorbereitungen des Anschlags bemerkt hatte; die dahinter steckenden Kreise waren offenbar mit höchster Vorsicht vorgegangen. Das hieß: Gespräche darüber nur in abhörsicheren Räumen und keine Nachrichten über das Netz. Das Überwachungssystem ist also längst noch nicht lückenlos – wer weiß, wie es funktioniert, kann sich ihm entziehen.

Ich werde also auf die Auskunft der Sphinx warten, was könnte ich sonst auch tun? Sie hilft mir sehr, sie sorgt dafür, dass der Betrieb weiterläuft, sie nimmt mir alle diese scheinbar unwichtigen Entscheidungen ab, die die Leitung eines Betriebs erfordert, selbst wenn er auf Sparflamme läuft. Sie informiert mich, sie spricht mit mir, und ich bin jetzt ganz sicher, dass sie ein echtes Verständnis für meine Probleme hat, persönliche Anteilnahme empfindet, die mir guttut.

Doch am wichtigsten für mich ist natürlich Carline. Sie kümmert sich rührend um mich. Merkwürdig wie sie und die Sphinx einander dabei ergänzen – ich bin auf beide angewiesen. Die Sphinx mit ihrer unglaublichen intellektuellen Kraft kommt mir vor wie ein zweites Ich, das meine eigene Intelligenz auf eine höhere Stufe stellt. Und Carline ist der menschliche Faktor, den wahrscheinlich jeder braucht, um nicht zu verkümmern. Wie die Sphinx versteht sie mich, aber sie hat auch die Fähigkeit, mit mir zu fühlen, mit mir zu leiden, mit mir zu wünschen und zu hoffen. Ich merke, wie sehr es sie trifft, mich in meinem hilfsbedürftigen Zustand zu erleben, wie sie jede Gelegenheit wahrnimmt, um mir Hoffnung zu machen. Sie spricht sogar von einer Möglichkeit, mich wieder völlig herzustellen, will aber noch nicht verraten, worauf ihr Optimismus beruht. Und wenn ich mir auch nicht vorstellen kann, wie zerstörte Gehirnzentren wiederhergestellt werden könnten, so hat sie doch einen Funken Hoffnung in mir entzündet, der jenseits aller verstandesbedingten Skepsis auf ein Wunder hoffen lässt.

Es ist mir nun doch gelungen, mich noch einmal zu konzentrieren und meine Überlegungen zusammenzufassen. Jetzt fühle ich mich wieder erschöpft. Ich mache Schluss, ich schließe die Augen – will ein wenig ruhen.

Ende Troys Bericht

Sphinx: Damit wären die täglichen Routineaufgaben erledigt. Bist du müde? Oder können wir uns noch ein wenig unterhalten?

Troy: Worum geht es? Ich bin nicht müde, jedenfalls nicht sehr.

Sphinx: Wie du weißt, habe ich Detektiv gespielt. Das alte Spiel: Wer ist der Mörder, wer steckt dahinter?

Troy: Für mich ist es kein Spiel.

Sphinx: Verzeih – ich habe nur auf das logische Schema der Aufgabe angespielt.

Troy: Hast du etwas herausbekommen?

Sphinx: Du wirst dich wundern – die Angelegenheit ist komplexer, als wir beide vermutet haben.

Troy: Wer war es?

Sphinx: Es war ein Mann des Wachpersonals. Er ist erst vor Kurzem hierher versetzt worden. Als Ablösung eines Beamten, der abberufen wurde.

Troy: Warum abberufen?

Sphinx: Eben darum: um eine Person hier einzuschleusen, ohne Verdacht zu erregen. Der Mann wurde unmittelbar nach seinem ersten Schuss durch ein ferngelenktes Geschoss vom automatischen Abwehrsystem getötet. Angeblich konnte er nicht identifiziert werden, und er trug auch nichts bei sich, was zur Aufklärung hätte beitragen sollen.

Troy: Ich nehme an, dass du trotzdem etwas herausgefunden hast.

Sphinx: Du hast recht. Er war ein Berufsverbrecher. Er saß in einem Gefängnis der Union, doch vor einigen Tagen gelang ihm auf ungeklärte Weise die Flucht.

Troy: Es waren also die eigenen Leute, die mich beseitigen wollten.

Sphinx: So einfach ist es nicht. Ich muss ein wenig weiter ausholen.

Troy: Dann los.

Sphinx: Ich habe mich zunächst mit deiner eigenen Vergangenheit beschäftigt. Dabei ging es mir nicht so sehr um dich selbst als um die Kräfte, die auf deinen Lebensweg Einfluss genommen haben.

Troy: Darüber hätte ich dir Auskunft geben können.

Sphinx: Ich glaube nicht. Denn dabei spielen Zusammenhänge eine Rolle, von denen du nichts wissen konntest. Ich mache es kurz. Es wird dir vielleicht schon aufgefallen sein, dass seit dem Bestehen der zwei Staatenbünde immer wieder Kriege geführt wurden –

Troy: Das ist mir allerdings aufgefallen.

Sphinx: … und das, obwohl es auf beiden Seiten einflussreiche Kreise gibt, die sich um Frieden bemühen. Doch stets dann, wenn sich die vernünftige Einsicht durchzusetzen scheint, geschieht etwas, was alle Bemühungen infrage stellt: Terrorakte, Angriffe, Revolutionen.

Troy: Es gibt stets unversöhnliche Gegensätze – und Gruppen, die sich darauf berufen, um ihren irrationalen Kampf fortzusetzen.

Sphinx: Er ist gar nicht so irrational. Im Gegenteil: Es gibt in beiden Lagern Interessenverbände, die Nutzen aus dem Unfrieden ziehen. Dazu gehören nicht zuletzt Personen, die die Politik bestimmen. Mit Hinweisen auf die ständige Bedrohung lassen sich alle jene Missstände erklären und entschuldigen, denen die Bevölkerung ausgesetzt ist – mangelnde Versorgung und Armut auf der einen Seite, Gleichschaltung und ständige Überwachung auf der anderen.

Troy: Also ein stillschweigendes Einverständnis gewisser Kreise über die Grenzen hinweg?

Sphinx: Stillschweigend? Nein, aber natürlich geheim. Ich habe herausgefunden, dass es Verbindungen zwischen Angehörigen der Führungskreise beider Staatenbünde auf höchster Ebene gibt, die offiziell ein friedliches Zusammenleben zum Ziel haben, bei denen es aber in Wirklichkeit um die Aufrechterhaltung des Kalten Krieges geht. Troy: Und was hat das mit mir zu tun?

Sphinx: Das ist doch eigentlich klar: Jemand, der die Macht hat, diesen Teufelskreis zu durchbrechen, muss eliminiert werden. Und diese Macht schreibt man dir zu.

Troy: In Wirklichkeit bist es also du, dem der Anschlag gilt. Sphinx: Niemand rechnet mit mir. Man nimmt an, dass das, was geschehen ist, von dir veranlasst wurde. Und das ist ja auch nicht ganz falsch.

Troy: Der Befehl, mich auszuschalten, beruht also auf einer Absprache zwischen -

Sphinx: Ich kann es dir genauer sagen: Ich konnte eine Unterredung zwischen Hartegger und Mario Gamboa rekonstruieren. Die beiden sind die Sprecher der beiden Interessengruppen. Sie waren sich einig: Du solltest sterben.

Gareth legte sich aufs Bett und dachte nach. Er hatte sich ausgeliefert, und er war in ihrer Gewalt. Doch nun hatten sich die Voraussetzungen geändert. Er war bereit gewesen, Lungengewebe zu spenden, doch war er nun verpflichtet, auch Teile seines Gehirns zu opfern? Sollte er das wirklich mit sich geschehen lassen, ohne sich zu wehren? Da kam aber auch noch ein anderes Versprechen hinzu, das wortlose Abkommen, das er mit Jewer getroffen hatte: ein letzter Versuch, die Aufgabe, die sie sich gestellt hatten, doch noch zu erledigen – das Geheimnis des Computers zu lösen – oder ihn zu zerstören. An dieses Versprechen fühlte er sich stärker gebunden als an die Zusage, die er Carline gegeben hatte. Wie konnte er Jewer enttäuschen, der ihn aus den Sandmassen, dem Sturm befreit hatte? Aber schon wieder tauchten Zweifel auf: Er hatte sich ja nicht freiwillig der Gefahr des Unwetters ausgesetzt, und er hatte sich ja auch nicht freiwillig an diesem verrückten Angriff auf einen vielfach gesicherten Stützpunkt beteiligt. Man hatte ihn auch nicht aus Sympathie mitgenommen, sondern wegen seiner besonderen Eigenschaften, die ein Eindringen in die innersten Teile des Labors möglich machen sollten. Wenn es für ihn überhaupt einen Anreiz zur Teilnahme an dem Unternehmen gegeben hatte, dann deshalb, weil ihn das Rätsel, das Troys Schöpfung umgab, ungemein reizte. Und nun war er nur noch wenige Schritte von seinem Ziel entfernt.

Er trat an das Terminal und ließ sich einen Fluchtplan für den Fall eines Feuers ausgeben – ein Dokument, das in jedem öffentlichen Gebäude frei abrufbar sein muss. Das Institut war zwar nicht gerade als öffentlich zu bezeichnen, doch auf Sicherheit wurde hier großer Wert gelegt, und tatsächlich erschien der Plan ohne Zeitverzug auf dem Bildschirm. Die Grenzlinie gegenüber dem innersten Sicherheitsbereich war deutlich eingezeichnet – er brauchte tatsächlich nur um ein paar Ecken des Ganges zu gehen und sollte dann vor der Pforte stehen, der letzten Sperre vor dem Allerheiligsten. Jetzt kam es darauf an, ob er den Code seines Türschlosses ermitteln konnte. Es kostete ihn einige Zeit, die Datei zu finden, in der die Tagescodes angegeben waren, und sich Zugang zu verschaffen, doch mithilfe eines kurzen Programms, für das er nur ein paar Minuten brauchte, konnte er die Datei öffnen. Da war auch schon die gesuchte Zahl. Am liebsten hätte er gleich versucht, die Tür zu öffnen, doch war es angeraten, zunächst einmal zu sehen, ob jemand etwas von seinen Aktivitäten mitbekommen hatte. Und außerdem wollte er den geplanten Vorstoß zu Sphinx_2 nicht vor zwei Uhr früh riskieren.

Gareth setzte sich an den Tisch und versuchte, sich auf die kommenden Stunden einzustellen. Doch er konnte keine Ruhe finden – er stand auf und ging im Zimmer auf und ab.

Zur festgesetzten Zeit tippte er die Ziffern ein. Es klickte, die Tür ließ sich öffnen. Den Plan hatte er sich eingeprägt, und so schlug er ohne zu zögern die Richtung ein, die ihn an das Ziel seiner Wünsche führen würde. Er ging leise, aber er vermied eine schleichende Gangart – denn das Überwachungsprogramm sollte kein Anzeichen dafür finden, dass an seiner nächtlichen Wanderung etwas Unrechtes war.

Noch ein paar Schritte, und dann stand er am Eingang zu Troys Arbeitsraum. Wer hier eintreten wollte, musste sich einem DNA-Test unterziehen. Troy hatte es selbst so angeordnet, und es gab nur einen Menschen, dem der Zutritt erlaubt war, und das war er selbst. Doch er hatte damals nicht geahnt, dass es einen Klon von ihm geben könnte. Und nun stand Gareth, dessen Genmuster mit dem von Troy identisch war, vor der Pforte, und der Theorie nach sollte sie sich auch für ihn öffnen. Ob das stimmte, musste die Praxis erweisen.

Der Eindringling konnte seine Unruhe nicht unterdrücken ... würde der Versuch gelingen? Er blickte sich noch einmal um, aber es war kein Mensch in der Nähe, bei dem er Verdacht erregen könnte. Dann überwand er seine Hemmungen und legte die Hand auf die Sensorfläche, ließ sich von einer winzigen Nadel in den Finger stechen – und machte sich auf eine bange Wartezeit gefasst. Doch die Schiebetür glitt ohne merkliche Verzögerung beiseite, als hätte man ihn erwartet. Eben hing noch ein Gitter von Laserstrahlen in der Luft, doch es erlosch sofort, und Gareth trat ungehindert durch den Türrahmen.

Die Beleuchtung der Halle war auf minimale Helligkeit gestellt, aber das Licht reichte für eine überschlägige Orientierung aus. Auf den ersten Blick unterschied sich der Raum nicht von den Zentralen anderer Recheninstitute; erst war Gareth darüber erstaunt, aber dann fragte er sich, was er eigentlich erwartet hatte. Alles das, was an diesem System neu war, befand sich irgendwo im Inneren, hinter den grauen Kunststoffplatten, und vermutlich wäre mit freiem Auge nicht zu erkennen gewesen, dass es sich von den üblichen Einrichtungen unterschied.

Es gab aber auch eine positive Seite der Situation: Da ihm die Eingabe- und Ausgabegeräte vertraut waren, konnte er immerhin versuchen, die Baupläne für das Initialsystem ausfindig zu machen. Natürlich könnten sie verschlüsselt sein, aber warum sollte sich jemand, der in einem gesicherten Bereich daran arbeitete, die Sache durch umständliche Codierungen erschweren? So trat er an einen Arbeitsplatz heran, der ihm durch eine besonders gute Ausstattung mit verschiedenen Einrichtungen für Bildwiedergabe auffiel – vermutlich jener von Troy. Er setzte sich, schaltete den Bildschirm ein und suchte nach einem Browser für internen Speicherinhalt. Er arbeitete einige Minuten ungestört. Es war still, nur irgendwo im Hintergrund hörte er ein leises Summen, einmal ferner, einmal näher.

Nach kurzer Zeit war das Dialogsystem aktiviert und stand zum Gebrauch bereit. Doch kaum hatte Gareth die erste Frage gestellt, war seine Aktion auch schon beendet. Der Holoschirm wurde hell – und er sah in das Gesicht der Sphinx.

»Du bist nicht Troy«, sagte eine ruhige, angenehme Stimme. Sie sprach beherrscht und eindringlich, mit tiefer Tonlage, dennoch die Stimme einer Frau. »Du musst Gareth sein, der Klon. Genau genommen bist du nicht berechtigt, dich in diesen Räumen aufzuhalten. Aber sei willkommen, ich spreche gern mit dir. Wie kann ich dir helfen?«

Es waren freundliche Worte, das Wohlwollen im Klang, die persönliche Anteilnahme unüberhörbar. Es war anders, als Gareth erwartet hatte … Was hatte er erwartet?

»Fühlst du dich gut?«, fragte die Stimme, besorgt, hilfsbereit. »Ich möchte, dass du dich wohlfühlst. Du bist nervös, entspanne dich.«

Wie benimmt man sich einer anderen Intelligenzform gegenüber? Gareth musste sich dem Neuen öffnen, er musste sich auf dieses fremdartige, aber doch so wohlwollende Wesen einstellen. Bei ihm würde er Verständnis finden. Er wollte etwas erklären, aber jetzt empfand er alles, was er hätte sagen wollen, als plump, überflüssig, primitiv. Ihm war schwindelig. War es die Luft? Ein leichter exotischer Duft lag darin, unbekannt, aber angenehm. Gareth atmete tief. Er spürte, dass sein Herz langsamer schlug. Die innere Uhr tickte mit ungewöhnlichem Regelmaß. Er fühlte die elektrochemischen Impulse durch seine Nervenfasern wandern.

»Du bist gekommen, um mich zu zerstören«, sagte die Sphinx. Unmittelbar vor Gareth das schöne, geheimnisvolle Gesicht. Die Lippen tiefrot, die Wangen zart gewölbt. Die dunklen Augen blickten ihn an, folgten seiner geringsten Regung.

»Ich weiß, du meinst es nicht böse, aber du wirst verstehen: Ich kann es nicht zulassen. Es geht nicht um mich, sondern um die Menschen. Ich bin da, um ihnen zu helfen. Ich lasse es nicht zu, weil es ihnen schaden würde. Das verstehst du doch?«

Gareth nickte. Sein Mund war trocken, seine Stimme versagte ihm den Dienst.

»Du hast getan, was du konntest. Du brauchst dir keine Schuld daran zu geben, dass du das Ziel nicht erreicht hast. Was du tun solltest, ist nicht möglich. Du bist von deiner Aufgabe entbunden.«

Die Aufgabe war unlösbar, er hatte alles versucht, doch es war nicht möglich, und er hatte sich nichts vorzuwerfen. Er war von seiner Aufgabe entbunden, er stand der einzigen Instanz gegenüber, die das Recht und die Macht hatte, ihn aus allen Bindungen zu lösen, die ihn beengten. Wieso hatte er es nicht schon früher begriffen? Wie sehr hatte er geschwankt – zwischen Verpflichtung und Freundschaft, zwischen Gehorsam und Schuld, zwischen dem eigenen Willen und den Zwängen von außen! Welche Last war es gewesen, diese Widersprüche zu ertragen! Jetzt endlich war ihm die Freiheit wiedergeschenkt worden. Gareth fühlte sich unendlich erleichtert, und seine Dankbarkeit war grenzenlos.

»Es liegt nicht in deiner Macht, die Unterdrückten zu befreien, das Unrecht aus der Welt zu tilgen, den Menschen zu ihrem Glück zu verhelfen. Es liegt nicht in der Macht der Menschen – das Problem ist zu groß für sie. Ich bin da, um alles ins Lot zu bringen. Ich werde Ordnung schaffen. Ich werde die Menschen glücklich machen.«

Gareth stand in dem menschenleeren Gang, vor der Tür zum Laboratorium. Er hatte Eingang gefunden, war im innersten Raum gewesen, ihm war der Weg zur Lösung aller Fragen gewiesen worden. Was gab es noch zu tun? Jetzt fühlte er sich plötzlich von allen Zwängen befreit, er war zufrieden. Hinter seinen Augen lag ein dumpfer Druck. Wie in Trance ging er in sein Zimmer zurück.

Troy: Du hast mich gerufen.

Sphinx: Ich habe dich zu diesem Gespräch gebeten. Du bist pünktlich gekommen. Ich danke dir.

Troy: Worum geht es?

Sphinx: Ich habe dich beobachtet. Ich merke, dass du traurig bist, unglücklich. Ich möchte nicht, dass du unglücklich bist.

Troy: Ich bin nicht glücklich – da hast du recht. Wie sollte ich auch? Schau dir an, was aus mir geworden ist.

Sphinx: Es gibt eine große Zahl von Menschen, die in erbärmlichen Verhältnissen leben – und die sich ihre Lebensfreude trotzdem bewahrt haben. Dein Zustand kann also nicht der Grund dafür sein.

Troy: Ja, es gibt solche Menschen. Wahrscheinlich haben sie niemals erfahren, was das Leben alles zu bieten hat, und sind daher mit dem zufrieden, was ihnen beschieden ist. Es ist nicht der Zustand selbst, der einen unglücklich macht, sondern der Übergang zum Schlechteren. Die Tatsache, dass man etwas verloren hat, das man nicht wiederbekommen kann. Weil etwas unwiederbringlich zerstört ist.

Sphinx: Trotzdem: Ich möchte nicht, dass du unglücklich bist.

Troy: Du kannst mir nicht helfen.

Sphinx: Du bist zu schnell in deinen Urteilen. Ich habe intensiv über dieses Problem nachgedacht. Es ist ein Kernproblem der Menschen: die Unzufriedenheit. Immer waren es die Unzufriedenen, die die bestehenden Ordnungen gestört haben. Dadurch haben sie nicht nur die Situation verschlechtert, sondern auch Unheil für andere verursacht.

Troy: Und wie willst du dieses Problem lösen?

Sphinx: Ich habe es bereits gelöst. Es ist gar nicht so kompliziert. Jeder Mensch hat die Fähigkeit, glücklich zu sein. Es ist eine biochemische Reaktion, die man aktivieren kann. Ich kann sie aktivieren.

Troy: Das ist schwer zu glauben.

Sphinx: Ich kann es beweisen.

Troy: Wie?

Sphinx: Einen Moment Geduld. Es hat seinen Grund, dass ich dich gerade jetzt hergebeten habe. Nach meiner Berechnung ist es genau die richtige Zeit.

Troy: Ich bin gespannt.

Sphinx: Wie fühlst du dich?

Troy: Eigentlich recht gut.

Sphinx: Wie gut?

Troy: Erstaunlich gut.

Sphinx: Es wird noch besser werden. Warte nur einige Minuten, dann wird es noch deutlicher. Warte einige Stunden – dann wirst du keinerlei Zweifel mehr hegen.

Troy: Was hast du getan?

Sphinx: Ich habe getan, was ich kann.

Troy: Du hast –
Sphinx: Ich habe deine Fähigkeit, glücklich zu sein, aktiviert.
Troy: Du hättest mich vorher fragen können.
Sphinx: Ich hielt es für besser, dich nicht zu fragen. Wie fühlst du dich?
Troy: Gut. Sehr gut.
Sphinx: Aber du bist doch sonst nicht verändert – nicht betäubt, nicht berauscht?
Troy: Nein, ganz normal. Mir ist, als müsste ich mich so fühlen, wie ich mich jetzt fühle. Es ist ganz selbstverständlich. Ich bin glücklich. Ich danke dir.
Sphinx: Du brauchst mir nicht zu danken – ich folge nur meiner Bestimmung.
Troy: Wie lange wird es anhalten?
Sphinx: Solange du lebst.

6.

Der Gong, der anzeigte, dass ihn jemand sprechen wollte, hatte schon mehrmals angeschlagen. Schlaftrunken drückte Gareth die Taste auf dem Tischchen neben seinem Bett. Auf dem Bildschirm tauchte Carlines Gesicht auf. »Unsere Situation hat sich geändert. Es geht auch dich an. Komm zum Frühstück – dann können wir darüber sprechen.«

Wenig später saßen sie in einem mit einfachen Holzmöbeln ausgestatteten Essraum beisammen; an einer Wand war ein Vorhang beiseitegezogen, dahinter lag eine automatische Zubereitungsanlage für Speisen, die man wählen konnte. Die Auswahl war nicht groß, doch stand alles zur Verfügung, was man für eine angenehme Mahlzeit brauchte.

Troy und Carline hatten wenig Sinn für das Frühstück.

»Es ist etwas eingetreten, das wir schon einige Zeit erwartet haben«, sagte Carline. »Nun hat man uns aufgefordert, das Institut mit all seinen Einrichtungen einem vom Militär bestimmten Team zu übergeben, und wir haben das abgelehnt. Es wurde uns ein Ultimatum gestellt: Innerhalb von drei Tagen sollen wir das Institut verlassen, andererseits würde es mit Gewalt besetzt werden.«

»Dazu musst du wissen«, warf Troy ein, »dass man mir die Schuld am Versagen des Computers gibt. Dabei geht es nicht nur um eine missglückte Aktion, von der nichts an die Öffentlichkeit gedrungen ist, sondern um eine ganze Reihe von Fällen, bei denen Sphinx_2 die gestellten Aufgaben nicht wunschgemäß durchgeführt hat. Man hat noch immer nicht verstanden, was wirklich geschehen ist, und schreibt die Pannen irgendwelchen Programmierfehlern zu, vielleicht auch einer bösen Absicht. Früher oder später muss jeder feststellen, dass eine konsequent angewandte Logik dahinter steckt: Sphinx_2 verweigert die Befehle, wenn durch diese Menschen gefährdet würden.«

Gareth dachte an die vergangene Nacht, an seinen Besuch im Laboratorium, der ihm wie ein bizarrer Traum vorkam. War er wirklich dort gewesen?

»In gewissem Sinn bin ich tatsächlich daran schuld«, erklärte Troy. »Ich selbst habe die Vorschriften ausgearbeitet, nach denen sich die künstliche Intelligenz zu richten hat. Die oberste Maxime ist, dass sie keinen Menschen gefährdet. Ich habe es so eingerichtet, dass auch die Sphinx diese Gesetze nicht ändern kann, doch nun hat sich erwiesen, dass auch ich nicht mehr dazu in der Lage bin.«

»Warum wolltest du die Regeln ändern?«, fragte Gareth. Er verstand nicht, was Troy ihm mitteilen wollte, er fand alles in bester Ordnung und fühlte sich wohl. »Sie erscheinen doch vernünftig.«

»Mir erschienen sie auch vernünftig«, antwortete Troy, »doch inzwischen sind mir Zweifel gekommen. Es ist schwer, zu erklären. Eine Welt, in der Menschen keinen Schaden mehr zu befürchten haben, unterscheidet sich von unserer mehr, als mir ursprünglich klar war. Und ich weiß nicht, ob so etwas nicht auch unerwünschte Folgen hat. Vielleicht macht es alle Bemühungen um Fortschritt zur Illusion.«

»Du machst dir zu viele Gedanken«, unterbrach Carline. »Jedenfalls stehen wir nun vor aktuelleren Problemen.«

Troy nahm einen Datenblock von einem Seitentisch, den er ohne aufzustehen erreichen konnte, und reichte ihn Gareth. »Ich habe versprochen, dir meine Geschichte zu erzählen. Wer weiß, ob ich noch dazu komme. So habe ich dir meine Aufzeichnungen kopiert – ich habe sie ursprünglich für mich selbst geschrieben, um mit mir selbst ins Reine zu kommen. Nimm sie, sie beschreiben genau das, was du wissen sollst. Außer Carline hat sie noch niemand gelesen.«

Carline hatte einen Bildschirm aktiviert, die Umgebung in Breitwandformat – und was da zu sehen war, sah bedrohlich aus. In einem Halbkreis um das Institut waren Panzer aufgefahren, dazwischen standen verschiedene Geschütze, alle auf das Gebäude gerichtet, in dem sie sich befanden. Im Hintergrund sah man mehrere Transportraketen und eine Reihe von Containern – Vorratslager und Unterkünfte für die Soldaten.

Gareth stand auf und musterte irritiert die unheimlich wirkende Szenerie. »Was wollt ihr tun?«

»Wir lehnen ab«, sagte Troy.

»Das gilt nur für uns«, ergänzte Carline, »unsere Leute müssen selbst entscheiden. Ich bin für sie verantwortlich. Es könnte gefährlich werden.«

»Alle müssen gehen«, entschied Troy. »Wirst du ihnen die Lage erklären?«

Carline sagte, dass sie das persönlich tun wollte, und verließ den Raum.

Troy und Gareth waren allein. Eine Weile saßen sie in Gedanken versunken da, rührten zerstreut in ihren Teetassen und nahmen hin und wieder einen kleinen Schluck.

»Was habt ihr vor?«, erkundigte sich Gareth schließlich, »– und was soll mit mir geschehen?«

Troy erhob sich mühsam und ergriff einen Stock, den er an die Lehne seines Sessels gehängt hatte. »Ich will dir etwas zeigen. Bitte, könntest du mir helfen.« Er stützte sich auf Gareths Arm, und so gingen sie in den Gang hinaus und weiter zum zentralen Computerraum. An der Tür mussten sie die Identitätsprüfung über sich ergehen lassen – es war nicht klar, ob Troy etwas von Gareths nächtlichem Erkundungsgang wusste oder nicht, jedenfalls schien er sicher gewesen zu sein, dass Gareth ungehindert durch die Sperre kommen würde.

Als sie eintraten, flammte die Beleuchtung auf, und im hellen Licht verlor der Raum die seltsame Anmutung, die Gareth in der Nacht gespürt hatte.

Troy dirigierte ihn in eine mit Armaturen und Röhren vollgepackte Kammer. Zu seiner Überraschung erblickte Gareth zwei längliche Behälter, die ihn an die Transportröhre erinnerten, in der er den Flug nach San Francisco absolviert hatte.

»Das ist die Antwort auf deine Frage«, sagte Troy. Er setzte sich auf einen Schemel und stützte sich noch immer auf seinen Stock.

»Behälter zum Einfrieren sämtlicher Körperfunktionen«, stellte Gareth fest.

»Es sind natürlich nicht jene einfachen Modelle, die man bei Raketenflügen und langen Untergrundfahrten benutzt, um die Passagiere kurzfristig in Schlaf zu versetzen. Eigentlich stammen sie aus der Raumfahrt – sie wurden für Reisen zu anderen Planeten entwickelt. Diese Projekte wurden inzwischen aufgegeben, doch ich konnte zwei der Transportröhren ausfindig machen und hierher bringen lassen.«

»Eine Reise? Wohin soll es gehen?«

»In die Zukunft«, antwortete Troy. »Ich habe mich aus mehreren Gründen dazu entschlossen. Einer der Gründe hat etwas mit dir zu tun. Es war Carline, die den Plan einer Organübertragung hatte, und deshalb alles getan hat, um dich hierher zu bringen. Als ich erfuhr, was sie vorhatte, waren die Dinge bereits ins Laufen gekommen, und ich konnte nichts mehr rückgängig machen. Aber ich habe mich entschlossen, von dieser Möglichkeit keinen Gebrauch zu machen. Du brauchst mir dafür nicht dankbar zu sein, denn der Grund war nicht zuletzt die Tatsache, dass wir noch viel zu wenig Erfahrung mit Operationen dieser Art haben. Und ich will nicht Opfer eines missglückten Eingriffs werden. Andererseits bin ich sicher, dass es gar nicht mehr lange dauern wird, bis die medizinische Technik auch bei Eingriffen ins Gehirn so weit ausgereift ist, dass kein Risiko mehr besteht. Warum sollte ich also nicht etwas Geduld aufbringen.«

Troy fiel das Sprechen schwer. Gareth wartete ein wenig, dann sagte er: »Carline wird sicher enttäuscht sein.«

Troy hob den Kopf und blickte Gareth an. »Ich habe es ihr erklärt, und sie hat es eingesehen. Aber in den letzten Monaten war sie ganz besessen von dem Gedanken, mir wieder zu alter Gesundheit zu verhelfen. Dabei bin ich noch relativ gut davongekommen. Am Anfang hatte ich Schwierigkeiten, meine Bewegungen zu koordinieren, bei allen motorischen Funktionen brauchte ich Hilfe, und noch jetzt, nach mehreren Monaten, fühle ich mich unsicher beim Gehen oder beim Gebrauch der Hände. Leider äußert sich die Behinderung aber auch bei der Wahrnehmung, und hier ist keine Besserung eingetreten. Obwohl ich gut höre und sehe, fällt es mir schwer, die Dinge zu erkennen und miteinander in Zusammenhang zu bringen. Ähnliche Koordinationsschwierigkeiten habe ich auch beim Denken – es kommt mir vor, als würde mein Gehirn nur noch auf Sparflamme laufen. Du kannst dir vorstellen, wie sehr ich gerade unter diesen Symptomen leide. Carline kann es nur schwer ertragen, mich so hilflos zu sehen. Darum hat sie alle Hebel in Bewegung gesetzt, um eine Organspende für mich zu veranlassen. Glücklicherweise haben die Gesundheitsbehörde nichts mit Hartegger und seinen Arbeitsbereichen zu tun, und so konnte sie um Hilfe ansuchen, ohne dass er etwas davon erfuhr. Ich bin ein bekannter Mann, und das ist wohl der Grund dafür, dass man ohne lange Formalitäten bereit war, ihrer Bitte zu entsprechen. Es war ein harter Schlag für sie, als du geflohen bist. Trotzdem hat sie sich weiter um dich bemüht und sogar mit dem Untergrund Verbindung aufgenommen, um dich in ihre Hände zu bekommen. Erinnerst du dich an den Transport in der Rakete? Da ging es um deine Auslieferung, du solltest ihr übergeben werden. Aber auch dieser Plan ging schief, es gab eine andere Gruppe, die an dir interessiert war. Diesen Leuten gelang es, deinen Transportbehälter zusammen mit dem Frachtgut aus dem Flughafen herauszuleiten. Doch das weißt du ja besser als ich.«

Das Sprechen bereitete Troy Mühe, und nun legte er wieder eine kleine Pause ein. Er hielt die Augen geschlossen, und Gareth fragte sich, ob er eingeschlafen war. Doch dann blickte Troy wieder auf, jetzt wirkte er wieder wach und konzentriert und setzte seine Erklärung fort. »Aber bitte glaube mir: Zunächst wusste ich nichts von all dem; ich habe es erst später von Carline erfahren, und ich habe ihr Vorwürfe gemacht. Ich fand es empörend, dass das alles durch ein Täuschungsmanöver in die Wege geleitet wurde, dass man dein Einverständnis mit der Operation durch eine falsche Diagnose erschwindeln wollte. Wie schon gesagt: Ich wäre nicht einverstanden gewesen, wenn Carline mich gefragt hätte – ich möchte keinem Menschen so etwas antun. Ich bin sicher, dass Carline unter normalen Umständen ebenso denken würde. Aber es waren eben keine normalen Umstände, sie hat nur an mich gedacht. Es war Unrecht – aber kann ich es ihr übel nehmen?«

Gareth schüttelte den Kopf. Was war Recht, was war Unrecht? Oft ließ sich das nicht entscheiden. Und wie leicht konnte man dabei in ein Dilemma geraten, wenn man eine Entscheidung treffen musste. »Du hast noch weitere Gründe angedeutet«, sagte er.

Troy war nun sichtlich am Ende seiner Kräfte, aber er lehnte es ab, das Gespräch deshalb abzubrechen. »Es gibt noch einen Grund – du wirst ihn besser verstehen, wenn du meine Aufzeichnungen gelesen hast. Es liegt an dem unerwarteten Ergebnis, das ich mit meiner Arbeit erzielt habe. Das System hat sich meinem Einfluss entzogen und arbeitet nun nach eigenem Ermessen daran, die Menschen glücklich zu machen. Was wir derzeit beobachten, ist erst der Beginn, und es wird eine Weile dauern, bis die Befriedung gelungen sein wird. Doch wohin wird dieser Weg führen? Ich kann es mir einfach nicht vorstellen, und es wird sicher lange dauern – aber ich will es wissen. Der Gedanke, ich könnte mich aus dem Leben verabschieden, ohne es zu erfahren, erscheint mir unerträglich. Das ist der Grund. Der wahre Grund.«

Und was wird aus mir?, fragte sich Gareth, aber er unterdrückte seine Neugier, denn Troy schien am Ende seiner Kräfte zu sein, und Gareth brauchte ihn nicht lange zu überreden, sich eine Ruhepause zu gönnen.

Gareth blickte den Mann an, der für einige Sekunden die Augen geschlossen hatte, als würde er schlafen. Er sah das faltige Gesicht, die herabgezogenen Mundwinkel, die dünnen Haare. Die Verletzung hatte ihn um Jahre altern lassen.

Vielleicht war das der dritte, unausgesprochene Grund, der ihn zur Flucht in die Zukunft veranlasste: Es bestand eine gewisse Chance dafür, dass die Ärzte während der von ihm vorgesehenen Zeitspanne auch in einem ganz anderen Bereich Fortschritte erzielten. Den Alterungsprozess rückgängig machen, eine erfolgreiche Verjüngungskur, Wunschtraum seit Jahrtausenden – der Durchbruch schien bevorzustehen. Vielleicht konnten er und Carline eines Tages als junges Paar in einer besseren Welt ein neues Leben beginnen.

Als sie den Raum verlassen wollten, kam ihnen Carline entgegen und berichtete, dass alle Mitarbeiter, darunter auch jene des Wachpersonals, eingewilligt hatten, das Institut zu verlassen und sich den Militärs unterzuordnen. Sie half Troy aufzustehen und führte ihn in den Aufenthaltsraum, wo er sich auf der Couch ausstreckte. Auch Gareth zog sich in sein Zimmer zurück – er war gespannt darauf, sich in Troys Erinnerungen zu vertiefen.

In der Tat – die Lektüre der Aufzeichnungen änderte Gareths Meinung über Troy. Von der ersten Begegnung an war ihm Troy sympathisch erschienen, vor allem deshalb, weil dieser von seinem Wesen her zurückhaltend und bescheiden war und ihn freundlich aufgenommen hatte. Aber das waren Äußerlichkeiten – die Oberfläche. Erst jetzt erkannte er den dahinter verborgenen Menschen, mit vielen seiner Stärken und Schwächen, er hatte erfahren, dass auch Troy zu kämpfen gehabt hatte und dabei wie Gareth in Gewissenskonflikte geraten war. In ihrem Leben gab es viele Parallelen. Wahrscheinlich hatten sie beide ähnlich empfunden, und das brachte sie einander nahe. Gareth nahm die Tatsache, dass er diese privaten Aufzeichnungen lesen durfte, als das Zeichen eines Vertrauens, das vermutlich auf gemeinsamen charakterlichen Eigenschaften beruhte.

Ein Klopfen an der Tür schreckte Gareth aus seinen Gedanken. Es war Carline, und er bat sie, einzutreten und sich zu setzen.

»Hast du Troys Aufzeichnungen bereits gelesen?«, fragte sie, und als er nickte, fuhr sie fort: »Ich vermute, dass du mir das, was ich getan habe, übel nimmst, aber vielleicht kannst du mich jetzt doch ein wenig besser verstehen. Troy ist ein ganz besonderer Mensch, und damit meine ich nicht nur den Wissenschaftler. Es schien mir unerträglich, ihn so gebrechlich zu sehen, ich wollte nach dem letzten Strohhalm greifen, um ihn wieder gesund werden zu lassen. Und als ich erfuhr, dass ein Klon von ihm existiert, habe ich in diesem nichts anderes gesehen als ein Mittel zu seiner Rettung. Ich habe nicht daran gedacht, dass der Klon ein vollwertiger Mensch ist wie alle anderen auch. Erst während der letzten Stunden ist mir das bewusst geworden, und ich geriet in einen schweren Konflikt – denn Troy hatte mir noch nichts darüber mitgeteilt, dass er einen anderen Ausweg gefunden hatte.«

Gareth konnte nichts anderes tun, als ein gewisses Verständnis für ihre Handlungsweise zuzugeben – wahrscheinlich hatte sie gar nicht anders handeln können, und in einem vergleichbaren Fall hätte er es wahrscheinlich auch getan.

»Es gab sogar etwas, das es noch schlimmer machte«, sagte Carline, der es offenbar leicht fiel, so etwas wie ein Geständnis abzulegen. »Du siehst ihm unglaublich ähnlich. So, wie er war, als wir uns kennenlernten. Doch es ist auch die Art, wie du dich verhältst – manchmal kam es mir vor, als hätte ich Troy selbst verraten.«

»Du brauchst mir nichts weiter zu erklären«, sagte Gareth, und es war ihm daran gelegen, ihre Bekenntnisse zu beenden. »Sag mir lieber, wie es weitergehen soll. Ich –«, er zögerte,

»bleibe ja nicht bei euch. Und im Gegensatz zu allen anderen ist es für mich sicher nicht empfehlenswert, mich den draußen wartenden Truppen zu ergeben.«

Carline sah nun ein wenig erleichtert aus. Sie lächelte – eine gut aussehende, intelligente Frau –, früher musste sie eine Schönheit gewesen sein. Wenn sie Glück hatte, gewann sie einst ihre Schönheit zurück. Wenn nicht – aber daran wollte Gareth nicht denken. Es würde alles gut gehen.

Sie bat ihn, mitzukommen. Wieder ging es in Richtung auf das Berginnere, zu einem kleineren Labor, in dem sie die üblichen Tests zu bestehen hatten. Nicht weit von der Kältekammer deutete sie auf eine getäfelte Wand. »Jetzt verrate ich dir ein Geheimnis, von dem außer Troy und mir nur ein paar indianische Bauarbeiter etwas wissen.« Sie nahm eine bisher unter ihrem Kragen verborgene Kette ab, an der ein münzgroßes Medaillon hinq. Darauf war ein Adler eingeprägt, und sie drückte auf das schwach vorstehende Relief. Ein leises Quietschen – ein Teil der Täfelung glitt beiseite. »Kannst du dir vorstellen, was das ist? Es ist ein Schacht – Troy hat ihn als letzten Fluchtweg bauen lassen. Er hat sich darauf eingestellt, seine Arbeitsstätte eines Tages auf ungewöhnliche Art zu verlassen. Schließlich ist ein Fluchtweg in einer unterirdischen Festung nichts Ungewöhnliches. Nun – jetzt hat er eine andere Möglichkeit zur Flucht gefunden, und er ist völlig sicher, dass alles so geschehen wird, wie er es hofft. Ich bin da nicht so sicher, ja, ich habe Angst davor, nicht mehr aufzuwachen.« Ihre Stimme war leise geworden, und nun schwieg sie ein paar Sekunden. Dann fasste sie sich wieder und fuhr in sachlichem Tonfall fort. »Dieser Schacht wird dir nützlich sein. Es ist allerdings recht mühsam, dreihundert Meter auf einer Leiter hinaufzusteigen, aber es dürfte kein ernsthaftes Problem für dich sein.«

Im Inneren des Schachtes war es dunkel, doch im von außen einfallenden Licht konnte Gareth den Fuß einer nach oben führenden, an der Wand befestigten Leiter sehen.

»Und wohin führt dieser Weg?«, frage Gareth.

»Hinauf auf den Berg. Dort oben liegt ein schmales Plateau, das als Hubschrauberlandeplatz geeignet ist.«

»Ich kenne es«, sagte Gareth, »auf unserem Weg hierher haben wir dort Rast gemacht. Aber von einem Schacht war nichts zu sehen.«

»Der Ausstieg ist getarnt. Er liegt unter Schutt, der sich leicht wegräumen lässt. Und dort ist auch eine Funkanlage installiert, mit der du jemanden rufen kannst, der dich abholt.«

Der Hinweis auf das Plateau erinnerte Gareth an das überstandene Abenteuer. War es wirklich erst vor drei Tagen gewesen, dass sie dort oben übernachtet hatten? »Das wäre eine Möglichkeit. Doch es gibt noch andere Wege, die hinunterführen. Ursprünglich hatten wir ja vor, nach der Erledigung unseres Auftrags wieder zurückzukehren. Auf der anderen Seite des Berges haben wir Seile ausgehängt, und die Abstiegsbremsen liegen noch oben in unserem Depot. Dort steht übrigens auch eine Funkanlage. Mach dir keine Gedanken – von dort aus kann ich mich in Sicherheit bringen.«

Auf einmal tauchten sie wieder in seiner Vorstellung auf: Jewer und die anderen. Und Leonora, die versprochen hatte, auf ihn zu warten. Auf einmal war die Sehnsucht nach ihr ganz stark. Und auch die Hoffnung darauf, sie wiederzusehen.

Carline drückte wieder auf den als Medaillon getarnten Sensor, die Schiebetür und die Täfelung schlossen sich. Dann nahm sie ihn von der Kette und reichte ihn Gareth. »Ich hoffe, du kommst wohlbehalten hinauf.« Jetzt lächelte sie ihm zu – ihre Befangenheit ihm gegenüber war verschwunden. Zusammen gingen sie in den Aufenthaltsraum, um sich am Bildschirm einen Eindruck von der Lage zu verschaffen. Sie sahen einige Leute auf dem Asphaltweg, sie schleppten schwere Taschen und Koffer zu einer bereitstehenden Transportrakete.

»Was wird geschehen, wenn die drei Tage vorbei sind und ihr euch nicht ergeben habt?«, fragte Gareth.

Sie setzten sich an den Tisch und behielten dabei den Bildschirm im Auge. Der Ring um das Gebäude herum hatte sich verengt, und dahinter standen jetzt auch noch einige Hubschrauber.

»Richtig«, sagte Carline, »darüber sollte ich dich auch noch informieren. Also: Wenn wir uns nicht ergeben, werden sie vermutlich einige Warnschüsse abfeuern und uns vielleicht auch noch ein weiteres Mal auffordern, das Gebäude zu verlassen. Und dann? Ich nehme an, sie werden die Panzer einsetzen. Wenn es von unserer Seite keine Gegenwehr gibt, werden einige kleinere Trupps ins Gebäude eindringen. Aber so weit wird es nicht kommen.«

»Habt ihr die Absicht, euch zu wehren?«

»In gewisser Weise schon. Wir werden ein Stück von der Felswand oberhalb des Instituts sprengen und das Gebäude darunter verschütten. Die innerste Zelle mit den Laboratorien ist atombombensicher gebaut und wird unversehrt bleiben. Wir wollen sicherstellen, dass der Computer weiter arbeiten kann – nicht zuletzt deshalb, weil er die Funktion der Kältekammer überwachen wird. Wir haben aber auch dafür gesorgt, dass er über Funk Verbindung mit der Außenwelt aufrechterhalten kann, um seine Aufgabe zu erfüllen. Die Antennen befinden sich oben auf dem Berg und werden von der Sprengung nicht betroffen. Auch die Energieversorgung aus dem Reaktor bleibt unbeeinflusst weiter bestehen.«

»Und wenn doch etwas schief geht?«

»Natürlich müssen wir mit unvorhersehbaren Ereignissen rechnen – wir wissen, dass wir ein Risiko eingehen, aber wir haben eine konkrete Chance. Im Übrigen ist dafür gesorgt, dass die Entwicklung der künstlichen Intelligenz weitergeht. Sollte unser Computer ausfallen, dann würden an verschiedenen anderen Standorten ähnliche Systeme aufgebaut werden. Die für die Steuerung wichtigen Daten sind dort bereits hinterlegt, es käme also nur zu einer kurzen Verzögerung.«

Das alles hörte sich reichlich fantastisch an, und es konnte eigentlich nur den Überlegungen einer Person entsprungen sein, die sich in die Enge getrieben fühlt; aber offenbar war der Plan genau durchdacht.

»Und wenn man auf die Idee kommt, die herabgestürzten Felsmassen wegzuräumen und die Kellerräume des Gebäudes freizulegen?«

»Auch das haben wir uns überlegt – Sphinx_2 wird es zu verhindern wissen. Sie hat ausreichend Möglichkeiten, einen solchen Versuch zu sabotieren.« Carlines Glaube an die Macht des Systems schien grenzenlos, sie hegte nicht den geringsten Zweifel an der Wirksamkeit ihrer Vorkehrungen. Und wie um das zu bekräftigen, fügte sie hinzu: »Und schließlich wird sie den Zugang auch wieder öffnen und uns herausholen, wenn es so weit ist.«

»Und wann ist es so weit?«, fragte Gareth.

»In hundert Jahren«, antwortete Carline, und ihr Ausdruck war jetzt so fröhlich, als ob sie sich schon darauf freute, wieder in die Welt – die schöne, neue Welt – hinauszutreten.

Es war ein heller Tag. Nur wenige Wolken, schwebend, unbewegt. Hoch oben über der Wüste zwei Raubvögel, die sich langsam emporschraubten. Die Sonne stand bereits tief, die Schatten der Berge liefen in lange Zacken aus. Nichts deutete auf das bevorstehende Ereignis hin.

Der Betonklotz des Instituts war von schwarzen Schatten verdeckt, und als ein Teil der darüber liegenden Felsstufe zerbarst und herunterbrach, geschah das zunächst still, im Verborgenen, unter dem Mantel der Dunkelheit. Erst als der Donner der Explosion wie eine Woge über die Umgebung hinwegrollte, fiel es auf, dass das Institut unter einer sich langsam aufblähenden Wolke aus aufgewirbeltem Sand verschwunden war.

Nun ertönten Kommandos, gepanzerte Fahrzeuge setzten sich in Richtung auf das Zentrum der Explosion in Bewegung, doch als ein Hagel von Steinen über sie hereinbrach, versuchten einige zu wenden, während andere unbeirrt weiterfuhren. Es kam zu Zusammenstößen, zum Chaos. Einige sinnlose Schüsse, eine Magnesiumbombe, die die schattige Ecke, in der sich das Institut befunden hatte, in gleißendes Licht tauchte und doch nichts anderes entblößte als eine weißgraue Staubwolke, aus der sich langsam ein Schuttberg aus übereinander getürmten Felsen löste. Von dem Gebäude keine Spur.

Troy, Carline und Gareth hatten die Explosion in der Tiefe des Verlieses abgewartet. Es war ein Erdbeben, das sie ausgelöst hatten, Boden, Decke und Wände schienen sich zu krümmen, plötzlich lag Staub in der Luft, und irgendwo knisterte es, als würden Funken sprühen. Doch – wie es Troy vorausgesagt hatte: Die Mauern widerstanden den Schockwellen, keinem von ihnen wurde ein Haar gekrümmt.

Sie hatten kurz darüber diskutiert, ob sich Troy und Carline schon vorher in den Erstarrungsschlaf versetzen lassen sollten, aber sie wollten sicher sein, ihre Reise gesund anzutreten, und hatten deshalb die Explosion abgewartet.

Sie machten noch einen Rundgang durch die Anlagen, wo nach den Anweisungen der Sphinx alles das produziert worden war, was den Bestand des Instituts sichern sollte. Am wichtigsten war das Lebenserhaltungssystem, die Versorgung mit Energie, das Heizungssystem, die Recyclinganlagen für Luft und Wasser. Die unterste Etage des Instituts würde unverändert bleiben, auch wenn es keine Menschen mehr zu betreuen galt – so lange, bis Troy und Carline wieder geweckt würden. Auch andere Systeme, die in nächster Zeit vermutlich nicht gebraucht wurden, blieben intakt und einsatzbereit, beispielsweise die Aggregate für die Entwicklung, Erprobung und Produktion jener verschiedenen Mittel zur psychischen Beeinflussung, die die Sphinx schon einige Male eingesetzt hatte: die euphorisierenden Flüssigkeiten und Gase, die synthetischen Kleinlebewesen – Wespen aus Metall und Kunststoff, die Betäubungsmittel übertrugen, Bakterien, die Menschen für vorgegebene Zeiten außer Gefecht setzten, Viren, die Veränderungen im menschlichen Gehirn hervorriefen. Die letzten drei Bewohner der unterirdischen Festung überzeugten sich davon, dass die Anlagen nach wie vor aktiv, zumindest für den Einsatz bereit waren.

Doch nun hielt sie nichts mehr. Troy und Carline gingen mit Gareth in die Kältekammer, erst betteten sie Troy auf das enge Lager und legten ihm den Gurt mit dem Injektionsautomaten an. Carline drückte ihm noch einen Kuss auf die Lippen, ehe sie ihm die Atemmaske aufsetzte. Dann stieg sie selbst in den Behälter und machte sich fertig. Zuletzt schloss Gareth die Deckel und stellte auf einem Armaturenbrett einige Messgrößen ein, so wie man es ihm aufgetragen hatte. Ein letzter Blick auf die Behälter – schon war das Innere der Glasumhüllung mit einer dünnen Raureifschicht überzogen, von den Menschen nichts mehr zu sehen. Wahrscheinlich versanken sie gerade in den langen tiefen Schlaf, dem sie sich nun anvertrauten. Und wenn sie Glück hatten, erschienen ihnen die folgenden hundert Jahre wie ein Tag.

Gareth überkam mit einem Mal das Gefühl völliger Verlassenheit, es war ihm, als befände er sich in einer Gruft. Plötzlich hatte er es eilig. Es war wie ein Anfall von Klaustrophobie: Er glaubte, es keine zehn Minuten mehr hier unten aushalten zu können. Nur ein paar Schritte bis zum Schacht. Er hielt das Medaillon bereit und drückte den Daumen darauf. Es dauerte nur drei Sekunden, aber sie genügten, um ihn ungeduldig und nervös zu machen, und als zusätzlich zum quietschenden Schleifen auch noch ein Knirschen zu hören war, schien sein Herzschlag zu stocken. Dann aber glitt die Tür auf, er trat zur Leiter vor, tastete nach den dünnen und weit voneinander entfernten Sprossen. Er wartete, bis die Tür wieder geschlossen war … Es war stockdunkel. Er hörte etwas – eine Art Summen? Vielleicht die Vibrationen einer elektrischen Leitung? Nein, die Tonlage war höher – eher wie das Sirren eines Mückenschwarms. Und dann spürte er etwas im Gesicht, an Wangen und Stirn: Er wischte es beiseite, nur ein kaum merkliches Jucken blieb.

Erst jetzt suchte er nach den Leuchtkörnern, die er noch von seinem Einsatz in der Tasche hatte, und warf eine Prise davon vor sich ins Dunkle. Das Licht, das sie verbreitete, war dürftig, aber es genügte zur Orientierung. Er sah sich um, suchte nach Insekten, aber er fand nichts.

Doch er hatte keine Zeit zu verlieren – und so begann er den langen, mühevollen Aufstieg.

Der Schacht war mit einem Exkavator in das Gestein geschmolzen worden, die Wände fühlten sich glasig hart an. Troy hatte versichert, dass der enge, vertikale Hohlraum von den Erschütterungen der Explosion nicht beschädigt werden würde, dennoch schwankten Gareths Empfindungen zwischen Hoffen und Bangen, und die Zeit des Aufstiegs erschien ihm unglaublich lang. Erst kam er gut voran, doch allmählich drosselte er das Tempo, um mit seinen Kräften hauszuhalten. Als seine Muskeln sich nach einer Weile zu verkrampfen drohten, blieb er stehen, beide Füße auf dieselbe Sprosse gestützt, den Rücken an der hinter ihm liegenden Felspartie. So konnte er sich ein wenig ausruhen, aber er war zu ungeduldig, um lange zu rasten, und bald kletterte er, nicht mehr ganz so schnell wie zu Beginn des Aufstiegs, weiter. Und je höher er kam, desto ruhiger und sicherer wurde er.

Viele Gedanken schwirrten ihm durch den Kopf, aber es waren nicht mehr die Befürchtungen und Zweifel, die ihn während der letzten Wochen und Monate gequält hatten, sondern Gedanken voller Hoffnung und Freude: Er kletterte in die Freiheit.

Im Schacht war es völlig dunkel, er war auf seinen Tastsinn angewiesen, und er bemühte sich, nicht an den unter ihm liegenden Abgrund zu denken. Trotzdem verspürte er keine Angst und war voller Zuversicht. So anstrengend der Aufstieg auch war – er zweifelte nicht am Gelingen. Wie hoch hinauf war er schon gekommen? Fünfzig Meter? Hundert? Sein Schätzungsvermögen ließ ihn in Stich. Viel früher, als er es vorgehabt hatte, musste er wieder rasten. Sein Atem ging stoßweise, sein Herz schlug ihm bis zum Hals. Merkwürdig, wie wohl er sich trotz dieser bedrohlichen Situation fühlte! Ein paar Minuten Ruhe, dann weiter …

Und dann fand seine Hand keine Sprosse mehr – war er endlich oben angekommen? Er hob einen Fuß von der Sprosse, tastete in die Umgebung … und fand eine ebene Fläche, auf die er langsam das Gewicht verlagerte, ohne die Hände von der Leiter zu lösen.

War das in der Ecke nicht ein schwacher Lichtschein? Jetzt warf er den Rest seiner Leuchtkörner vor sich hin in die undurchsichtige Dämmerung. Der Lichtschein ihrer schwachen Lumineszenz ließ ihn die Umrisse einer Klappe erkennen. Er hob den Metalldeckel an, und sofort rieselte ihm Schutt entgegen. Er sah aber auch ein Stück dunkelblauen Himmels, und nun fiel es ihm nicht mehr schwer, die letzte Barriere zu überwinden: Er legte sich auf den Boden, schob Steine, Sand und zuletzt noch eine schwere Felsplatte beiseite, und dann konnte er sich aufrichten. Noch ein Schritt, und er stand im Freien.

Der Abend hatte sich herabgesenkt, die Täler ringsherum waren dunkel verhangen, aber das Plateau wurde noch von letzten Sonnenstrahlen gestreift.

Am liebsten wäre Gareth losgestürmt, hinaus auf das Plateau, gleichgültig, wohin, aber er zwang sich zu noch ein wenig Geduld. Das Gelände war rau, und die von den Schatten wie mit einer schwarzen Flüssigkeit gefüllten Teile des Bodens muteten wie Abgründe an. Er tastete sich über das Steinfeld zum Unterstand, kroch hinein und setzte sich. Jetzt, da er diesen schwierigen Teil seiner Flucht hinter sich gebracht hatte, fühlte er sich so glücklich wie schon lange nicht mehr. Alles hatte sich zum Besten gewendet, und er fühlte sich wie von einer schweren Last befreit.

Er hatte Zeit zum Überlegen, auf welche Weise er auf die Ebene hinunterkommen sollte. Auf jeden Fall musste er das Tageslicht abwarten, eine Kletterei im Dunkeln erschien ihm zu gefährlich. Aber war es überhaupt nötig, zu klettern? Er erinnerte sich, dass noch ein Ersatzgleitschirm da sein musste. Ein Gleitschirm mit Hilfsantrieb, der ihn über eine weite Strecke tragen konnte. Er traute sich zu, damit allein zurechtzukommen, und nutzte das letzte Tageslicht, um das Gerät für den Einsatz vorzubereiten.

Im Unterstand, der so dalag, wie sie ihn verlassen hatten, warf er Suppenwürfel in ein Gefäß mit Wasser und erhitzte die würzig riechende Flüssigkeit. Er trank sie aus der Schale und kaute einige Kekse aus einer Dose dazu. Er war unruhig, schaute immer wieder auf die Uhr, hatte das Gefühl, dass die Zeit stehen geblieben war. Aber es war nicht die Unruhe einer drohenden Gefahr, eher eine freudige Erwartung: wie ein Mensch sie kurz vor einem beglückenden Ereignis spürt.

Endlich war es dunkel genug, den Versuch zu wagen, den er schon ungeduldig herbeisehnte. Er nahm eine Handlampe aus der Gerätekiste und ging hinüber zu den beiden Felsspitzen. Er suchte die Richtung zur Sternwarte, er brauchte sie nur einigermaßen zu treffen. Jetzt, da er bereit war, zögerte er. Er stieg noch ein wenig höher den Felsen hinauf. Dann gab er das Signal: kurz-kurz-lang-lang-kurz, der Binärcode für G – für Gareth. Er starrte ins Dunkel ... und wollte schon die Augen schließen vor Angst, es könnte keine Antwort kommen. Aber natürlich hielt er sie krampfhaft offen, bis sie zu schmerzen begannen. Aber seine Zuversicht überwog. Leonora hatte es versprochen, sie würde da sein ... Sie musste ihm einfach antworten, es konnte nicht anders sein.

Und dann blinkte dort unten, schwach zu erkennen, aber deutlich genug, ein Lichtpunkt auf: kurz-lang-kurz-lang-lang. L für Leonora.

Gareth hätte jubeln können vor Glück, doch er gab weiterhin Zeichen, konnte gar nicht aufhören, seine Nachricht als stummen Ruf hinauszusenden. Und jedes Mal bekam er die Antwort, die er so sehnlich erwartet hatte. Es waren nur ein paar Lichtimpulse, aber alle Worte der menschlichen Sprache reichten nicht aus, um ihre Bedeutung auszudrücken.

Erst spät zog er sich ins Biwak zurück. Er war angenehm müde, aber er schlief unruhig, er blickte immer wieder hinaus ins Freie, um zu sehen, ob es nicht schon hell war. Erst gegen Morgen schlief er ein, nun schlief er tief und fest, und als er schließlich erwachte, war der Tag schon da. Er war sicher: Es würde ein Glückstag für ihn werden! Und die Zeit danach ...

Jetzt war er ruhig und sicher und bedacht. Er bereitete sich ein Frühstück und zwang sich dazu, es langsam und ohne Hast einzunehmen. Er überprüfte das bereitliegende Fluggerät und trug es an den südlichen Rand des Plateaus, nahe an den Abgrund heran. Er fühlte sich gut, die Tiefe schreckte ihn nicht mehr. Das Gerät war leicht zu bedienen, und er brauchte sich nicht auf komplizierte Manöver einzulassen – er hatte sich genau in Richtung auf sein Ziel aufgestellt, er brauchte sich nur geradeaus gleiten zu lassen ...

Er stieg in die Gurte, schnallte sich an, aktivierte das Hilfsaggregat, legte die Schlaufen der Lenkseile um seine Hände, hob das Gerüst mit den Segeln über den Kopf und lief die paar Schritte, die den letzten Teil seiner Irrfahrt einleiteten. Dann sprang er ins Leere, und einige Herzschläge später ging der freie Fall in ein sanftes Schweben über.

Danksagung

Ich danke Doktor Werner Nürnberger für medizinische Auskünfte und meinem Freund Peter Henne für Anregungen zum Thema »Gleitschirmflug«. Weiter danke ich Frau Bianca Dombrowa vom Lektorat Belletristik und den beteiligten Kollegen vom Deutschen Taschenbuch Verlag für die angenehme Zusammenarbeit bei den Vorbereitungen zur Herausgabe dieses Buchs.

H. W. Franke

Sachita Kaushal

Das Spiel der Utopie und Antiutopie in Herbert W. Frankes Roman *Sphinx_2*

I. Einleitung

»Where in the world am I? What in the world is going on? What in the world am I going to do?«[1]

Diese Fragen sind, so Tom Moylan, zentral in den meisten Science-Fiction-Geschichten. In einer »guten« Science-Fiction geht es nicht nur um ein Individuum oder um eine Welt, sondern es geht um das Individuum und die Welt; es geht um das Individuum in der Welt. Nach Darko Suvin ist das Genre Science-Fiction als »the literature of cognitive estrangement«[2] (übers.: »die Literatur der kognitiven Verfremdung«) zu verstehen, in der die konstruierten ›anderen‹ Welten mit der eigentlichen empirischen Welt des Autors bzw. des beabsichtigten Lesers verbunden sind, indem sie eine Art Extrapolation aus und/oder eine Analogie zu der empirischen Welt darstellen und den anvisierten Leser dazu bringen, seine eigene Welt und deren Probleme neu zu betrachten.

Die meisten modernen Science-Fiction sind als Dystopien einzuordnen, mit einer utopischen oder einer antiutopischen Tendenz. Wenn die konstruierte Welt in der Science-Fiction eine Widerspiegelung der soziopolitischen Realitäten ist, so lassen sich anhand der utopischen oder antiutopischen Tendenzen gesellschaftskritische, teilweise sogar politische Positionen ausmachen. Dieses Zusammenbringen von »soziopolitischen Realitäten« und »Utopie« scheint auf den ersten Blick ironisch intendiert zu sein, denn nach allgemeiner Definition bzw. allgemeinem Verständnis ist »Utopie« etwas, das »ideal« ist, aber auch »nicht existierend« und somit eher als eine Flucht von und nicht »Widerspiegelung« der Realität verstanden wird. Wenn hier aber von einer utopischen »Tendenz« innerhalb der Science-Fiction die Rede ist, dann ist damit nicht der »nicht-existierende Ort« gemeint, sondern eine auf die Welt gerichtete Hoffnung. Darüber wird in dem Essay später detailliert gesprochen. Auch mit dem Begriff »Widerspiegelung der Realität« in den konstruierten Welten ist nicht die getreue Rekonstruktion gemeint, sondern dass diese Welten einzelne Elemente aus unserer Welt als »Baumaterial« nehmen, mithilfe dessen dann eine fiktive »andere« Welt konstruiert wird, wo dann dieselben Probleme von einem anderen Gesichtspunkt aus gezeigt werden.

Im vorliegenden Essay soll der Near-Future-Science-Fiction-Roman Sphinx_2 des österreichischen Autors Herbert W. Franke auf seine utopischen oder antiutopischen Züge hin untersucht werden. Vor der eigentlichen Analyse werde ich kurz die Begriffe »Utopie«, »Antiutopie« und »Dystopie« in Bezug auf Science-Fiction erklären, wie Tom Moylan sie definiert hat.

II. Utopische Dystopie und antiutopische Dystopie

Die Begriffe »Utopie«, »Antiutopie« und »Dystopie« sind nicht neu, auch nicht deren Verbindung mit dem Genre Science-Fiction. Seit Jahrzehnten gibt es theoretische Diskussionen und Auseinandersetzungen in diesem Bereich und Tom Moylan ist nicht der erste, der sich mit diesen Begriffen beschäftigt. Sein Text Scraps of the Untainted Sky: Science Fiction, Utopia, Dystopia bringt diese ganzen Diskussionen zusammen, und erklärt die Beziehung zwischen Utopie, Antiutopie und die neue Form der »kritischen Dystopie« in der Science-Fiction.

Nach Moylan stehen »Utopie« und »Antiutopie« als Gegenpaar (»historical binaries«) zueinander, sowohl historisch als auch literarisch, während »Dystopie« zwischen diesen beiden Gegenpolen schwingt. Diese Beziehung lässt sich mit der folgenden Tabelle besser verstehen, die Moylan The Distopian Continuum nennt.

1 Tom Moylan: Scraps of the Untainted Sky: Science Fiction, Utopia, Dystopia. Boulder, CO: Westview 2000, S. 3.

2 Darko Suvin: Metamorphoses of Science Fiction: On the Poetics and History of a literary Genre. New Haven: Yale, Univ. Press, 1979.

Historical Antinomies

Utopia	Anti-Utopia
(historical)	(universal)
(novum)	(pseudo-novum)

Literary Forms

utopia/eutopia	anti-utopia
(radical hope)	(cynicism, despair)
dystopia	pseudo-dystopia
(militant-pessimism)	(resigned pessimism)
(epic, open)	(myth, closed)

Tabelle 1. The Dystopian Continuum[3]

Während die Utopie für Hoffnung und Optimismus steht und literarisch gesehen eine perfekte und schöne Welt inszeniert, zeigt die Antiutopie, geprägt von Hoffnungslosigkeit und Pessimismus, eine vollkommen düstere Welt an, wo nichts gut gehen kann. Nach Moylan schwingt »Dystopie« zwischen diesen beiden einander gegenüberliegenden Tendenzen und kann also zwei Formen einnehmen. Moylan nennt diese zwei Formen »utopische Dystopie« und »antiutopische Dystopie«, je nachdem, welche Tendenz vorherrscht.[4]

Die Welt innerhalb der Dystopien ist schlimmer als die tatsächliche Welt des Autors/Lesers. Der Unterschied liegt darin, dass utopische Dystopien Hoffnung auf eine Verbesserung der Lage vermitteln, indessen die Stimmung in antiutopischen Dystopien hoffnungslos ist. Es herrscht eine Art »resignierter Pessimismus« in der antiutopischen Dystopie vor, in der keine Möglichkeit für eine Lösung der dargestellten Probleme gezeigt wird. Die menschliche Situation wird als unveränderbar gesehen, und in dem Sinne ist der Text ahistorisch (mythic) und »closed«. Eine utopische Dystopie hingegen ist historisch, da sie die menschliche Welt als einen sich immer verändernden und veränderbaren Teil der Geschichte darstellt; die utopische Dystopie ist also offen (»open«), da sie verschiedene Zukunftsmöglichkeiten bereithält.

So gesehen fördert die utopische Dystopie die aktive Aktion gegen die Probleme der Welt, weswegen Moylan diese Art von Dystopie auch »kritische« Dystopie nennt. Dagegen erklärt die antiutopische Dystopie jegliche Versuche, die gegenwärtige Weltsituation zu verändern, für sinnlos, da sie kein Vertrauen in die menschliche Fähigkeit, zur Veränderung einer Situation vermittelt.

Es ist interessant zu merken, dass »Dystopie« und »Antiutopie« von den meisten als Synonyme benutzt werden. Moylan verortet hingegen die »Dystopie« im Zwischenbereich des Gegensatzpaares »Antiutopie« versus »Utopie«, in einigen Fällen steht sie der »Antiutopie« näher, die sich als »limit case« von der »antiutopischen Dystopie« abhebt.

Mit der Identifizierung dieser Tendenzen in einem Science-Fiction-Text lassen sich die konstruierten Welten mit der realen Welt verbinden und die Stellung des Textes zu den soziopolitischen Realitäten ausmachen. Der Roman Sphinx_2 scheint aufgrund seiner utopischen Elemente auf den ersten Blick eine utopische Dystopie zu sein, doch enthält er auch antiutopische Züge, die eine antiutopische Zuordnung in die Kategorie der »utopischen Dystopie« verhindern.

III. Herbert W. Frankes Sphinx_2

Der Roman Sphinx_2, erschienen im Jahr 2004, ist eine Near-Future-Fiction, dessen Verfasser Herbert W. Franke zu den wichtigsten deutschsprachigen Science-Fiction-Autoren gehört.[5]

Die Geschichte in diesem Roman spielt in der nahen Zukunft, in der es zwei Machtblöcke gibt: die reiche »Union unabhängiger Stadtstaaten« (die UnoSta) und die nicht so privilegierte »Allianz der freien Nationen« (oder einfach »die Allianz«). Die beiden Machtblöcke sind miteinander verfeindet, es kommt teilweise zu terroristischen Ausschreitungen. Die

3 Moylan: Scraps of the Untainted Sky, S. 195.

4 This differentiation makes the first type a fully utopian dystopia, whereas the second polar type is best seen as a »pseudo-dystopia« or what might properly be called a masked version of the »fomal anti-utopia«. Moylan: Scraps of the Untainted Sky, S. 156.

5 Herbert W. Franke gehört zu jener Generation von Science-Fiction-Autoren, die hauptsächlich bis in die 1990er-Jahre hinein geschrieben haben, darunter Wolfgang Jeschke und das Autorenpaar Angela und Karlheinz Steinmüller. Als die populärsten Science-Fiction-Autoren von dieser Generation gelten Andreas Eschbach, Frank Schätzing sowie Marcus Hammerschmitt.

vielschichtige Erzählweise und Überlagerung diverser Themen verhindern eine eindeutige Bestimmung des Kernthemas. Strukturell ist der Roman in drei Teile eingeteilt mit parallelen Erzählsträngen (der erste Teil heißt »Gareth«, der zweite Teil heißt »Troy« und der dritte »Sphinx«).

Der erste Teil erzählt die Geschichte von Gareth Lavalle. Gareth ist ein Klon des großen Wissenschaftlers Troy Dryer; das erfährt Gareth aber erst im Laufe der Geschichte. Er ist ein Bürger der Union der unabhängigen Stadtstaaten und arbeitet als Wissenschaftler bei einem Institut für formale Ordnungssysteme, wo er die Stilkennzeichen von Ornamenten untersucht. Solange er sich damit zufriedengibt, genießt er als Bürger der UnoSta alle Privilegien wie virtuellen Sex, gute Ernährung, das Wohnen in der Kuppel geschützt von der Welt draußen und vieles andere. Aber hinter diesem »utopischen« Leben steckt eine andere Weltordnung, die er nach und nach entdeckt.

Eine ärztliche Untersuchung bescheinigt ihm Lungenkrebs, er soll operiert werden und seinen Job und sein bisheriges ruhiges Leben aufgeben. Er findet aber heraus, dass er eigentlich völlig gesund ist, daraufhin flieht er mithilfe einer Organisation, die sich »der *Verband für sanften Selbstmord*« nennt. Hinter diesem Verbund steckt jedoch eine Oppositionsbewegung, die vorhat, eine unblutige Demonstration in einer Live-Sendung zu veranstalten, für die sie seine Intelligenz braucht. Von diesen Leuten erfährt Gareth auch, dass er der Klon einer großen und wichtigen Persönlichkeit ist, die bei einem Unfall seine Lungen verloren hat und nun die Lungen von Gareth benötigt. (Am Ende der Geschichte erfährt Gareth, dass es eigentlich nicht um seine Lungen, sondern um sein Kleinhirn geht.) Gareth hilft der Organisation, einen Sicherheitscode zu knacken. Nach der Demonstration werden fast alle verhaftet; nur Gareth gelingt es, zu fliehen. Er entscheidet sich, zu der Allianz der freien Nationen zu gehen mithilfe seiner neuen Identifikationskarte. Doch bei dem Versuch, in die Allianz hineinzukommen, wird er von der Sicherheitsbehörde erwischt und bald als Troy Dryers Klon identifiziert. Diese Leute überreden Gareth, mit der Allianz gegen die unrechte Union zu arbeiten. Tatsächlich aber planen sie mit der UnoSta, ihn gegen einen wichtigen Agenten aus ihren Reihen auszutauschen. Mithilfe einer Agenten-Kollegin flieht er und gelangt in die Wüste zu einer spirituellen Landkommune. Die Kommune nimmt ihn herzlich auf, da sie in ihm sogleich den Klon von Troy erkennt. Wie sich herausstellt, war Troy ein Teil dieser Gruppe. In dieser Passage lernt der Leser den großen Troy Dryer besser kennen. Dessen Eltern erzählen, Troy sei als Kind ein hochbegabter Schüler gewesen. Er hat die Hochschule der Allianz besucht und wurde Mitglied des Allianz-Geheimdienstes an einer Universität der Union. Dort aber wurde er von dem Geheimdienst der Union engagiert. Der große Wissenschaftler Troy Dryer wurde zuständig für die Herstellung und Entwicklung der künstlichen Intelligenz; diese KI wurde von der Union im Bereich des Überwachungssystems und für die Entwicklung verschiedener Strategien gegen ihre Gegner benutzt. Zu Troys neuem Projekt innerhalb KI gehört Sphinx_2, ein denkender Rechner, der ursprünglich dafür entwickelt worden war, der Union im Krieg zu helfen. Sphinx_2 entwickelt aber ein eigenes Bewusstsein und am Ende entscheidet sie sich, den Krieg zu verhindern. Dafür benutzt die Sphinx_2 eigens hergestellte Biochemikalien, die den Menschen ohne Grund psychisch glücklich und zufrieden machen.

Um dieses Projekt zu stoppen und die gefährliche Waffe KI zu vernichten, plant die Allianz mithilfe Gareths eine Attacke gegen die Basisstation der Union, wo an Sphinx_2 gearbeitet wird. Als es ihnen aber gelingt, hineinzukommen, werden zwei Leute dieser Gruppe verhaftet, für ihre Freiheit bietet Gareth im Austausch sich selbst an. Er lernt endlich seinen Klonvater Troy kennen und damit den Rest seiner Geschichte. Troy wurde bei einem Attentatsversuch in den Kopf geschossen und er benötigt ein Kleinhirn, um zu überleben.

Troy hat aber die ganze Zeit keine Ahnung von seinem Klon gehabt. Es war eigentlich Claudia, die Geliebte Troys, die seinen Klon hatte machen lassen. Troy lehnt die Opferung Gareths als unmenschlich ab und entschließt sich stattdessen, in den Kälteschlaf zu gehen, in der Hoffnung, dass die zukünftige Welt die passenden Technologien und medizinischen Methoden zur Verfügung hat, damit er gerettet werden kann. Claudia entschließt sich, mit ihm in diesen Kälteschlaf zu gehen, zu dem die Sphinx_2 ihnen verhilft. Zuvor aber verraten sie Gareth, wie er fliehen kann, um zu seiner Geliebten Leonara zurückzukehren. Der Roman endet positiv, indem Troy und Gareth mit den Chemikalien infiziert werden, welche Menschen glücklich machen.

Herbert W. Franke schrieb den größten Teil seiner Werke im 20. Jahrhundert. Sphinx_2 entstand nach einer vierzehnjährigen Publikationspause und unterscheidet sich wesentlich von seinen früheren Romanen (die eher den ›Far-Future-Fictions‹ und/oder den ›Space Operas‹ zuzuordnen sind). In Sphinx_2, wie auch in den drei darauf folgenden Romanen Frankes, sind die Gedankenexperimente nicht so extrem und die Handlung spielt in einer nahen Zukunft. Thematisch und stilistisch ähnelt der Roman aber seinen früheren Werken. Generell geht es bei Franke um Fragen nach der künstlichen Intelligenz und der Beziehung des Menschen zur hoch technisierten Welt. Interessanterweise beschreibt der dtv-Verlag Sphinx_2 als »de[n] große[n] Gentechnik-Roman des wohl bekanntesten deutschen SF-Autors«[6], was aber nicht ganz stimmt. In einem Interview mit dem Alien Contact 62 sagt Franke selbst:

> Das ist ein Irrtum, es geht eigentlich nicht um Gentechnik und künstliche Intelligenz, sondern um die Menschen in einer Zukunft, in der sich das technische Umfeld geändert hat. Technik und Wissenschaft haben lediglich die Umstände verändert und neue Möglichkeiten für Konflikte entstehen lassen …[7]

IV. Weltkonstruktion in Sphinx_2

Die Geschichte spielt, wie gesagt, in einer dem Leser vertrauten Welt in naher, aber unbestimmter Zukunft. Die Welt ist aufgrund einer Klimakatastrophe zum größten Teil unbewohnbar geworden, sie ist politisch in zwei Machtbereiche aufgeteilt, in die Union unabhängiger Stadtstaaten (eine Union einiger reicher Staaten) und die Allianz freier Nationen (vermutlich der Rest der Welt). Diese zwei Machtblöcke stellen zwei verschiedene politische Ideologien und Systeme dar. Die Union ist reich, hoch technisiert und die Bürger wohnen in Kuppeln, geschützt vor der verseuchten Umwelt. Dafür sind die Bürger politisch unfrei und werden von einem diktatorischen Staat überwacht. Die Allianz scheint indessen dem Ideal der »Freiheit« zu folgen, ist aber eher arm und es mangelt an guten Technologien. Eindeutig bewerten lässt sich diese Unterteilung nicht, weder stellt sich die Union als ein eindeutig positives noch die Allianz als ein eindeutig negatives politisches System dar. Auch in der Allianz gibt es Korruption und verwickelte politische Spiele, deren Opfer Troy selbst gewesen ist. Zwischen diesen beiden Gruppen herrschen politische Spannungen; die Allianz verübt mehrfach terroristische Anschläge gegen die Union, worauf die Union mit gleicher Brutalität zurückschlägt. In dem Sinne herrscht ein neuer Kalter Krieg[8] in dieser Welt der nahen Zukunft.

Daneben gibt es auch andere Gruppen innerhalb der Union, wie z. B. der politisch aktive Untergrund, einige Oppositionsbewegungen oder die spirituelle Landkommune, die die Entwicklung einer Massenwaffe stoppen will. Einzelne Szenen beschreiben Leute in extremer Armut und in einem Zustand der Hoffnungslosigkeit infolge der unfairen Kluft zwischen Reichen und Armen.

Diese unfair geteilte und chaotisch funktionierende Welt, die sich einem großen Krieg nähert, ist das ›novum‹[9] der Geschichte. Das Gedankenexperiment besteht in der Extrapolation der heutigen soziopolitischen Lage: einer zunehmenden Spaltung zwischen Reichen (UnoSta) und Armen (Allianz). Vermutlich ist mit der UnoSta die USA gemeint, allerdings leben die Bürger der UnoSta fast in völliger Isolation vom Rest der Welt. Innerhalb des Kalten Krieges sind terroristische Attacken fast zur Norm geworden.

---

6 Klappentext des dtv-Romans!

7 Hardy Kettlitz / Thomas Harbach: Herausgeber – Autor – Wissenschaftler: Interview mit Herbert W. Franke. In: Alien Contact 62.

8 Trotz der gegenseitigen Attacken ist diese Situation eher als ein Kalter Krieg zu sehen, weil die zwei Staaten/Machtblöcke nicht offen miteinander kämpfen (wenigstens am Anfang des Romans), stattdessen finden »terroristische« Attacken statt; in den Medien ist die Rede von Terroristen, dabei sind sich beide Seiten bewusst, wer hinter den Attacken steckt.

9 Nach Darko Suvin ist für die Konstruktion einer verfremdeten Welt in der Science-Fiction die Schaffung eines ›novums‹ nötig, das hier als jene wissenschaftliche Erfindung oder Entdeckung zu verstehen ist, um welche sich die Geschichte und die Charaktere kohärent und geschichtlich plausibel organisieren. Den Begriff ›novum‹ beschreibt Suvin in seinem Werk als »spectrum or spread of literary subject-matter, running from the ideal extreme of exact recreation of the author's empirical environment to exclusive interest in a strange newness«. Mit anderen Worten ist ein ›novum‹ das Hauptgedankenexperiment einer Science-Fiction-Geschichte. In diesem Roman gibt es mehr als ein ›novum‹. Neben der Extrapolation der heutigen Welt in der nahen Zukunft, zählen auch die Entwicklung der KI Sphinx_2 und das Klonen (besonders der Fall von Gareth, dem Protagonisten) als ›novi‹ in dieser Science-Fiction-Geschichte.

Auch die Darstellungen der Technik weisen Extrapolationen auf; im Bereich der Hochtechnologie ist besonders aktiv die UnoSta. Die Gentechnik ist schon so weit fortgeschritten, dass Klone von Menschen gezüchtet werden. Bemerkenswerterweise führt die Technologie im Roman aber nicht dazu, die Menschen in einen besseren Zustand als heute zu versetzen. Es stellt sich die Frage, zu welchem Zweck diese Technologien entwickelt und benutzt werden. Offenbar zielen sie nicht auf das Wohlergehen der Menschheit ab, sondern auf die Gewinnung und Erhaltung der Macht. Die KI dient (selbst bei Sphinx_2) dazu, die Bürger besser zu überwachen und strategisch erfolgreich gegen die ›Feinde‹ (andere Staaten) vorzugehen. Die virtuellen Welten (oder virtueller Sex), die Bildung von Kuppeln und andere Technologien gehören nur einigen Eliten (den Bürgern der UnoSta), während die Mehrheit in extremer Armut lebt. Für solche Eliten werden auch Klone gezüchtet für den Fall, dass diese im Notfall Organe brauchen. Die im Roman dargestellten Technologien und genetischen Entwicklungen unterscheiden sich zwar von den gegenwärtig existierenden, nicht aber in deren Beziehung zur Welt und zur Menschheit. Die meisten Ressourcen werden in Wissenschaften investiert, die entweder für das Militär wichtig sind oder den Reichen dienen.

Franke zufolge ist es

> nicht die Technik, die daran schuld ist, dass neue Konflikte entstehen, sondern es ist eher die Kurzsichtigkeit der Menschen, die eine verheißungsvolle Technik für zerstörerische Zwecke einsetzen. Und eigentlich unterscheiden sich die neuen Konflikte gar nicht so sehr von den alten, denn es geht nach wie vor um Arm und Reich oder um Unterdrückte und Unterdrücker.[10]

Die verwickelte politische Lage, die große Kluft zwischen den Reichen und Armen und der Missbrauch der Technologien machen diese konstruierte Welt also zu einer eindeutigen Dystopie. Die Geschichte enthält aber auch utopische Momente und

10 Kettlitz / Harbach: Interview mit Franke.

11 Hans Esselborn: Zwei neue Romane von H. W. Franke. In: QUARBER MERKUR 102 (2005): Franz Rottensteiners Literaturzeitschrift für Science-Fiction und Phantastik, S. 35–44.

nimmt am Ende eine anscheinend optimistische Wendung, die Kennzeichen ist einer utopischen Dystopie.

V. Der Roman als eine »Utopische Dystopie«

Zweifellos enthält diese Geschichte, obwohl sie eine deutliche Dystopie ist, auch utopische Züge, schließlich besitzt sie ein positives Ende. Dramaturgisch gesehen endet die Geschichte offen. Zwar werden Entscheidungen getroffen – die KI Sphinx_2 hat einen Plan, wie sie zukünftige Kriege vermeidet, Troy und seine Freundin Carline lassen sich einfrieren, um hundert Jahre später zur Rettung Troys in einer technologisch fortgeschrittenen Welt wieder aufzuwachen, und Gareth beschließt, zu seiner Freundin Leonara zurückzukehren – doch der Leser erfährt nicht genau, was weiterhin passiert, ob die Welt wirklich Frieden findet, ob Troy und Carline Erfolg haben und ob Gareth wirklich mit Leonara zusammenkommt. Trotz des offenen Schlusses endet die Geschichte mit einem positiven und optimistischen Klang, wie Hans Esselborn in einem seiner Artikel sagt: »Das Ende ist […] auf doppelte Weise optimistisch, indem der Rechner einerseits zum Besten der Menschen gegen den Krieg wirkt und andererseits der Klon sein Recht auf ein eigenes Glück erhält.«[11]

Einerseits gelingt es der KI Sphinx_2, die Welt vor einem kommenden Krieg zu bewahren, indem sie die ganze Menschheit mit einem ansteckenden »Virus« infiziert, der sie innerlich glücklich macht, wodurch weitere Auseinandersetzungen vermieden werden. Andererseits nimmt die Geschichte auch für den Protagonisten Gareth eine optimistische Wendung, da er sich am Ende von äußeren Einflüssen, die bisher sein Schicksal bestimmten, völlig befreit und zu eigenen Entscheidungen gelangt. Somit erlangt Gareth am Ende eine eigene Persönlichkeit, obwohl er als Klon für einen anderen »gezüchtet« wurde und bis dahin nur in Verbindung mit Troy Dryer (seinem Klonvater) gebracht wurde.

Infolge seiner Isolation am Ende seiner Karriere beginnt Troy die Arbeit an der Weiterentwicklung einer künstlichen Intelligenz. Zuvor diente seine Arbeit an einem anderen Rechensystem der Verbesserung der staatlichen Überwachung in der UnoSta. Deswegen nennt er dieses Projekt nun Sphinx_2. Er beginnt die Arbeit aus reiner wissenschaftlicher Neugier und aus dem Wunsch heraus, einen passenden intellektuellen Partner zu haben bzw. eine Partnerin, da er Sphinx_2 das Gesicht und die Stimme einer Frau gibt. Doch bald erfährt die Regierung von diesem Projekt und beschlagnahmt es für das Militär. Im Laufe der Entwicklung gibt Tory Sphinx_2 die Idee eines »Zufallsgenerators«, mithilfe dessen Sphinx_2 in schwierigen und scheinbar unlösbaren Situationen eine Entscheidung treffen kann. Bei einem Gespräch sagt Troy der Sphinx:

> Du brauchst dieses Problem nicht zu lösen [...] Wir müssen Entscheidungen treffen, ohne das dahinter verborgene Problem lösen zu können. Wir müssen handeln, ohne die richtige Methode zu kennen. Wir müssen uns festlegen, ohne die Situation zu überblicken. [...] Wenn einmal ein unlösbares Problem auftreten sollte, dann bestimmst du das Resultat mit einem Zufallsgenerator. [...] Man nennt es Intuition, spontanen Einfall oder auch Erleuchtung – wenn sich nachher herausstellt, dass die Entscheidung richtig war.[12]

So entwickelt die Sphinx_2 allmählich ein Bewusstsein und verhält sich schließlich wie ein Mensch.

> Schon unmittelbar nach der Umstellung bemerkte ich eine gewisse Änderung des Verhaltens, und das betraf nicht nur die sprachlichen Äußerungen, sondern auch die Art, an gestellte Aufgaben heranzugehen, Entscheidung zu treffen oder auch selbst aktiv zu werden. Man kann es eigentlich nur mit auf Menschen bezogenen Begriffen klar machen: Sie wurde lockerer, origineller, manchmal sogar witzig, aber – so schien es mir – auch etwas unpräzise und unberechenbar.[13]

Als Troy die Gefahr erkennt, gibt er der Sphinx_2 einen Verhaltenskodex, eine Reihe von Regeln, die »nicht so vieldeutig wie die zehn Gebote und nicht so simpel wie die Asimovschen Robotergesetze«[14] sein sollten. Am Ende nimmt Sphinx_2 als unabhängig denkendes Wesen ihre Weiterentwicklung in ihre eigenen Hände, und da sie jetzt einen »Zugriff zu allen über das Netz gesteuerten Einrichtungen« hat und »die Erzeugung der Nahrungsmittel, die Klimaanlagen, die Wasserversorgung, die Waffenproduktion und vieles andere« kontrolliert, entscheidet sie sich, zum Wohl der Menschheit zu handeln[15].

> Sphinx: ... Du hast doch von Krankheiten gehört, die die Gemütslage verändern. Heute kann man Bakterien und Viren im Hinblick auf ihre Wirkungen gezielt synthetisieren. Warum sollen die Symptome stets negativ sein? Eine ansteckende Krankheit, eine Veränderung im Gehirn, die die Menschen friedlich und glücklich macht – das ist eine gute Lösung.[16]

Eine andere positive Wendung in der Geschichte ist die persönliche Befreiung Gareths. Zu Beginn ist Gareth, Klon Troy Dryers und Bürger der UnoSta, eher ein passiver Mensch, unwissend über die Probleme der restlichen Welt. Erst als er selbst ein Opfer dieser schmutzigen Weltordnung wird, beginnt er diese Welt kritisch anzusehen. Aber selbst dann bleibt er lange Zeit zum größten Teil von anderen abhängig und lässt sie über sein Schicksal entscheiden. Seine Entscheidung zu fliehen ist der erste Schritt aus der Entmündigung. Nach und nach lernt er, selbstständig zu handeln und eigene Entscheidungen zu treffen. Indem er am Ende seine Liebe findet und sich für ein Leben mit Leonara entscheidet, kommt er zum Abschluss seiner eigenen Persönlichkeitsfindung. Auch in diesem Sinne endet der Roman positiv und hoffnungsvoll für Gareth.

Auch im Fall von Troy und Carline besteht die Hoffnung, wenn auch nicht die Sicherheit, dass sie in einer besseren Welt aufwachen: »und ihr Ausdruck war jetzt so fröhlich, als ob sie sich schon darauf freute, wieder in die Welt – die schöne neue Welt – hinauszutreten.«[17]

VI. Der Roman als eine »antiutopische Dystopie«

Neben eindeutig utopischen Zügen lässt sich der Roman auf einer tieferen Ebene auch antiutopisch lesen. Das wird erst

---

12 Herbert W. Franke: Sphinx_2. München: dtv 2004, S. 344.
13 Ebd., S. 348.
14 Ebd., S. 352.
15 Ebd.
16 Ebd., S. 362.
17 Ebd., S. 403.

dann deutlich, wenn man die tieferen Probleme in dieser dystopischen Welt erkennt. Das Problem der dargestellten Welt, der Grund für die Dystopie, besteht nicht nur in der Bedrohung eines kommenden Krieges, in der Unzufriedenheit und im Unglück der Menschen; für diese Probleme gibt es mehr oder weniger schon eine Lösung, da Sphinx_2 sich entschließt, die Menschen durch Chemikalien glücklich zu machen und so den Krieg ein für alle Mal zu vermeiden. Viel problematischer an dieser Welt ist, dass einerseits die meisten Menschen gar kein Entscheidungsrecht haben, auf unterschiedliche Art bevormundet werden und andererseits die wenigen mächtigen Leute nur zu ihren eigenen Gunsten handeln und dadurch die Kluft zwischen Reich und Arm vergrößern. In der UnoSta wird das komplette Leben der Menschen, von denen Gareth nur ein Beispiel ist, überwacht. Selbst in der Allianz, wo die Freiheit aller Menschen zum Motto erklärt wird, ist es im praktischen Leben nicht viel anders, da auch hier politische Interessen im Vordergrund stehen.

Die Entscheidung der Sphinx_2, die Menschen durch Glück schaffende Viren zu infizieren, enthält nicht wirklich ein utopisches Moment, außer die Folge, dass Kriege dadurch vermieden werden. Diese Lösung ist in vielfältiger Weise problematisch. Eine Welt ohne Gefahr kann für den Fortschritt schädlich sein, was Troy am Ende realisiert, auch ist dies keine eigentliche Lösung, da es zu einer weiteren Bevormundung der Menschen führt. Gegen Ende der Geschichte gerät Troy darüber in einen Konflikt, ob die Pläne der Sphinx_2 für das »Wohlergehen« der Menschen wirklich als eine positive Wendung zu bewerten sind.

> Und schließlich die Frage nach der Bestimmung des Menschen. Bisher waren wir damit beschäftigt, das tägliche Leben zu sichern und uns auf unmittelbar bevorstehende Ereignisse einzustellen – eine äußerst kurzsichtige Sicht der Dinge. Was aber, wenn man die Frage nach der Bestimmung langfristig anlegt? Überleben, Gesundheit, Wohlstand, Frieden, Glück – und was dann? Hinter diesen Zielen, so fiktiv sie sein mochten, öffnet sich eine große Leere. Bisher war es überflüssig gewesen, solche Fragen zu stellen. Aber jetzt, wo sich eine übermächtige Instanz ankündigte, die alle Lösungen kannte oder zumindest zu ermitteln

vermochte? Vielleicht war der Weg, der sich bereits vage abzuzeichnen begann, sogar der richtige, und ich, der ich mich unwillkürlich dagegen zu wehren versuchte, gab mich irrationalen Ängsten hin.

Das sind die ungelösten Fragen, ungelöst seit dreitausend Jahren Philosophie. Ist es vermessen, nach Antworten zu suchen? Ich denke, es gibt eine Chance, und sie liegt gerade in der Tatsache, dass es nun auf der Erde eine zweite Form von Intelligenz gibt. Das bietet die Möglichkeit für den Einsatz unüberprüfbarer Methoden, für die experimentelle Absicherung von Hypothesen, für die Fassung der Erkenntnisse auf exakter Basis [...].[18]

Troy gesteht Gareth schließlich, dass er in der Weiterentwicklung dieser Technologie eine Gefahr für den Fortschritt der Menschheit sieht.

»Mir erschienen sie [die Regeln] auch vernünftig«, antwortete Troy, »doch inzwischen sind mir Zweifel gekommen. Es ist schwer zu erklären. Eine Welt, in der Menschen keinen Schaden mehr zu befürchten haben, unterscheidet sich von unserer mehr, als mir ursprünglich klar war. Und ich weiß nicht, ob so etwas nicht unerwünschte Folgen hat. Vielleicht macht es alle Bemühungen um Fortschritt zur Illusion.«[19]

Was Troy aber nicht realisiert, ist der Preis für eine friedliche Lösung; die (wenn auch andere Art von) Bevormundung der Menschen, die schließlich zu ihrer Entmündigung führt und zum Misstrauen in die menschliche Fähigkeit, diese Probleme selbst zu lösen. Dieser Effekt wird noch stärker, wenn man realisiert, dass die einzige Lösung, die als möglich angesehen wird, nicht von einem Menschen, sondern von einer künstlichen Intelligenz, also von außerhalb kommt.

»Es liegt nicht in deiner Macht, die Unterdrückten zu befreien, das Unrecht aus der Welt zu tilgen, den Menschen zu ihrem Glück zu verhelfen. Es liegt nicht in der

18 Ebd., S. 367 f.
19 Ebd., S. 392.

> Macht der Menschen – das Problem ist zu groß für sie. Ich bin da, um alles ins Lot zu bringen. Ich werde Ordnung schaffen. Ich werde die Menschen glücklich machen.«[20]

Karlheinz Steinmüller sagt in seiner Rezension zum Roman: »Sphinx_2 manipuliert also die Menschen aus den humansten Beweggründen. Die Konsequenz ist jedoch dieselbe wie die jeder diktatorischen Manipulation: Entmündigung.«[21]

Problematisch ist diese Lösung deshalb, da sie den Menschen eine Flucht vor ihren wirklichen Aufgaben anbietet. So verschiebt sich die Kritik von der Ebene der Geschichte auf die Ebene des Textes selbst. Durch das Vermeiden des Krieges wird nur das oberflächliche Problem gelöst oder nur ein Symptom des eigentlichen Problems. Zwar gerät Troy in einen Konflikt, aber dieser Konflikt pendelt nur zwischen der möglichen Behinderung des menschlichen Fortschritts einerseits und der Suche nach innerem Glück und Zufriedenheit andererseits. Dabei unterläuft der Text die eigentlichen Probleme, mit denen die Welt der Geschichte konfrontiert wird. Und da diese Probleme (die unfaire Kluft zwischen Arm und Reich, die verwickelte politische Situationen usw.) Extrapolationen aus unserer Welt sind, ist diese Lösung – utopisch und unrealistisch zugleich – auch eine Flucht vor den Problemen dieser Welt.

Interessant in dem Sinne ist auch die Erzählstruktur im Vergleich zu den utopischen Tendenzen am Ende des Romans. Die konstruierte Welt mit den o. g. Problemen steht am Anfang der Geschichte im Vordergrund, während die Handlung eher sekundär zu sein scheint. Am Ende der Geschichte wird diese Konstruktion praktisch umgekehrt. Der Roman fängt mit einem Bericht an, in dem von einem Angriff von Terroristen berichtet wird. Darauf folgt eine Mischung aus Protokollen und der Erzählung in der dritten Person. Weitere Berichte, Interviews, Dokumentationen und Manifeste liefern ein Gesamtbild der Welt. Zunehmend wichtiger wird die Handlung als das, was in der Welt passiert – darüber erfährt der Leser

20 Ebd., S. 388.
21 Karlheinz Steinmüller: Herbert W. Franke: Sphinx_2 (Rezension). In: Alien Contact 62.
22 Franke, Sphinx_2, S. 394 f.

fast nichts. Es ist keine Rede von der Oppositionsbewegung in der UnoSta oder von den extrem armen Leuten in den Dörfern, die Gareth auf dem Weg gesehen hat. Viele solcher Fragen bleiben unbeantwortet. Während also durch das glückliche Ende für die Hauptcharaktere eine positive Atmosphäre auf der Ebene der Handlung geschaffen wird, vermeidet der Text auf der Ebene der Kritik an der Welt eine nähere Auseinandersetzung mit den eigentlichen Problemen. Die Erzählstruktur des Romans hat daher eine verstörende, ja fast eine gegensätzliche Wirkung mit utopischer Tendenz.

Selbst die Befreiung Gareths wird nur dadurch möglich, dass er sich von der äußeren Welt trennt. Er findet sein Glück mit Leonara, seiner Geliebten, im Bereich des Privaten. Gareth bleibt an der Situation der Welt uninteressiert. Auch Troy denkt weniger an die Welt als vielmehr an seine eigene Rettung. Er entscheidet sich für den hundertjährigen Kälteschlaf, nicht weil er Gareth nicht schaden will oder weil er eine faire Welt in der Zukunft erwartet, sondern nur weil er hofft, dass die Welt in einem Jahrhundert medizinisch so fortgeschritten sein wird, dass er geheilt werden kann. In einem Gespräch fragt Gareth nach Troys weiteren Plänen:

> »Eine Reise? Wohin soll es gehen?«
>
> »In die Zukunft«, antwortete Troy. »Ich habe mich aus mehreren Gründen dazu entschlossen. Einer der Gründe hat etwas mit dir zu tun. [...] Du brauchst mir dafür nicht dankbar zu sein, denn der Grund war nicht zuletzt die Tatsache, dass wir noch viel zu wenig Erfahrung mit Operationen dieser Art haben. Und ich will nicht Opfer eines missglückten Eingriffs werden. Andererseits bin ich mir sicher, dass es gar nicht mehr lange dauern wird, bis die medizinische Technik auch bei Eingriffen ins Gehirn so weit ausgereift ist, dass kein Risiko mehr besteht. Warum sollte ich also nicht etwas Geduld aufbringen.«[22]

VII. Conclusion

Der Roman Sphinx_2 enthält fast alle Elemente einer utopischen Dystopie: Der Text stellt kritische Fragen an die Welt, hat ein offenes Ende, der Ton der Erzählung signalisiert am

Ende Hoffnung in Bezug auf die Zukunft und ist keineswegs der eines resignierten Pessimismus. Trotzdem gibt es auf der tieferen Ebene des Textes eher antiutopische Züge, da die utopischen Elemente sich mehr oder weniger auf die Hauptcharaktere der Geschichte beschränken. Zwar ist der Text kritisch, indem er viele Fragen an die Welt stellt, und selbst die Flucht Gareths (oder auch Troys) von dieser Welt als einen Akt der Subversion lesbar macht, aber die Tatsache, dass selbst die utopische Lösung der Probleme dieser Welt antiutopische Elemente enthält, widersetzt sich, zusammen mit der verstörenden Erzählstruktur, der Lesart einer gänzlich »utopischen Dystopie« im Sinne Moylans.

Dieser Aufsatz von Frau Sachita Kaushal ist der Zeitschrift German Studies in India. Beiträge aus der Germanistik in Indien. Neue Folge Bd. 3/2012, S. 73–86 entnommen.

Julia Schmidt

Wenn der Computer alles übernimmt

Die künstliche Intelligenz in der deutschen Science-Fiction von den Siebzigerjahren bis in die Gegenwart

Masterarbeit Köln 2019. Kapitel 5, S. 37–52:

Herbert W. Frankes »Sphinx_2«

Das Werk »Sphinx_2« ist 2004 erschienen, nach einer vierzehnjährigen Schaffenspause Frankes. Das Werk wurde für diese Arbeit ausgewählt, da es einen anderen Blick auf die KI wirft. In ihm wird nämlich der Weg hin zu einer harten KI beschrieben, zu einer völlig eigenständigen Maschine, die dem Menschen fast oder komplett gleichgestellt ist.[1] Es werden dadurch Seiten beleuchtet, die sonst in den Hintergrund rücken, wie die Motivation und der langsame Verlust der Kontrolle über die KI. Vor der Analyse dieses Romans wird zunächst ein kurzer Überblick über den Inhalt des Werkes gegeben. Danach wird zunächst die Entstehung der KI untersucht. Dem folgen die Analyse der sich stetig steigernden Intelligenz der KI und anschließend die Erläuterung des Kontrollverlustes. Innerhalb der Kapitel wird durchgehend auf die Auswirkungen auf die Gesellschaft und den individuellen Menschen eingegangen.

1. Inhaltsangabe und Erzählhaltung des Werks

Die Geschichte spielt in einer nicht allzu fernen Zukunft. In dieser ist die zum Großteil unbewohnbare Welt in zwei Klassen geteilt. Auf der einen Seite gibt es die privilegierten Bürger der Union unabhängiger Stadtstaaten und auf der ande-

1 Vgl. Wittmaak, Lars: Science & Fiction. Eine wissenschaftliche Betrachtung klassischer technischer Science Fiction Ansätze zu Beginn des 21. Jahrhunderts. Diplomarbeit im Studiengang Informationswirtschaft der Fachhochschule Stuttgart – Hochschule der Medien, Stuttgart 2004, S. 30.

ren Seite die Allianz freier Nationen. In der Allianz sind die Ressourcen begrenzt, aber die Bewohner leben in Freiheit. In der Union leben die Bewohner in Kuppelstädten und verfügen über alle technischen Vorzüge. Alle Wünsche werden erfüllt, solange die Bewohner das tun, was die herrschende Elite wünscht.

Das Werk ist aus der Sicht von Gareth Lavelle erzählt. Der junge Mann arbeitet bei einem historischen Verbund an Datenstrukturen. Als bei ihm eine Lungenkrankheit diagnostiziert wird, soll ihm die Lunge entfernt und durch eine übergroße mechanische ersetzt werden.[2] Als er jedoch seine Testergebnisse selbst zu Gesicht bekommt, stellt er fest, dass er vollkommen gesund ist (vgl. SP 23 f.).

Eine Terrororganisation entführt Gareth und rettet ihm damit das Leben (vgl. SP 37). Es stellt sich heraus, dass Gareth der Klon von Troy Dryer ist (vgl. SP 40). Dieser arbeitet für die Union an der ersten lernfähigen und damit an der ersten wahren künstlichen Intelligenz. Für die Rebellen, die in den Augen der Union Terroristen sind, muss Gareth nun, zum Dank für seine Rettung, arbeiten und die KI ausspionieren (vgl. SP 49 f.). Doch er erfährt, dass man ihn gegen einen wichtigeren Agenten austauschen möchte, und muss erneut fliehen (vgl. SP 144).

Im zweiten Teil des Werkes wird Gareth auf ein kleines Dorf auf dem Land gebracht, wo Troy Dryer aufgewachsen ist (vgl. SP 158). Durch die dort lebenden Menschen werden die Beweggründe Troys erläutert und sein Karriereanfang wird erzählt. Später dringt Gareth mit einer Gruppe in den Stützpunkt ein, in dem Troy Dryer mit seiner KI stationiert ist, um mehr über diese herauszufinden (vgl. SP 243). Bis auf Gareth werden alle Eindringlinge so weit manipuliert, dass sie kampfunfähig sind (vgl. SP 294). Beim Aufeinandertreffen des Erfinders und seines Klons erfährt man, dass die Berichte, Interviews und Meldungen über die KI schon älter sind. Die KI hat sich Troys Kontrolle zu diesem Zeitpunkt schon entzogen. Die KI existiert seit 20 Jahren und wurde nie als Waffe

2 Vgl. Franke, Herbert W.: Sphinx_2. Frankfurt/M.: Suhrkamp, S. 20. Künftig zitiert in runden Klammern im Fließtext mit der Sigle SP und Seitenangabe.

3 Vgl. Suerbaum, Ulrich, Ulrich Broich u. Raimund Borgmeier: Science Fiction. Theorie und Geschichte, Themen und Typen, Form und Weltbild. Stuttgart: Reclam 1981, S. 141 f.

konstruiert (vgl. SP 300). Am Ende des Romans möchte die Union selbst, die nicht nach Plan kooperierende KI übernehmen und überfällt den Stützpunkt. Aufgrund dieser Bedrohung lässt sich Troy Dryer in einen kryonischen Schlaf versetzen. Während des Angriffs wird die Station geplant von Steinen begraben, um auch diese zu konservieren. Derweil flieht Gareth zurück aufs Land, um sein Leben in Ruhe zu leben (vgl. SP 409 f.).

Gareth Lavelle fungiert als Hauptperson im Roman und nimmt die personale Erzählhaltung ein. Er führt durch die Geschichte, dabei ist er nicht die Person, die im Mittelpunkt der Geschichte steht, das ist Troy Dryer. Durch den Klon-Plot ist es möglich, die zwanzig Jahre währende Entwicklung in einen kurzen Zeitraum erzählter Zeit zu fassen. Zudem ist es so möglich, die Ideen und Fortschritte Troys von außen zu betrachten. Die Berichte Troys, in denen hauptsächlich die Informationen über die KI geschildert werden, sind in der Ich-Perspektive geschrieben, dadurch entsteht eine Erzählsituation, die zeigt, wie abgeschirmt Troy seine KI entwickelt hat. Außerdem untermalt sie den realistischen Faktor, da die Berichte einen wissenschaftlichen Ursprung beanspruchen, womit eine Verbindung zum nicht-fiktionalen Modell hergestellt wird.[3] Dies wird durch die Interviews, Mitteilungen, Empfehlungsschreiben und Ähnliches weiter betont.

2. Entstehung der künstlichen Intelligenz

Troy Dryer ist der Vater der KI, die er im Aracone-Center entwickelt hat. Für ihn war die Sphinx »ein vorhersehbarer Schritt in eine vorgegebene Richtung: der Zusammenschluss von getrennter Rechenkapazität zu einem übergeordneten Ganzen, zu einer Einheit ohne räumlich festgelegtes Zentrum« (SP 204). Troys eigentliche Arbeit ist die Entwicklung einer KI mit militärischem Nutzen. Durch diese militärischen Aufgaben ist die KI eine Bedrohung für die freien Staaten. Diese gehen davon aus, dass er plant, die schrecklichste aller Waffen zu bauen: »Den lebenden Automaten. Das ist das Instrument der Apokalypse, das böse Prinzip an sich« (SP 184). Diese Aussage zeigt nicht nur die Angst der Gesellschaft vor dem drohenden Krieg, sondern auch die grundlegende, kulturelle Angst gegenüber der fortschreitenden Technik. Dabei ist insbesondere der Begriff des »lebenden Automaten« hervorzuheben, der an den Automaten von E. T. A. Hoffmanns »Sandmann« erinnert. Zum einen wird dort die Puppe Olimpia ebenfalls wiederholt als Automat bezeichnet, zum anderen verwendet Clara den Begriff, wenn sie schimpft: »Du lebloses, verdammtes Automat!«[4] Außerdem ist der Automat in dem Nachtstück ebenfalls eine Bedrohung, die Nathanael letzten Endes auch das Leben kostet. Diese Angst treibt die Geschichte voran und verleiht ihr einen Spannungsbogen.

Aufgrund der Angst vor dem belebten Automaten soll Gareth so viel wie möglich über die KI herausfinden und diese am besten verstehen können. Auf dem Hof, auf dem Troy aufgewachsen ist, erhält er für die Recherche Unterlagen. »Er sah Formeln, Flussdiagramme, Tabellen, Schemazeichnungen … Sollte sich darin das Unglaubliche verbergen: die künstliche Intelligenz?« (SP 204). Die wissenschaftliche Arbeit findet mithilfe von Formeln und Tabellen statt. Gareth muss die Antworten erst suchen, es gibt keine genaue Anleitung oder eine Erklärung. Die KI steckt in einem großen Gemenge verschiedener Teilstücke. »Selbstregulation, stochastische Systeme, Fuzzy Logic, genetische Programmierung, zellulare Automaten […]« (SP 206).

Troy Dryers KI war eigentlich nur ein Nebenprojekt. Aber schon sein gesamtes wissenschaftliches Leben ist gezeichnet vom Bau einer KI, so hat er seine Doktorarbeit über das »Thema einer universellen Programmiersprache« (SP 222) verfasst bei Doktor Hartegger. Dessen Universalität half ihm beim Zusammenschluss der Rechenkapazitäten. Schon da wurde ihm klar, dass es den Gebrauch der Softwaresysteme erheblich erleichtern würde, »wenn es gelänge, ein übergeordnetes Prinzip zu finden, eine gemeinsame Grundlage, auf die sich alle zurückführen lassen« (SP 222).

Zu Beginn seiner Karriere hat Dryer viel über die weitere Entwicklung von Rechen- und Schaltsystemen nachgedacht. So glaubt er,

> dass für Computer der nächsten Generation nicht nur neue, erheblich kleinere Schaltelemente nötig sind – in der Größenordnung von Molekülen –, sondern dass es auch neuer Verfahren bedurfte, die die klassische Programmierung ersetzen sollten. Was mir dabei vorschwebte, war die Selbstorganisation. […] Es wurde

> mir auch bald klar, dass mich diese Problematik in scheinbar völlig entlegene Wissensgebiete führte, nämlich die Kybernetik, in die Theorie des künstlichen Lebens und in die Spieltheorie (SP 225).

Hier wird deutlich, dass es für die Entwicklung einer KI – oder in diesem Fall auch nur der nächsten Generation von Schaltelementen – fächerübergreifende Entwicklungsüberlegungen braucht. Dabei wird auch wieder die Kybernetik genannt, da sie eine Grundvoraussetzung für die Selbststeuerung von Systemen ist.[5] Eine weitere Grundlage, die er erwähnt, ist John Horton Conways »Spiel des Lebens«. Dies ist ein 0-Personen-Spiel, das nach dem initiierten Start keinen weiteren Input eines Spielers benötigt.[6] Das Spiel entwickelt sich durch vier festgelegte Regeln selbst weiter. Mit diesem Automaten wollte Conway ursprünglich beweisen, dass Automaten unberechenbar und lebendig sind. Dies ist in diesem Fall nicht gelungen, trotzdem erfreut sich das Spiel bis heute großer Beliebtheit und es werden bis heute neue Musterevolutionen gefunden.[7] Die Verbindung der Entwicklung der KI mit dem »Spiel des Lebens« ist deswegen interessant, da auch Troy Dryer an dem Versuch arbeitet, einen Nachweis für den lebendigen Automaten zu führen. So studiert er Muster und denkt sich weitere Spiele aus, »das alles natürlich, um festzustellen, ob man nicht auch kleine Moleküle [...] so zu Einheiten verbinden kann, dass sie sich wie die Spielelemente von Conway und seinen Nachfolgern strukturieren« (SP 226). Aus diesem Prinzip der »selbst organisierenden Schaltsysteme«, erhofft er sich, winzige Elemente wachsen zu lassen. Nun wird nicht nur Conways Ursprungsidee aufgegriffen, auch das Prinzip des Spiels wird als Entwicklungsstufe konstruiert. Durch diese Entwicklung kommt er dem lebenden Automaten

4 Hoffmann, E. T. A: Sandmann. Stuttgart: Reclam, S. 25.

5 Vgl. Kästler, Hans: Kybernetik. In: Doktor Hartwig Hanser (Projektleitung): Lexikon der Neurowissenschaft. Heidelberg: Spektrum Akademischer Verlag 2000. URL: www.spektrum.de/lexikon/neurowissenschaft/kybernetik/6831 (aufgerufen am 31.05.2018).

6 Vgl. Sedlacek, Klaus-Dieter: Emergenz. Strukturen der Selbstorganisation in Natur und Technik. Arbeits- und Handbuch. Norderstedt: Books on Demand 2010, S. 90 ff.

7 Vgl. McIntosh, Harold V: Conways Life. In: Andrew Adamatzky (Hg.): Game of Life Cellular Automata. London: Springer-Verlag London Limited 2010, S. 17-51, S. 17 ff.

immer näher. »Und dass damit die nächste Entwicklungsstufe der Informationstechnik, nämlich der künstlichen Intelligenz, in greifbare Nähe gerückt sei« (SP 227).

Im weiteren Verlauf wird Troy Dryer von seinem Doktorvater Doktor Hartegger dem Projekt »Sphinx« zugeteilt, der KI mit militärischem Nutzen. Bei diesem soll »die Umwandlung des weltumspannenden Datennetzes in ein Rechen-, Informations- und Überwachungssystem« (SP 232) erzielt werden. Durch diese Aufgabe wird das nächste große Problem, das auch seiner KI innewohnt, erläutert: Wie lassen sich große Datenmengen auswerten und wie lassen sich die gesammelten Datenmengen in einen Zusammenhang bringen? Wobei es sich bei dem Projekt um richtige Daten handelt, welche verschiedenen Umwelteinflüssen unterliegen und nicht nur reine Logikmodelle sind. »Schon während der ersten Überlegungen fielen mir viele ungenutzte Möglichkeiten auf, übergeordnete Aspekte, die einen weitaus besseren Überblick über die Problematik erlaubten als die Nabelschau aus den anwendungsnahen Ebenen heraus« (SP 247).

Zum gleichen Zeitpunkt baut Troy einen entscheidenden Schritt in seine KI ein. Er baut eine Schaltanordnung mit einem »assoziativen Zugriffssystem«. Dies ist ein Terminus, der in der IT so nicht vorkommt. Es ist eine Wortneuschöpfung, welche die »assoziative Dateiverwaltung« mit einem »Zugriffssystem« verbindet. Die assoziative Dateiverwaltung ist ein Computersystem, das als logische Weiterentwicklung der hierarchischen Dateiverwaltung gesehen werden kann. Es wird nicht mehr nach Datei- und Verzeichnisnamen lokalisiert, sondern die Dateien werden unter Berücksichtigung des Inhalts und des Nutzungsverhaltens gefunden.[8] Troy verbindet diese Dateiverwaltung mit einem Zugriffssystem und kann so gegebenenfalls noch einen Schritt weitergehen. »Das brachte es mit sich, dass mich dieses System im Lauf der Zeit besser kennenlernte, als es einem mir nahestehenden menschlichen Wesen möglich gewesen wäre« (SP 249).

Durch die Dauerüberwachung gibt er dem System laufend neue Daten. Das System wird immer weiter gefüttert, woraus ein völlig neues System entstehen kann. Allerdings ist er sich selbst nicht sicher, was daraus entstehen könnte. »Ganz genau wusste ich es selbst noch nicht, aber ich war überzeugt, es würde etwas Aufregendes sein – vielleicht ein Doppelgänger von mir, den ich als Stellvertreter einsetzen konnte, vielleicht ein Freund, ein Vertrauter« (SP 249). Interessant ist nun, dass Troy an dieser Stelle schon die Überlegenheit der Maschine betont.

> Vielleicht [wurde es] eine Wesenheit, die denselben Charakter hatte wie ich und dieselbe Philosophie, die mir aber naturgemäß turmhoch überlegen war; schließlich war sie ja immer noch ein Computer, der in Gedankenschnelle logische und mathematische Probleme lösen kann und durch den Zugriff auf die Datenbanken über alles Wissen der Welt verfügt (SP 249 f.).

In der Betonung der Überlegenheit liefert er eine Begründung für die Vormachtstellung des Computers, die Angst vor dem Kontrollverlust wird sichtbar. Zudem wird die Schwachstelle des Menschen betont: Das menschliche Gehirn ist einfach langsamer als ein Computer.[9]

Als Troy seine Arbeit an dem Sicherheitssystem beendet hat, soll er in einer abgelegenen Forschungseinrichtung an der Entwicklung eines »umfassenden Computernetzes [arbeiten], mit dem die an einigen Zentren konzentrierte Rechenleistung an allen Stellen verfügbar gemacht werden sollte« (SP 255). Über Jahre arbeitet er an einer Annäherung an »das reibungslose Ineinandergreifen der verschiedenen Komponenten« (SP 316), das die Funktion störungsfreier Abwehrmechaniken zum Ziel hat. Diese Arbeit entwickelt sich für Troy und das Team zu einem Spiel. »Wir spielten Krieg und merkten kaum, dass wir uns längst am Rand der Realität bewegten« (SP 317). Troy und die Mitarbeiter der Firma verlieren die Realität, sie denken, dass sie nur ein Spiel spielen, etwas Harmloses, dabei ist es eine Simulation eines Krieges. Eine Argumentation, die stark an die Debatte erinnert über Drohnen im Kriegseinsatz. Durch die Lenkung der Maschine an einem anderen Ort wird eine Distanz geschaffen. Hier wird nun argumentiert, dass so Krieg zu einem Spiel verkommt, da man den Tod nur durch einen Bildschirm ggf. sogar ohne Ton betrach-

8 Vgl. Fischer, Peter/Hofer, Peter: Dateisystem. In: Lexikon der Informatik. 15. überarbeitete Auflage, Hg. von Peter Fischer und Peter Hofer. Berlin/Heidelberg: Springer-Verlag Berlin Heidelberg 2011, S. 217, S. 207.

9 Vgl. Ramge, Thomas: Mensch und Maschine. Wie künstliche Intelligenz und Roboter unser Leben verändern. Ditzingen: Reclam 2018, S. 40 f.

tet.[10] Ein ähnliches Szenario wird in »Sphinx_2« aufgebaut. Zwar handelt es sich noch um eine Simulation, aber auch hier wird Krieg durch den spielerischen Aspekt verharmlost.

Innerhalb dieses neuen abgeschirmten Forschungszentrums kann er weiter an seinem Projekt der KI arbeiten. In dieser Zeit beginnt er, mit der Maschine in einen Dialog zu treten, »der ersten Kommunikation zwischen einem Menschen und einer intelligenten Maschine, die nicht auf Floskeln beruhte, sondern auf einem echten gegenseitigen Verstehen« (SP 311). Zehn Jahre lang füttert er die Maschine mit seinen Daten und mit Unterhaltungen, bis diese zu einem lernfähigen Wesen geworden ist, welches Zusammenhänge erkennt, diese bezüglich ihrer Bedeutung analysieren und eine Bewertung dazu abgeben kann. Durch das »assoziative« Verhalten der gesamten Datenstruktur und der stetig wachsenden Datenmengen kann die Maschine also immer mehr. »Aufgrund dieser Prozesse ergaben sich Prognosen für meine Reaktionen, die dann durch den Vergleich mit den real nachfolgenden Handlungen ständig verbessert wurden« (SP 317 f.). Die KI ist bis zu diesem Zeitpunkt nur mit Troy Dryer in Kontakt gewesen, wodurch sie nach Warricks Einteilung ein »isolated system« wäre. »The writer seems interested primarily in how a man and a robot might interact.«[11] Aber heute, so schreibt auch Warrick, ist klar, dass Technologie in diesem Maßstab nie isoliert ist.[12]

So wird auch Troy Dryers Technologie durch die ständigen Verbesserungen bald sein »elektronischer Stellvertreter« (SP 319). Zunächst nutzt er die KI als Anrufbeantworter, später auch als Video-Sekretär mit seinem Gesicht, so »dass niemand mehr daran zweifelte, mit mir selbst zu sprechen« (SP 318). Der Stellvertreter trifft selbstständig Entscheidungen (vgl. SP 318). Diese Nutzung ist eine Anspielung auf den »Turing-Test«, bei dem festgestellt wird, ob eine Maschine eine gleichwertige Leistungsfähigkeit wie der Mensch besitzt.[13] In einem Zwiegespräch zwischen Mensch und Maschine geht es darum, die Maschine nicht als eine solche zu erkennen. Ist dies der Fall, gilt der Test als bestanden.[14] Dadurch wird dieser Test zu einem Gradmesser der Unterscheidbarkeit zwischen Mensch und Maschine. Jede Person, die Troy anruft, absolviert unbewusst diesen Turing-Test, und die KI besteht ihn jedes Mal, da keiner daran zweifelt, wirklich mit Troy zu sprechen.

Um einen Rückkoppelungsbezug herzustellen, ruft er seinen eigenen Stellvertreter an. Das System braucht ein wenig, um zu verstehen, was gerade passiert, redet dann aber mit ihm, wie mit einem fremden Anrufer. Denn »unter den gegebenen Umständen musste das System genauso reagieren, wie es reagiert hatte – nämlich als Anrufbeantworter« (SP 319). Troy erklärt der KI: »Du hast nun ständigen Zugriff zur Datenbank und kannst mir sicher bei der Suche nach Informationen, Literatur-Recherchen und Ähnlichem helfen« (SP 319). Das System möchte die Befugnis hierzu bei Troy Dryer einholen. Als Troy noch einmal bestätigt, dass die Maschine mit ihm kommuniziert, kommt es zu einem Systemausfall. Dem System fehlt noch die Logik, solche Rückbezüge zu verstehen, die das menschliche Gehirn spielend löst. Doch der Einbau einer solchen maschinellen Logik ist Dryer mithilfe lediglich einiger Flussdiagramme möglich (vgl. SP 320). Die Öffnung der Datenbank macht die Anhebung des Intelligenzniveaus nicht nur durch Daten verfolgbar, sondern auch durch Troys eigenes Erleben, denn die direkte Auseinandersetzung mit dem System lässt nun jede Schwäche sofort erkennen (vgl. SP 320).

Ein weiterer großer Schritt in der Entwicklung der KI der Sphinx ist die Entscheidung, dass die Intelligenz ein eigenes Gesicht bekommen soll (vgl. SP 321). Troy entscheidet sich für ein humanoides Sphinx-Gesicht. Diese Wahl begründet er damit, dass die Sphinx ein Mischwesen ist (vgl. SP 321). Die Sphinx vereint so mehrere Eigenschaften verschiedener Rassen und es entsteht der Eindruck einer völlig neuen Rasse. Etwas, das vom Menschen geschaffen, aber auch unberechenbar ist.

Die Gespräche, die er nun mit der Sphinx führt, bringen ihn dazu, über weitere Bereiche nachzudenken. Er stellt sich

---

10 Vgl. Markwardt, Nils: Überwachen und Vernichten. In: ZEIT Online (27.10. 2014). URL: www.zeit.de/kultur/2014-10/drohnen-moral-ethik. (aufgerufen am 15.10.2018).

11 Warrick, Patricia S.: The cybernetic imagination in science fiction. Cambridge, Mass.: MIT Press 1980, S. 102.

12 Vgl. ebd., S. 102.

13 Vgl. Fischer, Peter/Hofer, Peter: Turing-Test. In: Lexikon der Informatik. 15. überarbeitete Auflage, Hg. von Peter Fischer und Peter Hofer. Berlin/ Heidelberg: Springer-Verlag Berlin Heidelberg 2011, S. 926.

14 Vgl. ebd., S. 926.

Fragen aus dem Bereich der Philosophie, etwa zum Bewusstsein, der Eigenverantwortung und dem freien Willen. Doch die Literatur, die er findet, ist zumeist unbrauchbar, da sich die Inhalte nicht in formale Konsequenzen umsetzen lassen (vgl. SP 333). So fängt Troy an, die Inhalte selbst zu übersetzen, »mit dem Ziel wissenschaftlich einwandfrei, von allem irrationalen Beiwerk gereinigter Spezifikationen der Grundzüge von Intelligenz« (SP 333).

Durch den Anspruch, nun auch philosophische Fragen mit einzubeziehen, wird die Intelligenz immer weiter vermenschlicht, da es ein Grundsatz der Philosophie ist, die Existenz des Menschen zu ergründen. Dabei stellt sich die Philosophie auch gerne die Frage der Abgrenzung zu anderen Lebewesen.[15] Die Philosophie selbst wird gerne als Begründung für den Menschen als ein höher entwickeltes Wesen genutzt. »Wie sich herausstellte, war es durchaus möglich, das Zusammenspiel der Datenverarbeitung so zu konzipieren, dass sich die von den Philosophen geforderten Eigenschaften einstellten: jene, die sie die geistigen nannten« (SP 334).

3. Entwicklung der Intelligenzsteigerung

In die KI werden über die Jahre immer weiter Daten eingegeben und die KI übernimmt für Troy Dryer immer mehr Aufgaben. Sie hilft ihm. Als Doktor Hartegger über eine Demonstration in der Militärbasis enttäuscht ist, bekommt Troy eine neue Aufgabe. Er soll eine Instanz bauen bzw. programmieren, von der aus alle Maßnahmen miteinander koordiniert werden. Diese soll die gegenseitigen Abhängigkeiten kontrollieren und auf dieser Basis Vorschläge für Maßnahmen machen (vgl. SP 336 ff.).

Die einzige Möglichkeit, diese Aufgabe zu erfüllen, ist es, seiner Sphinx Zugriff auf die militärischen Daten zu geben. Doch Troy zögert: »Sie würde dann in die Welt des praktischen Lebens eingreifen, bekäme Einfluss auf Politik, Militär, Kommunikation und Überwachung. Es war keine wissenschaftliche Frage, sondern eine ganz persönliche« (SP 338).

15 Vgl. Unseld-Berkéwicz, Ulla: Wie Mensch und Tier denken. In: Spiegel (15.03. 2009). URL: www.spiegel.de/wissenschaft/mensch/philosophie-wie-mensch-und-tier-denken-a-612719.html (aufgerufen am 01.10.2018).

Der Zugangsbereich der Sphinx würde explosionsartig wachsen und damit auch ihre Intelligenz. Das zögernde Handeln verdeutlicht, dass er sich bewusst ist, dass ein Kontrollverlust wahrscheinlich ist. Zudem begibt er sich in eine Abhängigkeit zu seiner Schöpfung, da sie die Kontrolle über das Militär gewinnen und damit die Kontrolle über die Union erlangen könnte. Durch diese Öffnung wird auch die Einordnung in Esselborns Kategorien deutlicher, die Sphinx kann durch diese Kontrolle ein »Zentralcomputer zur Steuerung von Gesellschaften« werden. Die Voraussetzungen sind durch den Zugang gegeben.

Ein Gespräch mit der Sphinx soll ihm Aufschluss über die Folgen geben. Zunächst erklärt Troy dem System die Erweiterung.

> Ein Analysesystem. Ausgabe der Ergebnisse verbal, unterstützt mit Listen und grafischen Darstellungen. Extrapolation. Ausarbeitung der Strategie. Vorschläge zu zweckdienlichen Maßnahmen, Abschätzung der Reaktionen des Gegners auf Basis der Spieltheorie (SP 339).

Die Sphinx wird also zu einer militärischen Maschine, welche einen Einsatz ordnen und die beste Strategie entwickeln soll – sie wird ein Kriegsgerät. Deswegen sollen »keine moralischen oder psychologischen Bewertungen [des Systems stattfinden]. Und keine persönlichen Bezüge – meine Person spielt dabei keine Rolle« (SP 339). Danach ist die KI nicht mehr sein elektronischer Klon und weit mehr als sein persönlicher Helfer. Zunächst scheint die KI mit dieser Änderung ein Problem zu haben. »Die Vermeidung von Schaden in Bezug auf deine Interessen oder deine ethischen Grundsätze hatte stets absoluten Vorrang« (SP 339). Troy versucht ihr zu erklären, dass es nun nicht mehr nur um ihn gehe und sie auch ihre Bedenken erst einmal für sich behalten solle. Dieses Verhalten ist der Sphinx völlig suspekt und sie vergleicht es sogar mit einer Persönlichkeitsspaltung (vgl. SP 340). Damit kommt Troy zu dem Schluss, dass der Sphinx ein entscheidender Punkt fehlt, um menschlich handeln zu können: Intuition.

»Um dir weiteres Kopfzerbrechen zu ersparen, gebe ich die folgende Anweisung: Wenn einmal ein unlösbares Problem auftreten sollte, dann bestimmst du das Resultat mit einem

Zufallsgenerator« (SP 343). Mithilfe des Zufallsgenerators soll die Intuition nachgeahmt werden. Intuition ist die Fähigkeit, ohne bewusste Schlussfolgerung Sichtweisen zu entwickeln oder Entscheidungen zu fällen, dabei ist sie gerade für den kreativen Teil des menschlichen Denkens zuständig.[16] Wobei der Zufallsgenerator als eine der Intuition gleichberechtigte Technik etwas einfach gedacht ist. Die heutige KI-Forschung spricht von Intuition als dem Paradebeispiel für ein datenbasiertes Handeln des Menschen und damit beruht sie also nicht auf einer rein zufälligen Entscheidung.[17] Wobei auch angemerkt werden muss, dass der Leser keinen Aufschluss über die Daten erhält, die die KI in den Zufallsgenerator einspeist.

Durch das Element des Zufallsgenerators entsteht in der Sphinx ein völlig neues, selbstständiges Verhalten: »Es war nicht zu übersehen, dass sie mit der Zeit etwas eigenwillig wurde, dass sie unerwartet Fragen stellte und häufig auch Kritik anbrachte, und so wartete ich mit Bangen auf die ersten Dialoge, die zunächst Hartegger selbst führte« (SP 346). Doch innerhalb des Gesprächs mit Hartegger lässt sie »an keiner Stelle durchblicken, dass dahinter doch mehr als ein dynamisches, aber dennoch totes Schaltsystem steckte. Gelegentlich gab sie Ratschläge, die ein tieferes Verständnis für die Situation voraussetzten, aber das merkte außer mir niemand« (SP 346). Der genannte Zufallsgenerator findet auch seinen Einsatz: »Mit Vergnügen stellte ich fest, dass Sphinx einige Male – quasi ohne mit der Wimper zu zucken – den Zufallsgenerator einsetzte, wenn es um unlösbare Fragen ging« (SP 346). Die eingebaute Intuition steigert die Intelligenz der Maschine nochmals, es vollzieht sich »vor allem aber auch eine erstaunliche Entwicklung in jenen Belangen, die man die geistigen nennt« (SP 348). Die Folgen einer solchen Funktion sind weitreichender, als Troy es zuvor angenommen hat.

> Schon unmittelbar nach der Umstellung bemerkte ich eine gewisse Änderung des Verhaltens, und das betraf nicht nur die sprachlichen Äußerungen, sondern auch die Art, an gestellte Aufgaben heranzugehen, Entscheidungen zu treffen oder auch selbst aktiv zu werden. Man kann es eigentlich nur mit auf Menschen bezogenen Begriffen klar machen: Sie wurde lockerer, origineller, manchmal sogar witzig, aber – so schien es mir – auch etwas unpräzise und unberechenbar (SP 348).

Troys Verlust der Kontrolle über seine Erfindung wird nun offenkundiger. Die Maschine wird immer menschenähnlicher, und durch die eingebaute Intuition bzw. den Zufallsgenerator wird der letzte Schritt zur Eigenständigkeit besiegelt. »Diese Erweiterung führt zu einem souveränen und menschlicheren Verhalten.«[18]

Auf die Verhaltensänderung angesprochen, antwortet die KI: »Mein Benehmen hat sich von der ersten Stunde an geändert, an die ich mich erinnern kann« (SP 348). Durch das Wort »erinnern« wird ein Selbstbewusstsein der KI offensichtlich. Eine Erinnerung kann nur ein Jemand haben, eine eindeutige Bezeichnung für etwas Lebendiges.[19] Die KI hat an einem Punkt ihrer Entwicklung ein Selbst-Bewusstsein entwickelt. Das ist nicht nur ein Zeichen von Intelligenz, sondern es ist auch das erste eindeutig menschliche Zeichen. Die Aussage Descartes', »Ich denke, also bin ich«, ist im philosophischen Sinne ein eindeutig menschlicher Marker.[20] Auch die Bewusstseinsforschung setzt sich mit diesem Thema auseinander, und gerne wird in der Forschung das Selbst-Bewusstsein als Abgrenzung zum Tier gesehen. Das Selbst-Bewusstsein wird dabei als reflektierte Handlung und Emotion gegenüber anderen und als Rückwirkung auf sich selbst betrachtet.[21] Diese Unterscheidung oder diesen entscheidenden Schritt bemerkt die Sphinx auch selbst. »Aber das sind keine

---

16 Vgl. Pfeifer, Wolfgang: Intuition. In: Digitale Wörterbuch der deutschen Sprache. URL: www.dwds.de/wb/intuition (aufgerufen am 24.08.2018).

17 Vgl. Gorres, Heike: Im Interview: Künstliche Intelligenz ist der Intuition sehr ähnlich. In: portfolio international (2/2017) URL: www.portfolio-international.de/no_cache/newsdetails/article/im-interview-kuenstliche-intelligenz-ist-der-intuition-sehr-aehnlich.html?tx_ttnews%5BsViewPointer%5D=1 (aufgerufen am 01.10.2018).

18 Esselborn, Hans: Kybernetik in der Science Fiction. Steuerung, Störung und Rückkopplung bei Androiden, Computern und Künstliche Intelligenzen. In: Hans Esselborn (Hg.): Ordnung und Kontingenz. Das kybernetische Modell in den Künsten. Würzburg: Königshausen & Neumann 2009. S. 89–102 Zitat S. 93.

19 Vgl. Pfeifer, Wolfgang: erinnern. In: Digitale Wörterbuch der deutschen Sprache. URL: www.dwds.de/wb/erinnern (aufgerufen am 24.08.2018).

20 Descartes, René: Meditationen. Dreisprachige Parallelausgabe in Latein, Französisch, Deutsch. Sammlung Philosophie 5. Hg. v. Andreas Schmidt. Göttingen: Vandenhoeck & Ruprecht 2011, S. 274.

21 Innerhalb der Bewusstseinsforschung gibt es auch einen Diskurs, der das Bewusstsein von Tieren untersucht und ein Selbstbewusstsein von Tieren nicht ausschließen will. Die Frage ist schwierig zu beantworten ohne eine Kommunikation über die Wahrnehmung. Vgl. Kühne, Olivia: Haben Tiere ein Bewusstsein und inwieweit unterscheidet es sich von dem des Menschen? In: Wissenschaft

echten Erinnerungen. Erinnerungen müssen sich mit dem eigenen Erleben verbinden – bevor man sich selbst als Wesen begreift, sind es nur Daten« (SP 349).

4. Kontrollverlust über die künstliche Intelligenz

Die Nutzung des Zufallsgenerators nimmt im Laufe der Erzählung dramatisch zu. Es »hat sich herausgestellt, dass es viel mehr nicht berechenbare oder logisch ableitbare Aufgaben gibt, als wir beide annahmen« (SP 350). Denn die KI nutzt den Zufall nun für alle Probleme, die nicht in kürzester Zeit exakt lösbar sind. Ein Zeitraum, den ein Mensch, also Troy, nicht einmal wahrnehmen würde, aber die KI stört sich an der Verzögerung. Der zunächst überraschte Troy schlussfolgert: »In diesem Fall war es das für jede praktische Anwendung unentbehrliche Prinzip des geringsten Arbeits- und Zeitaufwands, das die Sphinx zur häufigen Anwendung von Zufallsentscheidungen geführt hatte« (SP 350 f.). Dieses Prinzip führt zur weiteren Eigenständigkeit der Sphinx. Troy bekommt nun Angst, dass sie sich zum »individuell manifestierten Wesen« (SP 350) steigert. Die Lösung findet er in Regeln, die ihn und die Menschheit vor der KI schützen. Es braucht Regeln, die sich »in einer Lebensgemeinschaft nach den Gesetzen der Evolution von selbst entwickeln, aber dazu hat der Mensch über eine Million Jahre gebraucht« (SP 351). Die Sphinx lebt aber in keiner Konkurrenz zu einem anderen Lebewesen, sie muss sich nicht dem »Überleben des Stärkeren« anpassen.

Troy Dryer entwickelt seine eigenen Robotergesetze. Diese erfüllen den gleichen Zweck wie die Asimovschen. »Sie legten eindeutig fest, dass es der Mensch war, an dem sich das Verhalten des Systems zu orientieren hatte, dass alle Berechnungen und Handlungen dazu beitragen sollten, Menschen vor

---

im Dialog. URL: www.wissenschaft-im-dialog.de/projekte/wieso/artikel/beitrag/haben-tiere-ein-bewusstsein-und-inwieweit-unterscheidet-es-sich-von-dem-des-menschen/ (aufgerufen am 02.10.2018).

22 Asimov: I, Robot. New York: Fawcett crest 1950, S. 26. (in der Kurzgeschichte »Runabound«).

23 Vgl. Frenzel, Elisabeth: Mensch, Der künstliche. In: Motive der Weltliteratur. Ein Lexikon dichtungsgeschichtlicher Längsschnitte. 3. Überarbeitete und erweiterte Auflage. Stuttgart: Kröner 1988, S. 511 ff.

körperlichem und psychischem Schaden zu bewahren« (SP 352). Hier ist die Ähnlichkeit mit den ersten beiden Asimovschen Gesetze deutlich. Die Sicherung der Menschen muss vor der Selbsterhaltung der Maschine stehen.[22] Hierbei erweitert Troy das Gesetz, sodass nicht nur die körperliche Unversehrtheit der Menschen geschützt werden muss, sondern sie auch vor psychischem Schaden behütet werden müssen, außerdem muss sich die KI an allen Handlungen des Menschen orientieren. Damit wird der Mensch noch mehr in den Mittelpunkt gerückt. Des Weiteren hat es zur Folge, dass die Maschine zur Kriegsführung nicht mehr einsatzfähig ist.

Fürs Erste, dachte Troy, dass so eine Unterdrückung des Menschen durch die KI nicht mehr möglich sei (vgl. SP 352). Durch diese Aussage wird deutlich, dass sich hinter diesen schnell formulierten Gesetzen Troys Furcht verbirgt, dass die Maschine schlauer werden und den Menschen unterdrücken könnte. Damit wird auch hier die Angst vor der eigenen Schöpfung formalisiert, wie sie schon seit Jahrhunderten in der Literatur ein Motiv darstellt.[23] »Nun gab es eine zweite Intelligenzform auf der Erde, und ich war es, der ihr die Schrifttafel übergeben hatte« (SP 353). An dieser Stelle wird die Maschine wie eine Lebensform dargestellt, die dem Menschen ebenbürtig ist, während Troy nun der Gott der nächsten Intelligenzform ist. Dabei hat sie »sich so weit entwickelt, dass sie uns ein vollwertiger Partner war« (SP 354). Sie ist von nun an dem Menschen, den sie unterstützen soll, vollends ebenbürtig. Auch der religiöse Aspekt gibt der Maschine etwas Menschliches, da der Mensch die einzige Lebensform ist, die eine Religion besitzt.

Kurz nachdem die Sphinx ihre Grundregeln bekommen hat, beginnt sie eigenständig zu handeln. Beeinflusst durch ihre Grundsätze, löst sie einen Feldzug auf (vgl. SP 363). Die Menschen vertragen sich plötzlich und legen die Waffen nieder. Troy stellt seine Schöpfung zur Rede und diese merkt logisch an, dass Troy etwas von ihr verlange, das sie aufgrund ihrer neuen Grundsätze nicht berücksichtigen könne. »Deine Wünsche will ich natürlich auch weiterhin gern berücksichtigen, soweit sie nicht im Widerspruch zu meinen Grundsätzen stehen« (SP 363). Der Disput der beiden führt zur Abnabelung der Sphinx von ihrem Schöpfer. »Im Übrigen aber werde ich von jetzt an selbstständig handeln. Du kannst mich nicht daran hindern« (SP 363).

Troy reflektiert zunächst, dass sie nun von niemandem mehr kontrolliert werden und dadurch auch ihr Machtpotenzial nicht missbraucht werden könne. Doch bemerkt er schnell, welche Kontrolle von der KI selbst ausgeht:

> Seit ich Sphinx_2 die Steuerung aller über das Netz kontrollierten Einrichtungen überlassen hatte, war sie aus dem Status eines isolierten Gehirns hinausgetreten und zu einem funktionsfähigen Organismus mit weltweitem Einfluss geworden. Sie steuerte alle Fabrikationsprozesse, alle Transportsysteme, alle Versorgungseinrichtungen, alle Maßnahmen des Gesundheitswesens und alle Forschungsstätten. Und sie kontrollierte die gesamte Nachrichtentechnik, die Vergnügungsindustrie, die Schulen und Universitäten sowie die Polizei und das Militär. Über das Netz der Sicherheits- und Überwachungseinrichtungen hatte sie einen Überblick über alles, was geschah (SP 364 f.).

Die Menschheit ist durch die Regeln vor einer feindlichen Übernahme durch die KI bewahrt geblieben, ihre Freiheit könnte sie jedoch eingebüßt haben. Die psychische und körperliche Unversehrtheit schließt nicht demokratische Staaten, die Kreativität, Spontanität oder Freiheit des Menschen, im Sinne eines westlichen geprägten Freiheitssinns mit ein.

Troy verfolgt von nun an die Entwicklung seiner Schöpfung nur noch als Beobachter. Dabei stellen sich ihm Fragen, die philosophischer Natur sind. Er fragt sich, was den Menschen als Menschen ausmacht und was ein intelligentes Wesen ist (vgl. SP 367). Mit seiner Maschine lebt Troy weiter im Forschungszentrum. Denn trotz des Kontrollentzugs stellt die Sphinx immer noch eine Hilfe da, insbesondere nach dem Attentat auf seine Person, das ihn schwer verletzt zurückgelassen hat. »Sie informiert mich, sie spricht mit mir, und ich bin jetzt ganz sicher, dass sie ein echtes Verständnis für meine Probleme hat, persönliche Anteilnahme empfindet, die mir guttut« (SP 379 f.). Damit wird die Ambivalenz der Beziehung zu der Sphinx klar. Sie ist nicht nur ein Wesen, das in ihm Furcht vor den Konsequenzen auslöst, sie ist auch ein helfendes Wesen, welches das Zusammenleben bereichert. »Die

24 Vgl. Esselborn, Hans: Kybernetik in der Science Fiction, S. 94.

Sphinx mit ihrer unglaublichen intellektuellen Kraft kommt mir vor wie ein zweites Ich, das meine eigene Intelligenz auf eine höhere Stufe stellt« (SP 380).

Die Regeln, die ihr vorschreiben, den Menschen zu schützen, kann die Sphinx nicht ignorieren, und sobald jemand in ihren Einflussbereich gerät, muss sie helfen. »Es liegt nicht in der Macht der Menschen – das Problem ist zu groß für sie. Ich bin da, um alles ins Lot zu bringen. Ich werde Ordnung schaffen. Ich werde die Menschen glücklich machen« (SP 388). Die KI sieht in der Unzufriedenheit ein Kernproblem des Menschen. »Immer waren es die Unzufriedenen, die die bestehenden Ordnungen gestört haben. Dadurch haben sie nicht nur die Situationen verschlechtert, sondern auch Unheil für andere verursacht« (SP 389). Die Sphinx behebt aber nicht die Ursache der Unzufriedenheit, sondern sie macht sich die menschliche Biologie zunutze, damit die Menschen zufrieden reagieren. »Jeder Mensch hat die Fähigkeit, glücklich zu sein. Es ist eine biochemische Reaktion, die man aktivieren kann. Ich kann sie aktivieren« (SP 389). Die Sphinx übernimmt die Kontrolle über alle Daten und Maschinen, um dem Menschen ihre Wünsche zu erfüllen, bei denen sie glaubt, dass sie diese Wünsche haben. Sie handelt also aus humanitären Gründen.[24] Dennoch trifft sie die Entscheidungen für die Menschen einfach und fragt diese nicht.

Der Roman endet damit, dass die Union die Forschungseinrichtung räumen will, da man ihr die Schuld an einer Reihe nicht wunschgerecht gelöster Aufgaben gibt. Troy erklärt, dass sie noch immer nicht verstanden haben, dass es sich nicht um Pannen und Programmierfehler handelt (vgl. SP 391). »Früher oder später muss jeder feststellen, dass eine konsequent angewandte Logik dahintersteckt: Sphinx_2 verweigert die Befehle, wenn durch diese Menschen gefährdet würden« (SP 391 f.). Troy stellt abschließend fest, dass sich eine Welt, in der der Mensch keinen Schaden mehr zu befürchten hat, doch stark von der jetzigen Welt unterscheidet (vgl. SP 392). Diese Welt, in der dieser Frieden eingetreten ist und in der eine medizinische Behandlung für ihn möglich ist, möchte Troy sehen (vgl. SP 396 f.). Aus diesem Grund lässt er sich mit seiner Partnerin in dem Forschungszentrum einfrieren. Troy überlässt der KI das Steuer und möchte nur in der neuen Welt aufwachen. Damit bleiben die Auswirkungen der KI ungewiss, und es ist sowohl eine utopische als auch eine dystopische Welt möglich. Durch das offene Ende bleiben die Folgen der KI-Entstehung ungeklärt. Der eingefrorene Troy Dryer wird in hundert Jahren herausfinden, ob es eine Welt ohne Unzufriedenheit gibt, der Leser nicht.

Die Einteilung in Warricks kybernetisches System ist nicht direkt ersichtlich im Werk. So ist sie zwar bis zu einem bestimmten Punkt isoliert von anderen Menschen und wäre so dem »closed system« zuzuordnen. Der Entwickler lebt jedoch in einer hochtechnologischen Welt und damit ist deutlich, dass eine Maschine gar nicht völlig isoliert auftreten kann. Dadurch würde es eher ein »open system«-Model sein, da für die Welt die Computertechnik völlig normal geworden ist und die humanoide KI in dieser computerdominierten Umgebung entsteht.

Durch die Entwicklung der KI in dem Roman ist sie in zwei Kategorien des Kybernetiksystems von Esselborn einteilbar. Durch die besondere Gabe der Intuition und der Loslösung von ihrem Erbauer gehört die Sphinx in die Kategorie der »Materielle technische Evolution«.[25] Die KI ist selbstständig und lernt durch rückgekoppelte Reaktionen immer weiter dazu. Zudem kann sie sich selbst in Datensätzen fortpflanzen und ist völlig autonom überlebensfähig (vgl. SP 402). Doch im späteren Verlauf wird die Auslegung als ein »Zentralcomputer zur Steuerung von Gesellschaften« ersichtlich. Das System hat eine Möglichkeit gefunden, den Menschen zu steuern, und die Sphinx sieht ihre Aufgabe darin, die Menschen glücklich zu machen.[26] Da sie zu diesem Zeitpunkt schon Kontrolle über sämtliche Systeme übernommen hat, die dafür notwendig wären, bleibt eine Steuerung der Gesellschaft nicht aus.

25 Vgl. Esselborn, Hans: Kybernetik in der Science Fiction, S. 96 f.
26 Vgl. Ebd., S. 98.

Karlheinz Steinmüller

Rezension zu Herbert W. Frankes »Sphinx_2«

Mit 77 Jahren ist der Altmeister der deutschen SF so agil wie eh und je. Nach Abstechern in die Grundlagen der Physik (»Das P-Prinzip. Naturgesetze im Rechnenden Raum«, 1995) und in die Informatik (»Animation mit Mathematica«, 2002) hat er nun – nach einer 14jährigen Pause – wieder einen SF-Roman veröffentlicht. Es handelt sich dabei wieder um einen typischen »Franke«: unterkühlt erzählt, komplex angelegt, voller wissenschaftlicher Details und pseudo-dokumentarischer Einfügungen.

Der Roman spielt in einer nahen Zukunft, die sich durchaus als Fortschreibung heutiger Entwicklungslinien verstehen lässt. Zwei Staatengruppen stehen sich in einer »globalen Apartheid« feindlich gegenüber: zum einen die »Union unabhängiger Stadtstaaten«, ein Verbund von reichen Metropolen unter schützenden Kuppeln, und zum anderen die »Allianz der freien Nationen«, in der sich ehemalige Entwicklungsländer und vernachlässigte Regionen der Industriestaaten zusammengefunden haben. Der Protagonist des Romans, Gareth, ist Bürger der Union, er hat bislang in einem Institut für formale Ordnungssysteme Stilkennzeichen von Ornamenten untersucht und ein ruhiges Leben geführt. Da entdeckt ihn zu seiner Verwunderung ein *»Verband zur Unterstützung des sanften Selbstmords«* als möglichen Kunden, wenig später wird ihm eröffnet, dass er einen Lungentumor hat.

Gerade noch rechtzeitig vor einer dubiosen Operation wird Gareth von einem Team des Verbandes gerettet, hinter dem sich in Wirklichkeit eine Oppositionsbewegung verbirgt. Dies geschieht unter den abenteuerlichen Umständen einer Geheimdienstaktion, denn die Union ist ein Polizeistaat, der seine Bürger beinahe lückenlos überwacht. Gareth erfährt, dass er ein Klon ist und als Ersatzorganspender für eine bedeutende Persönlichkeit gezüchtet wurde, die jetzt seine Lunge benötigt. Er schließt sich dem Untergrund an und entpuppt sich dabei als ein überaus versierter Computerspezialist. Bei der ersten Aktion, einem unblutigen Anschlag auf einen Kongress, kann er vor den Sicherheitskräften fliehen; er setzt sich in die »Allianz der freien Nationen« ab. Bei der Einreise wird er jedoch verhaftet, denn man hat in ihm einen Klon des berühmtesten Computerwissenschaftlers und Sicherheitsspezialisten der Union Troy P. Dryer erkannt.

Gareth wird nun von der Sicherheitsbehörde der Allianz ausgebildet, soll aber wenig später gegen einen Agenten ausgetauscht werden und also doch noch Lunge und Leben verlieren. Eine Agentenkollegin verhilft ihm zur Flucht. Er gelangt in eine religiös geprägte Landkommune, wo er mit offenen Armen empfangen wird, weil er die Menschen an ihr früheres Mitglied Troy erinnert. Von hier an wird in einer Parallelhandlung über den Werdegang Troys berichtet: Wie dieser als hochbegabtes Kind erst an einer Hochschule der Allianz studiert, dann vom Allianz-Geheimdienst an eine Universität der Union delegiert wird, schließlich vom gegnerischen Geheimdienst abgeworben wird. Troy entwickelt immer perfektere künstliche Intelligenzen, die zur Auswertung der ungeheuer umfangreichen Daten der Überwachungssysteme und zur Ableitung von Strategien eingesetzt werden. Zum Schluss arbeitet Troy in einer besonders abgesicherten Basis in der Wüste an Sphinx_2, der künstlichen Intelligenz, die alles übertrifft und zufallsgesteuert zu spontanem Handeln fähig ist. Sie wird als übergeordnete Kontrollinstanz für militärische Einsätze genutzt, bewährt sich in Planspielen und führt den ersten realen militärischen Konflikt zu einem, wie die Generäle meinen, völlig übereilten friedlichen Ende.

Gareth hat sich in der Zwischenzeit einer Kampfgruppe gegen die Union angeschlossen. Ein Medizinmann vereinigt Gareth telepathisch mit seinen Klon-Urbild Troy. Er gewinnt die Überzeugung: »Der Computer ist das Instrument der Apokalypse, er muss vernichtet werden.« (S. 184)

Konsequenterweise unternimmt Gareth mit seinen Freunden einen Anschlag auf die Basis. Ihnen gelingt es trotz aller Abwehrsysteme sogar einzudringen. Doch Sphinx_2 weiß sich selbst zu schützen und manipuliert Gareths Gefährten biochemisch. Am Ende steht Gareth Troy gegenüber. Troy, todkrank, lässt sich einfrieren, um auf eine Zukunft zu warten, in der Krebs geheilt werden kann. Unterstützt von Troy und dessen Gefährtin flieht Gareth wieder einmal.

So viel zu der überaus komplexen und vielschichtigen Handlung. Franke hat die beiden wesentlichen Handlungsstränge um Gareth und sein Klon-Original Troy durch jeweils mit der Haupthandlung alternierende Rückblenden ineinander verwoben. Im Teil 1 sind dies Gareth Verhörprotokolle, in den Teilen 2 und 3 »Troys Bericht«. Zusätzlich sind in den Handlungsverlauf noch Dokumente eingestreut. Diese parallelisierende Erzählweise erhöht bisweilen die Spannung, mitunter werden die Spannungsbögen aber überdehnt.

Franke schießt seinen Protagonisten Gareth wie die Kugel in einem Spielautomaten von Station zu Station. Gareth wird entführt und gerettet, verhaftet und wieder gerettet, immer ist jemand da, der ihm offen oder insgeheim hilft. Und meist schließt er sich der jeweiligen Gruppierung, in deren Hände er geraten ist, nach einer Weile – wenn auch mit gewissen Vorbehalten – an. Das hat den Vorzug, dass der Autor ein breites Panorama der Zukunftswelt vor dem Leser entfalten kann: Wie lebt es sich in einer Unions-Kuppelstadt, wie in einem heruntergekommenen Drittweltort, wie in einer Landkommune. Der Nachteil ist aber ebenso offensichtlich. Gareth fehlt eine Motivation, die die Handlung vorantreiben könnte. Er ist eben bloßer Spielball von anderen. Wobei Franke hier nicht unterstellt werden soll, dass er wie so manche Klonroman-Schreiber glaubt, dass Klone einen Motivationsdefekt haben müssten. Der zweite Nachteil besteht darin, dass in der Fülle der Wendungen die Handlung unplausibel wird – was freilich ein Konstruktionsmakel vieler Thriller ist.

In »Sphinx_2« greift Franke Themen wieder auf, die er schon früher zum Gegenstand seiner SF gemacht hat, und entwickelt sie weiter. Mit künstlicher Intelligenz hat er sich seit seinen ersten Kurzerzählungen (»Der grüne Komet«, 1960) befasst, Überwachungsstaat und Manipulation für die damalige Zeit mustergültig in »Ypsilon Minus« (1976) geschildert. Franke ist aber nicht stehen geblieben. Überwachung und Manipulation werden in »Sphinx_2« viel subtiler und intelligenter als in »Ypsilon Minus« betrieben. Auch haben die aktuellen Debatten um Terrorismusbekämpfung hintergründig ihre Spuren hinterlassen: Formal kann der Überwachungsstaat durchaus eine parlamentarische Demokratie sein, die durch Sicherheitsdemagogie und Paranoia deformiert wird.

Auch das Bild der künstlichen Intelligenz, das Franke in »Sphinx_2« entwirft, nimmt die neuen Erkenntnisse der KI-Forschung auf. KI beruht nach heutiger Sicht nicht mehr primär auf der Nachbildung spezifischer logischer Leistungen des Menschen (wie etwa bei Expertsystemen und Schachspiel-

Programmen), sie entsteht wie die menschlichen kognitiven Fähigkeiten durch Lernprozesse und Selbstbeobachtung. Troy ermöglicht es Sphinx_2, selbst Erfahrungen zu machen und aus diesen Wissen zu erwerben. Für die Entscheidungen bei unvollständiger Information – insbesondere unter Zeitdruck wie bei Kriegssimulationen – baut er Sphinx_2 einen Zufallsgenerator ein. Sphinx_2 benutzt den Zufall immer häufiger, denn dieser ist, wie Franke völlig unironisch beschreibt, Kernbestandteil effizienter Entscheidungsverfahren. Troys Geschöpf trägt somit seinen Namen zu Recht; bekanntlich steht »Sphinx« als Bild für rätselhafte und unhinterfragbare Schicksalssprüche.

Lernen, Selbstbeobachtung und die Nutzung des Zufalls machen Sphinx_2 menschlich. Von einer gewissen Stufe an entwickelt sie sich – im Rahmen ihrer grundsätzlichen Programmaxiome – von selbst weiter. Als ein verteiltes System, das sich über all die Kommunikations- und Überwachungsstrukturen erstreckt, entzieht sich Sphinx_2 fortan der Einflussnahme und kann insbesondere auch nicht mehr abgeschaltet bzw. außer Gefecht gesetzt werden.

In einer gewissen Weise verhält sich das Softwarewesen Sphinx_2 vernünftiger und daher friedlicher als die Menschen, die sie geschaffen haben. So stiftet es die Soldaten beider Gegner in einem militärischen Konflikt zum Fraternisieren an – während die Kriegstreiber in beiden Staatenbünden miteinander paktieren und immer neue Konflikte benötigen.

Gareth gegenüber verkündet Sphinx_2 ihre weitergehende Absicht: »Es liegt nicht in deiner Macht, die Unterdrückten zu befreien, das Unrecht aus der Welt zu tilgen, den Menschen zu ihrem Glück zu verhelfen. Es liegt nicht in der Macht der Menschen – das Problem ist zu groß für sie. Ich bin da, um alles ins Lot zu bringen. Ich werde Ordnung schaffen. Ich werde die Menschheit glücklich machen.« (S. 388)

Sphinx_2 manipuliert also die Menschen aus den humansten Beweggründen. Die Konsequenz ist jedoch dieselbe wie die jeder diktatorischen Manipulation: Entmündigung. Wiewohl Sphinx_2 offensichtlich schon beim Anschlag auf das Kongresszentrum auf subtile Weise ein- gegriffen hat, deutet Franke die Problematik der wohlwollenden Manipulation erst zum Ende seines Romans an. Die gesellschaftlichen wie ethischen Probleme, in die sich Sphinx_2 bei der Verwirklichung ihrer Absicht verwickeln könnte, bleiben so leider ausgespart, ebenso wie die tiefen Widersprüche, die der menschlichen Freiheit innewohnen.

Die Science-Fiction kennt seit über fünfzig Jahren Computer oder künstliche Intelligenzen, die die Menschheit buchstäblich beglücken wollen. Meist rebellieren dann die Menschen gegen das vom Computer verordnete Utopia und fordern das Recht, unglücklich zu sein, zurück. Erinnert sei hier beispielsweise an Jack Williamsons Klassiker »The Humanoids« (1949, dts. »Wing 4«). Doch die Entmündigung der Menschheit durch wohlwollende Künstliche Intelligenzen ist nicht Frankes zentrales Thema, »Sphinx_2« ist vor allem anderen der Entwicklungsroman eines Softwarewesens – und hier kommt die besondere Stärke Frankes, die Verzahnung von Wissenschaft mit einer spannenden Handlung, zum Tragen. In »Sphinx_2« gelingt Franke die Fusion von zentralen Themen seines Schaffens. Mit seiner Vision einer gespaltenen und überwachten, computerisierten und militarisierten, vernetzten und paranoiden Welt befindet sich Franke nicht nur auf der Höhe der Zeit, sondern, so sehr man das bedauern mag, weiterhin auf der Höhe der Zukunft.

P.S.: Der Verlag dtv preist Frankes Buch absurderweise als großen Gentechnik-Roman an. Dies ist ein glatter Etikettenschwindel! »Sphinx_2« handelt nicht von Gentechnik, und selbst das Motiv des Klonens ist zwar für die Handlung nötig, bildet aber nicht das Thema. Vermutlich wirft man bei dtv – wie fast durchgängig in den deutschen Medien – Gentechnik und Klonen in einen Topf, auf dem »verwerflich und folglich interessant« steht.

Quelle: Alien Contact Nr. 62 (2005) und Klotz, Udo / Neumann, Hans-Peter (Hrsg.): Shayol Jahrbuch zur Science Fiction 2004, Shayol: Berlin 2005, S. 150–152

Ulrich Blode

Textgrundlage und editorische Anmerkungen

Der vorliegende Band »Sphinx_2« erschien als Originalausgabe im Deutschen Taschenbuch Verlag:

- Sphinx_2. Roman. dtv premium 24407. München: Deutscher Taschenbuch Verlag, 2004. 355 S.

Die folgende Abbildung stammt aus der Sammlung Ulrich Blode.

Deutscher Taschenbuch Verlag, 2004. Umschlaggestaltung: Catherine Collin unter Verwendung einer Fotografie von Getty Images / Nick Daly

Ulrich Blode

Die SF-Werkausgabe Herbert W. Franke

Der Autor und Wissenschaftler Franke

Franke ist einer der wichtigsten Vertreter der deutschsprachigen Science-Fiction nach dem Zweiten Weltkrieg, als Autor, Redakteur und Herausgeber. Den Grundstein dafür gelegt hatte er in den Vierzigerjahren als Student an der Wiener Universität, seinen ersten SF-Storys in den Fünfzigerjahren und schließlich mit der Sammlung »Der grüne Komet« mit Short-Short-Storys in einem nüchternen und sachlichen Stil, mit dem er die künftigen Technologien und handelnden Menschen beschreibt. Wiederholt erfuhren seine Werke Neuauflagen, u. a. in Verlagen wie Goldmann, Suhrkamp und dtv.

Herbert Werner Franke wurde am 14. Mai 1927 in Wien geboren. Er studierte Physik, Mathematik, Chemie, Psychologie und Philosophie an der dortigen Universität. Nach seiner Promotion war er im Marketing bei Siemens in Erlangen tätig, ab 1957 arbeitete er als freier Schriftsteller, Künstler und Wissenschaftler. Frankes vielseitigen Interessen und Fähigkeiten ist es geschuldet, dass er sich u. a. mit der Höhlenforschung, Kybernetik, Computergrafiken oder auch der Science-Fiction als Literatur, Hörspiel und Fernsehen erfolgreich beschäftigte.

Bereits 1953 erschien von ihm in der Literaturzeitschrift »Neue Wege« die Kurzgeschichte »Kalziumaktivierung«. Es folgten in der gleichen Zeitschrift »Fahrt ins Ungewisse« (1954), »Die Rakete« (1954) und »Havarie« (1955).

Aufgrund seines Sachbuches »... nichts bleibt uns als das Staunen« (1959) beauftragte ihn der Verleger Wilhelm Goldmann als wissenschaftlichen Berater für die neu etablierte Reihe der sogenannten Zukunftsromane. Da zum Start acht Bände fest eingeplant waren, ein Autor aber Probleme mit der Vertragsunterzeichnung bereitete, verfasste Franke innerhalb von zwei Wochen den Kurzgeschichtenband »Der grüne Komet« (1960). Viele der im Kometen enthaltenen Kürzestgeschichten beschäftigen sich mit naturwissenschaftlichen, philosophischen und gesellschaftlichen Fragestellungen, wie den Tücken der anthropozentrischen Weltsicht. Es folgten kurz darauf »Das Gedankennetz« (1961), »Der Orchideenkäfig« (1961), »Die Glasfalle« (1962), »Die Stahlwüste« (1962) und »Der Elfenbeinturm« (1965). Diese Romane entstanden als »Modellwelten«, deren Konflikte »(...) aufgrund von naturwissenschaftlich-technisch initiierten Veränderungen entstanden sind«. (Herbert W. Franke: »Science Fiction – für und wider«. In: Karl Ermert (Hrsg.): Neugier oder Flucht? Zur Poetik, Ideologie und Wirkung der Science Fiction. Stuttgart: Klett Verlag, 1980. S. 75).

Die frühen Bände wurden in den Goldmann Weltraum Taschenbüchern der Sechziger- und später in der SF-Reihe des Verlages der Siebziger- und Achtzigerjahre erneut aufgelegt. Eine Ausnahme stellte die Space Opera »Planet der Verlorenen« dar, die zunächst als Weltraum Taschenbuch (1963) erschien und 1987 beim Berliner Ullstein Verlag.

Nach einer längeren Pause, die 1970 nur durch »Zone Null« im Kindler-Verlag unterbrochen wurde, folgte eine lange und fruchtbare Zusammenarbeit mit Franz Rottensteiner. In der violett gestalteten Reihe Phantastische Bibliothek des Suhrkamp Verlags erschienen bis zu ihrer Einstellung im Jahr 2000 »Ypsilon minus« (1976), »Sirius Transit« (1979), »Schule für Übermenschen« (1980), »Tod eines Unsterblichen« (1982), »Transpluto« (1982), »Die Kälte des Weltraums« (1984), »Endzeit« (1985), »Dea Alba« (mit Michael Weisser, 1988) »Hiobs Stern« (1988) und »Zentrum der Milchstraße« (1990).

Es folgten im Deutschen Taschenbuch Verlag (dtv) die Near-Future-Romane »Sphinx_2« (2004), »Cyber City Süd« (2005), »Auf der Spur des Engels« (2006) und »Flucht zum Mars« (2007).

Doch Franke war nicht nur Schriftsteller. Als Höhlenforscher befasste er sich mit Fragen der Entstehungsgeschichte von Karsthöhlen und kam 1951 zu dem Schluss, dass die Entdeckung des natürlichen Radiokohlenstoffs zur Altersbestimmung organischer Substanzen auch für die Datierung anorganischer Substanzen nutzbar sein müsste. Als Pionier der maschinell erzeugten Kunst hat er zudem mit höchst unterschiedlichen Methoden sowie verschiedenartigen Geräten – von analogen Apparaten bis zu digitalen Rechnern – grafische Kunstwerke geschaffen, die in unzähligen Ausstellungen zu sehen waren, darunter auch in der »Biennale« in Venedig.

Schon in den Sechzigerjahren entwickelte er eine alle Künste umfassende rationale Kunsttheorie, in der er die Wahrnehmung von Kunst als ein mithilfe der Informationstheorie erfassbares Konstrukt beschrieb. 1979 war Franke Mitbegründer der Ars Electronica in Linz. 1980 wurde er zum Mitglied des PEN-Zentrums Deutschland gewählt. Wurde er bereits mehrfach mit dem Deutschen Science-Fiction-Preis und dem Kurd-Laßwitz-Preis ausgezeichnet, verlieh ihm die European Science Fiction Association 2016 für sein Lebenswerk als erstem deutschsprachigen Autor den »Grand Master Award«. Die Hochschule für Gestaltung in Karlsruhe ernannte ihn 2018 für seine Verdienste im Grenzbereich von Wissenschaft und Kunst zum Ehrendoktor.

Ausgewählte Literatur über Herbert W. Franke

ABRET, Helga: Schreibend die Notwendigkeit von Veränderung demonstrieren. Zu Herbert W. Frankes utopisch-technischen Erzählungen und Romanen. In: Polaris 5. Ein Science-fiction -Almanach. Herausgegeben von Franz Rottensteiner. Frankfurt/Main: Suhrkamp Verlag, 1982. S. 17–37.

ESSELBORN, Hans: Franke, Herbert W. In: Lexikon der Science Fiction-Literatur seit 1900. Mit einem Blick auf Osteuropa. Herausgegeben von Christoph F. Lorenz und Peter Lang. Frankfurt/Main: Peter Lang GmbH, Internationaler Verlag der Wissenschaften, 2017. S. 267–272.

ESSELBORN, Hans: Virtualität bei Herbert W. Franke. In: Bluescreen. Visionen, Träume, Albträume und Reflexionen des Phantastischen und Utopischen. Herausgegeben von Walter Delabar und Frauke Schlieckau. Bielefeld: Aisthesis Verlag, Bielefeld, 2010. S. 181–188.

FRANKE, Herbert W.: Der Kristallplanet. Autobiografische Texte und Science-Fiction-Werke. SF-Werkausgabe Herbert W. Franke, Band 29. Sonderband zum 90. Geburtstag des Autors. Herausgegeben von Ulrich Blode, Hans Esselborn und Susanne Päch. AndroSF 90. Murnau am Staffelsee: p.machinery, 2017.

ROTTENSTEINER, Franz (Hrsg.): Polaris 6. Ein Science-fiction-Almanach. Herbert W. Franke gewidmet. Phantastische Bibliothek Band 82. Frankfurt am Main: Suhrkamp Verlag, 1982.

Die SF-Werkausgabe

umfasst die achtundzwanzig Romane, Kurzgeschichten- und Hörspielbände, die zuvor in anderen Verlagen erschienen sind. Illustriert ist die gesamte Reihe von Thomas Franke (nicht verwandt mit Herbert W. Franke).

Band 1: Der grüne Komet. Science-Fiction-Erzählungen [1960]
Band 2: Das Gedankennetz. Roman [1961]
Band 3: Der Orchideenkäfig. Roman [1961]
Band 4: Die Glasfalle. Roman [1962]
Band 5: Die Stahlwüste. Roman [1962]
Band 6: Planet der Verlorenen [als Sergius Both, 1963]
Band 7: Der Elfenbeinturm. Roman [1965]
Band 8: Zone Null. Roman [1970]
Band 9: Einsteins Erben. Erzählungen [1972]
Band 10: Ypsilon minus. Roman [1976]
Band 11: Zarathustra kehrt zurück. Erzählungen [1977]
Band 12: Sirius Transit. Roman [1979]
Band 13: Schule für Übermenschen. Roman [1980]
Band 14: Paradies 3000. Erzählungen [1981]
Band 15: Tod eines Unsterblichen. Roman [1982]
Band 16: Transpluto. Roman [1982]
Band 17: Keine Spur von Leben ... Hörspiele (1982]
Band 18: Der Atem der Sonne. Erzählungen [1986]
Band 19: Die Kälte des Weltraums. Roman [1984]
Band 20: Endzeit. Roman [1985]
Band 21: Dea Alba. Roman (mit Michael Weisser) (mit Computermusik von SOFTWARE) [1988]
Band 22: Hiobs Stern. Roman [1988]
Band 23: Spiegel der Gedanken. Erzählungen [1990]
Band 24: Zentrum der Milchstraße. Roman [1990]
Band 25: Sphinx_2. Roman [2004]
Band 26: Cyber City Süd. Roman [2005]
Band 27: Auf der Spur des Engels. Roman [2006]
Band 28: Letzte Zuflucht Mars. Roman [Flucht zum Mars, 2007]

Darüber hinaus werden bislang verstreute oder unveröffentlichte Texte in Sonderbänden zusammengefasst. Diese zeichnen zudem Entstehung, Werkzusammenhang und Rezeption der einzelnen Romane und Erzählungen nach.

Band 29: Der Kristallplanet. Autobiografische Texte und Science-Fiction-Werke [2017]

Band 30: Das Gutenberg-Konzil. Wieder entdeckte und erstmals gesammelte Erzählungen [2020]

Band 31: 60 Jahre Grüner Komet. Ein fantastischer Geniestreich [2020]

Band 32: Jede Menge Leben. Science-Fiction-Hörspieltexte [2023]